Andreas Appelhoff läuft wie orientierungslos durch das leere Elternhaus. Seine Mutter Elise, 88 Jahre alt, liegt im Krankenhaus und wird wohl nie hierhin zurückkehren können. Auf der Suche nach alten Fotos stößt Andreas auf ein Kriegstagebuch der Mutter und wundert sich, wie wenig er über ihr Leben in dieser Zeit weiß.

In den Dreißiger Jahren lebt Elise in der Humboldtstraße Nr. 2 in Jauer, einer Kleinstadt in Schlesien, später studiert sie in Breslau. Zwei Jahre nach Ende des Krieges muss sie die mittlerweise polnisch verwaltete Heimat schweren Herzens aufgeben, fasst aber in Westdeutschland wieder Fuß. Sie macht eine Ausbildung und gründet in Münster eine Familie. Doch die Sehnsucht nach Schlesien brodelt in ihr.

Ihr Vater Erich Plackwitz ist als Richter am Amtsgericht in Jauer tätig. Er hält Hitler und den Nationalsozialismus zunächst für eine Fußnote der Geschichte, doch muss er hilflos zusehen, wie sich Deutschland immer schneller vom Rechtsstaat zum Unrechtsstaat entwickelt.

Auf drei Zeitebenen erzählt Harald Gesterkamp eine deutsche Familiengeschichte von 1934 bis 2014.

Harald Gesterkamp, geb. 1962 in Münster, Journalist und Autor, lebt in Bonn und arbeitet seit 2002 als Redakteur beim Deutschlandfunk in Köln. Vorher war er viele Jahre als Redakteur bei Amnesty International beschäftigt. Nach zahlreichen Veröffentlichungen in Sachbüchern ist „Humboldtstraße Zwei“ sein erster Roman.

Harald Gesterkamp

Humboldtstraße Zwei

Roman

tredition

2. Auflage, 2017

Titelbildgestaltung, Fotos und Layout:
Irmgard Hofmann, Bonn, www.kava-design.de

Verlag: tredition GmbH, Hamburg
ISBN: 978-3-7345-3658-8 (Paperback)
ISBN: 978-3-7345-3659-5 (e-Book)

Die Deutsche Nationalbibliothek verzeichnet diese Publikation in der Deutschen Nationalbibliografie: http://dnb.d-nb.de

Kapitel 1

1945

Noch mehr Tage wie heute, und ich drehe völlig durch. Gestern Abend um acht Uhr fing es an mit Fliegeralarm. Stundenlang haben wir bei eisiger Kälte am Scheinwerfer gestanden. Wir funzelten die ganze Zeit, aber bekamen kein einziges Flugzeug in den Kegel. Dann Entwarnung, doch statt zu schlafen hatte ich erstmal Wachdienst. Es war eiskalt, und ich konnte meine Füße nicht mehr spüren. Als endlich meine Ablösung kam und ich mich hinlegen wollte, erfolgte der Befehl zum Packen. Heute früh sind wir dann mit dem ganzen Gepäck los. Auf dem Wagen habe ich wahnsinnig gefroren. Mir tut alles weh.

Jetzt sitzen wir hier herum in Kieferstädtel. Tiefstes Oberschlesien, das Industriegebiet um Gleiwitz ist nicht weit von hier. Die Kälte wird immer schlimmer. Warmes zu essen gibt es auch nicht mehr. Wir hocken hier im Bunker, und es ist völlig ungewiß, was aus uns wird. Es ist einfach nur Chaos. Keiner behält hier den Überblick. Ich bin jetzt schon ein paar Monate bei der Flak, aber so ist mir noch nie zumute gewesen. Ich möchte mich endlich mal wieder mit heißem Wasser waschen und in einem richtigen Bett schlafen! Doch nicht einmal das ist in Sicht. Ich könnte alle auf dem Tisch stehenden Tassen an die Wand pfeffern. Den anderen Mädchen geht es nicht anders. Bald wird man uns im Irrenhaus abliefern können.

Die ganze Nacht habe ich kein Auge zugetan. Was wir hier machen, ist so sinnlos. Wir erreichen nichts mit unseren Scheinwerfern, außer daß wir uns selbst um den Schlaf bringen. Wie viel besser wäre es gewesen, ich hätte in Breslau weiterstudieren können. Aber auch dort sieht es düster aus, hört man.

Es gibt überhaupt keine zuverlässigen Informationen mehr. Kommen die Russen nun, oder kommen sie nicht? Niemand sagt uns etwas. Immer wieder hören wir Flugzeuggeräusche. Auch wir sollen immer wieder raus. Doch zuletzt sind sämtliche Maschinen überhaupt nicht angesprungen. Immer weniger funktioniert hier. Selbst wenn wir mal ein Flugzeug am Himmel anleuchten würden, könnte wahrscheinlich gar keiner feuern.

Wir alle haben Angst vor Angriffen. Mit unseren Scheinwerfern sind wir ja auch gut sichtbare Ziele. Und dann überall diese Gerüchte! Die Russen rücken immer weiter vor, heißt es, die Wehrmacht zieht sich zurück. Auch wir, so deutete es ein Kommandant gestern an, werden wohl schon bald weiter nach Westen gebracht. Das sei aber nur taktisch bedingt. Die Truppen würden neu aufgestellt, und dann sähe die Lage auch schon bald wieder besser aus. Wer's glaubt, wird selig.

Jauer, mein geliebtes Jauer, ist 200 Kilometer westlich von hier. Vielleicht kann ich ja bald wieder nach Hause. Ich habe solche Sehnsucht nach Mutti, die allein mit Großmutter in dem großen Haus hockt. Was macht Vati wohl? Muß er mit seinen fast 60 Jahren immer noch Schanzen ausheben? Und Friedrich, wie mag es meinem Bruder an der Front ergehen? Ich habe ihn schon so lange nicht mehr gesehen. Es ist zum Verzweifeln.

Noch einmal gibt's Alarm, und wir müssen raus in die Kälte. Und wieder das gleiche Spiel. Die Maschinen springen zwar an, aber wir kriegen kein Flugzeug zu sehen. Völlig sinnlos hampeln wir mit unseren Scheinwerfern herum. Was soll das noch geben? (19. Januar 1945)

Kapitel 2

2013

Aus Gewohnheit geht seine Hand nach links und möchte auf den kleinen Messingknopf unter dem Schild „Appelhoff" drücken. Er klingelt schließlich immer, wenn er seine Mutter besucht, auch wenn er einen Schlüssel für das Haus besitzt. Doch heute nicht. Heute ist alles anders. Kein Klingeln. Kein Lauschen auf die Schritte der Mutter. Kein vorsichtiges Öffnen der Tür von innen. Kein Lächeln. Keine freudige Begrüßung. Keine Frage, wie denn die Fahrt war. Kein Kaffeeduft bei der Ankunft. Andreas lässt die Hand wieder sinken. Seine Mutter ist im Krankenhaus, und das Haus, in dem er aufgewachsen ist, ist leer.

Zerstreut durchsucht er seine Taschen nach dem Haustürschlüssel und findet ihn schließlich in seiner Jacke. Die Tür etwas anheben und leicht anziehen, sonst lässt sich der Schlüssel nicht drehen. Langsam betritt er den Hausflur mit den braunen Fliesen, der darauf liegende Teppich rutscht ein wenig. Wie immer. Dennoch ist ihm das Haus heute seltsam fremd. So einsam. Seit vielen Jahren ist er nur noch als Besucher hier. Doch immer wenn er sein Elternhaus betritt, ist eben auch seine Mutter da. Diese Ruhe ist gespenstisch.

So wie es aussieht, wird Elise vermutlich nie wieder hier wohnen können. Zumindest nicht allein. Seine Mutter ist alt. Und jetzt auch noch der Sturz. Bisher hat sie immer für sich allein sorgen können und wollte niemand anderem zur Last fallen. Andreas ahnt, dass diese Zeit wohl vorbei ist. Auch Elise dürfte das ahnen, aber bei seinem Besuch vorhin in der Klinik wollte sie das weder sich noch ihm eingestehen.

Was also tun, wenn sie das Krankenhaus verlässt? Eine Polin oder Rumänin beschäftigen, die hier wohnt und arbeitet? Das ist doch nur halblegal möglich. Außerdem möchte Mutter das nicht. Da ist sie ganz resolut. Sie hat seit Vaters Tod vor 17 Jahren immer allein hier gewohnt. Und plötzlich soll sie zusammen mit einer jungen Frau leben, die sie überhaupt nicht kennt und auf deren Hilfe sie angewiesen ist? Die nichts von ihren Eigenarten und ihrer mitunter recht asketischen Art zu leben weiß? Unvorstellbar. Seine Schwester Eva sieht das genauso. Immerhin sind sie in dieser Frage einer Meinung. Aber ins Altenheim will Elise auch nicht. Das hat sie in den vergangenen Jahren unmissverständlich gesagt. Und den Kindern möchte sie auch nicht zur Last fallen. Eigentlich ja nett. Mit einer alten Mutter im Haushalt ist es ja auch nicht ganz einfach. Da reicht schon ein mehrtägiger Besuch, um das zu wissen. Natürlich will sie auch gar nicht aus Münster wegziehen. Kann man verstehen, hier leben schließlich ihre Freunde. Und so haben alle das Thema verdrängt – im Irrglauben, dass es immer so weitergehen würde. Jetzt holt uns das ein, denkt Andreas. Mit voller Wucht.

Er erreicht die Garderobe und zieht die Schuhe aus. Ganz automatisch. Alte Hausschuhe in seiner Größe stehen bereit, sie stammen noch von seinem Großvater Erich. Unmodern, aber aus unverwüstlichem Leder. Er schlüpft hinein, öffnet die Tür zum Wohnzimmer, da empfängt ihn dieser vertraute Geruch abgestandener Heizungsluft, den er hier sogar riecht, wenn die Heizung gar nicht läuft. Jetzt, wo seit drei Tagen niemand mehr im Haus war, wirkt die Luft noch stickiger. Muffig.

Darf man das überhaupt denken als Sohn? Oder ist das beleidigend?

Die Atmosphäre erdrückt ihn. Er verspürt eine tiefe Sehnsucht nach Frischluft, zieht die Gardinen zur Seite, öffnet die Fenster und die Terrassentür, sorgt für Durchzug. Er tritt hinaus in den Garten. Ganz tief einatmen. Die Lungen durchpusten. Immerhin etwas Erleichterung. Wenig später schlägt der Wind ein Fenster zu. Andreas blickt auf sein Elternhaus, es hat diese typische Backsteinbauweise, wie man sie in Münster an jeder Ecke findet.

Grundsätzlich ganz schön. Aber er ist übersättigt davon, er kennt sie seit seiner frühen Jugend zur Genüge.

Plötzlich so ein komisches Gefühl. Wieder so eine Attacke. Diese grundlose Angst, der fehlende Halt.

Andreas läuft die Terrasse auf und ab, betritt das Wohnzimmer. Er geht in die Küche, schiebt das auf der Spüle stehende Geschirr hin und her. Ruhe finden. Ablenkung muss her.

Im Kühlschrank sucht er eine Flasche Bier. Seine Mutter hat schließlich immer zwei oder drei Flaschen vorrätig. Für Gäste. Oder auch – das ist dann die ganz billige Sorte in der Plastikflasche –, um die Schnecken im Garten in eine Falle zu locken. Sein Blick schweift durch die Küche und bleibt an der Pinnwand hängen. Termine für die Müllabfuhr. Verhaltensregeln für den Brandfall. Es hat hier noch nie gebrannt. Fotos. Auf einem Bild sieht ihn sein Vater an, daneben die Mutter auf irgendeinem Ausflug mit Freundinnen. Das Foto ist höchstens ein Jahr alt. Er selbst mit Eva als Kinder. Daneben ein älteres Bild von den Enkeln. Und eine lachende Heike. Sie sieht gut aus. Andreas freut sich, seine Frau zu sehen. Nachher wird er sie anrufen.

Er öffnet eine Flasche Bier. Der angerostete Flaschenöffner, den er schon seit Kindheitstagen kennt. Jetzt ein tiefer Schluck. Die sich ausbreitende Kühle ist angenehm und vermittelt Entspannung.

Morgen steht ein Gespräch mit dem Chefarzt der Klinik an. Andreas will mit ihm besprechen, wie es um seine Mutter steht und wie es weitergehen kann. Mit Blick auf die kommenden Wochen, Monate und Jahre überkommt ihn schon wieder ein Gefühl der Beklemmung. Schnell noch einen Schluck.

Er nimmt sein Bier und geht wieder ins Wohnzimmer. Das riesige Regal. Es nimmt die Wand gegenüber vollständig ein. Als Kind hat es ihn eingeschüchtert, aber irgendwie auch beeindruckt. Er sieht sich die Bücher seiner Eltern an, viele Klassiker sind darunter, meist als Ausgaben einer Buchgemeinschaft aus den 60er Jahren. Er findet die Buddenbrooks von Thomas Mann und blättert eine Weile in den eng beschriebenen fast 600 Seiten herum. In seiner Phantasie hat er sich die großbürgerliche Familie seines Großvaters Erich im 19. Jahrhundert auf ihrem Gutshof südlich von Breslau immer so wie die Buddenbrooks vorgestellt, auch wenn sie keine hanseatischen Kaufleute waren. Aber dieses Streben nach bürgerlichem Ruhm, nach Tugend und Tüchtigkeit, die feine und stets frisch duftende Kleidung, dieses aristokratisch Anmutende erinnern ihn an seine Großeltern. Erst recht aber die Sprache, diese gewählte Ausdrucksweise, die auf ihn als Kind immer etwas gestelzt wirkte.

Er schaut sich weiter um: Gartenbücher, Ratgeber, Reiseliteratur, Lexika, Wörterbücher. Etwas englische Literatur, die noch von seinem Vater stammt. Mutter kann nicht besonders gut Englisch, aber von den Büchern will sie sich nicht trennen. Die Erinnerungen an Theo hat sie hier im Haus, sagt sie immer, nicht auf dem Friedhof. Mit dem kalten Grab kann sie nichts anfangen, die mühsamen Besuche sind eher lästige Pflicht. Der Waldfriedhof Lauheide ist weit außerhalb. Hin und wieder fährt er mit ihr hin. Ein Kurzbesuch. Kaum Emotionen. Hin und wieder ein Blümchen pflanzen. Hauptsache, das Grab sieht gepflegt aus.

Noch ein Blick auf die Bücher. Eine ganz normale Spießerbibliothek, denkt Andreas. Eigentlich so ähnlich wie seine eigene. Nur dass er nie Mitglied in einem Buch-Klub war.

Er öffnet eine Schranktür. Dahinter werden, seitdem er denken kann, die Fotoalben aufbewahrt. Er nimmt einen Band heraus, stellt sein Bier auf den Wohnzimmertisch und beginnt zu blättern. Bilder seiner Kindheit: Er lernt Fahrradfahren, spielt mit Eva, der erste Schultag, die Erstkommunion. Er hat zumeist schöne Erinnerungen an die Zeit. Bilder vom Kindergeburtstag, als sie die Schatzsuche im nahe gelegenen Wald veranstaltet haben. Werner, Markus, Thomas, Stefan, Peter, Sabine, Eva und er. Zu niemandem von ihnen – von seiner Schwester mal abgesehen – hat er noch Kontakt. So wie er überhaupt fast alle Verbindungen nach Münster gekappt hat. Nicht bewusst, es hat sich eher so ergeben. Umzug, neue Freunde in anderen Städten. Familiengründung, Kinder. Da wird der Freundeskreis von allein ganz heftig durcheinandergeschüttelt. Aber vielleicht sollte er seinen früheren Freund Markus mal im Internet suchen. Bis zum Abitur haben sie viel Zeit miteinander verbracht; danach hat das Studium Markus nach Göttingen und ihn selbst nach Frankfurt verschlagen. Mit der Zeit wurden die Besuche und Anrufe immer seltener, schließlich war der Kontakt ganz eingeschlafen. Über Facebook wäre es bestimmt ganz leicht, Markus ausfindig zu machen. Aber Andreas lehnt es ab, die sozialen Netzwerke privat zu nutzen. Schon dienstlich nervt das. Und wenn er sieht, wie viel Zeit seine Kinder damit verbringen, verliert er jede Lust dazu. Von der Datengier der Konzerne ganz zu schweigen.

Auch seinen früheren Freund Werner hat er seit seinem Wegzug aus Westfalen nicht mehr gesehen. Trotzdem weiß er etwa, was er so macht, Werner ist jetzt Vorstandsmitglied beim SC Preußen Münster. Und von diesem Verein kommt Andreas auch nach fast 25 Jahren im Rheinland einfach nicht los. Nur der SCP. Drittliga-Fußball. Wenn es ihn überkommt, fährt er schon mal spontan 200 Kilometer zu einem Fußballspiel. Leidenschaft kennt keine Liga, heißt ein alter Spruch. Darin steckt verdammt viel Wahrheit.

Er greift zu einem anderen, einem älteren und etwas abgewetzten Album. Auf alten Schwarz-Weiß-Bildern ist ein großes Haus aus der Zeit der Jahrhundertwende zu sehen. Ein Garten, zwei Kinder auf einer Bank sitzend. Seine Mutter, sie dürfte etwa vier Jahre alt sein. Auf dem Schoß hat sie eine kleine Katze, neben ihr sitzt ein Junge. „Mit Friedrich“, steht unter dem Bild. Elises Bruder Friedrich ist im Krieg gefallen, wie Andreas immer gesagt wurde. Er stellte sich dann immer vor, dass Friedrich hingefallen und nicht mehr aufgestanden war. In Wahrheit dürfte er nicht „gefallen“ sein, wie es so harmlos heißt, sondern wurde vermutlich während der letzten Zuckungen des Nazi-Regimes bei dem sinnlosen Versuch, irgendeine Stellung zu verteidigen, erschossen und verblutete elendig. Bis heute weiß man nicht, wo er verscharrt wurde.

Andreas schaut sich weitere Bilder an, er erkennt seine Großeltern, die er früher oft in Detmold besucht hat. Auf diesen Bildern wirken Erich und Marta nicht nur jünger, sondern auch glücklicher als er sie in Erinnerung hat. Auf einem Foto steht Erich vor einem Gemüsebeet. Er trägt ein weißes Hemd mit einer dunklen Krawatte und einen grauen Anzug. Marta hingegen hat wohl gerade auf dem Feld gearbeitet. Mit Kittel. Sie hält ein Küchenmesser in der Hand.

„Die Friedenskirche von Jauer", liest er eine Seite später. Jauer. Die Heimat seiner Mutter und natürlich auch der Großeltern. Schlesien. Dort wurde Mutter 1924 geboren, und von dort wurde sie nach der Niederlage der Wehrmacht im Zweiten Weltkrieg vertrieben. Was sie in dieser Zeit alles erlebte, hat sie ihm nie zusammenhängend erzählt. Ein paar Ausschnitte kennt er, klar. Andreas nimmt sich vor, sie morgen im Krankenhaus danach zu fragen.

Er stellt das Album zurück und schaut weiter. Neben den Fotos seiner Kindheit gibt es auch Alben mit Bildern aus den 50er Jahren, bevor seine Eltern Kinder hatten, und die Alben seit den 80er Jahren, als die Kinder das Haus verlassen haben. Dahinter liegen ein paar Broschüren. „Heimat Schlesien" steht auf einer. Es klingt so wie es aussieht, etwas angestaubt und reaktionär.

Und dann liegt da noch etwas: „Tagebuch der Elise Plackwitz 1945-1947". Überrascht öffnet er das ihm unbekannte Büchlein: „Noch mehr Tage wie heute, und ich drehe völlig durch. Gestern Abend um acht Uhr fing es an mit Fliegeralarm." Er blättert weiter. Keine handschriftlichen Notizen, sondern säuberlich mit einer Schreibmaschine getippt. Andreas schätzt vom Druckbild her auf ein Modell aus den 70er Jahren. So, als sollte hier etwas für die Nachwelt festgehalten werden.

Gestern mußten wir zu Fuß 30 Kilometer Richtung Westen, nach Friedenau bei Cosel. Die einzige Rast machten wir nach fünf Kilometern, danach mußten wir durchmarschieren. Es war der furchtbarste Marsch meines Lebens.

Am Wegesrand lagen mehrmals tote Juden. Sie trugen die Kleidung der Konzentrationslager und hatten den Stern auf der Brust. Sie sahen schrecklich ausgemergelt aus. Später begegneten wir einem ganzen Zug von Juden mit SS-Bewachung. Die Männer und Frauen waren in einem furchtbaren Zustand. Sie kamen offenbar zu Fuß aus Auschwitz. Wer nicht weitergehen konnte, wurde geprügelt, bis er tot war. Oder er bekam einfach eine Kugel in den Kopf und wurde liegengelassen. In welchen Zeiten wir leben! Menschenunwürdig! Und wir, wir marschierten einfach so weiter. Was sollten wir auch machen?

Abends war ich verzweifelt. Meine erfrorenen Füße waren in klatschnassen Strümpfen und Halbschuhen. Meine hohen Schuhe liegen in Jauer beim Schuster – ich werde sie wohl nie wieder zu sehen bekommen. Am liebsten hätte ich geheult. Aber würde das meine Lage verbessern?

In Friedenau habe ich mich auf das Stroh geworfen und bin den ganzen Abend nicht mehr aufgestanden. Ein Quartier suchen konnte ich nicht mehr. Doch die Nacht verging recht gut, sogar meine Füße wurden wieder warm. (21. Januar 1945)

Als er die Tür öffnet, überkommt ihn umgehend das schlechte Gewissen. Andreas schaut sich in der Eingangshalle um, und was er sieht, entspricht genau dem gängigen Klischee eines Altenheims. Gegenüber von ihm sitzt eine apathisch dreinblickende Frau um die 80 im Rollstuhl. Ein gläserner Blick. Sie schaut durch ihn durch. Neben ihr steht eine andere ältere Dame und murmelt unverständliches Zeug vor sich hin. Auf ihrer Bluse sind Essensreste. Ein Herr mit Rollator überquert in Jogginghose den Flur. Er kommt in einer Minute nur etwa zehn Meter voran.

„Guten Morgen", sagt Andreas freundlich. Niemand antwortet. Hier also will er seine Mutter unterbringen. Diese feine Dame, die so großen Wert auf ihr Äußeres legt und jede Hose und jeden

Rock perfekt bügelt. Er muss schlucken. Augen zu und durch, denkt er.

Eine junge Frau im weißen Kittel geht vorbei. Er nennt etwas zögerlich sein Anliegen, den Termin mit der Geschäftsführerin, Frau Terstege: „Es geht um meine Mutter."

Sie nickt und zeigt ihm den Weg zum Büro der Heimleiterin. Dabei kommen sie an einem Mann mit weißen Locken vorbei, er muss mindestens 90 Jahre alt sein. „Setz dich zu mir, mein Liebling", ruft er der Krankenschwester zu. Sie lacht ihm freundlich zu. „Ich komme gleich, Herr Steinbrede." Damit ist Steinbrede nicht zufrieden: „Ich habe genug durchgemacht. Bin im Kriege gewesen. Dann 40 Jahre unter Tage."

„Herr Steinbrede hat in Ibbenbüren im Bergbau gearbeitet. Der Job hat ihn aufgefressen. Aber hier geht es ihm gut. Wir kümmern uns um ihn. So, hier ist das Büro. Frau Terstege, Besuch für Sie, der Herr..."

„Appelhoff", sagt Andreas.

„Guten Tag, Herr Appelhoff. Schön, dass Sie da sind." Eine Frau, Anfang 40, erhebt sich vom Stuhl und reicht ihm die Hand. Sie ist attraktiv, schlanke Figur, dunkles, schulterlanges Haar, ein fein gezeichnetes Gesicht.

„Guten Tag", sagt Andreas. „Es geht um meine Mutter."

„Ich weiß, wir haben ja telefoniert. Setzen Sie sich doch, bitte. Möchten Sie etwas trinken? Kaffee oder vielleicht lieber Wasser bei der Hitze?"

„Ja, gern ein Glas Wasser." Er trinkt erst einmal einen Schluck. Am liebsten würde er weglaufen.

Doch Frau Terstege lässt ihm gar keine Zeit zum Grübeln, beschreibt ihm gleich die Philosophie des Hauses, wie sie es nennt: „Unser Konzept ist ganzheitlich und nachhaltig. Niemand wohnt hier nur. Wir legen großen Wert auf gemeinsame Aktivitäten und die Förderung der einzelnen Bewohnerinnen und Bewohner. Alle essen möglichst gemeinsam im Speiseraum. Außerdem bieten wir verschiedene Freizeitaktivitäten: Spiele-Nachmittage, Gymnastik,

Ergo-Therapie. Es gibt einen Vorlesekreis; manchmal besucht uns auch eine Theatergruppe vom Gymnasium hier um die Ecke. Und natürlich besteht für unsere Bewohner immer die Möglichkeit, zur Kirche zu gehen oder im Park die Sonne zu genießen."

Das vor ihr liegende Handy vibriert. Terstege liest eine SMS, schüttelt fast unmerklich den Kopf, und tippt eine Antwort, während sie weiterspricht: „Was sagten Sie: Wie alt ist Ihre Mutter?"

„Sie wird 89." Andreas brummt der Kopf.

„Am besten kommen die Menschen so früh wie möglich zu uns, also dann, wenn sie noch geistig und körperlich auf der Höhe sind. Dann lernen sie schnell die neue Umgebung kennen und können neue Freundschaften schließen. Warum haben Sie Ihre Mutter nicht mitgebracht?"

„Sie ist gerade im Krankenhaus, sie ist gestürzt", erklärt Andreas. Und sie hasst Altenheime, ergänzt er für sich, hütet sich aber davor, es laut zu sagen. Er schildert knapp den Gesundheitszustand seiner Mutter, dass sie eigentlich sehr fit ist für ihr Alter, dass die Ärzte jetzt aber sagen, dass sie nicht mehr allein für sich sorgen kann. „Sie hat ein schwaches Herz, leidet oft an Schwindel und braucht Unterstützung beim Kochen und im Haushalt. Meine Schwester und ich leben mehrere hundert Kilometer von Münster entfernt. Wir haben deshalb einen ambulanten Pflegedienst organisiert. Meine Mutter ist aber sehr stolz und möchte unabhängig leben. Sie will sich nicht helfen lassen und bestellt ihn meistens ab. Nur das Essen lässt sie sich kommen. In Zukunft wird das aber nicht mehr reichen. Allein nach Hause wird sie aller Voraussicht nach nicht zurück können. Deshalb schauen wir uns nach Heimen um."

Wieder meldet sich das Handy. Ein Blick auf die eingegangene SMS, ein kurzes Lächeln, dann sagt Frau Terstege: „Ihre Mutter ist hier genau richtig. Und sie hat Glück. Zurzeit ist unsere Warteliste nicht besonders lang. Es kann gut sein, dass sie schon in wenigen Wochen einen Platz bekommt. Und dann kann sie schön in ihr neues gemütliches Zimmer hier einziehen. Selbstverständlich kann sie auch eigene Möbel mitbringen. Ein paar zumindest, also, solange der Platz reicht."

Sie kramt in der Schublade und holt ein paar Zettel heraus. „Jetzt müssen wir nur noch ein paar Formalitäten klären und die Anmeldung ausfüllen. Dann kann es bald losgehen. Ihre Mutter wird sich hier wohlfühlen, das spüre ich."

Andreas denkt an das Begrüßungskomitee im Eingangsbereich, an Herrn Steinbrede und ist nicht so richtig überzeugt, dass es den Menschen hier gut geht. Er verspürt den Drang, ganz schnell aufzuspringen, zwingt sich aber dazu, das Anmeldeformular auszufüllen – es ist ja unverbindlich – und verlässt erst dann das Büro.

Die Krankenschwester von vorhin nimmt ihn wieder in Empfang und zeigt ihm noch schnell ein leerstehendes Zimmer im ersten Stock des Hauses. Bett, Nachttisch, Schrank, Teppich, ein Sessel, ein kleiner Tisch, ein Fernseher und ein Bild an der Wand. Das war's. Einheitsmöbel. Gruselig. Daneben noch ein Badezimmer, bis zur Decke gekachelt, mit Dusche. Eine Badewanne gibt es auf dem Flur, erfährt er. Meist könnten die Bewohner des Heims nicht mehr allein baden, da helfe das Personal dann natürlich gerne. Und die Betten kann man austauschen. Wenn die Patienten – nein, es sind ja Bewohner – wenn sie nicht mehr aufstehen können, können auch Krankenhausbetten ins Zimmer geschoben werden. „Das ist alles ganz einfach", findet die Pflegerin.

Sie gehen wieder hinunter. Die Schwester zeigt ihm noch das Spielezimmer. Ein paar Frauen sitzen an einem Tisch, eine von ihnen ist eingeschlafen. Eine andere würfelt und geht mit ihrer roten Spielfigur eine Abkürzung mitten durch das Haus ihrer Nachbarin. Mensch, ärgere dich nicht. „Das darfst du nicht, Anneliese", ruft die Mitspielerin, doch Anneliese setzt ihren Weg unbeirrt fort: „Doch, natürlich, das mache ich immer so. Ich muss doch in mein Haus." Ein junger Mann, vermutlich ein Absolvent des Bundesfreiwilligendienstes, beobachtet die Szene ziemlich unbeteiligt. Er sehnt wahrscheinlich seinen Feierabend herbei.

Die Pflegerin zieht Andreas sanft in die nächsten Zimmer: „Hier ist eine Art Aula für Aufführungen aller Art. Da hinten ist der Essraum. Und da vorne um die Ecke sind ein paar Gästezimmer, falls Angehörige mal hier übernachten wollen. Sie dürfen dann natürlich auch mitessen, versteht sich." Und auch mitspielen, denkt er. „Gut, ich muss dann mal wieder", sagt sie und verschwindet schnellen Schrittes im Treppenhaus. Ihm reicht es auch. Er stellt sich seine Mutter in dieser Umgebung vor. Seine Phantasie reicht dafür nicht aus. Bloß weg hier, denkt er.

Langsam geht er den Flur zurück. Herr Steinbrede sitzt immer noch in seinem Sessel. „Komm zu mir, mein Liebling", ruft er. „Ich habe genug durchgemacht. Bin im Kriege gewesen. Dann 40 Jahre unter Tage." Andreas dreht sich um – hinter ihm ist niemand.

Kapitel 3

1934

Es hat zuletzt kaum geregnet, und deshalb ist die „Wütende Neiße“ in diesem Frühjahr gar nicht so wild wie ihr Name vermuten lässt. Im Gegenteil, der Wasserstand ist niedrig, so dass Elise am Rand des Flussbetts entlanglaufen kann. Sie steigt mit ihren Gummistiefeln auf die trockenen Steine und fordert ihre Freundin Paula mit einem kurzen Kopfnicken dazu auf, ihr zu folgen. Elise hat einen Eimer in der Hand und will zusammen mit Paula Stichlinge fangen.

„Da vorne ist einer“, ruft sie, tritt vorsichtig ins Wasser und versucht, den kleinen, grauen Fisch in den Eimer zu bugsieren. Doch immer, wenn sie den Eimer herauszieht, ist ihr der Stichling schon wieder entglitten. Schließlich schwimmt er mit der Strömung davon und ist nicht mehr zu sehen.

„So ein Pech!“ Elise schimpft vor sich hin, stampft wütend mit dem Fuß auf, so dass die beiden dunklen, geflochtenen Zöpfe für kurze Zeit vom Kopf wegzufliegen scheinen. Enttäuscht blickt sie Paula mit ihren klaren, braunen Augen an. Aber aufgeben will sie nicht. Schließlich hat sie sich extra die Sachen zum draußen Spielen angezogen, die auch mal dreckig werden dürfen.

Doch als sie weitere Fische entdecken, wiederholt sich das Spiel. Das Einfangen sieht ganz einfach aus, doch die Stichlinge sind viel zu wendig, um sich von ihnen fangen zu lassen. Weiter hinten am Fluss sehen sie einen Graureiher, in dessen Schnabel ein Fisch zappelt. Elise sieht missmutig hinüber. Gemein, denkt sie.

„Sollen wir nicht lieber Seilchen springen?“, fragt Paula und schlägt vor, auf dem Schulhof zu spielen, als Elise erneut mehrere Fische in der Nähe des Ufers entdeckt und den Eimer ins Wasser taucht.

„Ich hab einen", ruft sie und hält triumphierend den Eimer hoch. Ein etwa fünf Zentimeter langer Stichling schwimmt hin und her. Paula eilt herbei, und die beiden Mädchen begutachten ausführlich die drei Stacheln vor der Rückenflosse. Immer wieder versucht Paula, den Fisch mit den Händen zu greifen, doch selbst in dem engen Gefäß will das nicht gelingen.

„Den nehme ich mit nach Hause", sagt Elise. „Ich wollte immer schon ein Aquarium haben."

Eifrig packen sie ihre Sachen und laufen zurück in die Humboldtstraße. Hausnummer Zwei. Dort verabschiedet sie sich von Paula, eilt nach oben, stellt den Eimer vor der Tür ab und erzählt wenig später ihrem Vater aufgeregt von dem gefangenen Stichling. Stirnrunzeln. Schon an der ersten Reaktion merkt Elise, dass er nicht sonderlich begeistert ist. Er ruft sie zu sich, und sie klettert auf seinen Schoß. Zusammen schauen sie sich Tierbücher an. Sie liebt die Zeichnungen von den Pferden, den Schweinen und vor allem von all den wilden Tieren. Interessiert hört sie ihrem Vater zu, der sich mit der Natur unglaublich gut auskennt. Er erklärt ihr, dass Tiere ihre vertraute Umgebung mögen und dass Fische das Leben in einem Eimer nicht sonderlich schätzen. Das müsse ihr mit ihren zehn Jahren doch auch einleuchten. Auch seien Stichlinge für ein Aquarium gänzlich ungeeignet, meint er noch. Sie verschränkt die Arme vor der Brust, sie ahnt, was jetzt kommt.

Und tatsächlich: „Du nimmst jetzt den Eimer mit dem Stichling und wirfst ihn wieder in den Fluss", sagt ihr Vater entschieden, als sie mit dem Blättern fertig sind. Elise weiß, dass er jetzt Gehorsam verlangt und nicht den leisesten Widerspruch dulden würde. Zögerlich steht sie auf, sie spürt Enttäuschung und Wut im Bauch, würde sich aber nie trauen, das zu zeigen. Sie verlässt das Haus mit dem Fisch im Eimer – traurig, denn sie hätte ihn so gern behalten, aber zugleich auch etwas einsichtig, weil sie ihm die Freiheit zurückschenken wird. Vielleicht war ihre Idee mit dem Aquarium wirklich nicht so gut.

Viele ihrer Schulkameraden bewundern ihren Vater, weil er mit seinen gebügelten Hosen und dem Anzug immer so fein aussieht. Aber sie sagen auch, dass er viel zu streng ist. Sie selbst sieht das oft ganz genauso, weiß jedoch, dass er auch sehr nett und herzlich sein kann. Als einmal beim Essen ein Bettler an der Haustür klingelte, hat Vati ihm sein ganzes Schnitzel geschenkt und selbst auf Fleisch verzichtet. Dafür hat sie ihn bewundert. Sie vermutet, dass die Achtung, die alle ihrem Vater entgegenbringen, auch viel mit seinem Beruf zu tun hat. Richter Erich Plackwitz nennen sie ihn immer, auch wenn er gar nicht im Dienst ist. Er steht einfach für Gerechtigkeit. Das bekommen Friedrich und sie manchmal auch zu spüren. Wenn er Entscheidungen fällt und davon nicht einen Millimeter abrückt, das ist es wohl, was die anderen Strenge nennen. Und ihr Vater achtet genau darauf, dass man sich in seiner Umgebung gepflegt ausdrückt, nicht flucht und sich ordentlich benimmt. Auch das schüchtert ihre Mitschüler wohl etwas ein.

In Gedanken versunken tritt Elise vor das Haus. In der Humboldtstraße schwenkt sie den Eimer hin und her, geht in Richtung Stadt, am Amtsgericht vorbei – dort arbeitet ihr Vater –, schaut dann beim Krämerladen ins Schaufenster, sie hat aber kein Geld für Süßigkeiten eingesteckt. So bleibt es bei der Sehnsucht nach Süßem. Wie so oft. Nach ein paar Minuten erreicht sie die Wütende Neiße und kippt schweren Herzens den Eimer aus. Der Stichling zappelt einmal kurz im Wasser, wirkt leicht irritiert und schwimmt dann davon. Dabei flüstert Elise leise: „Mach es gut, mein Lieber."

Sie blickt dem Fisch nach, bis er verschwunden ist, dreht dann um und geht am Waldrand entlang. Auf einer Wiese suhlen sich Schweine im Schlamm. Elise schaut ihnen eine Weile zu, dabei entdeckt sie in der Ferne Hubert, der die Straße langsam in ihre Richtung geht. Hubert ist in ihrer Klasse, ein Außenseiter, der auch auf sie merkwürdig wirkt. Keiner will mit ihm spielen, er hat keine Freunde, er wird „Brillenschlange" gerufen und ist schrecklich unsportlich. Früher waren ihre Väter Kollegen, aber vor einiger Zeit hat Huberts Vater aufgehört, als Richter zu arbeiten. Er ist jetzt Buchhalter auf einem Gutshof in der Nähe von Jauer.

Sie versteckt sich hinter einem Baum und wartet, bis Hubert vorbeigegangen ist.

Ich habe die ganze Nacht nicht geschlafen, seit gestern fast nichts Vernünftiges mehr gegessen und die ganze Zeit wahnsinnig gefroren. Ich bin verzweifelt. Ich spüre, wie eine unbeschreibliche Wut in mir aufsteigt. So ist mir seit Beginn der Abreise noch nie zumute gewesen.

Am Morgen geht es weiter. Wieder zu Fuß. An das Marschieren habe ich mich inzwischen gewöhnt, aber die Füße tun weh. Die dauernde frierende Kälte hat sie fast taub werden lassen.

Vorgestern hätte ich am liebsten nur noch um mich geschlagen. Ich wollte die Wände hochklettern. Vier Tage und Nächte haben wir im Viehwaggon verbracht. Wir waren 76 Mädchen und Kinder, dazu zwei Männer, und wir konnten uns in der Enge kaum bewegen. Fast die Hälfte mußte stehen. Es gab kein Fenster, kein Licht, keinen Ofen, kein Stroh. Und natürlich auch nichts Warmes zum Essen. Wenn man da nicht verrückt werden soll!

Heute werden wir privat einquartiert. Wir können unsere Strümpfe waschen, welche Wohltat! Nun sitzen wir bei den Bauern – frisch gewaschen und satt. Von der Ostfront gibt es Nachrichten über militärische Erfolge unserer Truppen. Die Bauern sind voller Hoffnung; ich kann nicht daran glauben. (29. Januar 1945)

Sie liebt ihr zu Hause, möchte niemals woanders wohnen. Doch manchmal versteht Elise die Regeln der Eltern und Großeltern nicht. Es gibt keine Begründung, die ihr einleuchten würde, und trotzdem bleiben die Regeln wie in Stein gemeißelt. Weder Friedrich noch sie trauen es sich, sie in Frage zu stellen.

Im Garten zum Beispiel dürfen sie mit „fremden“ Kindern nicht spielen, das erlauben die Großeltern nicht, denen das Haus gehört. Der Hof ist nur für die Kinder da, die im Haus wohnen, sagt Großvater immer. Eine Ausnahme gibt es nur für den Sohn des Hausmeisters und für die Kinder des Gymnasialdirektors, die

Schule ist gleich nebenan. Warum dürfen die hier spielen, ihre Freundinnen aber nicht? Elise hat sich diese Frage schon oft gestellt. Eine Antwort gibt es nicht. Für sie zumindest nicht.

Im großen Garten hinterm Haus sind ein paar Gemüsebeete sowie ein Hühnerstall, ein Waschhaus, ein Holz- und ein Kohleschuppen. Das Gelände bietet viele Gelegenheiten, um Höhlen zu bauen und einige herrliche Verstecke, doch nutzen kann sie die leider nur mit Friedrich. Genauso wie die Stachelbeeren, Äpfel und Johannisbeeren: Ohne Erlaubnis des Vaters dürfen Elise und ihr ein Jahr jüngerer Bruder nicht eine Frucht pflücken. Nicht einzusehen, aber selbstverständlich halten sie sich daran.

Als Paula sie am nächsten Tag nach der Schule und den Hausaufgaben zum Spielen abholt, gehen sie also am Garten vorbei. Ihre Freundin kennt die Regel und weiß, dass man sie nicht ändern kann. Elise sieht, wie ihre Großmutter Katharina gerade zusammen mit dem Hausmädchen Emma von der Feldarbeit zurückkommt. Vermutlich haben sie wieder einmal die schwarzgelben Kartoffelkäfer mit der Hand von den Pflanzen eingesammelt. Manchmal hilft Elise auch selbst im Garten beim Unkraut jäten oder Rüben ziehen, dafür bekommt sie dann schon mal von der Großmutter ein paar Pfennige zugesteckt.

Heute hat sie Besseres vor. Paula hat ihr Fahrrad mitgebracht. Sie gehen um das Haus, betreten das Schulgelände, und Paula fährt auf dem Pausenhof herum. Hier können sie immer spielen, auch hier gibt es viele Gelegenheiten, auf Bäumen herumzuklettern, sich zu verstecken oder mit Puppen zu spielen. In dem kleinen Sandkasten haben sie in den letzten Jahren schon sehr viele Stunden verbracht.

Elise schaut neidisch auf Paula. Sie hätte auch gern ein Fahrrad, doch Großvater, der ihr irgendwann eins kaufen will, findet es in ihrem Alter noch zu gefährlich. Paula hat außerdem noch einen Roller, sie natürlich nicht. Ihr Vater sagt immer, die einseitige Belastung des Körpers sei gesundheitsschädlich. Paulas Eltern denken da wohl anders und haben ihr einen gekauft, dabei haben sie gar nicht so viel Geld. Im Gegenteil: Paulas Vater hat seit einiger Zeit seine Arbeit verloren. Er hofft aber, schon bald wieder welche zu finden. Hitler hat schon viele neue Stellen geschaffen, sagt Paulas Vater.

Als ihre Freundin sie das Fahrrad auch einmal ausprobieren lässt, ist Elise etwas unbeholfen, hat Schwierigkeiten, auf dem Rad das Gleichgewicht zu halten. Ihre letzte Fahrt liegt ja auch schon Monate zurück. Sie wackelt unsicher mit dem Lenker, Paula lacht. Mit der Zeit geht es dann besser, doch genau jetzt will Paula ihr Rad wieder selbst fahren. Sie übernimmt, und etwas übermütig lässt sie mit einer Hand die Lenkstange los und fährt einhändig weiter. Elise staunt. Das könnte ich nicht, da würde ich hinfallen, denkt sie.

Plötzlich muss Paula kichern. „Weißt du noch, heute früh, beim Lehmann?"

Und wie Elise das wusste. Sie hatte während des Religionsunterrichts, als von Jesus als dem König der Juden die Rede war, plötzlich ihrer Tischnachbarin Paula zugeflüstert: „Lehmann, König der Glatzen". Ihr Lehrer hat etwas spärlichen Haarwuchs und nur noch einen kleinen Kranz am Rand des Kopfes. Der Spruch eilte wie ein Lauffeuer durch die Klasse, bis ihn natürlich auch Lehmann aufschnappte. „Von wem stammt das?", fragte er streng, und schon war Elise verpetzt: „Von der Plackwitz". Lehmann hat sie nach vorn zum Pult zitiert, ihr mit der Weidengerte ein paar Schläge auf die Finger gegeben und sie in die letzte Bank versetzt. Die Schläge taten fürchterlich weh und hinterließen leichte rote Striemen auf der Hand. „Morgen früh wirst du wieder hier sitzen", sagte Lehmann zu ihr. „Ich werde dich dann fragen: ‚Wer bist du?' Und du wirst antworten: ‚Die ungezogene Plackwitz'. Ist das klar?" Und wie klar das war. Auch jetzt ist ihr noch nicht zum Lachen zumute. Sie ärgert sich natürlich, dass sie verpetzt worden ist, schämt sich aber auch, weil sie sich schlecht benommen hat. Die ganze Zeit fragt sie sich, wie sie auf diese Bemerkung gekommen ist und warum sie es auch noch laut ausgesprochen hat. „Hoffentlich erfahren das meine Eltern nie", sagt sie zu Paula. „Mich muss der Hafer gestochen haben." Das sagt ihre Mutter immer, wenn sie etwas getan hat, was sie später bereut.

Mit der Zeit kommen auch Irene, Hedwig und Christel auf den Schulhof. Zum Glück reden sie nicht länger von dem Vorfall. Stattdessen spielen die Schulfreundinnen zusammen, klettern auf Bäume, obwohl sie das als Mädchen eigentlich nicht sollen. Sie springen mit dem Seil, rufen: „Wer hat Angst vorm Schwarzen Mann? – Niemand" und kreischen dann laut, als der „Schwarze Mann" versucht, sie zu fangen. Als sie gerade überlegen, noch Verstecken zu spielen, merkt Hedwig, dass es langsam dunkel wird und sie aufbrechen muss. Das geht allen so, denn spätestens wenn die Laternen angehen, sollen sie zu Hause sein. Schnell löst sich die Gruppe auf, alle laufen los.

Elise hat den kürzesten Weg. Sie geht über den Hof, öffnet das Gartentor, betritt das Haus mit der Nummer 2 und läuft die Treppen zum ersten Stock hoch, wo sie mit ihrem Bruder und ihren Eltern wohnt. Unten hat Großvater an Dr. Kortmann vermietet, den Zahnarzt. Im zweiten Stock wohnen die Großeltern. Elise klingelt, und Emma öffnet. Wie immer trägt sie ihre Schürze. Gut gelaunt kündigt sie an, dass das Essen gleich fertig sei, Elise solle sich ruhig schon mal die Hände waschen. Auf dem Weg zum Bad geht sie den langen Flur an Wohn- und Esszimmer vorbei. Die Dielen knarren, es klingt gemütlich, sie hört Klavierspiel. Da fällt ihr ein, dass sie heute gar nicht geübt hat, zum Glück hat Mutti nichts gesagt. Elise hat wenig Spaß am Klavier, sie mag es nicht, wenn Mutter sie beim Spielen ständig verbessern möchte. Sie bleibt kurz stehen, lauscht den Klängen und dem lauten Gesang der Mutter. Sie spielt täglich und singt leidenschaftlich gern. Ihr Klavierspiel hat ein Niveau, das Elise ihr Leben lang nicht erreichen wird. Die Standuhr schlägt und unterbricht das Spiel der Mutter.

Emma klopft an das Arbeitszimmer und öffnet die Tür einen Spalt breit. „Herr Amtsgerichtsrat, das Abendessen ist sogleich angerichtet. Wenn Sie bitte kommen und sich an den Tisch setzen mögen“, sagt das Dienstmädchen und schließt die Tür wieder. Auch den anderen gibt sie Bescheid, dann trägt sie das Essen auf den Tisch, und Elise muss sich beeilen. Wenn ihr Vater Platz nimmt, haben alle anderen schon zu sitzen, sonst kann es ungemütlich werden. Genauso wie man nicht aufstehen darf, bevor Vati seinen Stuhl vom Tisch abgerückt und sich erhoben hat. Schnell wäscht sie sich die Hände – aber mit Seife! – und begibt sich dann zu ihrem Platz im Esszimmer. Ihre Mutter ist schon da; hat sie nach dem Klavierspiel überhaupt die Hände gewaschen? Kurz darauf kommt auch ihr Vater aus dem Arbeitszimmer und verschwindet noch kurz im Bad. Im letzten Moment, bevor der Vater Platz nimmt, huscht auch Friedrich hinein, so dass strenge Blicke ausbleiben. Er hat Glück: Niemand fragt, ob er die Hände gewaschen hat.

Mutter erzählt begeistert, dass sie zusammen mit Emma ausnahmsweise ein zweites Mal an diesem Tag warm gekocht hat: „Ich hatte den ganzen Tag so einen Zieps auf Jauersche Würstel, dann hab ich sie bei Otto Ritter in der Auslage gesehen und musste sie einfach kaufen und sofort machen. Bis morgen hätte ich nicht mehr warten können.“ Sie blickt ihren Mann an: „Und außerdem hattest du ja heute kein warmes Mittagessen.“

Elise sieht wie Muttis Augen strahlen und schaut zu Vati, ob er das üppige Abendessen wohl für Verschwendung hält, aber er lächelt und sagt nur: „Du verwöhnst uns, Marta!“

Emma füllt die Teller auf und verlässt dann den Raum. Sie isst in der Küche und hat dann frei. Im Esszimmer ist es ruhig, und Mutter spricht das Tischgebet: „Komm, Herr Jesus, sei unser Gast, und segne, was Du uns bescheret hast. Amen.“

Dann nimmt der Vater Messer und Gabel in die Hand. Das ist das Zeichen, dass die anderen auch beginnen dürfen. Zu den Würsteln gibt es Kartoffeln und Salat aus dem eigenen Garten, angemacht mit etwas Essig, Sahne, Zucker und Öl. Während des Essens wird nicht gesprochen – „das ziemt sich nicht“. Wieder so eine Regel.

Elise tropft etwas Sauce neben den Teller. „Pass doch besser auf!“, schimpft die Mutter. „Die Tischdecke war gerade frisch gewaschen.“ Elise starrt auf den Boden. Sie hatte sich so vorgenommen, gut aufzupassen, aber wieder hatte sie gekleckert. Nur langsam isst sie weiter, auch Friedrich wirkt verschreckt.

Als die Eltern fertig sind, warten sie, bis schließlich auch Friedrich und Elise ihre Teller vollständig leer gegessen haben, denn das gehört sich so. Denn Essen wird nicht weggeworfen. Grundsätzlich nicht. Zum Abschluss, nach dem Grießbrei mit Vanille, einem Familienrezept mit Tradition, greift Vater zu seinem Mundtuch, tupft sich vorsichtig die Lippen ab und sagt: „Das war köstlich.“

Damit kann die Unterhaltung beginnen. „Wie war es denn in der Schule, Elise?“, fragt der Vater, der über Mittag ausnahmsweise im Gericht geblieben war und deshalb nicht am Essen der Familie teilgenommen hat. Sie berichtet, dass sie über den Erwerb der ersten deutschen Kolonien in Afrika vor 50 Jahren gesprochen haben. Ihr Klassenlehrer Becker behandelt besonders gern geschichtliche Themen. Dabei ist das kein Volksschulstoff, wie Vati sagt. Dann denkt Elise an den Vorfall bei Religionslehrer Lehmann und sagt schnell: „Ansonsten war alles wie immer, nischt Besonderes.“

„Und bei dir, Friedrich?“

„Wir haben Malnehmen geübt, ich konnte das Einmaleins am besten. Und beim Zeichnen haben wir Tiere gemalt. Ich hol sie schnell, wenn ich darf.“

Vater nickt, und Friedrich läuft in sein Zimmer und kommt mit seiner kleinen Schiefertafel und mit mehreren Blättern zurück. Auf der Tafel verfolgt Vater ein paar Rechenaufgaben, alles ist richtig gelöst. Elise ist erleichtert, dass keine weiteren Fragen zu ihrem Schultag zu erwarten sind. Alles dreht sich jetzt um die Malblätter ihres Bruders, auf ihnen sind ein paar Hunde und ein Zebra zu sehen. Ihr Bruder steht gern im Mittelpunkt, ihm wird auch sonst viel mehr Aufmerksamkeit als ihr zuteil, er ist der Liebling der Eltern. Manchmal ärgert sie das. Aber Friedrich kann wirklich gut malen, das muss Elise ihm lassen; neulich hat er sogar aus der Erinnerung seinen Klassenlehrer Blume mit flotter Feder porträtiert, was alle in der Familie amüsierte.

Das Gespräch wendet sich anderen Themen zu. Vaters Blick fällt auf einen Brief, der auf dem Tisch liegt. „Mein Cousin Herbert hat geschrieben", sagt er und zieht ein Blatt Papier aus dem Umschlag. Elise wird neugierig, sie mag Onkel Herbert.

„Herbert ist schlesischer Meister im Weitsprung geworden und macht sich Hoffnung auf eine Teilnahme bei den Olympischen Spielen in Berlin."

„Das ist ja unglaublich", ruft Elise. Onkel Herbert ist 26 Jahre alt und damit 21 Jahre jünger als Vater und – das weiß Elise – angehender Lehrer für Sport und Latein. „Ich möchte ihn so gern mal beim Wettkampf sehen. Geht das, Vati?"

„Da müssen wir ihn mal fragen, wann er hier in der Nähe antritt. Hast du auch Lust mitzukommen, Friedrich?" Er nickt begeistert und ist wohl auch froh, dass er nicht mehr von seinem Tag in der Schule berichten muss.

Denn Elise weiß, dass auch ihr Bruder nicht alles erzählt hat, was er erlebt hat. Auf dem Nachhauseweg hat er vor ihr mit seinen Streichen angegeben, von denen Vater besser nichts erfährt. Seiner Mitschülerin Elfriede setzte er, als sie zur Turnhalle gingen, einen Frosch in den Nacken. Als der Lehrer fragte, was los sei, konnte er Elfriede wohl nur mit der Aussicht auf einige Bonbons davon abbringen, ihn zu verpetzen. Später leerte er in seinem Zimmer die Hosentaschen aus und zeigt ihre stolz die gefundenen Sachen: Mehrere Federn, die Schalen von Vogeleiern in den unterschiedlichen Farben und Mustern sowie eine tote Maus. Diese dürfe Vati besser nicht entdecken, sagte er, öffnete das Fenster und warf das Tier in hohem Bogen in den Garten. Vermutlich hätte er sie gern noch eine Weile untersucht und vielleicht gezeichnet. Doch Elise erinnert sich, dass Vater schon zweimal eine tote Maus bei ihm gefunden hat und richtig böse geworden ist. Tote Tiere könnten nämlich Krankheiten übertragen, hat er beim ersten Mal erklärt. Als es sich trotzdem wiederholte, schickte Vati ihren Bruder hoch in sein Zimmer: „Da wirst du über dein Verhalten nachdenken!“ Es dauert Tage, manchmal Wochen, bis man nach so einem Streit mit Vater wieder beachtet wird. Das wollte Friedrich bestimmt nicht schon wieder riskieren.

Nach dem Essen verschwinden Elise und ihr Bruder wie fast jeden Abend nach oben zu den Großeltern. Vor lauter Eile lassen sie die Wohnungstür offen stehen, was Großvater Heinrich missfällt. Er ist empfindlich für kalte Luft und ruft: „Macht bitte die Tür zu. Hier zieht es wie Hechtsuppe!“ Das sagt er immer, aber Elise hat noch nie verstanden, was der Satz eigentlich bedeuten soll. Schnell schließt sie die Tür und läuft dann zu Großvater, der sie freudestrahlend anschaut.

Er sitzt im Sessel, lacht mit seinen gutmütigen, braunen Augen, die Elise so mag. Er hat graue Stoppeln auf den Wangen und freut sich wie immer, als sie ihn dorthin küsst. Für fast jede Neckerei ist er zu haben, und so dürfen sie Opa Heinrich die buschigen Augenbrauen kämmen und – weil er gut gelaunt ist – Schleifchen hineinbinden. Zur Belohnung gibt es für Elise und Friedrich jeweils zehn Pfennige, ahn Böhm, wie Opa sagt. Das reicht für eine Handvoll Bonbons morgen. Gern würde Elise die Arbeit auf dem Kopf fortsetzen, doch dort ist nicht viel zu holen. Großvater hat eine hohe Stirn, und das Haar dahinter ist kurz geschoren.

Auf der Fensterbank steht ein Foto, das ihnen besonders gut gefällt. Es zeigt den früheren Reichskanzler Otto von Bismarck. Darunter steht: „Wir Deutsche fürchten Gott und sonst nichts auf der Welt!“ Elise und Friedrich fragen Großvater über Bismarck aus, denn sie mögen es, wenn Opa von früher erzählt. Währenddessen schmust Elise mit Kater Schnurri, der ihr schon die ganze Zeit um die Beine herumstreift.

Großmutter Katharina kommt auch hinzu, sie bringt allen ein paar eingemachte Pflaumen. Der ganze Keller ist voller Weckgläser, und sie geht regelmäßig hinunter und dreht die Gläser, damit das Obst darin nicht schlecht wird. Sie erzählt, dass sie am Nachmittag nach der Arbeit im Garten noch ihre Schwägerinnen im Café Fliegner getroffen hat. Begeistert berichtet Katharina, wie sie Abgerührte gegessen haben, und Elise weiß, dass ihre Oma diese schlesische Kuchen-Spezialität liebt und sie besonders häufig mit ihren Verwandten im Fliegner isst. Das Fliegner ist nun mal eine Jauersche Institution, sagt Großmutter oft. Wahrscheinlich haben sie sich wieder gegenseitig von ihren Enkelkindern vorgeschwärmt, so wie meistens. Einmal war Elise dabei, und ihr war es eher unangenehm, so ungefragt zum Gesprächsthema zu werden. Wie Großmutter weiter erzählt, war kurz vor dem Abendbrot auch noch die Friseuse im Haus, die ihr den eher spärlichen Haarwuchs neu ondulierte. Für eine Woche müsse das jetzt wieder reichen, meint sie lachend.

Sie unterdrückt ein Gähnen und sagt dann zu Friedrich: „Komm wir schauen nach, ob im Schlafzimmer alles in Ordnung ist.“ Großmutter ist eine ängstliche Frau. Jeden Abend sieht sie unter dem Bett nach, ob vielleicht ein Fremder darunter liegt. Friedrich hat mit Elise einmal sogar überlegt, dass er sich zum Scherz unter dem Bett verstecken könnte. Doch Elise hat ihn gebeten, das nicht zu tun: Großmutter würde sich wahrscheinlich zu Tode erschrecken. Heute Abend jedenfalls liegt niemand unter dem Bett, und so mahlt Großmutter erleichtert schon für morgen früh die Bohnen in der Kaffeemühle. Dann schickt sie die Kinder nach unten und macht sich zum Schlafengehen fertig.

Als sie das Wohnzimmer ein Stockwerk tiefer betreten, berichtet ihr Vater gerade von Neuigkeiten aus dem Gericht: „Robert Schäfer hat jetzt die Direktorenstelle bekommen. Meine Bewerbung ist gar nicht diskutiert worden. Nicht, dass ich in diesen Zeiten unbedingt Gerichtsdirektor sein will, aber das geht nicht mit rechten Dingen zu. Der Schäfer ist doch erst ein paar Monate am Gericht und – wenn ich das in aller Bescheidenheit anmerken darf – auch kein besonders guter Richter. Aber du weißt ja, wie das heute läuft. Direktor Schäfer ist natürlich in der Partei.“

„Erich", wirft die Mutter ein. Die Kinder haben sich an den Tisch gesetzt und hören zu.

„Aber es ist doch wahr. Wie will er das nur mit der Unabhängigkeit des Richteramts in Einklang bringen? Neulich hat er mich wieder gefragt, ob ich nicht die Sache unterstützen und Mitglied der NSDAP werden wolle. Hitler sei der einzige, der Deutschlands Untergang verhindern könne. Was für ein Unsinn! Ich habe natürlich nicht darauf reagiert. Niemals werde ich in diese Partei eintreten. Diese Nazis haben doch überhaupt keinen Anstand. Sie trinken und prügeln sich in der Öffentlichkeit. Und wie sie mit ihren Fackeln durch die Straßen ziehen und Parolen rufen! In den letzten Jahren hatten sie doch immer diese Schlägereien mit den Kommunisten, das war doch niveaulos. Ihr wisst, dass ich kein Freund der Kommunisten bin – Gott bewahre –, aber dass man sie jetzt alle einsperrt, ist rechtlich auch fragwürdig. Aber ich glaube, Hitler wird bald stürzen. Solche Verhältnisse werden wir Deutschen uns nicht lange gefallen lassen. Wir sind doch ein freiheitsliebendes Volk."

„Sag das besser nicht so laut!" Mutter schaut ängstlich.

Elise findet es interessant, was ihr Vater sagt. Neugierig fragt sie ihn: „Warum ist Direktor Blumenthal eigentlich letztes Jahr so plötzlich gegangen? War er ein so schlechter Richter?"

Vater zögert etwas und antwortet dann leiser: „Nein, er war ein guter und unbestechlicher Richter. Aber er ist Jude."

„Ja, und? Was heißt das denn?", fragt Elise, die jetzt noch aufmerksamer wird. Herr Blumenthal ist der Vater ihres Mitschülers Hubert.

Erich schaut sie an und erklärt dann: „Juden dürfen nicht mehr an deutschen Gerichten arbeiten. Das haben die Nazis verboten."

Jetzt wird Elise so einiges klar, zum Beispiel, warum Hubert so ein Außenseiter ist. Ihr Mitschüler wird nicht nur geschnitten, sondern vor einiger Zeit haben einige Klassenkameraden ihm sogar aufgelauert, ihn festgehalten und dann langsam mit etwas kaltem Wasser überschüttet. „So, Hubert, jetzt bist du endlich auch getauft“, haben sie gerufen. Hubert lief weinend nach Hause, während alle anderen lachten.

Ähnlich wie Elise versinkt auch Marta in ihren Gedanken, sorgt sich, spürt, dass sie unruhig ist. Sie kennt das Gerechtigkeitsempfinden ihres Mannes, sie liebt diesen Charakterzug auch an ihm, aber manchmal verzweifelt sie auch daran, dass er so stur ist. Wahrscheinlich ist ihr Erich insgeheim sogar stolz darauf, dass er nicht wegen des Ausscheidens der jüdischen Richter befördert wird, glaubt sie. Aber sie versteht es nicht.

Sie denkt an Erichs Vetter Herbert, den Weitspringer. Der ist schon vor vielen Jahren in die NSDAP eingetreten, war kürzlich sogar mit seinem Freund Walter Reichel auf einem Reichsparteitag in Nürnberg, von dem er anschließend begeistert berichtete. Und jetzt steht er nicht nur kurz vor Olympia, sondern auch kurz vor einer großen Karriere an einer der Napola-Schulen, um dort die deutsche Elite der Zukunft auszubilden. Herbert hat doch Recht, wenn er sagt, dass Hitler gerade in Schlesien viele Arbeitslose von der Straße geholt hat. Zumindest steht er mit seiner Meinung nicht allein. Außerdem hat Hindenburg Hitler zum Kanzler ernannt, und der weiß doch, was er tut. Marta hat schon oft gehört, dass viele in Schlesien – mehr noch als in anderen Landesteilen – im Führer den Retter aus wirtschaftlicher Misere und nationaler Ohnmacht sehen. Man sollte ihm eine Chance geben, findet sie.

Kapitel 4

1946

Erich Plackwitz wacht ruckartig auf, vor seinen Augen flimmern noch die letzten Bilder seines Traums. Er sieht sich selbst, wie er mit dem Spaten in einem matschigen Loch steht und ohne Unterlass gräbt. Hinter ihm hat sich ein Unteroffizier aufgebaut und brüllt unverständliche Kommandos.

Wieder einmal hat Erich vom Schanzdienst geträumt. Glogau, Niederschlesien. An der Oder. Jugendliche um die 15 oder 16 Jahre hoben gemeinsam mit ihm und anderen Männern um die 60 zahllose Gräben aus und bildeten Wälle, um die Sowjets aufzuhalten. Militärisch gesehen war das im Nachhinein betrachtet völlig sinnlos, aber in den letzten Kriegsmonaten mobilisierte die Wehrmacht auch die ganz Jungen und die ganz Alten im Rahmen des sogenannten Volkssturms.

Erich erinnert sich, wie er sich im September 1944, kurz vor der offiziellen Ausrufung des Volkssturms, freiwillig zum Schanzdienst gemeldet hat. Er hat das damals nicht aus Überzeugung gemacht, der Krieg war aus seiner Sicht schließlich längst verloren. Er wollte lediglich die Ausübung eines Amtes vermeiden, das ihm wenige Wochen zuvor gegen seinen Willen zugetragen worden war: das des Bannrechtsreferenten. Damit wäre er Rechtsberater des Bannführers der Hitler-Jugend im Kreis Liegnitz geworden. Vermutlich steckte Robert Schäfer, sein parteitreuer Vorgesetzter am Amtsgericht Jauer hinter der Idee. Erichs Aufgabe wäre es gewesen, der HJ nicht genehme Gerichtsurteile zu melden und so die Richter zu kontrollieren. Diese sollten nämlich ihren Beitrag leisten, damit die deutsche Jugend, die während des Krieges zu verwahrlosen drohte, im Sinne der Nationalsozialisten erzogen werde. Erich sieht den Herrn Oberlandesgerichtspräsident noch vor sich, wie er ihm das damals pathetisch mit diesen Worten erklärte und damit seine Bedenken beiseite wischen wollte. Doch solche Kontrolldienste für die Nazis hätte Erich niemals übernommen. Er verwies auf sein Alter von 58 Jahren, betonte seine Nichtmitgliedschaft in NSDAP und HJ. Es müsse doch geeignetere Kandidaten geben, sagte er dem Oberlandesgerichtspräsidenten. Vergebens. Nur der Abordnung zum Schanzen war es schließlich zu verdanken, dass er das Amt des Bannrechtsreferenten nicht einen Tag lang ausgeübt hat.

In seinem Traum errichteten sie gerade Panzerfallen, als der Rückzugsbefehl kam, weil die Russen unmittelbar dabei waren, die Region um Glogau einzunehmen. Angeblich waren ihre Panzer schon fast in Sichtweite. Hektisch ergriffen alle ihre Sachen, und in dem entstehenden Durcheinander verlor Erich seine Brille. Ausgerechnet Paul Breitkopf, ein Optiker aus Brieg in seinem Alter, trat auf sie, so dass ein Glas zersplitterte und sich das Gestell verbog. Ohne Brille war er fast blind. Seine schlechten Augen hatten Erich schon im Ersten Weltkrieg vor dem Militärdienst bewahrt. Nur auf Umwegen fand Erich mit der kaputten Brille in der Hand in letzter Minute den Weg zu den Lastwagen der Wehrmacht, mit denen sie schließlich von Glogau weggebracht wurden. Genauso war es tatsächlich gewesen, und er träumte immer wieder davon.

Er schüttelt sich, als wolle er die Erinnerung an die Vergangenheit so schneller loswerden. Er fasst neben sein Bett, und da liegt dieselbe Brille noch: Breitkopf hat sie damals notdürftig wieder zurechtgebogen.

Heute, ziemlich genau ein Jahr später ist auch das zweite Glas längst wieder in seiner Brillenfassung. Erich lebt inzwischen im fränkischen Ort Steinwiesen. Dorthin hat ihn der Volkssturm kurz vor der Kapitulation Deutschlands verschlagen. Mit seinen Kollegen wurde er zum Anlegen und später zur Beseitigung von Panzer- und Straßensperren herangezogen. Noch vor Ende des Krieges bemühte er sich um die Dienstaufnahme bei einer Justizbehörde. Sein Antrag wurde am Amtsgericht Kronach zwar angenommen, aber wegen der nach Kriegsende eingerichteten amerikanischen Verwaltung nie bearbeitet. Inzwischen strebt er erneut die Wiederaufnahme in den Gerichtsdienst an. Er ist überzeugt, dass es Bedarf an Juristen geben muss, die das nationalsozialistische System nicht unterstützt haben.

Es ist Anfang März 1946, und Erich will im Laufe des Tages den „Ergänzungs-Fragebogen der Alliierten für Richter, Staatsanwälte, Notare und Rechtsanwälte" abschließend ausfüllen. Dann, hofft er, kann er endlich wieder in seinem alten Beruf arbeiten und vielleicht dabei helfen, aus Deutschland wieder einen funktionierenden Rechtsstaat zu machen.

Erich schiebt die Bettdecke weg und nimmt seine Waschschüssel. Zum Glück hat er Seife, Lappen und Handtücher. Etwa eine halbe Stunde braucht er für die morgendliche Reinigung mit kaltem Wasser, danach putzt er drei Minuten lang die Zähne – die Taschenuhr überwacht die Zeit ganz genau. Anschließend rasiert er sich. Vor zwei Tagen ist es ihm gelungen, ein paar neue Klingen zu besorgen. Ein Glücksfall. Die letzte war schon so unscharf, dass sie immer wieder in den Stoppeln hängen blieb, was sehr schmerzhaft war und ihm manchmal Schnittwunden zufügte. Mit der neuen Klinge geht es viel besser, zufrieden streicht sich Erich über die frisch rasierte Wange. Nun nimmt er den Kamm und zieht den Scheitel auf seinem Kopf exakt nach. Der Spiegel in seinem Zimmer hat einen Sprung. Aber besser als nichts. Er zieht seine Hose an, prüft die Bügelfalte, zum Glück bügelt Frau Spitzer seine Sachen, wenn er sie bittet. Darüber ein weißes Hemd, die Ärmel sind durchgescheuert, aber das sieht man nicht. Er bindet sich eine Krawatte um und schlüpft in seine Anzugsjacke. Draußen wird es langsam hell, es sieht kalt aus. Er nimmt den Mantel aus dem Schrank, geht die Treppe hinunter und verlässt das Haus. Wie jeden Tag macht er vor dem Frühstück einen kleinen Spaziergang.

Er öffnet das Gartentor und blickt zurück auf das Haus von Spitzers. Die Familie hat ihn vor einigen Monaten aufgenommen und ihm ein Zimmer vermietet. Nicht ganz freiwillig, wie er weiß. Es sind viele Flüchtlinge aus Schlesien und vor allem aus dem Sudetenland nach Bayern gekommen. Die Behörden wissen nicht, wo sie alle unterkommen sollen. Wer ein bewohnbares Haus hatte, wurde zum Zusammenrücken aufgefordert und sollte Platz für Flüchtlinge machen. Steinwiesen blieb vom Krieg weitgehend verschont, hier gab es keine Luftangriffe. Spitzers haben zwei Zimmer zur Verfügung gestellt. Im Zimmer neben Erich wohnt seit einigen Wochen eine ältere Dame mit ihrer Tochter. Sie werden genauso als Preußen belächelt wie er. Die Einheimischen schauen seltsam auf sie, manchmal auch etwas gehässig, scheint ihm. So richtig willkommen sind sie nicht. Heimatlose aus dem Osten halt.

Wenn er sich vorstellt, dass er jetzt tatsächlich Flüchtling ist, überkommt ihn der Gram. Er war schließlich Richter, hoch angesehen in Jauer, mit einem großen Haus und fest verankert in der Kleinstadt. Man kannte ihn und grüßte ihn auf der Straße. Das hat er alles verloren; wo er jetzt lebt, wird er geduldet, mehr nicht. Die Menschen um ihn herum sprechen den falschen Dialekt und haben die falsche Religion. Fast alle sind katholisch hier.

Der Krieg ist vorbei, ein Glück. Aber irgendwie geht der Krieg auch weiter. Ein Zurück in das alte Leben gibt es nicht. Zumindest ist es nicht in Sicht.

Seine Nachbarinnen dürften ähnlich empfinden. Sie kommen ebenfalls aus Niederschlesien. Hirschberg. Die Stadt am Rande des Riesengebirges. Erich hat sie gefragt, wie es dort aussieht und wie sie es nach Steinwiesen geschafft haben, doch die beiden wirken verstört und weichen seinen Fragen meistens aus, erwähnen nur vage einen endlos langen Flüchtlingstreck. Elend und Eiseskälte. Hunger und Gewalt. Keine Einzelheiten, Sprachlosigkeit. Menschen aus Jauer sind sie auf der Flucht nicht begegnet, haben sie gesagt. Und dann haben sie ihn gebeten, nicht noch mehr Fragen zu stellen. Er weiß aber von Frau Spitzer, dass sie auf Nachricht von ihrem Mann und Vater warten, der offenbar von den Russen gefangen gehalten wird.

Auf Nachricht wartet auch Erich. Vor zwei Monaten hat er das letzte Mal von seiner Frau Marta und seiner Tochter Elise gehört. Da lebten sie weiterhin im seit Kriegsende polnisch besetzten Jauer. Sie arbeiten in polnischen Familien und können sich mehr schlecht als recht durchschlagen. Er vermisst sie, vor allem seine liebe Marta, diese zarte, energische Frau mit den hellwachen Augen.

Auch Erich hat Mühe, sich über Wasser zu halten. Seine Geldvorräte, die er nach Bayern mitbringen konnte, sind so gut wie aufgebraucht. Seine Kleidung sieht abgetragen aus, aber es gibt fast nirgends neue zu kaufen. Arbeit hat er keine; hin und wieder kann er sich mit Schreibarbeiten ein paar Mark verdienen. Der Handel mit amerikanischen Zigaretten, mit dem so viele andere Geld verdienen, ist ihm fremd, der ganze Schwarzmarkt nicht geheuer. Zuletzt hat er nicht einmal die knapp bemessenen Lebensmittelmarken vollständig verbraucht, weil das Geld fehlte, um die Milch zu bezahlen, die ihm eigentlich zustand. So gab er sie an Frau Spitzer weiter, die ihm seitdem auch mal eine Scheibe Käse zukommen lässt und netterweise seine Strickjacke geflickt hat.

Erich hat im Grenzdurchgangslager Friedland seine Adresse und die Namen seiner gesuchten Angehörigen hinterlassen. Er möchte endlich Klarheit darüber bekommen, was mit seiner Familie passieren wird, ob Marta und Elise vorhaben, Schlesien zu verlassen. Selbst zurückkehren kann er nicht, das lassen die polnischen und sowjetischen Behörden nicht zu. Briefe schreiben ist nur ganz selten erfolgreich, und so versucht er, mit Hilfe des Roten Kreuzes Kontakt zu seiner Frau aufnehmen. Spätestens wenn sie Schlesien verlassen, wird er von den beiden hören, hofft er.

Schon lange kein Lebenszeichen gibt es von seinem Sohn Friedrich, der als Soldat gegen die Sowjetarmee und zwischendurch auch mal an der Westfront gekämpft hat. Zuletzt hat er sich im Februar 1945 gemeldet. Hat er den Krieg überlebt? Ist er vielleicht in russischer Kriegsgefangenschaft, von der man so schreckliche Dinge hört? Erich weiß es nicht.

Der Krieg hat so viele Familien zerrissen, denkt er verbittert, als er nach drei Straßen in einen Waldweg abbiegt. Wie künftig ein gemeinsames Familienleben aussehen könnte, mag er sich selbst mit viel Phantasie nicht vorstellen. Hitler und seine Politik haben alles kaputt gemacht, was sich seine Familie und die seiner Frau über Generationen aufgebaut hatten. Zerstörte Städte, zerstörte Seelen. Aber was wäre geworden, wenn Hitler den Krieg gewonnen hätte? Auch das möchte er sich nicht ausmalen. Gegenwärtig sieht es jedenfalls so aus, als hätten ihn die Nazis mit ihrer verbrecherischen Politik um die Heimat gebracht. Erich überfällt eine Empfindung von Wut und Ohnmacht. Er schiebt sie weg. Im Moment steht der Kampf um das tägliche Überleben im Vordergrund, sonst nichts.

Und dafür muss er möglichst schnell seine Richterstelle wiederbekommen, er darf nicht länger warten. Heute geht er nur den kleinen Rundweg und verlässt den Wald schnell wieder. Ein Altwarenhändler hat hier außerhalb des Ortes ein großes Grundstück angemietet. Riesige Stapel von Alteisen liegen hier herum, offenbar lassen sich gute Geschäfte damit machen. Erich sieht immer wieder Menschen, die Metall sammeln und verkaufen, um an Geld und Essen zu kommen.

Vor solchen Problemen möchte er nicht stehen und spürt plötzlich eine feste Entschlossenheit in sich. Er kehrt auf kürzestem Weg zum Spitzer-Haus zurück. Nach dem Frühstück wird er sich sofort an den Fragebogen machen. Aufschub kann es nicht mehr geben, wenngleich ihm die ausführliche Befragung unangenehm und in seinem Fall auch unangemessen erscheint. Er hat sich als Richter schließlich nichts zuschulden kommen lassen.

Frau Spitzer ist höflich und zuvorkommend wie jeden Morgen. Es gibt Getreidekaffee und selbstgebackenes Brot mit Marmelade. Sogar ein gekochtes Ei steht auf dem Tisch, denn die Spitzers halten Hühner im Garten. Genauso wie das große Gemüsebeet und das Kartoffelfeld sind sie eine Garantie für das Überleben in diesen Zeiten.

Erich hat in den vergangenen zwei Jahren mehr als zehn Kilogramm abgenommen. So richtig satt gegessen hat er sich schon monatelang nicht mehr. Doch ist man so bescheiden geworden, dass man mit allem zufrieden ist, auch wenn es ganz wenig ist. Erich will auch heute nicht gierig erscheinen, also beendet er das Frühstück mit leicht knurrendem Magen; schließlich haben alle nur wenig zu essen. Er dankt seiner Wirtin für das Frühstück und begibt sich auf sein Zimmer.

Ich war krank, schwer krank. Drei Tage lag ich mit mehr als 40 Grad Fieber im Bett. Ich merkte nicht, was um mich herum vor sich ging. Einmal kam sogar der Leutnant an mein Bett und fragte nach meinem letzten Willen. Ich wollte noch einmal nach Hause, sagte ich. Er versprach es mir. Eines Morgens wachte ich fieberfrei wieder auf. Aber meine Batterie mit den anderen Flakhelfern war schon wieder abgereist. Ich war allein zwischen fremden Stabshelferinnen. Meine Batterie soll nach Magdeburg gefahren sein. Ich soll so schnell wie möglich nachkommen. Dabei bin ich in Ketschdorf, nur 25 Kilometer vor Jauer. Was machen wohl Vati, Mutti, Großmutti und Friedrich? Wird Jauer schon evakuiert? Man munkelt hier so etwas. Unsere schöne Wohnung und die ganzen Sachen! Soll das alles im Stich gelassen werden? Ich mag nicht daran denken. Durch Breslau geht schon die Hauptkampflinie, erfahre ich. Angeblich wird gerade um die Jahrhunderthalle gekämpft.

Nach langem Kampf und unendlichem Bitten habe ich bis zum 9. Februar Sonderurlaub auf Ehrenwort rausgeschunden. Der Leutnant hat Wort gehalten. Und ich habe tatsächlich einen Lkw erwischt, der mich nach Jauer bringt! Auf den Landstraßen begegnen wir langen Flüchtlingstrecks. An den Straßenrändern liegen immer wieder tote Pferde. Das Elend ist kaum zu beschreiben.

In Jauer steht die Tür zum Hof offen. Einige Kinder laufen neugierig herum. Großmutti ist zu Hause. Ich beginne hemmungslos zu weinen. Das wäre mir früher nie passiert. Aber nach den Strapazen und der Krankheit war ich völlig fertig. Ich aß erst einmal etwas, und dann kam Mutti wieder, die jetzt beim Roten Kreuz Dienst tun muß. Noch einmal brechen die Trä-

nen aus mir heraus. Mutti wäscht meine ganze Wäsche. Ich kann baden und Haare waschen. Das hatte ich so lange entbehrt – schöner können die Dinge gar nicht sein. Ich schlafe im frisch bezogenen Bett neben Mutti. Vati ist irgendwo an der Oder im Einsatz. Mit fast 60 Jahren ist er kürzlich nur knapp der sowjetischen Gefangenschaft entkommen. Briefe schreiben darf er nicht, Briefe empfangen auch nicht. (7. Februar 1945)

In seinem Zimmer steht ein alter Sekretär mit einer ledernen Schreibunterlage, auf der er seine Papiere neben seinem Briefbeschwerer aus Messing, den er aus Schlesien herüberretten konnte, ausbreitet. Schon liegt der Fragenkatalog der amerikanischen Besatzungsmacht vor ihm.

„Waren Sie jemals Mitglied des ‚Volksgerichtshofs'? In welcher Eigenschaft", lautet die erste Frage auf dem Bogen, den er ausfüllen muss. Erich nimmt seinen Füllfederhalter, taucht ihn in das bauchige, blaue Tintenfass und schreibt: „Nein."

Danach geht es um seine beruflichen Tätigkeiten als Jurist in Strafsachen. Erich gibt stichwortartig seinen Lebenslauf wieder, beschreibt seine Stationen als Staatsanwalt und Richter.

„Haben Sie an Sitzungen teilnehmen müssen, in denen Deutsche verurteilt wurden, weil sie ausländische Radiosendungen abgehört hatten?" Erich schreibt: „Als Straf- und Zivilrichter niemals", wird aber unsicher, als die nächste Frage lautet: „In welcher Eigenschaft haben Sie solche Fälle zu bearbeiten gehabt? Wie vieler Fälle können Sie sich erinnern?" Erich denkt an seinen Nachbarn, der immer BBC gehört und die Informationen mit ihm geteilt hat. Zum Glück wurde er niemals dabei erwischt. Erich erinnert sich aber auch an einige Situationen, als er nach Ausbruch des Krieges 1939 wohl doch mit ähnlichen Fällen konfrontiert war. Aber hatte er auch als Richter darüber zu urteilen? Erich ist sich ziemlich sicher, dass das nicht der Fall war, will aber auf keinen Fall falsche Angaben machen. Also streicht er „Als Straf- und Zivilrichter niemals" sorgfältig durch und notiert stattdessen: „Nach meiner Erinnerung nicht". Er habe wohl nur als

Ermittlungsrichter mit solchen Fällen zu tun gehabt, die Zahl sei gering gewesen und Näheres „nicht mehr erinnerlich". Die Formulierung gefällt ihm.

Weiter geht es mit der Frage: „Haben Sie an Rechtsfällen teilnehmen müssen, in denen jüdisches Eigentum beschlagnahmt oder enteignet wurde? In welcher Eigenschaft haben Sie solche Fälle zu bearbeiten gehabt?" Erich schreibt: „Als Straf- oder Zivilrichter niemals, aber mehrfach als Grundbuchrichter." Er zögert, ob er schreiben soll, dass diese Fälle keinesfalls mit seinem persönlichen Rechtsverständnis in Einklang standen, doch weil nicht danach gefragt wird, verzichtet er auf weitere Ausführungen.

„Welche beruflichen und privaten Verbindungen hatten Sie mit Beamten der Gestapo?" Er taucht den Füller wieder ins Fass und bringt zu Papier: „privat keine, beruflich in Ermittlungsverfahren wenige". Und er ergänzt auf die nächste Frage, dass er mit keinen Beamten der Gestapo näher bekannt oder befreundet war.

Nun kommen die schwierigen Fragen, wegen derer er den Bogen beim ersten Mal zur Seite gelegt hat: „Wie können Sie die Tatsache erklären, daß ehrbare Menschen wie Richter und Juristen jeder Art, die geschworen hatten, das Recht und die Gesetze zu verteidigen, das deutsche Volk vor Unrecht und Willkür zu schützen, ohne Protest zu Hitlers und Himmlers ‚Gestapo-Justiz' übergingen?". Erich schluckt. Einerseits stellt er sich diese Frage auch seit vielen Jahren, andererseits war die Situation in den Jahren seit 1933 auch für ehrbare Menschen nicht leicht. Länger versucht er sich auf einem Schmierzettel an einer Antwort, bis er schließlich schreibt: „Wenn alle Wohlgesinnten den (nicht von ihnen selbst gemachten) NS-Gesetzen den Gehorsam verweigert hätten, wären sie zumindest entlassen und durch gefügigere Kräfte ersetzt worden. Dann wäre die Auslegung der NS-Gesetze noch viel schärfer geworden. Durch das Verbleiben im Amt wurde vieles gemildert." Der knappe Platz für die Antwort ist trotz kleiner Schrift längst ausgefüllt. Erich überlegt, macht ein Kreuzchen und fügt dann unten auf der Seite hinzu: „Wegen des passiven Widerstands vieler Richter wurden ja die Sondergerichte und der Volksgerichtshof eingerichtet und auch die Juden und Polen der Polizeigerichtsbarkeit ausgeliefert.“ Erich denkt an seinen Vorgesetzten Robert Schäfer, den Direktor am Amtsgericht Jauer, einen überzeugten Nazi, und fragt sich, ob er die Situation wirklich angemessen beantwortet hat. Er beschließt, dass es für ihn persönlich zutrifft und belässt es dabei.

„Haben Sie persönlich irgendwelchen Protestversuch gemacht oder Ihr Amt niedergelegt?“ Wieder dauert es einige Minuten, bis Erich seine Antwort findet: „Ich habe wiederholt (auch Vorgesetzten gegenüber) zum Ausdruck gebracht, dass Deutschland unter Hitler kein Rechtsstaat mehr, sondern ein Polizeistaat sei, dass man aber nichts dagegen unternehmen könne, da man Frau und Kinder habe und deren Dasein nicht gefährden wolle.“

Er erinnert sich an den Sommer 1943, als ihm sein Freund Oskar Schauer von einem Treffen in Kreisau berichtete, auf dem Gegner Hitlers ihre Pläne für ein demokratisches Deutschland nach dem Krieg beraten wollten. Erich hatte damals interessiert nachgefragt und viel Sympathie empfunden, aber eine Mitarbeit war ihm viel zu riskant erschienen. Schließlich hatte er Familie. Und er sollte ja leider Recht behalten, denn einige aus dem Kreis wurden später hingerichtet, allen voran Helmuth James Graf von Moltke, der die Widerstandsgruppe gegründet hatte. Sollte er den Alliierten berichten, dass er schon damals von dem Kreisauer Kreis wusste? Da er gar nicht genau weiß, was Moltke und seine Freunde seinerzeit beraten haben, nimmt er davon Abstand.

Auf dem ebenfalls beigefügten persönlichen Fragebogen trägt er anschließend seine Daten ein. Dann kommen die Fragen nach der Mitgliedschaft in der NSDAP und ihrer Untergruppierungen. Er füllt sie wahrheitsgemäß aus und ist durchaus etwas stolz, als er sieht, dass er 19mal hintereinander mit „Nein“ geantwortet hat. Schwieriger wird es bei den Fragen nach den Berufs- und Sportverbänden. Auf einem Extrablatt erklärt Erich den Alliierten, warum es in diesem Teil der Befragung einige „Ja“-Antworten gibt: „In diese Vereinigungen bin ich nicht durch Einzeleintritt hineingekommen, sondern dadurch, dass ich schon lange vor der Machtübernahme durch die NSDAP den völlig unpolitischen Vorgängerverbänden angehörte. Diese sind von der NSDAP im Ganzen in die entsprechenden NS-Reichsbünde überführt worden ohne Rücksicht auf den Widerspruch vieler Mitglieder, die, wenn sie daraufhin ausgetreten wären, der Vorteile aus der bisherigen Beitragszahlung (z.B. Sterbegeld und dergleichen) verlustig gegangen wären. Dem preußischen Beamtenbunde und dem preußischen Richtervereine bin ich schon viele Jahre vor der Machtübernahme beigetreten, weil diese Vereinigungen die wirtschaftlichen Belange der Beamten und Richter vertraten. Nach der Machtübernahme habe ich die Zusammenschlüsse abgelehnt. In der ersten Richterversammlung zur Beratung über den Beitritt zum NS-Rechtswahrerbunde habe ich in Gegenwart des Landgerichtspräsidenten als erster das Wort ergriffen und mich dagegen ausgesprochen."

Erich spürt wieder die Aufregung, die damals seinen Körper durchdrang. Er hatte wirklich kein Blatt vor den Mund genommen, und im Nachhinein erscheint es ihm fast verwunderlich, dass er nicht festgenommen oder zumindest vom Richteramt suspendiert worden war.

Schnell konzentriert sich Erich wieder auf den Fragebogen. Eine Mitgliedschaft in weiteren nationalsozialistischen Organisationen kann Erich erneut allesamt verneinen, ebenso die nach Publikationen oder Reden aus der Zeit. Schließlich trägt er noch seine genauen Dienstjahre in eine Tabelle und gibt die Verdienste an, so weit er noch über Unterlagen darüber verfügt. Die Fragen nach dem Militärdienst beantwortet er mit einer knappen Schilderung seiner Tätigkeiten im Schanzdienst. Dabei fällt ihm sein Traum wieder ein. Die Zeit lässt ihn nicht los.

Auf die Frage nach der Mitgliedschaft in einer politischen Partei vor 1933 antwortet er: „Ich habe niemals irgendeiner politischen Partei angehört, weil ich mich als Richter völlig unparteiisch halten wollte." Bei den abschließenden Anmerkungen schließlich fügt er noch an: „Wegen meiner Nichtzugehörigkeit zur NSDAP und seiner Gliederungen habe ich Nachteile gehabt. In Jauer bin ich, obwohl ich bei weitem der dienstälteste Richter war, nicht befördert worden."

Erich liest noch einmal über seine Antworten und ist insgesamt zufrieden. Ein letztes Mal greift er zum Füllfederhalter, taucht ihn in die Tinte und setzt schwungvoll zur Unterschrift an: „Nach bestem Wissen. Erich Plackwitz, 4. März 1946, Steinwiesen", schreibt er.

Kapitel 5

1938

An Sonntagen, wenn es nicht gerade in Strömen regnet, verspürt er fast immer diesen inneren Drang, stundenlang spazieren zu gehen. Egal, was um ihn herum passiert, was Frau und Kinder vorhaben, was ihn beruflich oder politisch beschäftigt. Sonntag ist Wandertag.

So auch heute. Die Tage werden kürzer, er ist früh losgegangen. Inzwischen ist Erich schätzungsweise 20 Kilometer gelaufen und spürt eine angenehme Müdigkeit in den Beinen. Er liebt seine Heimat, südlich von Jauer beginnt sofort das dem Riesengebirge vorgelagerte Katzbachgebirge mit seinen hügeligen Landschaften und den wunderschönen Alleen – dem Flachland hingegen kann er nicht viel abgewinnen. Er nimmt seinen kleinen Metallbecher in die rechte Hand und füllt ihn in dem klaren Bach am Waldrand voll Wasser, trinkt ausgiebig, das tut nach dem langen Spaziergang gut. Außer dem Becher hat Erich – wie immer, wenn er wandert – nichts dabei. Kein Essen. Keine Wanderkarte. Kein Geld.

Er lässt den Spaziergang noch einmal Revue passieren: Er hat die Natur genossen, Vögel bestaunt, unter dem bunten Laub Fuchsbauten entdeckt und erfrischendes Quellwasser gefunden. Der Sonntag war wieder einmal sehr zufriedenstellend. Für Anfang November ist es sogar noch recht warm.

Leise vor sich hin summend erreicht er wieder den Stadtrand von Jauer, überquert auf einer kleinen Brücke die Wütende Neiße, die mit beachtlicher Strömung unter ihm fließt. Schon bald steht er vor der Friedenskirche, dem Wahrzeichen der Stadt. Wie in den Nachbarorten Schweidnitz und Glogau war die protestantische Friedenskirche das Ergebnis des Westfälischen Friedens von 1648. In der Schule hat Erich es immer wieder gelernt: Drei eigene Gotteshäuser billigte das Regelwerk, das den 30-jährigen Krieg beendete, den schlesischen Protestanten in den Erbfürstentümern der Habsburger zu. Die Kirche in Jauer wurde 1652 genehmigt und drei Jahre später vollendet.

Er betritt das Innere des Fachwerkgebäudes, die vier mit zahllosen prachtvollen Bildern verzierten Emporen der Kirche beeindrucken ihn immer wieder. Sie zeigen Darstellungen aus dem Alten und Neuen Testament, aber auch Motive aus dem Fürstentum Jauer und Wappen der örtlichen Adelsfamilien. Erich hält einen Moment inne, er ist evangelisch, eine andere Religion für sich kann er sich nicht vorstellen. Das Protestantische entspricht seinen eigenen Werten und seiner preußischen Mentalität. In der Friedenskirche hat er einen festen Sitzplatz in der ersten Reihe. Neben dem für den Bürgermeister reservierten Platz betrachtet er das Schild, das seine hervorgehobene Stellung in der Kleinstadt dokumentiert: „Erich Plackwitz, Amtsgerichtsrat".

Nach ein paar Minuten geht er weiter und erreicht bald das Zentrum. Wie in fast jeder schlesischen Stadt gibt es auch in Jauer einen Ring, einen rechteckigen Marktplatz mit einem Rathaus in der Mitte. An den vier Seiten mit den schönen alten Bürgerhäusern befinden sich Laubengänge. Für ihn ist Jauer Schlesiens schönste Laubenstadt – andere, wie die Hirschberger, dürften das vermutlich anders sehen. Erich wirft einen kurzen Blick auf das Theaterprogramm dieses Monats und seufzt enttäuscht, weil die Nazis seit Jahren die verfemten Autoren vom Spielplan genommen haben. Wofür das Theater im Oktober 1933 zum Niederschlesischen Landestheater befördert wurde, ist ihm schleierhaft. Selbst die Klassiker werden inzwischen so gespielt, als seien sie Propagandamaterial der NSDAP. Und Schiller haben sie ganz vom Spielplan gestrichen. Zu viel ist bei ihm die Rede von Freiheit. Erbärmlich. Es schmerzt ihn, wenn er an frühere Aufführungen denkt. Nicht alles hat ihm gefallen, sicher, aber es sah wenigstens nicht jedes Stück so aus als sei es von einem minderbemittelten Blockwart zensiert worden.

Leichter Nieselregen setzt ein, wie passend zu seinen Gedanken. Zum Glück hat er es nicht mehr allzu weit bis nach Hause, er setzt seinen Weg zügig über die Blücherstraße und die Striegauer Straße fort. Dann biegt er links in die Humboldtstraße ein, wechselt ein letztes Mal die Straßenseite und erreicht schließlich das Haus. Als er die Tür öffnet, hat der Regen schon wieder aufgehört.

Die Familie hat Erich schon erwartet, und seine Frau Marta hat Königsberger Klopse mit Kartoffelpüree gekocht. Dazu Kohlgemüse. Emma serviert, Erich hat großen Hunger und sieht freudig zu, wie Elise und Friedrich staunen, weil er so viel essen kann. Er nimmt einen zweiten und dann noch einen dritten Teller voll. Zum Nachtisch gibt es Kompott aus Stachelbeeren. Die Früchte sind aus dem eigenen Garten und wurden für den Winter eingekocht. Auch hier schafft er zwei Portionen. Schließlich tupft er sich mit dem Mundtuch ab und sagt: „Das war wieder sehr schmackhaft heute."

Seine Worte lösen die disziplinierte Ordnung am Tisch ein wenig. Friedrich setzt sich bequemer hin. Er riskiert es sogar, seinen linken Ellenbogen auf den Tisch zu legen, was während der Mahlzeit im Hause Plackwitz selbstverständlich nicht erlaubt ist. Erich bemerkt es, sagt aber nichts, weil er zu müde für einen Vortrag über gutes Benehmen ist. „Was kommt denn morgen in der Schule auf euch zu? Seid ihr gut vorbereitet?", fragt er stattdessen.

Elise berichtet von Latein, ihrem Lieblingsfach: „Wir nehmen gerade Gerundium und Gerundivum durch. Das ist ganz leicht", sagt sie. Die 14-Jährige und ihr gut ein Jahr jüngerer Bruder sind nach der Volksschule auf das Humanistische Gymnasium in Jauer gewechselt. In der ganzen Stadt ist man stolz darauf, dass dort einst der schlesische Schriftsteller Paul Keller unterrichtet hat. Erich hat seinen Kindern vermittelt, dass diese Tradition für sie eine Art Verpflichtung ist, einen guten Abschluss zu erreichen.

Seit einem Jahr heißt die Lehranstalt „Gneisenauschule – Oberschule für Jungen". Dank einer Sondererlaubnis darf auch

Elise als eines von wenigen Mädchen die Schule besuchen. Der Weg morgens ist kurz, denn die Schule ist das Nachbargebäude in der Humboldtstraße. Für Erich ist der Schulbesuch seiner beiden Kinder finanziell eine Herausforderung. Er muss nicht nur Schulgeld zahlen, sondern neben den all den Stiften, Heften und Linealen auch noch die Bücher anschaffen. Doch gute Bildung für seine Kinder ist ihm sehr wichtig. Eine Beförderung verbunden mit mehr Gehalt wäre nicht schlecht. Aber damit ist für ihn nicht zu rechnen in diesen Zeiten.

„Was lest ihr gerade in Deutsch?", will er von seiner Tochter wissen.

„Wir fangen bald mit ‚Die Weber' von Gerhart Hauptmann an."

Erich stutzt: „Habt ihr nicht gerade erst ‚Bahnwärter Thiel' gelesen? Nun, außer Hauptmann ist ja inzwischen fast alles verboten", grantelt er und sieht darin einen weiteren Beweis dafür, wie einseitig die Kulturpolitik der NSDAP ist. Alles, was einen eigenständigen Geist versprühen könnte, wird in Deutschland angefeindet und geknechtet. Er selbst hat für seine Kinder unter anderem ein paar Bücher von Erich Kästner im Haus behalten, die vor allem von Elise verschlungen werden. „Emil und die Detektive"„Pünktchen und Anton" und „Das fliegende Klassenzimmer". Das ist nicht ganz ungefährlich. Denn die Nationalsozialisten haben Kästner auf den Index gesetzt, und seine Bücher sind am 10. Mai 1933 neben denen vieler anderer Autoren öffentlich verbrannt worden.

„Bei mir gibt es nichts Besonderes", unterbricht Friedrich seine Gedanken. Der Junge ist gern der Dreh- und Angelpunkt der Gespräche, Elise ist da viel zurückhaltender. „Vielleicht male ich morgen mal unser Haus", sagt er. „Das wollte ich doch immer schon."

„Hauptsache, du zeichnest nicht wieder so freche Bilder von deinen Lehrern". Marta ist besorgt, denn kürzlich musste Erich in der Schule vorsprechen, weil eine Karikatur von Friedrich durch die Schulreihen geisterte und allenthalben für Gekicher sorgte.

„Die Elise wird schon auf mich aufpassen."

„Dafür bin ich dann gut genug", empört sich seine Schwester. „Aber wenn du mit mir durch die Stadt gehst, so wie heute früh auf dem Weg zum Gottesdienst, läufst du immer zehn Meter hinter mir her und tust so, als würdest du mich nicht kennen!"

„Stimmt das?", fragt Erich.

„Nu freilich. Neben einem Mädchen herumzulaufen, ist peinlich. Auch wenn es die Schwester ist. Was sollen denn meine Freunde denken, wenn sie mich mit Elise sehen?"

Erich wirft Friedrich einen strengen, aber zugleich etwas amüsierten Blick zu. Auch seine Frau sagt nichts, denn der Junge bekommt von ihr eine besondere Aufmerksamkeit, nicht zuletzt wegen seiner musischen und künstlerischen Fähigkeiten. Am Nachmittag, so hat sie ihm vorhin begeistert erzählt, hat er sie noch mit hinreißendem Klavierspiel vergnügt. Dabei habe Friedrich auf eine Art und Weise berühmte Pianisten imitiert, dass sie sich so köstlich amüsierte, dass ihr vor Lachen die Tränen gekommen seien. Anschließend habe er von ihr noch unbedingt lernen wollen, wie man mit den Ohren wackelt, um damit bei Gelegenheit seine Mitschüler zu beeindrucken. Dem Jungen sitzt manchmal der Schalk im Nacken, denkt Erich und entdeckt dabei durchaus Parallelen zu seiner Frau, die ihn mit ihrem Humor immer wieder erfreut.

Als er überlegt, was ihm selbst in der kommenden Woche für Termine bevorstehen, wird Erich etwas unruhig. Er muss mit dem Zug nach Breslau fahren, und vor der stolzen Großstadt hat er enormen Respekt. Am Breslauer Landgericht wird am Donnerstag der Fall Schröder behandelt. Er selbst ist als Zeuge geladen, es geht um Körperverletzung während einer Auseinandersetzung in Jauer. Alkohol hat dabei wohl eine Rolle gespielt, und Erich hat als Passant beobachtet, wie Schröder seinen Gegenüber niedergeschlagen und dann auf ihn eingetreten hat.

Erich ist vollständig in seine Gedanken vertieft, als Emma vom Flur aus an die bunte Glastür klopft und hereinstürmt: „Entschuldigen Sie die Störung, aber Karl lässt sich nicht beruhigen. Frau Plackwitz, ich weiß nicht mehr, was ich machen soll."

Marta springt auf und eilt zu ihrem Jüngsten.

Erich stöhnt unmerklich auf. Das Sorgenkind wieder. Seine arme Frau. Die beiden großen Kinder sind ja gut geraten, ihnen steht eine vielversprechende Entwicklung bevor. Aber Karl? Seine Behinderung ist eine große Belastung für sie alle. Und die Nachbarn reden ganz bestimmt über sie, wenn sie ihn spazieren fahren und Karl die Spucke das Gesicht hinunterläuft.

Unsere Wohnung ist voller fremder Menschen. Mutti hat nur noch das Mittelzimmer und das große Wohnzimmer. Beide sehen aus wie ein Möbellager, in dem auch noch geschlafen wird. Aber das wäre ja alles halb so schlimm, wenn nur die Sachen überhaupt erhalten blieben!

Weil ich an meinem Geburtstag nicht zu Hause sein kann, hat Mutti mir eine Geburtstagstorte gebacken und Großmutti einen Mohnkuchen. Es ist so rührend! Hoffentlich bietet sich eine Gelegenheit, zumindest ein bißchen zu feiern und den Kuchen zu genießen. Mutti schenkt mir außerdem noch einen Brillantring und das neueste Foto von ihr. Ich freue mich ganz schrecklich darüber.

Vormittags gehe ich zu Vogt zur Dauerwelle. Ich bin froh, als ich meine Haare wieder für eine Weile in Ordnung habe. Schuster Böhme besohlt meine Schuhe neu. Und ich habe Glück, denn ich kann warten, bis er fertig ist. (8. Februar 1945)

Als Marta im Kinderzimmer am Ende des Flurs ankommt, liegt Karl wimmernd in seinem Bettchen. Der Dreijährige kann weder hören noch sprechen. Schon seine Geburt stand unter keinem guten Stern: Karl und sie selbst wären wegen der Komplikationen bei der Niederkunft fast gestorben. Der Knabe hat nie Laufen gelernt, weil seine Beine nicht stark genug sind und er bei jedem Schritt wegknickt, wenn man ihn nicht stützt. Er wird sein Leben lang auf fremde Hilfe angewiesen sein. Marta nimmt den Kleinen auf den Arm, wiegt ihn hin und her. Die Haare kleben ihm im

Gesicht. „Du bist ja ganz verschwitzt, mein Karlchen", flüstert sie ihm ins Ohr: „Ich werde dir mal ein Bad machen."

Elise ist ihr hinterhergelaufen, streichelt den kleinen Bruder. Marta sieht es mit Wohlwollen, auch wenn sie oft das Gefühl hat, dass Elise bei der Pflege etwas mehr helfen könnte. Karl braucht schließlich den ganzen Tag volle Aufmerksamkeit, und hin und wieder fühlt sie sich überfordert damit. Sein Geisteszustand ist der eines Babys, und glaubt man den Ärzten, dann wird das so bleiben. Elise dürfte bestenfalls ahnen, wie anstrengend die Pflege des Jungen für sie ist. Wenn Karl – was fast täglich vorkommt – von heftigen Krämpfen geschüttelt wird, weiß Elise schon nicht mehr, was sie machen soll und verlässt meist das Zimmer. Füttern, waschen, sauber machen – all das macht Marta selbst. Nur selten, etwa beim Essen der Familie, übernimmt Emma die Betreuung.

Sie geht zum Fenster, öffnet es, um mal richtig durchzulüften. Während sie mit Karl im Badezimmer verschwindet, bemerkt sie einmal mehr die breiten Fensterbänke und die dicken Außenwände der Wohnung, die ihr schon als Kind ein geborgenes Gefühl fast wie in einer Festung vermittelten. Sie liebt das Haus mit den großen Zimmern, den hohen Wänden und den stuckverzierten Decken. Wenn ihre Kinder krank sind, dürfen sie im Wohnzimmer auf dem Sofa liegen. So wie sie selbst, als sie klein war. Dort neben den schweren Eichenmöbeln, mit Apfelstückchen und Walnüssen versorgt, kann man besonders schnell gesund werden.

Nach dem kurzen Bad ruft sie Elise und bittet sie, das Fenster in Karls Zimmer wieder zu schließen. Mit ihren flinken Händen macht Elise es zu und schüttelt noch einmal das Bett aus. „Alles ist fertig", sagt sie, als Marta mit Karl aus dem Bad kommt. Der Kleine hat sich spürbar beruhigt und sieht friedlich und entspannt aus, lacht sogar, als Elise ihn unter den Füßen kitzelt. Marta deckt ihn zu, singt ihm noch ein Lied. Schon bald schließt Karl seine kleinen Augen und schläft ein.

Als sich Marta vom Bett des Jungen erhebt, schwankt sie plötzlich und muss sich festhalten. Immer diese Schwäche.

„Was ist mit dir, Mutti?“, fragt Elise besorgt.

„Ach nichts, mir ist nur ein bisschen schwindelig. Das ist halb so schlimm.“ Sie sieht, dass Elise beunruhigt ist und sagt schnell: „Es wird schon gehen.“ Ihr Kreislauf hat sich tatsächlich wieder ein bisschen gefestigt. „So, nun muss ich mit Vater noch etwas besprechen. Geh du schon mal in dein Zimmer oder besuch mit Friedrich noch kurz die Großeltern.“

Während Elise in ihr Zimmer verschwindet, geht Marta zum Arbeitszimmer ihres Mannes. Sie klopft an, das erwartet er von allen Mitgliedern der Familie. „Herein“, hört Marta seine Stimme und öffnet die Tür. Erich sitzt über Akten gebeugt, die er sich wieder einmal vom Gericht mit nach Hause genommen hat, damit nicht so viel Arbeit liegen bleibt. Neben ihm liegt ein Lineal, das Friedrich mit der Laubsäge gebastelt hat und das ihr Mann sehr schätzt.

„Du bist so pflichtbewusst, mein Lieber“, sagt sie und umarmt ihn. „Ich möchte aber gern etwas mit dir besprechen.“

Sofort wird Erich aufmerksam: „Ja, worum geht es denn? Setz dich doch.“

Marta setzt sich aber erst einmal nicht auf den leeren Stuhl, sondern geht nervös im Zimmer auf und ab. „Die Arbeit mit Karl nimmt immer mehr zu“, sagt sie. „Je größer er wird, umso anstrengender wird seine Betreuung. Vorhin bin ich schon wieder fast umgekippt. Sogar Elise hat es bemerkt.“

Nachdenklich legt Erich seine Akten beiseite. „Vielleicht sollten wir ihn doch ins Wohnzimmer umquartieren“, schlägt er vor. „Dann haben wir ihn jederzeit im Blick, und er ist immer mitten in der vertrauten Familie. Vielleicht ist er dann entspannter. Und du solltest Emma in die Versorgung von Karl noch viel mehr einbinden. Und vielleicht auch Elise. Sie ist jetzt groß genug dafür. Meine Liebe, du übernimmst dich manchmal. Das ist nicht gut.“

„Karlchen ins Wohnzimmer zu legen, ist eine gute Idee“, sagt Marta und verspürt eine ungeheure Erleichterung. Genau dieses Gespräch hatte sie sich schon lange gewünscht. Sie wusste aber nicht genau, wie sie ihr Anliegen vortragen sollte. Zweimal schon hat sie ihren Mann gefragt, ob sie Karl nicht besser umbetten sollten, doch Erich hatte das bisher recht barsch abgelehnt. Das Wohnzimmer sei schließlich kein Kinderzimmer, lautete stets seine Begründung. Und sein Wort war schließlich ausschlaggebend.

Sie tritt wie befreit ans Fenster, blickt hinaus. Es wird langsam dunkel, sie kann am Himmel bereits den Mond erkennen. Der Ahornbaum hat schon fast alle Blätter verloren. Eigentlich hat sie in den vergangenen Wochen gar nicht richtig mitbekommen, dass es schon wieder Herbst geworden ist.

Sie dreht sich zu Erich um. „Jetzt schläft Karlchen. Aber lass uns sein Bett gleich morgen umstellen, bitte“, sagt sie, tritt hinter seinen Stuhl, legt liebevoll von hinten ihre Arme um den Hals ihres Mannes und krault seine Brust, wie er das so gerne mag.

Mutti hat alles gepackt und zurechtgelegt – für den Fall, daß auch sie mal ganz plötzlich aus Jauer weg muß. Sie ist zum Glück ganz ruhig und sicher. Großmutti könnte von Onkel Gottlieb abgeholt und Richtung Westen mitgenommen werden. Sie will sich zwar partout nicht von Jauer trennen, aber sie hätte die Möglichkeit, mit einem Pferdetreck zu fliehen. Nur: Dann wäre Mutti ganz allein zu Hause. Wenn es schlimm wird, wird sie also womöglich allein losziehen müssen. Sie will bis zum letzten Augenblick in der Wohnung bleiben. Ich hab solche Sorgen um sie. Es ist alles so schrecklich. Ich weiß nicht, wo Mutti hinzieht, und sie weiß nicht, wohin ich geschickt werde. So werden alle Familien zerrissen. Sobald man darüber nachdenkt, muß man heulen. (8. Februar 1945)

Erich steigt am Breslauer Hauptbahnhof an Gleis 4 aus dem Zug. Das Leben ist sehr geschäftig hier, viel geschäftiger als am vergleichsweise winzigen Jauerschen Bahnhof. Die Dampfloks machen einen unbeschreiblichen Lärm, zahllose Gepäckträger laufen emsig hin und her, sie rufen laut auf der Suche nach Kunden. An einem Kiosk auf dem Bahnsteig wirft er einen kurzen Blick auf die „Schlesische Zeitung“ und vergewissert sich, dass tatsächlich der 10. November ist, das Datum seines Termins im Landgericht. Er ist früh aufgestanden und mehr als pünktlich losgefahren, denn er möchte seine Zeugenaussage auf keinen Fall versäumen. Um elf Uhr muss er im Gericht sein; ein Blick auf die Bahnhofsuhr – er vergleicht die Zeit schnell auch noch mit seiner Taschenuhr – zeigt ihm, dass ihm fast noch zwei Stunden Zeit bleiben, durch Breslau zu laufen, die Großstadt hat schließlich immer etwas zu bieten.

Auf dem riesigen Bahnhofsvorplatz staunt Erich über die vielen Droschken und Automobile. Eine unglaubliche Betriebsamkeit. Er geht an Schuhputzern und Blumenverkäufern vorbei und spaziert dann die moderne Gartenstraße mit den hohen Stadthäusern entlang. Hier gibt es schöne Kaffeehäuser, der Duft ist betörend, aber Erich beachtet ihn nicht weiter. Er staunt vielmehr über die vielen Autos, welche die Pferdekutschen schon fast von der Straße verdrängt haben. Er erreicht die Schweidnitzer Straße, an der Ecke regelt eine Ampel den Verkehr – so etwas gibt es in Jauer überhaupt nicht, denn dort fahren viel weniger Autos. Er biegt nach rechts und nähert sich der Innenstadt. Für einen kurzen Moment meint er, Brandgeruch in der Nase zu spüren, doch lenken die modernen Kauf- und Bürohäuser seine Aufmerksamkeit auf den großzügig angelegten und freundlich begrünten Tauentzienplatz. Er ist nach Vorbild des französischen Klassizismus angelegt und strahlt auf Erich großstädtische Atmosphäre aus. In der Mitte steht ein riesiges Denkmal. Der preußische Namensgeber, General Friedrich Bogislav von Tauentzien, hat unter Friedrich dem Großen gedient und Breslau gegen die Feinde verteidigt. Er ist dann 1795, vier Jahre nach seinem Tod, an der Stelle des heutigen Platzes beerdigt worden. Ein riesiges, umzäuntes Grab-Denkmal mitten auf dem Platz ehrt ihn. Am Straßenrand stehen Verkäufer und bieten Maronen oder auch Limonade an. Ein Polizist regelt den Verkehr, damit Autos und Kutschen sich nicht behindern oder ineinanderfahren. Erich schaut eine Weile zu. Es gefällt ihm hier. Auch wenn er niemals in der Großstadt wohnen möchte.

Von den Menschenströmen wird er am AWAG-Warenhaus vorbeigezogen – bis vor einem Jahr hieß es noch Wertheim. Lastwagen sind zu sehen, sie versorgen die großen Geschäfte mit neuen Waren. Die Schweidnitzer Straße ist eine der vornehmsten Einkaufsstraßen Deutschlands, hier gibt es wirklich alles zu kaufen, was man sich vorstellen kann. Erich hat allerdings ein durchaus gespaltenes Verhältnis dazu. Er ist alles andere als verschwenderisch, doch für einen kurzen Moment schaffen es die vornehmen Läden mit ihren prächtigen Auslagen, auch ihn in ihren Bann zu ziehen.

Er überquert den Stadtgraben, geht an dem riesigen Reiterstandbild von Kaiser Wilhelm vorbei und verweilt mehrmals vor den geschmückten Schaufenstern. Auch wenn er den Drang zum Kaufen verabscheut, bewundert er die neuen Pfeifen, die angepriesen werden. Die Formenvielfalt beeindruckt ihn. Doch da er selbst gar nicht raucht, verliert er bald das Interesse und geht weiter. An einem Buchladen bleibt er stehen und denkt daran, dass in sieben Wochen Weihnachten ist. Vielleicht lässt sich ja doch etwas für seine Kinder finden. Er wird seine Frau bitten, sich in der Buchhandlung Liebig in Jauer mal umzusehen.

Er passiert das Stadttheater auf der linken Seite und erreicht das Schokoladengeschäft Wolf wenige Meter weiter. Er stockt. Die Scheiben des Geschäfts sind eingeschlagen, und der Laden ist völlig verwüstet. Die Auslagen sind leer; sie sehen aus wie geplündert. Erich steigt über die auf dem Bürgersteig verteilten Scherben, Türen sind zersplittert, Regale und Vitrinen liegen zerstört auf dem Boden herum. Porzellan und Glasschalen sind zertrümmert worden, Liegnitzer Bomben liegen zertrampelt auf dem Boden herum. Eine Schande. Der reinste Vandalismus. Er sieht auf der anderen Straßenseite einige lachende Polizisten. Er schaut verwirrt hinüber, bleibt stehen. Einer der Beamten macht ihm auf sein fragendes Gesicht hin ein Zeichen, dass er weitergehen soll. Zögernd setzt er seinen Weg fort und kommt an weiteren Geschäften vorbei. Beim Juwelier Arnold Rosenthal und im Stoffgeschäft Mugdan sieht es ganz ähnlich aus: Zerstörung, Verwüstung und eine Belustigung oder Gleichgültigkeit bei der Bevölkerung. Bald kommt er zum Damenbekleidungsgeschäft Janower. Auch dort stehen Polizisten herum, doch auch sie schauen nur und greifen nicht ein. Menschen nehmen einfach mit, was ihnen gefällt und trampeln auf teilweise zerrissenen Jacken und Röcken herum. Niemand nimmt Notiz davon. Ladenbesitzer werden festgenommen und wie Schwerverbrecher auf den Straßen vorgeführt. Erich ist irritiert.

„Was ist denn hier los?“, fragt er einen Passanten, der gerade an ihm vorbeigehen will.

Der ist ganz rot im Gesicht und erklärt: „Endlich hat sich die Wut des Volkes gegen die Juden entladen. Haben Sie nichts davon mitbekommen? Die Juden haben vor ein paar Tagen auf den deutschen Botschaftssekretär Ernst vom Rath in Paris geschossen. Jetzt ist er gestorben. Das haben die Juden jetzt davon. Es wurde ja auch höchste Zeit, dass wir uns nicht länger alles gefallen lassen.“

Ohne ein weiteres Wort geht der Mann weiter. Erich schaut sich um und sieht die Schmierereien auf dem zerborstenen Glas. Es sind in der Tat allesamt jüdische Geschäfte, die zerstört wurden. Früher gab es in Breslau sehr viele jüdische Läden, und zwar nicht nur das große Kaufhaus Wertheim, sondern auch zahlreiche Bekleidungsgeschäfte am Ring oder Geschäftshäuser an der Schweidnitzer Straße. Schon vor Jahren haben die Nazis begonnen, die Schaufenster der Geschäfte zuzuschmieren: „Deutsche, kauft nicht bei Juden!“ So machten sie den Geschäftsleuten das Leben schwer. Erich hat mal gelesen, dass 1925 in Breslau mehr als 23.000 Juden lebten – mit eigenen Schulen, mehreren Synagogen, Friedhöfen und eigenen jüdischen Zeitungen. Eine große Gemeinschaft. An der Breslauer Universität hatten bis 1933 zahlreiche jüdische Wissenschaftler gelehrt, bis sie von den Nationalsozialisten – wie auch die Richter und all die anderen Beamten – aus dem Dienst entfernt wurden. Viele von ihnen sind ins Ausland geflüchtet, andere haben sich neue Tätigkeiten gesucht, die mit ihrer Ausbildung nichts zu tun haben.

Die meisten Geschäfte in Breslau mit jüdischen Eigentümern haben bereits den Besitzer gewechselt. Nach dem, was Erich so gehört hat, sollen die Kaufpreise nicht annähernd den wirklichen Werten entsprochen haben. Die Zeitungen der Machthaber haben die neuen Inhaber wie Retter des deutschen Vaterlandes gefeiert. So manches NSDAP-Mitglied ist plötzlich stolzer Ladenbesitzer an den Breslauer Prachtstraßen geworden. Viele der ursprünglichen Besitzer haben Deutschland verlassen.

Erich sieht das zwar als Ungerechtigkeit an, doch sein Herz berührt ihr Schicksal kaum. Die Zahl der Juden, die er persönlich kennt oder kannte, ist übersichtlich. Über ihr Leben weiß er wenig. Er denkt an seinen früheren Kollegen Leopold Blumenthal, mit dem er zwar immer gut zurechtgekommen ist, mit dem ihn aber keine Freundschaft verband. Andere im Gericht haben aber erst hinter vorgehaltener Hand und schließlich immer offener negative Dinge über Blumenthal erzählt. Einige Bekannte von ihm sagen immer, die Juden seien ja schließlich auch nicht ganz unschuldig an ihrer Situation. Stimmt das? Er weiß es nicht. Was er aber genau weiß, ist, dass hier mit den Zerstörungen und Plünderungen Unrecht geschieht. Er fragt sich, wie ein grundsätzlich anständiges Volk wie die Deutschen zu solchen Taten fähig ist.

Grübelnd geht er weiter, er hat immer noch Zeit, bis sein Termin vor Gericht beginnt. Er blickt mal hier-, mal dorthin, als er plötzlich schräg hinter sich aufsteigenden Qualm entdeckt. Er dreht um, geht zügig einige hundert Meter, biegt um zwei Ecken und steht dann vor der Neuen Synagoge am Anger. Sie steht in Flammen. Sie muss schon länger brennen, denn die Flammen schlagen aus allen Fenstern des jüdischen Gotteshauses. Also hat er doch Recht gehabt, als er vorhin den Brandgeruch spürte. Hier stehen noch viel mehr Polizisten und auch einige Neugierige, die Feuerwehr ist mit drei Fahrzeugen erschienen und hat mehrere Leiterwagen ausgefahren. Darauf stehen Männer mit ihren Schläuchen und warten ab. Sie löschen den Brand in der Synagoge nicht, sondern versuchen lediglich, ein Übergreifen des Feuers auf die Nachbargebäude zu verhindern. Kollegen von ihnen bilden mit Schläuchen eine Kette vor einem großen Gebäude an der Straßenecke – sie wirken ausgesprochen gut gelaunt dabei. Erich weiß, dass es das Polizeipräsidium ist. Davor stehen zahllose Personen, teilweise tragen sie Uniform. Offenbar ist das Gestapo-Haus evakuiert worden.

Erich fängt Gesprächsfetzen auf: „In ganz Deutschland haben die Menschen es den Juden endlich gezeigt." – „Es soll überall Festnahmen gegeben haben." – „In der Nacht haben wir den Befehl bekommen, und dann haben wir endlich losgelegt. " – „Es wird den Juden hoffentlich eine Lehre sein." Vor allem ein paar SA-Leute in Uniform führen hier Wort. Einigen Aussagen ist zu entnehmen, dass sie an der Brandstiftung und an den Zerstörungen der Geschäfte beteiligt waren. Sie sind hörbar stolz darauf.

Erich bleibt stehen, wirft einen Blick auf die brennende Synagoge. Das riesige Gebäude, im byzantinisch-romanisch anmutenden Stil erbaut, ist fast ausgebrannt. Hier hatten die liberalen Juden der Stadt ihre Heimat, weiß er. Der Zentralbau mit seiner bestimmt 60 Meter hohen Kuppel und der imposanten Fensterrosette über dem Hauptportal trotzt dem Feuer zwar noch, ist aber sichtbar in Mitleidenschaft gezogen worden, genauso wie die kleineren Ecktürmchen um den Hauptbau herum. Weil die Feuerwehr nicht löscht, wird die Situation immer bedrohlicher. Es wird teuer werden, das alles wieder aufzubauen, denkt er.

Plötzlich macht sich Unmut breit: „Das ist ja empörend! Warum brennt die Synagoge, und warum löschen Sie denn nicht?", ruft ein Mann mit langem Mantel und Hut. Sofort kommen zwei uniformierte Männer aus der Menge und führen den Rufer ab.

„Bringt ihn ins Zuchthaus", ruft einer der Zuschauer. Mehrere Männer klatschen, die Mehrzahl der Anwesenden schweigt unberührt. Auch Erich steht stumm daneben und betrachtet die

Szenerie mit einem seltsamen Gefühl im Magen. Was er sieht, kann unmöglich richtig sein.

„Gehen Sie weiter. Die Feuerwehr bereitet einen Einsatz vor und braucht Platz", herrscht ihn in diesem Augenblick ein Uniformierter an. In der Tat werden die vor der Synagoge stehenden Menschen jetzt von Polizisten abgedrängt, und eine Absperrung wird aufgebaut. Es ist gleich Viertel vor Elf, und Erich eilt pflichtbewusst zum Landgericht nur wenige Meter entfernt um die Ecke. Dort hat er einen Teil seiner Ausbildung gemacht, aber im Rückblick erscheint ihm das Gericht viel zu groß. Eine übersichtliche Behörde wie die in Jauer passt besser zu seiner Arbeitsweise, ist er überzeugt, obwohl auch dort gegenwärtig, wie wohl überall in der deutschen Justiz, einiges schief läuft.

Im Gebäude des Landgerichts setzt sich die hektische Stimmung von draußen fast nahtlos fort. Stimmengemurmel und laute Rufe beherrschen das Geschehen, nach Ansicht Erichs eines Gerichts unwürdig. Am Eingang trägt er sein Anliegen vor: dass er selbst Richter sei, heute aber als Zeuge geladen und eigens dafür aus Jauer angereist ist.

„Nehmen Sie bitte erst einmal dort hinten Platz. Zurzeit ist der Gerichtssaal nicht frei. Wir sagen Ihnen Bescheid, wenn wir wissen, wie es weitergeht", sagt ein Mann am Eingang entschieden. Erich setzt sich auf eine Holzbank und wartet. Ständig gehen Menschen über die Gänge. Auch hier tragen viele Männer Uniform, was Erich irritiert. Menschen werden abgeführt, als sei hier eine Polizeistation – viele von ihnen wirken verstört. Sie werden in einen Raum gebracht, von dem Erich weiß, dass er ein Sitzungssaal ist. Das ist doch keine Zelle, denkt er noch, als er glaubt, in einem der Abgeführten den jüdischen Geschäftsmann Leo Wolf zu erkennen. Er hat ihn manchmal in seinem Geschäft gesehen und ist sich ziemlich sicher. Eigentlich sogar sehr sicher.

Die Stimmung ist angespannt, zwischenzeitlich stauen sich die Menschenmassen auf dem Flur, die Zeit verrinnt – um Erich kümmert sich niemand. Erst fast zwei Stunden nach seiner Ankunft wagt er es, aufzustehen und sich höflich beim Herrn am Eingang in Erinnerung zu bringen.

„Hat Ihnen denn niemand Bescheid gesagt?“, faucht der ihn an. „Für heute sind alle Verfahren abgesagt. Unsere Richter sind mit anderen Dingen beschäftigt. Die Räume stehen gar nicht für die geplanten Anhörungen zur Verfügung. Das Untersuchungsgefängnis nebenan ist längst überbelegt und wir müssen hier Platz für die Schutzhäftlinge schaffen. Sie hören schriftlich vom Gericht, wann Ihr Verfahren fortgesetzt wird. So, und nun gehen Sie am besten.“

Erich wundert sich. Als er noch überlegt, ob er dem Herrn erklären soll, dass er vom Amtsgericht in Jauer einen anderen Arbeitsstil gewohnt ist, erschüttert ein lauter Knall die Vorhalle des Gerichtsgebäudes, gefolgt von einem lauten Geräusch, das sich wie Geröll anhört.

Der Lärm kommt von draußen, und Erich verlässt das Landgericht wie magnetisch angezogen. Der Blick auf die Stadt hat sich irgendwie verändert, denkt er. Wenig später weiß er, warum: Wo sonst die Kuppel der Synagoge die anderen Häuser überragte, ist nichts mehr zu sehen.

Kapitel 6

1950

Die Aufregung steigt ins Unermessliche, es ist fast schlimmer als beim Abitur. Nach außen versucht sie, ruhig zu wirken, aber in ihrem Innern rumort es gewaltig. Endlich wird sie aufgerufen: Plackwitz, Elise. Sie geht schnell nach vorn, ihr Herz klopft so laut, wie sie es schon lange nicht mehr erlebt hat. Wie Hammerschläge in der Brust. Am Pult überreicht ihr Werner Schulte, der strenge und stets etwas blass wirkende Leiter der Frauenfachschule Hannover, ein Zeugnis und eine Urkunde. Elise macht einen Knicks, sagt leise „Danke" und sucht auf dem Weg zurück zu ihrem Platz vorsichtig die Noten: „Praxis: gut, Theorie: sehr gut", liest sie.

Ihr läuft ein angenehmer Schauer über den Rücken, eine Zentnerlast fällt von ihrem Herzen. Wunderbar, denkt sie, ein Jahr des Lernens und viele Stunden der Näharbeit haben sich gelohnt. Nun hat sie es schwarz auf weiß: Zum 30. März 1950 ist sie Gesellin im Damen-Schneiderhandwerk. Der erste Schritt ist getan, und mit ihren nun 26 Jahren will sie sich zur Lehrerin an Gewerblichen Berufs- und Berufsfachschulen ausbilden lassen. Mal sehen, wo der weitere Weg sie hinführt. Beworben hat sie sich in Frankfurt, denn dort sind zwei Freundinnen aus Schul- und Studienzeiten in Schlesien inzwischen gelandet. Und beide berichten sehr positiv über das aufregende Leben in der Großstadt am Main.

Während andere der frisch gebackenen Gesellinnen Elise ein Glas Schaumwein unter die Nase halten, führt sie sich mal wieder vor Augen, wie heilfroh sie ist, dass ihr Leben nach mehreren wirren Jahren mit Krieg, Vertreibung und Neuorientierung endlich wieder in geordneten Bahnen verläuft. Sie denkt an ihre ersten Tage in Hannover, als sie schüchtern zwischen den anderen jungen Frauen stand und noch niemanden kannte. Sie erinnert sich daran, wie sie langsam auftaute und vorsichtig erste Freundschaften knüpfte.

Sie blickt auch zurück auf die langen Abende, an denen sie an ihrer Jahresarbeit geschrieben hat. Anstrengende und manchmal einsame Stunden. Aber auch spannende und befriedigende. Das Schreiben hat Spaß gemacht trotz des Zeitdrucks. Und trotz der mitunter schmerzhaften Rückschau. „Erinnerungen an eine schlesische Spinnstube“ hat sie ihren Aufsatz genannt. Eine sentimentale Themenwahl, natürlich. Aber es war die richtige, denn sie konnte in dem Text den Blick in die Vergangenheit ideal mit dem Blick nach vorn kombinieren. Was ihr wohl gelungen ist, denn die Arbeit ist mit „sehr gut“ bewertet worden.

Noch völlig in Gedanken versunken, stößt sie mit ihren Mitschülerinnen an. Die jungen Frauen lachen und reden laut durcheinander: Sie tauschen sich über ihre Noten aus, schmieden Zukunftspläne und beschreiben immer wieder die Schwierigkeiten, die sie beim Nähen in der praktischen Prüfung oder beim Lernen für die theoretische Prüfung hatten. Elise sieht auch ihren Kolleginnen an, wie erleichtert sie sind, dass sie es geschafft haben. Wie es für sie weitergeht, wissen bisher die wenigsten.

Sie hat in den vergangenen Monaten viel gelernt. Das Nähen mit der Hand und mit der Maschine. Das Anfertigen von Hemden, Hosen, Jacken und Hausschuhen zum Beispiel. Knopflöcher stechen, einen Bund annähen, das Entwerfen von Mustern und Schnitten, Textilkunde. Ausbessern, Stopfen, Flicken. Vor allem aber das Auftrennen, wenn etwas nicht perfekt gelungen war, und dann der neuerliche, hoffentlich bessere Versuch. Und schließlich – und das ist in dieser Zeit ja fast das Wichtigste – das Umnähen alter Kleidungsstücke in neue Sachen.

So ist zum Beispiel ein Nachthemd aus dem Stoff eines Bettbezugs entstanden. Viele Dinge hat sie so verwertet. Mit erfreulichen Ergebnissen. Das kann sie mit Stolz behaupten. Aus einem alten Strandanzug ihrer Mutter nähte sie sich eine modische

Weste, um die sie viele beneiden. Mühsam war das. Aber chic ist sie geworden. Sie liebt die Weste und trägt sie so oft es geht. Auch den jungen Männern scheint sie zu gefallen. Elise hat das Gefühl, dass sie ihre Blicke ganz besonders auf sich zieht, wenn sie die Weste trägt. Aufmerksamkeit, die ihr gut tut, denn die Männerwelt ist ihr bisher weitgehend verschlossen geblieben. Außerdem brachte ihr die Weste eine sehr gute Note ein. Zwei Fliegen mit einer Klappe geschlagen, nennt man das wohl.

Vor Weihnachten schließlich legte sie ihr ganz persönliches Meisterstück ab. Als Geschenk für ihre Mutter entwarf sie eine kostbare Seidenbluse mit Hohlsaum. Stunden-, nein tagelang saß sie nach der Schule vor dem Stoff, um für Mutti eine elegante Bluse zu entwerfen. Jeder Stich sollte sitzen, niemand durfte später den kleinsten Fehler entdecken. Elise ist so vorsichtig wie nie zuvor mit Nadel und Schere an die Sache herangegangen. Als es immer schneller auf Weihnachten zuging, hat sie eine ganze Nacht mit einem Pflaster am Finger geschuftet, nachdem sie sich in einem unkonzentrierten Moment in den Finger gestochen hatte. Aber es hat sich gelohnt: Die Bluse sieht himmlisch aus. Allein der Stoff ist der pure Luxus. Die etwa zwei Meter reine Seide hat ihr Vater bezahlt. 35 D-Mark. Es war ihr peinlich, als sie ihm die Quittung zuschickte. Doch am Heiligen Abend überreichten sie die Bluse als gemeinsame Gabe. Ihre Mutter zog sie sofort an, ging immer wieder zum Spiegel, um sich anzuschauen und wollte sie gar nicht mehr ausziehen. Sie hatte Tränen in den Augen. Vater fand seine Marta wunderschön und ermunterte sie, das gute Stück anzulassen. Und Elise war stolz auf ihre handwerkliche Arbeit, denn die Bluse passte wie angegossen, obwohl ihre Mutter sie zwischendurch nicht anprobieren konnte, sonst wäre es ja keine Überraschung geworden. Es war auch sonst ein gelungenes Fest – auch wenn es in Detmold keine Jauerschen Würstel zu kaufen gab und Weihnachten deshalb anders war als früher in Schlesien.

Am Nähen hatte Elise schon vor ihrer Ausbildung Gefallen gefunden, und so war der Weg zur Schneiderin für sie, wenn auch nicht vorgezeichnet, so doch alles andere als eine Notlösung. Es ist unbeschreiblich schön, ein Kleidungsstück in den Händen zu halten, das man selbst genäht hat, das führt sie sich immer wieder vor Augen.

Trotzdem hätte sie lieber ihr Studium der Altphilologie fortgesetzt. Davon hatte sie schon in Schultagen geträumt, als Latein immer ihr Lieblingsfach war, und 1943 nahm sie das Studium in Breslau auf. So bleibt heute trotz des erfolgreichen Abschlusses mit den ausgezeichneten Noten auch eine gehörige Portion Wehmut. Der Krieg und seine Folgen haben ihr die akademische Laufbahn in Breslau verbaut, denn nach drei Semestern musste sie das Studium abbrechen, weil sie als Flakhelferin eingezogen wurde. Der Lauf der Geschichte. Ihre Versuche, nach 1947 wieder einen Platz an einer deutschen Universität zu bekommen, scheiterten, denn Studienplätze sind knapp und die Kontingente für Flüchtlinge klein. Schließlich hat sie sich schweren Herzens vom Traum eines Studiums losgesagt und stattdessen ein Praktikum in einer Schneiderwerkstatt begonnen. Es war die Voraussetzung, um an der Fachschule in Hannover angenommen zu werden. Die Aufnahmeprüfung empfand sie als leicht.

Es geht also voran, aber das Leben bleibt natürlich bescheiden und beschwerlich – schließlich ist der Krieg gerade erst fünf Jahre vorbei. Das Wohnheim in der Brunestraße gefällt ihr, auch wenn die Zimmer – der Altbau lässt das von außen nicht vermuten – recht klein sind. Täglich gibt es im Wohnheim drei Mahlzeiten: Frühstück, Kaffee und Abendbrot. Man kann zugreifen so viel man will, und so hat sie nach all den Jahren der Entbehrungen so manches Pfund zugenommen, wie sie manchmal mit Freude, immer öfter aber mit Schrecken feststellt. Sie möchte auf keinen Fall pummelig werden.

Die Zimmer sind im Winter allerdings arg kalt. In diesen Monaten ist sie nach der Schule oft erst einmal ins Bett gekrochen, um sich aufzuwärmen. Vor allem ihre im Krieg erfrorenen Füße taten in der Kälte höllisch weh. Um den Schmerz und auch die

Erinnerungen zu besiegen, legte sie im Winter eine zweite Decke auf ihr Bett, die sie sich von der Heimleitung erbetteln konnte. Wenn sie heute aus dem Zimmer blickt und das erste zarte Grün an den Bäumen entdeckt, ist sie heilfroh, dass sie den Winter ein weiteres Mal überstanden hat. Endlich ist diese bitterkalte und graue Zeit vorbei. Passend zu diesen Gedanken lugt die Sonne für einen Moment hinter den Wolken hervor.

Kichernd gehen die Frauen zur Kantine, der Schaumwein hat die Stimmung gelöst. Die mittägliche Schulspeisung ist in den vergangenen Monaten zumeist einfach, aber wohlschmeckend gewesen. Ansprüche darf eh keiner stellen. Zur Feier des Tages gibt es für die frisch gebackenen Gesellinnen Nudelsuppe mit großen Stücken Hühnerfleisch. Elise ist begeistert, und ihre Freude wird noch gesteigert, als sie den Nachtisch holt, einen riesigen süßen Wecken mit ungeheuer vielen Rosinen darin. Zufrieden lehnt sie sich zurück, beißt kräftig hinein und schließt für einen Moment genießerisch die Augen. Als die jungen Frauen wenig später aufbrechen, erleben sie am Ausgang eine weitere Überraschung: Die Lehrerinnen verteilen dort an alle, die ihre Prüfung bestanden haben, zwei kleine Tafeln Schokolade. Elise reißt eine Packung gleich auf und nascht sie in einem Zug weg. Diese Gier kennt sie gar nicht von sich, aber ein Blick zur Seite zeigt ihr, dass die anderen es genauso machen. Schokolade haben sie schließlich nicht jeden Tag.

Mit einer Gruppe von vier Mädchen – darunter Gertrud Bach, die aus Breslau stammt – macht sich Elise anschließend auf den Weg in die Innenstadt. Unterwegs überall Spuren des Krieges. Versehrte auf Krücken mit amputierten Beinen. Fast kein Haus ist bei den Bombenangriffen im Krieg ohne Zerstörung geblieben. Einschusslöcher. Trümmerberge und Ruinen. Eine halb eingefallene Kirche. Aber auch Baustellen, auf denen das neue Zentrum Hannovers entsteht.

In den Geschäften sind die Regale seit der Währungsreform und der Einführung der D-Mark wieder voll. Die Frauen haken sich ein und bleiben lachend vor den Schaufenstern stehen. Sie bewundern die neue Mode und überlegen, ob sie wohl die Jacken und Mäntel selbst genauso gut schneidern könnten. Beim Konditor bekommen sie von den Teilchen mit dem Zuckerguss große Augen, gönnen sich ein Stück Kuchen und eine Tasse Bohnenkaffee, sie tauschen sich über ihre Zukunftspläne aus und schauen den jungen Männern nach, die ab und zu am Fenster vorbeigehen. Einen festen Freund haben sie alle nicht, auch wenn Gertrud schon mal eine Rose im Briefkasten gefunden hat. Elise denkt an Bruno. Sie vermisst die Nähe zu ihrem früheren Kommilitonen aus Breslau. Die Nähe, die sich zumindest angedeutet hatte. Ach was, schon mehr als das.

Gertrud, die gerne das Wort führt, reißt sie aus den Gedanken. Sie berichtet schon zum zweiten Mal erleichtert, dass VDA ihr doch noch ein befriedigend gegeben hat. Sie hatte mit einem „ausreichend" gedroht, weil sie ihren Unterricht so oft gestört hat. VDA ist der Spitzname von Hannelore Behrens, einer Fachkraft für Textilkunde. Die Abkürzung steht für „Vorsicht, die Alte" und ist von Elise erfunden worden. Seitdem wurde sie von fast der ganzen Klasse benutzt.

Gertrud hat beide Eltern bei einem Bombenangriff verloren. Wenn sie nicht in Hannover ist, lebt sie bei zwei Tanten in Osnabrück. Elise bewundert, wie sie ihr Schicksal wegsteckt und dabei so fröhlich ist. Um die Leichtigkeit, mit der Gertrud durch das Leben zu gehen scheint, beneidet sie ihre Freundin. Wie schafft sie es, über das Traurige in ihrem Leben einfach nicht zu sprechen? Keine Tränen über den Verlust der Eltern? Es gibt Gerüchte, dass sie Nazis gewesen sein sollen. Jahrelange Parteigänger. Aber darf man sie deshalb nicht vermissen? Gertrud spricht nicht gern über ihre Familie, über die Eltern schon gar nicht. Und was ist mit der Heimat? Elise versteht nicht ganz, warum Gertrud immer so tut, als habe sie keine schönen Erinnerungen an die Vergangenheit. Kein Wort darüber. Lieber berät sie mit den anderen neue Unternehmungen. „Am Wochenende", sagt sie gerade, „gehe ich tanzen. Kommt ihr mit? Wir müssen doch unsere Prüfung feiern."

Die anderen stimmen zu. Nur Elise zögert. Denn eigentlich plant sie am Samstagabend den Besuch eines schlesischen Heimatabends. Am Rande eines großen Treffens von Ostvertriebenen in Hannover hofft sie den ein oder anderen Mitschüler oder Kommilitonen von früher wiederzutreffen. Schließlich werden 50.000 Menschen erwartet. Bei der Erinnerung an schlesische Traditionen, schlesische Kostüme und schlesische Köstlichkeiten wird sie ganz aufgeregt. An manchen Tagen sehnt sie sich so sehr nach Jauer und Breslau, dass sie an fast nichts anderes denken kann. Auf den schlesischen Abend möchte sie ungern verzichten, weil sie in den vergangenen Jahren ihre Träume von der Heimat kaum mit neuem Inhalt füllen konnte. Gertrud, die fast drei Jahre jünger ist als sie, hat dafür kein Verständnis: „Wir leben jetzt hier in Hannover. Was soll denn dieses Zurückschauen auf Schlesien? Genieß doch lieber das neue Leben. Lass uns tanzen gehen!" Elise verspricht, noch einmal darüber nachzudenken. Sie hat schon Lust, mal wieder etwas zu trinken, zu tanzen. Blicke mit Männern zu tauschen, zu flirten.

Allerdings sind Tanz- und ähnliche Amüsierveranstaltungen für sie finanziell ein Problem, auch wenn sie darüber vor ihren Freundinnen nicht so offen sprechen will. Die Schule kostet monatlich 25 Mark, das Heim 30 Mark, die Verpflegung um die 20 Mark und die Monatskarte für die Straßenbahn zehn Mark. Ihr Vater übernimmt die Kosten gern, doch versorgt er sie darüber hinaus nur mit dem Nötigsten. Wenn sie wie neulich zu Schillers „Die Räuber" ins Theater gehen oder Konzerte besuchen möchte, um Beethovens Sinfonien zu genießen, muss sie jeden Pfennig zweimal umdrehen. Ihr Vater, so glaubt sie, weiß gar nicht so recht, was das Leben draußen kostet. Ohnehin hält zu Hause eigentlich die Mutter die Finanzen in der Hand. Sie führt das Kassenbuch und überwacht streng, dass die Ausgaben nicht überhand nehmen. Das war schon in Jauer so.

Trotz der eigenen Sparsamkeit muss Elise die Eltern in ihren wöchentlichen Briefen immer wieder um eine zusätzliche Geldanweisung bitten: für feste Schuhe, für Stoffe zum Nähen, für den längst überfälligen Zahnarztbesuch. Die Frage nach Geld ist Elise unendlich unangenehm, denn sie weiß nicht, wie viel Geld die Eltern selbst zum Leben haben. Und dann plagt sie immer wieder das schlechte Gewissen, weil sie nicht möchte, dass die Eltern sie für verschwenderisch halten. Auch wenn sie das so direkt nie äußern. Aber neulich hat Elise aus einem Brief der Mutter wieder einmal unterschwellig einen Vorwurf herausgehört, weil sie sich einen Regenmantel gekauft und deswegen finanzielle Unterstützung erbeten hatte.

Um sich mitunter auch kulturelle Unternehmungen und kulinarische Ausflüge wie den von heute ins Café leisten zu können, hat Elise begonnen, sich selbst etwas dazu zu verdienen. Für Bekannte erledigt sie kleinere Näh- und Flickarbeiten, über Kontakte ist sie zu einem Nachhilfeschüler gekommen. Dem elfjährigen Martin die lateinische Grammatik nahe zu bringen, macht ihr riesigen Spaß, auch wenn er manchmal widerwillig und gelegentlich auch etwas begriffsstutzig wirkt. Der Umgang mit der vertrauten Sprache lässt sie an ihre glückliche Schul- und Studienzeit zurückdenken. Zudem bringt die Nachhilfe nebenbei die eine oder andere Mark ein. Manchmal gibt es statt Geld ein deftiges Essen am Wochenende, was ja auch nicht zu verachten ist.

Mein Geburtstag beginnt im Wartesaal des Bahnhofs von Löbau in Sachsen. Kurz nach Mitternacht sind wir hier angekommen. Ein Lkw vom Reichsarbeitsdienst hat uns hierhin gefahren. Auf dem Wagen war es kalt, und unsere Beine wurden halb zerquetscht.

Inzwischen knallt die Sonne schon ganz ordentlich. Die Sonne lacht vom Himmel, und grüne Wiesen und rot-braune Erdschollen schauen aus dem Schnee hervor. Es sind Bilder des tiefsten Friedens, aber es sind trügerische Bilder. Liegnitz ist fest in sowjetischer Hand. Gerüchten zufolge sind auch in Jauer schon Panzerspitzen.

Wir essen Käseschnitten. Danach schlafen wir mit den Köpfen auf dem Tisch. Um acht Uhr erheben wir uns völlig erschlagen und müde und gehen wieder auf die Straße, um Autos zu angeln, die uns mitnehmen könnten. Ganz unverhofft ergattern wir drei Autos hintereinander, die uns bis Dresden mitnehmen. Dort sehen wir uns ein bißchen die Stadt an und fahren danach hinaus ins Auffanglager nach Klotzsche etwas weiter nördlich. Man steckt uns neun Mädchen in eine etwas abgelegene Baracke einer alten Flakstellung. Wir essen meinen Geburtstagskuchen und legen uns auf Strohsäcke, froh endlich mal schlafen zu können.

Um 23 Uhr plötzlich Fliegeralarm. Eine Bombe nach der anderen kracht herunter. Die Wände der Baracke wackeln, die Fensterscheiben klirren, eine Scheibe zerbricht. So etwas Schreckliches habe ich noch nie erlebt. Wir sind nicht das Ziel, aber jeden Augenblick können auch wir getroffen werden, absichtlich oder zufällig. Ein Blick aus dem Fenster ins Elbtal zeigt, daß Dresden schlimme Treffer abbekommt.

Um zwei Uhr in der Nacht geht das Ganze von neuem los. Die Mädchen zittern vor Angst. Ich selbst habe seltsamerweise keine Furcht, sondern bleibe seelenruhig im Bett liegen. Wie das zugeht, weiß ich selbst nicht. In der Ferne sehen wir den Himmel ganz hell erleuchtet. Die Innenstadt von Dresden muß schrecklich getroffen worden sein. (13. Februar 1945)

Am Samstag überlegt Elise lange, was sie anziehen soll. Nach wiederholtem Abwägen hat sie sich gegen das Tanzen gehen mit ihren Freundinnen und für den schlesischen Abend entschieden, obwohl sie sich allein dorthin begeben wird. Doch das Kulturprogramm hört sich recht interessant an, neben Lesungen von Werken schlesischer Dichter sind zahlreiche musikalische Darbietungen – Chöre, Orchester, Tänze – angekündigt. Ausschlaggebend für ihre Entscheidung ist die Aussicht, möglicherweise jemanden von früher zu treffen. Leider kommen ihre Eltern nicht, ihnen ist die Anreise aus Detmold zu mühsam. Auch ihre Freundinnen aus Frankfurt haben abgesagt, weil sie entweder keine Zeit oder kein Geld für die Zugfahrt haben. In den noch immer schwierigen Zeiten komme es zuerst einmal darauf an, wieder richtig Fuß zu fassen im Leben, hat ihre frühere Kommilitonin Lieselotte in einem Brief zur Begründung geschrieben. Dafür hat Elise vollstes Verständnis, auch wenn sie das Gefühl hat, dass Lieselotte mehr im Leben steht als sie selbst. Sogar einen festen Freund hat sie schon, bald wird wohl die Hochzeit sein. Und ohnehin hat Elise den Eindruck, dass ihre Freundin ihr Leben mit viel mehr Leichtigkeit lebt. Schlesien ist auch Lieselotte wichtig, gewiss, aber das gegenwärtige Leben erschien ihr doch wichtiger zu sein. Aber wenn sie ehrlich ist, weiß Elise: Zum Schlesiertreffen wäre sie selbst vermutlich auch nicht gefahren, wenn sie nicht gerade in Hannover wohnen würde.

Sie läuft in ihrem Zimmer hin und her, zieht sich mehrmals um, schaut skeptisch in den Spiegel. Am Ende entscheidet sie sich für ein selbstgenähtes blaues Kleid und zieht darunter ihre neueste Errungenschaft an, Nylon-Strümpfe. Die kleine Laufmasche wird hoffentlich niemand entdecken, denkt sie. Mit Nagellack ist es ihr gelungen, die Ausbreitung vorerst zu stoppen.

Als sie nach wenigen Minuten an der Haltestelle Stadthalle aussteigt, bemerkt sie den einsetzenden Regen kaum, so fasziniert ist sie von der Stimmung, die sie sofort erfasst. Um sich herum hört sie den vertrauten schlesischen Dialekt in unterschiedlichen Färbungen, und sie spürt, wie sehr er ihr in den vergangenen Jahren gefehlt hat. Ihre Vorfreude steigt, auch wenn sie gleichzeitig ein flaues Gefühl im Magen hat. Sie hat etwas Sorge, dass sie sentimentale Empfindungen überkommen, schnell lässt sie sich von einer größeren Menschentraube bis zum Platz vor der Halle mitziehen. Trotzdem: Ein Schirm wäre nicht schlecht gewesen. Da entdeckt sie die Niedersachsenhalle, unmittelbar neben der riesigen Stadthalle, deren grüne Kuppel sie schon von weitem gesehen hat. Ein bisschen erinnert sie das Gebäude an die Jahrhunderthalle in Breslau, die fast zur gleichen Zeit erbaut wurde.

Sie ist erstaunt, wie voll es ist. Vorsichtig streicht sie sich über die Haare und überprüft schnell im Handspiegel, ob ihre Dauerwelle den Nieselregen gut überstanden hat. Sie kann sich sehen lassen, denkt sie und hält Ausschau. Im Foyer sind überall Stände aufgebaut, auf denen die Namen schlesischer Städte stehen. Breslau, liest sie, Liegnitz, Oppeln, Hirschberg, Glogau und viele andere, ein Schild mit ihrer Heimatstadt Jauer sucht sie vergebens. Sie nähert sich den Breslau-Tischen, kennt dort aber niemanden. Dann sieht sie ihren früheren Lateindozenten Dr. Streiter, doch gerade als sie auf ihn zugeht, merkt sie, dass sie sich getäuscht hat und der Mann ihm nur ziemlich ähnlich sieht.

Viele Menschen tragen auf langen Listen ihre aktuellen Adressen ein, damit Freunde mit ihnen wieder in Kontakt treten können. Sie lauscht den Gesprächen um sie herum, da werden Wiedersehensfeiern organisiert und Pläne für Heimatvereine geschmiedet. Fast hat sie den Eindruck, es herrsche eine gewisse Aufbruchstimmung. Menschen, die sich jahrelang nicht gesehen haben, treffen sich wieder und fallen sich um den Hals. Gleichzeitig ist die Trauer über den Verlust der Heimat fast überall greifbar. Auch Elise wird von einem beklemmenden Gefühl der Ohnmacht übermannt, denn was sie lange nicht glauben konnte, wird hier nahezu zur Gewissheit: Schlesien ist eine Erinnerung an die Vergangenheit. Ob es eine schlesische Zukunft für die Menschen hier gibt, ist mehr als zweifelhaft. Sogar das von den Sowjets verwaltete Mitteldeutschland ist ja formal inzwischen ein eigener Staat: die Deutsche Demokratische Republik, auch wenn niemand hier glaubt, dass dieser Status lange erhalten bleibt. Sie verspürt plötzlich eine heftige Wut auf die Russen. Und genauso auf die Nazis. Die haben uns das schließlich alles eingebrockt, da hat Vati schon recht, denkt sie.

Sie blickt sich noch einmal um, nirgends verweist ein Schild auf Jauer. Sie wird etwas melancholisch und fragt sich, ob sie nicht doch besser mit ihren Freundinnen hätte tanzen gehen sollen. In Gedanken versunken geht sie zum Hirschberg-Tisch. Dort blättert sie durch Broschüren und Bücher zur Rübezahl-Sage. Vor ihren Augen läuft ein Film ab, sie sieht sich im Bett liegend, während ihre Mutter von dem Berggeist aus dem Riesengebirge vorliest. Sie erinnert sich gut an Rübezahl, der mal arglistig, mal gerecht, aber immer etwas undurchschaubar war. Auf dem Tisch stehen auch unendlich viele Holzschnitzarbeiten aus dem Riesengebirge, die meisten zeigen Motive aus den Rübezahl-Sagen.

Eine ältere Dame mustert sie, ihr Gesicht kommt ihr bekannt vor. Erst als sie längst weitergegangen ist, fällt ihr ein, dass es Frau Kittner war, die sie in Jauer oft beim Bäcker gesehen, mit der sie aber nie länger gesprochen hat. Gern hätte sie Frau Kittner gefragt, ob es auch einen Jauer-Stand gibt, aber in dem Gewühl findet Elise sie nicht wieder. Ein paar Tränen schießen ihr in die Augen, sie fühlt sich plötzlich einsam.

Schließlich entdeckt sie eine weitere kleine Ecke mit Ständen, an denen sie ebenfalls Schilder mit Orten aus Niederschlesien findet: Wohlau, Sprottau, Grünberg, Schweidnitz und ganz hinten, tatsächlich, steht Jauer. Voller Vorfreude geht sie ganz langsam und mit klopfendem Herzen hinüber. Heimat. Hinter einem großen Tisch steht die Frau eines früheren Lehrers. Sie begrüßen sich höflich und Elise muss erfahren, dass ihr Physiklehrer die Kämpfe zur Verteidigung der „Festung Breslau“ nicht überlebt hat. Sein Sohn ist heute acht Jahre alt und Halbwaise. Dann sieht sie den Schuster Gerhard Böhme, der sie begrüßt und nach den Eltern fragt. Er wirkt ehrlich erleichtert, als er hört, dass Erich und Marta gesund in Detmold leben. „Bitte grüßen Sie den Herrn Amtgerichtsrat und seine Frau Gemahlin von mir, Fräulein Plackwitz.“ Böhme hat sich immer schon um eine besonders gewählte Ausdrucksweise bemüht. Er fragt noch nach Elises Bruder und versetzt ihr damit einen Stich. Die euphorische Stimmung ist mit einem Schlag weg. Friedrich. Sie vermisst ihn.

„Er ist verschollen“, sagt sie leise. „Seit fünf Jahren haben wir nichts mehr von ihm gehört.“

Böhme sagt, dass es ihm leid tue, sucht nach tröstenden Worten. Elise will das Thema nicht zu sehr vertiefen und fragt ihn schnell, wo er denn heute lebe. Er berichtet, dass er sich mit seiner Frau Renate in Duisburg niedergelassen und dort wieder ein

Schuhgeschäft eröffnet habe. Renate Böhme hinkt etwas und merkt wohl, dass Elise auf ihr Bein starrt. Sie erzählt von einem Granatsplitter, der sie auf der Flucht am Bein getroffen hat. In Dresden war das, am 13. Februar 1945, als Renate Böhme, wie zahlreiche andere Ostflüchtlinge auch, gerade am Bahnhof angekommen war. Viele von ihnen haben die Bombenangriffe nicht überlebt. Elise weiß, wovon Frau Böhme spricht, denn sie war an diesem Tag selbst in Dresden.

Nach ein paar weiteren Sätzen begrüßen die Böhmes einen anderen Mann, den Elise aber nicht kennt. Traurige Gefühle überkommen sie. Kriegserinnerungen, Sehnsucht nach dem vermissten Bruder. Ablenkung muss her. Sie schaut sich den Jauer-Stand genauer an. Auf dem Tisch liegen fünf Exemplare eines Bildbands, ein paar Broschüren über die Friedenskirche sowie einige Postkarten und Fotos aus der Zeit vor dem Krieg. Sie trägt sich und auch ihre Eltern in eine Adressenliste ein, auf der sie einige flüchtige Bekannte, einen Mitschüler mit seiner Familie sowie mit Robert Schäfer auch einen Kollegen ihres Vaters entdeckt. Sie schaut sich um, kann aber kein bekanntes Gesicht entdecken. Auf dem Tisch sieht sie Mohnkuchen und spürt, wie ihr das Wasser im Mund zusammenläuft. Gerade als sie ihr Geld aus der Handtasche holen will, hört sie hinter sich eine Stimme: „Fräulein Plackwitz?"

Sie dreht sich um und blickt einem Mann ins Gesicht, etwa 45 Jahre alt, gepflegt im dunkelgrauen Anzug mit Krawatte. Er lächelt sie betont freundlich an. Sie lächelt zurück und sagt: „Ach, guten Abend, Herr..." Sie kennt ihn, aber sein Name ist ihr entfallen.

„Reichel. Walter Reichel, aus Breslau", sagt er und lüftet seinen Hut. „Ich bin ein Freund ihres Onkels Herbert. Wir haben uns vier- oder fünfmal in Jauer gesehen."

„Ja, natürlich, ich weiß." Elise erinnert sich gut. Ihr Gegenüber ist allerdings etwas dicker als sie ihn in Erinnerung hat. Sie kann sich nicht erklären warum, aber sie bekommt feuchte Hände.

Dann fragt sie: „Hatten Sie nicht ein Geschäft in der Breslauer Innenstadt? "

„Sehr richtig, jawohl. Sie haben ein gutes Gedächtnis."

„Ich habe nach Schule und RAD fast zwei Jahre in Breslau studiert und gewohnt."

„Ach so, dann haben Sie ja mein Geschäft bestimmt mal gesehen, auch wenn es für Sie persönlich dort nicht viel zu kaufen gab. ‚Herrenbekleidung Reichel' hieß mein Laden, er war in der Reusche Straße, zwischen Blücher- und Königsplatz. Beste Innenstadtlage. Gute Waren, feine Stoffe, selbst im Krieg. Der Laden lief richtig gut, doch die Polen haben mir alles weggenommen. Freunde haben mir erzählt, dass mein Laden erst geplündert und dann vollständig ausgeräumt worden ist. Jetzt haben wohl irgendwelche Polen dort ein Geschäft eröffnet."

Walter Reichel redet sich in Rage, gestikuliert wild und wischt sich mit einem Taschentuch durch das rot angelaufene und verschwitzte Gesicht: „Das ganze Unrecht, das uns widerfahren ist, schreit doch zum Himmel und darf niemals anerkannt werden. Auch deshalb bin ich hier. Ich hoffe, Adenauer hat die Kraft und die Mittel, durchzusetzen, dass wir bald wieder nach Schlesien zurückkehren können und unseren Besitz zurückerhalten. Das hat er uns schließlich immer versprochen. Ansonsten ist es von den Polen doch Enteignung im ganz großen Stil." Er keucht vor Aufregung. „Waren Sie eigentlich in den letzten Stunden auf dem Treffen im großen Saal?"

„Nein, ich bin gerade erst gekommen. Zum Heimatabend."

„Wir haben klare politische Forderungen aufgestellt. Die heißen vor allem: Niemals den Verlust Schlesiens anerkennen und eine Rückkehr der Vertriebenen so schnell wie möglich. Wir werden aus der Landsmannschaft einen politischen Verband machen oder einen neuen Verein gründen, um unsere Interessen in Deutschland lautstark zu vertreten. Sie sollten auch mitmachen. Ihre Familie hat doch auch ein Haus in Schlesien verloren. Wann wurden Sie vertrieben?"

„Ich bin vor drei Jahren aus Polen ausgereist. Ich hatte keine Wahl, sonst hätte ich polnische Staatsbürgerin werden müssen. Meine Eltern mussten schon vorher Jauer verlassen."

„Dann haben Sie die ganze Schmach ja selbst hautnah erlebt. Es ist eine Frechheit, dass Stalin einfach Grenzen verschiebt. Aber damit darf er nicht durchkommen. Wo wohnen Sie denn jetzt eigentlich?"

„Ich habe eine Ausbildung als Damenschneiderin hier in Hannover gemacht, deshalb kann ich hier so einfach mal vorbeischauen. Jetzt will ich Lehrerin werden", berichtet Elise.

„Das ist eine gute Idee. So wie der Onkel. Die deutsche Jugend braucht immer Vorbilder, an denen sie sich orientieren kann. Herbert ist so ein Vorbild. Trotzdem hat er bisher noch keine feste Stelle gefunden. Sie wissen ja bestimmt, dass er jetzt bei Köln lebt, oder? Überall werden händeringend Lehrer gebraucht, aber Herbert darf nur aushilfsweise etwas Sport unterrichten, ansonsten muss er als Packer arbeiten. Die früheren Lehrer werden immer noch auf ihre Eignung geprüft. Herbert hat sich noch gar nicht getraut, den notwendigen Antrag zu stellen. Lächerlich, so etwas. Es läuft einiges schief in Deutschland, das sage ich Ihnen."

Wieder holt Reichel sein Taschentuch heraus und wischt sich den Schweiß von der Stirn. Dann sieht er, dass Elise vor dem Kuchentisch steht und noch nichts gekauft hat.

„Ach, entschuldigen Sie, darf ich Sie zu einem Stück Kuchen und einer Tasse Kaffee einladen?"

„Danke, aber das ist nicht nötig", wehrt Elise vorsichtig ab, doch schließlich stimmt sie zu. Reichel kauft zwei Tassen Kaffee, der in Original Bunzlauer Porzellan ausgeschenkt wird, und zwei Stücke schlesischen Mohnkuchen. Sie setzen sich auf eine Bank vor einem einfachen Holztisch und essen. Der Kuchen schmeckt göttlich, denkt Elise, vor allem der Streusel. Genießerisch pickt sie mit ihrer Kuchengabel eine Rosine aus dem Mohn und führt sie langsam in den Mund. Wie zu Hause. Sie sieht sich am Küchentisch bei ihren Großeltern sitzen, Omi bringt ihr gerade noch ein

Stück „Sträselkucha“, wie sie ihn immer nannte. Großvati lacht freundlich mit seinen leuchtenden Augen, macht ein paar Scherze und nimmt sich auch Kuchen. Ob sie die Vergangenheit verklärt? Sie verbindet mit diesen Momenten das allerhöchste Glück. Der Großvater ist 1940 gestorben, er hat den Verlust der Heimat nicht mehr mitbekommen. Großmutter ist mit einem der ersten Flüchtlingstrecks aus Schlesien weg und landete über Umwege in Leipzig. Sie schreibt regelmäßig. Nach dem, was Elise so herausliest, scheint Omas Leben nicht ganz leicht zu sein. Sie hätte sie lieber in ihrer Nähe.

Während Elise in ihrem Traum versinkt, ergreift Reichel längst wieder das Wort. Elise hört zunächst nur mit einem Ohr zu, doch schließlich konzentriert sie sich doch auf ihr Gegenüber. Reichel berichtet wieder von seinem Geschäft und dass er wegen einer Fußverletzung erst Ende 1944 als Sanitäter zur Wehrmacht einberufen wurde. Nach einem kurzen Einsatz an der Ostfront unterstützte er die deutschen Truppen in den Ardennen und geriet kurz vor Kriegsende in britische Gefangenschaft. Nach seiner Entlassung 1947 wollte er nach Schlesien zurück, doch war das nicht möglich. Er kam ins Aufnahmelager Friedland, von wo aus er über die Caritas Kontakt zu seiner Frau herstellen konnte. Sie hatte das Geschäft in Breslau so lange wie möglich weitergeführt, sich aber nach dem Ende des Krieges zügig nach Westen abgesetzt, um ihren Mann zu suchen. Außerdem war das Wohnhaus bei den Kämpfen um die Stadt fast völlig zerstört worden.

„Inzwischen habe mich wieder hochgearbeitet,“ sagt Reichel, und Elise kann den Stolz in seiner Stimme in jeder Silbe wahrnehmen: „Über einen alten Bekannten konnte ich eine Stelle in einer Textilfabrik in Neuss bei Düsseldorf antreten. Da bin ich in die engere Führung der Firma aufgerückt. Meine Erfahrungen und Kontakte aus Breslau waren dabei natürlich hilfreich.“ Reichel holt umständlich Streichhölzer aus seiner Jackentasche und zündet sich eine Zigarre an. „Mein Traum ist es, in Breslau mit meinem neuen Wissen das alte Geschäft wieder zu eröffnen und dazu eine Fabrik aufzubauen, in der die Kleidung selbst hergestellt wird. Als Schneiderin können Sie ja dann auch für mich arbeiten, falls das mit der Schule doch nicht klappen sollte", sagt er und lacht – für Elises Geschmack – unangemessen laut. Viel zu laut sogar. Sie schaut etwas peinlich berührt zur Seite. Jovial fasst er ihr, immer noch lachend, an die Schulter. Es fühlt sich unangenehm am. Hastig schiebt sie sich mit der Gabel ein Stück Kucken in den Mund.

Wenig später verabschiedet sich Reichel, nicht ohne Elise seine Adresse aufgeschrieben zu haben und geht auf eine Gruppe Männer zu, die einige Meter weiter stehen. Elise ist ganz froh darüber, denn den Zigarrenqualm hat sie als penetrant empfunden, auch wenn sie aus Höflichkeit nichts gesagt hat. Sie betritt die Halle und verfolgt das inzwischen einsetzende Bühnenprogramm. Ihr gefallen die Trachten und Darbietungen, und sie klatscht begeistert nach jedem Auftritt. Als danach aus Werken von Christian Hoffmann von Hoffmannswaldau aus dem 17. Jahrhundert vorgetragen wird, ist sie ziemlich unkonzentriert, weil sie sich ständig umschaut, ob sie jemanden kennt. Vergebens. Kein Mitschüler oder Kommilitone aus früherer Zeit ist in Sicht. Sie weiß längst nicht von allen, was aus ihnen geworden ist und wohin es sie verschlagen hat. Vielleicht, so ihre Hoffnung, findet ja der eine oder andere meinen Namen in der Liste und meldet sich bei den Eltern in Detmold. Da sie selbst Hannover bald verlassen wird, hat sie deren Anschrift eingetragen.

Aufgewühlt fährt sie gegen elf Uhr mit der Straßenbahn zurück. Der Abend hat sich gelohnt, doch wüsste sie zu gern, welches Schicksal zum Beispiel ihre Abiturientenkollegen, die allesamt nach dem Ende der Schule direkt zur Wehrmacht mussten, erlitten haben. Sie weiß es nur von ganz wenigen. Und was machen ihre Lehrer und früheren Nachbarn heute? Sie hätte so gern mehr Antworten auf diese Fragen bekommen. Im Wohnheim angekommen, legt sie sich ins Bett, doch wälzt sie sich erst einmal lange hin und her, bis sie endlich Schlaf findet.

Am nächsten Morgen sitzt sie pünktlich um acht Uhr im Frühstücksraum des Wohnheims. Sie hat schon bald einen weiteren Termin in der Innenstadt. Der Bundespräsident hat sein Erscheinen angekündigt, das will sie nicht verpassen.

Ihre Freundinnen haben daran kein Interesse. Sie wirken noch ganz verschlafen, eher so, als ob sie sich nach dem Frühstück wieder hinlegen würden. Nur schleppend erzählen sie vom Tanzabend. Soviel bekommt Elise aber mit: Es waren fast nur Frauen da.

„Es wird Zeit, dass die Männer alle mal aus der Kriegsgefangenschaft heimkommen", meint Gertrud: „Wir Frauen wollen ja hier schließlich nicht versauern."

„Wieso? Du hast doch deinen Markus gefunden", sagt Gudrun, die mit ihr unterwegs war.

„Ach der. Das war doch nichts Ernstes. Er sollte mir doch nur einen Sekt ausgeben." Gertrud trägt ein selbstgenähtes Kleid, das ihre Taille betont, der moderne, üppige Kragen zieht Blicke an. Ihr Meisterstück sozusagen. Gestern Abend trug sie dazu noch Handschuhe, die fast bis zum Ellenbogen reichten. Dazu hatte sie eine Schleife in ihr halblanges, dunkelblondes Haar gebunden. Wie eine Schauspielerin sah sie aus, denkt Elise. Alle Männer fliegen auf sie.

„Dafür hast du aber ganz schön mit ihm geflirtet", wirft Gudrun ein.

„Ja, warum auch nicht? Ich habe mir vorgenommen, jede Gelegenheit zu nutzen. Auch wenn sie Markus heißt."

Alle lachen und fragen dann Elise, was sie so erlebt hat. Kurz berichtet sie, zögert dann aber, weil sie nicht die richtigen Worte findet, um ihre Eindrücke zu schildern. Außerdem haben diejenigen, die nicht vertrieben wurden, und das sind die meisten, kein Gespür für das, was in ihrem Kopf vorgeht. Also sagt sie nicht viel.

Zwar ist sie müde, aber trotzdem macht sie sich am Vormittag auf den Weg zum Marktplatz. Theodor Heuss ist seit knapp einem Jahr Bundespräsident und damit Staatsoberhaupt der neuen Bundesrepublik Deutschland. In seiner Rede will er sich besonders an die Jugend wenden, hat sie gelesen. Ihr Vater hat ihr empfohlen, sich den Politiker mal mit eigenen Augen anzuschauen. Heuss wähle in seinen Ansprachen oft die richtigen Worte.

Mehrere hundert Menschen sind gekommen, und Elise, die nur knapp 1,60 Meter groß ist, begibt sich möglichst weit nach vorn, damit sie etwas sehen kann. Sie schlängelt sich geschickt, aber rücksichtsvoll durch die Menge und findet schließlich einen Platz, an dem ihr keiner der vielen anwesenden Herren mit Hut die Sicht verdeckt. Als Heuss auf die Bühne kommt, kann sie ihn hinter dem Mikrofon genau erkennen, seine hohe Stirn und die nach hinten gekämmten grauen Haare. Neben ihr klicken die Fotoapparate, sie selbst bedauert, keinen zu besitzen. Ihr stockt vor Aufregung der Atem, denn noch nie hat sie ein Staatsoberhaupt von so nahem gesehen. Und seine gewinnende Art fesselt sie sofort mit den ersten Worten.

Heuss nennt die vielen Aufgaben, vor denen die Politiker in Deutschland stehen, und bei denen er auf Mithilfe der Bevölkerung und vor allem der jungen Deutschen hofft. Er spricht über Wohnungsbau, über die Versorgung der Kriegsversehrten, über die Ankurbelung der Wirtschaft. Als er schließlich auf die Vertriebenen zu sprechen kommt, wird Elise besonders hellhörig.

„Nach der furchtbaren, ungeheuerlichen Binnenwanderung von Millionen Heimatlosen müssen die Vertriebenen eine neue Heimat finden“, sagt Heuss und fährt wenig später fort: „Von den innerdeutschen Pressenotizen dieses Jahres hat mich keine so beelendet wie die Nachricht, dass sich ein Verein oder eine Partei der ‚Einheimischen‘ gegen die Flüchtlinge gebildet hat. Ich trete hier bewusst aus der Neutralität heraus, die in meinem Amte liegt, und sage laut: Das empfinde ich als eine Schande. Und nun mögen manche auf mich schelten und die Vereinsvorstände mich wegen Beleidigung verklagen.“

Elise klatscht laut, und plötzlich fällt ihr auf, dass die Zuhörer neben ihr kaum applaudieren. Im Gegenteil: Einige Männer und Frauen blicken sie grimmig, fast feindselig an und murmeln Unverständliches vor sich hin. Die meisten verschränken die Arme vor der Brust und demonstrieren so ihren Unmut über das Gehörte. Trotz ihres schweren Schicksals sind die Flüchtlinge aus dem Osten nicht bei jedem gern gesehen. Das hat Elise schon oft gehört, aber jetzt spürt sie es ganz unmittelbar.

Überall riecht es nach Feuer, geschlossene Straßenzüge brennen, Qualm liegt über der ganzen Stadt. Dresdens Innenstadt ist völlig zerstört. Es soll schrecklich viele Tote gegeben haben, die Bahnhöfe sind völlig ausgebrannt. Die Flüchtlinge aus dem Osten, die mit den Zügen angekommen sind, sind in die Katastrophe hineingefahren. Menschen irren orientierungslos umher, auf der Suche nach Verwandten, Freunden oder ihrem Hab und Gut. Es ist einfach nur dramatisch. Ich möchte es nicht ansehen. Überall sind Verletzte, Menschen bluten im Gesicht, suchen vergeblich nach Hilfe.

Tagsüber erfolgte noch ein Angriff. Noch einmal tobte der Feuersturm. Immer noch schlagen Flammen aus den Häuserzeilen. Die Brände wollen nicht versiegen. Ruinen, wo man hinschaut, Schutt und Staub blockieren die Wege. Ausgebrannte Wagen, überall Menschen, die dem Grauen zu entrinnen versuchen oder fassungslos vor ihren niedergebrannten Häusern stehen.

Was in der Innenstadt noch stand, wurde endgültig zerstört. Semperoper, Zwinger, Frauenkirche und die vielen anderen historischen Gebäude der Stadt sind nur noch Steinhaufen. Das barocke Elbflorenz ist Geschichte.

Es wird immer schrecklicher auf der Erde, an keinem Platz ist man mehr sicher. Das Elend ist unermeßlich. Tote und Verletzte liegen überall auf den Straßen, und viele Menschen sind in Panik in die eiskalte Elbe gesprungen, um ihr Leben zu retten. Nur manche haben den Sprung überlebt. Es gibt nichts zu essen, alles ist kaputt, auch die Geschäfte.

Wie zum Trotz kommt der Frühling heraus. Bei uns am Stadtrand sind die Felder grün, und die Vögel singen, daß es eine Freude ist, ihnen zuzuhören. Es könnte alles so schön sein ohne diesen furchtbaren Krieg. (14. Februar 1945)

Diese Ungewissheit frisst ihn auf, manchmal kann er den ganzen Tag keinen klaren Gedanken fassen, weil er nicht weiß, was aus seinem Jungen geworden ist. Vor Erich liegen ausgebreitet auf dem Schreibtisch in seinem kleinen Arbeitszimmer in Detmold Papiere: Anträge, Briefwechsel und oben darauf ein Formular, das gestern in der Post war. Er greift zum Füllfederhalter und beginnt, einen weiteren Suchantrag auszufüllen, er trägt den Namen seines Sohnes ein, das Geburtsdatum, und Friedrichs letzte bekannte Feldpostnummer. In einem Begleitschreiben bittet er um umgehende Nachricht, falls etwas über den Verbleib seines Sohnes in Erfahrung zu bringen sei. Er vermute, dass Friedrich im Frühjahr 1945 irgendwo im Osten Deutschlands oder im Raum Berlin gesehen worden sein muss.

Erich faltet den Brief und steckt ihn in einen Umschlag. Dann schreibt er fein säuberlich den Adressaten darauf: „Suchdienst für vermißte Soldaten der ehemaligen Deutschen Wehrmacht, Berlin, Kanonierstraße“. Seit nunmehr fünf Jahren hat er nichts von seinem Sohn gehört. Er fühlt sich oft unendlich leer und weiß, dass es seiner Frau mindestens genauso geht, auch wenn sie kaum davon sprechen möchte. Erichs Hoffnungen, mit dem Suchformular Neues über seinen Sohn zu erfahren, sind gering, doch hat er sich vorgenommen, jede kleinste Chance zu ergreifen. Vielleicht haben sie ja in der Sowjetischen Besatzungszone, die sich jetzt Deutsche Demokratische Republik nennt, doch Informationen, die er bisher nicht hat. Das Rote Kreuz hat ihm empfohlen, sich auch an den dortigen Suchdienst zu wenden. Ein winziger Strohhalm. Aber auch der will ergriffen werden. Erich legt die Zahlkarte zu dem Formular, sie belegt, dass er die erforderliche Gebühr von zwei DM auf das angegebene Postscheckkonto eingezahlt hat. Dann klebt er den Brief zu und platziert eine ganz neue Briefmarke, auf der ein Posthorn zu sehen ist, ordentlich oben rechts auf dem Umschlag. Noch am selben Abend will er einen Spaziergang nutzen, um das Schreiben in den Briefkasten zu werfen.

Das letzte Lebenszeichen Friedrichs stammt vom Februar

1945. Damals sollte er gerade von Straßburg nach Pommern verlegt werden und schrieb, dass es ihm gut gehe, doch seitdem hat er sich nicht mehr gemeldet. Die Kriegseuphorie aus den Anfängen von Friedrichs Soldatenzeit war aus diesem Brief schon längst nicht mehr herauszulesen.

Erich hat unmittelbar nach Ende des Krieges damit begonnen, nach seinem Sohn zu forschen. Er hat Fotos an Suchdienste und Nachforschungsanträge an die Kriegsgräberfürsorge geschickt, hat sich um Aufrufe im Radio bemüht. Ohne Ergebnis. Auch im Sammellager Friedland wusste man nichts über Friedrichs Schicksal. Das französische Kriegsministerium beschied seine Anfrage nach dem Sohn trotz der Straßburger Spur negativ. Weitere Nachfragen bei der sogenannten Abwicklungsstelle und vor allem beim Roten Kreuz führten dazu, dass ihm immerhin ein paar Namen und Adressen von ehemaligen Kameraden aus Friedrichs Kompanie genannt wurden, mit denen er umgehend Kontakt aufnahm. Erich rümpft in Gedanken daran die Nase, denn es handelt sich um eine Sturmgeschütz- und Panzerjägereinheit der Waffen-SS. Gegen Erichs ausdrücklichen Willen hatte sich Friedrich im Sommer 1943 nach bestandener Abiturprüfung freiwillig dort gemeldet. Der Internationale Militärgerichtshof hat die Waffen-SS kurz nach dem Krieg zur verbrecherischen Organisation erklärt. Erich kann das gut nachvollziehen, das hätte er auch gemacht.

In mehreren Briefen hat er die früheren Kameraden Friedrichs um Auskunft über das Schicksal seines Sohnes gefragt. Auch wenn sich die Angeschriebenen nicht oder nur vage an Friedrich Plackwitz erinnern konnten, haben sie bestätigt, dass er mit dem „2. SS-Begleit-Bataillon der Reichsführer SS, Feldpostnummer 39852 F“ im Februar 1945 vom Elsass aus in einem Schnelltransport nach Pommern gebracht wurde. Dort sei die Einheit eingeschlossen und vollständig aufgerieben worden, hatte ein Kamerad Friedrichs, der heute in Lüneburg wohnt, vor ein paar Tagen an Erich geschrieben. Er war offenbar nicht gerade der Hellste im Kopf. „Ob da Ihr Sohn dabei war, kann ich Sie nicht sagen“, notierte der frühere SS-Sturmmann wörtlich – eine Grammatik, die bei Erich jedes Mal, wenn er den Text las, Kopfschütteln auslöste. Für ihn ist es wieder einmal ein Beleg, dass viele Anhänger der Nazis schrecklich ungebildet waren. Warum nur ist Friedrich, sein intelligenter und künstlerisch so begabter Junge, ebenso blind den Sprüchen Hitlers und Himmlers gefolgt?

Leises Klopfen reißt ihn aus seinen Gedanken. Marta betritt sein kleines Arbeitszimmer, das direkt vom Wohnzimmer ihrer Mietwohnung abgeht, und bittet ihn zum Mittagessen. Es gibt Hering mit Kartoffelsalat und zum Nachtisch Schokoladenpudding. Es mundet. Wie immer, wenn seine liebe Frau kocht. Seit ein paar Monaten ist eine Drei-Zimmer-Wohnung ihr neues gemeinsames Zuhause. Die kleine Küche und der Flur haben einen modernen PVC-Boden, sonst ist einfacher Teppich ausgelegt. Die Einrichtung ist bescheiden, die Möbel haben sie preiswert eingekauft. Stolz ist Erich vor allem auf sein Grundig-Radio, das neben dem Esstisch thront. Mit seinen 40 Zentimetern Breite und 25 Zentimetern Höhe ziert es die Kommode und hat einen wunderbaren raumfüllenden Klang.

Marta ist vor vier Jahren aus Jauer ausgewiesen worden. Im Auffanglager Friedland machte sie seine Adresse im fränkischen Steinwiesen ausfindig. Nach 20 Monaten, die er von seiner Frau getrennt war, konnten sie sich endlich wieder in den Arm schließen. Was Marta erlebt hat, als die Sowjetarmee die Stadt Jauer einnahm und teilweise in Flammen setzte, hat sie ihm nur ansatzweise erzählt. Um so mehr von der Zerstörung und Verwüstung der Heimat. Auch das Gymnasium neben ihrem Haus in der Humboldtstraße ist niedergebrannt worden. Ihr eigenes Haus blieb glücklicherweise von den Flammen verschont. Auch wenn Marta von den neuen polnischen Bewohnern aus dem Haus vertrieben wurde, hat sie einige Unterlagen und private Fotos bis zu ihrer Übersiedlung retten können.

Seine Frau hat sich verändert. Fast jede Nacht wacht sie mit Angstzuständen auf, gelegentlich ruft sie laut im Traum. Die

Leichtigkeit ist ihr verloren gegangen, nur ganz selten mal blitzt ihre alte Lebensfreude wieder auf. Er hofft, dass es in Zukunft wieder öfter sein wird. Sie wolle nach vorn schauen, sagt Marta schließlich immer. Und so haben sie es auch umgesetzt: Erich, der im Juni 1946 nach abgeschlossener Entnazifizierung am Amtsgericht Kronau endlich seine Tätigkeit als Richter wieder aufnehmen durfte, bewarb sich um eine Versetzung in die britische Verwaltungszone und landete ein Jahr später am Amtsgericht in Detmold. Dort wohnten sie erst in einem kleinen Zimmer in der Nähe des Gerichts und hatten dann Glück, dass sie wenig später die Wohnung in der Hornschen Straße beziehen konnten.

Hier haben sie ihr neues Leben begonnen: Er, nunmehr 64 Jahre alt, und sie, 17 Jahre jünger. Ein paar Jahre möchte Erich noch als Richter arbeiten, um das Leben im Alter abzusichern. Er freut sich aber schon darauf, nach seiner Pensionierung die Gegend um den Teutoburger Wald zu erkunden, die ihn mit ihrer hügeligen Landschaft an das Katzbachgebirge in der Umgebung von Jauer erinnert. Er sehnt sich nach einem normalen Leben, möchte nicht länger Flüchtling bleiben. Das klingt so nach gesellschaftlichem Abstieg.

Ihre Tochter Elise steht so langsam auf eigenen Füßen, auch wenn ihre Ausbildung noch eine ganze Weile Geld kosten dürfte. Aber sie hat ein klares Ziel vor Augen. Und vielleicht findet sie ja auch bald einen Mann fürs Leben, es sind schließlich nicht alle jungen Männer als Soldaten im Krieg gefallen. Ob sich da etwas ergibt, weiß er nicht. In ihren Briefen schreibt sie jedenfalls nie von Herren, die sie kennenlernt.

Sein Sohn Friedrich bleibt verschollen. Es ist zum Verzweifeln. Erich könnte die Decke hochgehen. Wenn Friedrich noch lebt, ist er jetzt 25 Jahre alt.

Erich weiß, dass seine liebe Frau jede Nacht an ihn denkt, ohne dass sie darüber spricht. Er selbst wird ebenfalls fast jede Nacht wach, weil er über Friedrichs ungewisses Schicksal nachdenkt. Wenn er dann spürt, dass Marta auch grübelt, ergreift er manchmal mitten in der Nacht ihre Hand, sie drückt ihn dann kurz in stillem Einvernehmen. Er weiß, dass seine Frau ihren Sohn unendlich vermisst und würde schon deshalb alles Erdenkliche tun, um ihn ausfindig zu machen.

„Ich will nach der Heimat nicht auch noch den Jungen verlieren", hat sie neulich gesagt. Die Worte haben ihm schrecklich wehgetan. An das Schlimmste will er gar nicht denken – und trotzdem drehen sich seine Befürchtungen fast immer darum, dass Friedrich im Krieg getötet worden sein könnte. Erich fühlt bei diesen Gedanken immer, wie die Wut in ihm hochsteigt. Hitler und seine kriegerische und menschenverachtende Politik haben das ganze unbeschwerte Leben von früher zerstört. Für immer.

Friedrichs Foto – es ist das aktuellste, das sie haben und zeigt ihn in SS-Uniform – steht auf dem Wohnzimmerschrank. Jeden Tag hebt Marta es beim Staubwischen hoch und es sieht aus, als bitte sie an höherer Stelle um ein Zeichen. Wenn Erich das sieht, bricht es ihm das Herz. Beide klammern sich verzweifelt an die Hoffnung, dass Friedrich lebt und sich irgendwann als Rückkehrer aus russischer Kriegsgefangenschaft melden wird.

Kapitel 7

2013

Die Krankenschwester steckt kurz den Kopf aus dem Badezimmer: „Ihre Mutter wird gerade gewaschen. Kommen Sie doch bitte in 20 Minuten wieder." Dann ist sie auch schon wieder verschwunden.

Andreas verzieht den Mund. 20 Minuten Wartezeit. Schlechtes Timing. In 15 Minuten hat er die Besprechung mit Chefarzt Dr. Michels. Gern hätte er seine Mutter vorher gesehen und kurz mit ihr gesprochen. Leicht verärgert runzelt er die Stirn. Als ihm das bewusst wird, muss er an seinen schon vor Jahren gestorbenen Vater denken. Ihm hätte diese Mimik nicht gefallen, er sorgte sich immer, dass man Falten über den Augen bekomme, wenn man die Stirn zu sehr runzelte. „Birne, Birne". Das rief er dann, und nur wer ihn kannte, verstand, dass Birne eine Umschreibung für Kopf sein sollte. Andreas galt die Mahnung des Vaters allerdings ohnehin selten. Es war eher seine Mutter, um deren glatte Stirnhaut sich Theo sorgte. Elise dürfte das heute wahrscheinlich aber auch egal sein.

Nachdenklich schlendert Andreas über den Flur. Das Krankenhaus sieht überhaupt nicht einladend aus. Überall Kacheln. Ungemütlich. Auch die Wände, die nicht gekachelt sind, wirken kalt und abweisend. Deutscher Krankenhaus-Alltag im 21. Jahrhundert.

Andreas muss eine Weile vor dem Besprechungszimmer des Arztes warten. Als Michels dann kommt, wirkt er gehetzt. Er sei bei der Visite aufgehalten worden, berichtet er. Zusammen betreten sie sein Zimmer. Auf dem Schreibtisch liegt eine Akte, die der Mediziner kurz durchblättert.

„Nun, Herr Appelhoff", beginnt Michels. „Die Lage ihrer Mutter ist – da rede ich gar nicht herum – ernst. Sie hat Krebs.

Und das hat sie wohl schon länger geahnt. Hat sie Ihnen jemals davon erzählt?"

Andreas schaut ihn überrascht an und verneint.

„Vor einem Jahr war sie das letzte Mal hier in Behandlung, wie Sie vielleicht wissen. Wir haben damals verdächtige Flecken in ihrer Lunge entdeckt. Wir wollten sie weiter untersuchen, aber Ihre Mutter hat das damals ganz entschieden abgelehnt. Nein, ich will nicht wissen, was das ist, hat sie gesagt."

Michels macht eine kurze Pause. Als Andreas, der auf den Boden starrt, nichts sagt, fährt er fort: „Jetzt haben wir festgestellt, dass sich bei ihr Wasser in der Lunge ansammelt. Wir haben sie punktiert und die Flüssigkeit untersucht. Der Befund ist eindeutig."

„Und was heißt das für sie?"

„Nun, äh, ihre Mutter ist viel zu schwach, um sie zu operieren. Wir können hier, ehrlich gesagt, nicht mehr viel für sie tun. Am besten nehmen Sie ihre Mutter mit zu sich nach Hause, wenn sie wieder etwas kräftiger geworden ist, oder Sie suchen für sie einen Platz im Pflegeheim – oder auch im Hospiz."

Andreas muss schlucken. „Im Hospiz?"

„Ja, Sie sollten der Wirklichkeit ins Auge sehen. Ihre Mutter wird sterben. Nicht heute und wahrscheinlich auch nicht diese Woche und diesen Monat. Aber der Krebs ist nicht mehr therapierbar."

Hospiz. Plötzlich erscheint Andreas der Besuch im Altenheim am Tag vorher wie eine Visite im Paradies. Der Sturz seiner Mutter verliert innerhalb von Sekunden an Bedeutung, denn sie hat nur eine Prellung, und die wird bald auskuriert sein. Vielleicht wird sie in absehbarer Zeit wieder laufen können. Aber der Krebs wird sich – wenn man Michels glaubt – in ihren Körper fressen und sie von Woche zu Woche weiter schwächen. Andreas wird für einen Moment schwarz vor Augen. Bis vor zehn Minuten war sein Problem gewesen, seine Mutter davon zu überzeugen, möglicherweise in ein Pflegeheim zu ziehen. Jetzt geht es mit einem Mal darum, ihr zu sagen, dass sie nur noch einige Monate zu leben hat. Wenn überhaupt.

„Es tut mir leid, Herr Appelhoff", reißt ihn Michels aus den ungeordnet auf ihn einprasselnden Gedanken. „Ich habe jetzt einen anderen Termin. Ihre Mutter ist stark. Sie wird es mit Fassung aufnehmen."

Andreas steht benommen auf. Ihm wird schwindelig, er muss sich einen Moment an der Lehne des Stuhls festhalten. Er ist bestimmt sehr blass geworden. Der niedrige Blutdruck, er hat ihn von seiner Mutter geerbt. Erst einmal will er jetzt an die frische Luft, um seine wirren Gedanken zu sortieren. Vor der Tür des Krankenhauses atmet er mehrmals tief ein, für einen Moment denkt er daran, dass es gut täte, eine Zigarette zu rauchen. Er verfolgt den Gedanken aber nicht ernsthaft, weil es ihm nie geschmeckt und er deshalb nur sporadisch mal geraucht hat. Er reibt sich mit der Hand über die Augen und durch die Haare, als wolle er die traurigen Gedanken wegwischen, und geht langsam zurück auf die Station. Er klopft an der Tür mit der Nummer 212. „Elise Appelhoff", steht auf einem Schild. Nur ganz leise hört er die Stimme seine Mutter, die wohl so etwas wie „Herein" gerufen hat. Er betritt den Raum – wieder fallen ihm die Kacheln auf – und sieht seine Mutter im Bett liegen. Schweigend geht er zu ihr hin und küsst sie auf die Stirn, so wie er es seit Jahren oft zur Begrüßung macht. Er umarmt sie, was etwas staksig daherkommt, weil seine Mutter es im Bett kaum schafft, sich ihm zuzuwenden.

„Hallo", sagt Andreas und seine Stimme stockt. Er versucht zu lächeln, doch es dürfte gequält wirken. „Wie geht es dir denn heute?" Er merkt, dass es ihm schwerfällt, seiner Mutter ins Gesicht zu schauen. Eigentlich sucht sein Blick gern Halt in ihren Augen, aber heute will es nicht gelingen.

„Gut. Ich bin nur sehr müde."

„Ich war vorhin schon hier. Aber da wurdest du gerade gewaschen und ich sollte nicht hineinkommen. Deine Haare sehen übrigens wieder viel besser aus. Hat die Pflegerin sie gewaschen?"

Elise nickt stumm.

„Das hat bestimmt gut getan", spricht er weiter. Und als sie wieder nichts sagt: „Schön, dass wir jetzt etwas Zeit füreinander haben."

Er setzt sich. Seine Mutter sieht wirklich müde aus. Das Strahlen, das sie sonst immer hat, wenn er zu Besuch kommt – heute kann man es nicht einmal erahnen. Aus ihrem Gesicht ist keine Freude abzulesen, im Gegenteil. Sie macht die Augen zu. Andreas grüßt von Heike sowie von seinem Sohn Jonas und der Tochter Laura.

Anders als sonst fragt Elise nicht interessiert nach ihren Enkeln, und so erzählt Andreas einfach, was die beiden gerade so machen. Er hat ein paar Fotos von ihnen mitgebracht, die er seiner Mutter zeigt. Ihr Interesse war schon mal größer, und so legt er die Bilder neben etwas Obst auf ihren Abstelltisch. Vielleicht würde sie ihnen ja zu einem späteren Zeitpunkt mehr Aufmerksamkeit widmen.

Andreas weiß, dass er das schwierige Thema nur vor sich herschiebt, bemerkt, dass er schon eine ganze Weile auf seiner Unterlippe herumkaut. Es wird Zeit, die Unsicherheit zu überwinden, denkt er und beginnt: „Ich habe gerade mit Dr. Michels gesprochen."

„Der war heute noch gar nicht hier", erwidert seine Mutter und schaut kurz auf.

„Doch, das war er. Hat er mir zumindest gesagt."

„Ich kann mich nicht erinnern."

Sie schließt wieder die Augen. Andreas hat Sorge, dass sie gleich einschläft, bevor er die Krankheit ansprechen kann. Er rückt noch näher an sie heran, nimmt ihre Hand und fasst sich ein Herz: „Dr. Michels hat mir von einer neuen Diagnose berichtet. Du weißt doch, dass sie neulich deine Lunge punktiert haben, oder? Jetzt haben sie die Lungenflüssigkeit untersucht und darin leider auch Krebszellen gefunden." Sein Herz klopft wahnsinnig laut in seinem Brustkorb. Nach kurzem Zögern ergänzt er: „Du musst aber nicht operiert werden."

Elise öffnet kurz die Augen, schweigt aber. Jetzt nicht aufgeben. Andreas will es hinter sich bringen und bemüht sich um betont sachliche, fast distanzierte Worte: „Der Krebs wird dich wahrscheinlich weiter schwächen, aber die Krankheit bedroht dich nicht akut, hat er gesagt. Deshalb müssen wir jetzt erst einmal sehen, dass du dich von dem Sturz erholst und wieder zu Kräften kommst. Alles andere ergibt sich später. Wir müssen aber überlegen, wo du wohnen wirst, wenn du aus dem Krankenhaus entlassen wirst. Das machen wir aber am besten, wenn du nicht so müde bist."

Andreas redet noch eine Weile weiter. Irgendwann hört er, wie seine Mutter erschöpft sagt: „Ich weiß das doch alles."

Dann schließt sie die Augen wieder, sie wartet nicht auf Antwort. Sie atmet ruhig und ist wenig später tatsächlich eingeschlafen. Hat sie überhaupt mitbekommen, was er gesagt hat? Hat sie die Tragweite verstanden? Und hat er selbst die Tragweite verstanden?

Andreas bleibt noch eine ganze Weile neben dem Krankenbett sitzen, dann schleicht er leise aus dem Zimmer und geht wie automatisch auf die Sitzgruppe im benachbarten Aufenthaltsraum zu. Unmoderne Sessel mit Holzlehne und kariertem Polster. Ein Regal mit religiösen Broschüren. Er stützt seine Ellenbogen auf die Knie und legt den Kopf in die Hände, wobei nach einer Weile Tränen über seine Finger laufen. Er lässt das Weinen zu, denkt noch einmal an die zurückliegenden Gespräche mit Michels und seiner Mutter. Sie wird also sterben, denkt er, schon bald werde ich keine Mutter mehr haben. Minutenlang bleibt er so sitzen, einmal schaut eine Krankenschwester kurz hinein. Als er schließlich aufsteht, weiß er nicht, wie spät es ist. Er geht auf die Besuchertoilette, wäscht sich Hände und Gesicht mit kaltem Wasser, putzt sich die Nase, atmet mehrmals tief durch und merkt, dass er langsam etwas Stabilität zurückgewinnt. Ich muss klaren Kopf bewahren, sagt er sich. Nachdenken. Eine völlig neue Lage. Er braucht ganz dringend etwas Sauerstoff und geht zum Ausgang.

Draußen holt er aus seiner Jackentasche ein Kaugummi. Ein Krankenwagen rast vorbei.

Drei Tage und drei Nächte kein Fliegeralarm. Aber immer noch strömen hunderte Flüchtlinge, die meisten in erbärmlichem Zustand, aus der Stadt in die Vororte. Schreckliches Elend sieht man da! Heute Nacht hat Frau Häßler uns um zwei Uhr geweckt und folgendes erklärt: „Die Russen stehen neun Kilometer vor uns. Wir müssen sehen, daß wir eben noch rauskommen. Packt eure Sachen zusammen, die stellen wir alle auf einen Haufen. Wenn die russischen Panzerspitzen kommen, rennen wir in den Wald, lassen sie vorbei, holen dann unser Gepäck und fahren dann nach Dresden." Sie führt Reden wie ein Backfisch. Das hört sich so einfach an.

Bis Dienstag sollen wir angeblich noch hier bleiben. Dann geht es wahrscheinlich etwas weiter südlich zur neuen Aufteilung. Die Aktiven bleiben bei der Scheinwerferei, die Reservistinnen sollen zu den Kanonenbatterien kommen. Wahrhaftige Flintenweiber macht man aus uns. Ob wir den Krieg dadurch gewinnen? Wohl kaum: Die Russen haben ja schon ganz Schlesien in der Hand. Ich habe keine Heimat mehr. (18. Februar 1945)

Mit dem Schritt zur Tür hinaus steht er fast mitten im Herzen Münsters. Das lebhafte Treiben, der Lärmpegel, die vielen Radfahrer. Eine willkommene Ablenkung. Die Stadt hat sich ziemlich verändert im Vergleich zu der Zeit, als Andreas hier noch wohnte, zur Schule ging und mit dem Studium begann, bevor er nach vier Semestern nach Frankfurt wechselte. Gegenüber der Klinik ist eine Einkaufspassage entstanden mit Cafés und Geschäften, leider sind es fast nur die bekannten Modeketten, die man in jeder Stadt sieht. Der Komplex ist recht gut in die Backstein-Architektur der Umgebung integriert. Als er in den 80er Jahren aus Münster wegzog, war hier lediglich ein ausladender Parkplatz. Die Sonne scheint, und der Tag könnte so schön sein.

Andreas geht über die Loerstraße und kommt zur Clemenskirche, einer kleinen Barockkirche mit rundem Grundriss. Er wirft einen kurzen Blick auf die liebevoll bemalte Kuppel. Mit Kirchengebäuden hat er fast nur nach Todesfällen zu tun, und sofort denkt er wieder an seine Mutter. Betreten kann man die Kirche nicht, weil ein Gitter den Zugang versperrt. Die Katholische Kirche in Münster sollte sich etwas mehr der Welt öffnen, denkt er.

In einer Seitengasse der Salzstraße findet er ein Lokal, in dem er draußen sitzen kann, und bestellt einen Salat und eine Apfelschorle. Danach noch einen Milchkaffee. Wieder bemerkt er, dass sich Münsters Innenstadt positiv entwickelt hat. Früher kannte er vor allem Leute, die über Münster schimpften. Provinz. Das schlechte Wetter mit dem häufigen Nieselregen, zu wenig Kultur. Doch gerade diejenigen, die am lautesten meckern, lieben Münster auch. Eine Hassliebe. Während seines Studiums haben viele Bekannte gesagt: Sobald es sich ergibt, werde ich hier wegziehen. Die meisten von ihnen wohnen immer noch hier. „Münster klebt", haben sie immer gespottet. Es stimmt.

Wenn er Münster mit seinem Wohnort Bonn vergleicht, stößt er auf viele Gemeinsamkeiten. Die ähnliche Größe, die vergleichbare Struktur: viele Dienstleistungen, wenig Industrie, die große Universität. Nur der Rhein fehlt hier. Und wenn er so auf die Menschen um ihn herum sieht, fällt ihm aber ein weiterer Unterschied sofort ins Auge. In Münster leben viel weniger Ausländer. Wenn er hingegen in Bad Godesberg unterwegs ist, hört er genauso viele arabische wie deutsche Stimmen. Muslimische Frauen, die nicht nur Kopftücher tragen, sondern vollverschleiert sind, prägen vor allem an Sonntagnachmittagen bei gutem Wetter das Stadtbild. Maximal ein kleiner Seeschlitz vor den Augen. In Münster wiederum hat er den ganzen Tag noch gar kein Kopftuch gesehen – außer bei einer Nonne, die ihm auf dem Fahrrad entgegenkam. Zwei Welten.

Andreas kauft sich noch ein Eis und setzt sich vor der Lambertikirche am Prinzipalmarkt auf eine Bank. Ihm ist klar, dass er mit seinen dauernden Pausen nicht unbedingt Münster wieder entdecken, sondern nur die Rückkehr ins Krankenhaus hinauszögern will. Also geht er weiter, schon bald ist die Petrusklinik wieder in Sichtweite. Seine Schritte werden immer langsamer, als er den Krankenhauseingang betritt. Er nimmt die Treppe in den zweiten Stock. Wieder klopft er an Zimmertür 212.

„Herein“, hört er. Die Stimme wirkt recht fest und deutlich. Er betritt das Zimmer. Seine Mutter sitzt im Bett und blättert in einer Illustrierten.

„Oh, hallo. Dir geht es aber viel besser als heute früh“, sagt er. Elise legt die Zeitung weg, und sie umarmen sich.

„Warst du denn heute schon mal hier?“

„Ja, klar. Erst hatte ich ein Gespräch mit Dr. Michels, danach war ich bei dir.“

„Oh, natürlich, jetzt erinnere ich mich. Ich komme manchmal mit den Tagen durcheinander.“

Andreas lächelt. „Das macht doch nichts. Du warst auch sehr müde heute früh. Dir fielen immer wieder die Augen zu. Weißt du denn noch, was wir besprochen haben?“

„Der Herr Doktor hat dir von der Krebs-Diagnose berichtet. Mir auch. Ich habe es schon länger geahnt, war aber nicht ganz sicher. Zum Glück soll ich nicht operiert werden.“

Diesen Satz hätte er so von ihr nie erwartet. Seine Mutter wirkt jetzt sehr klar. Und gleichzeitig so seltsam beherrscht. Sie, die sich früher kaum eine Krankheit eingestehen konnte, spricht jetzt die niederschmetternde Neuigkeit völlig selbstverständlich aus. Kein verlegenes Nuscheln, kein Wegschauen, kein Beschönigen. Andreas ist überrascht, denn er dachte, dass er seiner Mutter alles noch einmal erklären muss, weil sie die Diagnose nicht mehr weiß oder nicht mehr wissen will. Er ist erleichtert, dass er das Wort nicht wieder selbst aussprechen muss. Krebs. Diese verfluchte Krankheit.

„Genau“, antwortet er. „Zuerst musst du dich mal von deinem Sturz erholen. Kannst du denn schon wieder laufen?“

„Na ja, besonders gut geht es nicht.“

„Nun, das wird schon wieder. Sollen wir ein bisschen üben?“

„Ich mache das lieber morgen früh mit der Schwester. Sie kommt jeden Tag und will mich zum Gehen überreden. Ich habe auch schon mal mitgemacht. Aber jetzt lieber nicht. Ich freue mich, dass du da bist und möchte mich mit dir unterhalten. Du hast ja so selten Zeit für mich.“

„Wieso das denn? Ich komme dich doch regelmäßig besuchen.“ Andreas wird etwas unbehaglich zumute. Immer dieser Rechtfertigungszwang. Er bemerkt, dass er seine Lippen aufeinanderpresst und versucht, sich zu entspannen.

„Ja, regelmäßig schon, aber nicht häufig.“ Es war eine der typischen Spitzfindigkeiten seiner Mutter. „Zweimal im Jahr kann auch regelmäßig sein. Es ist aber nicht häufig.“

„Ich bin aber viel öfter als zweimal im Jahr bei dir. Und außerdem hole ich dich immer mal wieder nach Bonn. Noch diesen Sommer warst du mehrere Tage bei uns. Weißt du noch, wie wir am Rhein entlang spaziert sind?“

„Das wird jetzt wohl nicht mehr gehen. Ich werde kaum noch verreisen, sondern bleibe lieber in meinem Haus.“

„Das müssen wir auch besprechen, Mutti. Du weißt, dass du...“ – Andreas zögert – „dass du schwer krank bist. Ich glaube ehrlich gesagt kaum, dass du künftig allein in deinem Haus leben kannst.“

„Ich möchte aber das Haus nicht verlassen. Du weißt genau, dass unser Haus mich an mein ganzes Leben seit Anfang der 60er Jahre erinnert, an das Glück mit Theo, an euch Kinder und wie ihr aufgewachsen seid. Das werde ich niemals aufgeben. Ich werde nicht mehr umziehen. Und in ein Heim bekommst du mich sowieso nicht. Das haben wir doch besprochen.“

„Aber nur mal gesetzt den Fall, du würdest nicht mehr richtig gesund. Wie willst du dann in dem Haus allein zurechtkommen? Eva und ich wohnen schließlich nicht in Münster.“

„Ich werde schon klarkommen. Das habe ich immer geschafft.“

„Dr. Michels ist sich da nicht so sicher“, merkt Andreas vorsichtig an. Hospiz, denkt er. Dieser schreckliche Vorschlag des Chefarztes. Das Wort will er gegenüber seiner Mutter unbedingt vermeiden: „Er meinte, wir müssten uns nach einer anderen Lösung umsehen. Solange du zu Hause leben kannst, machst du das. Darüber waren wir uns ja immer einig. Aber was ist, wenn es nicht mehr gehen sollte? Wir können das nicht länger ausschließen oder verdrängen.“

„Du kennst meine Haltung und weißt genau, dass ich mir fest vorgenommen habe, nicht noch einmal unfreiwillig mein Haus zu verlassen."

Was meinst du mit ‚noch einmal'?, will Andreas gerade fragen, da fällt ihm das Fotoalbum von gestern Abend wieder ein. Das Jahrhundertwendehaus in Jauer. Andreas möchte das jetzt aber nicht ansprechen. Also sagt er: „Es geht auch nicht um unfreiwillig. Wir müssen eine gemeinsame Lösung finden. Das könnte theoretisch ein Umzug in ein Heim oder eine Anlage für betreutes Wohnen sein. Es gibt aber auch ambulante Pflege, die immer besser organisiert wird. Die ist ja ausbaufähig. Es kann sogar jemand zu dir ziehen, dir im Alltag helfen und dich versorgen – von morgens bis abends."

„Mir kommt niemand Fremdes ins Haus. Das weißt du doch auch, mein Junge."

„Aber Mutti, Laufen willst du möglichst nicht üben, aber gleichzeitig glaubst du, du könntest immer weiter allein in deinem Haus leben. Es wird dir definitiv immer schwerer fallen, gerade mit der Krankheit."

Elise schaut ihn erschreckt an: „Sei doch nicht so böse zu mir. Ich brauche noch etwas Zeit. Aber gut, lass uns etwas laufen. Hol doch bitte meinen Bademantel aus dem Schrank. Und den Rollator. Er steht hinter dem Vorhang. Ach was, lass es uns ohne versuchen."

Er hilft seiner Mutter in den Bademantel, zieht ihr warme Socken an, weil er weiß, dass sie schnell kalte Füße und dann Schmerzen bekommt, und stützt sie beim Aufstehen. Sie ist sehr dünn und gebrechlich und zittert etwas, als sie auf den eigenen Füßen steht. Andreas nimmt sie an den Arm, lässt sie bei sich einhaken und langsam gehen sie zur Tür. Auf dem Flur schafft sie vielleicht 20 Meter, dann muss sie sich hinsetzen.

„Schmerzt deine Hüfte, auf die du gefallen bist?", fragt er.

„Etwas, ja. Aber vor allem bekomme ich schlecht Luft. Weißt du, alt zu werden macht keinen Spaß."

„In deiner Lunge ist ja auch viel Wasser gewesen."

„Ja, ich weiß es doch, Junge." Elise wirkt etwas ungehalten.

Dann blicken sie auf ein Plakat an der Wand. „Eadem spectamus astra", steht da. Es wirbt für ein Forschungszentrum.

„Wir sehen dieselben Sterne", übersetzt Elise.

„Wahnsinn, dass du mit 88 Jahren immer noch so gut Latein kannst", staunt Andreas. „Ich habe in der Schule auch das Große Latinum gemacht, aber ich kann fast nichts mehr."

„Latein war eine große Leidenschaft von mir. Ich habe ja sogar drei Semester Altphilologie studiert. Nach dem Krieg konnte ich das Studium leider nicht fortsetzen. Ich habe mich dann entschieden, Gewerbelehrerin zu werden."

„Dadurch hast du immerhin deinen Mann kennengelernt."

„Stimmt, der Theo war mein großes Glück. Und nur deshalb gibt es dich und Eva ja überhaupt."

Nach einiger Zeit kehren sie zurück in ihr Zimmer. Sie muss auf Toilette, Andreas will ihr helfen, doch sie schafft es allein und legt sich dann wieder ins Bett. Eine Weile reden sie noch über die Zeit, in der Elise und Theo sich kennenlernten und über die Jahre danach, als Eva und Andreas zur Schule gingen. Gemeinsam schwelgen sie in Erinnerungen, hin und wieder huscht sogar ein Lächeln über Elises Gesicht. Andreas staunt erneut über die Veränderung im Zustand seiner Mutter. Heute Mittag so elendig, jetzt fast redselig.

Es klopft, die Krankenschwester bringt das Abendessen. Elise isst ein Graubrot mit Käse und eine Tomate, trinkt zwei Tassen Hagebuttentee und löffelt danach sogar noch den ganzen Fruchtjoghurt.

„So, jetzt bin ich aber voll", stöhnt sie.

„Es ist wichtig, dass du wieder zu Kräften kommst. Ich hoffe, du isst auch, wenn ich nicht hier bin. Du kannst ruhig wieder ein paar Kilo zunehmen."

„Ich wiege 40,6 Kilo. Zumindest war das vor ein paar Tagen so. Und das ist fast so viel wie immer", antwortet Elise. Seit vielen Jahren wiegt sie sich zu Hause täglich und dokumentiert ihr Gewicht mit exakt einer Stelle hinterm Komma in einem Kalender. Sogar im Krankenhaus versucht sie, diese Angewohnheit beizubehalten. Andreas weiß das und zieht es vor, keine weitere Diskussion über Elises Gewicht und ihre Essgewohnheiten zu führen. Absurderweise hat sie immer noch die Befürchtung, dick werden zu können.

Sie plaudern noch eine Weile über das Leben im Krankenhaus und andere alltägliche Dinge. Das schwierige Thema, wie es weitergehen soll, vermeiden sie.

Und das schlimme Wort fällt gar nicht. Hospiz, schüttelt Andreas den Kopf. So todkrank wirkt seine Mutter doch gar nicht.

Kapitel 8

1938

Das Foto weckt sofort die unguten Erinnerungen an jene Bilder, die schon während der ganzen Nacht hochgekommen sind und einfach nicht aus seinem Kopf verschwinden wollten. Erich sucht seine Brille, dann schlägt er die vor ihm liegende Zeitung auf. „Judentempel niedergebrannt", heißt es in großen Frakturlettern gleich auf der ersten Seite. In seiner Nase macht sich wieder der Brandgeruch von gestern breit, zumindest glaubt er ihn für einen Moment zu spüren. Aufgeregt liest er den Bericht der „Schlesischen Zeitung":

> *In der Nacht zum Donnerstag wurde die Feuerwehr zum Anger gerufen. Dort stellte sie fest, daß in der Synagoge ein Feuer ausgebrochen war, das in dem völlig ausgetrockneten Gestühl des Judentempels rasend um sich griff. Innerhalb kürzester Zeit stand die gesamte Synagoge in Flammen, so daß es den Feuerwehrmännern nicht mehr möglich war, in das Innere einzudringen. Die Feuerwehr mußte sich darauf beschränken, die umliegenden Wohngebäude, darunter das Polizeipräsidium, vor den Flammen zu schützen. Das Feuer hatte sich bald bis zur Kuppel hinaufgefressen. Auch am Vormittag war noch ein riesiges Flammenmeer zu sehen. Weil das Gebäude einsturzgefährdet war, beschlossen Feuerwehr und Polizei, den Judentempel zu sprengen.*

Da haben sie sich ja eine unfassbar geschönte Geschichte zusammengeschrieben, empört sich Erich still; vor seinen Augen schwirren die Bilder der lachenden SA-Männer, die sich rühmen, an den Angriffen auf die jüdischen Einrichtungen in Breslau beteiligt gewesen zu sein. Die tatenlos zusehenden Feuerwehrleute.

Hinter der Polizeisperre die Berge von Schutt, die spärlichen Reste des Gemäuers. Das einst so stolze Gotteshaus ist nur 66 Jahre nach seiner Eröffnung 1872 Geschichte.

Die SA-Leute kommen in dem Zeitungsbericht natürlich nicht vor. Aber niemand wird es wagen, die offiziellen Verlautbarungen, wie sie über die Blätter verbreitet werden, in Frage zu stellen. Ihm wird übel. Aber er setzt seine Lektüre fort, möchte wissen, wie die Nazis die Vorgänge darstellen.

Viel ausführlicher als den Brand der Synagoge schildert die „Schlesische Zeitung", dass in Paris der Botschaftssekretär Ernst vom Rath seinen Schussverletzungen erlegen ist. Vor allem, dass der Schütze vom 7. November ein Jude namens Herschel Grynzspan war, wird immer wieder erwähnt, die Zeitung nennt ihn Grünspan, wahrscheinlich damit es klingt, als wäre es ein deutscher Jude gewesen. Grynzspan, ein nach Frankreich emigrierter polnischer Jude, hatte Anfang November 1938 erfahren, dass seine Eltern mit zehntausenden anderen zwangsweise nach Polen deportiert worden waren. Sein Revolver-Attentat auf den deutschen Diplomaten in Paris war die hilflose Rache für die Demütigung und schlechte Behandlung seiner Eltern. Den Nazis gab die Tat den Vorwand für die Pogrome vom 9. November. Das alles wird Erich aber erst viele Jahre später erfahren.

In der „Schlesischen Zeitung" findet sich vielmehr der Hinweis, dass es nach der Todesnachricht vom Raths in Städten in ganz Deutschland zu spontanen Aktionen gegen Juden gekommen sei, unter anderem auch in schlesischen Orten wie Breslau oder Liegnitz. „Rache für jüdische Schandtaten", heißt es in einer Überschrift zu einem Text über verwüstete Geschäfte in Berlin.

Aufgewühlt schlägt er die Zeitung zu. Er hat seine Sicht auf die Dinge, hat schließlich seine eigenen Beobachtungen gemacht. Aber in diesen Zeiten ist es wohl besser, diese für sich zu behalten.

Vor dem Badezimmerspiegel rückt er seine Brille zurecht und zieht mit dem Kamm noch einmal den kerzengerade gezogenen Seitenscheitel nach. Auch die Krawatte sitzt perfekt. Er hat stets den Anspruch, angemessen gekleidet und frisiert ins nur wenige hundert Meter entfernte Amtsgericht zu gehen, egal ob Sitzungstag ist oder nicht. Im Wohnzimmer wirft er schließlich noch einen letzten Blick in die Zeitung, erfährt, dass die Feuerwehr der Jüdischen Gemeinde in Breslau die Abtragung und Beseitigung des Schutts in Rechnung stellen wird. Es soll sich um mehrere tausend Reichsmark handeln. Außerdem werden alle jüdischen Veranstaltungen in Breslau für die nächsten drei Monate verboten.

Elise und Friedrich sind schon zur Schule gelaufen, als sich Erich seine Schuhe anzieht, um zum Gericht zu gehen. Er sucht seine Frau, um sich von ihr zu verabschieden. Als Hitler an die Macht kam, fand sie das gar nicht so schlecht, erinnert er sich. Spätestens jetzt dürfte auch für sie deutlich geworden sein, dass dieser Mann nicht gut für Deutschland ist. So ähnlich hat sie sich zumindest geäußert, als er aus Breslau zurückkam und erzählte, was er gesehen hatte.

Er findet Marta in Karls Zimmer. Sie kümmert sich gerade zusammen mit Emma um den Jungen, der lediglich jammernde Laute von sich gibt. Sie ziehen ihn an, was angesichts seiner Behinderung kein leichtes Unterfangen ist. Kurz dreht sich Marta um, er bewundert sie für ihre Kraft, mit der sie den Kleinen umsorgt, und gibt ihm einen flüchtigen Abschiedskuss auf die Wange. Danach nimmt Karl wieder ihre ganze Konzentration in Anspruch.

Erich empfindet Mitleid mit dem Jingla, wie sie ihn auf schlesisch nennt. Karl wird nie durch das Katzbachgebirge wandern können, sondern sein Leben lang auf die Hilfe anderer angewiesen sein. Gern hätte Erich ein gesundes drittes Kind gehabt, dem er vorlesen und dem er bei den Schulaufgaben helfen könnte. Er schaut Karl an, wie er in seinem Bettchen liegt, gibt ihm einen unbeholfenen Klaps, geht dann den langen Flur entlang und nimmt seinen Mantel von der Garderobe. Mit einem Lappen wischt er sich noch etwas Staub von seinen Schuhen, bevor er seinen Hut aufsetzt und mit einem letzten gerufenen Abschiedsgruß die

Haustür hinter sich schließt. Er ist gespannt, unangenehm gespannt, wie die Stimmung im Gericht sein wird.

Heute habe ich von einer Kameradin, deren Mutter von Trebnitz nach Jauer geflüchtet war, gehört, daß die Stadt dort ganz kurzfristig evakuiert worden ist. Einige sind mit Autos der Wehrmacht aus der Stadt geschafft worden, andere haben sich wohl mit Pferdekarren oder zu Fuß auf den Weg gemacht. Kaum hatten die Deutschen die Stadt verlassen, krachten auch schon die ersten schweren Artilleriebrocken zwischen die Häuser. Hoffentlich ist Mutti noch rechtzeitig rausgekommen – sie wollte doch bis zum letzten Augenblick im Haus bleiben!

Wir sitzen im Zug und fahren aus Dresden weg Richtung Sudetenland. Nachts bieten wir den Anblick einer wohlgeordneten Ölsardinen-Büchse. Nur das Öl fehlt. Mir tun schon alle Glieder weh. Und dann steht der Zug auch noch meistens. Ich nutze die Zeit, um zu lesen oder in mein Tagebuch zu schreiben.

In Aussig in Böhmen haben wir einen längeren Aufenthalt, so daß wir in die Stadt gehen dürfen. Von den Einwohnern erfahre ich, daß schon viele Menschen aus Jauer und Umgebung durch die Stadt gekommen sind. Lange Trecks aus dem Kreis Goldberg zogen die Straßen entlang. Sofort versuche ich, auf einer Suchstelle für Flüchtlinge etwas über Mutti oder Großmutti zu erfahren, ohne Erfolg. (2. März 1945)

Den ganzen Vormittag hat Erich allein in seinem Büro verbracht, in Arbeit vertieft. Verhandlungen vorbereiten, Akten studieren. Möglichst niemandem begegnen, vor allem nicht Direktor Schäfer. Er hat es vermieden, auf den Flur zu treten, selbst als der Harndrang zunahm, unterdrückte er ihn mit aller Macht. Kurz bevor es Zeit für die Mittagspause ist, gelingt es ihm, sich heimlich hinauszuschleichen. Er pflegt das Essen zu Hause einzunehmen.

Draußen angekommen, macht er erst einmal einen kleinen Umweg durch den Park. Nachdenklich betrachtet er die Enten auf dem Teich in Schießwerder, bestaunt die alten Bäume und hört vom Jahnplatz Stimmen herüberschallen. Trillerpfeifen, laute

Kommandos. Auf dem Turngelände ertüchtigen sich Polizisten. Erich fühlt sich an die Beamten erinnert, die gestern die Angriffe auf die Juden duldeten oder sogar ausführten. Beschämend.

Er kommt etwas früher als sonst mittags nach Hause, Marta wischt wie jeden Tag Staub, das lässt sie sich nicht nehmen, sie braucht diese Reinlichkeit, und ihm gefällt sie auch. Auch die Fenster sehen frisch geputzt aus. Er küsst sie vorsichtig auf die Wange. Karl schläft.

„Emma kauft gerade ein", sagt Marta. „Das Essen braucht noch etwas." Erich verschwindet in seinem Arbeitszimmer.

Etwa 20 Minuten später kommen auch Friedrich und Elise von der Schule zurück. Nach dem Essen will Friedrich wissen, wie dieses Jahr das Weihnachtsfest gestaltet wird: „Und was wird es zu essen geben?"

Marta schmunzelt: „Das ist doch noch eine Weile hin. Aber es wird unser schlesisches Weihnachtsmahl geben: Kleine Kartoffeln, Sauerkraut und Jauersche Würstel. Dazu Liegnitzer Gurken. Und als Nachtisch schlage ich Bratäpfel oder Mohnkuchen vor. Und am zweiten Weihnachtstag gibt es Karpfen mit Lebkuchen-Tunke, wie immer."

Friedrich ist begeistert. „Ich freue mich schon so auf Weihnachten. Am meisten natürlich auf die Geschenketische, vor allem auf meinen."

„Das ist typisch", ruft Elise. „Ich freue mich auf den geschmückten Weihnachtsbaum und natürlich auf den Duft von Plätzchen in der ganzen Wohnung." Sie schließt die Augen. Erich vermutet, dass sie von Zimtsternen träumt, die sie besonders gern isst. Sie sind aber auch wirklich sehr delikat.

„Jetzt ist aber genug mit Weihnachten. Noch sind es mehr als sechs Wochen bis dahin", erinnert er die Kinder. Allen ist klar, dass nun ein anderes Thema kommen wird. Wie immer fragt der Vater seine Kinder zunächst, was es Neues in der Schule gibt.

„Wir haben über die Ermordung Ernst vom Raths durch diesen Juden in Paris gesprochen", berichtet Friedrich. „Und darüber, dass man sich von den Juden nicht alles gefallen lassen sollte. Unser Geschichtslehrer, Herr Rother, hat sich richtig aufgeregt und immer wieder gesagt, dass die Juden unser Unglück sind und wir den Einfluss der Juden beschränken und den arischen Raum vergrößern müssen."

„In Deutsch haben wir mit den Webern von Hauptmann begonnen und sollen das spezifisch Schlesische in seinem Werk herausarbeiten", sagt Elise, ohne dass jemand auf Friedrichs Worte eingegangen ist. „Und der Hubert hat unsere Klasse verlassen. Herr Kirschner hat gesagt, dass er aus Jauer weggezogen ist. Stimmt das, Vati?"

„Ich weiß es nicht", sagt Erich nachdenklich. „Neulich habe ich Herrn Blumenthal mal auf der Straße gesehen. Aber wir haben nicht miteinander gesprochen. Doch wenn dein Klassenlehrer sagt, dass Hubert weggezogen ist, wird es vermutlich stimmen."

Für Juden ist es zur Zeit wahrlich nicht einfach in Deutschland, sinniert er, sie werden ja regelrecht aus dem Land vertrieben. Er möchte das aber nicht am Esstisch mit seinen Kindern vertiefen. Wenn sie kritische Äußerungen von ihm in der Schule wiedergeben sollten, könnte es für die ganze Familie schwierig werden – vor allem, wenn er sich vor Augen führt, welche Worte Lehrer Rother vor Friedrichs Klasse benutzt hat. Das unterschied sich ja in nichts von der Sprache, die er aus den widerlichen Schaukästen des „Stürmers" kennt, die selbst in Jauer inzwischen fast an jeder Ecke stehen.

Die Nazis haben ihre Macht immer mehr gefestigt, denkt er verbittert. Außenpolitisch mit dem Anschluss Österreichs und des Sudetenlandes ans Deutsche Reich. Und innenpolitisch wagt es niemand mehr, Demokratie oder Wahlen zu verlangen. Wenn es eine Abstimmung gäbe, würde die NSDAP sie wahrscheinlich deutlich gewinnen, befürchtet er. Erich hat seine Hoffnung, dass die NS-Herrschaft nur eine kurze Episode sein wird, längst aufgegeben. Ernüchternd. Doch irgendwie muss man sich jetzt wohl mit der Lage arrangieren.

Erich greift zur Post, zwei Briefe und eine Karte, die Emma auf den Flügel gelegt hat. Der erste Umschlag enthält eine Rechnung vom Kohlenhändler, der vor einigen Tagen rechtzeitig zum Winter die Vorräte aufgefrischt hat.

„Du kannst gleich mal ein paar Kohlen aus dem Schuppen holen, Friedrich", sagt Erich umgehend zu seinem Sohn. „Der Kachelofen geht sonst noch aus, und du weißt, wie mühsam es ist, ihn wieder anzuwerfen, wenn er einmal kalt ist. Deine Mutter kann die schweren Kohlen nicht so gut tragen."

Friedrich legt seinen Kopf schief, schaut dabei nicht gerade begeistert und seufzt leise, doch ein strenger Blick reicht, damit er zusagt, sich gleich darum zu kümmern.

Dann gibt es noch eine Postkarte von Martas lediger Tante Charlotte aus Sprottau. Sie berichtet von verschiedenen Krankheiten, das macht sie gern, und lässt alle recht herzlich grüßen. Marta verspricht in den nächsten Tagen eine Antwort zu schicken. Der zweite Brief schließlich ist von Erichs Cousin. Absender: Herbert Plackwitz, Napola-Schule, Wahlstatt. Erich nimmt den vergoldeten Griff des Brieföffners, rümpft die Nase über das Hakenkreuz auf dem Stempel unter der Marke und schneidet vorsichtig einen schmalen Schlitz in den Umschlag. Dann nimmt er zwei handgeschriebene Blätter heraus und beginnt zu lesen. Niemand spricht. Marta und die Kinder wissen, dass er nach der Lektüre den Briefinhalt wiedergeben wird.

„Herbert berichtet, dass es ihm an der Schule in Wahlstatt sehr gut gefällt. Vor allem der Turnunterricht macht ihm Freude. Wie schreibt er hier: ‚Die Ertüchtigung der deutschen Elite ist in der heutigen Zeit unverzichtbar.' Wahrscheinlich kommt Herbert bald nach Breslau, er möchte uns auch gern in Jauer besuchen. Er hat jetzt ein Auto, einen DKW."

„Ein eigenes Auto?", ruft Friedrich. „Er soll am besten sofort kommen, ich will es sehen und mit ihm herumfahren."

„Oh ja, Onkel Herbert soll uns besuchen", freut sich auch Elise. „Ich habe ihn schon so lange nicht mehr gesehen. Vielleicht kommt er ja auch Weihnachten und bringt ein Packel Pfefferkuchen mit, so wie letztes Jahr."

„Ich finde es immer noch schade, dass es mit den Olympischen Spielen für Onkel Herbert vor zwei Jahren nicht geklappt hat", sagt Friedrich. „Wie blöd, dass er sich ausgerechnet bei der Qualifikation den Fuß verletzt hat. Macht er eigentlich noch Weitsprung, Vati?"

Der Junge ist ganz aufgeregt und erinnert an den Wettkampf in Liegnitz, an dem sie Herbert 1935 springen sahen, als er bei den Schlesischen Meisterschaften einen zweiten Platz belegte und damit seinen Sieg aus dem Vorjahr nicht wiederholen konnte. Sie waren ganz nah an die Weitsprunganlage herangekommen und konnten zwischen den Sprüngen sogar mit Onkel Herbert reden. Für alle ein unvergessliches Erlebnis.

Erich erzählt, dass Herbert inzwischen nicht mehr an Wettkämpfen teilnimmt, weil sein beruflicher Werdegang das nicht mehr möglich macht und auch weil seine Verletzung es verhinderte, dass er zu alter Stärke zurückfand. Aber an der Schule versuche er alles, um den Jungs die beste Sprungtechnik beizubringen und einen würdigen Nachfolger heranzuziehen. Die Begeisterung Herberts für den Nationalsozialismus kann Erich zwar nicht teilen, aber als Turnlehrer ist sein Vetter bestimmt ein gutes Vorbild für die deutsche Jugend.

Friedrich fragt, warum er nicht auch die Napola-Schule besuchen kann – „die sollen doch so gut sein!" Erich erklärt ihm, dass Wahlstatt erstens zu weit weg ist und zweitens vor allem die Kinder von Parteimitgliedern auf die Eliteschulen gehen. Friedrich müsste wissen, dass sein Vater niemals Mitglied der NSDAP werden wird und weiteres Bitten zwecklos ist. Der Junge zieht es auch tatsächlich vor, nicht mehr nachzuhaken.

Erich referiert ohnehin längst weiter den Inhalt des Briefes: „Herbert berichtet noch, dass sein bester Freund Walter Reichel vor einigen Wochen in Breslau ein Geschäft für Herrenbekleidung übernommen hat. In der Reusche Straße, ganz in der Nähe vom Ring. Normalerweise hätte sich Reichel das nicht leisten können, schreibt Herbert, aber jetzt sei die Gelegenheit günstig gewesen. Die bisherigen Besitzer haben Deutschland verlassen und da konnte Walter sie im Preis wohl kräftig drücken."

„Wo ist das Geschäft denn genau?", fragt Marta.

„Moment, hier steht es: Reusche Straße 51. Früher war da mal Pollak & Adler." Erich stockt. Er sieht noch die Bilder der zerschlagenen Fensterscheiben der jüdischen Geschäfte vom Vortag vor seinem Auge. Die Schmierereien. Es wundert ihn nicht, dass viele bisherige Besitzer ihr Geschäft aufgegeben und Deutschland überhastet verlassen haben. Ansonsten wäre er Herrn Pollak und Herrn Adler womöglich gestern im Gerichtsgebäude begegnet, als die Festgenommenen abgeführt wurden.

Niemand weiß, was aus uns werden soll. Das Radio hebt unsere Stimmung nicht. Der Wehrmachtsbericht ist vernichtend. Mein Gepäck ist nicht hier. Ich habe nur noch, was ich auf dem Leib trage. Außerdem bin ich grenzenlos einsam. Aber ich habe mich entschlossen, alles so zu nehmen, wie es ist. Ändern läßt sich doch nichts.

Ich kann nicht mehr schreiben wie früher, mir fehlt die Lust. In mir ist alles leer und abgestorben. Es liegt auch an den äußeren Umständen. Ich wurde zurück nach Dresden-Klotzsche geschickt, weil die Russen immer näher rückten. Ich kam vom Transport ab und fuhr die meiste Zeit allein bis zum Luftgaukommando nach Klotzsche. Ich übernachte im Fliegerhorst. Meine Freundinnen sind von mir getrennt. Wahrscheinlich weine ich gleich noch ein paar heimliche Tränen. (9. April 1945)

Auf dem Weg zurück ins Gericht kommt Erich unmittelbar nach dem Mittagessen eine Gruppe uniformierter junger Nazis entgegen. Sie reden ungebührlich laut und werfen ihre Zigarettenstummel auf die Erde. Erich empört sich still über ihre schlechten Manieren. Diese schlichten Menschen in Uniformen sind ihm unheimlich. Eigentlich sogar zuwider. Laut unterhalten sie sich über die gestrigen Ausschreitungen gegen die

Juden. Auch in Jauer hat es wohl Zerstörungen von Geschäften und Wohnungen gegeben. Wenn man der Prahlerei der Männer Glauben schenken darf, haben sie auch die kleine jüdische Betstube in der Goldberger Straße verwüstet. Zuzutrauen wäre es ihnen allemal, denkt Erich und hastet an der Gruppe vorbei. Wenn es in Jauer eine Synagoge geben würde, wäre sie vermutlich auch niedergebrannt.

Wenig später erreicht er das Amtsgericht der Stadt und betritt sein Büro. Verhandlungstermine hat er heute keine, aber er muss noch so manche Akte für Verfahren in den kommenden Tagen lesen. Er gilt als sehr gewissenhafter Richter, der sorgfältiges Aktenstudium betreibt und immer perfekt vorbereitet in seine Verfahren geht. Er weiß, dass ihn einige Kollegen deshalb auch langsam nennen.

Heute fehlt ihm etwas die Konzentration, denn er bekommt die Geschehnisse des vergangenen Tages einfach nicht aus dem Kopf. Die brennende und später gesprengte Synagoge am Anger in Breslau. Die zerstörten und geplünderten Geschäfte. Vor allem aber die feixenden SA-Männer. Auch in Jauer. Jüdische Ladenbesitzer werden schikaniert und aus dem Land getrieben. Ihr Besitz wird weit unter Wert verkauft. Menschen werden scheinbar wahllos inhaftiert. Und dann noch Urteile „im Namen des Volkes“ gefällt. Das ist nur noch zynisch, denkt er. Wo ist bloß die Rechtsstaatlichkeit in Deutschland geblieben?

Verzweiflung übermannt ihn, sein Kopf sackt auf den Tisch. Der Zustand dieser ehemaligen Kulturnation ist beschämend.

Erich zerbricht sich den Kopf über sein eigenes Verhalten gestern. Hätte er etwas sagen sollen? Hätte er protestieren müssen, so wie der Mann, der vor der Synagoge abgeführt wurde? Hat dessen Mut jemandem geholfen? Erich denkt an die Verantwortung, die er für seine Familie trägt, und kommt zu dem Schluss, dass er richtig gehandelt hat. Trotzdem schämt er sich etwas für sein Schweigen, das er nur manchmal im privaten Kreis zu brechen bereit ist.

Er steht auf und verlässt sein Büro. Auf dem Weg zur Toilette passiert genau das, was er gern vermieden hätte, er trifft seinen Vorgesetzten Robert Schäfer. Ein groß gewachsener Mann mit leuchtenden blauen Augen, das Haar straff nach hinten gekämmt. Wenn er will, kann er mit seinem kalten Blick einen ganzen Raum ausfüllen. Mit Schäfer verbindet Erich alles andere als eine Freundschaft, aber sie bekämpfen sich nicht, auch wenn sich Erich insgeheim für den wesentlich besseren Richter hält. Doch Schäfer ist in der NSDAP und – anders als Erich – an die Spitze des Gerichts befördert worden.

„Heil Hitler! Haben Sie es schon gehört, Herr Plackwitz?", fragt Schäfer. Es ist nicht zu überhören, dass er unbedingt eine Neuigkeit loswerden will.

„Nein, was denn, Herr Direktor?"

„Der Blumenthal ist gestern festgenommen worden. Wohl im Zuge der Unruhen, die durch den Mord an vom Rath in Paris ausgelöst worden sind. Man hört, er ist zu Verhörzwecken inhaftiert worden. Der wird bestimmt bald in einem Konzentrationslager landen. Und so ein kriminelles Element war früher hier Richter und Gerichtsdirektor. Gut, dass hier andere Zeiten angebrochen sind."

Blumenthal. Etwas jünger als er selbst, aber immer ein korrekter Vorgesetzter. Erich murmelt etwas wie, das seien ja interessante Neuigkeiten und geht weiter den Gang entlang. Einige Minuten später sieht er, wie Schäfer das Haus verlässt und klopft bei dessen Sekretärin Ursula Wilke an der Tür. Sie hat früher schon für Blumenthal gearbeitet. Hinter ihrem Schreibtisch hängt ein Porträt des Führers. Erich vermeidet es, an die Wand zu schauen.

Nach ein paar Höflichkeitsfloskeln fragt er: „Frau Wilke, stimmen eigentlich die Gerüchte, dass Herr Blumenthal festgenommen worden ist?"

Sie bejaht. Eine Freundin habe ihr mitgeteilt, dass der frühere Richter am Vormittag von der Polizei abgeholt worden sei. Am

Tag vorher hat er es aber wohl noch geschafft, dass seine Frau und sein Sohn Hubert nach England ausreisen konnten.

„Herr Plackwitz, man muss ja die Juden nicht mögen. Aber was hat Herr Blumenthal denn getan? Er war doch immer ein herzensguter Mensch."

Auf diese Frage weiß Erich auch keine Antwort. Zumindest keine, die er laut sagen möchte. Und so seufzt er kaum hörbar, wirft Frau Wilke noch einen kurzen, freundlichen Blick zu, bevor er sich aus Verlegenheit wegdreht und zurück in sein Büro geht.

Kapitel 9

1955

Dieses Auto. Unglaublich. Jedes Mal, wenn sie es in Bewegung setzt, denkt Elise, dass sie träumt. Nicht nur das bequeme Fahren, an dem sie sich immer neu erfreuen kann, auch wenn sie jetzt schon seit einigen Monaten das Auto ihr Eigen nennt. Sondern die Eleganz. Die immer für Aufsehen sorgt. So wie jetzt auch wieder, als sie mit der Isetta in den Schulhof einbiegt und sofort ganz viele Schüler angelaufen kommen und das Auto umringen. Oder ist es eher ein Motorrad mit Dach? Da sind sich die Experten uneinig.

Die Schüler staunen nicht schlecht, als sie vorn die Klappe öffnet und sich aufrichtet, so manchem bleibt sogar der Mund offen stehen. Sie starren auf das Auto – und auch auf sie. Elise trägt eine kurzärmlige Bluse, einen feinen Rock, der leichte Falten wirft, Nylonstrümpfe und moderne, knallrote Pumps. Ihre Haare sind kurz und lockig, die frische Dauerwelle sitzt perfekt. Sie hält sich an der aufgeklappten Tür fest, setzt einen Fuß vorn auf die Stoßstange. Dann schaut sie sich um und betritt den Hof.

Das ist also mein neuer Arbeitsplatz, denkt sie. Die neue Stelle in Köln. Es ist ihr vierter Umzug seit 1949. Von Detmold für ein Jahr nach Hannover zur Frauenfachschule mit der Gesellenprüfung im Schneiderhandwerk, dann drei aufregende Jahre in Frankfurt zur pädagogischen Ausbildung als Gewerbelehrerin, schließlich zwei Jahre Unterrichten in Bielefeld. Jetzt eine neue Herausforderung im Rheinland.

„Können wir mal eine Spritztour zusammen machen?“, fragt ein vorlauter Junge, der sich besonders nah an die Isetta heranwagt. Ihr fällt seine unreine Haut auf und sie findet, dass er etwas viel Pomade im Haar hat. Um ihn herum wird gekichert.

Elise lacht freundlich distanziert und verzichtet auf eine Antwort. Immer mehr Schüler kommen angelaufen, und auch ein paar Lehrer nähern sich.

„Ein tolles Auto, diese Isetta", sagt ein adrett gekleideter Herr mit hoher Stirn. Seine eher spärliche Haarpracht hat er an einer Seite länger wachsen lassen und dann quer über den Kopf gelegt, was die kahlen Stellen aber nur unzureichend kaschiert. Die Schüler haben ihm Platz gemacht, und vorsichtig berührt er die Tür, die Elise schon wieder heruntergeklappt und verriegelt hat. „Ein Bekannter von mir hat auch eine, und er ist restlos begeistert." Dann wendet er sich direkt an sie: „Sie müssen Fräulein Plackwitz sein, nicht wahr?"

Als Elise bejaht, gibt er ihr freudig die Hand und stellt sich seinerseits vor: „Herzlich Willkommen an unserer Schule in Köln-Ehrenfeld! Mein Name ist Brückner, ich bin der Schulleiter. Ich freue mich, dass Sie hier sind."

„Oh, guten Morgen, Herr Direktor", antwortet sie höflich.

„Nun, meine Herren", wendet sich Brückner an die umstehenden Kollegen. „Sie haben ja bereits mitbekommen, dass Fräulein Plackwitz unsere neue Fachkraft für das Schneiderhandwerk ist. Wir sind froh, sie hier begrüßen zu können. Und das, Fräulein Plackwitz, sind einige Ihrer künftigen Kollegen: Herr Wienold, er kümmert sich um die Optik-Lehrlinge, Herr Appelhoff, der die Tischler ausbildet, und Herr Müller mit dem Fachgebiet Elektrotechnik. Das übrige Kollegium werden Sie später kennenlernen."

Elise begrüßt die Herren, die – soweit vorhanden – kurz ihre Hüte anheben, bevor sie sich ebenfalls der Begutachtung der Isetta widmen.

„Seit wann haben Sie denn das Auto?", will der Kollege Appelhoff wissen, nachdem er als erstes bereits die PS-Zahl erfragt hat. Lässig hält er eine Zigarette zwischen Zeige- und Mittelfinger der rechten Hand.

Elise lacht. „Ich habe im Mai den Führerschein gemacht und mir dann die Isetta gekauft. Wissen Sie, in Bielefeld, wo ich zuletzt gelebt habe, hat es so viel geregnet, da machte mir das Fahrradfahren keinen Spaß mehr."

Appelhoff drückt seine Zigarette mit dem Schuh auf dem Schulhof aus. „Das kann ich mir vorstellen. Ich komme schließlich selbst aus Westfalen, genauer gesagt aus der Nähe von Münster. Ein eigenes Auto habe ich aber bisher nicht. Ich fahre mit dem Motorroller zur Schule. Meine Vespa steht dahinten. Letztes Jahr war ich mit ihr bis in Italien." Stolz zeigt er auf sein Gefährt, während sie die Treppe zum Schulgebäude hochgehen.

„Meine Herren, ich darf Sie jetzt bitten, Fräulein Plackwitz eine kleine Verschnaufpause zu gönnen", unterbricht Direktor Brückner die Unterhaltung. Und an Elise gerichtet sagt er: „Und Sie kommen bitte noch kurz mit in mein Büro, bevor ich Ihnen die Schule zeige." Brückner hält ihr die Tür auf.

Etwa 40 Minuten sprechen sie über organisatorische Dinge, dann fragt Brückner, ob sie schon ein Zimmer in Köln gefunden hat. Als Elise verneint und berichtet, sie habe sich zunächst in der Jugendherberge eingemietet, verspricht er, ihr bei der Suche behilflich zu sein. Er streicht sein Resthaar glatt und führt sie ins Lehrerzimmer. Es ist gerade Pause zwischen der dritten und der vierten Stunde, so dass dort etwa zehn bis zwölf Herren und vier Damen sitzen beziehungsweise vor ihren Fächern stehen, um Lehrmaterial der alten gegen das der neuen Klasse auszutauschen. Elise begrüßt jeden einzeln und versucht, sich möglichst viele Namen einzuprägen.

„Sie hat ein Auto", hört sie Appelhoff einem Kollegen zuraunen, dessen Namen sie schon wieder vergessen hat. Er bildet Heizungs- und Sanitärlehrlinge aus, das weiß sie noch. „Es ist eine nagelneue Isetta 250 von BMW, 12 PS, ein Zylinder. Sie kennen das Modell doch bestimmt, die Tür öffnet sich nach vorn."

„Ach so eine Knutschkugel haben Sie", sagt der Kollege laut, als Elise gerade an den beiden vorbeigeht.

Sie zögert, bleibt dann stehen und schaut ihn irritiert an: „Entschuldigung, was meinen Sie?"

Nachlässig schlägt er die Asche von seiner Zigarette ab und blickt Elise neugierig von oben bis unten an. An ihrer Brust bleiben seine Augen am längsten hängen.

„Er meint Ihr tolles Auto, Fräulein Plackwitz", erklärt Appelhoff.

„Sie können es mir beizeiten gern mal vorführen, liebe Kollegin. Ich kenne mich sehr gut aus hier in der Gegend und kann Ihnen die wichtigsten Sehenswürdigkeiten und die romantischsten Badestellen im Rheinland zeigen." Der dazu aufgesetzte Blick soll wohl verführerisch aussehen.

„Ach, Herr Küppers, nun lassen Sie die neue Kollegin doch erst einmal in Ruhe ankommen." Sanft hakt sich Frau Stettin, eine Handarbeitskollegin, bei Elise unter und geht mit ihr zusammen weiter. Dann dreht sie sich noch einmal um: „Sie möchte gar nicht mit Ihnen durch die Gegend fahren, glaube ich." An Elise gewandt sagt sie: „Herr Küppers ist manchmal etwas aufdringlich. Er kann sehr hilfsbereit sein, aber gegenüber Frauen benimmt er sich oft wie ein Halbstarker. Er ist ein typischer Rheinländer. Davor warne ich Sie, auch wenn er fesch aussieht, das muss man ihm lassen."

Elise muss etwas schmunzeln. Leicht aufdringliche Männer gab es auch in ihrem bisherigen Leben schon. Aber dass jemand gleich wenige Minuten nach der ersten Begrüßung so auftritt, ist eine neue Erfahrung für sie. Eine vollkommen neue Erfahrung sogar. Durchaus befremdlich. Sie dankt Frau Stettin für die Aufklärung und spürt, dass sie die Kollegin ausgesprochen nett findet.

Es klingelt, und schnell leert sich das Lehrerzimmer. Herr Brückner kommt auf Elise zu. „Kommen Sie, ich zeige Ihnen Ihre Klasse. Ihre Vorgängerin ist vor vier Wochen ausgeschieden, und wir sind froh, so schnell eine Nachfolgerin präsentieren zu können. Auch die Schülerinnen sind natürlich sehr neugierig, wer ihnen künftig beim Nähen und Schneidern zur Seite stehen wird."

Mit forschem Schritt und betont selbstsicher betritt Elise zusammen mit dem Direktor den Raum. „Das ist Ihre neue Lehrerin, Fräulein Plackwitz. Bitte machen Sie ihr den Start so einfach wie möglich. Und wenn Sie noch Fragen haben, Fräulein Plackwitz, können Sie jederzeit in mein Büro kommen."

Nachdem Brückner gegangen ist, schaut sich Elise im Klassenzimmer um, das ihr insgesamt etwas lieblos gestaltet vorkommt. Etwa 20 junge Frauen, Mädchen zwischen 15 und vielleicht 22 Jahren, schauen sie erwartungsvoll an. Sie haben gerade mit ihrer Schneiderlehre begonnen und müssen an zwei Tagen in der Woche zur Schule, das Wissen zur Bekleidungslehre verfeinern. Praktische Übungen und Theoretisches. Elise weiß, dass es einiges an Überzeugungsarbeit kosten wird, bis die Mädchen akzeptieren, dass sie nicht nur Textilkunde, sondern auch Deutsch und Mathematik lernen müssen. Und dass sie das Wissen für ihren späteren Beruf auch wirklich benötigen.

Sie nimmt ein Stück Kreide und schreibt ihren Namen an die Tafel. Den Rest der Stunde verbringt sie damit, das Klassenbuch anzulegen, sich die Namen der Schülerinnen einzuprägen und mit einigen allgemeinen Fragen den Wissensstand der Klasse zu testen.

Als Elise nach Ende der Stunde ins Lehrerzimmer geht, kommt Frau Stettin auf sie zu: „Und, wie war die erste Stunde?"

„Gut, danke. Es gab überhaupt keine Probleme. Es ist wirklich eine nette Klasse." Elise ist zufrieden mit dem Auftakt und hat schon erste Ideen, was sie in den nächsten Unterrichtseinheiten mit den Schülerinnen machen möchte.

„Ach so, Frau Plackwitz, Herr Brückner hat uns gesagt, dass Sie noch auf Zimmersuche sind. Mein Mann und ich haben noch eine kleine Kammer in unserer Wohnung frei. Wenn Sie möchten, können Sie dort vorübergehend gern einziehen, bis Sie etwas Geeignetes gefunden haben."

Elise schaut sie freudig überrascht an, und die beiden vereinbaren, dass sie sich nach der Schule zusammen das Zimmer mal anschauen. „Es wäre ja nur für eine Übergangszeit. Und wir helfen

Ihnen dann, eine eigene Wohnung zu finden. Es gibt hier in der Nähe viele schöne Häuser, wo wir mit etwas Glück etwas für dich, äh, für Sie finden werden. Ach, lass uns doch duzen, das mache ich mit den meisten Kollegen hier. Ich heiße Agnes."

„Ich bin Elise." Agnes ist 36 und damit fünf Jahre älter als sie selbst. An der Schule ist sie schon seit fast vier Jahren und bietet ihr an, bei allen offenen Fragen behilflich zu sein. Sie bringt Elise einen Kaffee, der ihr viel zu stark ist, aber das traut sie sich nicht zu sagen und so trinkt sie ihn. Sie will auf keinen Fall unhöflich erscheinen. Auf einem Sofa in der Ecke unterhalten sich die beiden während der ganzen Pause, bevor sie noch einmal für 45 Minuten in ihre Klassen müssen.

Eigentlich ist Elise nicht so schnell beim Duzen und Freundschaften schließen, aber die neue Kollegin hat mit ihrer offenen Art gleich einen Platz in ihrem Herzen gefunden. Nach der letzten Stunde gehen sie zusammen in die Wohnung des Ehepaares Stettin. Sie liegt im gleichen Stadtteil wie die Schule und ist schnell zu Fuß zu erreichen. Das angebotene Zimmer ist recht klein, aber sauber. Das Bad darf sie mitbenutzen, ebenso die Küche. Wenn es denn klappt.

„Wäre denn dein Mann damit einverstanden, wenn ich hier plötzlich einzöge?", fragt Elise vorsichtig. Wenn sie es sich so recht überlegt, möchte sie sehr gern das freundliche und überraschende Angebot von Agnes annehmen. Denn die Jugendherberge macht eher einen tristen Eindruck.

Agnes nickt. „Ganz bestimmt", antwortet sie. „Ich frage ihn aber heute Abend natürlich."

Die beiden Frauen trinken noch einen Tee, und Agnes erzählt Elise von Köln und was man sich – außer dem Dom natürlich – ansehen sollte. Ehrenfeld, so betont sie, sei ein guter Wohnort, nicht zu laut, aber trotzdem gebe es in der Umgebung alles, was man brauche. Und auch das Zentrum erreiche man zügig.

Nach zwei Stunden verlässt Elise das Haus und fährt zur Jugendherberge. Einen Tag später packt sie ihre Sachen wieder.

Denn Agnes' Mann hat keine Einwände, und Elise bezieht ihr erstes Zimmer in Köln. Das Rheinland, es kann kommen.

Endlich! Niemand ist glücklicher als ich! Auf Widerruf beurlaubt, auf Arbeitsurlaub. Vorher darf ich noch meine Mutter suchen. Morgen geht's nach Burgscheidungen, wo ich vielleicht Nachricht von den Eltern vorfinde. Wenn das alles gut geht, dann weiß ich nicht, was ich vor Freude anstellen soll. Wenn ich doch bloß schon dort wäre! Augenblicklich ist das Reiseproblem schlimmer als alles andere. Ich muß über Leipzig, aber die Züge fahren dort gar nicht bis ins Zentrum, weil der Bahnhof kaputt ist. Was soll ich bloß mit meinem Gepäck machen? Mir graut vor der Reise, aber ich werde hoffentlich wieder Glück haben. (11. April 1945)

Nachts liegt die Stille über ihrem Zimmer, sie hört nichts, nur das Rauschen der Blätter vor ihrem Fenster. Hin und wieder ein Auto. Tagsüber ist es etwas lauter, aber es stört sie nicht, im Gegenteil, sie genießt den geschäftigen Lärm. Kisten auspacken, Möbel an die rechte Stelle schieben. Mit jedem Handgriff wird das Zimmer wohnlicher. Zumindest fürs Erste. Sie freut sich über das eigene Zuhause in Köln.

Es klingelt an der Haustür. Elise ist gerade dabei, einen Korb mit Wäsche auszuräumen, als ihre Wirtin Besuch ankündigt. Gut gelaunt und braun gebrannt steht Agnes vor ihr, sie hat Theo Appelhoff mitgebracht, den Ausbilder für die Tischler. Elise ist Agnes sehr dankbar, denn sie hat mit Hilfe der Kollegin nach nur drei Wochen Suche ein eigenes Zimmer bei einer netten Vermieterin, Frau Kastner, schräg gegenüber der Schule gefunden. Und jetzt kümmert sich Agnes auch noch darum, dass Appelhoff unter Umständen ein paar erforderliche Reparaturarbeiten übernimmt.

„Theo ist ein sehr guter Handwerker, er hilft dir gern, wenn du Holzarbeiten zu erledigen hast oder auch bei anderen Dingen im Haus", sagt Agnes und umarmt Elise.

„Oh, das ist aber ein nettes Angebot." Elise lächelt und gibt Appelhoff zur Begrüßung die Hand. Heimlich begutachtet sie ihren Kollegen etwas genauer: Er hat seine Haare schwungvoll nach hinten gekämmt, die dadurch entstandene Tolle sieht aus, als hätte er sie mit etwas Pomade in Form gebracht. Sein Jackett steht offen, und mit seiner Zigarette in der Hand wirkt er so, als würde er liebend gern einmal mit James Dean verwechselt. Ob er wohl schon 30 ist, fragt sich Elise, und sie bemerkt, dass ihr Theo Appelhoff gefällt. Der zieht erstmal an seiner Zigarette und pustet beim Ausatmen mit dem Qualm Ringe in die Luft.

„Danke, Frau Kastner", sagt sie in Richtung ihrer Vermieterin, die noch immer an der Tür steht. Die etwa 65jährige Wirtin murmelt kurz, dass sie da sei, wenn Hilfe benötigt werde, fasst sich verlegen in ihr lockiges, gelbblondes Haar und schließt die Tür.

„Frau Kastner ist etwas neugierig, aber grundsätzlich sehr nett. Ich muss zusehen, dass ich mich mit ihr weiter gut verstehe, gleichzeitig jedoch meine Freiheit behalte", erklärt Elise.

Appelhoff meint, er kenne so etwas auch von seiner Wirtin. Agnes lacht und verabschiedet sich wenig später, sie will mit ihrem Mann noch ins Museum. „Theo wird sich bestimmt ganz schön für dich ins Zeug legen, da bin ich sicher", flüstert sie Elise beim Weggehen zu.

Appelhoff, der nichts gehört hat, sieht sich unterdessen schon mal das Zimmer an und schlägt vor, er könne es neu tapezieren, wenn die Vermieterin einverstanden sei. Die Tapete sieht grau und schrecklich unmodern aus, und Elise findet Gefallen an der Idee. Sie geht zu ihrer Wirtin, um zu fragen, was sie davon hält. Schon bald kehrt sie zurück.

„Frau Kastner hat nichts dagegen, wenn Sie es fachmännisch machen", berichtet Elise. „Und wenn Sie sich etwas dazu verdienen wollen, dürfen Sie auch gleich die Küche und das Bad streichen, hat sie gesagt."

„Ich schau mir die Räume gleich mal an." Theo Appelhoff öffnet die Tür, um Küche und Badezimmer in Augenschein zu nehmen. Elise geht mit, um ihm zu zeigen, wo er Frau Kastner findet, doch steht die Vermieterin schon auf dem Flur, als würde sie warten. Appelhoff begutachtet die Räume und vereinbart mit der Zimmerwirtin, dass er die Malerarbeiten übernimmt, wenn sie die Kosten für die Farbe trägt.

„Eine weitere Bezahlung ist nicht nötig, Frau Kastner“, betont Appelhoff freundlich. Elise fragt sich, ob er das wohl nur anbietet, um häufiger das Haus betreten und sie näher kennenlernen zu können. Ihr gefällt die Vorstellung.

Auch Frau Kastner strahlt über das ganze Gesicht: „Das ist aber sehr zuvorkommend von Ihnen, Herr Appelhoff. So heißen Sie doch, oder? Seit dem Tod meines Mannes habe ich niemanden mehr, der mir bei solchen Arbeiten unter die Arme greift.“ Sie bekommt feuchte Augen und wischt sich schnell mit der Hand durch das Gesicht. Elise überlegt etwas hilflos, wo sie hinsehen soll, denn sie weiß, dass Herr Kastner bei einem Bombenangriff auf Köln 1945 ums Leben gekommen ist. Doch ihre Vermieterin hat sich schnell wieder gefasst und sagt zu Appelhoff: „Wenn Sie kein Geld möchten, so werde ich Ihnen zumindest einen schönen Eintopf kochen. Und vielleicht kann ich etwas Bier besorgen?“

Appelhoff nickt. „Gern, aber ich trinke es erst nach der Arbeit, das versteht sich von selbst.“

Frau Kastner beugt sich zu Elise und flüstert ihr zu: „Das ist aber wirklich ein sehr netter Mann. Da haben Sie aber Glück, dass Sie einen so sympathischen Kollegen haben, Fräulein Plackwitz.“

Theo Appelhoff tut zwar so, als habe er nichts gehört, Elise bemerkt aber, dass er etwas errötet. Sie mag es, dass er verlegen und allem Anschein nach wohl doch nicht so ein Aufschneider ist wie sie anfangs dachte. Er gefällt ihr immer besser.

Er begutachtet fachmännisch das Bücherregal in ihrem Zimmer, es steht ziemlich schief: „Wenn Sie möchten, kann ich das Regal mit einer Stütze stabilisieren. Außerdem könnte ich in der Schulwerkstatt zwei zusätzliche Bretter zurechtschneiden, damit Sie in dem Regal mehr Abstellfläche haben.“

Er beginnt gleich mit dem Ausmessen und notiert sich Länge und Tiefe der Bretter. „Das Holz müssten wir sogar vorrätig haben", meint er. „Darf ich?" Appelhoff geht auf das Bett zu und prüft die Standfestigkeit. „So wie es aussieht, kann ich die Beine noch etwas festziehen, dann steht es besser. Nicht, dass Sie noch mitsamt dem Bett einstürzen hier, nicht wahr?" Er blickt sich kurz um, will wohl wissen, wie Elise auf seine Worte reagiert, ob sie vielleicht pikiert sein könnte. Sie bleibt reserviert, und so fährt er schnell fort: „Das kleine Regal an der Wand bringe ich besser neu an, sonst fällt es Ihnen eines Tages noch auf den Kopf. Dübel bringe ich mit, das ist alles schnell gemacht. Wir müssen nur noch die Tapete aussuchen. Am besten fahren wir gleich zusammen in ein Fachgeschäft. Es gibt eins gar nicht weit von hier. Dann kann ich auch gleich die Farben für Bad und Küche besorgen." Auf einem Zettel notiert er sich schnell die Quadratmeterzahlen der betreffenden Wände.

Elise ist froh über seine zupackende Art und denkt, dass Frau Kastner Recht hat. Ihr Kollege ist wirklich hilfsbereit. Und auch charmant. Im Lehrerzimmer haben sie schon mehrfach in den Pausen zusammengesessen und über alltägliche Dinge geredet. Elise meint zu spüren, dass Theo Appelhoff an ihr durchaus interessiert ist, und wirft ihm einen freundlichen Blick zu. Wenig später steigen sie zusammen in die Isetta und fahren Tapeten und Farben kaufen, die kaum in das kleine Auto passen, denn es hat keinen Kofferraum, kaum Staufläche und nur eine Sitzbank.

An den nächsten Tagen ist Appelhoff fast jeden Nachmittag bei Elise und Frau Kastner. Er legt immer gleich los mit der Arbeit und ist trotzdem stets für eine Unterhaltung zu haben. Elise genießt es, zu sehen, wie sich ihr Zimmer mit jedem seiner Handgriffe verschönert. Und sie genießt das wohlige Gefühl im Bauch, wenn sie ihrem Kollegen zuschaut.

Nachdem er das Zimmer fertig tapeziert hat, befestigt Appelhoff die Regale und montiert noch einen neuen Lichtschalter. Dann widmet er sich dem Bett, das anschließend fest wie ein Fels im Zimmer steht. Auch bei Frau Kastner repariert er hier und da etwas. Längst sind Bad und Küche frisch gestrichen, da bringt er noch eine neue Lampe an und tauscht eine defekte Steckdose aus. Frau Kastner kocht immer eine warme Mahlzeit, und Elise darf die Küche nutzen, um Kaffee zu kochen und einmal auch Kuchen für alle zu backen. Kurz bevor Theo geht, findet er immer wieder neue Mängel in der Wohnung, so dass er am nächsten Tag noch einmal wiederkommen muss. Elise beobachtet es mit Freude, und auch Frau Kastner hat allem Anschein nach Spaß mit dem häufigen Besucher.

Es ist Elise aber etwas unangenehm, als die Wirtin einmal beim Mittagessen Theo Appelhoff berichtet, dass auch ein anderer Kollege, ein Herr Küppers, schon einmal zu Besuch gekommen sei. Der habe aber nur große Töne gespuckt und gar nicht richtig angepackt. Er habe wohl weniger Interesse zu helfen als vielmehr am Fräulein Plackwitz, scheine ihr.

„Ach, Frau Kastner", sagt Elise sofort. „So ist es nun auch nicht."

„Aber er wollte doch gleich mit Ihnen eine Tour mit dem Auto machen", wirft Frau Kastner ein. „Dauernd redete er etwas von Eifel und Tanzveranstaltungen und so weiter. Und dann wollte er sie doch gleich umarmen, haben Sie das denn vergessen?"

„Na ja, er hat mich einmal auf eine Waffel eingeladen und da sind wir ins Bergische Land gefahren, was er allerdings vorher nicht gesagt hat."

Elise ist rot geworden, und sie sieht, wie Theo nervös auf seinem Stuhl hin und her rutscht. Gern möchte sie ihm die Sorge nehmen, dass sie sich für Küppers interessieren könnte. Viel lieber würde sie mal von Theo Appelhoff ausgeführt. Warum fragt er nicht? Vielleicht traut er sich nicht, weil er kein Auto hat, denkt sie. Er wäre bestimmt lieber der Kavalier mit dem eigenen Automobil.

„Waren Sie eigentlich schon einmal im Kölner Zoo, Herr Appelhoff?", fragt Frau Kastner in diesem Augenblick.

„Nein, noch nie", nuschelt er verlegen. „Obwohl ich schon zwei Jahre in Köln wohne."

„Dann fahren Sie doch mal mit Fräulein Plackwitz dahin", schlägt Frau Kastner vor. „Die war nämlich auch noch nie da, hat mir aber schon erzählt, dass sie früher in Breslau mit ihrem Vater sehr gern im Zoo war."

Elise schaut ihn erwartungsvoll an, und endlich traut er sich: „Haben Sie denn Lust dazu? Ich würde mich sehr freuen."

Sie nickt und schon sind sie für den Samstag verabredet. „Wir können die Isetta nehmen", sagt sie noch. Damit es nicht am fehlenden Auto scheitert.

Als Theo wenig später geht, sieht sein Gang ziemlich beschwingt aus. Im Treppenhaus nimmt er gleich mehrere Stufen auf einmal.

„Ich gehe nachher noch einmal weg", sagt Elise kurz darauf zu Frau Kastner. Sie hat sich umgezogen und einen neuen Rock und ihren feinen Mantel aus dem Schrank geholt. Als Frau Kastner ihr einen missbilligenden Blick zuwirft, fügt Elise hinzu: „Ich treffe mich mit meinem Onkel, das habe ich Ihnen doch gestern erzählt."

„Ach ja, der Sportlehrer aus Schlesien, ich erinnere mich. Na dann, viel Spaß. Aber kommen Sie bitte nicht so spät wieder."

„Nein, Frau Kastner. Er hat außerdem versprochen, mich zurückzubringen."

Noch immer aufgeregt wegen Theo Appelhoff, verlässt sie das Haus und fährt mit der Straßenbahn bis zum Dom, wo sie mit Onkel Herbert vor dem Hauptportal verabredet ist. Sie freut sich auf das Wiedersehen. Sie hat ihn schon länger als ein Jahr nicht mehr getroffen und hofft, dass jetzt, wo sie in Köln wohnt, die Abstände kürzer werden. Herbert hat ihr versprochen, sie in ein Brauhaus der Stadt einzuladen.

Als Elise die Treppe vom Bahnhof kommend hinaufsteigt, wartet er schon auf sie. Wieder einmal fällt ihr auf, was für ein stattlicher Mann ihr Onkel ist. Er muss jetzt 47 Jahre alt sein, denkt sie, aber er ist immer noch sehr attraktiv. Er duftet wie frisch geduscht. Sein tiefschwarzes, glänzendes Haar sieht betont lässig aus, sein Kinn ist kantig, seine Nase wohlgeformt, und seine Augen leuchten blau. Seine muskulöse Figur sieht noch genauso durchtrainiert aus wie vor 20 Jahren, als er in Schlesien ein ziemlich bekannter Leichtathlet war. Sie begrüßen sich herzlich, Elise grüßt pflichtschuldig von ihren Eltern. Herbert will wissen, wie sie sich denn in Köln bisher eingelebt hat, jetzt, wo sie ja jetzt quasi Kollegen seien. Elise berichtet, dass sie die letzten Wochen mit Zimmersuche und Umzug beschäftigt war.

„Damit hatte ich genug zu tun. Außerdem musste ich mich ja auch an der neuen Schule zurechtfinden. Jetzt ist mein Zimmer aber so gut wie fertig“, sagt sie, und ihr wird warm ums Herz, als sie an Theo Appelhoff denkt. Noch etwas verträumt fragt sie: „Wie geht es der Familie?“

Herbert erzählt, dass es seiner Frau Elke gut geht und dass Barbara mächtig groß geworden ist. Seine Tochter sei inzwischen 13 Jahre alt, und mit ihren langen dunklen Haaren verdrehe sie den Jungs jetzt schon den Kopf. Elise schmunzelt, sie kennt Barbara von klein auf. Sie hat ihr schon Kleider und Blusen genäht, mit ihr herumgealbert, die Wälder des Bergischen Landes erkundet und aus Büchern vorgelesen. „Ich freue mich schon darauf, sie bald wiederzusehen.“

„Beim nächsten Treffen machen wir das auch“, sagt Herbert. „Heute gehen wir aber mal schön rheinisch essen. Ich muss dich doch hier in die Bräuche einführen. Da drüben ist das Schankhaus der Brauerei Früh.“ Sie gehen am Dom vorbei und haben nach rund 400 Metern das Gasthaus erreicht. „Mein Freund Walter hat sich übrigens auch angekündigt. Du kennst ihn doch noch, oder?“

„Ja“, sagt Elise: „Aber klar“. Sie hat Mühe, ihre Enttäuschung zu verbergen, lieber hätte sie ihren Onkel allein oder mit seiner Familie getroffen. Walter Reichel ist sie zuletzt in Hannover auf dem Schlesien-Abend begegnet, nein, fällt ihr ein, danach war er auch noch einmal bei Onkel Herbert in Rodenkirchen direkt südlich von Köln, als sie dort zu Besuch war.

Sie finden einen Tisch in einer belebten Ecke des Lokals. Sofort kommt ein Kellner und stellt ihnen zwei Kölsch in schlanken und dünnen Gläsern hin. Elise will gerade sagen, dass sie kein Bier trinkt, da ist der Kellner schon wieder weg. Herbert lächelt und prostet ihr zu: „Zum Wohl. Wir sind hier in Köln, und da musst du auch mal ein Kölsch trinken, liebe Elise."

Er setzt an und leert sein Glas in zwei Zügen. Elise nippt nur an ihrem Bier und findet den Geschmack widerlich. Schrecklich bitter. Sie weiß nicht, was Männer an Bier finden. Der Kellner kommt wieder vorbei, stellt Herbert unaufgefordert ein neues Kölsch hin und legt zwei Speisekarten auf den Tisch. Elise bestellt ein Mineralwasser. Der Kellner verzieht den Mund. „Mädche, willste auch noch ne Stück Seife dazu?", fragt er und geht weg, ohne auf eine Antwort zu warten. Elise schüttelt den Kopf. Was für ein Benehmen!

Herbert lacht: „Der Rheinländer ist nun mal sehr direkt. Man muss sich daran gewöhnen. Mir gefällt es."

Dann fragt er nach ihrem Vater, und Elise berichtet, dass die Eltern in Detmold inzwischen heimisch geworden sind. „Vor allem Vater fühlt sich wohl. Er geht – wie früher in Jauer – fast jeden Sonntag stundenlang spazieren. Die Landschaft ist genau nach seinem Geschmack."

„Der Erich ist halt ein echter Naturbursche", lacht Herbert. „Sag mal, wird er nicht dieses Jahr 70?"

Elise bejaht und Herbert kündigt an, Anfang Oktober ein Telegramm zu schicken. „Das ist immer etwas Besonderes. Und Erich ist ein alter Verbindungsbruder von mir aus Breslauer Zeiten."

Sie wundert sich, denn das hat sie noch nie gehört. „Wieso wart ihr in derselben Verbindung? Mein Vater ist doch viel älter als du und hat zu einer ganz anderen Zeit studiert."

Herbert lacht. „Das verstehen Frauen nicht, denn sie können ja nicht Mitglied bei uns werden. In der Verbindung bleibt man ein Leben lang. Erich und ich waren beide in der ATV zu Breslau, der Akademischen Turnerverbindung. Heute sind wir beide Mitglieder der Nachfolgeorganisation, der ATV Silesia Mainz. Der studentische Gedanke, der Sport und die gemeinsame Heimat verbinden uns."

Er möchte auch noch wissen, was aus Elises Großmutter Katharina wurde, die im Februar 1945 Jauer verlassen hat und mit einem Flüchtlingstreck nach Westen gezogen ist. „Ich habe sie ja nicht so oft gesehen, aber sie ist eine sehr feine Frau. Sie ist doch irgendwo in Mitteldeutschland gelandet, nicht wahr?"

„Ja", bestätigt Elise, „sie wohnt in Leipzig, wo damals der Pferdetreck endete, nach langer Fahrt und langem Marsch von Schlesien bis nach Sachsen. Meine Eltern haben Großmutter neulich mal wieder besuchen können. Sie wohnt in ganz einfachen Verhältnissen zusammen mit einem Onkel von mir und dessen Familie." Nach ihrer Erfahrung der Flucht lebt sie heute nach dem Prinzip, dass sie sich nur noch Dinge anschafft, auf die sie jederzeit verzichten kann. Neben ihrem Bett hat sie immer einen gepackten Koffer stehen, falls sie plötzlich aufbrechen muss, hat Vater ihr erzählt. Davon möchte sie Herbert aber nichts erzählen, es geht ihn nichts an. Stattdessen berichtet sie von Katharinas Leben in der Ostzone: „Die Lebensbedingungen drüben sind nicht so gut wie hier, das kannst du dir ja vorstellen."

Herbert, der zuvor in die Speisekarte vertieft war, schaut hoch und verdreht die Augen: „Natürlich nicht, die Kommunisten haben in der Zone ja die großen Firmen und Gutsherren enteignet, und jetzt klappt dort nichts mehr. Diese Zersplitterung Deutschlands wird hoffentlich bald ein Ende haben. Wenn wir erst einmal mit Mitteldeutschland wieder vereinigt sind, werden wir auch Schlesien zurückbekommen. Sonst haben wir irgendwann nur noch die Erinnerungen an unsere Heimat."

Damit hat er sein Stichwort gefunden und lässt Elise kaum noch zu Wort kommen. Er erzählt, dass er über Kontakte viele Fotos aus Schlesien bekommen hat, in den Wirren von Krieg und Flucht seien die Bilder der Familie fast vollständig verloren gegangen. Auch Erich habe ihm einige Bilder, die er retten konnte, nachbestellt – und umgekehrt. Andere Kameraden aus der Verbindung hätten es genauso gemacht, man helfe sich halt gegenseitig, wo man nur könne. Auch Elise hat über alte Schulkameradinnen und Studienkolleginnen wie Lieselotte aus Frankfurt einige Bilder ausgetauscht. Herbert nickt freudig: „Das ist ganz wichtig, denn sonst gehen unsere Spuren verloren. Mit Hilfe vieler Angehöriger und Freunde habe ich jetzt wieder ein Fotoalbum zu Hause, das bis in meine Kindheit zurückreicht. Stell dir vor: Einige Verwandte hatten tatsächlich sogar Bilder, auf denen ich zu sehen bin."

In diesem Augenblick kommt Walter Reichel auf ihren Tisch zu. Herbert steht auf und will seinen Freund begrüßen, da sagt dieser: „Erst die Dame" und gibt zunächst Elise die Hand. „Guten Abend, Fräulein Plackwitz, ich hoffe, es geht Ihnen gut." Nachdem auch Elise ihm einen schönen Abend gewünscht hat, wendet sich Reichel seinem Freund zu. Er flüstert Herbert etwas zu, aus dem Elise etwas wie „Wie war es denn bei Hannelore?" zu verstehen meint, aber Herbert schüttelt nur den Kopf: „Später." Reichel zieht seinen Mantel aus, legt seinen Spazierstock mit Silberknauf sowie den Hut zur Seite und setzt sich.

„Wir haben gerade über die ATV Breslau gesprochen", erklärt Herbert und dann an Elise gerichtet: „Der Walter ist auch ein Verbindungsbruder."

„Aber selbstverständlich. Ich versuche so viele Bindungen wie möglich zur Heimat aufrechtzuerhalten. Das sind wir doch Deutschland und Schlesien schuldig."

Der Kellner stellt Reichel ein Kölsch und auch Herbert ein weiteres Glas hin. Als er Elise das Wasser serviert, schaut er sie etwas verächtlich an.

„Wir nehmen dreimal den Rheinischen Sauerbraten mit Rotkohl und Kartoffeln", bestellt Herbert. „Der Braten ist doch aus Pferdefleisch gemacht, oder?"

„Minsch, noch nie im Rhingland gewesen? Natörlich", antwortet der Kellner und verschwindet mit den Speisekarten.

In den nächsten Minuten tauschen sich die Männer mit Elise über die Familien aus und wollen etwas über ihre Zukunftspläne erfahren. Sie möchte gern eine eigene Familie gründen, weiß aber nicht, ob sie darüber ausgerechnet mit Onkel Herbert und Walter Reichel sprechen will. So bleibt sie eher allgemein und reagiert auf Fragen, ob sie denn einen Verlobten habe, lediglich mit einem unverbindlichen Lächeln. Aber sie ertappt sich dabei, dass sie in dem Augenblick wieder an Theo Appelhoff denken muss.

Herbert berichtet, dass er vor ein paar Wochen die ersehnte Festanstellung erhalten und dadurch endlich die Verbeamtung erreicht hat. „Die Referenzen der Kameraden vom ATV haben dabei bestimmt geholfen. Und beim Lebenslauf habe ich auch deinen Rat befolgt, Walter." Herbert zwinkert seinem Freund zu.

„Nu, freilich, die Napola-Schule hat darin nichts zu suchen", antwortet der und trinkt sein Bierglas leer. „Das haben schon die Alliierten nicht so gern gelesen, weil sie nicht wissen, was eine gute Schule ist. Und die neuen deutschen Behörden machen es genauso. Ist es denn aufgefallen?

„Nein, ich habe einfach angegeben, dass ich die ganzen Jahre am Johanneum, dem evangelischen Gymnasium in Liegnitz, unterrichtet habe. Wie sollen die das heute überprüfen? Es gibt doch fast keine Unterlagen mehr, und wenn, dann sind sie nicht zugänglich. Danke, die Idee war sehr hilfreich, wirklich", meint Herbert.

Reichel wischt sich mit einem Tuch den Schweiß von der Stirn. „Gut so", sagt er.

Elise entdeckt leicht angewidert Schuppen auf den Schultern von Reichels Anzug und erinnert sich, dass er bei ihrem Treffen in Hannover auch schon so geschwitzt hat. Sie denkt über die letzten Sätze nach, ist etwas verwundert über ihren Onkel, fragt aber lieber nicht nach. Es geht sie ja auch nichts an.

Herbert ist mit seiner Erzählung ohnehin längst woanders und schildert ausführlich, wie er die Rodenkirchener Jugend im Turnunterricht körperlich ertüchtigt. Anschließend erzählt Reichel von seinem beruflichen Wechsel zu einer großen Textil-Firma in Düsseldorf, in der er nun als Prokurist arbeitet und, wenn man ihm glauben darf, täglich Entscheidungen von immenser Reichweite trifft. Elise findet, dass er etwas dick aufträgt, hat diese Meinung aber offenbar exklusiv, denn die beiden Männer verstehen sich prächtig. Natürlich sagt sie nichts.

Das Essen schmeckt gut, sogar Elise kann ihre anfängliche Skepsis wegen des Pferdefleisches überwinden, sie genießt nach dem ersten vorsichtigen Probieren den würzigen Geschmack. Sie nippt aus einem Gemisch aus Höflichkeit und Pflichtgefühl weiter an ihrem Kölsch, muss aber das Bittere in ihrem Mund nach jedem Schluck mit Wasser wegspülen. Die Männer schaffen in der Zwischenzeit noch einige Gläser.

Walter Reichel, der nach Elises Wahrnehmung seit dem letzten Treffen erneut ein paar Kilo zugelegt hat, streckt sich auf seinem Stuhl. „Das war gut", sagt er dann. „Wir sollten öfter mal hierhin gehen, auch wenn das Brauhaus hier bei weitem nicht die Atmosphäre der Ratskeller in Schlesien hat. Wie schön wäre es, wenn wir uns schon bald wieder im Schweidnitzer Keller in Breslau treffen könnten. Was meinst du?", richtet er sich an Herbert.

Der schüttelt den Kopf. „Na klar wäre das schön, aber ich glaube nicht daran. Unsere Politiker machen doch nichts. Aber vielleicht hat Adenauer eine Idee, wie..."

„Ach, der Adenauer", unterbricht Reichel. „Am Anfang habe ich noch Hoffnungen in ihn gesetzt. Aber er verrät uns Schlesier doch. Der ist inzwischen doch die reinste Marionette der Alliierten. In Worten verspricht er uns die Rückkehr nach Schlesien, und was macht er? Nichts! Man muss den Russen und Polen gegenüber ganz anders auftreten. Übrigens kandidiere ich jetzt beim Bund der vertriebenen Deutschen für den Vorstand. Da sind noch Menschen, die echtes Interesse an Schlesien haben. Die deutschen Grenzen von 1937 sind für uns jedenfalls nicht verhandelbar."

Reichel ist ganz rot im Gesicht geworden, sein fettiges Haar steht an einer Seite vom Kopf ab. Er gestikuliert händeringend und wedelt mit seinem Taschentuch in der Luft herum, um sich abzukühlen. Herbert gibt ihm in der Diskussion fast immer Recht, Elise schweigt meistens, und so reden die beiden Männer noch eine ganze Weile über Politik, wobei die im Bundestag vertretenen Parteien allesamt schlecht wegkommen. Das in Bonn verabschiedete Lastenausgleichsgesetz solle die Ostvertriebenen doch nur ruhig stellen, meint Reichel. Herbert nickt zustimmend.

Die beiden trinken den letzten Schluck und legen Bierdeckel auf ihre Gläser. Elise will nicht unhöflich sein und trinkt ihr Glas ebenfalls leer. Schon kommt der Kellner und stellt ihr ein neues Kölsch hin. Sie protestiert. Reichel lacht, erklärt ihr, dass der Kellner automatisch Nachschub bringt, wenn man sein Glas nicht abdeckt. Er nimmt ihr Glas – „Ich helfe Ihnen. Darf ich?" – und leert es in einem Zug. Anschließend kommt der Bierdeckel drauf.

Elise muss ein Gähnen unterdrücken, murmelt etwas von anstrengenden Tagen mit Umzug und Renovierung, die sie hinter sich hat. Ihr Onkel fragt, ob sie aufbrechen möchte. Als sie bejaht, zahlt Herbert, und einige Minuten später verlassen sie das Lokal. Vor der Tür verabschiedet sich Reichel und murmelt irgendeine schlesische Formel, die Elise wegen des Windes nicht richtig versteht. Sie bekommt aber mit, dass sich die beiden Männer nachher wieder treffen wollen und meint erneut den Namen Hannelore zu verstehen. Die Männer lachen. Elise steht unbeteiligt mehrere Meter daneben. Dann ist Herbert bereit, und zusammen gehen sie zu seinem Auto, das er in der Nähe geparkt hat. Sie steigen ein – „nein, so viele Gläser Bier waren das doch gar nicht" –, und er bringt sie nach Ehrenfeld.

Ich bin nicht nach Burgscheidungen gefahren, weil dort schon die Amerikaner standen. Ich werde meine Mutter wohl nie mehr wiedersehen. Auch die Post geht nicht mehr, wie soll ich sie treffen? Ich bin erst einmal nach Bodenbach in Böhmen, das war eine der ganz wenigen Städte, die noch nicht in Feindeshand gefallen waren. Hier ergatterte ich tatsächlich ein Zimmerchen zum Schlafen und Wohnen und fand Arbeit in einer Kunsthonigfabrik.

Es hätte sich vielleicht alles ganz gut angelassen, doch plötzlich griff das Schicksal wieder ein. Denn Hitler hat am 1. Mai Selbstmord begangen und ein paar Tage später kam die Kapitulation.

Kurz vor Eintritt der Waffenruhe bekam Bodenbach am 8. Mai doch noch einen Bombenregen ab. Ich war während des Alarms auf dem Heimweg von der Arbeit, als mir der Splitter einer Bombe, die im Bahnhof auf den Schienen krepierte, in den Kopf flog. Von einer fremden Hand wurde ich in einen Keller gezerrt. Ich war auf beiden Ohren taub. Mit blutüberströmter Bluse suchte ich nach dem Angriff einen Arzt auf, der mir die Wunde verpflasterte und mir zu Gähnübungen riet. Die bewirkten wirklich, daß mein Gehör auf dem rechten Ohr am nächsten Tag und auf dem linken Ohr ein paar Tage später wiederkehrte.

Die Situation hier ist durch Angst und Schrecken gekennzeichnet. Die Russen sind auch in Bodenbach eingerückt und stiften überall Unruhe. Sämtliche Lebensmittel-, Bekleidungs- und sonstigen Lager werden geplündert, viele Wohnungen durchsucht und Frauen vergewaltigt. Als Mädchen darf man sich kaum noch auf der Straße sehen lassen. Heute haben russische Soldaten mit schußbereiten Gewehren unser Haus durchsucht. Es ist mir unerklärlich, daß sie mich auf der Dachterrasse nicht gefunden haben. Es muß doch so etwas wie Schutzengel geben. (13. Mai 1945)

Theo gibt Gas, und die Isetta lässt den Dom hinter sich. Ihm macht das Fahren Spaß, das merkt Elise ihm bei jeder Kurve an. Er biegt auf die Rheinuferstraße in Richtung Süden und blickt sie freudig an. Sie lacht zurück. Glücklich. Sie ist froh, ihn zu kennen. Gern würde sie ihre Hand mal an seine Wange legen. Seine weiche Haut spüren. Sie schaut heimlich auf seine Lippen. Ob sie schon mal eine Frau geküsst haben? Sie verspürt den Wunsch, die Lippen auf ihren zu spüren. Bei dem Gedanken wird sie etwas rot.

Zuletzt haben sie an Wochenenden immer wieder kleine Ausflüge unternommen. Gerade eben haben sie die mehr als 500 Stufen auf einer immer enger werdenden Wendeltreppe erklommen, um dann vom Südturm des Kölner Doms die Stadt von oben zu betrachten. Beeindruckend und gleichzeitig beklemmend.

Die Kriegsschäden waren nicht zu übersehen – Baulücken, Einschusslöcher, Kräne. Man bekommt aus der Vogelperspektive viel mehr davon mit als wenn man durch die Straßen geht. Köln hat sehr viele Bomben abbekommen, das weiß Elise. Das Wetter ist klar, und sie konnten bis zum Siebengebirge schauen. Spontan beschlossen sie, noch Kurs auf den Drachenfels zu nehmen.

Nun fahren sie also die B9 Richtung Bonn. Wie selbstverständlich steuert Theo die Isetta, das hat er von Anfang an übernommen, dabei ist es doch ihr Auto. Kunstvoll versucht er, den vielen Schlaglöchern auszuweichen, was aber nicht gelingen kann. Denn die Isetta hat vorne eine breite Spur und hinten eine schmalere. Schafft er es also, mit der Vorderachse das Schlagloch zu umfahren, trifft das Fahrzeug mit den hinteren, enger zusammenstehenden Rädern garantiert das Loch. Während Elise erleichtert feststellt, dass es ihm also genauso ergeht wie ihr, trifft er gerade mit der Hinterachse wieder einmal ein besonders tiefes Schlagloch, durch den heftigen Aufprall wird vorne die Tür aufgerissen. Geistesgegenwärtig reißt Theo sie im Fahren wieder herunter, so dass sie sogar wieder einrastet. Nicht einmal die Zigarette ist ihm dabei aus der Hand gefallen. Elise wird ganz bleich, während Theo weiterfährt, als wäre nichts gewesen. Sie muss ihm lassen, dass er die Situation sehr gut gemeistert hat.

„Lass uns auf den Schock erst einmal einen Kaffee trinken gehen", schlägt Theo vor und sie nickt stumm. Wenig später erreichen sie den Bonner Norden und fahren über die Kölnstraße Richtung Innenstadt. Nach einigem Herumirren finden sie einen Parkplatz an der Poppelsdorfer Allee, die sie mit ihren zahlreichen Gründerzeitvillen beeindruckt.

Von dort aus lassen sie das Poppelsdorfer Schloss hinter sich und gehen zu Fuß Richtung Innenstadt. Sie marschieren auf die Universität zu, betrachten fasziniert die Münsterkirche und wenig später das Beethoven-Denkmal vor dem Postamt. In der Nähe finden sie ein Café, wo sie sich bei strahlendem Sonnenschein ausruhen. Elise möchte unbedingt auch das Geburtshaus von

Beethoven sehen – „da war doch vorhin ein Wegweiser!“ – und als sie dort ankommen, sind beide beeindruckt von der Atmosphäre des Hauses, in dem der große Komponist 1770 geboren wurde. Sie stehen ehrfürchtig vor Beethovens Taufurkunde und bestaunen mehrere Klaviere, auf denen er gespielt hat. Das Genie. Auch wenn er schon in jungen Jahren Bonn verlassen hat, um nach Wien zu gehen.

„Stellen Sie sich doch noch einmal dort vor die Büste des Meisters“, sagt Theo, der einen Fotoapparat in der Hand hält, und Elise kommt dem Wunsch gern nach. Kokett lächelt sie. Anschließend baut sich Theo vor einer ausgestellten Partitur auf. Auch in dem kleinen, aber liebevoll angelegten Gärtchen hinter dem Haus machen sie Fotos. Gern posiert Elise für ihren Kollegen. Aber wie soll sie ihm noch näher kommen? Es ist doch wohl seine Aufgabe, den nächsten Schritt zu machen, denkt sie.

Nach der Besichtigung schlendern sie zum Auto zurück, Theo fährt die B9 in Richtung Regierungsviertel. Die „Diplomatenrennbahn“. So nennt er sie jedenfalls. Sie kommen am Postministerium vorbei, entdecken das Auswärtige Amt und finden wenig später das Bundeshaus mit dem Plenarsaal. In der Dahlmannstraße parken sie und betrachten neugierig das neu entstandene Machtzentrum der gerade einmal sechs Jahre alten Bundesrepublik Deutschland. Bonn ist zwar nur provisorisch Hauptstadt, doch müssen die Regierung und die Abgeordneten ja trotzdem den nötigen Platz zum Arbeiten haben.

Hinter dem Bundeshaus führt Theo sie zum Rhein, auf der anderen Seite sind das Siebengebirge mit Petersberg und Drachenfels schon gut zu erkennen. „Da drüben fahren wir als nächstes hin“, sagt Theo, und Elise freut sich über seinen Tatendrang. Natürlich setzt er sich wieder ans Steuer. Ohne Diskussion. Sie betrachtet das durchaus amüsiert. Auf der Fahrt zurück ins Zentrum spielt Theo wieder den Fremdenführer und zeigt ihr die Villa Hammerschmidt, den Sitz von Bundespräsident Theodor Heuss, und gegenüber das Museum König, das ausgestopfte

Tiere zeigt, aber auch noch einige Regierungsstellen beheimatet. Am 1. September 1948, weiß Theo zu berichten, fand hier der Festakt zum Zusammentritt des Parlamentarischen Rates statt, der ein Jahr darauf das Grundgesetz des neuen deutschen Staates ausarbeitete.

Über die Rheinbrücke mitten in der Stadt fährt Theo nach Beuel, das Bonn genau gegenüberliegt. Er könnte doch eigentlich mal endlich ihre Hand ergreifen. Stattdessen setzt er den Blinker und biegt rechts ab nach Königswinter. Weil sie nach der Besteigung des Kölner Doms noch müde Beine haben, entscheiden sie sich dort am Drachenfels für eine Fahrt mit der Zahnradbahn, wobei sie Glück haben und einen der modernen elektrischen Triebwagen erwischen, die Zug um Zug die alten Dampfloks ersetzen sollen. Sie sitzen nebeneinander, die Berührungen sind zufällig. Oder sollen zufällig erscheinen.

Oben genießen sie den Blick ins Rheintal. Gegenüber liegt Bad Godesberg, nebenan in Oberdollendorf sind die nördlichsten Weinberge Deutschlands, weiter nach Norden hin entdecken sie Beuel und Bonn. Elise denkt unwillkürlich an Schlesien mit dem Riesengebirge. Hier würde der Berggeist Rübezahl auch gut hinpassen, denkt sie, doch dann fällt ihr ein, dass der Drachenfels mit der Siegfried-Sage eigentlich schon genug zu erzählen hat.

Sie lächelt Theo an und überlegt, wie sie es wohl schaffen kann, dass sie nicht mehr dieses lästige Herr Appelhoff zu ihm sagen muss. Als Dame ist es ihre Aufgabe, ihm das du anzubieten. Aber wann und wie?

Er wird langsam etwas mutiger, scheint ihr. Da will sie nicht nachstehen. Sie genießt es, wie er vorsichtig ihren Arm umfasst und sie sanft den schmalen Weg hinauf bis zur Burgruine auf dem Gipfel führt. Ihr wird ganz warm ums Herz. Seine Hände. Sie sind kräftig und gleichzeitig weich und erinnern sie an Brunos Hände. Doch die Rückschau nach Breslau wischt sie schnell weg.

Oben noch einmal der Ausblick. Die Ruine und der Rhein. Malerisch. Ganz hinten Richtung Norden können sie die beiden

Türme des Kölner Doms sehen, der, wie sie heute gelernt haben, teilweise aus dem vulkanischen Trachyt-Gestein des Drachenfelses erbaut worden ist. Die Überreste des Steinbruchs sind auf halber Höhe des Berges noch gut zu erkennen.

Sie beschließen, vor der Rückfahrt noch einmal einzukehren. Die letzte Gelegenheit für den Vorstoß. Oder soll sie ihm doch erst beim Abschied das Du anbieten? Elise zögert, nimmt die Speisekarte und entscheidet sich für einen Eisbecher, Theo bestellt sich Kaffee und Kuchen. Plötzlich bringt der Kellner zwei Gläser Sekt. Theo hat sie heimlich geordert. Er druckst herum, sucht offenbar nach passenden Worten, da schafft sie es endlich, ihren Mut zusammenzunehmen und vorzuschlagen: „Sollen wir uns nicht endlich duzen, Theo? Sag doch bitte Elise zu mir." Ihr Herz trommelt laut.

Theo schaut ihr tief in die Augen, er stimmt erfreut zu und sagt, das habe er sich schon lange gewünscht. Ihr Herz überschlägt sich. Sie spürt ein ganz intensives, unbeschreibliches, seltsam schönes Gefühl im Magen. „Kribbeln im Bauch" hat ihre Freundin Gertrud in Hannover immer gesagt, wenn sie von einem tollen Mann erzählte, der ihr begegnet war. Elise hat nie verstanden, was Gertrud damit genau meinte, aber jetzt weiß sie es.

Sie nehmen ihre Sektgläser und stoßen an: „Auf uns, Elise." Sie fühlt Theos Blick auf ihrer Haut. Es ist angenehm. Anschließend beugt er sich vor und drückt ihr einen zarten Kuss auf die Wange. Ihr wird leicht schwindelig. Ein wohliges Gefühl. Vom Haaransatz bis in die Zehenspitzen. Wenn es nach ihr geht, soll es nicht der letzte Kuss mit Theo gewesen sein.

Kapitel 10

1939

Als sich Erich an diesem Donnerstag auf den Weg zum Amtsgericht macht, steht ihm zunächst eine Verhandlung bevor, für die er wenig Verständnis aufbringt. Eher eine Routinesitzung, ein klassischer Nachbarschaftsstreit, den man seiner Ansicht nach auch mit gesundem Menschenverstand hätte schlichten können statt vorschnell die Gerichte anzurufen. Aber die Schlesier können stur sein, und in diesem Fall haben sich beide Seiten offenbar so in ihre Haltung versteift, dass es nur mit Hilfe eines Richters gehen wird.

Es sind allerdings ganz andere Gründe, die dazu geführt haben, dass er nicht mehr so gern ins Gericht geht wie früher. Zeit seines Lebens war er aus Überzeugung Richter, fühlte sich dazu berufen, nach gerechten Lösungen in Streitfällen zu suchen, Argumente gegeneinander abzuwägen und dann zu entscheiden. Doch die Entwicklung der vergangenen Jahre ist schmerzlich, schon längst ist die Justiz nicht mehr unabhängig. Zweifelhafte Gesetze geben viele Urteile schon vor, der Spielraum für den einzelnen Richter wird immer geringer, vor allem bei Entscheidungen von politischer Bedeutung. Es gibt in Deutschland keine Möglichkeit mehr, öffentlich eine andere Meinung als die Partei zu äußern. Höchstens hinter vorgehaltener Hand. So wie neulich im Gespräch mit seinem Freund Oskar Schauer, dem Leiter der Städtischen Sparkasse, der immer für ein offenes Wort zu haben ist. Einig waren sie sich, dass der Führer Deutschland in den Abgrund stürzen wird. Der Krieg mit Polen sei vielleicht schon der Anfang. Aber selbst solche Gespräche werden immer riskanter. Und viele in Deutschland, da macht sich Erich nichts vor, sind begeistert vom Polenfeldzug.

Während er so vor sich hin sinniert, hört er auf dem Gerichtsflur eine laute Stimme, die aus dem Zimmer von Direktor Robert Schäfer kommt. Der Volksempfänger. Schäfer lässt ihn seit Wochen besonders laut über den Flur dröhnen, besonders wenn es Neuigkeiten vom Krieg gibt.

Erich hält nicht viel von dem Programm, das aus dem Volksempfänger ertönt, doch seit Beginn des Krieges erfährt man dort einiges, von dem die Zeitungen erst mit Verzögerung berichten. Wie jeden Tag seit Kriegsbeginn vor vier Wochen bejubelt der Sprecher die Erfolge der Wehrmacht. In abgehackten Sätzen schildert er den unaufhaltsamen Vormarsch von Hitlers Armee in Polen. So wie es aussieht, kann der Feldzug von den polnischen Truppen nicht gestoppt werden. Aktuell feiert der Sprecher die Luftschläge auf Warschau, die schon in wenigen Tagen dazu führen dürften, dass die Bevölkerung demoralisiert werde. Schon bald würden die Stadt und die ganze politische Führung Polens kapitulieren. Die Armee des Landes sei schwer getroffen und auch die Moral der Zivilisten gebrochen. Inzwischen, so heißt es, sei man bei Lublin auf russische Truppen gestoßen. Die Rote Armee ist in den Osten Polens einmarschiert und hat Teile des Landes unter ihre Kontrolle gebracht. Fast der ganze Rest ist bereits von deutschen Truppen besetzt. Einen geschickten Schachzug nennt der Sprecher den Nichtangriffspakt mit Russland. Durch das Bündnis habe Polen keine Chance. Die Anführer der polnischen Armee sind, wenn man dem Bericht glauben kann, ergriffen worden oder haben sich ins Ausland abgesetzt.

„Das Land Polen ist bereits zerfallen“, schallt Erich aus dem Volksempfänger entgegen. Der Sprecher rechtfertigt die Besetzung der polnischen Gebiete in pathetischen Worten als notwendige Korrektur der „Schmach von Versailles“, dem „Unrechtsvertrag“ nach Ende des Ersten Weltkriegs: „Endlich ist Posen wieder eine deutsche Stadt, und auch die Deutschen in Westpreußen sehnen sich zurück ins Reich! Dafür werden die Polen umgesiedelt. Und in Westpommern können endlich wieder unsere Landsleute wohnen." Hitler habe schon eine Ansiedlung von Volksdeutschen aus dem Baltikum im Warthegau angeordnet.

Ursprünglich wollte Erich zügig an Schäfers Tür vorbeigehen, doch entschließt er sich, erst einmal stehen zu bleiben und weiter zuzuhören. Von hinten sieht er Hermann Klotz, einen Gerichtsdiener, ebenso groß gewachsen wie Schäfer, er steht vor Aktenbergen, die er vermutlich seinem Chef gerade gebracht hat. Klotz hat seinen Posten Schäfer zu verdanken. Die beiden dürften sich schon lange von gemeinsamen Treffen der NSDAP kennen.

„Das wurde auch Zeit", kommentiert Klotz den Radiobericht. „Der Führer hat doch schon vor Jahren gesagt, dass das deutsche Volk neuen Lebensraum im Osten braucht. Heim ins Reich, heißt es jetzt, genauso wie schon in der Ostmark und dem Sudetenland. Unsere Wehrmacht leistet ganze Arbeit. Wir können verdammt stolz auf unsere tapferen Soldaten sein."

„Da hast du Recht, Hermann. Zuletzt haben uns die Polen nur noch gereizt. Allein die ständigen Übergriffe auf die deutsche Minderheit, von denen man immer wieder lesen muss. Und dann der Angriff auf den Radiosender Gleiwitz. Das konnten wir uns nun wirklich nicht länger gefallen lassen."

Wie als Antwort darauf, ertönt wieder die Stimme aus dem Volksempfänger: „Die Siege unserer stolzen Soldaten zeigen, dass wir Deutschen den Polen auch rassisch überlegen sind. Wissen Sie, wie viele Juden in Polen leben? Die polnischen Städte sind von Parasiten und Untermenschen durchsetzt. Das Kapital ist vollständig in jüdischer Hand. Wir werden dort jetzt aufräumen. Die Juden und auch die Polen müssen jetzt Westpreußen und den Warthegau verlassen. Diese Gebiete sind endgültig wieder Teil des Deutschen Reichs."

Erich hat genug gehört und will seinen Weg fortsetzen.

„Heil Hitler!", brüllt Schäfer, als Erich an der Tür vorbeigehen will. Auch Hermann Klotz reißt seinen rechten Arm hoch.

„Guten Morgen", antwortet Erich und bleibt stehen. Schäfer sitzt breitbeinig auf seinem Schreibtischstuhl, hinter ihm ein

Porträt des Führers an der Wand. Klotz steht im Braunhemd neben ihm.

„Plackwitz, passen Sie auf! Wenn Sie nicht etwas kooperativer werden, kann ich Sie auch versetzen lassen oder aus dem Dienst entfernen. Haben Sie das verstanden?"

„Ich habe mir nichts zuschulden kommen lassen, Herr Direktor Schäfer. Oder gibt es Klagen über meine Arbeit?"

„Sie wissen schon, was ich meine. Es gibt genug andere, die hier gern als Richter arbeiten möchten. Übrigens: Haben Sie schon die Nachrichten gehört? Der Polenfeldzug verläuft nach Plan. Der Staat Polen ist bald Geschichte, diesmal endgültig."

„Ich habe die Erfolgsmeldungen im Radio gehört, Herr Direktor. Aber Sie werden verstehen, dass mir die Zeit weitere Gespräche verbietet. Sie wissen, dass ich um neun Uhr eine Sitzung habe."

„Na, dann mal los. Heil Hitler!" Wieder schnellen zwei rechte Arme in die Höhe.

„Heil Hitler", hört Erich sich sagen, und auch sein Arm bewegt sich dabei nach oben. Er schämt sich dafür, hält es aber nach den offenen Drohungen seines Vorgesetzten für unumgänglich.

„Na sehen Sie, es geht doch, Plackwitz. Sie wollen doch auch dabei sein, jetzt wo sich das Deutsche Reich gerade zur größten Macht in Europa aufschwingt, oder? Und Ihr Sohn macht sich doch gut bei der Hitler-Jugend, habe ich mir sagen lassen."

Erich geht zügig weiter und tut so, als habe er den letzten Satz nicht gehört.

Die Betriebe arbeiten langsam wieder, die Russen ziehen ab, nur einzelne treiben sich noch in der Gegend herum, sogar Amerikaner soll es hier geben. Doch keiner weiß, was geschehen soll. Überall herrscht gräßliches Chaos, niemand findet sich zurecht. Die tollsten Gerüchte schwirren hier herum, am besten glaubt man gar nichts mehr. Radio mag ich auch nicht mehr hören!

Ich bin froh über jede Minute, die ich hier in Bodenbach arbeiten kann und nicht nachzudenken brauche. Wilde Gerüchte besagen, dass alle Flücht-

linge bis zum Ablauf der Lebensmittelperiode ihren Zufluchtsort verlassen und den Heimweg angetreten haben sollen. Aber ohne mich! Bloß nicht übereilt handeln! Wenn wir zu Fuß gehen müssen, kann ich mein Gepäck nicht tragen. Bei der augenblicklichen Hitze und dem knappen Essen ist das völlig unmöglich.

Jeder Gedanke an die Zukunft ist gräuslich, nur ein einziger birgt mein ganzes Hoffen: Vielleicht finde ich bald meine Familie wieder! (14. Mai 1945)

Die Post zu öffnen ist das uneingeschränkte Privileg des Familienvorstands, kein anderer im Haus würde sich trauen, einen Briefumschlag aufzureißen. Das war schon früher bei Erichs Eltern so, und er hat die bewährte Regel auch in seiner eigenen Familie beibehalten. So liegt auch jetzt, als er mittags nach Hause kommt, ein Brief an die Familie Erich Plackwitz auf dem Tisch. Emma hat den Brieföffner gleich danebengelegt.

Er wundert sich über den Absender, das städtische Gesundheitsamt, und öffnet vorsichtig den Umschlag. Die Behörde schickt einen längeren Fragebogen. „Krankheitsbild ihres Sohnes Karl“, steht als Betreff über dem Schreiben. Im „Interesse der Volksgesundheit“ will die Behörde genau wissen, welche angeborenen Leiden, von denen die Kinderkrankenstation in Jauer berichtet habe, der knapp Vierjährige hat. Es soll angekreuzt und bei Bedarf ausführlicher geschildert werden:

☐ Idiotie sowie Mongolismus
☐ Mikrocephalie
☐ Hydrocephalus schweren bzw. fortschreitenden Grades
☐ Mißbildungen jeder Art
☐ Lähmungen einschließlich Littlescher Erkrankung.

Weiter teilt das Amt mit, es werde für die Zukunft überlegt, ob eine besondere fachärztliche Betreuung für den kranken Sohn erforderlich sei. Dazu benötige man möglichst genaue Angaben und werde auch den Hausarzt kontaktieren, dessen Namen man freundlich erbete.

Sorgsam legt Erich den Brief zur Seite, am Abend will er die ihm teilweise unbekannten Krankheitsbilder im Lexikon nachschlagen und dann die Fragen gewissenhaft und lückenlos beantworten. Die Vorstellung, dass Karl eine besondere fachärztliche Betreuung erhalten könnte, erscheint ihm sehr vernünftig. Womöglich die erhoffte Erholung für seine Frau Marta. Die Pflege von Karl erschöpft sie Tag für Tag mehr, fast jede Nacht muss sie aufstehen; vielleicht ist ja mit Hilfe der Behörden eine Besserung der Situation für seine liebe Frau in Sicht. Er erzählt Marta von dem Fragebogen, und sie beschließen, ihn später gemeinsam anzusehen.

Erich setzt sich an den Wohnzimmertisch, hinter dem sich Karl gerade in seinem Bettchen unruhig im Schlaf hin- und herwirft. Nüchtern berichtet er von seinen Erlebnissen am Vormittag: „Direktor Schäfer hat mir mit Konsequenzen gedroht, wenn ich nicht langsam anfange, ihn mit ‚Heil Hitler' zu grüßen. Das ist mir zuwider, aber heute habe ich es gemacht. Er hat dienstlich nichts gegen mich in der Hand, aber er lässt mich seine Abneigung immer mehr spüren."

„Dann geh vielleicht mehr auf ihn ein. Ich weiß, dass du die Nazis ablehnst, aber er ist nun einmal dein Vorgesetzter. Und in diesen Zeiten gibt es viel Unrecht, das sagst du doch selbst immer. Wer weiß, was er alles in die Wege leiten kann."

„Er hat mir heute ganz unverblümt mit Versetzung oder Entfernung aus dem Dienst gedroht."

Erich sieht, dass seine Frau blass wird. Sie geht zu ihm und legt ihren Arm um seine Schulter. Dann dreht sie sich weg und wischt sich eine Träne aus den Augen: „Pass auf dich auf, bitte. Und denk auch an uns. Wir brauchen dich."

Er weiß, dass sie Recht hat und nickt.

In diesem Augenblick kommt Friedrich nach Hause. Seine Begrüßung ist knapp, und er kündigt an: „Um 14 Uhr haben wir Treffen der Hitler-Jugend. Ab jetzt jeden Dienstag und Freitag. Alle aus der Klasse müssen da hin. Ich freue mich schon riesig.

Vielleicht fahren wir sogar bald wieder in ein Zeltlager. So wie letztens zur Sommersonnenwendefeier."

Erich kneift angestrengt die Augen zusammen, sein Kopf droht zu platzen. Was schlägt denn heute wieder alles auf ihn ein? Er weiß natürlich, dass alle Kinder der Schule im Alter von 10 bis 14 mittlerweile verpflichtet sind, im Deutschen Jungvolk mitzumachen. Ab 14 ist die Mitgliedschaft für Jungs in der Hitler-Jugend und für Mädchen beim Bund Deutscher Mädel zwingend. Als Friedrich zehn Jahre alt war, konnte Erich ihn durch andere Unternehmungen oft von der Teilnahme an den Veranstaltungen des Jungvolks abhalten, doch inzwischen hat sein Sohn, vor ein paar Wochen 14 geworden, Geschmack an den HJ-Treffen gefunden, vor allem wohl an den Aufmärschen und Kundgebungen. Auch seine Begeisterung für den Krieg ist riesengroß. Befremdlich. Erich ist besorgt. Als wäre Karl nicht schon Sorgenkind genug.

Doch wer nicht zu den HJ-Treffen geht, wird schon lange kritisch beäugt. Zudem sind die Kontrollen schärfer geworden. Erich ist nicht wohl dabei, aber auch Elise geht regelmäßig zu den BDM-Treffen. Was bleibt ihr auch anderes übrig? Meist spielen sie Völkerball und singen, manchmal werden sie aber auch ideologisch geschult, was Erich Kopfschmerzen bereitet.

Und Friedrich wird gleich wieder mit seiner Uniform auf die Straße laufen. Die Nachbarn werden sich ihren Teil wohl denken. Das wird dann auch an ihm hängen bleiben, fälschlicherweise.

„Nun, dann musst du wohl hingehen", sagt er nüchtern zu seinem Sohn, kann sich aber nicht verkneifen, hinzuzufügen: „Aber bitte glaub nicht alles, was sie dir da erzählen. Und der Krieg ist kein Spiel, vergiss das nicht."

„Aber Vati, ich gehöre zur Hitler-Jugend. Das ist eine richtige Gruppe, eine Kameradschaft, dort halten wir alle zusammen und stehen gemeinsam für das Vaterland ein. Ich freue mich immer schon Tage vorher auf unsere Treffen. Und wenn ich nicht gehe, dann bekomme ich Ärger. Und du vielleicht sogar auch", meint Friedrich forsch. Erich fällt auf, dass ihm sein Sohn zum ersten

Mal in einer wichtigen Frage eine eigene Meinung entgegenzusetzen wagt. Ein schwieriges Alter.

Er verzichtet auf eine Antwort, und so wird es ein ruhiges Mittagessen. Noch ruhiger als sonst. Während der Mahlzeit betrachtet er unauffällig seinen Sohn. Blond, blauäugig, groß gewachsen. Ein Musterarier. Mit rein germanischer Abstammung. Kein Wunder, dass sich die Nazis so sehr um Friedrich bemühen.

Die Stunde der Entscheidung rückt unerbittlich näher. Schon bald müssen alle Flüchtlinge weg. Es ist zermürbend, und sobald sich eine passende Gelegenheit bietet, gehe ich. Viel einzupacken habe ich nicht, trotzdem ist es immer noch viel zu viel zum Tragen. Wenn die Hitze wenigstens etwas nachließe!

Eigentlich will ich gar nicht gehen, aber die eingesessenen Bewohner geben uns das Gefühl, Unannehmlichkeiten zu bereiten. Die Leute hier warten auf die Stunde, in der wir Flüchtlinge endlich die Wohnungen räumen. Was aus uns wird, interessiert niemanden. Oh, wenn sie wüßten, wie verbittert sie einen machen mit ihren häßlichen Reden. Wenn es den Menschen schlecht geht, tritt der Egoismus jedes einzelnen zutage. Können Sie nicht dankbar sein, noch ein Dach über dem Kopf, genügend Essen und einen Garten zum Anbau des Nötigsten zu haben? Sind ihre Familien nicht fast alle zusammengeblieben?

Wenn man schlecht sein wollte, würde man ihnen mal ein ähnliches Los wünschen, wie wir es zu tragen haben. Das, was ich auf dem Leib trage, ist mein einziger Besitz an Kleidung. Schlesien ist verwüstet und von den Russen besetzt. Familien wurden zerrissen, und Menschen sterben auf der Flucht vor Entbehrungen, Elend und Gram. Noch einmal haben wir den Rückweg mit den gleichen Strapazen vor uns und dazu die Ungewissheit, was uns in der Heimat erwartet. Trotzdem: Man selbst ist jung und möchte so gern noch leben! (18. Mai 1945)

Schnell die Sachen packen und den Scheitel noch einmal prüfen. Da es recht warm ist, zieht Friedrich sein kurzes braunes Hemd und die kurze Hose an, die seine Eltern ihm im Sommer widerwillig gekauft haben. Wenn man nicht in Uniform, sondern in Straßensachen zum HJ-Treffen kommt, wird man von den anderen immer so blöd angeschaut. Er findet es in Uniform aber auch viel besser.

Die Versammlung findet in einem Kellerraum der Schule statt. Als Friedrich den Raum betritt, schreit ihn Wilhelm, der Kameradschaftsführer – er mag zwei oder drei Jahre älter sein als er selbst – mit „Heil Hitler" an, und Friedrich antwortet mit demselben Gruß. Wenig später stellen sich die Jungs in einer Reihe auf, heben den rechten Arm und singen lauthals die Nationalhymne: „Deutschland, Deutschland, über alles, über alles in der Welt." Friedrich lässt sich willig von der Stimmung mitreißen, es ist erhebend, Teil einer so starken Gruppe zu sein.

Dann würdigt der Ortsvorsitzende der NSDAP in einer kurzen Ansprache die jüngsten Kriegserfolge der Wehrmacht und schwört die Jungs auf ewige Treue zu Deutschland ein. Er spricht von Ehre, Härte, Gehorsam und Kameradschaft als den höchsten deutschen Tugenden. Friedrich läuft es kalt den Rücken runter. Als der NSDAP-Mann seine Ansprache beendet, klatscht er mindestens so wild wie seine Kameraden. Der Kameradschaftsführer tritt nach vorn und ruft laut in die Runde: „Was sind wir?" – „Pimpfe." – „Und was wollen wir werden?" – Soldaten!", antworten alle zusammen, und Friedrich ist besonders laut zu hören, auch wenn er das Wort Pimpf eigentlich nicht mag, weil es so kindisch klingt. Aber hier und jetzt ist er stolz.

„Weil das so ist", ergreift Gruppenführer Wilhelm wieder das Wort, „werden wir nun trainieren. Es gibt zwei Gruppen, und jede Partei bekommt zehn Bändchen. Es ist das Ziel, die Fähnchen der anderen zu erobern. Der Einsatz der Fahrtenmesser ist erlaubt. Aber nur zum Abschneiden der Bändchen. Alles klar?" Dann brüllt er plötzlich: „Was ist denn mit dir los?"

Einer der Jungs, der offenbar nicht richtig zugehört hat, soll wiederholen, was Wilhelm gerade erklärt hat. Er kann es nicht und wird vor versammelter Mannschaft klein gemacht. Es herrscht Totenstille im Raum.

„So, nun macht eure Hakenkreuz-Banderolen am Arm fest. Wir marschieren zum Wald. Trommler voran!“

Friedrich geht in der zweiten Reihe. Unterwegs singen sie, begleitet von der Trommel „Bomben auf Polenland“. Der Refrain gefällt Friedrich besonders gut und er singt aus voller Kehle:

„Kamerad! Kamerad! Alle Mädels müssen warten!

Kamerad! Kamerad! Der Befehl ist da, wir starten!

Die Losung ist bekannt: Ran an den Feind! Bomben auf Polenland!“

Wilhelm nickt ihm wohlwollend zu. Danach singen sie auch noch „Ein junges Volk steht zum Sturm bereit.“ Im Wald angekommen, teilt Wilhelm die Jungs in zwei Gruppen auf. Nach einer halben Stunde schreit der HJ-Kameradschaftsführer, dass alle wieder zum Treffpunkt kommen sollen. Die Gruppe von Friedrich hat 15 Bändchen, die andere nur noch fünf. Alle sehen abgekämpft aus, es hat wilde Raufereien im Wald gegeben.

„Wo ist denn dein Bändchen, Schöller?“ fragt der Gruppenführer mit schneidender Stimme.

„Der Friedrich hat es mir abgenommen.“

„Wie konnte das passieren?“, schreit Wilhelm ihn an. „Was bist du denn für ein Versager? Was meinst du, wie langsam die Wehrmacht in Polen vorankäme, wenn dort nur so Jungs wie du kämpfen würden?“

Der Junge schluckt. Er hat ein verschmiertes Gesicht und eine lange Schürfwunde am Bein. Eine Träne läuft sein Gesicht hinunter.

„Ein deutscher Junge weint nicht, Schöller. Merk dir das für immer, Kleiner. Und was ich gesagt habe, gilt für alle, die sich ihr Bändchen haben abnehmen lassen. Ist das klar?“

„Jawohl, Kameradschaftsführer“, rufen alle.

„Gut gemacht, Plackwitz. Weiter so“, raunt Wilhelm dem neben ihm stehenden Friedrich zu, und der wird rot wird vor Stolz. Dann wendet sich Wilhelm wieder an alle:

„In drei Tagen treffen wir uns wieder, zusammen mit drei anderen Kameradschaften. Dann werden wir richtige Uniformen tragen und lernen, wie wir uns im Einsatz tarnen können. Und wir lernen etwas über den Luftkampf. Und demnächst werden wir erste Übungen an der Waffe und einen Nachtmarsch machen. Mit Marschgepäck und Gasmaske. Ihr wollt ja schließlich tapfere Soldaten werden. Und ihr wollt deutsche Jungs sein, wie der Führer sie sich wünscht: flink wie ein Windhund, zäh wie Leder und hart wie Kruppstahl!“

Friedrich liebt diese Vergleiche und nimmt sich einmal mehr vor, noch mehr Leibesübungen zu machen.

„Also, ertüchtigt eure Körper weiter!“, fährt Wilhelm fort. „Deutschland braucht euch heute – und morgen erst recht! Und seid pünktlich am Freitag. Ist das klar?“

„Jawohl, Kameradschaftsführer“, antworten sie wieder alle wie aus einer Kehle. „Heil Hitler!“ Stramm stehen sie mit erhobenem Arm vor Wilhelm, der sie mit einer kurzen Handbewegung nach Hause entlässt.

In der Humboldtstraße trifft Friedrich auf seinen Vater, der aus der anderen Richtung kommend nach Hause geht. Er winkt ihm zu und wartet. Stolz berichtet er von seinen Kämpfen und dass er mehreren Jungs das Bändchen abgenommen hat. Dass sie bald Uniformen bekommen und schießen lernen. Sein Vater sieht nicht besonders glücklich aus, als er die begeisterte Schilderung hört. Ihm fehlt einfach das Verständnis für Stolz und Ehre, denkt Friedrich. Eher sieht er so aus, als müsse er sich dazu zwingen, ruhig zu bleiben.

„Glaub bitte nicht, dass der Krieg wirklich so herrlich ist, wie dein Gruppenführer euch weismachen will, Friedrich. Es geht um töten und getötet werden dabei“, sagt sein Vater nur. Friedrich fühlt sich bestätigt. Vater ist wirklich überhaupt nicht auf dem Laufenden.

Bevor er ihm antworten kann, kommt auch Elise um die Ecke, sie umarmt den Vater flüchtig und erzählt vom Sportfest, auf dem sie mit den Mädchen der Schule den ganzen Tag verbracht hat. Beim Laufen und Weitspringen war sie wie immer sehr gut, doch beim Schlagballwerfen nur Mittelmaß. Und das, obwohl ihr Onkel Herbert vor zwei Jahren extra einen Schlagball zum Üben geschenkt hat. Sie hat ihn aber kaum benutzt, das Werfen macht ihr keinen besonderen Spaß, weiß Friedrich.

Sie schaut ihren Vater an und sagt: „Heute ist es ja noch einmal richtig warm gewesen. Aber unser Sportlehrer hat gesagt, es könnte im Katzbachgebirge schon bald Schnee geben. Ich freue mich schon darauf, mit den Skiern durch die Wälder zu fahren. Auch Eislaufen möchte ich gern in diesem Winter wieder. Meinst du, ich könnte mir neue Schlittschuhe kaufen?"

Vater zögert. „Nun, die Alten werden dir ja kaum noch passen. Du bist ja mächtig gewachsen im letzten Jahr."

Mächtig gewachsen ist etwas anderes, denkt Friedrich, denn seine Schwester ist gerade einmal 1,59 Meter groß.

Sie erklärt dem Vater: „Die alten Schuhe sind mir viel zu klein. Schon im letzten Winter haben sie gedrückt."

„Ich könnte auch welche gebrauchen", meint Friedrich. „Elises passen mir auch nicht. Meine Füße sind inzwischen größer als ihre."

„Dann werden wir mal bei Schuster Böhme schauen, ob wir passende Schlittschuhe für euch finden."

„Danke, Vati. Das ist wirklich großzügig von dir", freut sich Elise. „Der Winter hier in Schlesien ist aber auch wirklich etwas Besonderes. Wir haben in Erdkunde gelernt, dass es im Ruhrgebiet und im Rheinland manchmal sogar im Dezember und Januar fast gar keinen Schnee gibt. Das kann ich mir gar nicht vorstellen. Was haben wir für ein Glück, dass wir hier leben dürfen." Friedrich freut sich zwar auch auf neue Schlittschuhe, findet Elises überschwänglichen Ausbruch aber etwas peinlich.

Zu dritt gehen sie ins Haus. Plötzlich fragt Elise: „Vati, meinst du, ich kann mir bald die Zöpfe abschneiden lassen?"

„Wie kommst du denn darauf?"

„In der Schule sagen die Jungs, dass es kindisch aussieht, wenn ich in meinem Alter mit geflochtenen Zöpfen herumlaufe. Und wenn ich bald in die Tanzschule gehe, möchte ich nicht wie ein Kind aussehen."

„Das ist doch Unsinn, den Heranwachsende so von sich geben, Elise. Und meine Antwort ist ganz klar: Die Zöpfe stehen dir gut, und sie bleiben selbstverständlich dran."

Das war wieder so eine endgültige Antwort. Friedrich versteht seinen Vater manchmal nicht. Er weiß, dass seiner Schwester die Sache mit den Zöpfen wichtig ist. Aber Vati lebt irgendwie in einer anderen Zeit. Das merkt man ja auch an seiner Haltung zur HJ und zur Wehrmacht.

Auch seine Schwester scheint zu spüren, dass eine weitere Diskussion mit Vater wenig Sinn hätte, sie schweigt. Aber innerlich wird sie kochen, vermutet er und kann sehen, wie sie die Zähne aufeinanderpresst und eine Hand heimlich zur Faust ballt. In ihrer Hilflosigkeit schießen ihr sogar Tränen in die Augen. Typisch Mädchen.

Kapitel 11

1962

Robert Schäfer greift zur Whiskey-Flasche in der oberen Schreibtischschublade und füllt das bauchige Glas zu etwa einem Viertel voll. Zufrieden und entspannt lehnt er sich in seinem Bürostuhl zurück. Nicht immer kann er als Ministerialdirigent im Bundesjustizministerium Gesetzentwürfe aus seinem Haus so zerpflücken, dass der vorgelegte Text auf Monate hinaus nicht den Hauch einer Chance zur Verwirklichung haben dürfte. Diesmal war es einfach, vieles las sich wie mit heißer Nadel gestrickt, und da war es ein Leichtes, mit Anmerkungen und Fragen so richtig Unruhe zu stiften. In den Stellen über ihm wird es ein Hauen und Stechen geben.

Genießerisch führt er das Glas zum Mund, steckt seine Nase tief hinein. Das Aroma des Whiskeys beginnt sich zu entfalten.

Immer wieder kommt diese Entschädigungsfrage auf seinen Tisch. Schäfer versteht gar nicht, was das soll. Deutschland ist doch mit dem verlorenen Krieg mehr als genug gestraft worden. Warum soll es dann noch den angeblichen Opfern mit ihren Wiedergutmachungsspezialisten Geld zahlen? Auf diesen Zug will doch dann jeder aufspringen. Die jüdischen Verbände und der Staat Israel haben schon riesige Entschädigungen erhalten. Irgendwann muss es auch mal gut sein. Jedenfalls seiner Meinung nach.

Die wirklichen Opfer des Krieges sind für ihn diejenigen, die ein Schicksal wie er selbst erlitten haben. In jungen Jahren hat er sich hochgearbeitet bis zum Gerichtsdirektor in Jauer, dort galt er auch in den Kriegsjahren als unabkömmlich, so dass er nicht an der Front im Einsatz war. Kurz vor Ende des Krieges musste er dann vor den Russen flüchten. Unbequem war das, im Wehrmachts-Konvoi. Ihm graust es heute noch. Weite Teile seines Hab und Gutes musste er zurücklassen, bis heute gibt es für ihn keine Chance, den alten Besitz in der schlesischen Heimat wiederzuerlangen. Und das Lastenausgleichsgesetz – an dem er natürlich selbst mitgeschraubt hat – ist in seinen Augen zwar besser als nichts, aber doch nur ein Tropfen auf den heißen Stein. Jetzt sollen die Vertriebenen Nachweise über ihre Verluste erbringen. Wie, bitte schön, soll das denn außer in Ausnahmefällen möglich sein? Er hat versucht, möglichst dehnbare Regeln in das Gesetz zu bekommen. Zum Teil ist das auch gelungen. Aber vieles wird einfach ungerecht bleiben. Schäfer spürt, dass bei diesen Gedanken die Wut in ihm hochkommt. Gut, dass er in einem Monat in den Ruhestand geht. Er ist dann auch schon 68 Jahre alt.

Er trinkt einen Schluck. Der Whiskey tut gut.

Seine Sekretärin kommt herein. Schon wieder. Das junge Ding mit ihrem Kostüm und der kleinen Jacke ohne Kragen. Mit ihren viel zu hohen Absätzen kann sie kaum laufen. In der Hand hat sie einen Berg mit Akten.

„Ein wichtiges Rundschreiben des Ministers, Herr Schäfer", sagt sie und legt eine Mappe auf seinen Tisch.

Fast berührt sie dabei sein Glas. Er wirft ihr einen eiskalten Blick zu. Das hat schon früher oft Wunder bewirkt.

„Ich gehe ja schon." Ohne ein weiteres Wort verlässt sie sein Büro.

„Wichtiges Rundschreiben", murmelt er vor sich hin. „Was geht mich das noch an?"

Er legt die Mappe beiseite. Vielleicht wird er morgen einen Blick darauf werfen. Oder auch gar nicht mehr. Was wichtig ist oder nicht, hat er immer noch selbst festgelegt. Zumindest meistens.

Er nimmt sein Glas, schüttelt es etwas, um das Aroma des Whiskeys aufzufangen. Wieder hält er die Nase über das Glas. Ein richtig guter Tropfen.

Nicht immer ging es ihm so gut wie jetzt.

Er denkt zurück an die Flucht aus Jauer Anfang Februar 1945, als die Russen kurz vor der kleinen Stadt im Katzbachgebirge standen. Mit der ganzen Familie ist er mit seinem Auto zwischen den Lastwagen der Wehrmacht gefahren und so gerade noch heil aus der Stadt hinausgekommen. Auf die ersten Monate im Flüchtlingslager folgte eine unwürdige Unterkunft bei einer Bauernfamilie in Niedersachsen. Demütigend. Fast noch schlimmer als die Aufgabe der Heimat aber war für ihn die Zeremonie der Entnazifizierung mit der folgenden Ablehnung als Richter durch die Alliierten, nur weil er in Jauer auch nach 1933 – und das mit Überzeugung – für das Vaterland Recht gesprochen hat. Also blieben ihm nach der Ankunft in Niedersachsen nur Übergangsjobs, unter anderem in der Anwaltskanzlei eines Bekannten, bis ihn endlich der Anruf eines schlesischen Freundes erreichte, der ihn ins Justizministerium nach Bonn lotste. Sie kannten sich von früher aus der NSDAP, und nun wurden sie mit ihrem Fachwissen und ihrem Organisationstalent gebraucht, um die Rechtsnormen der jungen Demokratie mit aufzubauen.

Von Bekannten hat er schon mehrfach gehört, wie fordernd so manches angebliche Opfer der Nationalsozialisten auftritt und Entschädigungen verlangt. Viele Kameraden von früher, unter ihnen gut ausgebildete Juristen, haben es anders als er nicht bis ins Ministerium geschafft, einige mussten sich in den Wiedergutmachungsstellen mit Entschädigungsanträgen von Juden und anderen vermeintlichen Opfern der Diktatur herumschlagen. Gut, dass ihm so etwas erspart geblieben ist. Schäfer seufzt erleichtert. Diese Juden glaubten wohl tatsächlich, ohne jeden Nachweis zehntausende von D-Mark aus dem deutschen Staat herauspressen zu können. Und dabei haben sie sogar einige namhafte Politiker – vor allem solche mit sozialdemokratischem Parteibuch natürlich, aber nicht nur – auf ihrer Seite. Ihm wird übel, wenn er daran denkt.

Zum Glück konnten sie sich aber auch nur sehr begrenzt mit ihren Forderungen nach großzügigen Regelungen durchsetzen –

auch dank ihm und seiner Kollegen im Ministerium, die letztlich die Gesetzentwürfe ausarbeiteten und dabei so viele Hindernisse wie möglich einbauten. Schließlich war das, was heute Verfolgung genannt wird, damals offizielle Politik und entsprach dem Zeitgeist – wozu also Entschädigungen? Werden die Vertriebenen etwa für die Politik Adenauers oder die unsägliche Haltung der SPD entschädigt?

Einige der juristisch verschlungenen Hindernisse haben es in das Bundesergänzungsgesetz geschafft, das im September 1953 in Kraft getreten ist. Es wurde damals ziemlich überstürzt verabschiedet, und das bietet immer die besten Voraussetzungen, möglichst viele Fallstricke einzubauen, um die Gesetzeslage vage zu lassen und eine jahrlange Rechtsprechung zu provozieren. In der Folge wurden zahlreiche Anträge gar nicht oder nur langsam bearbeitet. Außerdem konnte so ein viel umfangreicheres Entschädigungsgesetz verhindert werden, das tatsächlich einige Politiker ins Auge gefasst hatten. Schäfer blickt zufrieden auf den Tisch vor ihm, den er bald räumen wird. Er geht zum Fenster und schaut auf die beschauliche Umgebung des Ministeriums. Eine richtige Hauptstadt ist Bonn nicht und wird es wohl nie werden. Er wünscht sich, dass Berlin schon bald wieder die Hauptstadt Deutschlands in früherer Größe sein wird.

In seine Gedanken hinein klingelt das graue Telefon auf dem schlichten, hellbraunen Schreibtisch. Am Apparat ist Walter Reichel, ein Freund. Früher in Schlesien kannte er ihn nur flüchtig, jetzt, in der Bundesrepublik Deutschland steht er ihm recht nahe, weil sie beide von der Vertriebenenpolitik Adenauers enttäuscht sind und auch von seinem wahrscheinlichen Nachfolger Ludwig Erhard keine Besserung erwarten. Über die alte Breslauer Studentenverbindung haben sie sich näher kennengelernt. Man hilft sich halt. Gerade in den ersten Jahren nach Gründung des neuen westdeutschen Staates ist das sehr wichtig gewesen und hat so manchem aufrechten Deutschen eine gute Stelle und ein vernünftiges Auskommen gesichert. So wie ihm selbst.

„Walter, schön, dass du dich meldest. Wie geht es dir?", fragt Schäfer. Dann erzählt er, dass es seiner Frau und den beiden Jungs gut geht und er selbst bald pensioniert wird: „Weißt du, ich freue mich darauf. Die Abende im Ministerium sind lang, und die Arbeit ist oft zäh. Trotzdem bin ich stolz auf das, was ich in meinem Leben geleistet habe."

„Das kannst du auch", erwidert Reichel. „Denk nur allein an deine Arbeit für die Entschädigungen der Schlesier. Die wird dir niemals jemand von uns vergessen. Ich habe übrigens gestern meinen Bescheid erhalten, deshalb rufe ich an. Für mein Geschäft in Breslau bekomme ich etwas mehr als 40.000 D-Mark. Für das Haus meiner Eltern wurden vorher auch schon knapp 24.000 Mark bewilligt. Das ist nicht viel, aber es ist doch besser als nichts. Zusammen mit dem, was ich verdiene, kann ich nicht klagen. Aber das Problem ist ja anders gelagert: Ich will zurück und nicht so halbherzig für den Verlust entschädigt werden. Ich werde Neuss niemals als Heimat ansehen können."

Schäfer hört Reichel am Telefon keuchen und weiß, dass sein Freund jetzt schwitzt und rot anläuft. Reichel könnte souveräner auftreten, findet er. Mit dem Übergewicht und den ständig verschwitzten Hemden wirkt er manchmal etwas unbeholfen. Dabei kann er sich das im Grunde nicht leisten. Reichel ist inzwischen Funktionär, Vorsitzender der Landsmannschaft Schlesien und im Vorstand des Bundes der Vertriebenen. Er wird noch gebraucht.

Die Beträge, die Reichel aus dem Lastenausgleich bekommt, erscheinen Schäfer hoch. Er weiß, dass sein Freund den Grundbucheintrag des Amtsgerichts Breslau geschönt hat, sonst wäre er vermutlich leer ausgegangen. Denn der Erwerb des Hauses und die Übernahme des Geschäfts Ende 1938 von einem jüdischen Vorbesitzer wäre den Behörden womöglich fragwürdig erschienen, also hat er ihn wohl nachträglich mit ein paar Tricks vordatiert. Verurteilenswert findet Schäfer das nicht: Die Juden können doch froh sein, für ihren Laden überhaupt Geld bekommen zu haben. Man hätte ihn ja auch einfach beschlagnahmen können.

Wir sind abgereist. Ein Bauer fuhr uns zum Bodenbacher Bahnhof. Wir waren eine Karawane von 17 Leuten mit den seltsamsten Gefährten und recht viel Gepäck. Kaum am Bahnhof angekommen, kamen die ersten Russen und Tschechen, um unsere Sachen auf Uhren, Schmuck und Eßwaren hin zu durchwühlen. Ich konnte mich mit meinem Rucksack und meiner Aktentasche so geschickt durch das Gewühl schlängeln, daß ich jeder Durchsuchung entging. Andere, die Leiterwagen oder selbst gebaute Bollerwagen hatten, entkamen dem nicht und wurden Kleidung, Brot, Kuchen oder Konserven los.

Die Gerüchte überstürzten sich. Schließlich hieß es, die Flüchtlinge aus Schlesien hätten keine Möglichkeit mehr, vom Bahnhof wegzukommen und sollten versuchen, einen Dampfer zu benutzen. Ehe wir aber unser Gepäck nehmen konnten, fuhr ein Zug nach Schandau ein, den wir glücklich entern konnten. Doch von Schandau und Dresden gingen überhaupt keine Züge nach Schlesien, weil wohl alle Brücken gesprengt sind. Ein Verwundetenzug lief ein; die deutschen Soldaten wurden abgeladen und im strömenden Regen auf Elbdampfer getragen.

Plötzlich waren wieder Russen da und fragten nach Uhren. Zuerst wurde meine Wandertasche durchsucht, danach die Aktentasche und schließlich der Mantel. Ein Russe steckte mein Taschenmesser ein. Später konnten wir in einem Gasthof in der Nähe unterkriechen und dort auf dem Boden übernachten. Auf Decken lagen wir nebeneinander ausgestreckt und wachten am Morgen mit zerschlagenen Gliedern auf. (24. Mai 1945)

Viele hundert Kilometer von Robert Schäfer entfernt brütet Hubert Blumenthal in London über dem Bescheid einer deutschen Wiedergutmachungskammer. Der Sohn des früheren Amtsgerichtsdirektors in Jauer, selbst ein Mann mit guten juristischen Kenntnissen, kommt mit dem Papier nicht zurecht. Weder für das verlorene Grundstück mit Haus in Jauer noch für Lebensversicherungen, Sparbücher und entwendete Kunstwerke seiner Eltern hat er einen positiven Bescheid bekommen. Die Ermittlungen seien noch im Gange und die Sachverhalte nicht geklärt, heißt es zu allen Punkten. Mal seien die Unterlagen der Bank nicht verfügbar, mal die Sach- und Rechtslage bisher nicht zu klären gewesen. Selbst der Tod seines Vaters in einem Konzentrationslager der Nationalsozialisten führte bislang nicht zu einer Entschädigungszahlung. Die genaue Todesursache habe bisher nicht geklärt werden können, und die polnischen Behörden hätten die notwendigen Akten nicht zur Verfügung gestellt, so dass man nicht wisse, ob Leopold Blumenthal als Jude oder wegen einer kriminellen Handlung inhaftiert worden sei. Man werde aber weiter forschen, teilten die Behörden mit. Behörden der Bundesrepublik Deutschland von 1962 wohlgemerkt.

Blumenthal spürt, wie Wut und Ohnmacht in ihm hochsteigen. Wieder einmal schmerzt sein Bauch. Dieses verfluchte Magengeschwür. Er sollte mehr auf seine Gesundheit achten.

Er weiß, dass sich sein Vater weigerte, nach der Festnahme auf sein vollständiges Vermögen zu verzichten. Auf keinen Fall wollte er den Nazis eine Vermögensabgabe zahlen. Deshalb konnte er, anders als weitblickendere Juden zu seiner Zeit, Deutschland nicht verlassen, sondern landete im Lager. Er fühlte sich völlig unschuldig, was er ja auch war. Und offenbar hatte er fälschlicherweise immer noch Vertrauen in die deutsche Justiz gehabt und mit seiner Freilassung gerechnet. Eine fatale Fehleinschätzung.

Deutschland 1938. Hubert sieht sich in Jauer als 14-Jährigen, in der Schule ausgegrenzt, als Jude verspottet. Freunde hatte er keine, wer wollte schon mit einem Juden zusammen gesehen werden. Sein Vater war schon lange nicht mehr am Gericht. Kurz nach der Machtübernahme der Nazis wurde er aus dem Dienst entfernt. Eine Weile konnten sie sich noch durchschlagen, dann die überhastete Ausreise mit der Mutter nach England. Vater blieb allein zurück, wurde nach den Novemberpogromen inhaftiert. Und kam nie wieder auf freien Fuß.

Die Mutter hat die Trennung und den Tod des Mannes nie verwunden. Eingegangen wie eine Primel ist sie, so sagt man wohl. Vor vier Jahren viel zu jung an Einsamkeit gestorben. Auch er selbst hat in London nicht richtig Fuß gefasst. Freunde? Fehlanzeige. Auch heute noch. Hubert gilt bei seinen Kollegen im Büro der großen Versicherung als Eigenbrötler. Unverheiratet. Kinderlos. In Deutschland hätte man ihn wohl als Hagestolz verspottet. Oder noch schlimmere Worte gefunden.

Deutschland, wie weit weg das klingt! Eine Rückkehr in das Land der Verfolger kommt für ihn nicht in Frage. Auf keinen Fall. Aber auch nach Israel möchte er, anders als zahlreiche Juden seiner Generation, nicht ausreisen. Also wird er wohl in London bleiben. Sich in der Anonymität der riesigen Großstadt verstecken. Und seine Probleme und seine Geschichte für sich behalten.

Sein Blick fällt wieder auf den vor ihm liegenden Bescheid. Wenn er als fast 40-jähriger Nachfahre eines Verfolgten so hilflos den Ungereimtheiten der deutschen Rechtsprechung ausgeliefert ist, wie mag es dann heute 70- oder 80-Jährigen ergehen, die mit Glück die Konzentrationslager überlebt haben?

Dabei ist der Fall für Hubert Blumenthal völlig klar: Sein Vater Leopold ist im Konzentrationslager Groß-Rosen in Schlesien durch die Arbeit im Steinbruch zermürbt und schließlich getötet worden. Der Todesfall ist in Akten dokumentiert, die harte Arbeit haben Überlebende eindringlich geschildert. Über die Lebensversicherungen und Bankguthaben der Eltern liegen ihm Abschriften und auch einige Originalquittungen aus den 30er Jahren vor. Sein Vater konnte die Verträge und sein Vermögen wegen Verfolgung und Inhaftierung nicht weiter pflegen. Seiner Mutter und ihm gelang es nur ganz wenige Unterlagen und Papiere der Familie nach England mitzunehmen. Mehrere Werke aus der Kunstsammlung mussten sie unter Preis verkaufen, um die Bahn- und Schiffsreise nach England zu bezahlen. Andere Bilder sind mit dem Haus verloren gegangen, als der Vater festgenommen wurde. Das Haus in Jauer hat kein Mitglied der Familie jemals wieder betreten. Die Kunstwerke, darunter einige recht wertvolle Ölbilder, sind bis heute verschollen.

Für die deutschen Behörden ist die Sachlage allerdings längst nicht so eindeutig. Die Rückerstattungssache Blumenthal versus

Deutsches Reich ist ihrer Ansicht nach noch nicht entscheidungsreif. Blumenthals Anwalt in Frankfurt am Main ist der Ansicht, dass die Anträge der NS-Verfolgten auf Entschädigung absichtlich langsam und besonders kleinlich bearbeitet werden. Er hat aber versprochen dranzubleiben, auch wenn es noch Jahre dauern sollte.

Kapitel 12

2013

Er lässt das Telefon fünf oder sechs Mal klingeln, erst dann geht an der anderen Seite jemand dran: „Eva Klein."

Andreas wundert sich immer noch darüber, dass seine Schwester den Nachnamen ihres Ex-Mannes auch nach der Scheidung beibehalten hat. Von diesem Schmierlappen. Ein biederer Bankangestellter mit esoterisch-verquastem Blick auf die Welt. Unzuverlässig und an seinen Mitmenschen nicht interessiert. Dabei extrem schleimig. Andreas hat nie verstanden, warum Eva den jemals heiraten konnte. Sie selbst vermutlich inzwischen auch nicht mehr.

„Hallo Eva, hier ist Andreas."

Bis zum Abendessen saß er am Krankenhausbett, hat seiner Mutter bei der Mahlzeit etwas geholfen und sich dann notiert, was er beim nächsten Besuch alles mitbringen soll. Danach ist er in Elises Haus nördlich von Münsters Innenstadt zurückgekehrt. Jetzt also der Anruf bei seiner Schwester.

„Na, dass du dich auch mal meldest, ist ja toll," begrüßt sie ihn. „Ich überlege schon seit Tagen, was es wohl Neues von Mutti gibt. Sie geht nicht mehr ans Telefon."

„Ich habe gerade erst mit dem Arzt gesprochen", sagt Andreas und beachtet Evas vorwurfsvollen Ton nicht weiter. Dann berichtet er ihr von der niederschmetternden Krebsdiagnose – Eva sagt erst einmal gar nichts mehr. Also spricht er weiter und erwähnt, dass die Mutter unbedingt zurück in ihr Haus möchte.

„Das wäre natürlich am besten", meint Eva schließlich. „Aber du meinst, das geht nicht?"

„Sie ist unheilbar krank. Der Arzt hat von einem Heimplatz oder sogar von einem Hospiz gesprochen."

„Was?“, empört sich Eva. „Das wirst du ja wohl nicht mitmachen. Du kannst sie doch nach Bonn holen. Sie hat mir schon oft erzählt, dass sie am liebsten bei dir wohnen würde.“

„Wie stellst du dir das denn – bitte schön – vor? Ich arbeite den ganzen Tag. Und Heike hat ihr Büro bei uns im Haus. Sie kann nicht nebenbei die Vollzeitpflege einer todkranken Frau leisten. Das ist völlig unrealistisch.“

Schweigen auf der anderen Seite. Andreas hört ein Rascheln und vermutet, dass seine Schwester wieder einmal schaufelweise Gummibärchen und Schokoladenplätzchen in sich hineinschüttet. Als Kinder wurden sie mit Süßigkeiten ziemlich knapp gehalten, und Eva hat anscheinend bis heute Nachholbedarf.

„Wie kommst du eigentlich darauf, dass sie in Bonn leben will?“, fragt er. „Mutti möchte doch in Münster bleiben, weil dort ihre ganzen Freundinnen leben. Das sind doch immer ihre Worte gewesen.“

„Mutti hat es mir halt gesagt. Aber sie traut sich nicht, mit dir darüber zu sprechen.“

Andreas verdreht die Augen. Eva kann nerven. Aber so richtig. Trotzdem: Ruhe bewahren. „Du weißt doch selbst, wie sehr sie an ihrem Haus in Münster hängt, Eva. Sie hat mir heute klipp und klar gesagt, dass sie ihr Haus freiwillig nicht verlassen wird. Für sie gibt es da gar keine Diskussion.“

„Und ich glaube, dass du dir das einredest, damit du nicht mit Heike und deiner Familie besprechen musst, ob, wann und wie ihr sie nach Bonn holen könnt.“

Andreas stöhnt leise auf. Er hat schon länger den Eindruck, dass Eva die Verantwortung für die Mutter gern auf ihn allein abwälzen würde. Ihr Job beim Optiker mag anspruchsvoll und arbeitsintensiv sein. Trotzdem kann sie sich nicht vollständig rausziehen. Allerdings hat sie mit ihren Anmerkungen einen heiklen Punkt angesprochen. Andreas ist auch klar, dass ein Umzug Elises nach Bonn eine von mehreren Möglichkeiten ist. Und in der Tat muss er das schon bald mit seiner Familie besprechen.

„Was ist los? Bist du noch dran?"

Er wird unsanft aus seinen Gedanken gerissen. „Ja, natürlich. Wie auch immer, wir müssen jedenfalls in den nächsten Tagen eine Lösung finden. Das kann ein Heimplatz sein oder eine Ganztagsbetreuung in ihrem Haus in Münster oder eventuell auch ein Umzug nach Bonn – oder doch nach Leverkusen? Du bist ja schließlich auch noch da." Diese Bemerkung kann er sich dann doch nicht verkneifen.

„Du spinnst." Seine Schwester ist mal wieder ziemlich direkt. „Wie soll das denn gehen? Ich lebe allein und bin berufstätig. Du weißt, dass mein Chef erwartet, dass ich immer im Laden bin. Auch samstags haben wir geöffnet. Das wissen Leute wie du überhaupt nicht, dass wir auch samstags arbeiten müssen. Wie soll ich da auch noch Mutti pflegen? Denk doch mal nach: Du bist nicht allein, du hast Familie, die mit anpacken kann, und sie will zu euch und nicht zu mir. Also lenk nicht ab."

Diesmal bevorzugt er es, nichts zu sagen.

Nach kurzem Zögern fügt Eva hinzu: „Du willst sie nicht bei dir, oder?"

Andreas ignoriert auch diese Bemerkung und versucht weiterhin, ruhig zu bleiben. „Dr. Michels sagt, er könne für Mutter im Krankenhaus nicht mehr viel tun. Das heißt, dass er vermutlich bald das Bett freibekommen will. Es gibt also viel zu tun, Pflegeeinrichtungen anschauen zum Beispiel. Am besten ist ab sofort immer jemand in Münster. Um Mutti zu besuchen, aber auch um Dinge zu regeln. Sie ist nicht zu Hause, die Post stapelt sich: Briefe, Rechnungen und so weiter. Das kann sie alles nicht mehr bewältigen. Auch müssen wir vermutlich eine Pflegestufe für Mutti beantragen. Da sind wir gefragt. Wir – nicht ich allein."

„Du weißt, dass ich von Abrechnungen und so einem Kram keine Ahnung habe."

„Wir müssen die Aufgaben halt aufteilen. Jetzt sei doch nicht so stur. Was zum Beispiel könntest du denn in die Hand nehmen?"

„Ich habe bald Urlaub. Da ich eh nicht wegfahre, kann ich

nach Münster fahren und mich um Mutti kümmern, Laufen üben und so."

„Das ist schon mal gut. Ich kümmere mich von mir aus um den Bankkram. Aber ich kann nicht alles allein machen, das siehst du doch wohl ein. Wann genau hast du denn frei?"

„Ab Mittwoch für zwei Wochen."

Es ist Freitag Abend. Also sind erst einmal nur ein paar Tage zu überbrücken.

„Also gut", sagt er: „Ich bleibe bis Sonntag hier. Es wäre gut, wenn du am Mittwoch nach Münster kommen könntest."

„Das hatte ich sowieso vor. Wer weiß, wie oft ich Mutti noch sehen kann?" Eva wirkt genervt. „Lass uns einfach telefonieren. Dann sehen wir weiter. Und regel alles schön ordentlich, mein kleiner Bruder. Bis bald."

„Mach's gut, Eva." Andreas legt auf. Seine Schwester strengt ihn an. Er ist sauer, weil sie die Arbeit einfach ihm überlässt. Manchmal könnte er ihr eine reinhauen. In Gedanken zumindest.

Er richtet sich darauf ein, dass er die wichtigen Informationen in den nächsten Tagen allein einholen und die dringenden Entscheidungen weitgehend im Alleingang fällen muss. Anschließend wird Eva dann bestimmt meckern. Alle Entscheidungen falsch finden. Grauenhafte Aussichten. Aber da muss ich jetzt wohl durch, denkt er.

Dass diese Situation auf ihn zukommen würde, hat er schon lange befürchtet. Doch im Vorfeld geregelt hat er sie nicht, trotz mehrerer halbherziger Versuche, das Thema bei seiner Mutter und seiner Schwester anzusprechen. Nun steckt er plötzlich mittendrin, und eigentlich ist nichts geklärt, außer dass ein paar fromme Worte ausgetauscht wurden. Ihm steht verdammt viel Arbeit bevor. Und seine Familie will ihn vielleicht ja auch noch mal sehen. Die Arbeit nicht zu vergessen. Und seine Freunde? Ach ja, Freunde gibt es auch noch.

Andreas geht zum Schrank und sucht ein altes Fotoalbum heraus. Elise und Theo, mal allein, mal mit Eva und ihm, zu Hause, bei Verwandten, im Urlaub. Eva ist drei Jahre älter als er, und er ist ihr deshalb in der Kindheit immer etwas hinterhergehinkt. Sie schwärmte schon für Mick Jagger, da schaute er noch die Hitparade mit Dieter-Thomas Heck. Sie rauchte schon, da spielte er noch den ganzen Tag Fußball auf der Straße. Selbstverständlich haben sie auch zusammen gespielt, na klar, zumindest bis Eva so etwa 13 oder 14 Jahre alt war und den kleinen Bruder plötzlich nicht mehr dabei haben wollte. Er beginnt Erinnerungen auszupacken, sieht vor sich, wie er mit ihr an der Nordsee im Strandkorb sitzt. Er blättert etwas und findet die Bilder. 1972. Sie schwimmen, spritzen sich im Wasser gegenseitig nass, bauen eine Sandburg, schreiben mit Muscheln das Wort „Münster“ in den Sand. Sie hatten auch Spaß zusammen. Durchaus. Später, in der Pubertät, hat sie den Ärger, den sie mit den Eltern hatte, an ihm ausgelassen, ihn grundlos angeschrieen oder weggestoßen. Damals schwer zu verstehen. Heute immer noch, aber vielleicht ein bisschen nachvollziehbar.

Warum jedoch sein Verhältnis zu Eva seit langem recht distanziert ist, kann das nicht erklären. Er kann auch sonst keinen Grund dafür benennen. Ein richtiger Bruch in ihrer Beziehung ist ihm nicht erinnerlich, auch wenn Eva nach ihrem 18. Lebensjahr einige Dinge gemacht hat, die er nicht nachvollziehen konnte und kann. Mit der Zeit ist die Herzlichkeit zwischen den beiden verloren gegangen. Eva lebt allein und ziemlich zurückgezogen. Die gescheiterte Ehe. Die fehlenden Kinder. Sie hat Andreas mal gesagt, sie könne sein zur Schau gestelltes Familienglück nicht ertragen. Eifersüchtig und missmutig hat sie zugesehen, wenn er mit seinen Kindern spielte. Dumme Kommentare. Die gegenseitigen Besuche sind daraufhin immer seltener geworden.

Er greift wieder zum Telefon und freut sich auf die Stimme seiner Frau, die die Welt für ihn immer in ein schöneres Licht tauchen lässt. Dennoch holt ihn nach der Begrüßung schnell die Ernüchterung ein: „Von hier gibt es leider nichts Gutes zu berichten. Es ist noch viel schlimmer als ich bisher befürchtet habe“, sagt er und erzählt ihr von der neuesten Diagnose des Arztes. Als er Heike mittags zu erreichen versuchte, war sie unterwegs und hatte ihr Handy wohl nicht gehört. Danach hatten sie kurz zwei SMS ausgetauscht, aber die Diagnose ließ er da unerwähnt.

„Dann musst du in Münster bleiben. Dort wirst du jetzt gebraucht. Wir kommen hier schon klar“, sagt sie.

Wie gern hätte er seine Frau umarmt für diese Worte. Den Duft ihrer Haut dabei ganz tief eingesogen.

„Das weiß ich“, sagt er. „Aber ich möchte euch sehen; sonst habe ich bald keine Kraft mehr, um das alles auszuhalten. Ich bin jetzt schon ziemlich mit den Nerven am Ende. Außerdem muss ich auf der Arbeit ein paar Sachen klären. Am Sonntag komme ich erst einmal nach Bonn. Vielleicht lässt sich ja auch einiges von zu Hause aus klären. Und ab Mittwoch kann Eva in Münster sein.“

Sie sprechen noch eine Weile über Elises Situation, über die bevorstehenden Aufgaben und über eine mögliche Arbeitsteilung mit Eva. Dann berichtet Heike noch das Neueste von Jonas und Laura.

Jonas macht ihm etwas Sorgen. Er kifft sehr viel, macht keine Anstalten auszuziehen und sein Leben selbst in die Hand zu nehmen. Statt für sein Studium scheint er sich vor allem für eine Zukunft als Rapper zu interessieren. Dabei ist er doch schon viel zu alt für solche Ideen. Bei YouTube hat er ein paar Filme mit Songs und eigenen Texten hochgeladen. Ganz kreativ, zugegeben, aber das Gangster-Image wirkt bei ihm als wohlbehütetem Bürgersohn doch allzu arg aufgesetzt. Kann er ja machen, wie er will, denkt Andreas, aber es ist anstrengend, wenn er sich gleichzeitig von seinen Eltern durchfüttern lässt und nicht einmal seine Wäsche selbst wäscht. Auch Heike wirkt am Telefon durchaus genervt.

Laura macht nächstes Jahr ihr Abitur, und so wie es aussieht, dürfte es dabei keine größeren Probleme geben. Sie könnte aber ruhig etwas mehr lernen, meint Heike. Vielleicht hat sie recht, denkt Andreas, aber wenn er an seine eigene Schulzeit zurückdenkt, kann er seine Tochter verstehen. Sie wird schon mit einem passablen Ergebnis durchkommen, genauso wie er früher.

Nachdem er aufgelegt hat, streicht Andreas etwas orientierungslos durch das leere Elternhaus, sortiert die eingegangene Post und die Zeitungen, die sich seit Tagen ungelesen stapeln. Furchtbar, diese Leere. Die Einsamkeit. In seinem Innern tut sie weh. Sehr weh. Früher war das Haus lebendiger, auch wenn es noch zu weiten Teilen wie in seiner Kindheit aussieht, die ja nun auch schon länger zurückliegt. So wie jetzt war es noch nie. Dass er hier allein herumläuft, macht ihm viel mehr zu schaffen als er vorher gedacht hat. Der absehbare Verlust der Mutter. Er fürchtet sich davor. Was wird aus ihm? Bald wird er zur ältesten Generation der Familie gehören – genauer gesagt, zu der, die als nächste sterben wird.

Er spürt wieder diese tiefe Beklemmung in seinem Brustkorb. Was wird mit seinem Elternhaus passieren, wenn Mutter stirbt? Schon bald wird diese ihm so wohlbekannte Umgebung vermutlich weg sein. Er wird jedenfalls nicht nach Münster ziehen, Eva auch nicht. Ein Stück Kindheit wird einfach verschwinden. Keine frischen Erinnerungen mehr beim Anblick der – bei aller Enge – eben doch vertrauten Sachen im Haus. Nie mehr Besuche bei der Mutter.

Herzklopfen. Einmal mehr diese diffusen Angstgefühle, die ihn gelegentlich überkommen und die er sich nicht erklären kann. Manchmal kann er nachts nicht schlafen und grübelt stundenlang. Wo mag diese Unsicherheit herkommen, die manchmal sein Leben ohne erkennbaren Grund bestimmt? Stunden-, ja tagelang. Dieses Sehnen nach Geborgenheit, obwohl ihm ja nichts fehlt? Gerade in jüngster Zeit nehmen die Ängste wieder überhand.

Er muss sich beschäftigen, Ablenkung ist das Einzige, was hilft.

Andreas öffnet den Sekretär neben dem Klavier, das seit Jahren niemand mehr benutzt hat. Hier vermutet er die Kontoauszüge, die er gründlich durchforsten will. Tatsächlich findet er einige sorgfältig sortierte Mappen: 2013, 2012, 2011 und 2010. Jeder einzelne Auszug ist korrekt abgeheftet. Er legt die Mappen auf den Tisch. Bei den sonstigen Bankunterlagen findet er noch eine Auflistung über das Depot seiner Mutter mit mehreren Inhaberschuldverschreibungen der Sparkasse und einigen Aktienfonds. Ein kurzer Blick bestätigt ihm, dass seine Mutter nicht notleidend ist. Dann findet er noch einen Umschlag, auf dem in ihrer Handschrift sein Name steht. Er reißt ihn auf, darin liegt ein zusammengefalteter Zettel. Eine perfekt formulierte Bevollmächtigung für ihn, Andreas, dass er über ihre Konten verfügen kann. Unterschrieben hat Elise das Dokument vor knapp acht Wochen. Sie wird gespürt haben, dass ihre Kräfte schwinden, denkt er.

Sein Handy klingelt, es ist Angelika aus seiner Bonner Amnesty-Gruppe, das sieht er auf dem Display. Für einen Moment überlegt er, nicht dranzugehen, dann nimmt er das Gespräch doch an. Angelika berichtet, dass die Gruppe am Wochenende einen Stand mit einer kleinen Aktion vor den Kammerspielen in der Fußgängerzone von Bad Godesberg plant. Das Thema, mit dem sich die Amnesty-Mitglieder gerade intensiv befassen, sind die Rohingya, eine muslimische Volksgruppe, die im Westen Birmas lebt, und dort verfolgt und vertrieben wird.

„Gerade in Bad Godesberg mit seinen vielen Arabern ist das doch ein tolles Thema. Wir können zeigen, dass wir uns für alle Opfer von Menschenrechtsverletzungen einsetzen und nicht einseitig gegen Muslime sind, wie uns das manchmal vorgeworfen wird." Angelika klingt begeistert und erklärt Andreas, was sie alles vorhaben, um die Godesberger für die Nöte der Rohingya zu interessieren. „Kommst du am Samstag Mittag auch?"

Was für ein Zeitpunkt! Er hat nun wirklich andere Dinge zu erledigen.

Andreas findet die Idee mit der Aktion grundsätzlich sehr gut, denn in Myanmar, wie Birma inzwischen offiziell heißt, werden die muslimischen Rohingya seit Jahrzehnten als Minderheit diskriminiert und vertrieben. Neben den Militärs gehen sogar buddhistische Mönche – für fast die ganze Welt das Synonym für Friedfertigkeit – immer wieder gewaltsam gegen Angehörige der Rohingya vor. Der Großteil der Welt allerdings bekommt davon nichts mit. Deshalb ist für Andreas jede Öffentlichkeitsarbeit dazu sehr sinnvoll. Aber gerade jetzt? Undenkbar.

Er ist schon lange bei Amnesty International engagiert. Die Lage der Menschenrechte beschreibt fast immer sehr genau den Zustand einer Gesellschaft. Wenn man schaut, wer, warum, wie lange und unter welchen Bedingungen in einem Land im Gefängnis sitzt, sagt das viel über den Zustand von Freiheit und Demokratie in diesem Land aus. Der Einsatz gegen Folter und Todesstrafe, für Meinungsfreiheit und Rechtsstaatlichkeit ist ihm mit der Zeit immer wichtiger geworden. Auch wenn er mitunter von Passanten angepöbelt oder aufgefordert wird, sich lieber gegen die vielen Ausländer in Bad Godesberg einzusetzen, findet er die Gespräche auf der Straße oft bereichernd. Die meisten Menschen lassen sich nämlich auf einen ernsthaften Dialog ein. Andere wollen lieber über ihre eigenen Themen reden, so wie jener Schlesier, der sich in den 90er Jahren an einem Infostand lautstark empörte, dass Andreas und seine Gruppe zwar zu Bosnien-Herzegowina, nicht aber zu den Vertreibungen der Deutschen nach dem Krieg arbeiteten. Am Ende haben sie sich halbwegs friedlich und mit Handschlag verabschiedet. Seine Gruppe hatte damals seine Geduld bewundert, doch konnte er in Erinnerung an seine Mutter und die Großeltern das Anliegen des Herrn in gewisser Weise nachvollziehen.

„Nein, ich kann nicht am Samstag“, hört er sich nach diesen Gedanken zu Angelika sagen. Sie will etwas sagen, aber er würgt sie ab: „Ich bin bei meiner todkranken Mutter in Münster. Ich kann und ich will hier nicht weg.“ Normalerweise würde er natürlich an der Aktion teilnehmen. Aber im Moment sei eben nichts normal. „Macht euch keine Gedanken um mich. Ich muss jetzt stark sein und da irgendwie durch. Macht ihr den Stand und die Aktion gegen die Vertreibungen der Rohingya. Das ist wichtig, und ich drücke euch die Daumen, dass ihr gute Resonanz bekommt."

Andreas hat das Gefühl, dass er die Begeisterung seiner Amnesty-Kollegin etwas gedämpft hat. Aber was soll er machen?

Er verspürt Hunger und geht in den Keller zum Gefrierschrank, von dem er weiß, dass er immer randvoll ist. Sein Blick bleibt auf dem Regal darüber hängen, dort hat seine Mutter eine seltsam anmutende Sammlung angelegt: leere Dosen und Plastikbehälter, Tüten, verschiedene Arten von Verschlüssen. In der Küche gibt es auch so eine Schublade. Gefrierbeutel, leere Kugelschreiberhüllen, Gummibänder, glattgestrichene Alufolie. Und das in Mengen, wie man sie im ganzen Leben nicht mehr verbrauchen kann. Doch Elise hat immer weiter gesammelt. Seine Patentante Barbara, sie ist Psychologin, sagt, dieses Verhalten sei typisch für ganz viele Vertriebene. Sie horteten alles, denn es könne ja immer wieder schlechte Zeiten geben, in denen Knappheit herrsche. Andreas überschlägt, wie viele leere Joghurtbecher vor ihm stehen, und schätzt, dass es weit mehr als 80 sein dürften.

Die Tür zum Gefrierschrank steht offen, die Tüten und Verpackungen beginnen zu knistern. Unkonzentriert zieht er das oberste Fach auf und findet dort ein Zanderfilet, das er mit in die Küche nimmt, und zu dem er sich Reis und Gemüse zubereitet. Elise hat keinen Knoblauch im Haus, schade. Er öffnet eine Flasche Weißen Burgunder, die er im Keller gefunden und im Gefrierschrank gekühlt hat, und setzt sich an seinen angestammten Platz, den er seit Kindheitstagen am Esstisch einnimmt. Die Tischdecke. Sie durfte nie bekleckert werden. Er hört die Stimme seiner Mutter im Ohr, er ist vielleicht acht Jahre alt: „Passt bitte mit der Tischdecke auf. Sie ist frisch gewaschen." Das Essen war kein Genuss, denn er passte höllisch auf, dass bloß nichts neben den Teller tropfte oder spritzte. Natürlich passierte es dann doch meist, und er sieht noch den vorwurfsvollen Blick, den seine Mutter auf ihn richtet.

Bis heute hat er in seinem eigenen Haushalt deshalb keine Decken auf dem Tisch. Auch hier und jetzt zieht er es vor, die Decke abzunehmen und stellt seinen Teller direkt auf die Holzplatte. Die negativen Erinnerungen verschwinden.

Trotz der Umstände schmeckt es ihm sogar, er wundert sich darüber. Für einen Moment genießt er richtig, wie der eiskalte Wein durch seine Kehle rinnt und den Fischgeschmack abrundet. Langsam kommt er zur Ruhe.

Mit dem Weinglas setzt er sich nach dem Essen an den Wohnzimmertisch und notiert sich, was er alles mit Elise besprechen will. Wer muss oder sollte noch informiert werden, damit sie in den nächsten Tagen Besuch bekommt? Was möchte sie sonst noch regeln? Wer erledigt Einkäufe, die Wäsche und so weiter? Über welche Heime, Einrichtungen soll er sich informieren? Will sie wirklich am liebsten nach Bonn umziehen? Kann sie das gesundheitlich überhaupt noch?

Schließlich die ganzen ungeklärten finanziellen und organisatorischen Dinge: Die Zeitung möchte Andreas abbestellen, auch die Fernsehzeitung braucht hier niemand mehr. Er notiert weiter: mit der Bank reden, damit er einen Online-Zugang zu Elises Konto bekommt. Nur so kann er die Rechnungen auch von Bonn aus begleichen. In den Kontoauszügen sucht er weitere große Posten, die möglicherweise überflüssig sind. Es sind erstaunlich wenige. Aber er findet Belege, dass seine Mutter an etwa 20 Hilfsorganisationen im Jahr spendet. Es sind keine großen Summen, aber es sieht so aus, als ob sie auf nahezu jeden Bettelbrief jeder x-beliebigen Organisation mit einer neuen Spende reagiert hätte. Mit der Krankenkasse muss er besprechen, wie die Arztrechnungen zu behandeln sind; vorher will er sich aber im Internet schlau machen. Er war nie in seinem Leben privat versichert und ist in diesen Fragen recht ahnungslos. Auch über die Pflegeversicherung will er sich informieren. Für ihn bisher ein Buch mit sieben Siegeln. Er öffnet seinen Laptop und beginnt zu recherchieren. Danach macht er den Fernseher an und zappt durch die Programme. Aber weder irgendwelche hirnrissigen Spielshows noch Verfolgungsjagden und Schießereien, weder amerikanische Serien noch Tierdokumentationen, weder ein französischer Erotikfilm noch die Wiederholung des Fußball-WM-Finales von 1974 können ihn so fesseln, dass er von seinen Problemen wirklich abgelenkt würde.

Nach zwei Stunden merkt er, dass er fast die ganze Flasche Wein getrunken hat. Er kocht sich noch einen Kräutertee, löscht dann das Licht und geht nach oben in sein altes Kinderzimmer, um zu schlafen.

Vor dem Einschlafen steigt ihm wieder dieses dumpfe Gefühl in den Kopf. Es droht ihn zu erdrücken. Im Brustkorb fängt es an, er lauert schon fast darauf, wie es über den Hals das Gehirn erreicht und sich nicht zurückdrängen lässt. In Panik macht er das Licht wieder an.

Über Umwege sind wir, größtenteils zu Fuß, nach Jauernick südlich von Görlitz gekommen. Wir mußten über Feldwege laufen, um Russenansammlungen und Männerauffanglager zu umgehen. Gestern wurden wir trotzdem mitten im Wald auf unsere Passierscheine hin untersucht. Dabei kam ich mit Mühe davon, das Opfer eines russischen Offiziers zu werden. Wir wanderten eine einsame Landstraße entlang, als wir plötzlich am Straßenrand eine Gruppe Russen lagern sahen.

Ein junger Offizier forderte uns auf, stehen zu bleiben. Er musterte uns alle von oben bis unten und blieb bei mir stehen. Offensichtlich gefiel ich ihm. Er legte seinen Arm um meine Taille, drückte mich an sich und redete deutsch, polnisch und russisch auf mich ein. Ich zuckte nur mit den Schultern und tat so, als würde ich nichts verstehen. Mehrfach versuchte er mich zu küssen, doch ich bog immer den Kopf nach links, so daß er meinen Mund nicht erwischen konnte. Mein Herz klopfte bis zum Zerspringen, doch unerklärlicherweise hatte ich das Gefühl, daß mir nichts passieren würde. Mitreisende zeigten den Passierschein und redeten in gebrochenem Russisch auf den Offizier ein. Endlich, und die Zeit war mir wie eine Ewigkeit erschienen, reichte er mir seine Pranke und wollte noch einen Kuß, den ich rechtzeitig abbiegen konnte. Dann ließ er uns weitergehen. Er drehte sich noch ein paar Mal um. Wie er sagte, hatten es ihm meine braunen Augen angetan.

Als alles vorüber war, stürzten die anderen auf mich zu und sagten, dass sie ganz sicher mit meinem Verschwinden im Gebüsch gerechnet hatten. Wieder einmal war der Kelch an mir vorüber gegangen.

Heute eine ganz ähnliche Situation, leider mit schlimmem Ausgang. Die Russen schleppten zwei junge Mädchen in den Busch und vergewaltigten sie. Diese Schweine! Erst jetzt wird mir klar, wieviel Glück ich gestern hatte, daß ich ihrem Schicksal entkommen konnte. Meine Knie zittern, wenn ich daran denke. Und so etwas nennt man Frieden, mon Dieu! (30. Mai 1945)

Die vor ihm liegenden Aufgaben sind unangenehm, aber er darf sich nicht länger wegducken. Jetzt muss endlich eine Lösung gefunden werden. Und Voraussetzung dafür ist eine gründliche Information. Also zwingt sich Andreas, beim Frühstück nicht länger im Sportteil der „Westfälischen Nachrichten“ zu lesen, sondern bricht auf.

Bei der Kurzzeit-Pflege-Einrichtung der Petrusklinik öffnet eine Frau um die 50 die Tür: „Guten Morgen, mein Name ist Mühlborn. Und Sie sind Herr Appelhoff, nicht wahr? Sie hatten ja angerufen. Kommen Sie herein. Ich zeige Ihnen schnell unsere Einrichtung.“

Sie lässt ihn kaum zu Wort kommen.

„Unseren Gästen stehen auf zwei Etagen insgesamt 23 Betten in Einzel- und Zweibettzimmern zur Verfügung. Alle Zimmer liegen zum ruhigen Innenhof, haben einen hellen, wohnlichen Charakter und sind mit Rufanlage, Telefon und Fernseher ausgestattet. Hier sehen Sie ein Zimmer, das gerade frei ist. In zwei Stunden ist es wieder belegt, so schnell geht das hier.“

Andreas betritt einen schlicht eingerichteten Raum mit Bett, Stuhl, Tisch, Fernseher und einem großen Kreuz an der Wand. Ungemütlicher geht es kaum.

„Auf der anderen Seite zur Straße hin liegen die Tagesräume

sowie Küchen und Funktionsräume. Viele Gäste genießen vom Tagesraum aus den Blick in die Stadt."

Frau Mühlborn rasselt weiter ihren Text runter und öffnet die Tür zum Tagesraum, Andreas sieht zwei Tische mit mehreren Stühlen und einige Sessel am Rand. In einem Regal sind einige Spiele und Bücher einsortiert.

„Hier besteht die Möglichkeit, die Mahlzeiten in Gemeinschaft einzunehmen, hier treffen sich die Gäste zu Erzähl- und Spielrunden oder zum geselligen Beisammensein. Haben Sie noch Fragen?"

„Ja. Wie lange ist hier der Aufenthalt überhaupt möglich?"

„Unsere Gäste bleiben bis zu 28 Tage hier. Viele kommen zu uns, weil noch kein Platz in einem Heim frei ist oder weil sie nach einem Unfall oder einer Operation noch nicht wieder allein zu Haus leben können. Einige sind auch hier, weil ihre Familie, die sie pflegt, Urlaub macht. Sie können sich sicher vorstellen, dass eine Pflege zu Hause sehr anstrengend ist."

Sie räuspert sich und kratzt sich am Kopf: „Und: Haben Sie Interesse? Wollen Sie ihre Mutter anmelden? Sie sagten doch, sie ist gerade nach einem Sturz hier nebenan in der Klinik, oder? Da wären wir ja zum Übergang genau die richtige Adresse für Ihre Mutter. Wir haben gerade eine recht kurze Warteliste. Es könnte also durchaus in den nächsten 14 Tagen etwas frei werden. Hier ist das Formular. Sie können es sich ja überlegen. Und ja, ich beantworte Ihre nächste Frage gleich mit: Es gibt die Möglichkeit, die Kosten über die Pflegeversicherung abzurechnen. Mehr finden Sie dazu auch auf unserer Homepage. Und dann melden Sie sich recht bald. Ich muss jetzt auch weiter. Auf Wiedersehen, Herr Appelhoff."

Andreas schwirrt der Kopf.

„Auf Wiedersehen, Frau..."

Doch die Tür ist schon hinter ihm geschlossen.

Er geht die vier Stufen hinunter und dann weiter zum Krankenhaus, nimmt dort die Treppe bis zum zweiten Stock. Heute geht es Elise offenbar recht gut; sie hat ihren Kalender in der Hand, in dem sie täglich knapp einträgt, was passiert. Seitdem sie im Krankenhaus ist, stehen dort die Namen der Besucher.

„Heute war schon ganz früh die Marianne hier. Sie kümmert sich reizend um mich. Sie will sogar die Wäsche für mich waschen."

„Das ist wirklich sehr nett", sagt Andreas. Marianne ist seine Cousine, die in Münster wohnt und schon seit Jahren einen regen Kontakt zu Elise aufrechterhält. Er wollte sie heute ohnehin mal anrufen oder kurz besuchen, um sie zu bitten, sich in den kommenden Tagen etwas um seine Mutter zu kümmern. Das scheint nicht nötig zu sein, denn Marianne ist längst informiert.

„Woher weiß Marianne denn, dass du im Krankenhaus bist?"

„Eva hat sie angerufen. Dann ist sie sofort gekommen."

Da hat seine Schwester ja mal mitgedacht.

„Super. Ich kann aber deine Wäsche auch gern waschen. Du weißt doch, dass ich ein ganz passabler Hausmann bin."

Elise lächelt kurz, als sie erwidert, sie sei trotzdem froh, dass Marianne die Wäsche mitgenommen habe. Denn sie wohne in Münster und komme bestimmt bald wieder vorbei.

„Aber dein Angebot ist sehr liebenswert. Dein Vater hat so etwas nicht gemacht: waschen, kochen, putzen, bügeln, die Kinder wickeln. Das war alles meine Aufgabe. Aber die Zeiten waren ja auch anders, damals machten das halt alles die Frauen."

„Bei deinen Eltern ja wohl erst recht, oder?"

„Oh, ja. Da gab es eine ganz klare Rollenverteilung. Mein Vater verdiente das Geld, und Mutter war für den Haushalt zuständig. Zusammen mit unserem Mädchen, der Emma."

Andreas bemerkt zufrieden, dass es ihm gelungen ist, das Thema auf Elises Kindheit zu lenken: „Denkst du eigentlich noch oft an die Zeit in Schlesien? Du erzählst gar nicht so viel davon."

„Ihr wollt davon doch gar nichts wissen. Eva hat mir schon oft gesagt, ich solle doch mit dem ollen Quatsch aufhören. Und du hast dich auch nie besonders dafür interessiert."

Andreas weiß, dass seine Mutter recht hat. Vor allem in der Jugend und in den Jahren danach konnte er mit Schlesien-Geschichten gar nichts anfangen. Einmal hat er sie später mal auf ihre Erlebnisse im Krieg angesprochen, sie hat auch etwas erzählt von ihrer Zeit bei der Flak und vom Kriegsende in Schlesien, aber es hat sie sehr aufgeregt, und anschließend hat sie ganz schlecht geschlafen. Danach hat er das Thema kaum noch von sich aus angesprochen.

„Jetzt interessiert es mich aber“, sagt er und denkt an das Tagebuch, das er hinter den Fotoalben im Schrank gefunden hat.

Sie sprechen eine Weile über Elises Kindheit, über den strengen Vater, den Andreas nur als lieben Großvater kennengelernt hat. Auch der hat als Kind Quatsch gemacht, weiß Elise zu berichten:„Einmal hat er, das erzählte er gern, als Junge ein rundes Brot gekauft. Und weil er es nicht tragen wollte, hat er es über die Straße gerollt. Als er zu Hause ankam, war es ganz staubig und dreckig. Da hat er es gewaschen, gründlich gewaschen, mit Seife. Zur Strafe hat er es wohl mit dem Stock bekommen. Seine Familie auf dem Gutshof war sehr streng. Aber im Rückblick fand er die Geschichte wohl sehr lustig, denn er hat sie uns Kindern immer wieder erzählt.“

Ihre Augen glänzen, als sie das erzählt, und Elise blüht beim Erzählen über die Vergangenheit sichtlich auf. Diese Zähigkeit. Noch eine Weile spricht sie über ihre Jahre in Jauer, die Schulzeit, ihre Freundinnen und dass sie bis heute Kontakt zu ehemaligen Klassenkameraden hält. Regelmäßig alle zwei Jahre fanden bis vor kurzem Treffen an den jeweiligen Wohnorten statt. Allerdings seien inzwischen viele der früheren Mitschüler tot, sagt sie.

Krieg und Faschismus erwähnt sie allerdings nur indirekt: „Mein Leben in Schlesien war grundsätzlich sehr schön, nur die Umstände waren es nicht. Ich hatte einfach das Pech, in einer schlechten und schwierigen Zeit groß zu werden. Du und deine Familie, ihr lebt in einer guten Zeit. Ich hoffe, du weißt das zu schätzen.“

Andreas findet längst nicht alles gut in der Gegenwart, aber er weiß, was seine Mutter meint. Und er ist froh, nicht in einer Diktatur oder in Kriegszeiten zu leben. Eine grauenhafte Vorstellung, die er lieber sofort abschüttelt.

Es ist kurz nach 11 Uhr, und eine Schwester bringt das Mittagessen. Wieder so eine Krankenhausregel, die Andreas nicht versteht. Er achtet darauf, dass seine Mutter nicht nur ein bisschen probiert, sondern ihren Teller fast leer isst. Danach wird sie müde, was ihn nach dem langen Gespräch nicht verwundert. Andreas berichtet noch knapp von der Kurzzeitpflege-Einrichtung, die er besucht hat, aber seine Mutter reagiert sehr wortkarg. Dann klärt er noch ab, dass er die Post im Haus öffnen darf und fragt, was er mit den Rechnungen machen soll.

„Das wollte ich auch mit dir besprechen. Im Sekretär findest du neben den Kontoauszügen in einem Umschlag eine Bankvollmacht“, sagt Elise.

Andreas erwähnt nicht, dass er sie bereits gefunden hat und nickt: „Das ist gut. Dann kann ich das in die Hand nehmen.“

„Und noch etwas“, meint Elise, die ihre Kraft zusammennehmen muss, damit sie nicht wegnickt: „Im Schrank in Theos Arbeitszimmer findest du alle Unterlagen. Formulare für die Krankenkasse und die Beihilfe zum Beispiel. Einen Ordner mit Versicherungsverträgen und Unterlagen über das Haus. Und jetzt hör gut zu: In einem grauen Schnellhefter daneben ist mein Testament abgelegt.“

Kapitel 13

1940

Dr. Hartung wird ungeduldig: „Die nächste Akte, bitte."

Der Pfleger beeilt sich, ihm die geforderten Unterlagen zu reichen.

Rudolf Hartung greift in seine Kitteltasche und sucht einen Stift. Dann überfliegt er die Papiere. Gewichtskarten aus den vergangenen Tagen dokumentieren, dass der vor ihm liegende Junge wenig zu essen bekommen und daher abgenommen hat. Hartung findet sein eigenes Gutachten – „Dieses Kind ist nicht bildungsfähig" – sowie zwei weitere Schreiben von Fachärzten, die zu den gleichen Schlussfolgerungen kommen. Dahinter der Brief des „Reichsausschusses zur wissenschaftlichen Erfassung von erb- und anlagebedingten schweren Leiden": „Das Kind ist der vorgeschlagenen Therapie zuzuführen, und Sie haben uns von dem Ergebnis in Kenntnis zu setzen. Heil Hitler!"

Ein interessanter Fall, denkt Hartung und schaut noch einmal genauer in die Akte. Er hat das Kind exakt vermessen, alle Auffälligkeiten notiert. In zahlreiche Organe hat er verschiedene Medikamente gespritzt und danach Blutproben entnommen. Besonders seine Experimente zur Untersuchung des Gehirns machen ihn neugierig, doch die Befunde werden nun an der Universität Breslau genauer untersucht. Der Brief von Professor Schüller ist ebenfalls in den Unterlagen: „Ich möchte bei Ihnen anfragen, ob Sie in der Lage und bereit wären, mir für Forschungszwecke Gehirne von bei Ihnen verstorbenen, idiotischen Kindern zur Verfügung zu stellen."

Wenn er dieser Bitte nicht nachkäme, würden ihm bestimmt viele Fragen gestellt. Unangenehme Fragen. Die will Hartung unbedingt vermeiden. Also wird er später noch das Gehirn und

Teile des Rückenmarks zu Professor Schüller schicken lassen. Es ist eine Schande, dass er nicht selbst daran forschen darf, denkt er.

Das Kind ist für ihn aus rassenhygienischen Gründen nicht erhaltenswert. Der Junge liegt abgemagert und bewusstlos vor ihm und röchelt nur noch. Angewidert schaut er ihn an.

„Was hat er schon bekommen?"

„Vorgestern und gestern dreimal in Wasser aufgelöstes Luminal, heute früh auch", antwortet sein Assistent. „Es geht jeden Augenblick zu Ende."

„Dann geben wir ihm noch eine Portion", entscheidet Hartung. „Machen Sie eine Spritze fertig, trinken kann die Gestalt ja nicht mehr."

Der Pfleger präpariert das Schlafmittel, Hartung ordnet eine höhere Dosierung an. Er setzt sich schon seit Jahren für den Gnadentod von Krüppeln und geistig Behinderten ein, und dieser Fall ist ja nun völlig eindeutig. Lebensunwertes Leben soll entsprechend den Wünschen des Führers den gesunden deutschen Volkskörper nicht länger bedrohen und das Reich nichts mehr kosten. Der Arzt nimmt die Spritze und jagt dem Kind die tödliche Injektion in den Körper.

Wenig später schlägt das Herz des Jungen nicht mehr. Der Pfleger drückt ihm die Augenlider zu, Hartung öffnet die Schädeldecke, entnimmt das Gehirn und legt es zur Konservierung in Formaldehyd. Das wird er später zu Professor Schüller schicken. Auch das Rückenmark entnimmt er dem Körper. Teile davon will er für sich behalten. Alles andere geht nach Breslau. Ein Jammer.

Dr. Hartung sortiert die Papiere wieder sorgsam ein und schließt die Akte. Auf dem Deckel steht: „Heil- und Pflegeanstalt Lüben. Patient: Karl Plackwitz, geboren 1935". Hartung ergänzt: „gestorben 1940".

„Im Weiteren für den Reichsausschuss und die Angehörigen das bekannte Vorgehen", sagt Hartung zum Krankenpfleger, der den toten Körper wegbringt.

„Und die nächste Akte, bitte!"

Kapitel 14

1963

Dass sie einmal Kinder haben würde, hat für sie immer festgestanden. Schon als sie selbst Kind war. Selbst in den allerschwierigsten Zeiten – etwa im Krieg und während der Entbehrungen danach – war dieser Wunsch ganz tief in ihr drin. Ein Leben ohne eigene Kinder? Undenkbar. Auch wenn die Suche nach dem passenden Vater länger gedauert hat als geplant, nach dem Krieg gab es ja kaum Männer. Erst langsam kehrten sie aus der Gefangenschaft zurück. Und hatten dann erst einmal andere Probleme.

Es hat ja dann auch geklappt, wenn auch vergleichsweise spät. Doch nun haben ihre Kinder den richtigen Vater. Wenn Elise am Bett ihrer Kleinen steht, wird ihr ganz warm ums Herz. Wie süß Eva und Andreas beim Zubettbringen sind! Solche Gefühlswallungen kennt sie gar nicht von sich. Übertreibt sie? Nein, die Liebe zu ihren Kindern ist echt.

Gut, dass sie so viel Zeit für die Kleinen hat. Für sie war klar, dass sie ihre Tätigkeit als Lehrerin aufgibt, wenn sie Mutter wird. So hat sie es gemacht, Theo verdient genug Geld, um die Familie zu versorgen.

Jeden Tag staunt sie aufs Neue, wie schnell ihre Kinder groß und selbstständiger werden. Anstrengend sind sie selten, höchstens mal, wenn sie völlig übermüdet sind und nicht mehr aufhören zu weinen. Doch das ist so gut wie nie der Fall, denn Elise achtet streng auf die Uhrzeiten beim Abendbrot und danach beim Waschen, Zähneputzen und Schlafengehen.

Eva, dreieinhalb Jahre alt, bekommt wie jeden Abend vorgelesen, zurzeit ist das Pippi Langstrumpf, ihre Tochter liebt das Buch. Sie lacht und springt auf ihrem Bett herum, ihre Milchzähnchen und ihre Sommersprossen sehen zum Verrücktwerden niedlich aus. Nur mit etwas Mühe kann Elise sie dazu bewegen, sich hinzulegen. Erst als sie hört, dass ihr dann direkt vorgelesen wird, geht es plötzlich ganz schnell.

Andreas ist schon frisch gewickelt und gefüttert; er hat noch eine Weile selig vor sich hingebrabbelt, doch jetzt schlummert er in seinem kleinen Zimmer im Kinderbettchen mit seinem Kuscheltier im Arm. Wie er so friedlich daliegt, erinnern seine Gesichtszüge sie ein wenig an Theo. Oder an Erich? Vielleicht auch etwas. Hoffentlich wird er nicht zu oft wach, denkt Elise, die sich mal wieder nach einer Nacht mit viel Schlaf sehnt. Denn Andreas mit seinen knapp sechs Monaten schläft nur manchmal durch.

„Noch ein paar Seiten, Mutti, ja?", bettelt Eva, als sie das heutige Kapitel beendet hat und Anstalten macht, das Buch zuzuklappen.

Doch Elise lässt sich nicht erweichen: „Du musst jetzt schlafen, meine Liebe. Morgen stehen wir früh auf. Du willst dich doch mit Sabine verabreden, oder?"

„Ja, aber jetzt noch lesen, Mutti, bitte!"

Elise lächelt: „Morgen wieder, Eva. Und jetzt schlaf gut." Sie steht auf, bückt sich noch einmal hinunter zu ihrer Tochter und gibt ihr einen Gute-Nacht-Kuss. Eva startet einen letzten Versuch, will immer noch, dass sie weiterliest, aber Elise löscht das Licht und sagt bestimmt: „So, jetzt will ich keinen Mucks mehr hören!"

Sie sortiert noch schnell die Wäsche, Andreas hat mal wieder zwei Lätzchen vollgekleckert, morgen früh will sie die Maschine anstellen. Sie verschwindet im Bad, und nachdem sie sich kurz das Gesicht frisch gemacht hat, geht sie noch einmal in die Kinderzimmer. Andreas liegt seelenruhig auf dem Rücken und atmet tief. Er sieht aus als würde er lächeln. Elise zieht leise die Tür wieder zu.

Nebenan hat sich Eva auf die Seite gedreht und ist auch schon fast eingeschlafen. Sie schaut noch einmal kurz hoch, aber sofort fallen ihr die Augen wieder zu. Lächelnd verlässt Elise das Zimmer, sieht noch kurz in ihrem eigenen Schlafzimmer nach dem Rechten und schüttelt die Kopfkissen des Ehebetts aus. Jetzt muss sie nur noch die Küche aufräumen, dann ist sie mit ihrem Tagewerk fertig. Sie geht die Holztreppe des neuen Hauses hinunter, in dem sie jetzt seit gut einem Jahr wohnen. Manchmal, wenn auch nicht täglich, sehnt sie sich nach den hohen Decken ihres Elternhauses in Jauer. Wehmut überkommt sie dann, doch sie weiß, dass heute nicht mehr so gebaut wird, und sie will nicht klagen, ist sie doch insgesamt mehr als zufrieden, wie positiv sich ihr Leben trotz aller Rückschläge im Krieg entwickelt hat. Sie hat immer durchgehalten, immer ihre Pflichten erfüllt. Vielleicht belohnt sie ja das Schicksal jetzt dafür.

In Gedanken versunken betritt sie das Wohnzimmer. Kerzenlicht. Kerzenlicht? Das kennt sie von ihrem Mann überhaupt nicht. Eine Überraschung. Theo sitzt auf dem Sofa, hält in der einen Hand eine Weinflasche und in der anderen – wie so oft – eine Zigarette. Sie staunt: Theo hat den Tisch schön gemacht, sogar ein Deckchen aufgelegt. Das hat er bestimmt lange suchen müssen, denn in Haushaltsdingen ist er nicht sonderlich versiert. Doch er ist wohl in der Schublade fündig geworden, und so stehen auf dem Nierentisch neben ein paar Salzstangen und Erdnüssen auch eine Kerze und zwei Weingläser. Außerdem hat er frische Blumen in eine allerdings viel zu große Vase gestellt, deren Farbe auch nicht sonderlich zum Blau der Astern passt.

„Komm, wir wollen auf unseren Hochzeitstag anstoßen“, sagt Theo und zieht sie sanft aufs Sofa. Zwar haben sie sich heute früh kurz über das Jubiläum unterhalten, und sie hatte insgeheim auf etwas mehr als nur ein „Herzlichen Glückwunsch zum vierten Hochzeitstag“ und ein Küsschen gehofft. Aber mit einem solchem Empfang hat sie nicht gerechnet. Eine gelungene Überraschung.

„Danke, mein Lieber“, sagt sie ehrlich gerührt. Während sich Theo mit dem Korkenzieher und der Weinflasche herumplagt, tauscht sie in Windeseile die Vase aus.

„Jetzt gibt er auf", lacht Theo, und nach dem typischen Plopp-Geräusch präsentiert er den Korken wie eine Trophäe. Er schüttet den Rotwein in die Gläser, sie stoßen an und genießen den ersten Schluck. Schon bald schwelgen sie in Erinnerungen. Hochzeitstag.

„Weißt du noch, wie es geregnet hat?", fragt Theo.

Und wie sie das weiß. Vor vier Jahren war das Kölner Wetter eine einzige Katastrophe. Es regnete in Strömen, und als sie damals im Oktober 1959 aus der Kirche kamen, hatten die Hochzeitsgäste bereits die Schirme aufgespannt, damit das Brautpaar halbwegs trocken zum Auto kam. Kurz vor dem Einsteigen warfen Theos Freund Hans und seine Frau Christa noch etwas Reis in die Höhe, um die Fruchtbarkeit des frisch vermählten Paares zu befördern. Elise lachte noch darüber, als Theo schon schnell in den VW Käfer gesprungen war, um mit seinem neuen Anzug nicht noch nasser zu werden als er ohnehin schon war. Den Käfer hatten sie kurz vor der Hochzeit gekauft. Es war Theos erstes Auto, und Elises Isetta hatten sie schweren Herzens dem Händler überlassen. Sie hatte ihnen bei zahlreichen Fahrten beste Dienste geleistet und war zweifellos ein ganz besonderes Auto. Doch für ein Paar mit Kinderwunsch war die Isetta definitiv zu klein, vor allem, weil Elise und Theo auch Ausflüge planten, bei denen man einen Kofferraum ganz gut gebrauchen konnte.

Die Zahl der Hochzeitsgäste war übersichtlich, und trotzdem trafen hier Welten aufeinander. Theos Eltern, ein Postbote und eine Hausfrau, waren aus dem katholischen Havixbeck im Münsterland angereist, ihnen war anzumerken, wie froh sie waren, mit Theo ein weiteres ihrer sechs Kinder unter der Haube zu sehen. Außerdem war Theos bester Freund Hans aus Münster gekommen. Die beiden kannten sich seit ihrer Lehrerausbildung und hatten seitdem so manche gemeinsame Kneipentour durch Münster und Köln unternommen. Wieder einmal schwärmten sie auch an Theos Hochzeitstag von ihrer Tour nach Italien, als sie 1954 mit ihren vollgepackten Vespas doch arge Probleme hatten, die Alpenpässe zu überwinden. Doch die sandigen Strände an der Riviera, die Städte der Toskana und die zahlreichen Kontakte zur Damenwelt blieben für sie unvergesslich. Hans bezeichnet sich selbst immer halb augenzwinkernd als den „schönsten Mann Münsters“ – und er ist bis heute mehr oder weniger vom Wahrheitsgehalt dieser Aussage überzeugt. Elise kannte die Geschichten und auch die Selbstverliebtheit von Hans. Beides fand sie liebenswert.

Hans hatte schon zwei Jahre vor Theo geheiratet, seine junge Freundin Christa. Damals war Theo Trauzeuge, jetzt stand Hans an der Seite seines Freundes. Als Hochzeitsfotograf machte Hans den ganzen Tag über viele Bilder und fand Gefallen daran, außergewöhnliche Perspektiven zu finden, mal kniete er sich hin, mal stieg er auf einen Stuhl. Elise hatte ihren Onkel Herbert als Trauzeugen gewählt, hatte sich von ihm zum Altar führen lassen. Natürlich war auch Herberts Frau Elke dabei. Von der Gewerbeschule waren überraschend Direktor Brückner und Elises Freundin Agnes Stettin vorbeigekommen, sie blieben nicht bis zum Essen.

Aber es fehlte ein Teil der Verwandtschaft: Elises Eltern hatten ihre Teilnahme an der Feier abgesagt.

Das war ein schwerer Schlag für sie, aber sie konnte es nicht ändern. „Kannst du dir nicht einen evangelischen Mann suchen?“, hatte Marta sie mehrfach gefragt. Eine ‚Mischehe' lehnte sie ab. Sie deutete auch an, dass sie selbst mit katholischen Männern keine guten Erfahrungen gemacht habe, aber als Elise nachfragte, erwähnte sie nur ganz allgemein die Jahre 1945 und 1946 in Schlesien und wechselte das Thema. Evangelische Männer seien zuverlässiger und ehrlicher, sagte sie immer. Und Familie Plackwitz sei außerdem schon immer evangelisch gewesen.

Auch Erich äußerte Bedenken gegen die Hochzeit, auch wenn er Theo in einem längeren Gespräch auf Herz und Nieren überprüft hatte und eigentlich keine ökonomischen oder menschlichen Defizite hatte erkennen können. Doch aus Verbundenheit mit seiner Frau hatten sie gemeinsam über Theo geurteilt: zu jung und zu katholisch. Eine solche Intoleranz hätte Elise eigentlich eher Katholiken zugetraut, aber in ihrer Familie war es eben anders. Die katholischen Eltern von Theo hatten mit ihr jedenfalls überhaupt kein Problem, sie wurde von Anfang an aufgenommen. Auch wenn die Schwiegereltern darauf bestanden, dass die Kinder später katholisch getauft werden müssten.

Elise war unglaublich enttäuscht, ja mitunter wütend gewesen, dass ihre Eltern sie am vermeintlich schönsten Tag im Leben im Stich ließen, sie hatte so manche Stunde heimlich geweint. Aber sie stand zu ihrer Entscheidung für die Ehe, denn für sie war Theo die richtige Wahl. Somit blieben Elises Eltern der Trauung demonstrativ fern. Preußische Konsequenz. Oder auch Trotz. Elise hasste ihre Eltern dafür. Auch wenn sie sich gleich darauf für dieses Gefühl innerlich zurechtwies.

Trotz allem war es ein gelungener Tag. Im strömenden Regen fuhren drei Autos mit Theo, Hans und Herbert am Steuer durch Köln bis zur Flora im Norden der Stadt. Dort, fast gegenüber vom Zoologischen Garten, speisten sie festlich, Theo und die Gäste tranken ordentlich Wein und rauchten so manche Zigarre. Die Stimmung löste sich. Just nach dem Kaffee hörte der Regen auf, und die Hochzeitsgesellschaft konnte sogar einen Spaziergang wagen. Elise sprach mit ihren Schwiegereltern über die neue Wohnung, die sie mit Theo zum nächsten Monat in Köln beziehen wollte. Sie schwärmte von der geplanten Kücheneinrichtung und den Wohnzimmermöbeln, viele davon hatte Theo nachmittags in den Werkstätten der Schule selbst getischlert, sie mussten nur noch aufgestellt werden. Alles war gut, nur kurz bedauerte Elise, dass sie auf ihrer Hochzeitsfeier zu gern Musik gehört und auch getanzt hätte. Der gewählte Rahmen, die Feier im kleinen Kreis, ließen das nicht zu. Schon aus Kostengründen war eine große Hochzeit nicht drin.

Vorneweg gingen Theo und Herbert, wobei Onkel Herbert als Vertreter der Familie Plackwitz offenbar meinte, Theo auf den

Zahn fühlen zu müssen, wie Theo ihr später leicht amüsiert erzählte. Elise konnte hören, dass Herbert auch über Politik sprach, er beklagte, dass sogar die CDU die Schlesier inzwischen völlig aus dem Blickwinkel verloren habe. In außenpolitischen Fragen folge Deutschland blind den Amerikanern. Aus seiner Sicht sollte man aber etwas selbstbewusster in der Welt auftreten. Herbert hatte sich beim Weintrinken nicht unbedingt zurückgehalten, er redete laut.

„Schade, dass Elise keinen Schlesier geheiratet hat", meinte er schließlich. „Das habe ich ihr nämlich immer empfohlen. Und wenn wir nicht unter uns heiraten, sterben womöglich unsere Gene aus und unsere Stammbäume werden durchmischt. Aber du scheinst mir ein guter Kerl zu sein. Du musst mir versprechen, dass du gemeinsam mit Elise das schlesische Erbe bewahrst. Wir Schlesier sind nämlich etwas ganz Besonderes, musst du wissen."

Elise bemerkte, dass Theo nicht ganz wohl war in seiner Haut. Er wusste vermutlich nicht genau, was Herbert von ihm wollte, aber er versprach, gemeinsam mit Elise die Erinnerungen an ihre Jugend in Jauer wach zu halten. Ihr fiel auf, dass Herberts Frau ihren Mann immer wieder anstieß und ihm Sätze wie „Jetzt hör doch mal auf damit" zuflüsterte. Sie stammte aus München. Über seinen eigenen „durchmischten" Stammbaum verlor Herbert allerdings kein Wort.

Bis heute nicht, wie Elise, noch immer neben Theo auf dem Sofa sitzend, bemerkt.

„Die Fotos von damals sind immer wieder schön anzuschauen", sagt sie, legt die Bilder auf den Tisch und spürt, dass ihr der Wein bereits in den Kopf steigt. Bestimmt hat sie wieder rote Wangen. Sie schmiegt sich an Theos Schulter, er drückt seine Zigarette aus und nimmt sie liebevoll in den Arm.

Sie stoßen noch einmal an. „Auf unser Glück", sagt Theo. „Ich habe einen Beruf, der mir Spaß macht, eine Frau, die ich liebe, Kinder und ein eigenes Haus: Genauso habe ich mir als Kind mein späteres Leben vorgestellt. Ich möchte mit niemandem tauschen."

Elise lächelt: „Als ich Kind war, wollte ich, wenn ich groß war, mindestens fünf Kinder haben und sie in unserem Haus in Jauer großziehen. Aber mit dir und den beiden Kindern bin ich genauso glücklich."

Theo schenkt sich noch einen Schluck Wein nach. „Sogar deine Eltern scheinen mich inzwischen zu akzeptieren. Ich könnte mir vorstellen, dass sie mir irgendwann doch das ‚Du' gestatten."

„Bestimmt", meint Elise. „Meine Mutter öffnet sich dir doch mit jedem Besuch mehr. Sie hat sich so gefreut, als du neulich ihren Zaun im Garten repariert hast, damit die Kaninchen nicht das ganze Gemüse wegfressen."

Sie erinnert sich an viele Dinge, die Theo in der kleinen Wohnung in Detmold schon in Ordnung gebracht hat. In der Achtung der Schwiegereltern ist er dadurch spürbar gestiegen.

„Gern würde ich ihnen auch dabei helfen, ein Haus zu bauen oder eine Wohnung zu kaufen", sagt er. „Aber sie scheinen ja bis ans Lebensende in ihrer bescheidenen Mietwohnung bleiben zu wollen. Das verstehe ich nicht ganz."

„Nun, ich glaube, sie leiden noch ganz anders unter der Aufgabe der Heimat als ich. Sie haben eine große Scheu, sich dauerhaft einzurichten. Sie vertrauen der Welt nicht mehr. Ich vermute, sie befürchten unterschwellig, dass es auch in Detmold keine wirkliche Sicherheit für sie gibt. Sie haben schon einmal alles hinter sich lassen müssen, und jetzt haben sie vielleicht immer noch Angst, dass es wieder so kommen könnte."

Die beiden leeren beim Reden die ganze Flasche. Elise nascht die Erdnüsse und ist etwas beschwipst. Theo rückt noch etwas näher an sie heran, gibt ihr mehrere Küsse, sie kichert und spürt, wie ihr das Blut ins Gesicht steigt. Ob vom Wein oder vom Schmusen auf dem Sofa, weiß sie nicht genau. Wohl beides.

Theo fingert an der Stereo-Anlage herum, findet nach längerem Suchen eine geeignete Schallplatte. Frank Sinatra. Nachdem die Musik begonnen hat, geht er zu ihr, ergreift ihre Hände und führt sie elegant, fast schwebend zu den Takten von „Strangers in the Night" durchs Zimmer, Elise schließt die Augen, wieder spürt sie den Wein, sie findet es angenehm und genießt es. Kurz bedauert sie noch einmal, dass sie auf ihrer Hochzeit selbst damals nicht tanzen konnten. Jetzt aber lässt sie sich fallen, bis die Musik zu Ende ist und der Plattenarm in der letzten Rille festhängt. Theo lässt sie nur kurz los, dreht schnell die Scheibe um, und sie setzen ihren Tanz fort.

„Wir könnten den Abend heute doch genauso beenden wie damals", flüstert Theo ihr schließlich ins Ohr. Sie spürt seine Augen auf ihren Brüsten. Gierig. Umständlich spricht er von einer Auffrischung der Hochzeitsnacht. An ihr soll es nicht scheitern.

Heute durchquerten wir auf unserem Weg nach Osten mehrere Dörfer und Städte. Oh, wie es dort aussah! Da bekomme ich richtig Angst vor dem baldigen Eintreffen in Jauer. Ich muß mich auf allerhand gefaßt machen. Ein Teil der Häuser steht nicht mehr oder ist bis auf die Mauern ausgebrannt. Die übrigen wurden geplündert; das gesamte Inventar liegt kurz und klein geschlagen herum. Was noch einigermaßen brauchbar war, schleppten die Polen aus den unbewohnten Häusern heraus. Wenn die Besitzer wiederkommen, finden sie nichts mehr vor. Wie mag es in Jauer aussehen? (1. Juni 1945)

Mit seinen 78 Jahren ist Erich überaus zufrieden mit seiner körperlichen Verfassung, er fühlt sich gesund und genießt die täglichen langen Spaziergänge durch die hügelige Landschaft, die fast hinter dem Haus beginnt. Das Wandern ermöglicht es ihm, den Alltag hinter sich zu lassen. Ähnlich wie früher. Heute wäre er gern noch länger gelaufen, aber das unangenehme Wetter mit dem anhaltenden Nieselregen hat ihn früher als geplant nach Hause getrieben. Er freut sich darauf, gleich mit seiner Frau zusammenzusitzen. Mit seinem Leben in Detmold hat er sich gut arrangiert. Wenn Marta, was selten genug vorkommt, mal fragt, ob er Sehnsucht nach Schlesien hat, antwortet er immer: „Meine Heimat ist da, wo du bist!"

Auf sein Leben blickt er am liebsten ganz pragmatisch. Was sollte ihm fehlen? Er hat Freunde, seiner Frau geht es auch gut, und die Tochter wirkt ebenfalls ganz zufrieden mit ihrem Theo und den Kindern. Es gibt keinen Grund zur Klage. Für ihn bleibe von Schlesien nur noch die nostalgische Beschwörung der Heimat und ein bisschen Folklore auf Vertriebenenfesten, spottet er manchmal. Auch wenn er weiß, dass er sich das anfangs eingeredet hat, um den Schmerz erträglich zu gestalten, so enthält der Satz zunehmend einen Kern Wahrheit.

An das Leben in Jauer denkt er zwar noch häufig, aber nicht mit allzu sentimentalen Gefühlen zurück. Das Haus, das der Familie seiner Frau gehörte, ist verloren. Sicher, es war sehr schön, und diesen Reichtum mussten sie aufgegeben. Doch seine Richterkarriere verlief noch ganz zufriedenstellend. Endlich konnte er nach dem Krieg wieder Urteile fällen, ohne dass ihm jemand von oben hineindirigierte. Die letzten Jahre am Amtsgericht in Jauer hingegen waren wegen der politischen Umstände nicht so gut verlaufen wie die zu Beginn seiner Laufbahn. Der frühere Gerichtsdirektor Schäfer hat ihn vor ein paar Jahren mal angeschrieben. Er tat so, als habe die beiden stets eine enge Freundschaft verbunden und schrieb über die riesigen Verluste, die man persönlich durch den Krieg erlitten habe. Erich hat nicht geantwortet, auch als er ihn mal kurz auf einem Treffen der Studentenverbindung sah, ist er ihm aus dem Weg gegangen. Schäfer war für ihn das Synonym für die verhasste Nazi-Justiz.

Allzu gern wüsste er jedoch, was aus seinem früheren Vorgesetzten Blumenthal geworden ist. Er hat nie wieder etwas von ihm gehört. Es heißt, Blumenthal habe die Haft im Konzentrationslager nicht überlebt. Doch Genaueres hat Erich nicht in Erfahrung gebracht. Deutschland war halt zuletzt jahrelang mit dem Wiederaufbau beschäftigt. Überhaupt ist es kein Thema, wie unter Hitler mit den Juden umgegangen wurde. Es wirkt fast so, als habe niemand etwas damit zu tun gehabt oder davon etwas mitbekommen. Schon seltsam, denkt er.

Für ihn selbst ist es am Wichtigsten, dass er seine Frau an der Seite hat. Von daher stimmt es, wenn er sagt, dass er da zu Hause ist, wo er mit Marta lebt. Die kleine Mietwohnung reicht völlig aus, seine Rente ermöglicht es ihm, jeden Monat einen größeren Betrag zurückzulegen. Schließlich soll es seiner Tochter und den beiden Enkeln später einmal besser gehen. Ihr Leben soll möglichst abgesichert sein, auch finanziell. Wofür sollte er selbst das Geld auch ausgeben? Ein Haus bauen mit 78? Absurd. Kleinere Anschaffungen, ja. Vor kurzem hat er seiner Frau gestattet, ein neues Kaffeeservice zu kaufen. Die alten Tassen, eine bunt zusammengestellte Mischung, teilweise mit Sprung, hatten wirklich ausgedient.

Während dieser Überlegungen erreicht er sein Zuhause und findet im Briefkasten im Hausflur neben einem Schreiben der Sparkasse an die Eheleute Erich Plackwitz auch einen an ihn adressierten Brief des Amtsgerichts Detmold. Auch wenn er dort bis zu seiner Pensionierung vor knapp zehn Jahren gearbeitet hat und noch mehrere Kollegen kennt, weiß Erich, dass in dem Umschlag keine privaten Grüße sind. Sofort sind seine Gedanken woanders.

In der Küche findet er einen Zettel: „Ich bin mit Ziesel in der Stadt.“ Ziesel ist der Spitzname von Martas bester Freundin, und wahrscheinlich sitzen sie in einem Café, trinken eine Tasse Kaffee und essen Mohn- oder Streuselkuchen dazu.

Er greift zum Brieföffner mit dem Elfenbeingriff, der ordnungsgemäß im Wohnzimmer neben dem Radio liegt, und öffnet vorsichtig den Umschlag. Als erstes kann er das Siegel des Gerichts erkennen. Er zieht das Blatt heraus und liest das recht knappe Schreiben:

Beschluß:

Der Abiturient (Sturmmann) Friedrich Plackwitz, geboren am 12. März 1925 in Jauer/Schlesien, zuletzt dort wohnhaft in der Humboldtstraße 2, wird für tot erklärt. Als Zeitpunkt des

Todes wird der 31. Dezember 1945, 24 Uhr, festgestellt. Die Entscheidung ergeht gerichtskostenfrei.

Gründe:

Antragsteller ist der Amtsgerichtsrat a.D. Erich Plackwitz. Er ist der Vater des Verschollenen. Der Antrag ist gemäß §§ 15ff. des Verschollenheitsgesetzes in der Fassung vom 15.1.1951 in Verbindung mit Artikel 2 §§1ff. des Gesetzes zur Änderung von Vorschriften des Verschollenheitsrechts vom 15.1.1951 (Änderungsgesetz) zulässig.

Die zur Begründung des Antrags erforderlichen Tatsachen sind glaubhaft gemacht worden. Das Aufgebot ist in der Verschollenheitsliste A Nr. 826 vom 9.8.1963 unter der lfd. Nummer 670 sowie durch Aushang an der Gerichtstafel öffentlich bekannt gemacht worden. Die Aufgebotsfrist ist verstrichen. Von dem Leben des Verschollenen ist auch bis heute keine Nachricht eingegangen. Ein Antrag auf Ermittlung über den Zeitpunkt des Todes ist nicht gestellt. Der Zeitpunkt des Todes war gemäß Artikel 2 §2 Abs. 3 des Verschollenheitsänderungsgesetzes festzustellen. Die Kostenentscheidung beruht auf Artikel 2 §6 des Änderungsgesetzes. Dieser Beschluß wird mit der Rechtskraft wirksam.

Detmold, den 12. Oktober 1963
Das Amtsgericht
gez. Laubich, Rechtspflegerin

Erich stützt die Hände auf den Tisch und lässt seinen Kopf sinken, er sieht Bilder vor sich. Friedrich in der Schule, Friedrich am Klavier, Friedrich Tiere zeichnend. Aber auch Friedrich im Braunhemd, Friedrich in Uniform während seines letzten Fronturlaubs.

Es dauert eine Weile, bis er wieder einen klaren Gedanken fassen kann. Erst einige Minuten später richtet er sich wieder auf und geht zu dem Foto, das seit Jahren auf dem Wohnzimmerschrank steht. Oft hat Erich die Uniform mit den SS-Abzeichen an Friedrichs Schulter angewidert, jetzt überkommt ihn nur noch Trauer. Hier steht es nun also schwarz auf weiß, dass er keinen

Sohn mehr hat. 18 Jahre nach dem Ende des Zweiten Weltkrieges ist die Suche nach Friedrich vorbei. Trotzdem ist es keine endgültige Gewissheit. Die genauen Umstände des Todes wird er nie erfahren. Wieder einmal überkommt ihn der Wunsch nach einem Grab zum Trauern. Das ist ihm nicht vergönnt. Fast sehnt er sich nach einem Brief, wie ihn so viele damals bekommen haben: „Ihr Sohn ist für Führer und Vaterland gefallen." Dann hätte er wenigstens Klarheit.

Erich verspürt zwar eine gewisse Erleichterung, dass das Schicksal Friedrichs nun zumindest juristisch geklärt ist, aber die Wut über die Nazis, die ihm den Sohn genommen haben, ist stärker. Auch w enn er versteht, dass Friedrich seinem Vaterland dienen wollte. Aus Überzeugung und mit Euphorie. Anfangs zumindest.

Viele Jahre lang hat Erich nach Friedrich geforscht, hat Briefe geschrieben und dabei auch mit zahlreichen unangenehmen Menschen korrespondiert, von denen er das Gefühl hatte, dass sie ihre SS-Vergangenheit bis heute völlig unkritisch sehen und weiter die Ehre und Treue unter den Kameraden verherrlichen. Er hat Aufrufe gestartet – beim Roten Kreuz und im Rundfunksender RIAS. In Wanderausstellungen des Suchdienstes war Friedrichs ungeklärtes Schicksal ebenfalls erwähnt. Im „Wiking-Ruf", einer einschlägigen Zeitung von ehemaligen SS-Angehörigen, schaltete Erich mit Widerwillen, aber auch voller Hoffnung eine Anzeige mit Suchtext und einem Foto von Friedrich in Uniform.

Mit mäßigem Erfolg. Zwar hat er über die Jahre etwas mehr über die letzten Tage Friedrichs erfahren, vor allem, als Ende der 50er Jahre viele Kriegsgefangene aus Russland zurückkamen. Über ihre Feldpostnummer war das Rote Kreuz darauf gekommen, dass einige Rückkehrer mit Friedrich zusammen in einer Einheit gedient hatten. Auch vor Gericht waren ihre Aussagen verwendet worden. Das Ergebnis der Nachforschungen blieb letzten Endes dennoch ernüchternd: Fest steht, dass Friedrich mit seiner Einheit im Januar 1945 vom Elsass aus nach Pommern gebracht wurde. Später wurde er noch in der Uckermark in Brandenburg und beim abschließenden Kampf um Berlin eingesetzt. Am 24. April 1945, zwei Wochen vor der endgültigen Kapitulation Hitler-Deutschlands, könnte Friedrich in einer Panzerbesatzung am Bahnhof „Schönhäuser Allee" gewesen sein. 100-prozentig sicher war sich aber niemand, dass er dabei war. Im unüberschaubaren Durcheinander der letzten Kriegstage verliert sich die Spur, und keiner der Kameraden Friedrichs weiß Genaues über sein Schicksal. Die Akten über verwundete und gefallene Soldaten der Einheit sind beim Rückzug verlorengegangen. Erich stellt sich vor, dass sein Sohn beim aussichtslosen Versuch, Berlin zu verteidigen, irgendwann tödlich getroffen und im Dreck liegengelassen wurde. Sein Namensschild hatte er vermutlich längst verloren, die Leiche wurde irgendwo verscharrt. Erich sehnt sich nach Gewissheit, weiß aber, dass er sie nie bekommen wird.

Er setzt sich an seinen Schreibtisch in dem winzigen Arbeitszimmer, dort hat er einen ganzen Aktenordner „Friedrich" angelegt. Sorgfältig heftet er den Beschluss hinter der gesammelten Korrespondenz der vergangenen Jahre ab und muss dabei plötzlich an sein viel größeres Zimmer mit dem verzierten Schreibtischstuhl in Jauer denken. Welch ein Unterschied! Und das nicht nur im Arbeitszimmer. Er spricht mit niemandem darüber, aber hin und wieder kommt diese Sentimentalität bei ihm halt doch hoch. Früher hatten sie einen Flügel im Wohnzimmer, auf dem Marta jeden Tag gespielt hat. In ihr Detmolder Wohnzimmer würde gar kein Flügel passen, so klein ist es. Und Marta sagt immer, sie habe jede Lust auf das Klavierspiel verloren, deshalb wolle sie sich auch kein neues anschaffen. Sie hat noch viel mehr als er selbst darunter gelitten, dass Friedrich nach dem Krieg verschollen blieb. Den Verlust hat sie nie verwunden.

Er greift in der obersten Schublade nach seinem Briefpapier. Marta wird er selbstverständlich gleich nach ihrer Rückkehr aus der Stadt berichten. Aber auch seine Tochter Elise soll möglichst schnell und ausführlich die jüngste Entwicklung erfahren. Vielleicht sollte er anrufen, aber er schreibt lieber. Am Sonntag ruft sie ja eh an, wie jede Woche. Dann wird Marta ihr mehr erzählen.

Elise. Seine Tochter, sein letztes verbliebenes Kind. Sie hat schon einiges mitmachen müssen in ihrem Leben, zuletzt ist ihre Großmutter einsam in Leipzig gestorben. Erich erinnert sich daran, welch inniges Verhältnis Elise in Jauer zu seiner Schwiegermutter Katharina hatte. Immerhin konnte Elise ein paar Monate vor ihrem Tod nach Leipzig reisen, um ihre Großmutter ein letztes Mal zu besuchen. Ansonsten stellt sich die DDR bei Einreiseerlaubnissen zumeist quer; seit dem Bau der Grenzanlage mitten durch Deutschland seit zwei Jahren ist es noch viel schlimmer geworden.

Einen Brief an Elise und ein Gespräch mit Marta später vertieft sich Erich in ein Buch, um sich vom Schicksal seines Sohnes abzulenken. Es will nicht recht gelingen. Bald beschließt er, ins Bett zu gehen. Marta hat die Zeitung vor sich liegen, er hat das Gefühl, sie liest immer wieder denselben Satz.

Kaum eingeschlafen, hört er wieder einmal ohrenbetäubenden Lärm: Schüsse von Maschinengewehren, Granatfeuer, Schmerzensschreie. Erich beobachtet das Geschehen, kann aber nicht eingreifen. Er kennt das Bild. Der Kampf um Berlin in den letzten Kriegstagen.

Friedrich springt mit seiner Mannschaft in einen Panzer. Er kann nichts sehen, auch sein Kommandant weiß nicht, was er machen soll, weiß nicht einmal, aus welcher Richtung die nächsten Angriffe zu erwarten sind. Die Fernmelde- und Funktrupps sind nicht einsatzbereit. Bomben und Granaten schlagen in ihrer Umgebung ein, Friedrich hat keine Ahnung, wo sich die Kameraden aus seiner Einheit befinden, der Kommandant befiehlt „Stellungswechsel vorbereiten“, doch das ist alles Makulatur. Eine Panzerfaust trifft Friedrichs Fahrzeug, der Kommandant fordert die Besatzung auf, den Panzer zu verlassen, mit ihm springen Richtschütze, Ladeschütze und Fahrer aus dem brennenden Panzer auf die Straße.

Erich kann die unglaubliche Angst spüren, die jetzt durch Friedrichs Körper jagt. Fehlende Kontrolle. Totales Chaos. Überall Rauch und Lärm. Panik. Vor seinem Sohn liegt ein deutscher Soldat – er wurde in den Bauch getroffen und verblutet schreiend. Sanitäter sind nicht in Sicht. Die Stellung wird von sowjetischer Artillerie unter Feuer genommen. Bomben explodieren, Boden-Boden-Raketen schlagen ein, eine Gegenwehr findet nicht mehr statt. Die meisten Soldaten laufen einfach nur noch weg. Nicht einmal eine weiße Fahne gibt es, die man hissen könnte. So mancher versucht sich zu retten, in dem er mit erhobenen Armen auf die russischen Panzer zuläuft.

Friedrich rennt orientierungslos durch den dichten Qualm, sucht irgendeinen Ort, der ihm Deckung verspricht. Wenig später ertönt ein lauter Knall, ein Geschoss schlägt unmittelbar in seiner Nähe ein. Friedrich fällt hin, sein Hemd ist blutverschmiert, er presst seine Hände auf eine tiefe Wunde am Oberkörper. Um ihn herum laufen alle durcheinander, schreien und versuchen, zu entkommen. Zwei Panzer rollen auf ihn zu. Wieder ertönt Granatfeuer, Splitter jagen durch die Luft. Friedrich zuckt noch ein paar Sekunden, danach regt er sich nicht mehr.

Erich wacht schweißgebadet auf. Wieder dieser Traum.

Wahrscheinlich ist alles damals sogar noch viel schlimmer gewesen.

Kapitel 15

1940

Sie sehen schick aus und passen auch wirklich gut. Außerdem braucht Marta einfach ganz dringend bequeme Halbschuhe für das bevorstehende Frühjahr. Ihr Haushaltsgeld lässt noch etwas Spiel, und weil sie auch den nötigen Bezugsschein hat, sagt Marta zu ihrem Schuster: „Ich nehme sie."

Gerhard Böhme packt die Schuhe in einen Karton und tippt den Betrag in die Registrierkasse ein.

„Benötigt die gnädige Frau Amtsgerichtsrat auch Schuhcreme dazu?", fragt er.

Marta zögert einen Moment: „Nein, danke, Herr Böhme. Ich war kurz geneigt, auf Ihr Angebot einzugehen, doch habe ich noch die passende zu Hause."

Was zwar stimmt, aber es ist nur noch ein kleiner Rest in der Dose. Doch wenn sie sparsam damit umgeht, wird die braune Schuhcreme in den nächsten Wochen noch ausreichen. In diesem Monat hat Marta keine Mittel für Schuhpflege in ihren Haushaltsplan eingestellt, schon bald wird sie den erforderlichen Betrag berücksichtigen müssen.

Sie bezahlt die Schuhe, packt sie vorsichtig in ihre Einkaufstasche und verstaut sorgfältig das Restgeld im ledernen Geldbeutel. Wie immer passt sie auf, dass ihre gepflegten Fingernägel nicht zu Schaden kommen. Die Gefahr besteht aber kaum, schließlich halten sie auch das tägliche Klavierspiel aus. Marta geht zur Tür.

„Auf Wiedersehen, Frau Amtsgerichtsrat Plackwitz. Ich hoffe, Sie beehren mich bald wieder mit Ihrem Besuch."

Sie dreht sich um: „Selbstredend. Auf Wiedersehen, Herr Böhme. Und viele Grüße an die Frau Gemahlin." Ihr macht es Spaß, sich die mitunter etwas gestelzte Sprache von Herrn

Böhme zu eigen zu machen. Und der schätzt ihre Schlagfertigkeit fast noch mehr als Erich.

Während der Schuster die Tür hinter der Frau Amtsgerichtsrat schließt, geht Marta langsam die Liegnitzer Straße hinunter. Bei Bäcker Hoppe erwirbt sie noch ein Brot, ihre Lebensmittelmarken gehen langsam aus, denn die Rationen pro Person sind knapp bemessen. Kartoffeln, Obst und Gemüse haben sie immerhin im eigenen Garten, aber Fleisch und Butter kann sie in den Geschäften nicht mehr besorgen. Aber was soll man machen? Der Krieg kommt immer mehr im Alltag an. Im Haus gegenüber beim Korbflechter Wiechert – er stellt die herrlichen Bienenkörbe her, für die Jauer bekannt ist – trauern sie um ihren ältesten Sohn, er ist schon gleich zu Beginn des Krieges in Polen gefallen. Da ist das fehlende Fleisch doch das geringere Problem. Marta sorgt sich allerdings um die Zukunft ihres Sohnes Friedrich, sie weiß aber, dass sie auf dessen möglichen Kriegseinsatz nach der Schule keinen Einfluss haben wird.

Auf weitere Einkäufe verzichtet sie, stattdessen biegt sie links in die Striegauer Straße und wenige hundert Meter später in die Humboldtstraße. Zu Hause angekommen, verstaut sie ihre Neuerwerbung im Schuhschrank, wischt noch einmal etwas Staub und setzt sich dann mit ihrem Kassenbuch an den Wohnzimmertisch. Friedrich kommt aus seinem Zimmer, sagt kurz „Hallo", doch weiß er, dass seine Mutter bei der Buchführung nicht gestört werden möchte. Schließlich hält sie bei den Finanzen der Familie die Fäden in der Hand. Erich ist in dieser Frage völlig unbedarft, er verlässt das Haus meist sogar ohne Geldbeutel.

Marta will ihre Berechnungen abschließen, bevor ihr Mann aus dem Gericht zurückkommt und beachtet ihren Sohn kaum. Sorgfältig notiert sie alle Ausgaben des gestrigen und des heutigen Tages, summiert sie auf und errechnet, wie viel Geld sie noch in der Kasse haben müsste. Es fehlen 90 Pfennige und sie muss eine Weile überlegen, bis ihr einfällt, dass sie gestern noch Briefumschläge und einfaches Briefpapier gekauft hat. Wieder hat sie keinen Zettel bekommen, das macht die Buchführung unnötig umständlich. Doch jetzt ist sie erleichtert, denn erstens stimmen Kasse und Buchhaltung überein, und zweitens hat der Kauf der Schuhe keine allzu großen Löcher in den Haushalt gerissen.

Erst jetzt geht sie zu ihrem Sohn und fragt ihn, ob er weiß, wann Elise vom Turnen zurückkommt. Friedrich hat keine Ahnung, der Junge wirkt in letzter Zeit sehr oft unkonzentriert. Auf ihre Frage hin, ob etwas los sei, weicht der 15-Jährige aus. Dabei hätte er viel zu erzählen, doch er hält die Eltern nicht für die geeigneten Gesprächspartner: Friedrich denkt von morgens bis abends an Luise Hübler, das schöne Mädchen aus der Untersekunda, die er allerdings nicht anzusprechen wagt. Davon ahnt die Mutter aber nichts.

Marta ist eh zu beschäftigt, sie ruft Emma, die gerade bügelt, und will das Abendbrot vorbereiten. Zum Brot – erst wird natürlich das alte aufgegessen, bevor das frische angeschnitten wird – gibt es Schmierkäse, Wurst und sogar etwas Schinken, den sie vor ein paar Tagen ergattern konnte. Als alles gedeckt ist, kocht Emma noch eine Kanne Tee, bügelt die Hemden des Herrn Amtsgerichtsrat fertig und darf dann nach Hause gehen.

Als erste kommt Elise, die vom Turnen noch ganz abgekämpft und verschwitzt ist. Sie will sich erst einmal waschen. Als sie erfrischt aus dem Bad heraustritt, kommt auch Erich gerade nach Hause. Er geht durch den langen Flur, betritt die Stube und nimmt den auf dem Flügel liegenden Brief an sich. Marta ist neugierig, was wohl drinstehen wird. Der Brief ist in Lüben abgestempelt und trägt als Absender die Landesheil- und Pflegeanstalt Lüben, Kinderfachabteilung. Hat es mit Karl zu tun? Gibt es womöglich endlich neue Nachrichten?

Sie beobachtet, wie sich Erich an den Wohnzimmertisch setzt, auf dem natürlich längst keine Spuren mehr von ihrer Buchführung zu sehen sind. Er entnimmt dem Umschlag mehrere Blätter, liest und erbleicht. Fast scheint es ihr, als würde er erstarren. Unvermittelt steht er auf, verlässt er den Raum und verschwindet in seinem Arbeitszimmer. Der Brief bleibt auf dem Tisch liegen.

„Wir wollten doch essen“, ruft sie ihm noch hinterher, doch da ist die Tür schon ins Schloss gefallen. Marta ist verwundert, so kennt sie ihren Mann nicht, sie geht zum Tisch und ergreift die Blätter. Beim Lesen verschwimmt ihr immer wieder die Schrift vor den Augen, so schrecklich sind die Zeilen vor ihr:

Herr und Frau Plackwitz, zu meinem Bedauern muß ich Sie hiervon in Kenntnis setzen, daß Ihr Kind Karl am 11. März 1940 plötzlich an einer Lungenentzündung gestorben ist. Das Kind war geistig tiefstehend, sprach nicht und konnte nicht laufen. Es hat auch während seines hiesigen Aufenthalts keine Fortschritte gemacht. Das Kind wäre im Leben sicher niemals ein brauchbarer Mensch geworden und wäre dauernd anstaltspflegebedürftig geblieben. Nehmen Sie dieses zum Trost, daß es für Ihr Kind sicher besser war, durch einen sanften Tod erlöst zu werden. Dr. Hartung, Heil- und Pflegeanstalt Lüben.

Das zweite Blatt ist ein Totenschein, auf dem dritten Blatt schließlich ist eine Rechnung mit einer langen Auflistung erbrachter Leistungen, angefangen von Krankentransporten über Unterkunft und Ernährung, bis hin zu medizinischen Behandlungen und schließlich den Kosten der Einäscherung. Dazu der Hinweis, dass man die Asche des verbrannten Sohnes erhalten kann, wenn man die Kosten dafür trägt. Marta muss sich setzen, steckt den Brief mechanisch wieder in den Umschlag und spricht kein Wort. Auch die Kinder sitzen stumm am Tisch. Erst nach einigen Minuten fragt schließlich Friedrich, was los sei.

„Schlechte Nachrichten von Karl“, sagt Marta. „Ich muss aber erst mit Vater reden.“ Sie klopft an der Tür des Arbeitszimmers und verschwindet nach dem leisen „Herein“ in Erichs Zimmer.

Ihr Mann sitzt reglos auf seinem Schreibtischstuhl, den Kopf auf die Hände gestützt. Marta setzt sich neben ihn auf einen

Hocker. Lange schweigen sie, bis Erich sagt: „Wir hätten ihn nicht weggeben dürfen."

Marta nickt und schluchzt: „Aber wir konnten nicht wissen, dass es so kommen würde. Karl war so schwach und so krank; man musste damit rechnen, dass er nicht alt wird. Aber war zu ahnen, dass er nur noch kurze Zeit zum Leben hatte?"

„Natürlich nicht. Aber jetzt ist er ganz allein gestorben. Ist das nicht schrecklich?"

Und wie schrecklich sie das findet. Schließlich war es ihre Aufgabe als Mutter, für ihn zu sorgen. „Ja, aber wir haben uns die Entscheidung, Karl ins Heim zu geben, nun wahrlich nicht leicht gemacht", sagt sie, und es klingt für sie selbst wie eine Ausrede. „Du weißt, dass wir mit unseren Kräften am Ende waren. Es war für mich, als steckte ich in einem Laufrad. Ich musste doch sogar zur Kur nach Bad Landeck, weil ich nicht mehr konnte."

Obwohl alles stimmt, was sie sagt, überkommt Marta mit Wucht das schlechte Gewissen. Ein Gefühl, als würde die Welt von ihr wegrücken. Sie hätte viel mehr Kraft haben müssen, hätte verhindern müssen, dass Karl in ein Heim kommt. Tränen füllen ihre Augen. Sie fühlt sich schuldig. Auch wenn die anderen bei der Betreuung von Karl ruhig mal hätten mehr helfen können. Und es war nicht ihre Idee, Karlchen wegzugeben. Erich war es doch, der die damit verbundene Entlastung für sie alle gut fand, als die Behörden die Verlegung vorschlugen. Und manchmal war ihm der behinderte Sohn auch peinlich.

Zum Glück ergreift ihr Mann in diesem Augenblick ihre Hand: „Lass uns keine Vorwürfe machen, meine Liebe. Außerdem waren wir sicher, dass er in der Heilanstalt bei den Fachärzten in guten Händen ist." Wir, sagt er. Er hat Recht. Wenn sie ehrlich ist, war sie im ersten Moment, als Karl ins Heim kam, wirklich froh, dass sie erlöst wurde von der dauernden Pflege des behinderten Sohnes. Aber jetzt ist Karl tot, denkt sie und muss schlucken.

Dass wir der Klinik vertraut haben, war ein Fehler, denkt sie weiter, bekommt aber kein Wort heraus. Es lässt sich nicht schönreden, sie haben als Eltern versagt. Die beiden schauen sich an, mit der Zeit wird sie etwas ruhiger, erzählt ihrem Mann von schönen Momenten mit Karl, davon, wie er lachte, wenn er entspannt war und gekitzelt wurde. In diesen Augenblicken war die Last, die seine Betreuung sonst oft war, wie weggeblasen. Sie bleiben noch eine Weile sitzen und beschließen dann, ins Wohnzimmer zurückzugehen und Elise und Friedrich von dem Tod ihres kleinen Bruders zu berichten. Elise schreit auf, als sie die traurige Nachricht erfährt. Friedrich sagt nichts und schaut verstört.

Also erzählen Erich und Marta die ganze Lebensgeschichte des Kleinen noch einmal, Marta beginnt. Stockend, immer wieder nach Worten ringend. Die Geburt mit den Komplikationen, die Erkenntnis, dass Karl nie ein gesunder Junge werden würde, die anstrengenden Jahre der ganztägigen Pflege zu Hause. Dann die behördliche Anfrage nach dem Sorgenkind im vergangenen Jahr. Marta verstummt, sie kann und will nicht weitererzählen. Erich übernimmt und berichtet sachlich vom Brief des Gesundheitsamts, in dem sie nach dem genauen Krankheitsbild von Karl gefragt wurden. Danach hatten sie monatelang nichts gehört. Im Januar 1940 kam dann wieder Post: Der Amtsarzt empfahl eine Einweisung in ein Heim. Lange hatten sie damals überlegt, ob das der richtige Weg sei, nach einem weiteren Schreiben in dringlichem Tonfall hatten sie schließlich zugestimmt, denn für Karl wurde eine besondere medizinische Betreuung in Aussicht gestellt.

„Wir haben gedacht, es wäre das Beste für ihn. Die Ärzte haben uns das auch versichert", sagt Erich.

Marta schluchzt auf, wieder übermannen sie Schuldgefühle und unendliche Traurigkeit. Elise und Friedrich rutschen nervös auf ihren Stühlen herum und schauen zu Boden. Elise weint. Erich fährt fort: Für Marta habe der Schritt eine erhebliche Entlastung bedeutet, ihre Kur war bereits beantragt, und da traf es sich ganz gut, dass Karl Anfang Februar nach Schweidnitz in die Landespflegeanstalt gebracht werden konnte. Die Gemeinnützige

Krankentransport GmbH organisierte die Abholung, alles machte einen fürsorglichen Eindruck.

„Wir konnten doch nicht wissen, wie es weitergeht. Und vor allem nicht, wie es enden würde." Marta bemerkt, dass auch Erich nach den richtigen Worten sucht.

„In Schweidnitz haben wir Karl dreimal besucht, das wisst ihr ja", sagt Erich schließlich. Einmal waren Elise und Friedrich dabei. Ein richtig gutes Gefühl hatten sie nicht, denn es wirkte so, als läge Karl nur herum, und niemand würde sich um ihn kümmern. Auf Nachfrage versicherten die Ärzte aber, dass Karl genau untersucht werde und schon bald eine eigens für ihn entwickelte Therapie begonnen werde. Das beruhigte. Etwas zumindest. Den Behörden und den Ärzten konnten sie doch glauben. Auch als sie sagten, man möge von weiteren Besuchen zunächst absehen, die Therapie sei sehr zeitaufwändig.

Doch sie hörten nichts und wurden mit der Zeit unruhig. Als sie vor vier Wochen einen weiteren Besuch in Auge fassten, erhielten sie am Telefon die Information, dass Karl mittlerweile nach Breslau gebracht worden sei, weil dort die Behandlungsmethoden noch besser auf ihn zugeschnitten seien. Sie brauchten zwei Wochen, um herauszufinden, dass Karl in dem dortigen Pflegehaus nur ganz kurz war. Es hieß, der Junge sei nach Liegnitz verlegt worden, doch habe man keine Adresse, weil man den dortigen Ärzten die Akte mitgegeben hatte. Jetzt wurden sie misstrauisch.

„Da haben wir uns zum ersten Mal richtig Sorgen gemacht. Vielleicht war er da schon krank? Wir wissen es nicht, wir wissen fast gar nichts", meint Erich.

Sie selbst hatten seltsamerweise überhaupt keine Nachricht bekommen. Wo war ihr Sohn? Marta schlief schlecht, wälzte sich oft im Bett hin und her. Erich versuchte sie zu beruhigen, meinte, die Ärzte wüssten schon, was für Karl das Beste sei. Doch Marta gab sich mit allgemeinen Auskünften nicht mehr zufrieden, so suchten sie nach ihrem Sohn, fragten überall nach, doch sie konnten ihn in Liegnitz weder schriftlich noch telefonisch noch bei einem Besuch mehrerer Anstalten ausfindig machen. Und jetzt plötzlich die Post aus Lüben. Wie ein Hammerschlag auf den Kopf. Niemand aus der Familie wusste, dass Karl in der dortigen Landesheil- und Pflegeanstalt untergebracht worden war. Und nun, so hat es ein Dr. Hartung brieflich mitgeteilt, war Karl an Lungenentzündung gestorben.

„Der arme Kerl, hoffentlich hat er nicht gelitten. Und hoffentlich war er wenigstens bis zu seinem Tod umsorgt. Wir konnten nichts tun. Niemand hat uns vorher gesagt, dass es so ernst um ihn steht", sagt Erich. Man werde sich die Asche zusenden lassen und Karl auf dem Hof der Friedenskirche beerdigen, beendet er schließlich die Zusammenfassung.

Marta zittert, sie wundert sich, wie ruhig ihr Mann alles erzählen kann. Elise und Friedrich bringen kein Wort heraus. Elise versteckt ihren Kopf in den Händen und kann nicht aufhören zu weinen. Marta nimmt sie in den Arm, sie versuchen, sich gegenseitig zu trösten.

„Ich vermisse Karl so sehr", sagt Elise schließlich mit brüchiger Stimme. „Er war bestimmt ganz einsam, hier hatte er wenigstens uns um sich herum", schluchzt sie.

Gestern machten uns die Steigungen im Riesengebirge schwer zu schaffen, doch dann zogen wir triumphierend in Hirschberg ein. Von da aus fuhren Züge in verschiedene Richtungen. Auch ich fand einen passenden, der mich Jauer näher brachte. Der Abschied von den lieben Menschen, mit denen ich Freud und Leid der beschwerlichen Reise geteilt hatte, fiel mir schwer, und ich konnte einige Tränen nicht verhindern. Im Zug fand ich dann zwei Männer und eine Frau, die auch nach Jauer wollten und ich schloß mich ihnen an. Von Alt-Röhrsdorf setzten wir unseren Weg in einem Fußmarsch fort. Wenige Stunden später wurde ich für alles belohnt. Ich lag nach vielen ausgestandenen Ängsten endlich in den Armen meiner Mutter. (4. Juni 1945)

Erich weiß zunächst nicht, wie er sein Schreiben beginnen soll, zu viele Gedanken kreisen in seinem Kopf. Außerdem hat er schlecht geschlafen, wie zuletzt fast jede Nacht. Immer wieder die Gedanken an Karl, die Zweifel, ob sie Fehler gemacht haben. Neben ihm seine Frau, er spürt genau, wie sie wach liegt und stumm vor sich hin weint. Sie berühren sich nicht. Ein stilles Einvernehmen.

Die Trauer um den jüngsten Sohn scheint seine liebe Marta zu zerfressen. Das Klavierspiel hat sie eingestellt. Ist es vorübergehend, oder wird sie niemals wieder mit dem Musizieren beginnen? Er versucht, ihr Trost zu spenden so gut er kann, er ergreift ihre Hand, wenn sie im Wohnzimmer vor sich hin starrt. Neulich hat er sogar etwas Staub auf der Fensterbank entdeckt, sie scheint auch die Tätigkeit, die sie sonst jeden Tag – durchaus mit Freude – ausgefüllt hat, zu vernachlässigen.

Auch er trauert um seinen Sohn, eher nach innen, zeigt seinen Schmerz nicht. Er ist die letzten Tage länger im Gericht geblieben, hat versucht sich dort abzulenken. Seine Abendspaziergänge dehnt er aus, die Bewegung tut ihm gut. Aber er weiß nicht, welche die passenden Worte wären, die er an seine Frau richten könnte.

Und jetzt der Brief. Verzweifelt starrt Erich das Tintenfass auf seinem Schreibtisch an. Schließlich notiert er die Adresse auf dem Umschlag: Landesheil- und Pflegeanstalt, Lüben. Langsam findet er die richtigen Worte, bittet höflich um weitere Informationen zum Tod seines Sohnes Karl, dankt für die medizinische Versorgung durch die Ärzte in den vergangenen Wochen und beantragt, ihm die Asche seines verstorbenen Kindes zukommen zu lassen. Die Rechnung werde er dann umgehend begleichen. Lange überlegt er, ob er sein Unverständnis darüber äußern soll, dass sie als Angehörige nicht einmal wussten, wo Karl zuletzt untergebracht war. Er beschränkt sich aber lieber darauf, vorsichtig danach zu fragen, warum sie als Angehörige nicht bereits informiert worden seien, als Karl im Sterben gelegen habe.

Es dauert zwei Wochen, bis er Antwort aus Lüben erhält. In einer provisorischen Urne schickt die Anstalt die Asche. Beiliegend eine Rechnung sowie erneut die Information, dass Karl an einer plötzlichen Lungenentzündung gestorben sei und dass sein Tod für alle besser sei, weil sein Leben für das Deutsche Reich niemals einen Sinn ergeben habe. Von weiteren Nachfragen bitte man abzusehen, weil die Heilanstalt völlig überlastet sei. Man habe schließlich nur wenig Personal, weil die deutschen Ärzte gebraucht würden, um verwundete Soldaten zu behandeln.

Erich ist unzufrieden mit dem Brief, weil er überhaupt keine neuen Informationen enthält und sich wie eine Antwort liest, die man dutzendweise verschickt. Doch weder er noch Marta haben eine Idee, was sie noch machen sollen und erledigen stattdessen lieber das Notwendigste. Mit dem Pfarrer vereinbaren sie eine Trauerfeier und einen Beerdigungstermin in der nächsten Woche. In der Zwischenzeit verstauen sie das Bettchen von Karl und sein verbliebenes Spielzeug im Keller. Erich sortiert die Akten, Marta prüft die Rechnungen. Am nächsten Tag wird sie zur Bank gehen und noch einmal einen größeren Betrag nach Lüben schicken.

Der Gottesdienst und die Bestattung einige Tage später sind traurig, aber auch feierlich, denn der Pastor findet tröstende Worte. Er sagt, er gehe davon aus, dass der Tod für Karl eine Erlösung gewesen sei und dass Gott ihn bei sich aufnehmen werde. Es sei gut zu wissen, dass sich die besten Fachärzte um ihn bemüht hätten, auch wenn sie ihm letztlich nicht helfen konnten. Deshalb brauche sich niemand Vorwürfe zu machen. Erich schaut seine Frau an, sie sieht in diesem Moment aus wie um Jahre gealtert. Elise schluchzt, Friedrich starrt stumm vor sich hin. Anders als die beiden wäre Karl nie zur Schule gegangen, hätte nie ein eigenständiges Leben geführt, das wissen sie alle. Erich hört, wie Friedrich seine Schwester zu trösten versucht, indem er mehrfach betont, dass Karl schließlich in den besten Kliniken und Heilanstalten der Region gewesen sei. Da diese ihn nicht retten konnten, sei ihm nicht zu helfen gewesen. Und für Karl selbst sei das Leben ganz bestimmt eine Qual gewesen.

„Was hätte er als Krüppel für die Gesellschaft schon leisten können?“, fragt Friedrich halblaut. „Er war eine Missgeburt. Und wie oft sind wir seinetwegen in der Schule und auf der Straße geärgert worden?“

Elise schaut ihn an, sagt aber nichts. Erich und Marta schweigen auch.

Nach der Trauerfeier wählen die vier auf dem Nachhauseweg einen kleinen Umweg, um an der Wütenden Neiße entlang zu gehen. Hier haben sie häufiger Spaß gehabt bei ihren sonntäglichen Spaziergängen. Karlchen lag dann in seinem kleinen Bollerwagen. Er war gern draußen und freute sich ganz besonders, wenn sie Hunde, Katzen oder Vögel sahen. In diesen Momenten fühlte sich auch Erich dem Kleinen nah.

Nach einem größeren Bogen erreichen sie von Süden her wieder die Stadt, gehen am Springbrunnen im Park von Schießwerder vorbei und laufen über die Werderstraße nach Hause. Dort angekommen, sagt niemand etwas, zu sehr stehen sie unter dem Eindruck der Trauerfeier und dem anschließenden Spaziergang mit den Erinnerungen an das „Sorgenkind“.

Marta ist nach Karls Beerdigung verstummt. Das Thema ist heikel, Erich weiß, wie sehr seine Frau leidet und sich mit Vorwürfen überschüttet. Er möchte, dass diese Schuldgefühle nicht ständig neu aufbrechen, und so weicht er der Aussprache aus. Und so bleibt es die nächsten Tage, Wochen, Monate. In der Familie Plackwitz sprechen sie nicht mehr von Karl.

Kapitel 16

1969

Das weiße Hemd scheuert am Hals, die Fliege sitzt schief, und die Manschettenknöpfe kann er nicht allein zumachen. Er fühlt sich überhaupt nicht wohl, die Stoffhose kratzt unangenehm an den Beinen, die Weste trägt er eh nicht gern – er weiß gar nicht, wozu sie gut sein soll, sie ist so schrecklich eng. Steif wie ein Brett hängt sie an ihm runter. Unbequem.

Doch vor Andreas steht seine Mutter, schließt ihm die Knöpfe, zupft noch mal hier und da, korrigiert den Sitz der Fliege und gibt ihm einen leichten Klaps auf den Po: „Alles klar, mein Junge! Du kannst gleich runter gehen."

Dabei ist nichts klar. Viel lieber hätte er statt dieser Sonntagskleidung eine bequeme Hose an, dazu seine alten Schuhe, und würde mit seinen Freunden auf der Straße Fußball spielen oder auf dem Spielplatz rutschen und in den Sand springen. Aber sonntags erlauben die Eltern das nicht, und an diesem Sonntag schon gar nicht, denn es ist Pfingsten, und Besuch hat sich angekündigt. Schulfreunde von Mutti. Die meisten kennt er gar nicht, nur an Lieselotte Meyer mit ihrem Mann Wilfried kann er sich ein bisschen erinnern. Die haben ihm leckere Schokolade mitgebracht, als sie vor ein paar Monaten in Münster zu Besuch waren. Vielleicht wiederholen sie das ja diesmal, das ist zumindest eine kleine Hoffnung.

Er geht noch nicht nach unten, sondern nimmt sein Spielzeugauto – einen roten VW Käfer – sowie sein Lieblingskuscheltier Mummi, ein Kaninchen, das ihm seine Patentante Barbara zum zweiten Geburtstag geschenkt hat und ihn seitdem fast überallhin begleitet. Er schaut zu, wie seine Mutter inzwischen bei seiner Schwester Eva kontrolliert, ob alles richtig sitzt. Auch hier werden die langen, dunkelbraunen und glatten Haare noch mal gekämmt, die weiße Bluse wird zurechtgezupft und der kurze Rock mit der Strumpfhose darunter geglättet. Ein kurzer Blick zeigt ihm, dass auch Eva so herausgeputzt nicht wirklich überglücklich ist. Ihr leicht verzogener Mund deutet Widerwillen an, doch lässt sie Muttis Korrekturen ebenso über sich ergehen wie er vorhin.

Ob die Eltern sich wohler fühlen in ihren feinen Sachen? Andreas kann es sich nicht vorstellen. Doch Mutti sieht ja immer ziemlich fein aus, heute erst recht in ihrem rot gepunkteten Kleid. Und Vati trägt jeden Tag unbequem aussehende Hosen und Hemden mit Krawatten, dazu noch die passende Anzugjacke. Es scheint ihnen also zu gefallen.

Es klingelt.

Andreas rennt die Treppe hinunter und öffnet die Tür. „Oh, der junge Herr. Du bist aber gewachsen!“, sagt ein Mann, den Andreas meint, noch nie gesehen zu haben und der ihm sehr groß vorkommt. Seine Haare sind fast grau und haben die gleiche Farbe wie sein Anzug.

„Ich bin Ernst Buchholz und war mit deiner Mama in der Schule“, erklärt der Riese. Umständlich ergreift Herr Buchholz Andreas’ Hand und drückt so fest zu, dass es ihm etwas weh tut. Danach spürt er, wie eine Hand über seinen Kopf wuschelt. Das wird Mutti nicht erfreuen, denn sie hat sich beim Kämmen seiner Haare viel Mühe gemacht. Schnell versucht er, die Frisur mit einem Handgriff wieder zu richten.

Sie könnten doch schon mal ihre Geschenke für mich rausholen, denkt er. Am besten Süßigkeiten. Weingummis oder so etwas.

Von den Eltern werden seine Schwester und er mit Süßem eher knapp gehalten. Jeden Tag gibt es eine „Zuteilung“, wie Mutti es nennt. Diese Zuteilung fällt sehr sparsam aus und besteht aus drei Haselnüssen, drei Schokoladenplätzchen und drei Gummibärchen. Wer mehr möchte, muss schon mal – was natürlich streng verboten ist – in den Küchenschränken wühlen, darf dabei aber nicht zu forsch vorgehen, denn Mutti weiß fast immer genau, wie viel noch in den angebrochenen Packungen ist. Einmal sind Eva und er dabei erwischt worden, wie sie unerlaubterweise jeder eine Handvoll Gummibärchen genascht haben. Mutti hat sie daraufhin erbost weggeschickt: „Schämt euch! Geht auf euer Zimmer! Da werdet ihr über euer Verhalten nachdenken!“, sagte sie. Auch nach vielem Überlegen konnten sie damals nicht erkennen, was genau an ihrem Vergehen so schlimm war. Sein Freund Werner bekommt tütenweise Gummibärchen von seinen Eltern zugesteckt. Beneidenswert.

Im Haus ist schrecklich viel zerstört. Türen sind eingetreten, die Dielenböden sind unglaublich verdreckt und werden gar nicht mehr sauber. Die Russen haben ganz schön gewütet, sie müssen voller Haß gewesen sein. Im Hof liegt ein riesiger Haufen mit Kleidung und Haushaltsgegenständen von uns. Mutti sagt, sie habe schon alles herausgesucht, was noch zu benutzen ist, aber ich gehe noch mal nachsehen. Ich finde ein hellgrünes Kostüm, das zwar ein paar Stockflecken hat, aber eigentlich noch ganz brauchbar ist. Man ist ja nicht verwöhnt heutzutage! Das meiste andere ist unbrauchbar geworden, es ist schon viel zu lange der Witterung ausgesetzt. Ich habe noch ein paar verschmutzte Photos rausgekramt, das war's. Es ist schrecklich, aber immerhin bin ich bei Mutti, und wir können zusammen hier in Jauer wohnen.

Es leben auch noch einige andere Deutsche hier, manche sind geblieben, als die Russen kamen, andere sind nach dem Ende des Krieges zurückgekehrt. Aber es werden einfach immer mehr Polen. Immer wieder kommen neue Familien an, sie sind aus dem Osten Polens, der jetzt zur Sowjetunion gehören soll, umgesiedelt worden. Sie alle suchen hier Wohnungen. (8. Juni 1945)

Schnell noch etwas Haarspray auf die Dauerwelle, sie muss schließlich den ganzen Tag sitzen. Und das Kleid? Vor dem Spiegel im Bad betrachtet Elise prüfend ihr neuestes Stück, sie ist mehr als zufrieden. Die Schuhe drücken allerdings etwas, und ihre Nylonstrümpfe wärmen die Füße kaum. Doch sie kann ja schlecht dicke Wollsocken tragen, und so verzichtet sie lieber darauf, den im Krieg erfrorenen Zehen die eigentlich erforderliche Wärme zukommen zu lassen. Man kann nicht alles haben. In erster Linie will sie heute gut aussehen.

Sie hört Stimmen von unten. Und schon ruft ihr Mann: „Elise, der Besuch ist da.“

Bestimmt hat Theo schon bevor es klingelte in seinem Arbeitszimmer hinter der Gardine stehend beobachtet, wie das erste Auto vorgefahren ist, er ist immer etwas aufgeregt, wenn Besuch kommt. Dann hat er wahrscheinlich ein weiteres Mal überprüft, ob seine Krawatte richtig sitzt und dürfte sich mit der Hand seine nach oben gekämmten Haare nachgezogen haben. Sie kennt seine Ticks und seine Bewegungen, und er darf das gern so machen. Für einen 42-Jährigen sieht er doch sehr passabel aus, denkt sie lächelnd und weiß, dass ihn der kleine Bauchansatz neuerdings etwas stört. Man kann auch im Alter noch schlank sein, hat er neulich noch zu ihr gesagt und mit Bewunderung auf ihre Eltern in Detmold verwiesen, die seien in Essensfragen unglaublich diszipliniert.

Während sie so nachdenkt, schellt es ein zweites Mal an der Tür, und sie eilt die Treppe hinunter, um ihre Gäste zu empfangen.

„Lieselotte, komm rein! Schön, dass es geklappt hat. Wir haben uns schon wieder so lange nicht mehr gesehen. Wilfried, herzlich willkommen in Münster!“ Sie begrüßt auch Ernst und Inge, die noch im Flur stehen. Es ist eng und etwas chaotisch, Mäntel und Jacken werden ausgezogen und an die Garderobe gehängt; sie sieht, wie Andreas sich zurückzieht, als habe er Angst, zertreten zu werden. Erst mit der Zeit gelingt es ihr, alle ins Wohnzimmer zu bugsieren.

Hier schaut sich Elise heimlich erst einmal ihre Freundin genauer an. Lieselottes braune Haare hängen nicht herunter wie beim letzten Treffen, sondern sie sind hochgebunden und festgesteckt. Pfiffig. Sie trägt eine karierte bläuliche Jacke, die bis über die Hüfte reicht. Dazu eine dunkelblaue Hose mit sorgfältig gezogener Bügelfalte. Flott. Und die Schuhe mit den hohen Absätzen. Elegant. Elise findet anerkennende Worte für ihre Freundin: „Du siehst ja aus wie den neuesten Burda-Moden entsprungen", sagt sie lachend. Insgeheim denkt sie, dass Lieselotte demonstrativ ganz besonders exklusive und teure Stoffe ausgesucht hat. An Geld hat es ihr schließlich noch nie gemangelt.

Jetzt steckt Lieselotte Andreas gerade eine Tafel Schokolade in die Hand: „Hier, die ist für dich."

„Danke schön", sagt Andreas, zum Glück gibt er artig die Hand und macht einen Diener dabei, so wie sie es ihn gelehrt hat. Mit gutem Benehmen und Manieren kommst du gut durchs Leben, sagt Elise immer. Andreas hält sich an das Gelernte: den Diener bei der Begrüßung, bei Tisch gerade sitzen, nicht schmatzen und auch nicht die Ellenbogen aufstützen.

Sie ermahnt ihren Sohn, er möge aber nicht alles auf einmal essen und auch nicht jetzt probieren, denn gleich gebe es ja Mittagessen.

„Jetzt lass ihn doch mal", sagt Lieselotte da einfach so. Nun, sie hat keine Kinder. Sie meint es bestimmt gut, aber was weiß sie schon über Fragen der Erziehung? Elise beschließt, nichts weiter zu sagen und nimmt Eva, die auch eine Tafel Schokolade bekommen hat, an die Hand und fragt ihre beiden Kinder: „Habt ihr denn auch schon die Familie Buchholz begrüßt? Das ist Ernst Buchholz, er ist mit Lieselotte und mir in Jauer zur Schule gegangen – ihr wisst, das ist da, wo ich geboren bin. Und das ist seine Frau Inge." Eva macht zur Begrüßung einen Knicks, Elise findet, sie könnte freundlicher dabei aussehen, schließlich bekommt sie gerade ein großes Päckchen überreicht. Auch wenn es nicht nach den erhofften Süßigkeiten aussieht.

„Das ist für euch beiden", sagt Inge Buchholz, Eva packt aus, es ist ein Gesellschaftsspiel. ‚Malefiz' steht auf dem Deckel, und Eva sieht unglücklich aus. Wie unangenehm!

„Unsere Kinder spielen das den ganzen Tag", lacht Inge. Elise stupst ihre Tochter leicht an. „Vielen Dank", sagt Eva daraufhin und gibt Frau Buchholz noch einmal die Hand. Ohne zu lächeln, aber mit Knicks. Immerhin.

Die Erwachsenen stoßen an, Theo hat eine Sektflasche geöffnet. Zu essen bietet Elise nichts an, denn zum Mittag wollen sie gleich in den „Kiepenkerl“, ein Münsteraner Traditionslokal, fahren. Bis dahin erwarten sie aber noch Helmut und Ruth Neumann, die in Salzburg wohnen und die weiteste Anreise haben.

„Helmut war schon in der Schule oft unpünktlich, wisst ihr noch?“, sagt Ernst Buchholz. Schon in Jauer war Ernst als großer Spötter sehr beliebt, und seine ironische Art hat er sich bewahrt.

Das Lachen der anderen über einen seiner Scherze verebbt gerade, als erneut das Klingeln der Haustür ertönt. Wieder Unruhe mit Aufstehen, Begrüßen, Auspacken der Mitbringsel. Für Eva und Andreas fallen diesmal Mozartkugeln ab, nach original Salzburger Rezept der Konditorei Fürst, wie Ruth Neumann gleich mehrfach hervorhebt. Die Kinder können damit vermutlich nicht so viel anfangen, doch Elise beobachtet, wie sie heimlich in eine Kugel hineinbeißen. Eva reißt erfreut die Augen auf und reibt sich genussvoll die Hand über den Bauch, Andreas hingegen mag Marzipan mit Nougat nicht so, er verzieht das Gesicht und spuckt die Masse heimlich in den Mülleimer. Als Eva noch eine Kugel nascht und dann ihre Finger an der Bluse abputzt, die nun einen kleinen Schokoladenfleck aufweist, sieht sich Elise gezwungen, einzuschreiten. „Jetzt muss ich die Bluse extra wieder waschen“, zischt sie leise. „Pass doch besser auf. Und außerdem habe ich gesagt, ihr sollt vor dem Essen nichts Süßes essen.“ Doch als Eva sie mit ihren treuen braunen Augen anschaut, schimpft sie nicht länger. Außerdem erfordern die Gäste ihre ganze Aufmerksamkeit.

Mit ihr, Lieselotte, Ernst und Helmut sind immerhin vier der zehn Abiturienten ihrer Klasse aus Jauer zusammengekommen. Ihr Freund Dieter Wipf musste leider absagen, und die frühere Mitschülerin Susanne Gertke hat nicht so viel Interesse an einem Austausch mit den früheren Kameraden. Die anderen vier aus der Abiturklasse vom März 1942 sind tot: Drei sind als junge Männer im Krieg gefallen – zwei von ihnen hatten sich freiwillig schon kurz vor der Abiturprüfung zur Wehrmacht gemeldet. Eine Mitschülerin starb als junge Frau auf der Flucht aus Schlesien.

Ernst steht inzwischen vor der – von Theo selbst geschreinerten – Regalwand und begutachtet die ausgestellte Literatur. Elise sieht ihm an, dass er bereits nach hämischen Bemerkungen sucht. Interessiert greift er nach dem einen oder anderen Buch, kommentiert es kurz und stellt es zurück. „Oh, Hermann Hesse" sagte er gerade: „Ja, das sollte man gelesen haben." Er geht ein paar Meter weiter und findet Shakespeares gesammelte Werke im englischen Original, drei schwere Bände: „Theo, als Englisch-Lehrer musst du diese Bücher wohl haben. Du hast sie aber nie gelesen, stimmt's?" Alle lachen, auch wenn Theo die Unterstellung umgehend und heftig dementiert. Selbstverständlich habe er Shakespeare gelesen, während des Studiums schon, und erst kürzlich vor einem Theaterbesuch noch einmal MacBeth, unterstreicht er.

Ernst Buchholz ist längst weiter gegangen, die mahnenden Worte seiner Frau Inge – „Lass das doch mal, Ernst" – übergehend, und hat Thomas Mann entdeckt: „Buddenbrooks, eins meiner Lieblingsbücher. Wie Thomas Mann diese Familie und ihren Niedergang schildert, das ist gut gemacht, so unglaublich anschaulich. Der Senator Thomas Buddenbrook hat mich immer etwas an deinen Vater erinnert, Elise." Für diese Bemerkung erhält Ernst Buchholz viel Zustimmung der anderen. An Erich Plackwitz können sich alle gut erinnern.

„Wie alt ist dein Vater jetzt eigentlich?", fragt Helmut Neumann.

„83", sagt Elise. „Er wohnt ja seit vielen Jahren mit meiner Mutter in Detmold, und beiden geht es gut. Er wandert noch immer fast bei jedem Wetter täglich mehrere Kilometer."

„Und wahrscheinlich geht er immer noch so gerade, als hätte er einen Stock verschluckt", wirft Ernst ein und trinkt einen Schluck Sekt. Sein lockeres Mundwerk wieder. Überall Geláchter. Elise mag ihn, auch wenn sie nicht so viel Kontakt zu ihm hat. Eigentlich sieht sie nur Lieselotte regelmäßig, der Kontakt zu ihr mit ihrer erfrischenden Art tut ihr gut. Bei den anderen beschränkt es sich auf Karten zu Weihnachten und gelegentliche Briefe.

„Ich finde, wir sollten aus den Klassentreffen einen regelmäßigen Termin machen", schlägt sie deshalb vor, kurz bevor sie zum Essen in die Innenstadt aufbrechen wollen. „Sonst verlieren wir uns noch aus den Augen. Dabei können wir nirgends so schön in Erinnerungen schwelgen wie in dieser Runde."

Die anderen stimmen zu, und sie nehmen sich vor, künftig alle zwei bis drei Jahre als Gruppe wieder zusammenzukommen. Der Gastgeber soll jedes Mal wechseln. Die nächste Einladung will Helmut aussprechen. Elise ist stolz, dass ihre Idee so positiv aufgenommen wurde, sie freut sich schon auf das neue Treffen in Salzburg.

Zunächst aber geht es in Münsters Innenstadt. Mit den Autos leitet Theo sie extra in einem kleinen Umweg über den Prinzipalmarkt. Sie steigen aus, und er gibt stolz den Reiseführer, zeigt die nach dem Krieg wieder aufgebaute Altstadt mit den Laubengängen – „wie in Schlesien", staunen die Besucher und werfen einen kurzen Blick auf Lambertikirche und Dom sowie auf das Rathaus des Westfälischen Friedens. „Der hat uns in Jauer doch die Friedenskirche gebracht", sagt Helmut gerade, als die Gruppe von lauten Rufen aufgeschreckt wird.

Über den Prinzipalmarkt laufen etwa 200 junge Menschen auf sie zu, sie haben sich in mehreren Reihen eingehakt und fordern lautstark ein Ende des Vietnamkrieges. Der Schlachtruf „Ho, Ho, Ho Tschi Minh" ertönt, und die Demonstranten halten vor den überraschten Passanten Transparente hoch: „Amis raus aus Vietnam!", steht darauf oder „Stoppt den Kapitalismus". Auf Plakaten kann Elise Che Guevara und Karl Marx erkennen, deren Bilder im Zusammenhang mit Studentenprotesten gelegentlich in der Zeitung zu sehen sind.

„Ach, das ist also auch Münster", versucht es Ernst mit einem Scherz, doch Elise ist die Demonstration vor den Gästen peinlich. Theo scheint es ähnlich zu gehen: „Es wird immer schlimmer", sagt er. „Für einige Kundgebungen kann man ja Verständnis haben, wenn sie sich gegen schlechte Möbel in der Hochschule oder auch gegen steigende Buspreise richten. Aber die meisten wollen inzwischen gleich die ganze Welt verbessern und wettern gegen alles und jeden: Vietnam, Kapitalismus, Notstandsgesetze. Ich weiß wirklich nicht, was das soll."

Lieselotte hingegen lächelt. Sie scheint entspannt zu sein.

Ganz anders Helmut Neumann: „Diese Sorte Studenten, die ertrage ich nicht!" Er ist rot angelaufen, die Narbe auf der Wange schwillt an, er läuft auf die Demonstranten zu und ruft: „He, ihr faules Gesindel, wann studiert ihr überhaupt? Geht lieber arbeiten als hier herumzuschreien!" Vor Aufregung spuckt er beim Sprechen.

Die Antwort ist lautes Gebrüll der Demonstranten. Einer ruft: „Was willst du denn, Opa? Es ist Krieg in Vietnam, also schau lieber mal hin. Da werden jeden Tag Kinder getötet!"

„Ihr habt doch gar keine Ahnung", flucht Helmut laut. Während die Demonstration weiterzieht, kann er sich lange nicht beruhigen, schreit den Studenten weitere Beschimpfungen hinterher. Zu den anderen sagt er: „Diese Spinner wissen gar nicht, dass die Amerikaner in Asien für unsere Freiheit kämpfen. Kein Wunder, die studieren alle Soziologie oder Pädagogik oder so etwas. Dabei sind das doch gar keine echten Wissenschaften. Die haben in ihrem ganzen Leben bestimmt noch keinen Satz auf Latein gelernt." Er keucht und muss nach Luft schnappen. „Und überall an den Hauswänden diese Schmierereien, das ist doch genauso wie bei den Nazis."

Zusammen mit Lieselotte versucht Elise Helmut zu beschwichtigen, dabei hilft es, dass die Rufe der Kundgebung immer leiser werden je weiter die Studenten ziehen. „Aufbrausend wie immer, der Helmut", flüstert Lieselotte: „Er lässt sich halt gern provozieren." Elise hat das Gefühl, als amüsiere sich Lieselotte über den Vorfall. Ihr ist es hingegen schrecklich unangenehm.

Erst beim Essen im Restaurant „Kiepenkerl" am Spiekerhof wird der Zwischenfall von anderen Themen verdrängt. Elise bewundert Lieselotte dafür, mit welcher Leichtigkeit sie es schafft, die Gruppe auf andere Gedanken zu bringen. Schon bald ist die Stimmung wieder ausgelassen.

Dann noch ein Abstecher zum Schloss und ein kurzer Spaziergang am Aasee, bis Elise darauf drängt, zum Kaffeetrinken nach Hause zu fahren: „Ich habe noch eine Überraschung."

Ein zustimmendes und neugieriges Murmeln ertönt. Auch Eva und Andreas wirken so, als wollten sie gern zu ihren Spielsachen zurück. Beim Essen haben sie brav die ganze Zeit ruhig neben den Erwachsenen gesessen, am Aasee können sie auch nicht groß herumtoben. Als Andreas fragt, ob er gleich Bonanza und die Sportschau im Fernsehen gucken darf, muss Elise ihn enttäuschen. Das Wohnzimmer gehört heute dem Besuch.

Mit dem Kuchen hat sie sich nicht lumpen lassen: Es gibt eine selbstgemachte Schwarzwälder-Kirsch-Torte und einen Käsekuchen. Außerdem serviert sie – das ist die angekündigte Überraschung – eine Platte Mohnkuchen und eine Liegnitzer Bombe, die sie eigens für den heutigen Tag auf dem Wochenmarkt in Münster von einem schlesischen Bäcker erstanden hat.

„So etwas gibt es bei uns in Salzburg nicht, oder, Ruth?", fragt Helmut, der sich schon das zweite Stück Mohnkuchen nimmt. „Es schmeckt richtig nach Heimat."

„Das weiß ich gar nicht. Vielleicht sollte ich mal in der Stadt Ausschau danach halten", antwortet sie. Auch Ernst und Inge meinen, in Offenbach noch nie einen schlesischen Bäcker gesehen zu haben, während Lieselotte regelmäßig schlesischen Mohnkuchen kauft. Auch wenn sie nicht der Typ ist, der immer wehmütig zurückblickt. Elise vermutet, dass es überall schlesische Bäcker geben wird. Aber Inge und Ruth haben als Nicht-Schlesier halt nicht den Blick dafür. Und die Männer kaufen nicht selbst ein.

Nur Theo mag keinen Mohnkuchen, immerhin sagt er heute mal nicht seinen Lieblingsspruch, denkt Elise. „Mohn macht dumm!“, heißt der und zeigt ihr nur, dass er sich als Westfale vielen Dingen versperrt. Statt zu essen lenkt Theo das Gespräch noch einmal auf die Demonstration in der Altstadt, spricht von Halbstarken, die nicht wüssten, wie gut sie es hier hätten. Elise wirft ihm einen warnenden Blick zu, doch zu spät, denn Helmut, der sich bereits sein zweites Glas Bier eingeschenkt hat, springt umgehend auf das Thema auf.

„Sogar bei uns in Salzburg laufen die jetzt mit Mao-Plakaten herum“, erzählt er. „Dabei gibt es an der Universität nur Theologen und Philosophen, da sollte man doch etwas Grips vermuten. Ich kann das nicht fassen. Das Widerlichste ist ja: Uns Schlesier machen die alle zu Nazis, nur weil wir unsere Heimat nicht aufgeben wollen.“ Er ist schon wieder außer Atem, kann sich kaum beruhigen. „Die sollen doch nach drüben gehen, in die Ostzone, wenn sie unbedingt Kommunismus haben wollen. Zu unserer Zeit hätte es das nicht gegeben. Es war halt bei weitem nicht alles schlecht damals.“

„Hör besser auf damit“, wirft Lieselotte ein. „Du redest dich noch um Kopf und Kragen.“

Ein typischer Helmut und eine typische Lieselotte, denkt Elise. Aber wie kommen wir bloß von dem Thema weg? Helmuts Adern an der Schläfe sind hervorgetreten, er ist aufgeregt, und die anderen wissen, dass er sich gern in ein Thema hineinsteigert. Vor allem in dieses. Helmut sieht die auf ihn gerichteten Blicke, schaut Lieselotte an und scheint zu verstehen. Er steht auf und geht zur Toilette.

„Lasst uns bitte nicht über Politik streiten“, sagt Elise schnell, als er zur Tür hinaus ist. „Und erst recht nicht mit Helmut, der ist schnell so hitzig, das wisst ihr doch!“

Dessen Frau Ruth schaut sie dankbar an. Und Lieselotte fängt an, eine Geschichte aus ihrer Jugend im Wiesenstrandbad in Jauer zu erzählen. Als Helmut wiederkommt, hört er aufmerksam zu und steuert eigene Erinnerungen bei. Danach tauschen sie sich über die Schriftstellerin Annette von Droste Hülshoff aus, die im Schloss Hülshoff bei Münster geboren wurde und im Rüschhaus nördlich von Münster gelebt und gearbeitet hat. Beide Orte will die Gruppe am nächsten Tag besichtigen.

Alle scheinen sich wohlzufühlen. Auch Helmut hat sich beruhigt, wie Elise erleichtert feststellt. Die Gruppe ist längst zum Wohnzimmertisch umgezogen, es gibt Käsespießchen mit Weintrauben und Cracker mit Remoulade. Auch Salzstangen stehen bereit. Zu trinken gibt es Bier für die Männer und Pfirsichbowle für die Damen.

Was für Zustände! Mutti und ich wohnen jetzt oben in der Wohnung der Großeltern. Unten in der großen Wohnung hat sich einfach der polnische Bürgermeister eingenistet und alle anderen aus dem Haus befördert. Gnädigerweise hat er uns erlaubt, oben die Räume zu benutzen. Wie großzügig! Dabei ist es doch unser Haus! Doch das interessiert niemanden mehr. Überhaupt geht hier alles drunter und drüber! Ob hier jemals wieder das Recht gilt? Ich habe meine Zweifel. Das Leben in Jauer wird immer schwieriger. Ich habe den Eindruck, dass die Polen es uns völlig unerträglich machen wollen, damit wir irgendwann aufgeben und gehen. (19. Juni 1945)

Der Himmel ist blau, und die Sonne scheint am Pfingstmontag friedlich in den frühsommerlich grünen Garten. Doch Barbara ist nicht besonders friedlich zumute. Sie lässt zwar die Sonne auf ihr Gesicht scheinen und kann das für einen Moment genießen. Doch während sie auf der Terrasse ihrer Eltern in Rodenkirchen steht, spürt sie in sich die wachsende Unruhe. Sie ist nicht länger bereit, das Schweigen hinzunehmen. Das Schweigen der Eltern über ihre Rolle im Nationalsozialismus. Sie will sie heute darauf ansprechen.

Warum haben ihre Eltern den NS-Staat unterstützt und ihr Verhalten bis heute nicht reflektiert? Sind sie Verbrecher? Was wussten sie von all den schlimmen Dingen, die in der Bundesrepublik nach mehr als zwei Jahrzehnten endlich zumindest in

Ansätzen diskutiert werden? Die Frage will Barbara ihnen schon lange stellen, und jetzt ist es an der Zeit, es zu tun. Ihr Kommilitone und Freund Peter hat sie auf die Idee gebracht, spontan zu den Eltern zu fahren und sie mit ihren Fragen zu konfrontieren. Doch jetzt scheint die Sonne so schön, und Mutter bereitet gerade Kaffee und Kuchen vor. Es ist so verdammt schwer, einen Anfang für die Diskussion zu finden.

Ihre Eltern haben den Nationalsozialismus nicht nur erlebt, sondern bewusst gestützt, aber warum? Sie haben die nationalsozialistische Ideologie propagiert, nicht an irgendeiner Schule, sondern an Napola-Schulen, den Eliteschulen der Nazis, ideologischen Kaderschmieden. Sie müssen mitbekommen haben, dass Unrecht und Gewalt die Herrschaft Hitlers geprägt haben. Doch fällt dazu nie ein Wort von ihnen. Leugnen und verdrängen.

Zurück am Tisch kann Barbara ihren Kuchen kaum essen, so schwer liegt ihr das Thema im Magen. Doch Schweigen und Vergessen darf es nicht länger geben. Plötzlich bricht es aus ihr heraus: „Ich wollte euch schon lange mal etwas fragen: Wie konntet ihr eigentlich damals an den Napola-Schulen unterrichten?"

Barbaras Eltern schauen erst sich und dann etwas entgeistert ihre Tochter an. Herbert fällt die Gabel auf den Teller.

„Bitte? Wie, äh, was meinst du?", stammelt der Vater.

„Das weißt du genau. Warum habt ihr mitgemacht bei den Nazis?"

„Warum willst du das wissen? Die Zeit damals..., das verstehst du doch gar nicht ", sagt die Mutter, und ihre Augen scheinen krampfhaft einen Punkt im Raum zu suchen, an dem sie sich festhalten kann.

Bei Barbara beginnt sich die Beklemmung etwas zu lösen, sie setzt forsch nach: „Hattet ihr eigentlich kein Gewissen? Habt ihr euch jemals mit dem Hitler-Faschismus auseinandergesetzt? Mit Auschwitz, dem Mord an den Juden und der menschenfeindlichen Ideologie?" Sie ist erleichtert, dass sie endlich den Anfang gefunden hat und redet sehr schnell. Jetzt fallen ihr all die Fragen ein, die sie sich vorher überlegt hat: „Was habt ihr genau gemacht in der Zeit? Wieso habt ihr an Schulen unterrichtet, die ganz besonders das Menschenbild der Nazis transportiert haben? Sprecht mit mir darüber. Ich will endlich wissen, was in den Menschen vorgeht, die mich 1942 gezeugt haben."

„Wer hat dich denn aufgestachelt, etwa diese Dauerstudenten an deiner Universität in Berlin, diese angehenden Psychologen?", stellt ihr Vater eine Gegenfrage, doch Barbara fällt ihm ins Wort: „Weich doch bitte einmal nicht aus. Du musst meine Freunde in Berlin ja nicht mögen, aber ich möchte es trotzdem wissen: Warum habt ihr das gemacht, und was habt ihr damals gewusst?"

Ihr Vater nimmt seine Gabel, schiebt sich ein Stück Kuchen in den Mund und sagt nichts. Ihre Mutter setzt mit lautem Geräusch ihre Kaffeetasse ab, um ein Haar hätte sie die Tasse fallengelassen.

„Also, ich höre." Barbaras Stimme soll betont selbstbewusst klingen, doch sie überschlägt sich fast. Sie bleibt aufgeregt.

„Nun mäßige dich erst einmal." Es ist ihr Vater, der jetzt doch das Wort ergreift. Er kratzt sich nervös an der Nase und nestelt an seiner Krawatte herum. „Es war eine ganz andere Zeit damals, das kannst du mit deinen gerade einmal 27 Jahren überhaupt nicht beurteilen." Er stockt und ringt nach Luft: „Das ist auch kein Thema für eine kurze Diskussion. Was soll das überhaupt? Und also, äh, als junger Mensch hast du heute sicher einen anderen Blick darauf als wir damals. Wir mussten in dieser Zeit leben, du nicht. Also mach es dir nicht zu leicht mit moralischen Urteilen."

„Was habt ihr gemacht, und was habt ihr gedacht, war meine Frage. Beantworte sie doch einfach." Barbara ist plötzlich ganz ruhig geworden und will sich mit Ausreden und Ausweichen nicht mehr abfinden. Sie wartet, bis Herbert weiterspricht.

„Also gut. Wir waren Lehrer, das hast du richtig gesagt. Ich habe Leibeserziehung und Latein unterrichtet, und deine Mutter war Lehrerin für Biologie und ebenfalls für Turnen", sagt er dann. „Wir haben also keine Ideologie verbreitet, wie du unterstellst. Wir sind als Lehrer lediglich unseren Pflichten nachgekommen und haben uns stets an den Lehrpan gehalten. Mit der Sache mit den Juden haben wir nichts zu tun gehabt, davon wussten wir nichts."

„Du warst jahrelang bei der Wehrmacht und hast für ein Land gekämpft, das andere Länder überfallen hat."

Die Spannung im Raum ist mit Händen zu greifen.

Herbert nestelt an seinen Fingern herum. „Überfallen! Was für ein Unsinn! Für die Ukrainer war unser Einsatz eine Befreiung von den Russen, das kannst du mir glauben. Die waren dankbar, als wir kamen. Außerdem war Krieg, und ich habe als Soldat lediglich Befehle ausgeführt. Die Verantwortung lag bei Anderen, bei ganz wenigen Anderen. Meinst du etwa, wir einfachen Soldaten hätten uns weigern können?"

„Du warst in der NSDAP. Du hast doch hinter diesem System gestanden. Wann bist du überhaupt Mitglied geworden?"

„Wir waren beide in der Partei damals, das wurde von uns Napola-Lehrern erwartet. Sonst hätten wir berufliche Nachteile erlitten. Es gab niemanden bei uns, der nicht in der Partei war. Aber das kannst du dir heute gar nicht vorstellen."

„Wann bist du eingetreten?"

„Äh, so um 1934 herum. Schätze ich. Genau weiß ich es nicht mehr."

„Mutti hat mir mal gesagt, dass es schon früher war." Barbara bemerkt den kurzen Blick, den ihr Vater seiner Frau zuwirft. „Also: Wann genau? Und tut nicht so, als wüsstet ihr es nicht", sagte sie ungeduldig.

Elke sagt nichts. Herbert hat sich im Gespräch immer weiter von Barbara weggedreht und wendet ihr inzwischen fast den Rücken zu.

„Wenn du es weißt, was fragst du dann?", meint er schließlich. „Nun gut, es war früher. Vielleicht war es schon 1931, äh, oder 1930. Aber zu der Zeit war auch nicht alles falsch, was die NDSAP gemacht hat..."

„Also schon lange bevor Hitler an die Macht kam", unterbricht ihn Barbara, sie spürt, dass sie vor Nervosität zittert. Dabei wäre sie gern ruhiger ihren Eltern gegenüber aufgetreten, doch das Thema lässt es nicht zu. Sie will es jetzt endlich genau wissen: „Das mit den beruflichen Nachteilen ist also eine Ausrede. Aber das war ja klar. Was habt ihr denn so unterrichtet, in Biologie zum Beispiel, das ist interessant. Ich nehme an, Rassenlehre hoch und runter, also die Überlegenheit der Arier und so."

„Ach Kind, das entsprach doch dem Wissen der Zeit damals und war vom Lehrplan vorgegeben. Wir haben uns das doch nicht ausgedacht! Über die Rassenlehre haben die Kinder auch in ihren Schulbüchern gelesen. Und nebenbei bemerkt: So ganz falsch ist das ja alles auch nicht. Glaubst du etwa, dass die primitiven Völker in Afrika oder Asien denselben Entwicklungsstand haben wie wir?"

„Das glaube ich allerdings. Ich hatte zum Glück auch nicht euch als Biologielehrer. Jedenfalls sind uns diese Völker nicht unterlegen, wie die Nazis das behaupten", sagt Barbara jetzt schon sehr laut. „Ihr habt wirklich gar nichts dazugelernt seit damals. Das ist ja echt zum Kotzen!" Barbara steht auf und ringt nach Luft. Die Ausreden der Eltern sind ja noch schlechter als erwartet. Erbärmlich. „Und dann dieser Wahn mit der Körperertüchtigung", fügt sie hinzu. „In eurem Turnunterricht ging es doch nur darum, Soldaten für Hitlers Kriege großzuziehen."

Unter Herberts Achseln zeichnen sich runde Schwitzflecken ab. Ihr Vater wirkt so, als ob er gleich losbrüllen würde. Doch er scheint seine Gedanken noch einmal zu sammeln: „Jetzt halt aber mal die Luft an und mäßige endlich deinen Ton. Was du machst, ist unverschämt. Wir sind hier keine Angeklagten. Ich habe mit meinen Schülern in den 30er und 40er Jahren Weitsprung trainiert. Ist das für euch jetzt auch schon ein Verbrechen? Und Soldaten mussten alle werden, die guten Weitspringer genauso wie die schlechten. Ich war selbst jahrelang im Krieg, und ich habe ganz schön dabei gelitten. Tu doch bitte nicht so, als wäre ich Täter. Ich war in Kriegsgefangenschaft in England. Und dann haben die Polen uns mit Hilfe der Russen auch noch Schlesien weggenommen. Ich bin doch selbst ein Opfer des Krieges."

„Du ein Opfer des Krieges? Ganz bestimmt, und die Polen und Russen sind an allem Schuld. Das ist doch völliger Quatsch: Ohne Hitlers Angriffskrieg hätte es Flucht und Vertreibung nicht gegeben, das ist die Wahrheit! Der deutsche Größenwahn hat die Grenzen verschoben, und das ging am Schluss nach hinten los. Weißt du überhaupt, dass der Krieg 20 Millionen Sowjets das Leben gekostet hat? 20 Millionen! Da sind die wirklichen Opfer zu finden, ganz bestimmt nicht in Deutschland. Und die Rote Armee, das war keine Ansammlung von Verbrechern. Das waren Befreier, die haben uns Deutschen von Hitler erlöst. Auch wenn bei diesem harten Kampf anderen viel Leid zugefügt wurde."

„Nein, Barbara, das stimmt doch nicht. Die Russen und Befreier? Die haben gewütet in Schlesien. Sie hatten kein Recht, uns die Heimat wegzunehmen. Warum erkennst du das denn nicht? Das war Unrecht."

„Und was ist mit den Konzentrationslagern und der Verfolgung der Juden? In Frankfurt war letztes Jahr wieder ein Auschwitz-Prozess. Es ist so erschütternd, was da alles herauskommt."

„Davon wussten wir doch nichts. Das wusste niemand, das wurde doch alles geheim gehalten."

An diesem Punkt der Diskussion weiß Barbara genau, welche Argumente sie sich vorher zurechtgelegt hat. Fast referiert sie, als sie sagt: „Es gibt Protokolle darüber. Und selbst wenn ihr möglicherweise nicht genau über die Vernichtung der Juden Bescheid wusstet, so haben natürlich viele Deutsche davon gewusst. Es gab Handwerker, die am Bau der Lager beteiligt waren, und es gab Lieferanten für Rohstoffe. Es gab Bäcker, die Brot in die Lager geliefert haben, und es gab sehr viel Personal in den Lagern. Waren die alle unwissend? Und die Nazi-Ideologie war doch kein Geheimnis. Die Übergriffe auf die Juden seit 1933. Und ihr habt doch bestimmt ‚Mein Kampf' gelesen! Da hat Hitler doch schon alles angekündigt! Eure Generation hat weggeschaut, das ist es. Und das müsst ihr eingestehen: Ihr wart Teil der Maschinerie.

Und dafür solltet ihr euch schämen statt das heute noch zu beschönigen."

„Was ist mit dir los, Barbara?", fragt Elke erschrocken. „Wir konnten an all dem nichts ändern. Lass uns doch über etwas anderes reden! Bitte!"

„Nein, ich möchte das jetzt endlich wissen. Ihr habt noch nie darüber gesprochen, ihr tut ja so, als hättet ihr damals noch gar nicht gelebt. Und was ich wirklich nicht verstehe, ist, dass ihr dabei so unkritisch mitgemacht habt, das ist es."

Barbara schlägt wütend mit der Hand vor die Terrassentür, und da platzt ihrem Vater der Kragen. Er springt auf, geht auf sie zu, sein Hemd ist inzwischen auch auf der Brust feucht vor Schweiß: „Raus jetzt, es reicht! Du kannst dich hier nicht als Anklägerin und Richterin aufspielen. Diese Berliner Studenten haben dich ganz verdorben. Du solltest dich schämen, nicht wir. Du hast doch gar keine Ahnung, was damals los war."

„Nein, habe ich auch nicht. Und ich hatte gehofft, dass ihr es mir erklärt. Aber das könnt ihr nicht, ihr weicht lieber aus, als hätte es die Verbrechen alle nicht gegeben, und ihr tut allzu unschuldig. Das ist mir zu wenig, ehrlich."

„Raus, sagte ich!", ruft ihr Vater noch einmal und schiebt Barbara Richtung Haustür. „Beruhige dich, und dann können wir wieder normal miteinander reden."

Sie ergreift ihre Jacke sowie den Koffer und verlässt das Haus. Hinter ihr wirft ihr Vater die Tür zu. Als sie draußen steht, bemerkt Barbara, dass ihre Hände vor Aufregung zittern. Der Herzschlag dröhnt ihr bis in den Kopf. Ihre Knie drohen wegzusacken, und sie muss sich erst einmal auf eine Steinmauer am Ende des Gartens setzen. Ein paar Minuten lang atmet sie tief durch und versucht zur Ruhe zu kommen. Dann fragt sie sich, ob sie ihren Eltern gegenüber zu aggressiv aufgetreten ist. Sie wollte ruhig und sachlich bleiben, aber wie sollte sie das bei dem Thema schaffen? Doch als angehende Psychologin hätte sie vielleicht anders vorgehen müssen. Ihr Vater hat ihre Fragen als Provokation aufgefasst und dann sofort abgewehrt beziehungsweise trotzig sein Tun als richtig verteidigt. Die Mutter hat einfach weiter geschwiegen – wie schon immer.

Bis ein nächstes Gespräch möglich ist, dürfte viel Zeit vergehen. Über den Streit muss erst einmal etwas Gras wachsen. Heute zu den Eltern zurückzukehren, erscheint ihr jedenfalls sinnlos. Barbara geht zum Auto, das sie von ihrem Freund Peter geliehen hat, steigt ein und fährt los. Sie sucht eine Telefonzelle, findet sie einige hundert Meter weiter und wirft ein Zwei-Mark-Stück ein. Sie berichtet Peter von dem Gespräch, muss schon bald Münzen nachwerfen, spürt, während sie erzählt, schon wieder ihre Wut aufsteigen und merkt deshalb erst nach einiger Zeit, dass Peter gar nicht so genau zuhört. Anders als sonst stellt er nämlich keine Nachfragen, die ihre Gedanken strukturieren und das Wesentliche aus ihren Gedankengängen herauskitzeln. Im Gegenteil: „Ich muss gleich zum Vietnam-Komitee", sagt er, und instinktiv hat Barbara das Gefühl, dass Peter nicht allein in seiner Wohnung ist. Wenig später legt sie auf. Sie wühlt in ihrem Portemonnaie nach weiteren Münzen und wählt eine Telefonnummer in Münster.

„Appelhoff", sagt eine vertraute Stimme.

„Hallo, Tante Elise. Hier ist Barbara. Meinst du, es wäre möglich, schon einen Tag früher zu kommen? Ich bin noch in Köln, aber hier hab ich alles erledigt. Ich kann jetzt schlecht zurück nach Berlin fahren und dann morgen zu euch."

„Ach du bist's, ich dachte schon, es wäre etwas passiert", sagt Elise und Barbara meint, eine Erleichterung in ihrer Stimme zu hören. „Also, du möchtest heute schon kommen? Ja, warum nicht? Ich muss noch dein Bett beziehen, aber das schaffe ich natürlich. Wir sind allerdings etwas müde, denn wir hatten bis gerade Besuch von meinen früheren Schulkameraden aus Jauer. Sie sind erst vor einer Stunde weg."

„Keine Sorge, ich brauche ja noch ungefähr zwei Stunden. Bis dahin könnt ihr euch noch ausruhen. Und heute Abend machen wir nicht mehr viel, sondern gehen früh ins Bett. Morgen sind wir dann alle wieder frisch, nicht wahr?“

Elise stimmt zu, und so verbleiben sie und legen auf. Wie schon vorhin spuckt die Telefonzelle kein Wechselgeld aus, denn das macht sie nicht, sobald eine Münze angebrochen ist. Darüber hat Barbara aber noch nie nachgedacht. Theoretisch hätte sie genug kleinere Münzen gehabt, aber sie wirft immer 2-Mark-Münzen ein, um zumindest eine Zeit lang in Ruhe telefonieren zu können.

Ohnehin achtet sie nicht besonders auf ihr Geld, im Gegenteil: Den Geiz vieler Verwandter findet sie abschreckend, und sie hat sich vorgenommen, ganz anders zu sein als sie. Heute will sie ihre Gastgeber ausgiebig beschenken. Sie fährt nach Köln in die Innenstadt und kauft für ihre Tante feinste belgische Pralinen und ein Fläschchen 4711. Für Theo findet sie eine Flasche Rotwein – einen Spätburgunder aus Rheinhessen, weil sie weiß, dass er diese Region bevorzugt. Für Eva gibt es Schokolade, für ihr Patenkind Andreas kauft sie ebenfalls Schokolade, und dann entdeckt sie in einem Kaufhaus noch einen echten Lederfußball. Er liegt schwer in ihrer Hand und sie fragt sich, ob der kleine Fratz den schon bewegen kann. Doch Tante Elise hat erzählt, dass Andreas an fast nichts anderes als Fußball denkt. Als er an der Schule getestet wurde, ob er mit fünf Jahren aufgenommen werden kann, hat die Lehrerin ihn gefragt, ob er schon etwas schreiben kann. Stolz hat Andreas bejaht und fast fehlerfrei Preußen Münster, Borussia Dortmund und Eintracht Frankfurt auf ein Blatt geschrieben. Gern hätte er noch mehr Vereinsnamen notiert, aber die Lehrerin sagte, das reiche erst einmal. Da soll Andreas richtig traurig geschaut haben, hat Elise ihr erzählt, und sie beide haben am Telefon gelacht.

Gut zwei Stunden später klingelt Barbara in Münster an der Haustür. Sie umarmt ihre Tante, die eigentlich eine Cousine zweiten Grades ist. Doch weil Elise fast 20 Jahre älter ist, hat sie sich schon als Kind angewöhnt, Tante zu ihr zu sagen. Und so ist es bis heute geblieben. Barbaras Geschenke kommen gut an, auch wenn Elise sofort sagt: „Du musst nicht immer so viel mitbringen, Barbara. Du hast doch gar nicht so viel Geld. Eine Kleinigkeit hätte doch auch gereicht."

An Elises leuchtenden Augen erkennt Barbara aber, dass sie mit den belgischen Pralinen genau richtig liegt. Theo nimmt ebenfalls dankend den Wein entgegen. Nicht zum ersten Mal macht er ihr wegen ihrer glänzenden, langen, braunen Haare Komplimente und versucht, aus ihrem Gespräch einen kleinen Flirt zu machen. Ihr ist das unangenehm, doch lässt sie es zu, sie ist ja schließlich zu Gast hier. Kurz darauf verlässt er das Haus. Ein Kartenspiel-Abend mit Kollegen steht an, und dieser Termin scheint für ihn unaufschiebbar, selbst wenn attraktiver Besuch da ist.

Barbara wird umgehend von Andreas in Beschlag genommen. Sie drückt und küsst ihn, lacht über den lustigen, bestimmt von Elise selbst geschnittenen Topfschnitt – „damit keine Haare in die Augen fallen!" Der Junge lässt sie langsam die Diskussion mit ihren Eltern vom frühen Nachmittag vergessen. Sie verschwindet mit ihm und dem neuen Ball im Garten, vorher zieht er schnell eine Straßenhose und alte Schuhe an. Tante Elises Erziehung. Gleich mit dem ersten Schuss knickt er eine Nelke um. Barbara weiß, dass Elise das überhaupt nicht mag, und deshalb nimmt sie die Blume und wirft sie unauffällig über den Zaun auf den Komposthaufen des Nachbarn.

„Du gehst ins Tor", ruft Andreas und stellt sie zwischen zwei Kirschbäume. Er legt sich den Ball fünf Meter vor ihr hin, nimmt langen Anlauf und schießt ihr vors Knie. Während sie sich das Bein reibt, schimpft er: „Mist, gehalten" und legt sich den Ball erneut zurecht. Diesmal platziert er die Kugel besser, und sie rollt zwischen Barbara und dem linken Kirschbaum ins imaginäre Tor. Andreas reißt die Arme hoch, hüpft herum und jubelt. Nach dem Spielen bemerkt sie, dass Andreas Hemd einen Fleck abbekommen hat. Auch Elise sieht es sofort, als sie hereinkommen, schaut etwas vorwurfsvoll in ihre Richtung, sagt aber nichts. Barbara bietet an, das Hemd mit der Hand zu scheuern, doch Elise lehnt freundlich, aber bestimmt ab. „Auch die Hosen sind schon wieder durchgewetzt, da ist ein Flicken fällig, das kann ich dann alles zusammen erledigen“, sagt sie nur.

Nach dem Abendbrot spielt Barbara mit den Kindern das neue Spiel ‚Malefiz'. Eva und Andreas, dem sie etwas helfen muss, finden das Geschenk von Herrn und Frau Buchholz jetzt doch ganz gut, sagen sie. Eva wird allerdings immer wütend, wenn jemand Barrikaden vor ihren Figuren aufbaut, die sie daran hindern, ins Ziel zu kommen. Als es dreimal hintereinander passiert, schreit sie auf und wirft das Spielfeld um: „Das macht ihr immer nur mit mir.“ Nur mühsam kann Elise mit Barbaras Hilfe die Neunjährige beruhigen.

Gemeinsam beschließen sie dann, das Spiel für heute zu beenden und packen die Figuren ein. „So, und nun geht ihr hoch ins Bett. Waschen und Zähne putzen nicht vergessen“, lautet die bestimmte Ansage von Elise. Eva protestiert, doch als Elise ihr erlaubt, im Bett noch etwas zu lesen, geht auch sie. Andreas lässt sich von Barbara nach oben begleiten und nach einer Blitzwäsche im Bad noch etwas vorlesen. Er ist müde vom Fußballspielen, und so schläft er nach wenigen Seiten ein. Lächelnd sieht Barbara ihn an, wie er sein Kuscheltier Mummi in der Hand hält, steht leise auf und verlässt das Zimmer des Jungen.

Unten bereitet Elise bereits einen Tee für beide zu. Sie setzen sich an den Wohnzimmertisch, und Elise fragt nach ihren Eltern. Für sie sind Herbert und seine Familie neben den Eltern die letzten verbliebenen Verwandten, zu denen sie Kontakt hat, dadurch sind sie besonders wichtig, das weiß Barbara. Deshalb ist Elise vor fast sechs Jahren auch auf die Idee gekommen, an Barbara die Patenschaft ihres Sohnes heranzutragen. Sie hat das gern angenommen.

Barbara weiß nicht so recht, was sie auf die Frage nach den Eltern antworten soll. Sie denkt an die unergiebige Unterhaltung am frühen Nachmittag und zieht es vor, den Streit gegenüber Elise nicht zu erwähnen. Stattdessen berichtet sie davon, dass ihr Vater nur noch wenige Jahre bis zur Pensionierung arbeiten muss und dass ihm mit über 60 Jahren der Sportunterricht langsam aber sicher schwerer fällt.

So lange hat der Frieden nicht gehalten. Plötzlich müssen wir ganz aus unserem Haus raus! Einfach so! Es gibt einen Erlaß, der besagt, daß aufgegebenes Eigentum der Deutschen in den Besitz des polnischen Staates übergeht, hat uns der Bürgermeister erklärt. Auf Verlangen müssen alle Deutschen jetzt ihre Häuser räumen. Die Polen werden dazu ermutigt, sich einfach den Besitz der rechtlos gewordenen Deutschen anzueignen. So ergeht es uns jetzt. Was für ein schreiendes Unrecht! Aber wir haben ja schließlich den Krieg verloren.

Also packen wir so viele Sachen, wie wir tragen können. Die polnischen Behörden haben angeordnet, daß wir in der Landwirtschaft in Goldberg helfen sollen. Ganz früh morgens machen wir uns auf den Weg. Es ist ein kleiner deutscher Treck. Wir kennen das Ehepaar Stiller und auch meinen ehemaligen Mathematiklehrer Dr. Weber, der immer sehr streng war. Er erweist sich jetzt als bescheidener und dankbarer Mensch. Wir wandern die 25 Kilometer zu Fuß, teilen unser Essen und Trinken, bis wir beim polnischen Landrat ankommen, der uns auf einem Gut einquartiert. Die Arbeit ist hart, aber wir werden gut behandelt und bekommen sogar ganz ordentlich zu essen. Aber manchmal ist mir zum Heulen zumute. Denn wir sind so nah bei Jauer und können trotzdem nicht in unserem Haus leben. (25. Juli 1945)

Herbert Plackwitz braucht lange, um wieder zur Ruhe zu kommen, erst will es ihm gar nicht gelingen. Was sich seine Tochter einfach so herausnimmt. Ihn so an den Pranger zu stellen. Als wäre er ein Schwerverbrecher. Innerlich kocht er. Elke hat sich zurückgezogen, sie weiß wahrscheinlich, wie es in ihm aussieht.

Er hat sich nichts vorzuwerfen. Überhaupt nichts.

Gut, er ist damals dem Geist der Zeit gefolgt – so wie Hunderttausende andere auch. Wäre Barbara damals schon erwachsen gewesen, hätte sie sich vermutlich genauso verhalten. Er war halt Mitglied in der damals regierenden Partei. Einer unter Millionen.

Aber er war immer ein guter Lehrer, damals schon, und heute ist er es immer noch. Davon ist er überzeugt.

Und was versteht Barbara schon von Schlesien und den Verlusten, die er zu erleiden hatte? Sie war ja gerade erst geboren, als der Krieg zu Ende ging und sie die Heimat hinter sich lassen mussten. Ach, was soll's, sie wird das nie verstehen, sie hat eine Sicht auf die Dinge, die er allem Anschein nach nicht mehr korrigieren kann. Beeinflusst von Menschen, die ihn gar nicht kennen. Starrsinnig ist sie, seine Barbara. Gut, dass er sie aus dem Haus geworfen hat, sonst würden sie wahrscheinlich immer noch streiten. Und sie würde ihm vermutlich auch noch Vorwürfe machen wegen des Termins, zu dem er gleich noch will.

Eine Wahlveranstaltung in Köln steht auf dem Programm. Mit seinem Freund Walter Reichel. Walter ist mit den Bundesregierungen seit Jahren unzufrieden, und die amtierende Koalition aus CDU, CSU und SPD ist für ihn der Tiefpunkt. Daraufhin ist er eben selbst in die Politik gegangen. Nur konsequent. Für Walter gibt es nur eine Partei, die die Interessen der Schlesier nicht verrät. Die NPD. Sie hat in den vergangenen zwei Jahren bei vielen Landtagswahlen zugelegt und ist mittlerweile in sieben Landesparlamenten vertreten. Zuletzt hat sie im vergangenen Jahr in Baden-Württemberg 9,8 Prozent der Stimmen geholt, jetzt strebt sie in den Bonner Bundestag. Seit fast drei Jahren ist Walter Parteimitglied, und als Vertriebenenfunktionär haben ihm die Nationaldemokraten einen vorderen Listenplatz zur Verfügung gestellt. Er soll helfen, dass die NPD die Fünf-Prozent-Hürde überwindet. Die Chancen dazu stehen nicht schlecht, denkt Herbert. Die Rezession verstört viele nach dem Wirtschaftswunder der 50er Jahre. Dazu die Große Koalition, die 1966 vom neuen Bundeskanzler Kurt Georg Kiesinger mit Willy Brandt geschmiedet wurde. Mit deren Politik sind viele unzufrieden, nicht nur Walter und seine NPD. Er selbst auch.

Mit der Rheinuferbahn fährt Herbert nach Köln. An der Deutzer Brücke im Süden der Innenstadt steigt er aus und geht die letzten Meter bis zum Gürzenich zu Fuß. Vor dem Festsaal aus dem 15. Jahrhundert protestieren mehrere junge Menschen gegen die NPD-Versammlung. Herbert denkt an seine Tochter, sie würde gut dazwischenpassen, der Ärger kommt wieder in ihm hoch. Auf Transparenten warnen die Demonstranten vor einer Rückkehr des Nationalsozialismus. Alles junge Leute, die sich gar kein eigenes Urteil über die Zeit damals bilden können.

Einige ältere Herren liefern sich auf dem Weg zur NPD-Versammlung kurze Wortgefechte mit den Demonstranten, die Polizei stellt sich zwischen die beiden Gruppen. Als Herbert an den etwa 20 NPD-Gegnern vorbeigeht, zeigt er ihnen demonstrativ den Vogel. „Nazi-Sau", rufen ihm die jungen Leute zu, „Haut doch ab hier!", ruft er zurück und geht dann schnell weiter. Eine Konfrontation möchte er vermeiden, er weiß nicht, ob er ruhig bleiben könnte. Und es hat ja auch keinen Sinn. Mit denen kann er nicht diskutieren.

Er betritt die nach dem Krieg neu aufgebaute Wandelhalle des Gürzenich und geht auf die ersten Informationsstände zu. Vertriebene verteilen Material, auf denen sie für ein Rückkehrrecht in ihre Heimat pochen. Wenige Meter weiter drückt ihm ein Herr in Herberts Alter eine Beitrittserklärung zur NPD in die Hand, verbunden mit dem Hinweis, man brauche für die nationale Sache noch viele Mitstreiter. Herbert erwidert, er werde darüber nachdenken.

Im Sitzungssaal haben sich schon etwa 100 Menschen versammelt. Die meisten sind Männer und älter als 60 Jahre, Herbert passt also gut dazwischen. Es wird Kölsch serviert. Als erstes wendet sich ein Mann um die 50 an die Zuhörer und stellt sich als Kölner Direktkandidat der NPD vor. Seine Rede ist fahrig, und bis zum Ende kann er seine Nervosität kaum ablegen. Herbert gefällt zwar einiges, was der Mann sagt, doch mitreißend findet er ihn nicht. Den anderen geht es offenbar ähnlich, denn als der Kandidat endet, fällt der Applaus recht spärlich aus.

Danach tritt Walter ans Mikrofon, er trägt einen dunklen Anzug aus feinem Zwirn und eine dunkelblaue Krawatte mit weißen Streifen. Seine massige Gestalt ist raumfüllend, Reichel dürfte bei etwa 1,75 Metern mindestens 110 Kilogramm wiegen. Mit einem Stofftaschentuch wischt er sich die Stirn trocken, nickt Herbert, den er an seinem Tisch vorn rechts entdeckt hat, freundlich zu und beginnt zu sprechen. Zunächst geht er auf die Studenten vor der Tür ein, nennt sie Kommunisten, die doch in die SBZ gehen sollten: „Diese Langhaarigen müssen erst einmal lernen sich zu benehmen und sich ordentlich anziehen." Begeistert klatschen die Zuhörer, Reichel hat den passenden Ton getroffen.

„Liebe Freunde, die Linken wollen uns Deutschen pauschal zu Tätern machen und spielen sich jetzt, 30 Jahre nach Beginn des Krieges als diejenigen auf, die alles besser wissen", fährt er fort. „Dabei waren sie 1939 noch gar nicht geboren. Sie können also gar nicht wissen, was damals los war. Sie machen unsere tapferen Kämpfer der Wehrmacht schlecht, obwohl diese in schweren Zeiten nur ihre Pflicht erfüllt haben – und das wahrlich nicht schlecht." Wieder unterbricht lautes Klatschen seine Rede. Reichel hebt nach einer Weile die Hände, damit er fortfahren kann.

„Vor allem aber sehen sie überhaupt nicht, dass wir Deutschen in erster Linie Opfer des Krieges sind. Dabei brauchen sie sich nur die zerbombten Städte anzusehen, bis heute kann man erkennen, was für Löcher die Luftangriffe in unseren schönen Innenstädten hinterlassen haben. Und die Ostgebiete: Was ist mit Schlesien, Böhmen, Pommern, Danzig, Königsberg? Das haben die Polen und Russen uns weggenommen. Was ist mit Mitteldeutschland, mit Dresden, Leipzig und Rügen? Das steht doch so gut wie unter russischer Verwaltung, und das ist nicht hinnehmbar. Meine Freunde, wir dürfen diese Grenzen niemals anerkennen. Sachsen, Schlesien oder Ostpreußen: das sind alles deutsche Provinzen, die in einen deutschen Staat gehören. Die NPD ist die einzige Partei, die nicht nur auf dem Papier für eine Wiedervereinigung Deutschlands ist. Wir handeln auch: Deutschland in den Grenzen von 1937 ist für uns das Mindeste, was wieder erreicht werden muss."

„Bravo!“ Der Saal tobt, die Zuhörer klatschen und stampfen mit ihren Schuhen auf den Boden. Auch Herbert lässt sich von der Stimmung mitreißen.

„Wir haben genug für den Krieg gesühnt, jetzt muss mal Schluss sein“, fährt Reichel fort. „Wir Deutschen müssen selbstbewusst auftreten, müssen uns gegen den negativen Einfluss aus dem Ausland wehren. Bundeskanzler Kiesinger tut das aber nicht, und ein Bundeskanzler Willy Brandt von der Landesverräterpartei SPD würde unsere Interessen im Ausland noch weniger beachten. Wir von der NPD aber, wir denken national, wir wissen noch, was wir unserem Volk schulden.“

Reichel geht noch auf die aktuelle wirtschaftliche Flaute ein, verspricht, sich für mehr Arbeitsplätze für Deutsche einzusetzen, kritisiert die Gewerkschaften als Verbündete der Landesverräter und hält ein flammendes Plädoyer für einen Einzug der NPD in den nächsten Bundestag, der in wenigen Wochen gewählt wird. Die Anwesenden spenden ihm stehend Applaus, als der Redner die Bühne verlässt. Reichel lässt sich feiern und geht dann auf Herbert zu: „Schön, dass du kommen konntest. Ich bin sicher, dass wir es im September schaffen werden, in den Bundestag einzuziehen. Und dann werden wir das politische Bonn aufmischen. Das wird auch höchste Zeit.“

Herbert beglückwünscht seinen Freund zu einer mitreißenden Rede. Lange können sie nicht sprechen, denn ein Mann mit Mikrofon in der Hand geht auf Reichel zu und stellt sich als Mitarbeiter des WDR vor. Er fragt nach einem Interview, hinter ihm steht ein Kameramann.

„Nimmt der rote WDR endlich Kenntnis von uns? Dann mal los.“ Herbert bewundert, wie abgeklärt sein Freund mit den Medien umgeht.

Nach ein paar allgemeinen Fragen zu den politischen Zielen der NPD und zur Abgrenzung von den Nazis – „Wir leben heute in einer ganz anderen Zeit und sind eine ganz andere Partei als die NSDAP“ – fragt der Reporter schließlich: „Herr Reichel, stimmt es eigentlich, dass Sie 1938 als Unternehmer in Breslau ein vormals jüdisches Bekleidungsgeschäft übernommen haben?"

Reichel verzieht leicht das Gesicht. „Ähm, nein. Ich habe das Geschäft schon früher gekauft und das zu einem ganz regulären Kaufpreis. Und mehr sage ich dazu nicht." Er dreht sich von der Kamera weg.

„Wir haben andere Informationen darüber. Die früheren Besitzer Pollak und Adler mussten ins Ausland fliehen," hakt der WDR-Mann nach.

Reichel hat einen roten Kopf bekommen: „Ich sagte doch, dazu äußere ich mich nicht weiter."

„Eine letzte Frage noch: Stimmt es, dass Sie für den Verlust des Geschäfts eine Entschädigung nach dem Lastenausgleichsgesetz erhalten haben?"

Der Kameramann kann nur noch den Rücken des wütend wegstampfenden Politikers aufnehmen. Herbert ahnt, dass der Fernsehbericht über Reichel nicht gerade positiv ausfallen wird. Die heutige Rede, seine klaren Forderungen zu Ostdeutschland und die aktuellen Probleme in der Bundesrepublik dürften darin kaum vorkommen.

Plötzlich kommt eine neue Anordnung: Wir müssen zurück nach Jauer! Die Stadt heißt jetzt Jawor (=Ahorn). Mit Rucksack und Reisekorb und ein paar Handkarren machen wir uns auf der Landstraße auf den Weg. Es ist mühsam, denn es ist schrecklich heiß. Wir haben fast nichts zu trinken. Zu Hause angekommen, lacht man uns nur aus. In unser Haus läßt man uns gar nicht erst hinein, doch in diesen schlechten Zeiten rücken die Menschen zusammen. Wir finden Unterschlupf bei Heinrich Ertelt, er hatte früher mal ein Ledergeschäft in der Goldberger Straße. Stillers bekommen ein Zimmer, und Mutti und ich haben auch ein Zimmer für uns beide zusammen. Es ist nicht groß, aber uns kommt es vor wie das Paradies! Wir sind endlich wieder in Jauer, wenn auch nicht daheim! (12. August 1945)

In Münster machen es sich Elise und Barbara vor dem Fernseher gemütlich. Eine Quizsendung. Beim Raten ergänzen sie sich gut, kennen erstaunlich viele richtige Antworten. Mitmachen möchten sie trotzdem nicht, im Ernstfall vor laufender Kamera wären sie viel zu aufgeregt, ist Barbara überzeugt. Während sie noch mit Elise darüber redet, beginnt das Magazin „Monitor“, schnell starren sie gebannt hin, denn gleich der erste Beitrag macht sie sprachlos. Ihr Bekannter Walter Reichel kommt als NPD-Bundestagskandidat zu Wort, in einer Rede bezeichnet er die Vertreibung als Enteignung von Millionen Deutschen. Recherchen des Magazins haben allerdings ergeben, dass Reichel selbst 1938 als Profiteur der sogenannten Arisierung in den Besitz eines ehemals jüdischen Bekleidungsgeschäfts in Breslau gekommen war. In einem Entschädigungsantrag habe der heutige NPD-Mann fälschlicherweise angegeben, den Laden bereits 1932 übernommen zu haben. Die Journalisten haben für ihren Beitrag Kinder der ursprünglichen Besitzer in den USA ausfindig gemacht, die aussagten, sie hätten 1938 Deutschland verlassen. Ihre Eltern hätten kurz zuvor ihr Geschäft zu einem viel zu niedrigen Preis verkaufen müssen. Sogar der Kaufvertrag von 1938 ist in dem Fernsehbericht zu sehen.

Barbara fühlt, wie das Blut ihre Schläfen pulsieren lässt. „Dieser Walter Reichel war mir immer schon unsympathisch“, sagt sie und spürt ihre Wut vom Vormittag wieder aufsteigen. Doch sie will vor Elise nichts Unbedachtes zu sagen. Leise zählt sie deshalb bis drei. Dann sagt sie: „Diese Doppelmoral ist so widerlich. Er sieht Unrecht immer nur sehr einseitig auf seiner Seite. Ein Volk, ein Reichel, ein Führer. Ich hoffe, er und seine schreckliche Partei kommen niemals in den Bundestag. Was hältst du denn von der Sache, Tante Elise?“

Es ist ihr nur halbwegs gelungen, ruhig zu bleiben.

Sie schaut Elise an, auch sie wirkt innerlich geschockt, bleibt aber kontrolliert und formuliert vorsichtig: „Schwer zu sagen. Wir wissen gar nicht genau, was wirklich stimmt. Ich kenne Walter

Reichel schon lange. Dein Vater hat ihn unserer Familie schon in Schlesien vorgestellt. Wir sind uns seitdem immer mal wieder begegnet. Es hört sich allerdings nicht ehrenhaft an, was Herr Reichel da gemacht haben soll. Den Vertriebenen schadet sein Handeln eher, vor allem die Sache mit den Entschädigungen."

Auf Barbaras Frage, ob ihre Familie denn auch Anträge auf Lastenausgleich gestellt habe, berichtet Elise, dass ihre Mutter vor einigen Wochen einen Bescheid vom Landkreis Detmold erhalten habe, in dem ihr eine Entschädigung für das verloren gegangene Haus in Jauer bewilligt worden sei. Möglich war der Antrag erst nach dem Tod der Großmutter geworden. Weil diese bis zuletzt in der DDR wohnte, konnte sie zu Lebzeiten keinen Antrag stellen, die DDR sah in der Vertreibung kein Unrecht, das eine Entschädigung rechtfertigte, sondern eine berechtigte Konsequenz aus dem von Hitler-Deutschland begonnenen Krieg. In der Bundesrepublik konnten Deutsche aus der Ostzone aber keine Anträge stellen. Erst nach dem Tod ihrer Mutter war Marta als Erbin antragsberechtigt, die Bearbeitung des Vorgangs in den zuständigen Behörden zog sich allerdings in die Länge. Mehrfach gab es Nachfragen, doch zum Glück konnte Marta sogar trotz überhasteter Ausreise aus Schlesien einen Grundbucheintrag und Unterlagen zum Einheitswert vorlegen. Schließlich wurde Marta Plackwitz als Geschädigte anerkannt, für den Verlust des Gründerzeithauses in Jauer wurden etwas mehr als 27.000 DM bewilligt.

Barbara erfährt weiter, wie froh Marta und ihr Ehemann Erich sind, dass sie nach vielen Jahren des Hoffens wenigstens finanziell ein bisschen für den Verlust ihres Hauses entschädigt wurden. Jahrelang haben sie nach bestem Wissen und Gewissen Formulare ausgefüllt, um an ihr Recht zu kommen. So wie Barbara sie kennt, wären sie niemals auf die Idee gekommen, dabei falsche Angaben zu machen. Und dieser Walter Reichel hat dreist gelogen, und er ist damit wohl auch noch durchgekommen. Und ihr Vater hat seit Jahrzehnten enge Verbindungen zu diesem Kerl. Sie kocht innerlich.

Sie sieht den dicken und schwitzenden Berufsvertriebenen Reichel – so nennt sie ihn mit ihren Freunden immer – vor sich, wie er mit ihrem Vater scherzt und trinkt. Wie sie sich austauschen über die gute alte Zeit, wie sie spotten über die Politiker der Bundesrepublik und deren vermeintlich naiven Willen zur Demokratie. Wie sie zusammen überlegen, welche Anträge man wie formuliert und welche Anlagen dabei nötig seien und wer hilfreich sein könne, diese Anlagen zu besorgen.

Sie schüttet ihrer Tante das Herz aus, beklagt, dass ihr Vater seit urlangen Breslauer Zeiten mit Reichel befreundet ist. Im Westen sei diese Bindung mit Hilfe ihrer alten Studentenverbindung eher noch stärker geworden. Sie befürchte sogar, dass ihr Vater Reichels Engagement für die NPD unterstütze und vielleicht heute Abend sogar auf der Veranstaltung in Köln gewesen sei. Noch einmal erwägt sie, ihrer Tante von der unerfreulichen Unterhaltung mit ihren Eltern vom Vormittag zu berichten, nimmt aber nach kurzer Abwägung Abstand von der Idee, weil sie nicht so richtig einzuschätzen weiß, wie ihre Tante Elise inhaltlich darüber denkt. Noch einen Streit am heutigen Tag würde sie auch nicht ertragen. Und anders als ihren Eltern hat sie ja Elise nichts vorzuwerfen.

Sie schaut zu ihrer Tante und meint, Elises Zweifel in jedem Gesichtszug zu erkennen. Hat sie nicht ihren Vater immer als attraktiv und klug bewundert? Sie kann und möchte es sich bestimmt nicht vorstellen, dass ihr Trauzeuge einen Betrüger aktiv unterstützt. Wie beurteilt sie sein Verhältnis zu Walter Reichel? Glaubt sie, dass auch Herbert seinem rechten Gedankengut treu geblieben ist? Während sie versucht, Elises Gedankengänge zu verstehen, merkt sie, dass sie selbst nicht genau weiß, wie ihr Vater heute zur NSDAP steht und sagt laut: „Ich hätte Lust, meinen Vater anzurufen und ihn zu fragen, was er zu seinem Freund Walter sagt. Er selbst äußert sich ja zu seiner eigenen Vergangenheit auch nur ausweichend. Oder hat er etwa dir gegenüber mal von seiner Rolle in der Nazi-Zeit gesprochen?“

„Nein, das hat er nicht“, sagt Elise. „Aber wir haben das auch nie so direkt zum Thema gemacht.“

Barbara bemerkt, wie Elise unwillkürlich zum Telefon schaut. Es ist schon nach 21 Uhr, und Barbara weiß, dass Elise nicht gern telefoniert, schon gar nicht um diese für sie unanständige Uhrzeit. Als Psychologin führt sie das auf ihre Traumatisierung durch Krieg und Vertreibung zurück. Wenn früher das Telefon geklingelt hat, erfuhr man meist schlechte Nachrichten. Vor allem, wenn es abends spät klingelte. Nachrichten über Todesfälle zum Beispiel. Ohne Worte weiß sie, dass Elise jetzt auf keinen Fall möchte, dass sie ihr Telefon benutzt. Also lässt sie den Gedanken fallen.

„Mit deinem Vater habe ich politische Diskussionen eher vermieden“, sagt Elise schließlich in die Stille. „Wenn wir über die Zeit früher gesprochen haben, hat er mir eher Alltagsgeschichten erzählt und von seinen Sportveranstaltungen berichtet. Aber ich bin davon ausgegangen, dass er sich längst vom Nationalsozialismus distanziert.“

„Ich weiß leider nicht, ob das so hundertprozentig stimmt“, sagt Barbara und findet diese ehrliche Antwort schrecklich. Sie wäre heilfroh, wenn sie klar sagen könnte, ihr Vater habe Fehler gemacht, aber sehe sie heute ein. Doch genau das scheint eben nicht der Fall zu sein, das hat ihr der heutige Tag gezeigt. Barbara spürt, dass sich ihre Augen mit Tränen füllen, deshalb verschwindet sie kurz im Badezimmer.

Als sie wieder herauskommt, steht Theo vor der Haustür, sie hören, wie er versucht, mit dem Schlüssel das Schlüsselloch zu treffen. Er schafft es erst im zweiten Versuch. Der Kartenspiel-Abend sei erfolgreich verlaufen, berichtet er, er hat beim Doppelkopf mehr als acht DM gewonnen. Zudem habe er nicht fahren müssen, weil sein Kollege Schwitalla ihn abgeholt und nach Hause gebracht hat; so konnte er ein paar Gläser Bier trinken. Hochkonzentriert häuft er Stapel mit Kleingeld auf dem Klavier, zweimal vier Mark und 22 Pfennig. Jeweils genau die Hälfte seines Gewinns, wie er stolz sagt, morgen früh würden die Kinder freudestrahlend auf dem Klavier nachsehen und das Geld einstreichen und auf ihr Sparbuch einzahlen. Falls er mal verliere, was gelegentlich auch vorkomme, trage er natürlich die Kosten, erklärt er Barbara.

Theo öffnet noch eine Flasche Wein, Elise schaut ihn missbilligend an, sagt aber nichts. Stattdessen erzählt sie von dem Fernsehbericht. Theo wirft zunächst ein, dem WDR könne man nicht alles glauben, der sei schließlich als Rotfunk bekannt. Barbara betont, in dem Bericht seien die für Reichel belastenden Dokumente gezeigt worden, es gebe also keine ernsthaften Zweifel an den Taten. Und so einer sei der Freund ihres Vaters. Theo schaut seine Frau an, und sie zuckt mit den Schultern. Wieder hat Barbara das Gefühl, dass sie über die politische Haltung ihres Trauzeugen nicht so gern sprechen wollen. Sie weiß, dass vor allem Elise ihn immer als freundlich und hilfsbereit wahrgenommen hat. Außerdem will sie es gern allen recht machen und Konflikte vermeiden.

Immerhin murmelt Theo etwas wie „Die NPD ist ohnehin nicht wählbar" und entscheidet sich dann recht auffällig für einen Themenwechsel. Er wendet sich an Barbara: „Bist du selbst eigentlich auch noch in Schlesien geboren?"

„Ja, in Liegnitz bei Breslau", sagt sie. „Meine Eltern haben damals dort gewohnt und in der Nähe, in Wahlstatt, gearbeitet. Mein Vater war im Krieg im Einsatz in der Ukraine und in Russland, und ich bin wohl, das kann man so unromantisch festhalten, während eines Fronturlaubs gezeugt worden. Später bin ich dann in Rodenkirchen aufgewachsen." Sie zögert, überlegt, ob sie weitersprechen soll, entscheidet sich schließlich dafür, und ihre Stimme wird brüchig: „Meine Eltern waren Nazis, als Lehrer an den Napola-Schulen waren sie Teil des NS-Apparats. Es ist schwer für mich, das zu verstehen. Ich versuche gerade, mit ihnen darüber zu sprechen, aber sie sagen einfach nichts. Das macht mich wütend, ja, mehr noch, es lässt mich verzweifeln."

Elise macht den Mund auf, als wolle sie spontan auf Barbaras Worte reagieren. Offenbar verspürt sie den Drang, ihren Onkel Herbert zu verteidigen. Sie sagt dann aber doch nichts. Schließlich ergreift Theo das Wort: „Es ist und bleibt ein kompliziertes Thema. Das heutige Wissen über die Verbrechen war damals bei den meisten noch nicht vorhanden. Das macht die Diskussionen mit später Geborenen so schwierig."

Barbara findet, dass man die Diskussion so nicht beenden kann, sondern dass man klar Position beziehen muss, das sagt sie dann auch. Elise und Theo gehen nicht so recht darauf ein, scheuen ganz bestimmt auch ein bisschen die Auseinandersetzung mit der eigenen Vergangenheit, denkt sie und rechnet kurz nach, wie alt die beiden bei Kriegsende gewesen sind. Um die 20. Also schon vom Alter her eher keine Täter, aber warum sagen sie nicht klar und deutlich, was von Leuten wie Reichel zu halten ist?

Sie kocht innerlich, aber andererseits fehlt ihr die Kraft für eine neuerliche längere Auseinandersetzung an diesem Tag zu diesem Thema, die schnell schmerzhaft und verletzend sein kann. Also gibt sie auf. Auch Tante Elise und Theo sind nicht in der Lage, die deutsche Vergangenheit richtig zu reflektieren. Eine traurige Erkenntnis.

Kapitel 17

2013

Sein Kopf droht zu bersten, dieses ständige Nachdenken über das Schicksal seiner Mutter kann er unmöglich 24 Stunden am Tag aushalten. Krankheit, Pflege, Tod. Lösungen suchen. Auf unbequeme Wahrheiten stoßen. Nicht akzeptieren wollen. Zurückschrecken.

Sein Kopf schreit nach Ablenkung. Er findet sie nicht.

Auch wenn seine Mutter im Krankenbett vorhin vergleichsweise gefestigt wirkte, ist Andreas klar, dass schnell eine Lösung herbei muss. Wie die Zukunft aussehen könnte, darüber haben weder er noch Elise selbst eine konkrete Vorstellung. Eva schon gar nicht. Vor hundert Jahren wäre die Sache klar gewesen: Die kranke Mutter wäre im Schoß der Großfamilie gepflegt worden. Aber welche Familie fällt heute noch eine solche Entscheidung? Und vor allem: Welcher Arbeitgeber ermöglicht das seinen Angestellten überhaupt? Früher ging es menschlicher zu, denkt Andreas für einen Moment, ist sich aber nicht sicher, ob das wirklich stimmt, denn das Leben Anfang des 20. Jahrhunderts war für die meisten Menschen bestimmt viel härter als heute.

Er spürt, dass er nicht mehr kann und auch nicht mehr möchte, eine Art Lähmung steigt in ihm auf. Momentan ist ihm alles zu viel, zu weiteren Besuchen von Heimen, Pflegeeinrichtungen oder gar Hospizen sieht er sich nicht in der Lage. Er hat zum Glück auch keinen Termin vereinbart, so wird er sich morgen wieder darum kümmern.

Ziellos läuft er durch Münsters Innenstadt, ohne groß nach rechts und links zu schauen, und kommt zur Königstraße, geht an einem seit Jahren geschlossenen Kino vorbei auf den Ludgeriplatz zu. Er beschließt, sich erst einmal ins ‚Café Extrablatt' zu setzen, wo er lustlos in einem Nudelgericht herumstochert und anschließend einen Milchkaffee trinkt. Keine Zerstreuung in Sicht. Stattdessen immer weiter grübeln.

Das ändert sich erst, als er nach dem Zahlen die Gaststätte verlässt und ihm die vielen Radfahrer mit den schwarz-weiß-grünen Schals und Trikots auffallen. Spieltag. Ein Fußballspiel könnte genau die Ablenkung sein, die er braucht. Rot-Weiß Erfurt heißt der heutige Gegner von Preußen Münster in der Dritten Liga, um 14 Uhr wird angepfiffen, das weiß er. Andreas klickt kurz auf sein Handy, um die Uhrzeit zu sehen, er hat noch fast 50 Minuten Zeit, kann also bequem die ganze Hammer Straße hinunterlaufen und wird rechtzeitig vor dem Anpfiff im Preußen-Stadion eintreffen.

Vorfreude. Echte Freude. Spontan schaltet er sein Mobiltelefon aus, er wüsste nicht, für wen er gerade erreichbar sein sollte. Weder Dr. Michels noch Eva noch sonst jemanden möchte er jetzt sprechen. Sie müssen sich halt mal gedulden. Gern wäre ihm das jetzt wirklich egal. Ist es aber nicht. Und seine Familie? Die braucht ihn jetzt nicht, vor allem Jonas nicht, der Preußen Münster – wahrscheinlich aus Protest gegen ihn – als Verlierer-Team ansieht, das es nie in die Bundesliga schaffen wird. Jonas ist Bayern-Fan. Ausgerechnet. Er hat es sich einfach gemacht, wie so viele. Als Kind oder Jugendlicher mal auf die Tabelle gucken und zu dem halten, der sowieso fast immer oben steht. Das echte Leiden und die echten Freuden eines Fans wird er nie kennenlernen.

Andreas spürt zwar das angenehme Kribbeln wegen des bevorstehenden Spiels seiner Lieblingsmannschaft, hat aber gleichzeitig ein schlechtes Gewissen, weil er seine aktuellen Probleme einfach nach hinten verschiebt. Er versucht, das Gefühl zu verdrängen. Ich brauche jetzt auch mal etwas Zeit nur für mich, denkt er und geht los.

Die Schlangen an den Kartenhäuschen sind übersichtlich, mehr als 8.000 Menschen wollen das Spiel wohl nicht sehen. Andreas spürt, wie die Anspannung von ihm herabfällt. Er lässt sich ohne zu murren bei der Einlasskontrolle abtasten und orientiert sich dann zu den Stehplatzrängen neben der überdachten Gegengeraden. Das Stadion hat weitgehend den Charme der 50er Jahre konserviert, seit vielen Jahren hat die Stadt als Eigentümerin fast keinen Cent mehr in die Instandhaltung gesteckt, wenn man mal von der neuen Tribüne gegenüber absieht. Ein Stadiongefühl, das in den modernen Kästen anderer Städte gar nicht mehr zu spüren ist. Allerdings werden bei Regen die meisten Zuschauer im von den Fans „Antik-Arena" getauften Stadion klatschnass. In diesen Momenten verfluchen auch die treuesten Anhänger die vermeintlich besondere Atmosphäre.

Heute besteht kein Regenrisiko. Ein Platz in der Kurve ermöglicht Andreas gute Sicht auf das Spielfeld. Die Ränge sind etwas abschüssig, schräg gegenüber in der Westkurve sind sie sogar seit Jahren gesperrt, weil man den Einsturz befürchtet. Er schaut sich um, viele Zuschauer sind in seinem Alter, aber er erkennt niemanden, obwohl er früher sehr oft im Preußen-Stadion war. Oder doch? Dahinten sieht ein Mann aus wie Thorsten, sein früherer Mitschüler. Andreas mochte ihn nie besonders. Thorsten ist dick geworden, denkt er. Andreas schaut zur Seite und versteckt sich halb hinter seinem Nebenmann, um nicht gesehen zu werden. Diese Begegnung braucht er jetzt nicht. Wenig später geht sein Bekannter weg, er schaut kurz herüber, geht aber weiter. Es muss wirklich Thorsten gewesen sein. Andreas erinnert sich, wie sie einmal in einem Supermarkt zusammen Kaugummi geklaut haben. Andere gemeinsame Unternehmungen hat er nicht vor Augen. Andreas schaut auf die Tribüne gegenüber. Irgendwo dort wird nachher sein alter Schulfreund Werner sitzen, im Moment dürfte er noch im VIP-Bereich am Büffet stehen. Nicht meine Welt, denkt Andreas.

Stumm genießt er die Atmosphäre, die ihn an seine frühesten Besuche im Stadion erinnert: Der Geruch von Bratwurst und frisch angezündeter Zigarette. Nostalgische Gefühle. Es ist so etwas wie der Duft aus seiner Kindheit, der sich ihm am meisten eingeprägt hat. Als er fünf oder sechs Jahre alt war, ist er das erste

Mal an der Hand seines Vaters ins Preußen-Stadion gegangen, und den Geruch verbindet er seitdem mit Fußball im Stadion. Obwohl er nicht raucht und auch nicht gern Wurst isst, spürt er viele schöne Erinnerungen an bessere Zeiten. Sein Verein hat in den vergangenen 35 Jahren sportlich nur selten Glanz versprüht. Aber andere Traditionsclubs gerade aus dem benachbarten Ruhrgebiet sind teilweise noch tiefer gestürzt.

90 Minuten lang vergisst er fast die Alltagssorgen. Gelegentlich kommen die Sorgen um seine Mutter hoch, es gibt aber auch Passagen im Spiel, wo er sich nur auf das Geschehen auf dem Platz konzentriert. Seine Preußen, die ein Jahr zuvor noch furios in die Liga gestartet waren und am Ende nur knapp den Aufstieg in die Zweite Liga verpassten, spielen schlecht und stehen hinten viel zu offen. Die langsamen Abwehrspieler werden bei einigen Kontern der Erfurter böse vorgeführt, und als dann auch noch Daniel Masuch im Tor – im Jahr davor noch die Zuverlässigkeit in Person – patzt, steht es plötzlich 1:3. Er schüttelt mit dem Kopf, neben ihm wird gemeckert. Laut geschimpft. Der Schiedsrichterassistent vor ihnen winkt Abseits. Er irrt. „Du blinde Sau", schreit jemand. „Wieviel Geld hast du dafür bekommen, dass du so einen Scheiß machst, du Penner?" Die neben ihm stehenden Zuschauer schauen Andreas an. Der Ruf kam von ihm. Er kann sich kaum beruhigen, brüllt noch eine Weile weiter. Er merkt, dass es ihm gut tut.

Nur noch wenige Minuten sind zu spielen, die ersten Zuschauer gehen nach Hause. Schon aus Prinzip verlässt Andreas das Stadion nie vorzeitig, und heute wird er dafür belohnt: Ein Sonntagsschuss und ein Elfmeter bescheren Münster in den letzten beiden Minuten doch noch ein 3:3. Aus tausenden Kehlen ertönen erleichterte Schreie. Bierbecher fliegen durch die Luft. Andreas fällt einem wildfremden Mann neben ihm um den Hals. Bier läuft ihm den Rücken hinunter. Egal. Ein kurzes Glücksgefühl. Gänsehautstimmung. Er mittendrin.

Und seine Mutter todkrank in der Klinik.

In der Petrusklinik findet er sie schlafend vor. Mit dem halb geöffneten Mund, das Gebiss nicht richtig befestigt, erscheint sie ihm merkwürdig fremd, sieht sie nicht nach der feinen Dame aus, die sie immer war. Sie wirkt plötzlich doch sehr krank. Er beschließt, Elise nicht zu wecken, sondern schleicht wieder aus dem Zimmer. Auf dem Flur trifft er eine Schwester, die ihm erzählt, dass seine Mutter vor einer Stunde beim Versuch, auf die Toilette zu gehen, hingefallen sei. Sie baue merklich ab. Auch wenn sie zwischendurch hellwache Momente habe.

Sofort ist die Beklemmung wieder da.

Er muss etwas regeln. Und zwar zügig. Er begibt sich in sein Elternhaus, schaltet dort sein Handy wieder an – niemand hat versucht, ihn zu erreichen – und wählt die Nummer seiner Frau, die aber nicht ans Telefon geht, bevor er Termine für den nächsten Tag ausmacht. Dann widmet er sich den liegengebliebenen Rechnungen, füllt mehrere Überweisungsformulare aus, die er am Abend – zusammen mit einem Antrag auf einen Online-Zugang – in den Briefkasten der Bank werfen will. Am Montag muss er dann Elises Vollmacht kopieren und der Bank zukommen lassen.

Am Laptop setzt er Schreiben auf, mit denen er zwei Zeitungsabonnements seiner Mutter und drei Vereinsmitgliedschaften kündigt. Er kann sich beim besten Willen nicht vorstellen, dass sie den Tanzkurs für Senioren wieder aufnimmt. Auch die Einzugsermächtigung für den Volksbund Deutsche Kriegsgräberfürsorge widerruft er im Namen der Mutter. Als er den Laptop an den altertümlich wirkenden Drucker anschließt, wundert er sich, dass die Druckaufträge angenommen werden. In Elises Schrank findet er Briefmarken und Umschläge – sie liegen an derselben Stelle wie in seiner Kindheit. So können alle Briefe noch heute raus.

Fenster und Tür auf. Frischluft. Er setzt sich auf die Terrasse und überlegt, was noch zu tun ist, bevor er morgen nach Bonn fährt. Die Liste wird lang und umfasst neben der Kontaktaufnahme zu weiteren Pflegeeinrichtungen, die er im Internet recherchiert hat, und einem Anruf bei der Krankenkasse auch die Vorbereitung von Gesprächen mit seinem Arbeitgeber wegen seiner familiären Situation.

Er verspürt keinen Hunger, isst aber trotzdem ein bisschen und ruft Heike an. Diesmal erreicht er seine Frau, erzählt aber nichts vom Fußballspiel, das würde sie nicht verstehen. Dann telefoniert er noch mit seiner Cousine. Marianne verspricht, Elise in den kommenden Tagen zu besuchen. Andreas bedankt sich, dass sie die Wäsche wäscht und sich auch sonst so hilfsbereit zeigt. Bei seinem nächsten Münster-Besuch will Andreas sie und ihren Mann unbedingt mal besuchen.

Er öffnet den Schrank im Wohnzimmer und vertieft sich in Elises Tagebuch. Er bedauert, dass er über einige Abschnitte im Leben seiner Mutter nur wenig weiß, und verspürt den Wunsch, mit ihr darüber zu sprechen. Manchmal hat er das Gefühl, seine Mutter kaum zu kennen. Sie behält so viel für sich: was sie bewegt, was ihr im Leben wichtig ist, wie sie politisch denkt.

Andreas fragt sich, warum in dem Tagebuch so wenig steht, wie sie sich als Flakhelferin gefühlt hat. Vieles wirkt so kühl und distanziert, fast unbeteiligt. Ob es wohl gefährlich war, so ein Tagebuch zu schreiben? Was, wenn es ein Vorgesetzter in die Finger bekommen hätte? Ist es überhaupt der Original-Text von 1945, oder hat sie ihn beim späteren Abtippen noch verändert? Wie denkt sie heute wohl darüber, dass sie als 20-Jährige reichlich unreflektiert dem Hitler-Regime gedient hat? Sie ist natürlich als Flakhelferin keine Verbrecherin gewesen, doch war selbst sie als ganz kleines Rad an den Kriegshandlungen des Dritten Reichs beteiligt. Ob sie das auch so sieht? Er packt das Buch und Elises ältestes Fotoalbum in seine Tasche; in Bonn will er weiter darin blättern.

Zum Leben zu wenig, zum Sterben zu viel! Einen Teller dünne Suppe am Tag ist alles, was die Polen uns gönnen. Und dafür müssen wir auch noch den ganzen Tag arbeiten!

Jeden Morgen haben wir Deutschen uns auf dem Marktplatz einzufinden und werden zur Arbeit eingeteilt. Erst wenn die Arbeitskarte gestempelt ist, bekommen wir unsere Suppe. Was ich schon alles gemacht habe in den letzten Tagen! Kohlen geschaufelt, geputzt und Möbel geschleppt. Gestern und heute haben wir den ganzen Tag lang das Frauenzuchthaus im Piastenschloß von Exkrementen gereinigt. Was für ein unerträglicher Gestank! Und dann knurrt der Magen den ganzen Tag!

Um satt zu werden, sammeln und ernten wir alles, was eßbar erscheint. Aus Brennesseln machen wir ein spinatähnliches Gemüse, aus Sauerampfer vom Straßenrand Suppe. Wir gehen auf Felder, die uns nicht gehören und suchen Ähren, die wir zu Mehl verarbeiten. Wir sammeln Kürbisse ein und graben Kartoffeln aus, die wir nicht angepflanzt haben. Mon dieu, wir sind Diebe, und es macht uns nichts aus. Wir wollen schließlich nicht verhungern. Was für ein Leben! Und jetzt kommt noch der Winter! Im Keller sind Kohlen, aber wir trauen uns kaum zu heizen. Mutti strickt derweil Socken und Handschuhe für polnische Auftraggeber. Auch das bringt etwas Geld für Lebensmittel. So schlagen wir uns mehr schlecht als recht durch. (29. Oktober 1945)

Die Hausleitung war nicht begeistert, ausgerechnet an einem Sonntag die Einrichtung vorzuführen, aber sie hat es Andreas ermöglicht, als er gestern Nachmittag sagte, es sei dringend, und er sei am Montag nicht mehr in Münster. Und so steht er vor der Seniorenresidenz in der Moltkestraße. Es muss schnell etwas geregelt werden, sagt er sich zum wiederholten Mal. Auch wenn es unangenehm ist.

Ein Herr Schmadtke empfängt ihn freundlich und führt ihn ohne große Vorrede durch das Haus: „Betreutes Wohnen unterscheidet sich grundsätzlich von einem Heimaufenthalt. Hier haben die Bewohner eine eigene, abgeschlossene Wohnung. Darin bewegen sie sich völlig frei“, führt er routiniert aus. „Für die Wohnung wird ein ganz normaler Mietvertrag geschlossen. Wenn außerdem bestimmte Serviceleistungen wie Essen oder Pflege in Anspruch genommen werden, machen wir darüber einen zweiten Vertrag, der jederzeit an die Bedürfnisse angepasst werden kann...“

Schmadtke redet immer weiter, aber Andreas hört gar nicht mehr zu. Er denkt an Elises Sturz gestern. Betreutes Wohnen wird für seine Mutter gar nicht mehr in Frage kommen. So viel Realismus muss sein. Eine grauenhafte Erkenntnis.

Etwas abrupt beendet er das Gespräch und verabschiedet sich. Nachdenklich steigt er in sein Auto. Vor ihm liegt noch eine Tour, und Andreas hat Angst davor. In Wolbeck, einige Kilometer außerhalb des Zentrums und mitten im Grünen, befindet sich das Hospiz Sonnenhaus. Er befürchtet, dass er dort die Nähe des Todes nur schwer aushalten kann.

Das alte Hauptgebäude des Hospizes ist aus Fachwerk und sieht erstaunlich einladend aus, daneben sind an beiden Seiten funktionale einstöckige Flügel angebaut worden. Mit einem mulmigen Gefühl im Bauch steigt er aus und klingelt. Auch hier wird er erwartet, eine junge Frau in einem weißen Kittel öffnet und stellt sich vor: „Hallo, ich bin Jana Weskamp, kommen Sie doch bitte herein. Sie sind Herr Appelhoff, richtig?"

Andreas nickt. Die Frau gefällt ihm, ein freundlicher Blick, ein offenes Lächeln, schlank, lockiges, rötliches Haar. Er bemerkt, wie er sie taxiert, will das aber nicht und reißt sich zusammen. Schließlich ist er nicht zum Vergnügen hier.

Er schaut sich um. Die Räume sind hell, die sorgfältig aufeinander abgestimmten Farbtöne an den Wänden vermitteln ein positives Gefühl. Richtig lebendig, wie er leicht irritiert feststellt, als er sich klar macht, wo er hier ist. Die Farben sind viel freundlicher als die Kachelwände im Krankenhaus, ohne dass es aufgesetzt wirkt. Keine Spur von Tod. Obwohl er trotzdem allgegenwärtig ist.

Eine Frau überquert mit einem Rollator den Flur. Jana vereinbart, ihr nachher einen Kaffee zu bringen. Die ältere Damen lächelt sie dankbar an: „Aber keinen Kuchen, bitte. Ich bin noch ganz satt vom Frühstück."

Zum ersten Mal seitdem er sich Einrichtungen für alte Menschen ansieht, hat Andreas das Gefühl, einen wirklich würdevollen Ort zu sehen. Dennoch will er seine Mutter nicht hierhin bringen. Schließlich hat sie an den vergangenen beiden Tagen nicht todkrank gewirkt. Oder will er das nur nicht wahrhaben?

Etwa zwanzig Minuten lang stellt Jana Weskamp ihm in der Küche das Konzept des Hauses vor. Währenddessen bereitet sie den versprochenen Kaffee zu, auch für ihn springt eine Tasse raus. Die Pflegerin hört bei Nachfragen aufmerksam zu und antwortet geduldig und einfühlsam. Extrem nett. Sie zeigt Andreas ein zurzeit unbewohntes Zimmer mit einem Krankenbett, einem Nachttisch, einem Sessel und einem stilvollen Tisch. Bilder an den Wänden machen den Raum wohnlich, trotz der nötigen medizinischen Einrichtung. Auch hier kann ein Krankenhauszimmer nicht mithalten. An das Zimmer schließt sich eine Terrasse mit Südwestlage an.

„Bei gutem Wetter können die Bewohner nach draußen gehen", erklärt sie. „Wenn sie nicht allein laufen können, schieben wir auch schon mal das ganze Bett raus. Wir möchten schließlich, dass die Menschen hier ihre letzten Tage, Wochen und Monate möglichst schön verbringen. Sie sollen möglichst oft draußen die Sonne genießen, auch deshalb haben wir unsere Einrichtung Sonnenhaus genannt. Auch wenn das Sterben am Ende einer unheilbaren Erkrankung absehbar wird, sind die verbleibenden Tage kostbare Lebenszeit."

Jana Weskamp wartet einen Moment, als würde sie Andreas beobachten, wie er auf seine Worte reagiert. Der entscheidet sich, gar nichts zu sagen, so dass sie fortfährt: „Wir bieten auch Gespräche für Patienten und Angehörige über die Krankheit, das Sterben und den Abschied an. Sie können religiösen Bezug haben, müssen es aber nicht." Als er darauf nicht eingeht, geht sie auf einen weiteren Punkt ein, von dem sie sagt, dass er ihr ganz wichtig ist: „Als Hospiz wollen wir, dass unsere Bewohner schmerzfrei hier leben. Deshalb ist uns die Palliativmedizin ein besonderes Anliegen. Spezialärzte, die seit Jahren mit uns zusammenarbeiten, schauen hier täglich vorbei. Ihre Mutter kann aber auch ihren Hausarzt behalten, wenn sie möchte."

Das klingt alles so vernünftig. So einfühlsam. So menschlich.

Und Jana sieht süß aus. Geistesabwesend starrt er auf ihre roten Locken.

Als er es bemerkt, konzentriert er sich auf ihre Worte. Alles, was sie sagt, findet er schlüssig und überzeugend, und trotz seiner Bedenken, ob es der geeignete Ort für seine Mutter ist, entschließt er sich dazu, sie anzumelden. Es ist ja unverbindlich, sagt er sich. Trotzdem hat er ein mulmiges Gefühl, als Jana Weskamp ihm das Anmeldeformular zur Unterschrift vorlegt. Ein sehr mulmiges Gefühl. Er nimmt den Stift und unterschreibt.

Als könne sie Gedanken lesen, führt sie aus: „Wenn ein Platz in unserem Haus frei wird, rufen wir Sie oder Ihre Mutter an. Sie sind nicht verpflichtet, das Zimmer anzunehmen, Sie können auch einfach jemandem von der Warteliste den Vortritt lassen. Das ist ganz unkompliziert."

„Wie lang ist denn Ihre Warteliste?," fragt Andreas und erfährt, dass noch 14 Menschen vor Elise notiert sind.

„Aber wer sich hier anmeldet, hat sich meist auch an anderen Stellen beworben, im katholischen Hospiz in der Stadt oder in Altenheimen. Manche Menschen sterben, ohne dass Angehörige ihre Anmeldung hier zurückziehen. Wir haben immer wieder Fälle, da geht ein frei werdendes Zimmer an die Nummer vier, fünf oder sechs der Warteliste. Und wie gesagt: Bei jedem Angebot können Sie auch sagen: Nein, jetzt noch nicht."

Beim Rausgehen betrachtet er noch ein Buch im Hausflur, in dem an die Toten des Hauses erinnert wird. Andreas blättert durch: Ulrike Meisner, gestorben am 6. August; Herbert Hunkemöller, gestorben am 4. August; Josef Gärtner, gestorben am 4. August und Edith Arnsberg, gestorben am 1. August. Allein vier Tote in den ersten Tagen dieses Monats.

„Wie lange wohnen die Menschen denn hier so ungefähr?", fragt Andreas die Pflegerin.

„Das ist sehr unterschiedlich. Manche Menschen sind nur wenige Stunden hier, andere verbringen hier Wochen und Monate.

Einige sterben plötzlich, andere blühen noch einmal auf." Jana lächelt. „Wir haben wirklich einige tolle Bewohner hier."

Andreas lächelt zurück. Sein Eindruck von der Einrichtung ist gut, der vergleichsweise großzügige Personalschlüssel ist nicht zu vergleichen mit dem engen Korsett im Krankenhaus, wo kaum jemand Zeit hat, sich um einzelne Patienten zu kümmern, wo oft die Zeit fehlt, Elise zum Essen zu motivieren, so dass es mitunter fast unberührt zurückgeht. Aber würde sie sich hier wohlfühlen? Wäre es nicht eine für jeden sichtbare Abschiebung in die allerletzte Station? Aber soll sie wegen solcher Bedenken im Krankenhaus sterben? Seine Gedanken schwirren ungeordnet in seinem Kopf herum. Er weiß nicht, was richtig und was falsch ist.

Er bedankt sich bei Jana Weskamp, schüttelt ihre Hand und lässt sie einen Augenblick zu spät los. Ihre Blicke treffen sich, er lächelt. Sie steckt ihm noch eine Visitenkarte des Einrichtungsleiters zu – „mit ihm können Sie alle Details der Aufnahme besprechen, er ist ab morgen wieder da". Als sie den Kopf dreht, fliegen ihre Löckchen hin und her. Ein schöner Anblick.

Nachdenklich steigt er in sein Auto. Das Wort Hospiz hat etwas von seinem Schrecken verloren, doch möchte er seine Mutter trotzdem hier nicht als Bewohnerin sehen.

Noch nicht zumindest.

Kapitel 18

1943

Als die Sonnenstrahlen herauskommen, erscheinen sie ihr nach den vielen regnerischen Tagen in diesem Mai fast so, als wären es die ersten des ganzen Jahres. Ein hoffnungsvoller Tag. Elise genießt den Blick aus dem Fenster auf die saftige Natur, sie lauscht den zwitschernden Vögeln, freudig schließt sie die Augen und erinnert sich, dass sich vor einigen Wochen noch Eisblumen an der Scheibe gebildet haben. Endlich gibt es frisches, zartes Grün an den Bäumen. Es riecht nach Frühling. Das wird aber auch Zeit, denkt sie. Sie kann es kaum abwarten, vor die Tür zu gehen, sie holt ihr schönstes Kleid aus dem Schrank und zieht sich um.

Das Frühstück bei ihrer Wirtin hat geschmeckt, sie verlässt ihr leidlich geschmackvoll möbliertes Zimmer, es lockt nicht zum Verweilen, erst recht nicht bei schönem Wetter. Es ist noch früh, und Elise fühlt, wie ihr das Herz aufgeht, sie will zum Oderufer fahren. Flanieren und nach jungen Männern Ausschau halten. An der Oder trifft man nämlich bei Sonnenschein immer den einen oder anderen Kommilitonen. Zur Universität muss sie erst um 11 Uhr.

Sie öffnet die schwere Holztür und steht auf der Hildebrandtstraße im Westen Breslaus. Sie biegt um zwei Ecken und beeilt sich, denn auf der Friedrich-Wilhelm-Straße müsste jeden Augenblick vom Nikolaitor-Bahnhof die Straßenbahn kommen. Elise erreicht laufend die Haltestelle, als die Elektrische gerade quietschend und rumpelnd um die Kurve biegt. Die gelben Waggons strahlen in der Sonne, der große runde Scheinwerfer am Kopf der Bahn leuchtet trotz des Sonnenscheins. Ein Funke sprüht, der Strom blitzt bläulich in der Oberleitung. Großstadtatmosphäre. So ganz anders als im viel ruhigeren Jauer. Anders und manchmal sogar schöner, denkt sie.

Die Bahn hält, Elise sieht, dass eine Frau fährt, das gab es früher nicht, sie hat sofort die Plakate vor Augen, die jetzt überall hängen: „Die Frau steht ihren Mann an der Heimatfront“, auf der eine Straßenbahnfahrerin zu sehen ist. Sie steigt hinten ein und zeigt der Schaffnerin ihre Fahrkarte, die sie abstempelt. Über den Königsplatz und die Reusche Straße erreicht die Bahn in wenigen Minuten das Rathaus, dort steigt Elise aus. Neben ihr setzt die Bahn schleifend ihren Weg fort.

Sie verzichtet darauf, in die Linie 2 oder 12 umsteigen, wie sie das im Winter immer gemacht hat, bei dem guten Wetter geht sie lieber zu Fuß weiter. Sie biegt nach links in die Schweidnitzer Straße. Breslaus erste Adresse. Die vornehmen Geschäfte rauben ihr immer wieder den Atem. Einige hundert Meter vor sich sieht sie bereits das große Universitätsgebäude, doch genießt sie erst einmal den Blick in die Schaufenster mit ihren verlockenden Auslagen: teure Kleider, Kuchen und andere Delikatessen. Ihr läuft das Wasser im Mund zusammen, schnell geht sie weiter. Sie erreicht die Universität, hinter der die Oder fließt, die an dieser Stelle besonders schön und ruhig ist. Die Halbinsel mit der Matthiaskunst, dem Festhaus der Gesellschaft für Vaterländische Kultur, macht den Fluss schmal. Das Ufer gegenüber auf der Vorderbleiche neben der Sandinsel ist grün, so dass Elise und ihre Kommilitonen, wenn ihnen der Weg zu einem der Strandbäder der Stadt zu weit ist, dort bei gutem Wetter auch schon mal Schwimmen gehen. Schräg gegenüber auf der Dominsel, mit Sicht auf die schlesische Regierung, gibt es ebenfalls eine bei Studenten beliebte Badestelle; dort ist aber Vorsicht geboten, denn die Böschung ist rutschig.

Wie immer bei Sonnenschein sind viele Menschen an der Oder unterwegs. Neben Elise schippert ein mit Kohle beladener Kahn aus Oberschlesien über den Fluss. Es ist seit dreieinhalb Jahren Krieg, aber fast alles funktioniert, wundert sie sich. Noch jedenfalls. Sie ist glücklich, und wie so oft in diesen Momenten ist sie ihrem Vater unendlich dankbar, dass er ihr das Studium ermöglicht. Das ist nicht selbstverständlich, denn viele ihrer Freundinnen machen auf die Schnelle irgendeine Ausbildung oder heiraten, um dem Elternhaus nicht länger auf der Tasche zu liegen. Ihr Vater hingegen hat sie ausdrücklich ermutigt, ein Studium zu beginnen. Schließlich, so seine Worte, wollen Männer gern gebildete Frauen heiraten – und wenn es mit der Ehe nicht klappt, zahle sich die gute Ausbildung erst recht aus. Diese Haltung weiß sie zu schätzen. Vielleicht bedeutet ihm ihre gute Ausbildung auch so viel, spekuliert Elise vor sich hin, weil ihr Bruder schon bald an die Front muss. Eine schreckliche Vorstellung. Dennoch unvermeidlich.

Elise nimmt sich vor, dem Vater die Gedanken über ihr Studienglück im nächsten Brief oder auf einer Postkarte mitzuteilen. Aber erst einmal freut sie sich, dass ihr die Sonne ins Gesicht scheint, einen Moment lang harrt sie aus und genießt die Wärme auf den Wangen. Bald wird der für Schlesien so typische trockene und heiße Sommer beginnen. Die Kälte des Winters mag Elise nicht, außer wenn Schnee liegt und sie im Wald Langlauf-Ski fahren kann. Sie träumt, wird aber schnell von mehreren Kommilitonen abgelenkt, die ihr entgegenkommen.

Es ist niemand dabei, dem es sich lohnen würde, schöne Augen zu machen. Aber sie erkennt Fritz, der mit ihr Latein und außerdem Germanistik studiert, um später Lehrer zu werden. Er berichtet, dass er gerade erst ihre Freundin Lieselotte getroffen habe. Sie könne erst wenige hundert Meter weiter sein. Lieselotte. Elise freut sich wie ein Kind. Ihre beste Freundin, schon zu Schulzeiten in Jauer. Mit ihr verbringt sie unendlich viele Stunden, promeniert in den schönsten Kleidern, mit ihr kann sie über alles reden, auch über Dinge, die in der Familie niemand verstehen würden. An manchen Tagen fühlt sie sich ihr näher als jedem anderen Menschen, sogar als den Eltern. Sie würden gegenseitig alles für sich tun, glaubt sie. Was sollte sie ohne Lieselotte machen? Seitdem sie mit ihr befreundet ist, und vor allem seitdem sie zusammen studieren, kommt sie auch mit sich selbst viel besser zurecht. Sie weiß inzwischen, was sie will. Wie sie ihr Leben gestalten möchte. Und was ihr gut tut.

„Danke, dann werde ich sie mal schnell suchen“, verabschiedet sie sich von Fritz und beschleunigt ihren Schritt, um die Freundin zu finden. Sie braucht keine zehn Minuten, dann fällt sie Lieselotte um den Hals. Ihre Freundin ist einen halben Kopf größer als sie und immer sehr chic gekleidet, bewundernswert chic, ihre Sachen sehen teilweise sehr teuer aus. Sie haben noch fast eine Stunde bis zum Beginn ihrer Vorlesungen und kaufen noch schnell beim Bäcker etwas zu knabbern. Eigentlich hat Elise gar kein Geld dafür, aber neben Lieselotte will sie nicht so sparsam dastehen. Mit ihrem Gebäck setzen sie sich am Ufer der Oder auf eine Bank.

„Ich habe gar keine Lust, in die Vorlesung zu gehen“, sagt Lieselotte. „Ich könnte den ganzen Tag hier draußen vertrödeln. Aber natürlich werde ich das nicht tun. Schließlich ruft gleich die Pflicht.“

„Was hast du denn für eine Veranstaltung?“, will Elise wissen.

„Mundarten der deutschen Sprache, sehr interessant, wirklich. Professor Siebs ist ein ganz besonderer Kenner auf dem Gebiet. Er hat schon so viel dazu veröffentlicht. Eigentlich ist er schon emeritiert, aber er lehrt immer noch, denn der Fachbereich kann einfach nicht auf sein Wissen verzichten. Und in seinen Vorlesungen gibt es immer was zu lachen.“ Lieselotte studiert Germanistik, die deutsche Sprache und Literatur sind ihre Leidenschaft. „Und was hast du gleich?“, fragt sie ihre Freundin.

„Grundzüge der lateinischen Sprache bei Dr. Streiter“, antwortet Elise. „Er versucht alle für Latein zu begeistern, auch die, die noch nicht so überzeugt sind wie ich. Das macht er gut, und außerdem sieht er mehr als passabel aus.“

Lieselotte scheint sich ein süffisantes Schmunzeln nur mühsam verkneifen zu können.

„Deshalb gehe ich auf jeden Fall dahin“, führt Elise aus. Dann beschreibt sie Lieselotte das Aussehen des großen, etwa 40 Jahre alten mittelblonden Dozenten. Sein kräftiger Oberkörper beeindruckt nicht nur Elise, sondern viele ihrer weiblichen Mitstudenten. Lieselotte macht dazu ein paar ironische Bemerkungen, und sie kichern ausgelassen, während sie am Ufer ihr Gebäck naschen.

„Ich finde es so gut, dass man als Student nur noch Veranstaltungen besucht, die man sich mehr oder weniger selbst ausgesucht hat", meint Lieselotte. „Wenn ich da an die Schule denke! Mit Mathematik und auch mit Latein stand ich ja eher auf Kriegsfuß."

Gemeinsam erinnern sie sich daran, wie Elise Lieselotte vor gut einem Jahr bei der Abiturprüfung in Latein geholfen hat. Ein ganzes Blatt der Ovid-Übersetzung reichte sie ihrer Freundin zum Abschreiben. Davon hat Lieselotte ausgiebig Gebrauch gemacht, und es ist niemandem aufgefallen. In Mathematik allerdings konnte Elise ihrer Freundin nicht helfen, da mussten sich beide mehr schlecht als recht aus eigener Kraft durchkämpfen.

Als sie im Frühjahr 1942 die Schule beendeten, waren gerade noch zehn Gymnasiasten in der Oberprima, sechs Jungen und vier Mädchen. Vier andere junge Männer aus ihrer Klasse hatten sich freiwillig zum Militärdienst gemeldet, im Gegenzug wurde ihnen versprochen, dass ihnen das Abitur ohne Prüfung geschenkt wird.

Was sie seitdem alles schon erlebt hat! Elises Gedanken schweifen ab.

Nach der bestandenen Reifeprüfung musste sie wie alle Abiturientinnen für ein Jahr zum Reichsarbeitsdienst, die Männer wurden nach kurzer militärischer Grundausbildung umgehend zur Wehrmacht eingezogen, viele kämpfen längst an der Ostfront. Die meisten ihrer Schulkameraden verlor sie ganz schnell aus den Augen, weil sie überallhin verteilt wurden. Ihr selbst kam der Einsatz jenseits von Jauer gar nicht so ungelegen, denn so konnte sie sich von ihren Eltern etwas lösen, deren Vorschriften sie mit ihren 18 Jahren bei aller Liebe als zu streng empfand. Abgeordnet wurde sie in ein Lager bei Rybnik in Oberschlesien. Ihr Vater hat wohl noch versucht, ihre Einberufung dorthin zu verhindern, er hätte sie lieber in seiner Nähe gewusst, blieb mit seinen Interventionen aber erfolglos.

Als erstes hat sie sich in Rybnik die ungeliebten Zöpfe abgeschnitten. Dem Vater schrieb sie etwas von einer dienstlichen Anordnung, was allerdings erfunden war. Doch die Zöpfe und die Uniform passten nun einmal überhaupt nicht zusammen. Und loswerden wollte sie die schließlich schon lange.

In Rybnik war es nicht einfach, schon wegen der Umstände gab es immer mal Spannungen. Der Ort stand seit dem Polenfeldzug zu Beginn des Krieges 1939 unter deutscher Verwaltung, nachdem er, wie der gesamte Osten Oberschlesiens, nach einer Volksbefragung 1921 dem wiederhergestellten polnischen Staat zugeschlagen worden war. In der Region nahe der tschechoslowakischen Grenze lebten sowohl Deutsche als auch Polen. Mit ihren Uniformen wurden Elise und ihre Kameradinnen von vielen Bewohnern unfreundlich angeschaut. Mitunter offen feindlich.

In dem Lager teilte sich Elise mit elf anderen Mädchen ein Zimmer, geschlafen wurde auf einem Strohsack, die Duschen im Keller spendierten nur kaltes Wasser. Eine RAD-Führerin sorgte für die körperliche Ertüchtigung der Arbeitsmaiden, eine andere bildete einen Chor, in dem sie mehrstimmig deutsches Liedgut einübten. Wenn sie so zurückblickt, muss sie sagen, dass es ihr in Rybnik recht gut gefallen hat. Auch wenn das Leben im Lager und die Arbeit für sie etwas Neues waren. Und das Scheuern der Plumpsklos eine Erfahrung, auf die sie nicht vorbereitet war.

Die meiste Zeit wurde sie in der Landwirtschaft eingesetzt, als Erntehelferin. Die Männer waren an der Front, da mussten die Frauen halt das Getreide einfahren. Harte körperliche Arbeit, für sie ungewohnt. Zehn Stunden am Tag. Mindestens. Wenig Schlaf.

Was ihre Mitschülerinnen wohl beim RAD erlebt hatten? Es gab ja ein breites Spektrum möglicher Tätigkeiten. Elise weiß es gar nicht so genau. Selbst mit Lieselotte hat sie noch nie so richtig darüber geredet. Etwas unerwartet für ihre Freundin fragt sie plötzlich laut: „Als du beim RAD warst, was hast du da eigentlich genau gemacht?“

Als sie Lieselottes erstaunten Blick sieht, erklärt sie: „Ach so, entschuldige, ich habe gerade an die Monate nach dem Abitur gedacht. Ich musste beim RAD in der Landwirtschaft arbeiten, das war körperlich sehr anstrengend, so etwas kannte ich vorher ja gar nicht.“

„Das glaube ich gerne. Mir ging es genauso. Bei uns zu Hause musste ich ja praktisch nichts tun.“

„Was waren denn so deine Aufgaben? Du hast noch nie so richtig davon erzählt. Ich habe bei den Bauern alles gemacht, von Kartoffeln ausgraben über das Heu machen bis zum Garbenbinden nach der Getreideernte. Ganz oft hatte ich am nächsten Morgen Muskelkater.“ Elise zeigt ihren Oberarm: „Ich habe richtig Muskeln bekommen.“ Sie muss lachen. „Nun, man sieht inzwischen schon nicht mehr so viel davon. Wie war es bei dir? Du hast doch in einer Fabrik gearbeitet, hast du mal erzählt, oder?“

„Ich habe Kriegshilfsdienst gemacht, in einer Firma, die Metall verarbeitet.“

„Das klingt aber auch sehr beschwerlich. Was habt ihr denn hergestellt?“

Lieselotte zögert, was für sie untypisch ist, denn eigentlich redet sie gern und viel. „Alles Mögliche, Eisenbahnschienen und auch Waffenteile, glaube ich. Und anstrengend war es wirklich. Ich war auch wohl nicht so gut wie sie erhofft haben. Du weißt ja, dass ich zwei linke Hände habe. Jedenfalls bin ich nach drei Monaten in eine Schreibstube gewechselt.“

„Das war doch dann besser, oder?“, fragt Elise.

„Wahrscheinlich ja. Später sollte ich dann noch in einer Munitionsfabrik aushelfen, aber es hat sich dann doch nicht ergeben. Warum weiß ich nicht.“

Elise merkt, dass Lieselotte recht kurz angebunden bleibt, das Thema scheint ihr unangenehm zu sein. Deshalb sagt sie nur: „Ich werde die Zeit jedenfalls nie vergessen. Ich habe viel gelernt, vor allem, dass ich in der Lage bin, mich auch ohne Eltern durchzuschlagen. Das hilft mir jetzt auch im Studium." Danach lässt sie das Thema ruhen, ohnehin ruft so langsam die Universität. Elise muss nach der Vorlesung von Dr. Streiter noch eine Veranstaltung über das Griechische besuchen. Damit tut sie sich zu ihrem Leidwesen deutlich schwerer als mit dem Lateinischen, das ihr schon zu Schulzeiten sozusagen zugeflogen ist.

Sie stehen auf, schütteln sich die Krümel von den Kleidern und verabreden sich für den Nachmittag am Ring, weil sie noch einige Dinge einkaufen wollen. Elise muss noch ein paar Hefte und Stifte besorgen, Lieselotte will sich eine neue Bluse zulegen, wenn sie eine schöne findet. Und im Kaufhaus Brasch wollen sie die neue Rolltreppe ausprobieren. Sie soll nach der Reparatur in schwindelerregendem Tempo fahren, haben sie gehört.

Wenig später betritt Elise das Universitätsgebäude und ist überpünktlich im Hörsaal, in dem sich außer ihr bisher nur sechs andere Studenten eingefunden haben. Es ist zehn nach 11, die akademische Viertelstunde hat sie nicht voll ausgeschöpft. In den nächsten Minuten füllt sich der Raum schlagartig, und Streiter – er sieht wieder umwerfend gut aus – betritt pünktlich um Viertel nach 11 das Podest, stellt sich hinter das Stehpult und beginnt ohne große Vorrede mit seiner Vorlesung. Um die Studenten für die lateinische Sprache zu begeistern, sind heute Fremdwörter, die aus dem Lateinischen abgeleitet worden sind, sein Thema. Er versteht es, Elise und offenbar auch viele andere zu fesseln, immer wieder schreibt er Worte an die Tafel und beteiligt die Studenten an der Erklärung ihrer Herkunft. Schon nach kurzer Zeit sind alle bass erstaunt, wie viele Worte lateinischer Abstammung es in der deutschen Sprache gibt, darunter viele, denen man es auf den ersten Blick gar nicht anmerkt, so geläufig sind sie: Familie, Senat, Zirkus.

„Deshalb, meine Damen und Herren, hören Sie nie auf diejenigen, die meinen, Latein sei eine tote Sprache. Sie sehen selbst, wie viel Lebendigkeit wir im Laufe nur einer Stunde herausgearbeitet haben. Glauben Sie mir: Wer das Lateinische beherrscht, kommt leichter durchs Leben. Und nun wünsche ich Ihnen noch einen angenehmen Tag in der Frühlingssonne", schließt Streiter schließlich die Vorlesung und tritt von seinem Pult zurück. Gut gelaunt verlassen mit ihm etwa 40 Studenten den Hörsaal.

Für ihre Griechisch-Vorlesung muss Elise in einen anderen Teil des Gebäudes. Angesichts des schönen Wetters und weil sie noch eine halbe Stunde Zeit hat, entschließt sie sich, nicht die langen Gänge zu nehmen, sondern tritt nach draußen. Langsam spaziert sie zum Brunnen mit der bronzenen Fechterfigur und schaut etwas neidisch auf ihre Mitstudenten, die gegenüber im Café sitzen. Während ein Pferdekarren mit zahlreichen Bierfässern die Straße passiert – er wird die Lokale in den Seitenstraßen des Rings beliefern, aus denen abends oft das Grölen der Betrunkenen zu hören ist –, winkt ihr von der anderen Straßenseite ein Kommilitone zu, von dem sie weiß, dass er Bruno heißt. Da sie ihn nicht näher kennt, belässt sie es bei einem kurzen Winken zurück und setzt dann ihren Weg fort. Vielleicht etwas zu überhastet, die Steine knirschen unter ihren Schuhen, fast rutscht sie weg. Auch wenn sie demonstrativ nicht mehr zurückschaut, spürt Elise, dass ihr ein angenehmes Kribbeln über den Rücken läuft. Sie schlendert hier durch diese schöne Stadt und winkt einem jungen Mann zu. Von dieser Freiheit hat sie immer geträumt. Beschwingt setzt sie ihren Weg fort. Bruno ist ihr sympathisch. Gern würde sie mit ihm mal etwas unternehmen, schwimmen gehen oder tanzen. Was für ein forscher Gedanke! Er lässt ihr fast den Atem stocken.

Plötzlicher Lärm schreckt sie auf, eine Gruppe junger Männer – vermutlich Soldaten, die ein paar Tage Heimaturlaub bekommen haben – marschiert aus der Ursulinstraße kommend auf die Universität zu. Sie singen Lieder, in denen sie die militärischen Erfolge der Wehrmacht feiern. Nach dem, was man so hört, ist der deutsche Vormarsch auf die Sowjetunion aber längst ins Stocken geraten. Genaues weiß Elise nicht, aber ihr Vater hat so etwas durchklingen lassen. Woher er sein Wissen bezieht, ist ihr nicht klar. Ihr ist aber aufgefallen, dass an der Universität vermehrt auf Plakaten dafür geworben wird, das Studium zu unterbrechen, um der soldatischen Pflicht nachzukommen. An den Gymnasien sieht es genauso aus, das weiß sie von ihrem Bruder Friedrich, der in diesen Wochen sein Abitur abgelegt hat und schon seit Monaten gedrängt wird, die deutschen Soldaten zu unterstützen. Jetzt beginnt er in den nächsten Tagen mit seiner militärischen Grundausbildung, danach will er an die Front. Bei dem Gedanken daran wird ihr flau im Magen, Friedrich hingegen scheint es kaum erwarten zu können.

Die Griechisch-Vorlesung, die wenig später beginnt, verfolgt sie nicht konzentriert. Zum einen haben ihr die Soldaten wieder in Erinnerung gebracht, dass ihr Studium auf keiner Insel der Seligen stattfindet, sondern dass sich Deutschland mitten in einem Krieg befindet. Zum anderen kann sie sich für die griechische Sprache immer noch nicht so recht erwärmen. Die Vokabeln und vor allem die Grammatik zu lernen, fällt ihr viel schwerer als beim Lateinischen. Auch sind die Griechisch-Dozenten, die sie bisher kennt, bei weitem nicht so motivierend wie Dr. Streiter.

Als Professor Winter die Vorlesung beschließt, ist sie froh. Mehrmals hat sie sich dabei ertappt, wie sie fahrig auf die Uhr schaute, was ihr umgehend undankbar vorkam. Sie packt ihre Sachen zusammen und freut sich darauf, nachher Lieselotte wieder zu treffen.

Beim Frühstück hat sie sich zwei Brote geschmiert, die sie zu Mittag essen will. Ihre Wirtin fördert das – „Sie müssen mehr essen, Fräulein Plackwitz, Sie sind so dünn!“ – und sie ist dankbar, dass sie nicht so oft in der Mensa essen muss, denn das Geld dafür kann und will sie nicht ausgeben. Vor ihrem Vater will sie auf keinen Fall wie eine Verschwenderin dastehen. Trotzdem gönnt sie sich an einem Stand an der Straßenecke für wenige Pfennige eine Limonade. Eine göttliche Kühle. Zurück an der Oder beginnt sie an einem sonnigen Platz ihre Graubrote mit Schmierkäse zu mümmeln. Anschließend läuft sie noch einmal zu den Kaffeehäusern am Ritterplatz in der Nähe des Fechterbrunnens, doch kann sie weder Bruno noch einen anderen Bekannten entdecken und geht langsam in Richtung des mit Lieselotte ausgemachten Treffpunktes.

Sie passiert die Kolonialwarenläden und Kaffeeröstereien – wie herrlich es da duftet! – in der Schweidnitzer Straße, bestaunt die Auslagen der Konditorei Perini in der Junkernstraße und bleibt dann vor einem Schuhgeschäft stehen. Lange betrachtet sie ein paar schöne Sandalen, die sie sich aber nicht leisten kann. Sie muss älteren Männern mit Milchkarren Platz machen, das Glas klirrt, als sie über das Kopfsteinpflaster rollen. Die Arbeiter auf der Straße sind jung, sehr jung sogar, Schüler eher, denn die Männer in Elises Alter sind ja mehrheitlich an der Front.

Vor der Schletterschen Buchhandlung am Ring bleibt sie stehen, sie betritt den Laden und hält sich eine Weile in der Abteilung mit den Klassikern auf. Kurz überlegt sie sich, Gedichte von Rilke mitzunehmen, aber erneut hindert sie ihre knappe Kasse an einem Kauf. Außerdem hat sie noch ein paar Bücher in ihrem Zimmer, die sie lesen will. Auf dem Weg zum Ausgang sieht sie viele Tische mit Literatur über die deutsche Nation und deren militärische Erfolge. Diese Bücher interessieren sie weniger.

An der Elisabethkirche, wie verabredet direkt vor dem Eingang zum Käse-Böhm, muss Elise nicht lange auf ihre Freundin Lieselotte warten, sie biegt nach wenigen Minuten lachend um die Ecke. Ihre gute Laune ist ansteckend, und am Ellenbogen eingehakt gehen sie fröhlich am Rathaus vorbei und berichten sich gegenseitig von ihren Vorlesungen.

„Und, sah dein Latein-Dozent wieder so gut aus?“, fragt Lieselotte.

„Ach du, jetzt tust du so, als wäre ich in den verliebt.“ Elise merkt, dass sie rot wird, was ihr unangenehm ist, so dass sie schnell weiterspricht. „Der Streiter macht einfach interessante Vorlesungen, das ist es. Und heute war es wieder sehr lebendig, es ging um Fremdwörter, die aus dem Lateinischen stammen."

„Damit könntest du mich jagen. Da ist deutsche Literatur die bessere Wahl für mich."

Lieselotte zeigt nach rechts, und so überqueren die beiden den Blücher-Platz und kommen auf die Reusche Straße. Dort mustert ihre Freundin die Blusen in mehreren Bekleidungsgeschäften und entscheidet sich schließlich für ein hellblaues Modell mit Rüschenkragen. Sie greift in ihren gut gefüllten Geldbeutel, zahlt und verlässt bestens gelaunt mit Elise das Geschäft. Elise wundert sich immer, dass sich Lieselotte wie ein Kind freut, wenn sie sich etwas Neues kauft. Folglich sind ihre Einkaufstouren meist sehr ausgiebig.

„Ich will nicht neugierig sein, aber woher nimmst du eigentlich das Geld, dass du dir so oft neue Sachen kaufen kannst?", fragt sie ihre Freundin.

„Von meinem Vater. Er gibt mir jeden Monat Geld, und er ist zum Glück nicht geizig."

Elise schaut etwas irritiert, sagt aber nichts. Hin und wieder verspürt sie schon etwas Neid auf das sorgenfreie Leben, das Liselotte führen kann. Ihr eigener Vater finanziert ihr ja glücklicherweise auch das Studium, doch viel mehr als die Miete und das Essen ist nicht drin. Darüber hinausgehende Ausgaben hält Erich für Verschwendung, selbst für das Nötigste, wie Schuhe oder Jacken, muss Elise oft mehrmals um Geld bitten. Und für die Bedürfnisse des Alltags nach einem Brötchen oder einer Limonade fehlt ihm jedes Gespür. So muss sie halt jeden Pfennig zweimal umdrehen.

Die Familie ihrer Freundin hat viel mehr Geld als ihre. Lieselottes Vater besitzt eine Porzellan-Fabrik in Liegnitz, und soweit Elise es beurteilen kann, hat diese immer gute Umsätze gemacht. Große Auftraggeber sind die NSDAP und vor allem die Wehrmacht, die in den vergangenen Jahren riesige Mengen an Geschirr gekauft hat. Der volle Geldbeutel ermöglicht Lieselotte so manche Freiheit, die sie selbst auch gern hätte. Trotzdem hat

Elise nur ganz selten wirklich das Gefühl, sich zu wenig kaufen zu können. Das sparsame Leben hat sie selbst nämlich fast genauso verinnerlicht wie ihre Eltern. Und wenn sie mal gar nicht flüssig ist, bezahlt Lieselotte auch schon mal großzügig ein Getränk oder ein Stück Kuchen für sie. Denn geizig ist ihre Freundin nicht.

Lieselotte unterbricht ihre Gedanken, als sie, während sie in die Sonne blinzelt, sagt: „Ich hätte Lust, schwimmen zu gehen. Meinst du, das Strandbad am Westend hat schon geöffnet?"

„Ich weiß es nicht, aber ich glaube, die Oder ist noch zu kalt zum Baden. Ich warte lieber noch ein paar Tage, hoffentlich hält sich das gute Wetter."

Das Argument überzeugt, und ins Gespräch versunken gehen die beiden zurück Richtung Rathaus. Den in großen Buchstaben angebrachten Schriftzug „Herrenbekleidung Reichel" auf der rechten Seite beachten sie nicht, denn selbst die modebewusste Lieselotte interessiert sich nicht für Geschäfte, die ausschließlich Herrenbekleidung führen.

Lieselotte schlägt vor, abends ins Kino zu gehen. Sie möchte „Gefährtin meines Sommers" sehen, einen Liebesfilm von Fritz Peter Buch. „Eine Pianistin verliebt sich in einen Arzt", beschreibt sie Elise den Inhalt. „Aber auch sein Freund gefällt ihr sehr gut, und sie kann sich lange nicht entscheiden. Paul Hartmann spielt mit, aber vor allem will ich Wolfgang Lukschy sehen. Er sieht umwerfend aus, habe ich vorhin auf dem Plakat gesehen."

Elise lacht, zögert aber, weil sie kein Geld für Kino eingeplant hat. Als Lieselotte sie fragend ansieht, sagt sie aber schließlich zu. „Ja, ich habe Lust." Das Geld wird sie schon irgendwie zusammenkratzen. Und so verabreden sie, den Abend im Capitol zu verbringen.

Sie überqueren die Schweidnitzer Straße, und in einem kleinen Schreibwarengeschäft besorgt sich Elise ein neues Heft für lateinische Vokabeln. Von dem kurz ins Auge gefassten Erwerb eines Stiftes nimmt sie Abstand, sie denkt an das Kino am Abend und kauft lieber nur neue Tinte. Nachdem sie den Laden verlassen haben, tauscht sie mit ihrer Freundin Einschätzungen über die jungen Männer der Stadt aus. Lange überlegen sie kichernd, welcher ihrer Kommilitonen wohl die beste Ausstrahlung besitzt und wessen Augen am schönsten sind.

„Mit Wolfgag Lukschy wird wohl keiner mithalten können“, versucht Elise ihre Freundin zu ärgern. Aber die merkt das gar nicht und stimmt ihr ganz ernst zu.

In der Bischofstraße wenige Meter später unterbrechen laute Männerstimmen ihr Gespräch. Aus dem Bischofskeller im Schlesischen Hof ertönen schiefe Gesänge über die Schönheit des Trinkens – und das um 17 Uhr, wie Elise beunruhigt feststellt. Erneut werden vermeintliche Heldentaten der deutschen Soldaten musikalisch gefeiert.

Wenig später holt die beiden eine Gruppe junger Männer in braunen Hemden ein. Es könnten jene Soldaten sein, die Elise schon am Mittag an der Universität gesehen hat. Sie pfeifen und johlen, rufen ihnen unverständliche Dinge zu, verkeilen sich dann wieder ineinander – „Heute ist Herrenabend, also weiter!“ – und ziehen sich gegenseitig in die Albrechtstraße, wo sie erneut in einem Bierkeller verschwinden.

Elise schaut Lieselotte an, und beide verdrehen die Augen. Die allzu bierseligen Herren der Schöpfung haben es ihnen nicht angetan.

Die Polen machen hier keine halben Sachen. Sie krempeln alles um, am besten so schnell wie möglich. Alle schlesischen Städte und Dörfer haben inzwischen polnische Namen, auch die Straßennamen werden geändert. Firmenschilder oder Werbeaufschriften an Häusern, die auf deutsche Besitzer hinweisen, sind entfernt oder übermalt worden. Wir sollen uns wohl so fühlen, als lebten wir in einem fremden Land. Neuerdings müssen wir Deutschen sogar weiße Armbinden tragen. Wir werden markiert wie Aussätzige.

Da verwundert es nicht, daß immer mehr Jaueraner ihre Zelte abbrechen und Richtung Westen verschwinden. Teilweise werden wir ja richtig ausgehungert! Stillers haben schon Schmuck verkauft, um sich etwas zu essen kaufen zu können. Wer keine Reserven und nicht genug Phantasie hat, der kann kaum überleben. Ich bin so heilfroh, nicht ganz allein, sondern bei Mutti zu sein. Sonst wäre es gar nicht auszuhalten.

Die neue Grenze zwischen Deutschland und Polen sollen wohl Oder und Neiße markieren, das haben die Siegermächte so vereinbart. Das darf doch wohl nicht wahr sein! Damit ist Schlesien für immer verloren. Und das alles nur wegen dieses Verrückten, der uns in den Krieg geführt hat! (23. November 1945)

Militärisches Denken ist ihm von Hause aus fremd. Einerseits. Seine Eltern haben schon 1870 die Notwendigkeit des deutsch-französischen Krieges nicht eingesehen. Am Weltkrieg 1914 hat Erich wegen seiner starken Kurzsichtigkeit nicht teilgenommen, bedauert hat er die Ausmusterung trotz der Kriegsbegeisterung um ihn herum nicht. Hitlers Politik lehnt er ab, dessen Krieg ist für Erich schlicht der Beweis für den Größenwahn des Führers. Laut aussprechen will er das aber besser nicht. Oder nur im ganz vertrauten Kreis.

Trotzdem wird in seiner Familie das Soldatentum in Ehren gehalten. Andererseits. Das hat mit preußischer Tradition zu tun, mit dem ausgeprägten Obrigkeitsdenken, das alle Plackwitze zu Kaisers Zeiten genauso wie in der Republik von Weimar mit der Muttermilch aufgenommen zu haben scheinen. Und daran findet Erich nichts falsch.

Als sein Sohn Friedrich ihm vor einigen Monaten erstmals eröffnete, dass er gern die Schule frühzeitig beenden möchte, um für Deutschland in den Krieg zu ziehen, war Erich also durchaus hin- und hergerissen. Sein Sohn in Uniform das Vaterland verteidigend war für ihn eine Vorstellung, die er grundsätzlich mit Stolz betrachtete. Dass Friedrich aber für Hitlers Krieg Feuer und Flamme war, verwirrte ihn. Friedrichs Idee, sich als Schüler freiwillig zur Waffen-SS zu melden, irritierte ihn nicht nur, sondern fand er zutiefst abstoßend. Dass die Nazis um ihn warben, war für ihn hingegen naheliegend. Der blonde, 1,82 Meter große

Junge war so etwas wie der Bilderbucharier. Mit reinrassigem Stammbaum.

Den Abbruch der Schule verbot er Friedrich – schon, weil er den Nazis nicht glaubte, dass dem Jungen auch ohne Prüfung das Abitur geschenkt werden würde. Außerdem: Was hatte ein Abschluss für einen Wert, den man geschenkt bekam? Dass Friedrich die Schule auf seine Anordnung hin ordnungsgemäß abschließen musste, verhinderte, dass er frühzeitig in den Krieg zog. Widerwillig, so schien es Erich, fügte sich der Junge und stürzte sich in die Prüfungen, die er mit ordentlichem Erfolg abschloss.

Es ist Freitag Nachmittag, und Erich sitzt gedankenverloren im Wohnzimmer und knackt unkonzentriert ein paar vom letzten Jahr übriggebliebene Haselnüsse aus dem Garten. Jetzt als Abiturient wird Friedrich schon sehr bald zur Wehrmacht einberufen, das steht fest wie in Stein gemeißelt. Stolz mischt sich bei ihm als Vater mit Angst. Pflichtgefühl mit der Verachtung für die Nazis. Endlich hört er einen Schlüssel in der Wohnungstür, der Sohn kommt nach Hause. Marta ist in Jauer unterwegs, da bietet sich die Gelegenheit zu einem Gespräch unter Männern. Friedrich kommt ins Wohnzimmer, begrüßt ihn, und bevor er etwas sagen kann, beginnt Friedrich: „Wir müssen etwas besprechen, Vati."

„Das wollte ich auch vorschlagen, Junge. In letzter Zeit haben wir nur wenig miteinander geredet."

Erich fordert seinen Sohn auf, am Tisch Platz zu nehmen. Dann sucht er nach dem richtigen Einstieg in das Gespräch und formt langsam die sorgsam vorbereiteten Worte: „Du beginnst bald mit deinem Militärdienst, und die Zeiten sind schwierig, wie du weißt. Es ist Krieg. Das ist kein Spiel. Ich kann verstehen, dass du dich für dein Land einsetzen möchtest, aber du darfst nicht leichtsinnig sein. Dein bevorstehender Einsatz wird sehr gefährlich sein."

„Das weiß ich, Vater," erwidert Friedrich und rutscht auf seinem Stuhl hin und her. „Aber ehrlich gesagt: Ich möchte endlich meine Pflicht als Soldat erfüllen. Für mich ist es nämlich eine Ehre, für Deutschland in den Krieg zu ziehen."

Wie erwachsen er tat! Für Erich hört sich sein Sohn so an, als habe er sich vorher seine Sätze zurechtgelegt. So wie er selbst auch.

„Ich wollte doch schon vor Monaten an die Front, aber du hast darauf bestanden, dass ich erst meine Abiturprüfungen ablege", fährt Friedrich fort. „Nun gut, das habe ich gemacht, aber jetzt bin ich endlich fertig mit der Schule. Ich habe mich entschieden, dem Land und dem Führer zu dienen. Und zwar an führender Stelle. Meine Bewerbung bei der Waffen-SS ist angenommen worden. Die Musterung habe ich letzte Woche überstanden."

Erich ist überrascht, von der Musterung wusste er gar nichts, er blickt erstaunt hoch, sagt aber erst einmal nichts. Friedrich weicht seinem Blick aus, er scheint aufgeregt zu sein, doch wirkt er sehr konzentriert, als er fortfährt: „In der Waffen-SS dient die deutsche Elite, das weißt du. Und ich darf dazugehören. Das musst du doch eigentlich auch gutheißen. Mich jedenfalls macht es sehr stolz. Dort sind die besten Männer und die besten Waffen, die Einheiten haben große Erfolge. Und die Beförderungschancen sind viel größer als bei der Wehrmacht, als Mitglied der Waffen-SS stehen mir alle Türen offen, mein Leben lang!"

Sein Sohn sieht ihn an, doch Erich zieht es vor, erst einmal nichts zu sagen. Er atmet ruhig, und Friedrich spricht weiter: „Ich hätte dir das gern viel früher gesagt, aber ich hatte Angst, dass du es mir ausreden willst. Inzwischen steht es aber fest: Nächste Woche werde ich endlich zu meinen neuen Kameraden stoßen. Erst werde ich militärisch ausgebildet, dann kommt die ideologische Schulung und dann geht es an die Front. Glaub mir, ich verstehe deine Sorgen, aber ich will es so. Es ist das Richtige für mich. Schon in der Schule, als ich die Plakate gesehen habe: ‚Melde Dich freiwillig zur Waffen-SS', da wusste ich, dass ich genau das machen möchte."

Erich zieht seine Schultern zusammen, verkrampft etwas. Er nimmt sich vor, entspannter zu sitzen, bekommt es aber nicht hin. Seine innere Unruhe kann er kaum verbergen, als er antwortet: „Dass du in den Krieg musst, ist unvermeidlich. Und du kannst auch stolz darauf sein, für Deutschland zu kämpfen. Aber bei allem Stolz darfst du die Risiken eben nicht ausblenden. Ich bitte dich darum. Denk auch an deine Mutter."

Friedrich steht auf und verdreht die Augen. Fast unmerklich zwar, aber Erich bekommt es mit. Dann wendet sich sein Sohn wieder ihm zu: „Ja, ich bin stolz, das stimmt. Und du könntest auch etwas stolzer sein auf das, was unsere Wehrmacht seit Jahren leistet. Das Deutsche Reich ist unbestreitbar die wichtigste Macht der Welt, und der Führer muss den Krieg zum Wohle Deutschlands führen. Das deutsche Volk braucht jetzt jeden Mann für den Krieg gegen die jüdische Herrschaftsschicht des russischen Bolschewismus."

Wieder so Sätze, die ihm irgendein HJ-Führer eingebläut hat, denkt Erich verzweifelt. Aber es kommt noch dicker für ihn: „Ich stehe in Treue zu Adolf Hitler", sagt sein Sohn. „Und ich, ja, ich bin an seinem Geburtstag zusammen mit vielen anderen an unserer Schule Mitglied der NSDAP geworden."

„Was bist du? Schäm dich!", ruft Erich aus und springt auf. Seine Hände werden vor Aufregung feucht. Damit hat er nicht gerechnet, vor allem nicht, dass Friedrich einfach hinter seinem Rücken handelt. Aber in der Schule werden die jungen Männer beeinflusst und bestimmt genötigt, in die Partei einzutreten. Ganze HJ-Gruppen werden bevorzugt an Hitlers Geburtstag als neue Mitglieder aufgenommen. Seine innere Unruhe wächst, er möchte seinem Sohn all seine Bedenken gegen die Nazis vortragen, die er in den letzten Jahren meist für sich behalten hat. Dennoch zwingt er sich, zu schweigen. Vorerst.

„Nein, dafür schäme ich mich nicht, im Gegenteil", kontert sein Sohn selbstbewusst, er geht im Zimmer auf und ab. „Die Mitgliedschaft in der NSDAP hat mir bei der Bewerbung für die Waffen-SS geholfen, genauso wie meine Kontakte aus der HJ-Zeit. Es ist schade, dass du all dem immer skeptisch gegenüber eingestellt warst. Aber jetzt gehe ich meinen Weg. Es ist der Weg des Führers, der Partei und des deutschen Volkes."

Erich merkt, dass sein Zorn immer größer wird, schafft es aber, ihn zu unterdrücken. „Ich weiß, was in dir vorgeht", sagt er schließlich betont sachlich. „Und du kennst meine Position. Von meiner Arbeit im Gericht weiß ich, dass Hitler viel zerstört hat, zum Beispiel die Unabhängigkeit der Justiz, und die ist ein hohes Gut, da kenne ich mich aus." Das musste jetzt raus, auch wenn er nicht glaubt, seinen Sohn mit diesem Argument erreichen zu können. Er müsste es von ihm im Übrigen längst kennen.

„Deutschland hat ganz andere Probleme im Moment", murmelt der nur vor sich hin.

Erich will keine Eskalation, Friedrich ist schließlich sein Sohn, den er liebt. Also erinnert er sich mühsam an die Sätze, die er sich für das Gespräch zurechtgelegt hat. Langsam formuliert er: „Du bist jung und hast eigene Ideale, die ich nicht unbedingt verstehen muss. Trotzdem, glaub mir: Ich unterstütze dich so gut ich kann. Ich bin auf deiner Seite, auch wenn ich deine Gedanken nicht alle teile. Aber versprich mir, nicht zu leichtsinnig zu sein und auf dich aufzupassen, bitte!"

Erich spürt stärker als je zuvor die schleichende Entfremdung von seinem Sohn, obwohl die sich seit Monaten, wenn nicht seit Jahren abzeichnet. Er erschrickt darüber, überlegt, was er wohl falsch gemacht hat, er denkt an Friedrich als Kind, auf den er immer so stolz war und der zu größten Hoffnungen berechtigte. Er geht auf ihn zu und fasst ihm aufmunternd, aber zugleich etwas unbeholfen an die Schulter. Friedrich dreht sich halb weg, so dass die Berührung nur kurz dauert. Schließlich sagt der 18-Jährige: „Am Montag muss ich nach Breslau, da treffe ich meine Kameraden. Und dann geht es hoffentlich bald ab in den Osten. Wir werden gebraucht, um den Iwan zu besiegen!" Dann verlässt er das Wohnzimmer.

Erich bleibt wie versteinert am Wohnzimmertisch sitzen und starrt vor sich hin. Immer wieder fragt er sich, ob er seinen Sohn mehr unterstützen oder ob er ihm gegenüber seine Kritik an der Politik der Nazis deutlicher machen müsse. Er weiß nicht, was besser wäre. Friedrich in der Waffen-SS. Bei allem Widerwillen gegen diese militärische Elitetruppe verspürt Erich tatsächlich so etwas wie Genugtuung, dass sein Sohn nicht nur einfach so zur Wehrmacht einberufen wird. Sein Friedrich ist etwas Besonderes, jemand, der ab sofort für den Nimbus der Unbesiegbarkeit steht, der die Waffen-SS seit jeher umgibt. Fast im selben Augenblick schämt er sich für diesen Stolz. Aber er ist da.

Allerdings, das weiß Erich, ist die Zahl der Mitglieder der Waffen-SS zuletzt sprunghaft gestiegen. Ausschließlich die Besten sind dort wohl auch nicht mehr zu finden. Ohnehin glaubt er die ständigen Erfolgsmeldungen schon lange nicht mehr. Wenn es nach den offiziellen Verlautbarungen geht, kämpfen sich die deutschen Soldaten an der Ostfront von Sieg zu Sieg, stehen heldenhaft ihren Mann, in jedem Winter auch bei Eiseskälte und Schnee in der russischen Steppe. Hinter vorgehaltener Hand ist aber zu erfahren, dass vielerorts eher der Rückzug ansteht. Im deutschen Rundfunk ist davon seit der Niederlage der Wehrmacht in Stalingrad, die als Heldenkampf gegen eine Übermacht geschildert wurde, die im Grunde Deutschlands Sieg einleite, nicht mehr viel zu hören. Dort gibt es seither nur noch Durchhalteparolen, aber kaum noch Lageberichte. Öfter mal ist von einer Frontbegradigung die Rede, vermutlich eine freundliche Umschreibung dafür, dass die deutschen Truppen zurückgedrängt werden. Erichs Freund Oskar Schauer, der oft BBC hört, hat ihm erzählt, dass die Sowjets gerade Boden gutmachen. Aber das will Friedrich ja nicht hören.

Am besten wäre es wohl, wenn Deutschland jetzt kapitulierte, das hat er zuletzt öfter gedacht. Dann könnte es vermutlich als Land in der heutigen Größe bestehen bleiben. Die deutsche Niederlage im Krieg scheint doch festzustehen. Da hilft auch das Gerede vom angeblich bevorstehenden Endsieg, von neuen Wunderwaffen und vom totalen Krieg nichts mehr. Mit jedem Tag, den man weiterkämpft, dürften sich die Bedingungen für einen Waffenstillstand nur verschlechtern. Das laut zu sagen ist allerdings viel zu riskant. Es sind schon Leute im Konzentrationslager gelandet, die den Endsieg in Frage gestellt haben, sogar Hinrichtungen gab es deshalb.

Und zu diesem Zeitpunkt muss jetzt sein Sohn an die Front. Er wird schon bald desillusioniert sein, vermutet Erich.

Als er hochschaut, steht Marta neben ihm und schaut ihn fragend an. Er hat sie gar nicht nach Hause kommen hören. Er berichtet von dem Gespräch mit Friedrich und dessen Aufnahme in die Waffen-SS. Marta, die den Unterschied zwischen Wehrmacht und anderen Kampftruppen nicht so genau kennen dürfte, erschrickt lediglich darüber, dass Friedrich schon am Montag aufbricht. Während sie bereits laut darüber nachdenkt, was sie Friedrich alles für unterwegs einpacken will, versucht er ihr zu erklären, was die Vor- und Nachteile eines Einsatzes bei der Waffen-SS im Vergleich zur Wehrmacht sein könnten.

Sie hört ihm gar nicht richtig zu, scheint in ihren Gedanken beim Sohn, den sie in Gefahr sieht, weil er in einen Krieg ziehen muss, der noch sehr viele Ungewissheiten mit sich bringen dürfte. Sein Vortrag klingt ihr wahrscheinlich allzu akademisch, und so sagt sie: „Es ist doch gleich, in welcher Einheit er dient. Wichtig ist, dass er überlebt. Seine Tapferkeit kann er überall beweisen, da ist doch egal, ob es Wehrmacht oder Waffen-SS heißt."

„Zur Wehrmacht müssen alle, zur Waffen-SS meldet man sich freiwillig", versucht er noch einmal zu verdeutlichen. „Friedrich ist mir viel zu kriegsbegeistert. Ich habe Angst, dass er im Einsatz unvorsichtig oder gar übermütig sein könnte. Er ist übrigens Mitglied der Partei geworden. Wusstest du das?"

„In der Partei sind Hunderttausende, wahrscheinlich Millionen. Nicht alle sind so wie du. Viele sehen darin einen Vorteil. Du willst nicht Mitglied sein, weil du Richter bist und deine Unabhängigkeit zeigen willst. Das verstehe ich und finde es ehrenwert, aber für andere Menschen und vielleicht auch für die Soldaten ist die Lage vermutlich ganz anders."

„Aber Marta, die NSDAP steht für Unrecht. Da kann man doch nicht Teil der Bewegung werden.“

„Mit deiner Haltung bringst du uns noch ins Gefängnis. Hüte dich davor, das laut auszusprechen.“

Erich schweigt, seine Frau hat in gewisser Weise ja Recht. Vor einigen Jahren hat er Elise in Schwierigkeiten gebracht, als er ihr am 20. April verboten hat, zur Schule zu gehen. An Hitlers Geburtstag wehen überall die Hakenkreuzfahnen, die Jungen und Mädchen, die eigentlich schulfrei haben, singen Nazi-Lieder und lassen den Führer hochleben. Er wollte nicht, dass Elise da mitmacht – Friedrich war schon nicht mehr zu halten gewesen. Am nächsten Tag hat der Klassenlehrer sie vor allen Schülern zur Rede gestellt, ihr eine Ohrfeige gegeben und geschrieen, dass er das nicht durchgehen lasse. Von da an ist sie immer hingegangen.

Er überlegt, ob er ein weiteres Erlebnis des heutigen Tages für sich behalten oder ob er seiner Frau davon berichten soll. Schließlich entscheidet er sich für das letztere: „Ich muss wirklich aufpassen, du hast Recht. Ich sehe das inzwischen ein. Heute meinte Direktor Schäfer mal wieder ohne Grund seine Gesinnung zeigen zu müssen. Als ich nicht einstieg in die Diskussion um den heldenhaften Kampf der Wehrmacht und die achso kluge Kriegsführung Hitlers, fragte er mich, ob ich vielleicht ein Judenfreund sei und drohte mir ganz offen: ‚Wenn Sie so weitermachen, kommen Sie auch noch nach Groß-Rosen.‘“

Groß-Rosen. Er sieht, dass Marta die Knie wegzusacken drohen, so dass sie sich ruckartig hinsetzt. Groß-Rosen, das Lager, nicht weit von Jauer entfernt, wo seit drei Jahren Kriminelle in einem Steinbruch arbeiten müssen. Der Abschaum der Gesellschaft. Zumindest wenn man der Zeitung Glauben schenken darf.

„Du kennst ja Schäfer, er ist ein Hundertprozentiger“, fährt Erich fort. „Er übt immer wieder Druck auf die Richter und alle anderen Angestellten aus, dass wir ihm in die Partei folgen sollen. Er zwingt uns alle dazu, ihn mit ‚Heil Hitler‘ zu grüßen, mich besonders gern, gerade weil er weiß, dass mir das zuwider ist.“

Marta ist zwar blass geworden, doch scheint sie ihm gegenüber Entschlossenheit zeigen zu wollen. Sie schafft es, ganz bestimmt zu klingen, als sie sagt: „Du musst dich mit ihm arrangieren, Erich. Sonst stürzt du uns noch alle ins Unglück."

„Ich weiß. Ich verspreche dir, ich werde noch vorsichtiger werden und mich vor allem im Kollegenkreis nicht mehr negativ oder auch nur skeptisch über die NSDAP äußern. Es ist zu riskant."

Erich sitzt niedergeschlagen, fast zusammengesunken auf seinem Stuhl, so kennt er sich gar nicht. Für ihn fühlt sich sein Zugeständnis wie eine Niederlage an, aber er bemerkt, dass seine Frau erleichtert auf die letzten Worte reagiert. Sie rückt mit ihrem Stuhl zu ihm hinüber und ergreift seine Hand. Weitere Worte sind nicht mehr nötig.

Nach ein paar Minuten lässt sie ihn los, steht auf und geht auf Friedrichs Zimmer zu. Vorher dreht sie sich noch um: „Ich muss mit dem Jungen besprechen, was er alles einpacken soll. Und ihn daran erinnern, dass er uns schreibt, so oft es geht. Die Feldpost funktioniert doch ganz gut, wie man so hört. Die Schreiners nebenan bekommen fast jede Woche einen Brief oder eine Postkarte von ihrem Sohn, der an der Ostfront kämpft. Eine Ungewissheit über sein Schicksal, ein Leben ohne Nachrichten von Friedrich könnte ich nicht aushalten."

Kapitel 19

1973

Der Junge wird so schnell groß, und jetzt ist er plötzlich schon auf der höheren Schule. Unfassbar. Elise kommt es so vor, als lägen Geburt, Laufen lernen und die ersten Sprechversuche erst wenige Jahre zurück. Doch Andreas ist inzwischen fast zehn Jahre alt. Und seit heute Gymnasiast. Eva ist schon in der Pubertät. Die Zeit rast nur so davon. Verträumt steht Elise vor der Arbeitsfläche ihrer Küche, bestreicht dabei in Gedanken die Rinderrouladen mit Senf und füllt sie mit Zwiebeln, etwas Speck und Gurkenstückchen.

Jeden Augenblick müsste Andreas nach Hause kommen, zum feierlichen Anlass seines Schulwechsels bereitet sie ein besonderes Essen vor. Sogar ihr Vater ist eigens aus Detmold gekommen, stolz auf seinen Enkelsohn sitzt er perfekt rasiert im Wohnzimmer auf dem Sofa, er trägt auch mit seinen 87 Jahren einen feinen dunklen Anzug mit weißem Hemd und Krawatte. Elise ist gut gelaunt, sie schlägt die Längsseiten der Rouladen etwas ein, rollt sie und beginnt sie wie ein Paket mit Küchengarn zu verschnüren.

Mit ihrem Mann hatte sie längere Diskussionen darüber, ob Andreas auf dem Gymnasium zuerst Latein oder lieber Englisch lernen soll. Schließlich hat sich Theo, der Englischlehrer, gegen sie, die ehemalige Latein-Studentin, durchgesetzt. Das Argument, dass man mit Englisch im Alltag einfach mehr anfangen kann, war unschlagbar, auch wenn sie von seiner Wahrheit ganz und gar nicht überzeugt ist. Das können nur Menschen behaupten, die nie richtig Latein gelernt haben, denkt sie. Doch Andreas hat das Argument übernommen. Und damit war sie überstimmt.

Jetzt geht er also auf das Johann-Conrad-Schlaun-Gymnasium, immerhin ein humanistisches Gymnasium, das noch Wert auf die klassischen Sprachen als besonderen Bestandteil der Erziehung legt. Von der Grundschule ist nur noch sein Freund Ulrich dorthin gewechselt. Die meisten anderen aus seiner alten Klasse haben sich für das Pascal-Gymnasium entschieden, das erst einige Jahre besteht und als moderner gilt. Am Johann-Conrad-Schlaun-Gymnasium, das Andreas die kommenden neun Jahre besuchen soll, heißt die fünfte Klasse noch Sexta. Klingt sympathisch.

Beim Kochen hört sie, wie ihr Sohn sein Fahrrad abstellt, sie ist gespannt, wie seine ersten Eindrücke in der neuen Klasse waren, nachdem sie gegangen ist. Heute früh hat sie ihn noch zur Begrüßung der Neuen in die Aula begleitet. Schuldirektor Wissing hielt eine kurze Begrüßungsrede, in der er die Bedeutung der lateinischen Sprache hervorhob und seiner Freude Ausdruck verlieh, dass es erneut eine Lateinerklasse geben wird. Sie spürt Wehmut. Zumindest ein bisschen. Immerhin wird ihr Andreas, wenn alles glatt geht, ab der siebten Klasse Latein lernen.

Es gab noch eine Musikeinlage des Schulorchesters, die Theatergruppe führte einige Ausschnitte von „Der eingebildete Kranke" auf, mit dem Stück von Molière schafften sie es vor kurzem sogar in die Zeitung, erinnert sich Elise. Danach wurden die Schüler auf ihre drei künftigen Klassen aufgeteilt, was sie von Andreas' Klassenlehrer Rühmann – Mathematik, Biologie und Sport – halten soll, weiß sie noch nicht. Er macht einen ganz netten Eindruck. Ein schlanker und sportlicher Typ um die 40 mit großer Brille und Bürstenschnitt. Aber es gab auch traditionellere Lehrer mit Anzug und Weste. Vielleicht wären sie besser für Andreas. Das Kollegium wirkte ohnehin sehr gemischt auf sie, neben den älteren Herren gab es auch salopp gekleidete junge Lehrerinnen und Lehrer, die aussahen, als kämen sie gerade von der Universität. Und was an den Hochschulen in den letzten Jahren los war, ist ja bekannt.

Andreas kommt herein, zieht seine Schuhe aus und möchte wissen, was es zu Essen gibt. Die Zubereitung wird noch eine Weile dauern, gerade hat sie die Rouladen in Butter angebraten, gleich will sie das Fleisch mit Rotwein ablöschen. Ihr Sohn ist überraschend ruhig, vor vier Jahren nach seiner Einschulung in der Grundschule war er ganz aufgeregt. Er berichtet ganz knapp, er sitze in der Klasse neben Ulrich. Er wirkt glücklich.

Sie schält die letzten Kartoffeln – ganz dünn, so wie sie es von ihrer Großmutter Katharina gelernt hat. Den Topf stellt sie auf den Herd, macht die Platte aber noch nicht an, dazu ist es noch zu früh, und begleitet Andreas ins Wohnzimmer. Erich fragt ihren Sohn interessiert, wie es am ersten Tag in der neuen Schule gewesen sei. Andreas erklärt, dass noch nicht besonders viel passiert sei und es morgen erst richtig losgehe. Die Schule sei riesengroß, mehr als 1.000 Schüler, habe der Direktor gesagt. Wie er alle Räume finden soll, wisse er noch nicht, sagt Andreas, und Elise lächelt.

„Das wirst du ganz schnell lernen, und dann ist die Unsicherheit weg", sagt sie. Er schaut noch nicht überzeugt.

Ihr Vater bietet Andreas einen Sitzplatz auf seinen Knien an, doch der findet das allem Anschein nach unpassend – schließlich ist er jetzt schon Gymnasiast – und nimmt umständlich neben ihm auf dem Sofa Platz. Nach dem ersten Schultag an der Grundschule saßen sie so ähnlich zusammen, erinnert sich Elise, Andreas auf Erichs Schoß, Plätzchen essend und gemeinsam ein Vogelbuch durchblätternd. Ganz begeistert berichtet Andreas immer davon, dass sein Opa – nein, er soll ja Großvater sagen, das klingt nicht nach ganz so alten Menschen, sagt Erich immer – ein absoluter Experte ist, der alle Säugetiere kennt und den Ruf ganz vieler Vögel nachmachen kann. Er weiß auch unglaublich viel über Fische, Reptilien und sogar über Dinosaurier. Elise kann sich erinnern, dass sie als Kind genauso beeindruckt war.

Wieder entsteht eine schöne Nähe zwischen den beiden, vielleicht nicht mehr ganz so innig wie vor vier Jahren bei der Einschulung, aber trotzdem sieht es sehr harmonisch aus, wie sie da nebeneinandersitzen. Niemals käme ihr Vater auf die Idee, Andreas zu rügen oder ihm etwas zu verbieten. Sie selbst hingegen hat als Schulkind seine Strenge noch voll zu spüren bekommen. Die geforderte Disziplin. Sie hat Andreas mal erklärt, strenge Väter würden oft ganz weich, wenn sie Enkelkinder hätten. Andreas hat darauf geantwortet, er wolle später schon als Vater und nicht erst als Opa locker und nicht streng zu sein. Er mag Großvater. Nur, dass sich Erich nicht für Fußball interessiert, versteht Andreas nicht. Da habe ja sogar Großmutter mehr Ahnung, sagt er immer. Und wirklich, seitdem ihre Eltern ein Fernsehgerät haben – und das gibt es erst seit etwa zwei Jahren – schaut Marta samstags regelmäßig die Sportschau und sucht mit Andreas das Fachgespräch. Heute konnte sie allerdings nicht nach Münster mitkommen; sie ist schon seit langem zum 75. Geburtstag einer guten Freundin in ein Detmolder Café eingeladen und mochte den Termin nicht mehr absagen. Sie fährt ohnehin nicht gern mit dem Zug, weiß Elise. Zu viele negative Erinnerungen.

Andreas zeigt ihr und Erich den Stundenplan: „Wir haben fünf Stunden Englisch die Woche, aber nur zwei Stunden Sport." Morgen früh, so berichtet er weiter, während sie langsam wieder in der Küche verschwindet, gebe es einen Gottesdienst für die Fünftklässler, in der zweiten Stunde beginne dann der Unterricht: Mathe – Englisch – Kunst – Kunst – Deutsch, hießen die Fächer dann. Danach kann sie nicht mehr verstehen, was die beiden besprechen. Sie schließt die Tür und öffnet das Fenster, es soll nicht im ganzen Haus nach Essen riechen. Der Rotkohl ist geschnitten und schmort im Topf, sie wartet noch auf Theo und Eva, die ebenfalls bald aus der Schule zurückkommen müssen. Elise stellt die Kochplatte mit den Kartoffeln an.

Eventuell kommt sogar noch Andreas' Patentante Barbara, aber das steht nicht fest. Typisch. Sie war bis zuletzt unentschlossen und unsicher, ob sie es schaffen wird, nach Münster zu fahren. Barbara steht kurz vor ihrem Psychologie-Examen in Berlin und hat nach eigenen Worten eigentlich überhaupt keine Zeit für die Fahrt zu ihrem Patenkind. Wenn ihr aber das Dach vom vielen Lernen auf den Kopf fallen sollte, wollte sie doch noch losfahren. Elise hat Andreas vorgewarnt, er solle sich nicht zu sehr freuen, es sei doch alles sehr ungewiss. Sie hätte lieber klare Verhältnisse gehabt. Dieses „Eventuell komme ich" und die dahinter stehende Spontaneität beunruhigen sie eher. Sie weiß zum Beispiel nicht, ob sie eine Roulade für Barbara einplanen soll. Auf keinen Fall will sie überflüssigerweise eine Portion zu viel zubereiten und später womöglich Essen wegwerfen. Nun, sie hat eine Lösung für das Problem gefunden. Trotzdem ärgerlich. Nicht einmal eine Uhrzeit, wann Barbara eintreffen könnte, kennt sie.

Ansonsten ist für das Mittagessen alles perfekt aufeinander abgestimmt. Theo kommt gegen 13 Uhr mit dem Fahrrad aus der Berufsschule im Osten Münsters angefahren, bald kann gegessen werden, die Rouladen sind schon weich. Sie gießt noch etwas Flüssigkeit nach, damit auch genug Sauce für alle da ist.

Theo schimpft etwas über seine Schüler, die ihn anstrengen, weil sie sich jetzt die Haare alle lang wachsen lassen, ständig widersprechen und alles besser wissen. Sie ist froh, in diesen Zeiten nicht mehr unterrichten zu müssen und versucht ihn abzulenken, berichtet kurz von Andreas' Einschulung. Als auch Eva pünktlich zu Hause eintrifft, können sie essen. „Alle Hände waschen!", ruft Elise, meint mit der Ermahnung aber vor allem die Kinder.

„Hab ich längst", ruft Andreas und setzt sich auf seinen Platz. Währenddessen wendet sich Theo an Erich: „Hast du denn heute schon deinen Spaziergang gemacht?"

„Gewiss. Es wird ja nach wenigen Häuserreihen recht bald grün hier in der Gegend. Ich bin heute früh an der Schleuse am Dortmund-Ems-Kanal gewesen. Doch fehlen mir im Münsterland einfach die Hügel. Inzwischen kommt mir das aber fast gelegen, denn in Detmold merke ich langsam, dass ich den Weg hinter unserem Haus nicht mehr so gut hochkomme."

Erich lacht zwar, doch Elise, die gerade die Schüssel mit den Rouladen auf den Tisch stellt, fällt die Feier der Goldenen Hochzeit ihrer Eltern vor einigen Wochen in Detmold ein. Auf dem

Spaziergang nach dem Essen war Erich etwas zurückgeblieben, obwohl sie recht langsam gegangen sind. Früher war er immer stolz vorweg marschiert, doch erstmalig hatte sie den Eindruck, dass ihrem Vater die Kräfte schwinden. So langsam merkt man eben doch, dass er 17 Jahre älter ist Mutter.

Als Eva aus dem Bad zurückkommt, wirft Elise einen kritischen Blick auf ihre strubbeligen Haare und kann sich die Bemerkung nicht verkneifen: „Kannst du dich nicht mal vernünftig kämmen?"

„Was?"

„Es heißt ‚Wie bitte?' Und ich sagte, du sollst dich mal richtig kämmen!"

„Ach, Mutti, hör doch mal auf damit. Mir gefällt es so."

Elise sieht auch Erich und Theo an, dass ihnen die Frisur der 13-Jährigen nicht zusagt. Aber heute will niemand streiten, und so fällt kein weiterer Kommentar. Bei Tisch möchte Eva von Andreas wissen, wie es auf dem Schlaun-Gymnasium ist. Sie selbst geht auf die Marienschule, ein reines Mädchen-Gymnasium. Andreas sagt nur, dass die neue Schule insgesamt wohl okay sei.

Elise blickt auf ihren Vater, der schweigend isst. Er ist es nicht gewohnt, dass während der Mahlzeit gesprochen wird. Elise ist ihm dankbar, dass er das nicht zum Thema macht, er scheint – wenn auch widerwillig – zu verstehen, dass sich die Zeiten seit ihrer Jugend geändert haben. Er ergreift erst das Wort, als alle mit ihrer Mahlzeit fertig sind und lobt die Köchin. „In Schlesien hatten wir immer Klöße zu Rouladen, weißt du noch, Elise?", fügt er hinzu.

„Natürlich weiß ich das. Aber Theo mag keine Klöße, deshalb mache ich Kartoffeln dazu."

„Was sind Klöße?", will Andreas wissen.

„Das sind aus Mehl und gekochten Kartoffeln geformte Kugeln, die in Salzwasser gekocht werden", erklärt seine Mutter. „Bei uns zu Hause gab es die ganz oft."

„Wenn das schmeckt, will ich das auch mal haben", meint Andreas.

Erich lacht: „Der Junge weiß, was gut ist. Und du willst unsere Traditionen bewahren, stimmt's?"

Andreas versteht wohl nicht so recht, was sein Großvater meint und lächelt verlegen. Elise wirft ihm einen freundlichen Blick zu, während sich Theo etwas unvermittelt an Erich wendet:

„Hast Du eigentlich nie daran gedacht, noch einmal nach Schlesien zu fahren?"

Erich schaut ihn überrascht an, dann antwortet er: „Nein, das will ich nicht mehr. Nach dem Krieg hatte ich natürlich immer die Hoffnung, dass die Teilung Deutschlands nicht endgültig sein wird, aber inzwischen ist das alles so verfestigt. Das ist doch längst polnisch dort, es täte mir weh, das zu sehen."

„Aber seit einiger Zeit ist es einfacher geworden, dorthin zu reisen. Am besten geht es, wenn man eingeladen wird, hat mir ein Kollege erzählt, der im Sommer da war. Noch könntest du fahren, in ein paar Jahren ist es vielleicht zu spät."

„Nein, ich möchte Jauer wirklich so in Erinnerung behalten, wie ich es kenne. Es wäre bestimmt ernüchternd zu sehen, wie fremd alles geworden ist. Und abgesehen davon schaffe ich eine solche Reise in meinem Alter nicht mehr. Aber vielleicht hat Elise ja Pläne in diese Richtung."

Sie zögert mit einer Antwort, will jetzt nichts Unüberlegtes sagen, lieber steht sie auf und räumt ein paar Teller weg. In der Küche spült sie schnell und trocknet ab, auf dem verblichenen Geschirrtuch ist ein Kalender von 1959 abgebildet. Wenn sie ehrlich ist, muss sie zugeben, dass sie riesige Lust hätte, nach Schlesien zu fahren. Die Heimat endlich wiederzusehen. Theo Jauer zu zeigen. Aber würde der mitfahren? Warum hat er das Thema wohl angeschnitten?

Als sie zu den anderen zurückkehrt, hat sie sich eine Antwort auf Erichs Gedanken überlegt: „Ich möchte Jauer und Breslau sehr gern mal wieder sehen, aber ich habe gleichzeitig auch etwas Angst davor, dass sich die Städte sehr verändert haben könnten. Würdest du denn mit mir dahin fahren?", fragt sie ihren Mann.

Theo schaut sie überrascht an. „Ich? Nach Polen? Um Gottes Willen! Da kriegen mich keine zehn Pferde hin! Die Kommunisten machen doch so viel Ärger bei der Einreise. Auch das hat mein Kollege Schwitalla gesagt. Und dann kann man sich da doch gar nicht frei bewegen. Nein, da will ich nicht hin. Ehrlich gesagt, möchte ich lieber an die Nordsee fahren."

„Siehst Du, Vati?", wendet sich Elise an Erich. „Bei uns wird das wohl auch erstmal nichts mit Schlesien. Aber mal sehen, vielleicht ändert sich das ja in ein paar Jahren." Sie ist ernüchtert, will aber das Thema gern bei Gelegenheit mal wieder ansprechen.

„Ihr immer mit diesem Schlesien", unterbricht Eva genervt ihre Gedanken. „Ich möchte wie Papi auch mal ans Meer fahren oder nach Italien."

„Ans Meer, ja!", ruft Andreas.

„Wenn ihr das alle wollt, dann fahren wir nächsten Sommer an die Nordsee. Vielleicht können wir irgendwo ein Ferienhaus mieten", schlägt Theo vor. Eine Weile schmieden die Kinder laut Urlaubspläne, bauen in Gedanken Sandburgen und sitzen mit Sonnenbrille und Süßigkeiten im Strandkorb.

„So, und jetzt ab nach oben. Ihr macht eure Hausaufgaben, und wir legen uns etwas hin zum Mittagschlaf", meint Elise. Auf den Hinweis, dass es am ersten Schultag noch keine Aufgaben gebe, macht sie deutlich, dass trotzdem bis 15 Uhr Mittagsruhe zu bewahren sei. Während sich ihr Mann wie jeden Tag auf seine Couch ins Arbeitszimmer zurückzieht, gehen Elise und Erich in ihre Schlafräume. Elise mahnt ihre Kinder noch einmal, sie mögen bitteschön leise sein. Danach gebe es Kaffee und Kuchen. Zur Feier des Tages. Wie sonst nur sonntags.

Gegen 14 Uhr 15 schreckt ein lautes Klingeln des Telefons die Schlafenden auf. Elise taumelt in den Flur und murmelt vor sich hin, was wohl Schreckliches passiert sein mag, dass jemand um diese Zeit anruft. Unten ist Theo bereits an den Apparat gegangen und sie hört ihn sagen, dass es ihm leid tue und dass er sie holen werde. „Da ist sie ja schon. Ich gebe sie dir, Herbert. Bis bald."

Elise schaut ihren Mann fragend an, nimmt dann den grauen Hörer in die Hand und meldet sich: „Appelhoff."

„Hier ist Herbert. Entschuldige die Störung in der Mittagszeit. Aber ich muss dir mitteilen, dass unser Freund Walter Reichel gestorben ist."

Unser Freund? Elise denkt an den übergewichtigen Mann, den sie seit ihrer Kindheit in Schlesien immer mal wieder gesehen hat. Als Freund würde sie ihn nicht bezeichnen. Nachdenklich wickelt Elise die verdrehte Schnur des Telefons auf und versucht sie zu glätten. Sie ist etwas ratlos und weiß nicht, wie sie reagieren soll.

„Das tut mir leid für dich", sagt sie schließlich. „Wie ist es denn passiert?"

„Herzinfarkt. Und das mit nur 67 Jahren. Walter wurde noch ins Krankenhaus gebracht, aber die Ärzte konnten ihn nicht mehr retten. In der Nacht ist er gestorben, hat mir seine Frau erzählt. Die arme Hildegard." Herberts Stimme klingt belegt. „Der Walter ist mein ältester Freund, schon seit Breslauer Zeiten."

„Wann ist denn die Beerdigung?", möchte Elise wissen. Sie will nur die wichtigsten Dinge abfragen und nicht lange mit ihrem Onkel über Reichel reden.

„Das ist noch nicht ganz klar. Wahrscheinlich am Freitag. Ich sage dir aber Bescheid, wenn der Termin endgültig feststeht. Ich würde mich freuen, wenn ihr auch kommen würdet. Ich rufe jetzt noch Erich an, er kannte Walter ja auch."

„Mein Vater ist hier, ich sage es ihm. Er schläft aber gerade."

„Ja, erzähl es ihm bitte. Und richte ihm Grüße von seinem Cousin und Verbindungsbruder aus."

„Das mache ich, Onkel Herbert. Und wie gesagt: Herzliches Beileid. Auf Wiederhören."

Sie legt auf und schaut ihren Mann an.

„Das ist doch dieser NPD-Mann, oder?", fragt Theo.

Elise nickt. „Besonders nah stand er mir nicht. Ich glaube aber, dass ich zur Beerdigung nach Neuss fahren werde. Das bin ich Onkel Herbert schuldig."

„Was bist du Herbert schuldig?", fragt ihr in diesem Augenblick ins Zimmer tretender Vater.

„Ach, Vati, jetzt kannst du auch nicht mehr schlafen, wie blöd! Das Telefon hat so laut geklingelt." Elise ist ganz ungehalten und erklärt ihrem Vater dann kurz: „Walter Reichel ist gestorben. Herzinfarkt. Ich überlege, ob ich zu der Beerdigung nach Neuss fahren soll."

„Ach du liebe Güte. So alt war der doch noch gar nicht", wundert sich Erich. Nach kurzem Zögern ergänzt er: „Nun, ich werde nicht bei der Beerdigung mitgehen."

Elise sieht ihren Vater erstaunt an. Der scheint ihre Verwunderung zu bemerken und spricht weiter: „Natürlich soll man über Tote möglichst nicht schlecht reden. Aber Herr Reichel hat bei mir alle Sympathien verspielt."

„Inwiefern? Was meinst du damit?" Elise ist immer noch überrascht über ihren Vater, der sonst sehr diplomatisch ist, und stottert etwas.

Erich sieht sie an und formuliert in betont klaren Worten: „In meinen Augen war er immer nur an seinem eigenen Vorteil interessiert. Du weißt es doch sicher auch noch: Erst hat er sich dieses Geschäft in Breslau unter zweifelhaften Bedingungen gekauft, nach dem Krieg hat er sich dafür überhöhte Entschädigungen gesichert. Dann war er ausgerechnet in der NPD, in der sich die ganzen alten Nazis gesammelt haben, die nichts dazulernen wollen. Schlimm ist das. Herr Reichel hat immer große Reden geschwungen, aber er hat der Sache Schlesiens eher geschadet als genutzt." Dann fügt er noch hinzu: „Aber den Tod habe ich ihm natürlich nicht gewünscht."

„Ich verstehe, was du sagen möchtest. Aber er war eben auch Onkel Herberts bester Freund."

„Ich habe Herbert in diesem Punkt auch nicht verstanden. Spätestens nach der Kandidatur für die NPD hätte er sich von Herrn Reichel abwenden sollen. Aber das hat er irgendwie nicht geschafft."

„Vielleicht hat Herbert ja einfach nur aus Höflichkeit darüber hinweggesehen. Oder aus Rücksicht auf ihre Freundschaft", wirft Elise ein.

Ihr Vater widerspricht: „Das könnte ich aber auch nicht verstehen. Genau da stößt Höflichkeit doch an Grenzen. Wenn einer vom Unrecht des Nazi-Systems profitiert und sich später noch als Opfer darstellt, darf man ruhig mal etwas sagen. Ich rede auch gar nicht hinter seinem Rücken darüber. Ich habe das mit Herrn Reichel vor Jahren selbst mal am Telefon diskutiert. Er rief mich an, ob ich ihn und die NPD bei der Wahl unterstütze. Ich habe ihm klar gesagt, dass ich sein Verhalten und seine Haltungen nicht gutheiße. Wenn ich genau überlege, ist es damals wohl das letzte Mal gewesen, dass ich mit Herrn Reichel gesprochen habe. Nun, zum Glück hat es die NPD ja nicht in den Bundestag geschafft. Und sieh sie dir heute an: Es ist eine völlig zerstrittene und zerfallende Partei. Bei allen Wahlen seit 1969 ist sie gescheitert."

Elise überlegt gerade, ob die Haltung ihres Vaters eventuell etwas zu starrsinnig ist, doch bei der Beurteilung der Nazi-Zeit war er immer sehr eindeutig in seinen Worten. Richter Plackwitz halt. Und Reichels ständiges Geschimpfe auf die Politiker hat sie selbst auch oft gestört. Es war auch ungerecht. Die neue Außenpolitik von Bundeskanzler Brandt findet sie nämlich gut, denn er hat eine Annäherung an Polen erreicht, die auch für die Schlesier nützlich ist. Allerdings hat sie weder ihrem Vater noch ihrem Mann und erst recht natürlich nicht Onkel Herbert oder gar Reichel verraten, dass sie bei der Bundestagswahl vor einem Jahr zum ersten Mal in ihrem Leben SPD gewählt hat, damit Brandt seine Ostpolitik fortsetzen kann.

In ihre Gedanken hinein klingelt es an der Haustür. Der Blick zur Uhr. Auch wenn alle wach sind, es ist immer noch Mittagszeit. Sie schüttelt den Kopf. Barbara. Also doch. Spontan ist sie noch aus Berlin gekommen und überrascht ihr Patenkind mit einem großen Päckchen. Andreas reißt es auf und freut sich sichtlich über eine neue Sporthose, ein paar Süßigkeiten und ein buntes

Englischlexikon in Bildern. Elise ist dankbar für Barbaras Großzügigkeit, von der sie manchmal auch gern etwas hätte. Andererseits sollte die ihre Groschen ruhig auch mal zusammenhalten.

Sie macht schnell in der Küche die Reste warm und brät ein für Barbara zurückgelegtes Würstchen, denn die abgezählten Rouladen sind natürlich alle aufgegessen. Sie hat eher nicht damit gerechnet, dass Barbara wirklich kommt, und sie kocht immer und aus Prinzip knappe Mengen, damit sie nichts wegwerfen muss. So bin ich nun mal, sagt sie sich. Teller werden leer gegessen, auch wenn man keinen Hunger mehr hat. Bleibt etwas im Topf übrig, werden die Reste bei der nächsten Mahlzeit verwertet. Altes Brot wird aufgegessen, auch wenn es schwer zu kauen ist. Hat sich Schimmel entwickelt, wird der abgekratzt oder weggeschnitten, aber nie das ganze Lebensmittel vernichtet. Im und nach dem Krieg wäre sie in vielen Situationen schließlich froh gewesen, wenn es überhaupt etwas gegeben hätte.

Während sie für Barbara das Essen auf den Tisch stellt, erzählt sie ihr von Walter Reichels Tod. Barbara rutschen spontan die Worte: „Der alte Nazi! Um den ist es wirklich nicht schade“ heraus.

„Wer ist ein Nazi?“, fragt Andreas, der bei seiner Tante sitzt. „Ihr sprecht die ganze Zeit so leise.“

„Ach, den kennst du nicht. Ein entfernter Bekannter ist gestorben, Barbara kennt ihn auch.“ Elise schaut ihre Nichte irritiert an.

„Ja, und ich mochte ihn nicht. Mein Vater war ein Freund von ihm“, erklärt Barbara. „Und ich hätte mir gewünscht, dass er es geschafft hätte, sich von Reichels dummen Haltungen abzugrenzen.“

Überall liegen Trümmer herum. Der Krieg ist seit mehr als einem halben Jahr vorbei, aber es ändert sich wenig. Was für eine Zerstörung! Die Polen sagen, das seien alles die Deutschen gewesen, aber Mutti weiß, daß die Russen, als sie hier eindrangen, auch viel kaputt gemacht und angezündet haben. Es ist alles so traurig.

In Breslau muß es noch viel schlimmer aussehen. Stillers sind neulich mal da gewesen. Ganze Straßen sind weggerissen oder niedergebrannt worden. Bis in die letzten Kriegstage wurde versucht, die Festung zu verteidigen. Das Ergebnis ist zerstörerisch. Im Ratskeller ist jetzt ein Lazarett, es gibt immer noch viele Verletzte.

Der Krieg hat so schrecklich viel Leid und Zerstörung angerichtet! (26. November 1945)

Der Pfarrer geht langsam aus der Kapelle heraus, und als die Trauergemeinde ihm folgt, macht sich auch Elise auf den Weg. Direkt hinter dem Sarg, der auf einem Wagen transportiert wird, geht die Witwe Hildegard Reichel, begleitet von den Söhnen Hagen, Volker und Giselher mit ihren Familien. Dahinter folgen etwa 80 bis 100 Menschen, Elise geht neben ihrem Onkel Herbert. Während der Trauerfeier hat der Priester an das Leben des viel zu jung verstorbenen Walter Reichel erinnert, vor allem an seine Jahre in Breslau und den Neubeginn in Neuss. Viele Blumengestecke und Kränze würdigen den Toten, sie kommen von der Familie, von Freunden, vom Bund der Vertriebenen und auch von der NPD.

Elise trauert nicht besonders um Walter Reichel. Aber sie sieht es als ihre Pflicht an, hier zu sein und ihrem Onkel beizustehen. Mit kleinen Schritten geht die Gemeinde quer über den Neusser Hauptfriedhof und erreicht nach etwa zehn Minuten eine offene Grabstelle. Noch einmal ergreift der Pfarrer das Wort und bittet Gott, seinen Sohn Walter Reichel bei sich aufzunehmen. Dann wird langsam der Sarg hinuntergelassen. Unter Tränen wirft Walter Reichels Frau eine Rose auf den Sarg, dann lassen auch die anderen Blumen oder kleine Schaufeln Erde auf den Sarg fallen.

Als Herbert am Grab steht, wirft er seinem Freund ein Stück Pappe hinterher. Elise weiß, dass es Walters Mitgliedskarte der gemeinsamen Breslauer Studentenverbindung ist; Herbert hat angekündigt, dass er so die ewige Verbundenheit zu Walter ausdrücken möchte. Sie selbst verharrt nur kurz am Grab und kondoliert dann den Angehörigen. Während sie das tut, ertönt hinter ihr plötzlich eine laute Stimme: „Walter Reichel, du hast dich immer stolz zu deiner schlesischen Heimat bekannt. Anders als Bundeskanzler Brandt, dieser Verräter, hast du die besetzten Gebiete im Osten nie aufgegeben. Ich gebe dir die schlesische Fahne mit ins Grab und etwas Erde aus deiner Breslauer Heimat. Für uns steht fest: Schlesien bleibt deutsch – immer und ewig." Dann wirft der Redner, ein großer Mann um die 70 eine weiß-gelbe Flagge mit schwarzem Adler sowie Erde aus einem Beutel auf den Sarg.

Niemand kommentiert die kurze Ansprache, auch wenn Elise einigen Gesichtern ansieht, dass ihnen der Auftritt durchaus Bauchschmerzen verursacht. Doch letztlich obsiegt offenbar die Pietät. Nachdem die Trauerbekundungen beendet sind, bittet die Witwe die Gäste noch in ein Café. Nach kurzem Zögern entscheidet sich Elise, mitzugehen. Die Witwe hat sie darum ausdrücklich gebeten, und so begleitet sie ihren Onkel Herbert in das Lokal „Rheinblick". Das gemütliche Ambiente ist fast zu idyllisch für den traurigen Anlass, doch schon bald werden einige Geschichten und Anekdoten aus Reichels Leben erzählt. Als Junge sei er beim Schwimmen in der Oder einmal fast ertrunken, weiß ein alter Freund aus Kindertagen zu berichten. Herbert erzählt, wie er sich mit Reichel zum ersten Mal so richtig betrunken hat. Elise hört sich alles an und sagt kein Wort, sie fühlt sich ziemlich fremd in der Trauergemeinde.

Der Mann, der die Schlesien-Fahne in das Grab geworfen hat – er entpuppt sich als Vertreter des Bundes der Vertriebenen – ergreift auch noch einmal das Wort und lobt Walter Reichel erneut als vorbildlichen Schlesier: „Doch die linke Kampfpresse, allen voran der WDR, hat versucht, ihm etwas anzuhängen, hat ihn mit Dreck beworfen, als er versuchte, seine tadellose deutsche Haltung in den Bundestag einzubringen." Einige Anwesende nicken zustimmend.

Elise weiß, es ist eine Beerdigung, da sagt man nichts. Sie beugt sich zu ihrem Onkel und fragt ihn flüsternd: „Kannst Du mich bitte zum Bahnhof bringen? Ich möchte jetzt fahren."

Immerhin haben Mutti und ich inzwischen eine regelmäßige Arbeit und können überleben, ohne zu hungern. Mutti arbeitet wieder beim Roten Kreuz und bekommt Essensmarken. Natürlich viel weniger als die Polen, aber immerhin! Und ich habe eine Stelle bei der Bahnpolizei gefunden. Hier gehe ich Tätigkeiten aller Art nach. Mal kochen, mal putzen, dann erledige ich Papierkram, weil die Polen die alten deutschen Unterlagen nicht lesen können. Nebenbei wird mein Polnisch jeden Tag besser. Das hilft auch im Alltag, wenn es darum geht, Essen zu besorgen oder Selbstgestricktes zu verkaufen. An manchen Tagen sind wir fast zufrieden, trotz der Kälte und der Ungewißheit. (11. Dezember 1945)

Etwa zwei Stunden mit dem Zug nach Münster, dann mit dem Bus nach Hause. Elise freut sich auf einen ruhigen Abend.

Theo wartet schon auf ihre Rückkehr: „Andreas hat sich erkältet. Seine Augen sind so glasig."

„Hast du mal Fieber gemessen?", fragt Elise. Müde streift sie ihre Schuhe ab, holt sich ein Glas Wasser und setzt sich auf den runden Hocker in der Küche. Gern würde sie sich etwas ausruhen.

Theo grummelt verlegen: „Nein, bisher noch nicht."

„Dann mache ich das gleich. Und was macht Eva? Sie ist doch zum Ballett?" Hoffentlich hat ihr Mann das nicht vergessen.

„Ja, ist sie. Aber sie hatte keine Lust und wollte erst partout nicht hingehen. Ich habe sie mehr oder weniger gezwungen. Sie hat schon mit so vielen Dingen angefangen: Geräteturnen, Flöte spielen, dann Klavier und jetzt Ballett. Sie kann nicht mit allem immer sofort aufhören, sobald sie die Lust verliert. Sie muss sich doch auch mal durchbeißen."

Elise sieht Eva vor sich mit ihrem Ballettröckchen und den Schuhen. Richtig graziös. Sie hat Talent. Aber das hatte sie am Klavier auch. Trotzdem ist daraus nicht so viel geworden.

„Ich glaube, in der Schule lässt sie auch etwas nach", sagt sie. „Und findest du nicht auch, dass ihr Zimmer heruntergekommen aussieht? Die Kerzen überall und diese Bilder an der Wand."

Eva hat einige Poster aufgehängt, Bilder aus Zeitschriften von Musikern mit langen Haaren, Donavan und Bob Dylan heißen die. Und ständig ertönt Popmusik aus der Anlage in ihrem Zimmer. Für ihren Geschmack zu laut. Immer wieder gibt es Streit darüber.

„Jetzt in der Pubertät sollten wir klare Grenzen ziehen, was geht und was nicht", meint Elise. „Und mit Ballett aufhören kommt nicht in Frage."

„So ähnlich habe ich es auch gesagt. Dann hat sie wütend ihre Schuhe angezogen und ist mit dem Bus los. Nach dem Ballett will sie sich dann noch mit Freunden treffen."

„Wann ist sie denn zu Hause?"

„Ich habe ihr gesagt, dass sie um 7 Uhr hier sein soll. Sie meinte aber, dass sie erst um 8 kommt."

Elise erschrickt: „Dann ist es doch schon fast dunkel! Mein Gott, hoffentlich passiert ihr nichts."

Während sie sich kaum beruhigen kann, ruft Andreas etwas weinerlich aus seinem Schlafzimmer, sie läuft hoch. Ihr Sohn liegt im Bett und hat einen roten Kopf: „Endlich, Mutti!"

Sie legt die Hand auf seine Stirn und merkt sofort, dass Andreas erhöhe Temperatur hat. Theo hätte wirklich mal messen können, er war mit der Situation wohl überfordert.

„Komm, wir müssen Fieber messen. Hast Du denn etwas gegessen heute?"

„Nur ganz wenig. Ich hab auch überhaupt keinen Hunger."

Sie holt das Fieberthermometer aus dem Schrank und steckt es Andreas unter die Achsel. Dann geht sie in die Küche, schält einen Apfel und knackt ein paar Walnüsse. Die Apfelstücke und die Nüsse legt sie zusammen auf einen Unterteller, den sie auf den Wohnzimmertisch stellt. Oben zieht sie das Thermometer heraus, Andreas hat 39,5 Grad Fieber. Sie geht mit dem Jungen ins Badezimmer, fährt ihm mit einem Waschlappen durch das Gesicht und wäscht ihm auch noch schnell die verschwitzten Arme.

„Zieh dir einen Schlafanzug an, dann kannst du dich, wenn du willst, ins Wohnzimmer auf die Couch legen. Ich mache dir da ein gemütliches Bett.“

Andreas strahlt kurz, obwohl er müde und schlapp aussieht, er nimmt sein Kuscheltier Mummi und zieht nach unten. Er scheint es genauso wie sie früher zu lieben, wenn er als Kranker im Wohnzimmer in der Nähe der Eltern sein darf. Wenn sie als Kind in Jauer krank war, durfte sie ausnahmsweise auch auf dem Sofa in der guten Stube liegen.

Mit Walnüssen und Apfelstückchen.

Kapitel 20

1944

Es ist unmenschlich. Seit Stunden trägt er schon wieder diese schweren Steine, eigentlich ist er es mit den Jahren gewohnt, doch heute bricht er fast er unter dem Gewicht zusammen. Er wird schwächer, denkt er. Kein gutes Zeichen. Der Hunger ist fürchterlich und droht ihm die letzten klaren Gedanken zu rauben. Und der Durst erst. Er setzt den Brocken an der vorgeschriebenen Stelle ab, und einen Moment lang wagt er es, eine Pause zu machen, sich zu strecken und den Rücken zu entspannen. Schon brüllt ein SS-Mann wenige Meter neben ihm: „Los, weitermachen! Wir sind hier nicht im Urlaub!"

Urlaub, denkt Leopold Blumenthal. Was soll das sein?

Seit zwei Jahren arbeitet er jetzt hier im Steinbruch, jeden Tag mindestens zwölf Stunden. Sein Körper ist vollkommen ausgelaugt. Früher war er ein kräftiger Mann, doch die Festnahme vor sechs Jahren änderte alles. Stundenlange Verhöre bis in die Nacht. Misshandlungen durch die Gestapo. Sie wollten ihn brechen. Und haben es fast geschafft.

Im Spiegel erkennt er sich kaum noch wieder. Kein Wunder: Sein „Arbeitsplatz" ist das Konzentrationslager Groß-Rosen, mit Stacheldraht umzäunt, von schwer bewaffneten Soldaten bewacht, ohne Möglichkeit zu entkommen. Über dem Eingangstor des Geländes steht "Arbeit macht frei". Für seinen Gemütszustand würde Blumenthal zahlreiche Adjektive finden, aber „frei" wäre das Letzte, das ihm einfiele. Was für ein jämmerlicher Zynismus.

Seine Mitgefangenen und er bekommen trotz der harten körperlichen Arbeit kaum etwas zu essen. Gestern krabbelten Würmer in dem bisschen Gemüse herum. Dennoch alle haben sich auf die Teller gestürzt, denn es war die einzige Mahlzeit am Tag.

Manchmal werfen die Wächter Brot auf die Erde und schauen amüsiert zu, wie sich die Gefangenen darum prügeln.

Den Steinbruch betreibt die „Deutsche Erd- und Steinwerke", ein Konzern der SS. Der abgebaute Granit ist hochwertig. Die Erschließung der Steine zermürbt seit Jahren Tausende von Häftlingen. Zahllose von ihnen sind schon gestorben: verhungert, bei der Arbeit zusammengebrochen, willkürlich erschossen. Wenn zu viele sterben, werden neue Häftlinge aus Sachsenhausen angefordert. So einfach ist das.

„Das Leben hier ist die Hölle", sagt sein Bettnachbar immer: „Wir sind zum Tode verurteilte Sklaven." Das trifft es. Blumenthal ist mittlerweile auf knapp 50 Kilogramm Gewicht abgemagert. Und nicht nur er. Wer zu schwach zum Arbeiten wird, landet auf der Krankenstation. Fast keiner ist von da jemals zurückgekommen. Über dem Krematorium steigt Rauch auf, täglich werden Leichen verbrannt. Also bloß keine Schwäche zeigen.

Erschöpft packt er sich einen neuen Stein, stöhnt kurz auf und trägt ihn zu dem Haufen, der später auf Lastwagen geladen wird. Blumenthal nimmt noch einmal all seine Kräfte zusammen, denn er weiß, dass Häftlinge – so wie vor zwei Tagen noch – erschossen werden, wenn sie unter dem Gewicht der Steine zusammenbrechen und nicht schnell genug wieder aufstehen. Auch er hat das Gefühl, dass der Block ihn jeden Augenblick zu Boden ziehen könnte. Ihm ist schwindelig, doch er schafft es, den Stein nicht fallenzulassen. Er weiß, dass der SS-Mann ihn genau beobachtet. Er schaut kurz nach oben: Dem Stand der Sonne nach zu urteilen muss er noch etwa halbe Stunde arbeiten, dann ist endlich Schluss.

Weiter hinten sieht er einige Häftlinge, die eine neue Sprengung vorbereiten, damit morgen die Arbeit ohne Unterbrechung fortgesetzt werden kann. Mit einem großen Hammer werden die Felsbrocken zu kleineren Steinen zerschlagen, die Ausrüstung dafür ist völlig unzureichend.

Hunde bellen, die SS-Wachmänner machen sich gelegentlich einen Spaß daraus, sie ohne Grund auf Zwangsarbeiter zu hetzen. Ein Hupen ertönt, die Häftlinge dürfen einige Schritte zur Seite treten. Wenig später gibt es einen lauten Knall, ein Teil des Felsens stürzt ein, und zahllose neue Brocken warten auf Zerkleinerung und Abtransport. Blumenthals Schwindel wird stärker, als endlich das Ende des Arbeitstages verkündet wird. „Ab in die Baracken mit euch“, schreit ein Wachmann. „Wer sich nicht beeilt, kann noch eine Ehrenrunde drehen.“ Damit ist nicht zu scherzen: Oft schon haben die Wachleute aus Spaß Menschen gequält und misshandelt oder sie stundenlang auf dem Appellplatz in der gleißenden Sonne stehen lassen, bis sie reihenweise zusammengebrochen sind.

Genau wie die anderen Männer packt er sein Werkzeug und legt es auf einen Stapel, wobei genau beobachtet wird, dass niemand heimlich einen Hammer mit in die Baracke nimmt. Zu Hunderten ziehen die Häftlinge ab, viele können kaum noch geradeaus laufen, ihre Gesichter sind verdreckt, die Körper zerschunden, die Hände wund. Fast taumelnd geht Blumenthal zu seiner Baracke zurück, vorbei an den Werkstätten, in denen elektronische Teile für die Firmen Siemens und Blaupunkt hergestellt werden. In seiner Baracke wohnen 300 Männer auf engstem Raum. Der „Juden-Block“. Ihnen ergeht es noch schlimmer als den polnischen oder russischen Kriegsgefangenen in den anderen Baracken. Sie müssen noch länger arbeiten, bekommen noch weniger zu essen als die anderen Häftlinge, werden noch strenger überwacht, werden noch mehr schikaniert. Mehrere Männer müssen sich eine Liege teilen. Nachts stinkt es in der Baracke unerträglich, weil es kaum Frischluftzufuhr gibt. Die Decken auf den Betten sind seit Monaten nicht gereinigt, überall kriecht Ungeziefer herum. Allen ist der Kopf rasiert worden. Die Möglichkeiten zum Waschen sind bescheiden, sie teilen sich drei Waschbecken, und als Toiletten dienen ein paar Löcher auf verrotteten Bänken am Ende des Holzgebäudes.

Die Suppe verdient wieder mal ihren Namen nicht. Es ist lauwarmes Wasser ohne Geschmack, die wenigen Stücke darin sind undefinierbar. Dazu uraltes Brot. „Wie sollen wir denn davon satt werden?“, ruft ein Mann den SS-Leuten zu, die die Essensausgabe überwachen. „Mitkommen“, erwidert ein junger Wachhabender brüllend und zieht den Rufenden nach draußen. Wenig später hören die Häftlinge einen Schuss, der Mann kommt nicht wieder.

Das aufkommende empörte Stimmengewirr unterbinden die Wachleute mit lautem Gebrüll. Blumenthal spürt Wut und Ohnmacht gleichzeitig in sich. Am liebsten würde er seinen Protest laut herausschreien, doch die Wachleute kennen kein Pardon.

Was ist bloß aus Deutschland geworden?, fragt er sich. Sein Vater hat ihm immer erzählt, wie stolz er war, 1914 bis 1918 für den Kaiser in den Krieg zu ziehen. Noch heute bezeugt sein Grabstein auf dem jüdischen Friedhof in Breslau – weniger als 60 Kilometer von hier – die Treue zum deutschen Vaterland. Wenn er gewusst hätte, wie 25 Jahre später in seinem geliebten Deutschland mit den Juden umgegangen wird. Das hätte sich sein Vater niemals ausmalen können.

Nur wenige Monate nach Hitlers Machtübernahme musste Leopold Blumenthal seinen Posten als Richter am Amtsgericht in Jauer aufgeben, fünf Jahre später ist er nach den Pogromen am 9. November festgenommen worden. Seinen Sohn und seine Frau hat er gerade noch rechtzeitig nach England schicken können, dort sind sie sicher. Lange hat er ihnen nicht mehr schreiben können. Nach der Festnahme kam Blumenthal in Gestapohaft, wo er immer wieder gefoltert wurde. Es folgte die Inhaftierung im Konzentrationslager Sachsenhausen, und jetzt seit zwei Jahren ist er in Groß-Rosen – immer verbunden mit härtester körperlicher Arbeit. Die Zahl der Grußkarten, die er nach England schicken durfte, ist sehr übersichtlich. Die SS hat ihm befohlen, zu schreiben, dass es ihm gut geht, sonst werde die Karte eh weggeworfen. Er selbst hat nur zweimal Post von der Familie ausgehändigt bekommen. Die Pakete mit Lebensmitteln werden abgefangen, das weiß er.

Blumenthal isst seine Suppe leer, er verspürt auch danach ein quälendes Hungergefühl, wie fast jeden Abend, jeden Morgen und jeden Mittag. Von hinten treibt der Wind erneut Hundegebell herüber. Aus dem Kasino der SS-Leute ist lautes Lachen zu erahnen, aus den Gesprächen der Wachleute weiß er, dass dort jeden Abend gefeiert, gesungen und getrunken wird. Wahrscheinlich rühmen sich ihre Peiniger gerade mit den schlimmsten Quälereien, die sie den Häftlingen angetan haben. Diese Unmenschen.

Blumenthal hat jahrelang gekämpft, hat ausgeharrt, der Barbarei getrotzt, er hat sich fest vorgenommen, diesen Wahnsinn zu überleben und für die Nachwelt ein Zeuge des Grauens zu sein. Mittlerweile fehlt ihm zunehmend die Kraft dazu. Schon bald nach dem Essen fallen ihm die Augen zu, schlafen kann er aber nur wenig. Wenn er einschläft, träumt er unruhig und wacht bald wieder auf. In seinem Kopf verfestigt sich ein Entschluss.

Um fünf Uhr am nächsten Morgen ertönt der gewohnte laute Schrei. „Aufstehen und zur Arbeit, wir sind nicht zum Spaß hier!“ Blumenthal kommt nicht sofort aus dem Bett, schon steht ein SS-Mann neben ihm, der ihn antreibt. Er wankt zum Waschbecken, muss dort warten, bis er sich zumindest das Gesicht kurz mit Wasser durchspülen kann. Dabei trinkt er einen Schluck, es schmeckt widerlich.

„Los, los, Beeilung hier“, schnauzt ein Wachmann die Häftlinge an und schubst Blumenthal vom Waschbecken weg. Die Toilette hat er nicht geschafft. Die löchrige, gestreifte Häftlingskleidung schlabbert an seinem Körper, als er sich als einer der letzten zum Weg in den Steinbruch macht. Unterwegs bekommt jeder ein trockenes Stück Brot zugesteckt, das muss bis zum Abend reichen. Er gibt es seinem Nebenmann, der ihn verwundert anschaut.

Blumenthal schaut auf die Wachleute, sie sind allem Anschein nach nicht ausgeschlafen. Manche reden über ihre Feier gestern und stöhnen, dass sie noch nicht nüchtern seien. Ihre Waffen haben sie nachlässig über der Schulter hängen. Sie wirken unkonzentriert.

Kurzentschlossen löst er sich von der Gruppe und läuft so schnell er kann durch die knietiefen Sträucher auf den 30 Meter tiefen Abgrund zu. Kein einziges Mal dreht er sich um.

Kapitel 21

1978

Der Wunsch begleitete sie schon lange, hat immer mehr in ihr gebrodelt, die Gedanken darüber haben sie nachts so manche Stunde wach liegen lassen. Elise schwankte in ihrer Meinung immer wieder hin und her, wog in stundenlangen Überlegungen und Gesprächen mit Theo die Vorteile gegen die Nachteile ab, und mit der Zeit wurde die Idee immer konkreter. Die Sehnsucht nahm überhand. Die Freude darüber, die Orte ihrer Kindheit und Jugend wiederzusehen und ihrer Familie zu zeigen, besiegte schließlich die Skepsis. Besiegte die Zweifel, ob es eine gute Idee ist, in die alte Heimat nach Schlesien zu fahren. Verdrängte die Angst, enttäuscht zu werden. Schob die Befürchtung weg, dass Jauer und Breslau nicht mehr so aussehen könnten wie früher, sondern ganz normale polnische Städte sind. Dass ihr Elternhaus gar nicht so prachtvoll ist, wie sie es in Erinnerung hat.

Zusammen mit Theo, den sie mit der Zeit für das Projekt gewinnen konnte, weil er wohl spürte, wie wichtig es für sie ist, hat Elise überlegt, wie sie es organisieren würden. Schließlich entschieden sie sich für die Fahrt mit dem eigenen PKW und gegen eine organisierte Busreise, buchten über ein Reisebüro die nötigen Hotelzimmer und fuhren mit Andreas los. Tochter Eva mit ihren 18 Jahren hatte, so ihre Worte, „keinen Bock auf so eine peinliche Nostalgietour“, sie ist allein zu Hause geblieben. Schweren Herzens hat Elise das zugelassen, wohl ist ihr nicht dabei, denn schon wenn Eva abends mal länger wegbleibt, macht sie sich unendlich Sorgen und wacht im Bett, bis sie endlich die Haustür hört. Was alles passieren kann, wenn so ein junges Mädchen allein unterwegs ist! Und nun weiß sie tagelang nicht, was ihre Tochter macht und ob sie möglicherweise Gefahren ausgesetzt ist. Weil Eva aber überhaupt keine Anstalten machte, über ein Mitfahren auch nur nachzudenken, hat sich Elise schließlich gefügt.

Jetzt sind ihre Gedanken allerdings ganz woanders. Vorfreude. Auf der Allee zwischen Hirschberg und Jauer genießt sie die Fahrt in vollen Zügen. Das Rauschen der Bäume klingt wie das Meeresrauschen. Die alte Pflasterstraße, auf der sie nur recht langsam vorwärts kommen, stammt noch aus deutscher Zeit und wurde offenbar nie saniert. Während Theo flucht, denkt sie an ihre Jugend, als sie auf dem Pflaster mit dem Fahrrad ordentlich durchgeschüttelt wurde.

Die Aufregung wächst von Minute zu Minute. Soeben kommen sie am Ortseingangschild vorbei: Jawor – so heißt ihr Heimatort heute. Elise fühlt, wie ihr Blut in den Schläfen pocht, doch seltsamerweise erscheint ihr alles völlig fremd. Überall stehen ihr unbekannte, neue Häuser, mit ihren Erinnerungen hat das alles fast nichts gemein. Manchmal meint sie etwas wiederzuerkennen, sicher ist sie sich aber nicht.

Sie schaut ihren Mann an. Theo scheint zu ahnen, was in ihr vorgeht, wirkt aber etwas angestrengt. Fragt er sich insgeheim, warum sie nicht Bescheid weiß, obwohl sie hier aufgewachsen ist? Seit einer ganzen Weile kreisen sie hier herum, ohne irgendeinem Ziel näher zu kommen. So groß ist Jauer ja nun wirklich nicht. Häufig beklagt er ihren mangelhaften Orientierungssinn, zuletzt in Hirschberg, als sie ihn beim Verlassen der Stadt in eine völlig falsche Richtung schicken wollte. Zum Glück hat er das instinktiv korrigiert. Sie hört, wie er tief durchatmet. Sie versucht, sich auf die Straßen zu konzentrieren, denn so langsam scheinen sie sich dem Zentrum zu nähern.

Elise ist jetzt ganz aufmerksam. „Da vorne müssen wir rechts“, sagt sie. Doch an der Kreuzung angelangt, überkommen sie Zweifel. „Oder doch links? Ich weiß es nicht. Es sieht alles so anders aus als früher.“

Theo fährt rechts, und sie nähern sich einem Platz, auf dem der Verkehr in mehrere Richtungen verteilt wird. Andreas, der hinten im Auto sitzt, schaut konzentriert aus dem Fenster. Er hält wahrscheinlich Ausschau nach dem Haus, in dem sie groß geworden ist, denkt Elise. Vor der Abfahrt hat sie ihm noch einmal ein Foto von früher gezeigt. Er sagte, er kenne es, das Bild hänge doch bei den Großeltern an der Wand.

„Jetzt weiß ich Bescheid", ruft Elise. „Der Neumarkt." Ihre Stimme überschlägt sich leicht. Vor 31 Jahren hat sie ihren Geburtsort verlassen müssen. Viele Häuser haben ihr Aussehen völlig verändert, andere sind abgerissen worden und durch unansehnliche Zweckbauten ersetzt worden. „Fahr doch bitte etwas langsamer. In dem Haus dahinten war das Café Lindner. Da vorne links geht es zur Friedenskirche, und wenn wir hier geradeaus fahren, kommen wir auf den Ring mit dem Rathaus", sagt sie. „Dahinter kommen wir auf die Königstraße, und dann sind wir schon fast auf der Humboldtstraße." Das Elternhaus. Es ist ganz nah.

„Sag mir doch einfach wie ich fahren soll, damit wir zu dem Haus kommen. Hier steht nicht Königstraße oder ein anderes deutsches Schild. Hier steht Ulica Irgendwas. Ich habe keine Ahnung, wo ich hinfahren soll. Hier heißt es jetzt Rynek", sagt Theo, der fast im Schritttempo fährt. Die Fahrt nach Schlesien war nicht seine Idee, er macht es für sie, das weiß sie, er hat dafür die komplizierte Beantragung der Visa und die anstrengende Anreise mit dem eigenen Pkw in Kauf genommen. Und immerhin hat er auch gesagt, dass er inzwischen selbst neugierig ist, ihre Heimat kennenzulernen.

Rynek heiße Ring und das sei genauso wie vor dem Krieg der Name für die Straße und den Platz rund um das Rathaus, erklärt sie ihrem Mann und dirigiert ihn langsam mit dem weißen Peugeot durch die engen Straßen. Sie zwingt sich, auf den Weg zu achten, obwohl sie viel lieber die Häuser anschauen würde. Hier war die Stadtapotheke, weiß sie und hat die Häuser prächtiger in Erinnerung als sie sich jetzt zeigen. Sie entdeckt das Haus von Schuster Böhme, in dem sich inzwischen natürlich ein völlig anderes Geschäft befindet. Einige der im Krieg abgebrannten

Häuser am Ring sind wieder aufgebaut worden, sogar Laubengänge gibt es wieder, doch haben die Gebäude und der Platz bei weitem nicht den Glanz von früher. Etwas Enttäuschung macht sich in ihr breit, sie versucht, sie beiseite zu schieben. Sie fahren weiter, und Elise leitet Theo schräg nach rechts und schon bald wieder scharf nach links.

„Jetzt muss das Haus gleich kommen." Elise ist sehr aufgeregt. „Park doch hier. Dann können wir die letzten Meter laufen."

Theo fährt den Wagen rechts ran und findet eine Parkbucht. Sie sieht ihm an, dass es ihm nicht ganz geheuer ist, hier den Wagen abzustellen. Aber als sie ihm sagt, ihr Geburtshaus sei nur wenige Meter entfernt, steigt er aus. Er hängt sich den Fotoapparat um den Hals, schließt den Wagen ab, prüft alle Türen, ob sie geschlossen sind und kontrolliert dann, ob sein Portemonnaie ordnungsgemäß in der rechten Gesäßtasche sitzt. Elise ist mit ihrer neuen Filmkamera in der Hand bereits ein paar Schritte vorgegangen. Einige Wegplatten stehen gefährlich hoch, sie stolpert fast und ist heilfroh, dass ihre Kamera nicht hingefallen ist. Wenn sie kaputt gegangen wäre, könnte sie ja niemandem ihre Aufnahmen aus Jauer zeigen! Theo und Andreas folgen ihr mit etwas Abstand, doch sie wartet, will ihr Erleben mit den beiden teilen, falls sie sentimentale Gefühle überkommen sollten.

Es ist für die drei der zweite Tag in Polen. Sie haben die Fahrt zunächst für einen Ausflug nach Berlin genutzt, wo sie einen Freund von Theo besuchten: Funkturm, Olympiastadion, Gedächtniskirche, Brandenburger Tor. Mehrfach standen sie sprachlos vor der Mauer. Die Transit-Strecke durch die DDR war ihnen unheimlich, und Theo bemühte sich, als Fahrer alles richtig zu machen, um bei den Volkspolizisten mit den grau-grünen Uniformen, die überall lauerten, bloß nicht aufzufallen. Den ostdeutschen Behörden traut er nämlich alle erdenklichen Schikanen zu, wie er mehrfach betonte.

In Görlitz überquerten sie die Neiße und damit die Grenze nach Polen. Hier staute sich der Verkehr, es gab Autos aus Westdeutschland, aus der DDR und auch einige polnische Fahrzeuge. Etwa drei Stunden dauerte es, bis die Visa geprüft und sie nach den Gründen für ihre Reise befragt worden waren. Theo murmelte mehrfach mürrisch vor sich hin und wirkte auf Elise fast so, als bereue er es, sich auf die Fahrt eingelassen zu haben. Und dann der Zwangsumtausch: 25 DM pro Tag für die Erwachsenen und 13 DM für Andreas mussten sie an der Grenze wechseln. Wofür sie die vielen polnischen Zloty in den nächsten fünf Tagen ausgeben sollten, war ihnen von Anfang an schleierhaft. Denn die Hotels sind schon über das Reisebüro bezahlt; jetzt ging es nur noch darum, sich zu verpflegen und zu tanken.

Ihr erstes Ziel in Schlesien war Hirschberg, das seit dem Krieg Jelenia Góra heißt. Von dort aus fuhren sie ins Riesengebirge nach Krummhübel, der heutige Name Karpacz wirkt fremd auf Elise. Die Schneekoppe, der höchste Berg des Riesengebirges, lag im Nebel, so dass sie nicht wie geplant mit der Seilbahn nach oben fuhren. Das tat Elise vor allem für Andreas leid, denn er kannte den Berg aus einem Rübezahl-Buch, das sie ihm geschenkt hat – und natürlich aus der Werbung für Reformhausprodukte, die seine Großmutter immer kauft. Besichtigt haben sie die Kirche Wang, eine mittelalterliche norwegische Holzkirche, die im 19. Jahrhundert von einem preußischen König gekauft und im Riesengebirge wieder aufgebaut wurde, wie sie ihrer Familie erklären konnte. Theo, der für seine Ausbildung als Gewerbelehrer eine Tischerlehre gemacht hat, zeigte den anderen, dass für den Bau kein einziger Nagel verwendet wurde: „Das ist handwerklich richtig gut gemacht." Auch die Verzierungen im Innenraum und an der Fassade hinterließen Eindruck. Elise war erleichtert, dass sie die Reise in Hirschberg angefangen haben, weil die Stadt für sie emotional nicht so besetzt ist wie Jauer oder Breslau. Die Sentimentalitäten kämen früh genug. Aber wie stark wohl? Sie wollte sich jedenfalls nichts anmerken lassen.

Hirschberg haben sie heute früh verlassen und sind durch das malerisch anmutende Katzbachgebirge nach Jauer gefahren.

Unterwegs mussten sie tanken, an der Säule zeigten sie dem Angestellten die Coupons, die sie an der Grenze erhalten hatten und die sie gegen Benzin eintauschen durften. Weil sie lieber mehr als die erlaubten 12 Liter getankt hätten, hielt Theo dem Tankwart fragend sein polnisches Geld hin. Der Tankwart schüttelte den Kopf. Elise stieg aus und sprach den Mann auf Polnisch an. Nach kurzem Hin und Her bat sie ihren Mann um fünf DM, und der Tankwart füllte noch 15 Liter Benzin zusätzlich ein. Auch wenn Theo beim Wegfahren feststellte, dass er noch nie im Leben so billig getankt habe, wäre er lieber ein paar Zloty losgeworden. Doch Elise versicherte, dass es jenseits der Coupons Benzin nur gegen westliche Devisen gegeben habe. Und offiziell erlaubt sei das bestimmt nicht gewesen.

Nun also geht sie die Ulica Lukasinskiego in Jawor entlang, die frühere Humboldtstraße, und nähert sich ihrem Geburtshaus. Sie erkennt den riesigen grauen Klotz sofort wieder, auch wenn es eine Reihe bauliche Veränderungen – nicht unbedingt zum Vorteil des Hauses – gegeben hat. So sind die Verzierungen an der Fassade abgeschlagen worden, und auch das metallene Eingangstor gibt es nicht mehr. Der frühere Haupteingang an der Seite ist verschlossen, und so gehen die drei langsam an der Tür vorbei in den Hof, wo inzwischen ein neuer Eingang ist. Elise versteht nicht, warum das verändert wurde, und bedauert es. Auch stellt sie fest, dass das Licht anders fällt als früher, was daran liegen dürfte, dass der Platz neben dem Haus unbebaut ist. Früher stand hier die Schule, jetzt ist dort ein Verkehrskindergarten. Traurig schaut sie immer wieder hinüber. Die Vertrautheit fehlt. Sie sehnt sich danach.

Im Hof sieht sie ein paar Werkstätten – früher waren dort Ställe, auch hier sieht es so anders aus. Neben der kleinen Tür, durch die man jetzt ins Haus kommt, weisen sieben Klingeln darauf hin, dass sich die Nutzung des Hauses unter den Polen verändert hat. Als sie noch hier wohnte, gab es gerade einmal drei Parteien im Haus: Unten wohnte ein Arzt, in der Mitte ihre Familie und oben die Großeltern.

Damals galt das Haus in der Humboldtstraße 2 als eines der schönsten Wohnhäuser der Gegend. Warum das so ist, kann Elise den anderen nicht so recht verständlich machen. Vor der Eingangstür steht Sperrmüll herum, der so aussieht, als habe ihn jemand schon vor längerer Zeit dort abgestellt. Die Hecken und Beete im Garten sind ziemlich verwildert. Sie muss schlucken. Gut, dass die Großeltern und die Eltern das nicht sehen müssen, denkt sie, der Schock wäre groß. Sie sieht ihre Mutter vor sich, wie sie den Hof fegt, der stets sauber und ordentlich war, mit blühenden Blumen in Töpfen und einem kleinen gepflegten Beet. Immer ein freundlicher Empfang. Und jetzt? Über dem Sperrmüll hängt eine schiefe Regenrinne herunter, auf dem Boden liegt ein Haufen Steinplatten. Es sieht aber nicht so aus, als ob sie bald jemand verlegen wollte. Der Maschendrahtzaun ist löchrig. Ein Außenanstrich täte dem Haus sehr gut, meint Theo. Aber hier fühle sich eben niemand verantwortlich dafür, das sei im Kommunismus nun mal so. Nur was ihnen gehöre, ließen die Menschen nicht verkommen, doziert er.

Elise hört nicht richtig zu, ihre Gedanken fliegen in andere Richtungen davon. Fast erstarrt sie, als sie das Fenster ihres früheren Kinderzimmers entdeckt. Aufgeregt zeigt sie nach oben und weist Theo und Andreas darauf hin. In diesem Moment kommt aus dem Garten ein Mann auf sie zu. Elise nimmt allen Mut zusammen und kramt ihr Polnisch heraus, schon bald versteht er, dass sie hier aufgewachsen ist und das Haus gern noch einmal sehen möchte. Er ist freundlich, lächelt die Besucher an und klingelt in der Mitte bei Guzik. In der früheren Wohnung ihrer Eltern wohne wohl eine ältere Dame, die zu Hause sei, übersetzt Elise. Tatsächlich geht die Tür auf, und eine kleine Frau, etwa 60 bis 65 Jahre alt, ärmlich gekleidet mit einer bräunlichen Schürze, steht vor ihnen. Sie hat schlechte Zähne und um ihren Kopf ist ein Tuch geknotet. Misstrauisch blickt sie auf die Besucher im Treppenhaus.

„Dzien dobry", sagt Elise. Guten Tag. In holprigem Polnisch erklärt sie, wer sie ist und stellt ihren Mann und ihren Sohn vor.

Der Herr vom Hof hilft ihr etwas. Frau Guzik lächelt schon bald und bittet die drei ins Haus: „Komm rein". Sie kann ein paar Brocken deutsch, doch für eine richtige Unterhaltung reicht es nicht. Elise sucht nach polnischen Vokabeln, nach dem Krieg hat sie noch zwei Jahre im polnisch verwalteten Jauer gelebt und dabei die Sprache gelernt. Das Meiste davon ist weg, dachte sie stets, aber tatsächlich fallen ihr immer mehr Worte ein, je mehr sie spricht. Der freundliche Hausbewohner spürt, dass er nicht länger gebraucht wird, und verabschiedet sich.

Als sie die Wohnung von Frau Guzik betritt, überkommt Elise ein beklemmendes Gefühl. Die Wände sind braun gestrichen, an einigen Stellen bröckelt die Farbe. Ihr Blick schweift durch den Raum. War die Wohnung früher nicht heller? Vielleicht kommt der Eindruck von der Farbe an der Wand, früher gab es hier weiße Tapeten. Frau Guzik hat nur einen Teil der großen ehemaligen Wohnung der Familie Plackwitz. Sie bittet ihre Gäste, im Wohnzimmer Platz zu nehmen und bietet Getränke an. Elise ist überrascht: Sie hat eher Distanz erwartet und bekommt Gastfreundschaft. Sie nestelt an ihrer Tasche herum und überreicht Frau Guzik die schon in Deutschland zusammengestellten Geschenke: zwei Pfund Kaffee, zwei Tafeln Schokolade und eine Packung Pralinen. Die polnische Gastgeberin strahlt und bedankt sich überschwänglich. „Schönes Kleid", sagt sie mehrmals und Elise ahnt, dass sich ihre Gastgeberin wundert, warum die deutschen Besucher, die vor gut 30 Jahren ihren ganzen Besitz aufgeben mussten, heute schon wieder so reich sind. Umgekehrt kann Elise kaum glauben, dass ihr Elternhaus, das früher bescheidenen Wohlstand ausstrahlte, heute von so ärmlichen Menschen wie Frau Guzik bewohnt wird.

Während sie so nachdenkt, nimmt Frau Guzik sie an die Hand und zeigt ihr alle Räume. Die Dielen knarren, endlich ein vertrautes Geräusch, das schöne Erinnerungen an ihre Kindheit auslöst. Sie überkommt für einen kurzen Moment das alte Empfinden von Geborgenheit, das sie in ihrem Leben vielleicht nie wieder so hatte wie in Jauer. Dieses Gefühl, gut aufgehoben zu sein.

Trotz allem muss sich Elise erst einmal orientieren, sie ist etwas verwirrt, denn in dem Haus sind einige neue Wände gezogen worden. „Das Wohnzimmer hier war früher das Schlafzimmer von Mutti und Vati“, erklärt sie Theo und Andreas. Ihr Sohn schaut auf die Uhr, nicht zum ersten Mal, ihm scheint langweilig zu sein. Er muss jetzt mal Rücksicht auf mich nehmen, denkt sie. Ich nehme mir die Zeit, die ich brauche.

Und so langsam kommt einiges zurück. Elise sieht vor ihren Augen das Ehebett mit dem Schrank und dem Nachttischchen und den Lampen, kann es aber nicht gut beschreiben, so dass die anderen ihre Empfindungen nicht teilen können. Sie macht schnell ein paar Fotos, Frau Guzik hat freundlich genickt, als sie die Kamera herausholte. Zu Hause will sie die Bilder unbedingt ihren Eltern zeigen, sie bemüht sich, dass die zerkratzten Tapeten nicht mit aufs Bild kommen. Theo nimmt ihr den Fotoapparat ab und macht ein Bild von den beiden. Frau Guzik strahlt in die Kamera.

Das frühere Wohnzimmer mit dem Kachelofen, dem Flügel und dem Bettchen für Karl existiert nicht mehr. Es ist geteilt worden und gehört teilweise zu einer anderen Wohnung. Auch das Esszimmer, Erichs Arbeitszimmer und die Kammer der Hausangestellten Emma sind in der Wohnung nebenan. Immerhin kann Elise ihrem Sohn ihr altes Kinderzimmer zeigen – „da hinten war meine Puppenecke, hier stand mein Schreibtisch, auf dem ich meine Hausaufgaben erledigt habe.“ Jetzt ist es Frau Guziks Schlafzimmer, und es riecht ganz anders. Seltsam, dass sie nach Jahren noch genau den Duft ihres Kinderzimmers in der Nase hat. Auf der Bettdecke ist ein verblichenes Blumenmuster zu erkennen, der Teppich vor dem Bett ist zerschlissen. In dem Raum nebenan hat Elises Bruder Friedrich früher geschlafen. Heute türmt sich dort Wäsche, auf einem Bügelbrett. Frau Guzik lacht verlegen: „viel Arbeit“ und führt sie schnell in die Küche. Der Raum ist deutlich kleiner als früher, denn ein Teil ist für ein Badezimmer abgetrennt worden. Elise entdeckt an der Decke etwas Schimmel. Sie schließt die Augen und versucht, sich den Raum mit den alten

Küchenmöbeln vorzustellen. Für einen Moment sieht sie ihre Mutter zusammen mit dem Hausmädchen Emma das Essen zubereiten. Fast kann sie schlesische Klöße riechen, sie erahnt die verlockenden Würstel im Topf. Die Würze dieser besonderen Bockwürste hat sie nie wieder schmecken dürfen. Und beim Blick auf den Backofen duftet es für sie einen Moment lang nach selbst gebackenem Mohnkuchen. Beim Kneten der Streusel hat sie gern geholfen. Sie konnte heimlich immer etwas naschen.

Vom heutigen Wohnzimmer aus tritt Elise auf den Balkon, von wo aus man einen schönen Blick in den Garten hat. Sie schaut verträumt nach unten, dort stehen ihre Mutter Marta und ihre Oma Katharina auf den Gemüsebeeten, ernten Bohnen, die sie später für den Winter einkochen werden. Auf den Obstbäumen sitzt sie selbst als junges Mädchen zusammen mit Friedrich, sie pflücken Äpfel und Pflaumen. Sie lachen und winken sich zu. Die Hühner laufen herum und picken die Körner auf, die Elise vorher für sie verstreut hat. Sie muss sich zwicken. Das Bild vor ihren Augen ist so realistisch.

Allerdings hat sie den Garten schöner und größer in Erinnerung. Tatsächlich sind ein paar der früheren Ställe im Hof erweitert worden. Die Fläche des Gartens ist dadurch kleiner geworden, und angebaut wird hier heute viel weniger als früher. In einer Ecke erkennt sie ein Beet mit Kartoffelpflanzen und etwas Gemüse, Tiere sieht sie keine, nicht einmal Hühner laufen herum. Dabei sehen die Hausbewohner ärmlich aus, da läge es doch nahe, Gemüse und Obst anzubauen und ein paar Tiere zu halten.

Sie denkt an die Schaukel, die an dem großen Ahornbaum – er steht noch – befestigt war. Auf der Bank daneben sitzt sie, vielleicht gerade einmal vier Jahre alt, zusammen mit ihrem Bruder und spielt mit der Katze der Großeltern. Eines der wenigen Fotos, das sie heute noch aus ihrer frühen Kindheit besitzt, zeigt dieses Motiv. Sie sehen glücklich darauf aus.

Sie ist davon überzeugt, dass sie eine schöne Kindheit hatte, auch wenn heute viele Menschen nicht verstehen, dass eine Kindheit in einer Diktatur schön sein kann. Die Einschränkungen im Alltag hat sie lange nicht erkannt. Hitler kam an die Macht, als sie noch nicht einmal neun Jahre alt war. Vieles hat sie auch in den Folgejahren nicht in Frage gestellt, auch wenn sich ihr Vater zu Hause durchaus kritisch über die Nazis äußerte. Erst nach dem Ende des Krieges hat sie erkannt, was Hitler in seinem Größen- und Rassenwahn den Nachbarstaaten, den verschiedenen Minderheiten im Land und auch den Deutschen selbst angetan hat. Natürlich hätte es die Abspaltung Schlesiens ohne den von Deutschland begonnenen Krieg nicht gegeben, das ist Elise klar. Weh tut ihr die Entwicklung trotzdem.

Sie merkt, dass ihre Gedanken abschweifen, lieber will sie weiter von dem Gemüsegarten und den lauschigen Plätzen im Hof schwärmen. Durch die Bäume sieht sie die Turnhalle auf der anderen Seite der Gartenstraße – was mag dort heute sein? In der Halle hat sie an so manchem Nachmittag Boden- und Geräteturnen geübt. Davor fehlt die Schule: Im Februar 1945 war das Gebäude von sowjetischen Soldaten geplündert und angezündet worden, es war wohl nicht zu retten gewesen, so haben die Polen es später abgerissen. Ohne das Gymnasium sieht der Platz etwas verloren aus. Erneut erscheinen alte Bilder vor ihrem Auge: Sie steht mit ihrer Freundin Lieselotte auf dem Schulhof, und Friedrich versucht, sie zu ärgern, um seinen Freunden zu imponieren. Als das nicht funktioniert, fängt er mit einem Jungen Streit an und nimmt ihn in den Schwitzkasten, bis dessen Gesicht ganz rot wird. Elise sieht auch ihren Lateinlehrer vor sich, der oft die Pausenaufsicht hatte. Er hat sie immer gefördert und ihr damals geraten, Altphilologie zu studieren. Er dürfte längst tot sein. Elise spürt Wehmut in sich aufsteigen, versucht das Gefühl zu unterdrücken.

Ablenkung kommt durch Theo, der mit Andreas ebenfalls auf den Balkon tritt. Fototermin. Ihr 14-jähriger Sohn lacht in die Kamera, er versucht vermutlich lässig auszusehen, falls Freunde die Bilder mal zu sehen bekommen sollten. Er hat den ganzen

Tag über wenig gesprochen, und als sie ihn fragt, ob er sich vorstellen könne, wie sie in Jauer ihre Kindheit und Jugend verbracht hat, sagt er: „Nicht besonders gut." Denn nichts im Haus weise auf ihre Familie hin, mehr noch, in der ganzen Stadt habe er nirgends irgendwelche deutschen Spuren gesehen. Theo denkt wahrscheinlich das Gleiche, sagt aber nichts, sondern fordert sie auf, sich so hinzustellen, dass hinter ihr mal das Haus und mal der Garten zu sehen ist. So lächelt sie in ihrem lila Kleid in die Kamera, freut sich jetzt schon auf die Bilder, die sie später ihren Eltern und auch den früheren Mitschülern zeigen will, auch wenn einige von denen in den vergangenen Jahren selbst schon in Schlesien gewesen sind. Mit ihrer Filmkamera nimmt sie ein paar Sequenzen vom Garten und dann auch vom Haus auf, doch sie hält sich sehr zurück, will nicht zu sehr in die Privatsphäre von Frau Guzik eindringen, obwohl diese die ganze Zeit freundlich lächelt.

Frau Guzik erzählt auf Elises Frage hin, wie sie die Wohnung vom Staat zugewiesen bekommen hat. Sie wohnt seit den 50er Jahren in dem Haus, und ihr gefällt die Wohnung. Die Miete ist niedrig. Nach dem Krieg ist sie aus Galizien im Osten Polens umgesiedelt worden, weil das Gebiet, wie von Stalin gefordert, an die Sowjetunion fiel. Wie viele andere auch, wurde Frau Guzik mit ihren beiden Töchtern nach Schlesien gebracht, wo die geflüchteten und vertriebenen Deutschen Platz machten. Ihre Stimme klingt traurig, Elise spürt, dass bei Frau Guzik mit den Erinnerungen auch die Sehnsucht nach der alten Heimat hochkommt. Damals hätten die Russen versprochen, dass es in Schlesien alles gebe, erzählt sie, Häuser und Landwirtschaft, aber als sie nach zweiwöchiger Fahrt in einem Güterwaggon, ausgeplündert von russischen Soldaten mit ihren zwei Töchtern in Jauer ankam, sei vieles kaputt gewesen. Vor allem fehle ihr der Mann, sagt sie. Den Bericht versteht Elise nicht vollständig, kann ihm aber entnehmen, dass der Ehemann das nationalsozialistische Vernichtungsprogramm nicht überlebt hat. Frau Guzik ist seit 35 Jahren Witwe. Inzwischen habe sie Jawor und die Wohnung aber liebgewonnen.

Die Miene der neuen Bewohnerin hellt sich auf. Elise weiß, dass für die ältere Dame die Wohnung längst genauso das Zuhause geworden ist wie es das Haus früher für ihre Familie war – und wie es jetzt für sie ihr Haus in Münster ist.

Noch etwa eine halbe Stunde reden die beiden Frauen miteinander, sie sitzen auf billigen Plastikstühlen, und Elise denkt wehmütig an die kostbaren Holzstühle, die sie an ihrem Esstisch stehen hatten. Oder der prunkvolle Sessel ihres Vaters im Wohnzimmer. Was mag aus den Sachen geworden sein? Im Gespräch muss Elise Frau Guzik immer wieder bitten, langsam zu reden, dann versteht sie – wenn sie nicht gerade von ihren Erinnerungen abgelenkt wird – das meiste und übersetzt das Wichtigste zwischendurch für Theo und Andreas ins Deutsche. Sie fragt, ob sie nebenan die Wohnung mit den anderen Zimmern wohl auch sehen dürfe, aber Frau Guzik ist ziemlich sicher, dass der Nachbar nicht da ist. Sie klingeln, aber es rührt sich nichts. Wann er wiederkommt, weiß Frau Guzik nicht, und Elise sagt schnell, sie habe auch so eine Vorstellung davon, wie es nebenan aussehen dürfte. Es werde auch langsam Zeit, sich zu verabschieden, betont sie.

„Do widzenia", sagt Elise. Auf Wiedersehen. Frau Guzik wirkt gerührt, umarmt sie immer wieder und sagt ihr, sie solle doch noch einmal wiederkommen. Ein Besuch in Jawor lohne sich doch immer.

„Ja, mal sehen", murmelt Elise, und dann verlassen sie die Wohnung. Im Hof und im Garten machen sie weitere Bilder und Theo filmt Elise, wie sie aus dem Treppenhaus des Hauses kommt und den Garten betrachtet. Bei ihr wird gerade die Vergangenheit wieder lebendig: Viele Möbel und persönliche Gegenstände der Familie liegen im Dreck. 1945. Russische Soldaten und neue polnische Bewohner hatten sie kurzerhand aus dem Fenster geworfen.

Sie verabschieden sich noch von dem Hausbewohner, der mit ihnen bei Frau Guzik geklingelt hat und wieder im Garten steht.

Dann halten sie noch die Front des Hauses auf zahllosen Bildern fest, schließlich will die Fahrt in die Vergangenheit gut dokumentiert sein. Frau Guzik winkt ihnen von einem Fenster aus noch lange hinterher.

Elise sagt eine ganze Weile nichts, sondern hängt ihren Gedanken nach. Als sie wieder am Auto sind, schlägt sie vor, zu Fuß ins Zentrum zu gehen, weil es sich nicht lohne, die kurze Strecke zu fahren und sie nicht wisse, wo man parken könne. Theo überprüft noch einmal alle Autotüren, ob sie fest verschlossen sind. Dann ermutigt er sie, genau zu überlegen, was sie sich in Jauer noch alles anschauen wolle. Wer wisse schon, ob und wann sie noch einmal hierhin komme. Sie versucht, ihre Gedanken zu sortieren und listet auf: Der Platz, auf dem die Schule stand, die Turnhalle dahinter. Dann das Amtsgericht, in dem ihr Vater gearbeitet hat. Außerdem natürlich der Ring mit Rathaus und Theater sowie die Nachbarstraßen, in denen die ganzen Geschäfte waren. Gern auch noch den Park Schießwerder, die Wütende Neiße und das Wiesenstrandbad. Zur Friedenskirche können sie dann mit dem Auto gelangen, wenn sie sowieso aus der Stadt herausfahren.

In den nächsten Stunden arbeiten sie die Liste ab, zwischendurch essen sie im Ratskeller. Die Speisekarte ist klein, sie bestellen Suppe und danach Fleisch mit Kartoffeln und Gemüse. Es schmeckt. Elise erzählt von früher, taucht zeitweilig in Erinnerungen ab. In anderen Momenten schweigt sie und kann gar nicht recht fassen, dass sie sich tatsächlich in ihrer Geburtsstadt aufhält.

Jauer macht auch im Zentrum keinen besonders gepflegten Eindruck: Am Ring sind viele schöne Geschäfte von früher geschlossen, die deutschen Inschriften sind natürlich längst abmontiert oder übermalt. Die Häuser reihen sich grau in grau aneinander, einige stehen allem Anschein nach leer, der wieder aufgebaute Teil des Rings wirkt auf sie wie ein Fremdkörper. Elise vermisst den Charme, den die Jauersche Innenstadt früher ausgestrahlt hat. Der Autoverkehr tut sein Übriges. Theo erklärt ihr, dass es die typischen osteuropäischen Zweitakter-Fahrzeuge sind, die übelriechende Abgase ausstoßen.

Das Amtsgericht, das sie sofort findet, weil sie ihre Orientierung wiedergewonnen hat, sieht renoviert aus, es wird weiterhin als Justizgebäude genutzt, wie sie dem Schild entnehmen kann. Elise hat als Kind ihren Vater dort oft abgeholt. Bis heute kennt sie deshalb keine Scheu vor öffentlichen Gebäuden. Danach geht sie einen kleinen Bogen, weil sie ein Lokal sucht, in dem sie nach dem Krieg Arbeit gefunden hat, als Jauer bereits unter polnischer Verwaltung stand. Sie findet das Haus und schaut neugierig auf die Speisekarte. Als Inhaber wird dort ein Herr Krzysztof Jankowski genannt. Sie erklärt Theo und Andreas, dass sie hier früher für eine Familie Nowak gearbeitet hat. Auch wenn sie diese Zeit nicht nur in schlechter Erinnerung hat, möchte sie lieber an glücklichere Momente zurückdenken.

Das Wiesenstrandbad ein paar hundert Meter weiter ist geschlossen und kaum einsehbar, weil es fast völlig zugewachsen ist. Hier hat sie in ihrer Jugend mit ihren Freundinnen so manchen Nachmittag verbracht. Sie blickt zurück, wie sie mit Lieselotte im schicken Badeanzug am Beckenrand gesessen hat. Beide haben im Gespräch die Knie angezogen und mit den Händen umfasst. Lieselotte wurde immer viel schneller braun als sie. Von ihrem Lieblingsplatz aus konnten sie beobachten, was im ganzen Schwimmbad vor sich ging. Auf diese Weise ging ihnen wirklich nie der Gesprächsstoff aus. Elise lächelt vor sich hin und nimmt sich vor, Lieselotte beim nächsten Treffen zu fragen, ob sie auch so genaue Erinnerungen daran hat.

Bevor sie in Richtung Breslau weiterfahren, machen sie noch den besprochenen Halt an der Friedenskirche. Das Fachwerkhaus sieht von der Straße fast aus wie eine leerstehende Scheune. Elise, Theo und Andreas gehen um das Gebäude herum, aber es gibt keinen Zugang. Die Kirche ist geschlossen, wie ein unauffälliges Schild am Eingang verkündet. Die evangelische Gemeinde Jawors ist verschwindend klein, die Polen sind ja fast alle katholisch. Die meisten Kirchen in Schlesien haben sie übernommen. Elise denkt an die schönen hölzernen Emporen im Innern der Friedenskirche und bedauert, dass sie bestimmt langsam verrotten.

Der Kirchhof um das Gebäude herum ist eingeebnet und zu einem Park umgestaltet worden. Grabsteine sind keine mehr zu sehen, etwas hilflos läuft sie auf der Rasenfläche herum, bis sie meint, ungefähr die Stellen gefunden zu haben, an denen ihr Großvater Heinrich und ihr Bruder Karl beerdigt worden sind. Kurz gedenkt sie der Toten, dann kehren sie zum Auto zurück und brechen auf. Hinter dem Ortsausgang dreht sich Elise immer wieder um, bis sich Jauer schließlich aus ihrem Blickfeld verabschiedet. Hat sie etwas vergessen, das sie sich unbedingt noch hätte anschauen sollen?

Elise will auf keinen Fall in ihrer Geburtsstadt übernachten. Sie haben sich für eins der zahlreichen Hotels in der Großstadt Breslau entschieden. Zuerst war sie unsicher, ob ein Tag für Jauer reicht, aber sie haben sich vorbehalten, bei Bedarf noch einmal hinzufahren. Als sie den Ort verlassen, spürt sie aber, dass die Erinnerungen und die triste Gegenwart ihr mehr zusetzen als sie ursprünglich dachte. Sie ist wirklich heilfroh, das alles gesehen zu haben, denkt sie, aber jetzt möchte sie es auch wieder hinter sich lassen. Wie trostlos sich der unzureichend wiederhergestellte Ring und die geschlossene Friedenskirche präsentieren, wie lieblos ihr Geburtshaus gepflegt wird! Elise hätte losheulen können, aber Theo braucht jetzt ihre Konzentration zur Unterstützung beim Lesen der polnischen Straßenschilder.

Sie beschließen, über Schweidnitz nach Breslau zu fahren, und Elise erklärt ihrem Mann, dass die Städte heute Swidnica und Wroclaw heißen. Sie folgen den entsprechenden Beschilderungen, als plötzlich ein anderes Schild auftaucht: Groß-Rosen.

„Warum steht dieser Name auf Deutsch da?“, fragt Theo und fährt langsamer.

„Das weiß ich auch nicht. Ich kenne das Dorf nicht“, sagt Elise. „Aber es gab mal ein Konzentrationslager in der Nähe von

Groß-Rosen. Ich bin nicht sicher, wo es genau war. Ich weiß aber noch, dass mein Vater einmal sagte, wenn er die Nazis zu laut kritisiere, komme er womöglich nach Groß-Rosen."

Niemand schlägt vor, abzubiegen und das Gelände zu erforschen.

Auf der weiteren Fahrt sehen sie immer wieder Frauen am Straßenrand, die Blaubeeren zum Kauf anbieten. Weil das Elise an das frühere Beerensuchen im Wald erinnert, kaufen sie einen Korb voll. So werden sie wenigstens für einen sinnvollen Zweck ein paar Zloty los. Die Frauen bieten ihnen auch schrumpelige Kartoffeln und etwas Gemüse an, doch Theo und Elise lehnen ab. Kopfschüttelnd setzt sich Theo wieder ans Steuer: „Schlesien war doch früher die Kornkammer Deutschlands. Wie sieht es hier jetzt aus? Die Polen lassen alles völlig verkommen. Die Kommunisten haben das Land heruntergewirtschaftet, es ist schlimm das zu sehen." Elise sagt nichts dazu.

Die Fahrt nach Breslau dauert nicht besonders lange, Wroclaw ist immer gut ausgeschildert, und in der Stadt finden sie mit Hilfe ihrer Reiseunterlagen recht schnell ihr Hotel südlich der Innenstadt. Vier Tage bleiben sie in Breslau, wollen zunächst die Stadt selbst erkunden und sie dann als Ausgangspunkt für Ausflüge in die Umgebung nutzen. Sie planen unter anderem die Besichtigung alter schlesischer Klöster in Trebnitz und Leubus sowie der Städte Liegnitz und Grünberg.

Der Tag war bewegend und anstrengend, so dass sie schon bald nach dem Abendessen zu Bett gehen. Nach dem Frühstück marschieren sie mit Kameras und Stadtplan in der Hand los. Als erstes zeigt Elise ihrem Mann und Andreas den Bahnhof ganz in der Nähe. Ein riesiges Gebäude aus dem Jahr 1857 mit einem pompösen Eingang, der von zwei Türmen begrenzt wird. Der Putz bröckelt etwas.

„Hier sind schon früher Züge aus Liegnitz angekommen. Wir mussten, wenn wir von Jauer kamen, immer in Maltsch umsteigen, wenn wir nach Breslau wollten, das war umständlich. Doch wenn wir mal zum Zoo gefahren sind, haben wir immer die Eisenbahn genommen. Autos gab es damals nur recht wenige, sie mussten sich die Straßen mit den Kutschen teilen. Einmal haben wir eine Droschke vom Bahnhof zum Zoo genommen. Da kam ich mir vor wie eine Prinzessin."

Ihr fällt auf, dass Andreas besonders interessiert zuhört, fast so, als sei das eine Geschichte aus einer anderen Welt. Sein Großvater Erich hat nie im Leben ein Auto besessen, weder vor noch nach dem Krieg. Er hat auch nie den Führerschein gemacht, seine Frau Marta ebenfalls nicht. Elise vermutet, dass ihr Vater das für eine Frau ohnehin unpassend fand. Sie selbst hat ihren Führerschein in den 50er Jahren gemacht, den Eltern davon aber erst erzählt, als sie die Prüfung bereits bestanden hatte.

Auf der Ulica Swidnicka übersetzt Elise: „Schweidnitzer Straße. Das war und ist die größte Einkaufsstraße Breslaus. In den Warenhäusern gab es damals schon Rolltreppen: Wir sind immer wieder hoch- und runtergefahren. Für uns war das eine Sensation. Ansonsten stand hier ein Fachgeschäft neben dem nächsten, da habe ich als Studentin alles kaufen können, was ich brauchte." Sie biegen nach rechts in Richtung Innenstadt, entdecken Zeitungskioske, ein Schmuckgeschäft und einige Modegeschäfte, deren ausgelegte Waren aber blass und, wie Theo sagt, „sozialistisch" aussehen.

Nach einigen hundert Metern kommen sie auf den Plac Tadeusza Kosciuszki. Sie blickt sich suchend um: „Der Platz war viel grüner früher. Es gab natürlich auch viel weniger Autos. Früher hieß er Tauentzienplatz, benannt nach einem preußischen General. Hier stand mitten auf dem Platz ein riesiges Denkmal. Es ist weg."

„Die Polen haben für preußische Generäle nicht so viel übrig, da haben sie das Denkmal wohl eingeebnet. Für Kulturgeschichte haben sie dabei kein Gespür bewiesen", meint Theo.

Nur wenige Meter weiter verweist Elise auf ein weiteres verschwundenes Denkmal. Am Stadtgraben habe früher ein riesiges Reiterstandbild von Kaiser Wilhelm gestanden, umsäumt von zwei Marmorstatuen. Jetzt, wo sie sieht, dass es nicht mehr da ist, kommt ihr in den Sinn, dass sie wenige Monate nach Ende des Krieges gehört hat, dass es zerstört wurde. Seit dieser Zeit ist sie aber nicht mehr in Breslau gewesen.

Während sie etwas weiter schon die Säulen der Oper sehen – „früher war in dem Gebäude das Stadttheater“ – fällt Elise ein: „Ich wollte euch doch noch das Landgericht zeigen.“ Sie überqueren die Ulica Swidnicka, und vom Stadtgraben aus biegen sie links ab in eine kleine Straße namens Lakowa, in der eine Polizeiwache ist. Hier sei schon zu ihren Studienzeiten das Polizeipräsidium Breslaus gewesen, sagt sie. Gegenüber liegt ein unscheinbares freies Grundstück. Dass hier einmal die riesige Neue Synagoge stand, die während der Pogromnacht 1938 in Flammen aufging, weiß sie nicht, und so beachten sie den Ort nicht weiter.

Von hinten erkennt Elise das wenige Meter entfernte Landgericht, sie müssen einmal fast um das ganze Gebäude herumgehen, um schließlich vor dem Eingang zu stehen. Sie staunen über ein etwas überdimensioniertes Backsteingebäude, das den Krieg offenbar recht gut erhalten überstanden hat. Wie schon in Jauer wird auch dieses Gerichtsgebäude trotz seiner preußischen Geschichte von den Polen in gleicher Funktion weiter genutzt. Elise will ihrem Vater nach der Rückkehr davon berichten, denn er hat sie gebeten, nach den Gerichtsgebäuden zu schauen, an denen er seine Ausbildung gemacht und lange Jahre gearbeitet hat. Sie macht Fotos und plant eine kurze Filmsequenz, wie Andreas am Gerichtseingang auf das Schild schaut und dann so tut, als würde er das Gebäude betreten.

„Jetzt mach schon“, sagt ihr Sohn schlecht gelaunt, als sie noch an der Kamera herumhantiert, um eine gute Einstellung zu finden. „Was soll ich hier so lange rumstehen?“

Sie filmt schnell ein paar Sekunden, zum Glück sieht man nicht, dass er keine Lust auf die Aufnahme hat. Dann führt sie Theo und Andreas zum gotischen Rathaus, dem Wahrzeichen der Stadt. Das Breslauer Rathaus ist das schönste Gebäude, das ich kenne, hat ihr Vater immer gesagt. Der Ring sieht ungefähr so aus wie Elise ihn von vor 35 Jahren in Erinnerung hat, aber sie hat das Gefühl, er sei irgendwie eintöniger als früher. Die Elisabethkirche ist ausgebrannt, das versetzt ihr einen Schock. Die Spuren des Feuers sehen frisch aus, an anderen Häusern, vor allem in den Nebenstraßen, erkennt sie Einschusslöcher in den Fassaden. Sie weiß, dass um Breslau bis kurz vor Ende des Krieges heftig gekämpft und die Stadt stark zerstört wurde.

Aber das Rathaus steht. Fast in alter Pracht. Freudig sieht sie, dass auch Andreas fasziniert ist, immer wieder macht er Fotos von dem spitzen Giebel und der riesigen Uhr an der Fassade. Sein aus Breslau stammender Geschichtslehrer habe ihm immer wieder von dem Rathaus vorgeschwärmt, er wolle ihm nach den Ferien die Bilder zeigen, sagt er. Theo schimpft derweil über ein schräg hinter dem Rathaus stehendes Bankhochhaus und murmelt laut etwas von sozialistischen Bausünden. Elise ist ziemlich sicher, dass das Haus schon vor dem Krieg an der Ecke zum damaligen Blücherplatz gestanden hat, sagt aber nichts.

Nach einer kurzen Essenspause im Schweidnitzer Keller unter dem Rathaus zeigt sie Theo und Andreas die Universität Breslaus. Die Aula Leopoldina beeindruckt alle wegen ihrer prunkvollen Einrichtung und wegen der Statuen der griechischen Philosophen. In der Universität spüren sie die deutsche Geschichte Breslaus, auch wenn sie von den polnischen Reiseführern vollständig ausgeblendet wird.

Elise berührt eine Säule, liest „Aristoteles Princeps Philosophorum“ und denkt an ihre Studienzeit. Sie sieht sich 35 Jahre jünger in Hörsälen sitzen und mit dem Studienbuch zum Professor gehen, um sich ihre Teilnahme an einer Vorlesung bestätigen zu lassen. Sie sitzt in einem der Cafés am Universitätsplatz um den Fechterbrunnen. Dorthin will sie gleich noch gehen, ihr Herz klopft.

Der Brunnen vor dem Hauptgebäude der Universität ist so etwas wie das Symbol ihrer Universitätszeit. Mehrfach bittet sie Andreas, Fotos von ihr vor dem Brunnen zu machen; sie denkt an die vielen Tassen Kaffee und Becher Limonade, die sie hier mit Lieselotte getrunken hat, albern herumlachend, als junge Männer sie versteckt anstarrten, es aber nicht wagten, sie anzusprechen.

Was sie Theo nicht erzählt hat und auch nie erzählen wird: Hier am Fechterbrunnen hat Elise 1944 zum ersten Mal einen Mann geküsst. Ihr Kommilitone Bruno – er stammte aus Brieg und sein Vater war Richter wie ihrer – hatte sie zu zwei Gläsern Wein eingeladen, sie hatten sich bestens unterhalten, fast amüsiert, und zum Abschied umarmte er sie. Vom Wein etwas enthemmt, hielt sie ihn länger als nötig fest, bis er sich traute und ihr einen Kuss gab. Erst auf die Wange, dann auch auf den Mund, was ihr dann aber so ungeheuerlich vorkam, dass sie sich überhastet verabschiedete.

Bruno und sie haben sich noch mehrmals getroffen, fast immer hier. Elise ergreift die Hand ihres Sohnes. Theo betrachtet unterdessen kritisch die heruntergekommene Fassade am gegenüberliegenden Gebäude.

Bruno Bertrams war ihre erste Liebe. Doch 1944 musste er trotz seiner Kurzsichtigkeit an die Front, und auch sie wurde trotz laufenden Studiums als Flakhelferin herangezogen. Nach dem Ende des Krieges hat sie nach ihm geforscht, schließlich seine Schwester ausfindig gemacht und erfahren, dass Bruno den Einsatz für Hitlers Wehrmacht nicht überlebt hat. Richtig Zeit zum Trauern hatte Elise nicht, sie war mit Überleben beschäftigt und musste einen Ausbildungsplatz finden.

„Lass uns zu deinem Vater gehen“, sagt sie zu Andreas. „Ich habe alles gesehen, was ich sehen wollte.“

Vati lebt! Er hat uns geschrieben – endlich ist ein Brief durchgekommen! Manchmal an den kalten Winterabenden haben wir die Hoffnung fast aufgegeben, daß unsere Familie eines Tages wieder zusammenkommt. Doch jetzt wissen wir: Vati ist nicht in Gefangenschaft, und es geht ihm recht gut! Er sitzt in Bayern, wohin ihn der Volkssturm in den letzten Kriegstagen noch verschlagen hat. Mutti und ich sind ja so froh, daß er überlebt hat. Wir haben ihm sofort zurückgeschrieben, hoffentlich stimmt die Adresse noch. Sein Brief war fast drei Monate unterwegs, bis er über das Rote Kreuz zu Mutti fand!

Von Friedrich haben wir immer noch keine Nachricht. Über das Rote Kreuz versucht Mutti, auch von ihm etwas zu erfahren, aber es ist ein unglaubliches Durcheinander. Wenn er uns in die Humboldtstraße geschrieben hätte, müßte uns der Brief über Umwege eigentlich erreichen. Vielleicht ist Friedrich wie so viele Wehrmachtssoldaten in russischer Gefangenschaft gelandet. Wir haben schreckliche Angst um ihn, denn man hört ja nichts Gutes aus Rußland. Und dann noch diese schreckliche Kälte, in Rußland muss es noch viel schlimmer sein. (17. Januar 1946)

Die Bilder von Schlesien wird Elise in den ersten Tagen nach ihrer Rückkehr nach Deutschland nicht mehr los. Immer wieder sieht sie sich vor und in ihrem Elternhaus in Jauer, dreht ihre Runden in Breslau. Sie kann es nicht erwarten, dass die im Fotostudio abgegebenen Filme endlich entwickelt und die Bilder abgezogen sind.

Als die Fotos da sind, schaut sie sie immer wieder an. Manche sind unscharf geworden, bei anderen hat sie das Gefühl, die Farben stimmen nicht. Aber die Erinnerungen sind verewigt, das ist das Wichtigste. Am darauffolgenden Sonntag fährt sie nach Detmold, um die Bilder ihren Eltern zu zeigen. Ausführlich schildert Elise den beiden die ambivalenten Gefühle, die sie hatte, als sie die alte Heimat wiedersehen durfte. Beide sind sehr neugierig, doch Marta wendet sich mit Schrecken ab, als sie den Dreck im und um das Haus in Jauer sieht, das früher ihren Eltern gehörte.

„Ich möchte das nicht sehen. Ich habe es in schönerer Erinnerung, und das soll so bleiben.“ Sie geht für eine Weile weg schaut sich danach zumindest die Bilder aus der Humboldtstraße nur noch flüchtig an.

Erichs Augen hingegen sind beim Betrachten der Bilder ganz aufmerksam, doch mit seinen 92 Jahren ist die Konzentrationsfähigkeit begrenzt. Er fragt nach Details zu dem Haus in Jauer, erkennt aber den Garten kaum, wundert sich über die Raumaufteilung in der Wohnung. Interessiert schaut er auf die Bilder aus Breslau, das ein oder andere fällt ihm dabei aus der Hand. Trotzdem bemerkt er, dass dem Breslauer Dom die beiden Spitzen fehlen. Trotz des Wiederaufbaus nach dem Krieg. Hellwach betrachtet Erich die Gerichtsgebäude. Als er einen alten Bildband holen will, um die Fotos mit der Vergangenheit zu vergleichen, steht er unsicher auf den Beinen und kann nur mit Mühe das Buch halten. Fragend blickt sie ihre Mutter an, die nickt.

„Er wird schwächer", sagt Marta leise, damit Erich es nicht hört. „Du hast ja beim Essen gemerkt, wie langsam er geworden ist. Er hat schon immer viel Zeit im Bad verbracht, aber jetzt braucht er morgens mehr als zwei Stunden um sich zu waschen. Mit dem Rasieren kommt er kaum noch zurecht."

Elise blickt auf ihren Vater. Der stets so feine Mann, der ihr in ihrer Kindheit immer stolz sein glattes Kinn zum Darüberstreichen hingehalten hat, ist zum ersten Mal in ihrem Leben schlecht rasiert. Sein Gesicht ist zudem etwas eingefallen. Er sieht richtig alt aus, denkt sie.

„Ich sage ihm immer, er soll im Bad nicht abschließen, aber er hört nicht auf mich. Wenn er stürzen sollte, kann ich ihm nicht einmal helfen", sagt Marta noch.

Elise geht ins Bad und sieht, dass sich der PVC-Boden an mehreren Stellen nach oben wölbt. Sie schüttelt den Kopf und zieht dann den Schlüssel aus der Tür. Gemeinsam mit ihrer Mutter verstaut sie ihn im Wohnzimmerschrank. Dann erklärt sie ihrem Vater, dass sie den Schlüssel aus dem Bad weggelegt haben, damit er sich nicht mehr einschließt. Erich nickt und wirkt müde dabei.

„Brauchst du denn Hilfe?", fragt Elise ihre Mutter. „Ich kann auch ein paar Tage hier bleiben."

„Nein, nicht nötig. Es geht alles langsamer, aber es geht schon."

„Ihr hättet wirklich mal renovieren müssen. Die Böden in der Küche, im Bad und im Flur sehen unmöglich aus."

„Du hast Recht, aber Erich wollte das nie", wendet Marta ein. „Das ist nicht unser Haus, hat er immer gesagt."

Sie schauen auf den alten Mann, der erschöpft am Tisch sitzt und aussieht, als müsse er sich anstrengen, um nicht jeden Augenblick in sich zusammenzusacken. Trotzdem strahlt er in seinem feinen Anzug einen gewissen Stolz aus. Noch einmal schaut er die Schlesien-Fotos durch, bei den Bildern des Breslauer Landgerichts bleibt er hängen.

„Die Nazis haben die Justiz kaputtgemacht", sagt er langsam. Seine Gedanken sind trotz der Müdigkeit sehr klar. „Zu meiner Zeit als Rechtsreferendar war noch alles in Ordnung. Später ging alles in die falsche Richtung. Habe ich euch jemals gesagt, dass ich an dem Tag in Breslau war, als SA-Leute die Synagoge angezündet haben und das Haus gesprengt wurde?"

Natürlich wissen sie das, doch für eine Diskussion bleibt keine Zeit, denn Erich ist so müde, dass er ins Bett gebracht wird. Geduldig hilft Marta ihm in den Schlafanzug. Elise sagt ihm noch Auf Wiedersehen und schließt dann die Tür zum Schlafzimmer. Noch einmal fragt sie ihre Mutter, ob sie Hilfe brauche, aber die winkt ab. Elise blickt sie beunruhigt an.

„Ich schaffe das schon. Und du hast ja auch deine Familie in Münster, für die du da sein musst. Wenn ich will, dass du kommst, melde ich mich."

Elise umarmt ihre Mutter, fährt aber mit einem mulmigen Gefühl nach Hause. Ihr Vater braucht sie jetzt, denkt sie. Sie nimmt sich vor, in den nächsten Tagen wieder zu den Eltern zu fahren.

Zurück in Münster braucht sie fast einen ganzen Tag, um wieder im Alltag zu funktionieren. Das kennt sie von sich gar nicht, denn bisher hat sie äußere Umstände – egal wie schlimm sie auch sein mochten – immer gut verdrängen können. Nach dem Tod des behinderten Bruders und des Opas hat sie schnell wieder ihr bisheriges Leben fortgesetzt, die wirren Jahre des Krieges ertrug sie mit stoischer Ruhe als wäre nichts gewesen, selbst als sie in Dresden im Februar 1945 an ihrem Geburtstag Zeugin der Luftangriffe wurde. Nach dem Verlust der Heimat begann sie ohne zu jammern ihr neues Leben im Westen.

Auch jetzt sollte das Leben weitere Schicksalsschläge für sie bereithalten. Wenige Tage nach ihrer Rückkehr aus Detmold eröffnet Eva ihr, dass sie die Schule abbrechen wird. Sie habe keine Lust mehr auf diesen in der Schule und auch in ihrem Elternhaus gepflegten Leistungsdruck und werde sich nur noch inneren Werten und der Meditation widmen. Elise und Theo fallen aus allen Wolken, haben aber keine Ahnung, was sie tun sollen, um die 18-Jährige von ihrem Entschluss abzubringen. Ihre Appelle an Eva, sich zusammenzureißen und anzustrengen, perlen an der Tochter ab.

Eva hat in den vergangenen Monaten ihren Bekanntenkreis vollständig ausgetauscht – diese biederen Spießerkinder aus der Münsteraner Vorstadt hätten sie nur noch gelangweilt, sagte sie. Stattdessen hat sie zu jungen Männern und Frauen Kontakt aufgenommen, die auffällige orange und rote Kleidung tragen und ständig von Spiritualität reden und antiquierte Moralvorstellungen kritisieren. Eva macht jetzt Kurse, die sich Rebirthing oder Anleitung zur Bewusstseinserweiterung nennen, schwärmt von der Kraft des Buddhismus und legt Tarotkarten. „Endlich kann ich meine Gefühle zulassen“, hat Eva ihr gesagt, „hier im Haus geht das ja nicht“.

Elise weiß nicht, was mit ihrer Tochter passiert ist.

Als sie an einem der nächsten Tage in der Küche das Essen zubereitet, kommt Eva herein, sie hat den ganzen Tag ihr Zimmer nur einmal kurz zum Frühstücken im Stehen verlassen. Sie trägt eine neue orange Hose, weit geschnitten mit einem langen T-Shirt in der gleichen Farbe darüber. Elise fragt sie, was das denn solle, und Eva antwortet ihr, sie sei Sannyasin geworden. Elise versteht kein Wort und blickt ihre Tochter fassungslos an. Wie läuft sie denn herum? Elise fragt sich besorgt, was wohl die Nachbarn denken werden, wenn sie Eva in dieser Aufmachung begegnen. Sie zieht es aber vor, nichts dazu zu sagen.

„Aber was ist jetzt mit der Schule? Willst du vielleicht eine Ausbildung machen?“ Als ihr Tochter nur lacht, stammelt sie:

„Was ist nur los mit dir?", ohne recht zu begreifen, was da über ihr einschlägt.

Eva hat sich seit drei Jahren immer mehr von ihr und Theo entfernt, für die Schule hat sie kaum noch gelernt. Wie viele Stunden sie geschwänzt hat, kann Elise nur vage erahnen. Sie hat schon vor Jahren mit dem Rauchen begonnen, sogar mit einer Haschisch-Zigarette ist sie mal erwischt worden, was ihnen als Eltern sehr unangenehm war, als die Lehrer sie darauf hinwiesen. Zur Rede gestellt, hat Eva nur gelacht. Auf die Gesprächsversuche der Eltern geht sie schon lange nicht mehr ein, Elise und Theo fühlen sich mit der Situation völlig überfordert und haben anscheinend auch nie die richtigen Worte gefunden. Sie verstehen nicht, warum Eva aus ihrer Welt ausbrechen will. Sie haben immer versucht, ihrer Tochter das Leben so schön wie möglich zu machen, mit eigenem Zimmer, mit Spielen, mit Musizieren, mit den Urlauben an der Nordsee, mit sorgfältig ausgewählter und stets frisch gewaschener und gebügelter Kleidung und vielem mehr. Eva hat doch nichts vermisst. Gleichzeitig bemühte sich Elise, den Kindern Ordnung und Sparsamkeit beizubringen. Doch schon früh merkte sie, dass Eva und Andreas beide kein Interesse daran hatten, ein ordentliches Kassenbuch zu führen, im Gegenteil, wenn sie selbst sich den Kopf zerbrach, wofür sie das in der Kasse fehlende Geld wohl ausgegeben haben könnte, machte Eva sich jedes Mal lustig darüber. Auch für das Leben im Reihenhaus hat sie nur noch Spott übrig. Fast jeden Abend ist sie weg, sagt nicht Bescheid, wohin sie geht, kommt sehr spät wieder – und das, obwohl sie weiß, dass Elise aus Angst, ihr könnte etwas zustoßen, stundenlang wach im Bett liegt. Demonstrativ führt Eva lange Telefonate und ruft tagsüber Freundinnen in anderen Städten an, obwohl Ferngespräche teuer sind und besser sonntags geführt werden, wenn die Tarife günstiger sind. Und jetzt scheint sie endgültig alle Werte der Familie aufgeben zu wollen.

„Ich fahre schon bald mit Freunden nach Indien", eröffnet Eva nämlich ihrer Mutter. „Ich halte es hier nicht mehr aus. Ich bin auf der Suche, und nur Bhagwan Shree Rajneesh kann mir dabei helfen. Versucht nicht mich hier zu behalten, es hat keinen Sinn."

„Warum, was soll das denn? Und wie willst du das schaffen?", fragt Elise verzweifelt und stottert: „Das ist doch viel zu weit weg. Ich verstehe dich nicht. Du hast hier alles, was du brauchst. Hier ist deine Heimat, hier gehörst du hin. Ich erlaube das nicht, niemals. Und überhaupt: Was ist das denn genau für einer, dieser Bhagwan, von dem man da manchmal hört? "

„Mutti, lass es. Ich gehe sowieso, ob es euch passt oder nicht. Ich habe Geld auf dem Sparbuch, verkaufe ein paar Sachen und dann fliege ich mit ein paar Freunden in einigen Wochen los. Ich muss zu mir selbst finden, und hier schaffe ich das nicht. Ich krieg hier Beklemmungen, das ist alles viel zu eng hier."

„Aber warum?", fragt Elise wieder. Verzweiflung steigt in ihr hoch, sie bemüht sich umgehend, ihre Gefühle zu kontrollieren. Dass Eva ihr behütetes Leben nicht fortsetzen möchte, will ihr aber einfach nicht in den Kopf. Sie denkt an ihre eigene Jugend und sagt bestimmt: „Ich hätte niemals mein zu Hause freiwillig aufgegeben, und als ich es musste, war das ganz schlimm. Das ist mir jetzt bei dem Besuch in Schlesien wieder ganz deutlich geworden. Und du willst das alles hier freiwillig hinter dir lassen, das verstehe ich nicht."

Eva lächelt überheblich. Daraufhin ergänzt Elise: „Und das dulde ich auch nicht."

„Du kannst mir gar nichts verbieten. Und komm mir nicht wieder mit deinem Schlesien-Zeug, du wirst ja immer verrückter damit. Ein Beweis mehr, dass ich hier dringend weg muss. Und du kannst mich nicht aufhalten. Du brauchst auch nicht schon wieder Angst zu haben. Immer dieses Jammern, dass du nicht schlafen kannst, bis ich nach Hause komme. Ich möchte einfach nicht mehr so kontrolliert werden. Auch deshalb haue ich ab."

Eva greift in ihre Tasche, hängt sich eine Halskette mit zahllosen Holzkugeln um und verlässt das Haus ohne ein weiteres

Wort. Sie lässt Elise verzweifelt zurück und wird erst mehrere Tage später wieder auftauchen.

Als Theo vom Tennis nach Hause kommt, findet er Elise völlig aufgelöst vor. Nachdem sie ihm berichtet hat, was Eva angekündigt hat, zieht er sich in sein Arbeitszimmer zurück. „Die spinnt ja wohl, deine Tochter", schreit er und knallt die Tür hinter sich zu. In solchen Momenten ist Eva anscheinend nur ihre Tochter, nicht seine eigene.

Es dauert zwei Tage, bis er wieder mit ihr redet. Theo, immer noch sehr aufgebracht, hat ein paar Zeitungsartikel über die Bhagwan-Bewegung kopiert, und schockiert lesen sie etwas von Therapiegruppen eines Sex-Gurus mit langem grauen Bart und hypnotischen braunen Augen, der selbst mehrere Rolls-Royce fahre, anderen aber Konsumverzicht predige. In Poona in Indien haben sich seine Jünger und er ein Zentrum eingerichtet mit Meditationsräumen, Therapiegruppen, aber auch mit Bäckerei, Töpferei und einer Art Klinik. Bhagwans Faszination locke immer mehr Menschen aus den westlichen Industrieländern an, die auf der Suche nach sich selbst und nach einem meditativen Leben ihren Lehrer gefunden zu haben scheinen. Kopfschüttelnd legt Elise die Artikel aus der Hand und weiß nicht, was sie sagen soll.

Sie ruft ihre Freundin Lieselotte an und schüttet ihr das Herz aus. Einen echten Rat hat Lieselotte nicht parat, aber es tut gut, mal über das Thema zu sprechen. Oft hat sie das Gefühl, dass sie viel zu viele Probleme einfach hinunterschluckt.

„Ihr solltet versuchen, mit Eva im Gespräch zu bleiben und nicht alle Brücken abzubrechen", sagt Lieselotte noch, kurz bevor sie auflegen.

Das hört sich gut an, aber wie soll sie das machen? Lieselotte vermag sich nicht vorzustellen, wie Jugendliche heute sind.

Eva meldet sich am Abend kurz telefonisch und teilt mit, sie wohne zunächst bei einem Freund. Theo schreit sie an und verlangt von ihr, sofort nach Hause zu kommen. Sie lacht nur und legt auf. Elise ist zwar froh, dass sich Eva überhaupt gemeldet hat, aber trotzdem wälzt sie sich fast die ganze Nacht wach im Bett hin und her. Verzweifelt. Und grübelnd. Wie soll sie in den nächsten Tagen erfahren, ob es ihrer Tochter gut geht? Was ist, wenn Eva einen Unfall haben sollte, wie sollte sie ihr helfen?

Während Elise und Theo nur ganz langsam verstehen, dass ihre Tochter es ernst meint, schafft Eva Fakten. Bei einem kurzen Besuch holt sie Sachen ab, die sie verkaufen will, einen Plattenspieler, etwas Schmuck. Das Sparbuch hat sie schon geplündert, und die Flugtickets sind gekauft, wie sie sagt. Sie können es nicht überprüfen. In acht Wochen soll es losgehen. In einen Rucksack packt Eva Kleidungsstücke aus ihrem Schrank. Als Theo sie anfleht, das alles zu überlegen und sie festhalten will, reißt sie sich los: „Lass mich los", faucht sie ihn an. „Es ist längst alles entschieden. Und ihr könnt hier euer spießiges Leben in Ruhe weiterleben. Ich störe nicht länger."

Elise sieht hilflos zu, wie ihre Tochter mit ihren Sachen das Haus verlässt und zu einem Mann – er hat sich als Madhupran vorgestellt, soll aber früher mal Markus geheißen haben – in ein Auto steigt. Er trägt fast die gleichen Sachen wie Eva: eine weite rote Hose mit einem roten T-Shirt.

Mitten in dieser bedrückenden Atmosphäre klingelt das Telefon. Es ist Marta. Erich ist in der Wohnung gefallen und liegt im Krankenhaus. Oberschenkelhalsbruch. Keine gute Diagnose für einen 92-Jährigen. Jetzt kommt aber wirklich alles auf einmal, denkt Elise. Sie atmet tief durch, ihr Kopf droht zu platzen, doch sie schüttelt sich und packt nach kurzer Beratung mit Theo ihre Sachen. 30 Minuten später macht sie sich mit dem Auto auf den Weg zu ihren Eltern.

In den nächsten Wochen ist sie häufiger in Detmold als in Münster. Gemeinsam mit ihrer Mutter versorgt sie Erich, der wieder zu Hause ist, aber nicht mehr auf die Beine kommt. Er möchte kaum noch etwas essen und muss den ganzen Tag im Bett verbringen. Das Rasieren will nicht mehr gelingen; wenn Elise es versucht, tut es ihm weh. Statt über die Hügel zu wandern, liegt er jetzt 24 Stunden täglich im Schlafanzug und mit grauem Vollbart im Bett. Elise ist furchtbar traurig bei diesem Anblick, weil sie ihren Vater immer so diszipliniert und würdevoll wahrgenommen hat. Sie schaut ihn an, wie er vor ihr liegt: Seine dunklen Augen sehen sehr müde aus, seine Wangen sind eingefallen. Er muss sich beim Gang zur Toilette helfen lassen und trägt Windeln wie ein Säugling. Bei jeder Bewegung spürt Elise, dass dieser Zustand seinen Stolz verletzt und quälend für ihn ist. Das Sprechen stellt er fast vollständig ein.

Knapp drei Monate nach seinem Sturz stirbt Erich. Zu Hause in seinem Bett. Als Elise mit Marta zwei Tage später nach Münster fährt, um ihnen beiden bis zur Beerdigung etwas Abstand vom Ort des Geschehens zu ermöglichen, ist Eva bereits seit vier Wochen in Indien.

Sie nennt sich jetzt „Ma Prem Sananda."

Kapitel 22

2013

Als Andreas vor 23 Jahren Heike kennenlernte, ahnte er gleich, dass diese Frau sein Leben verändern würde. Schon nach kurzer Zeit hatte er die Gewissheit, sich blind und ohne viele Worte mit ihr zu verstehen – ein Gefühl, das ihn bis heute nicht verlassen hat. Ihm war sofort klar: Er wollte nie wieder ohne sie sein.

Ihr Aussehen fesselt ihn auch nach Jahren noch. Die wunderschönen dunklen Augen. Das halblange Haar. Das zart geschnittene Gesicht. Die sanften Lippen. Die Schultern mit der weichen Haut und dem so erotischen Schlüsselbein. Die wohlgeformten Brüste. Die zärtlichen Hände, die sportliche Figur, die schlanken Beine. Das Piercing im Bauchnabel, das sie sich zusammen mit Jonas hat stechen lassen, weil der Sohn zwar cool sein wollte, aber allein doch etwas Angst hatte. Was für eine Mutter!

Dazu ihre angenehme Zurückhaltung, die Klarheit ihrer Gedanken, die schnelle Urteilsfähigkeit. Die vielen gemeinsamen kulturellen Interessen von Malerei über Literatur bis zum Theater. Nur mit seiner Leidenschaft für Preußen Münster kann sie nichts anfangen. Aber es muss ja auch Gegensätze in der Ehe geben, heißt es immer. Und für Fußball interessiert sie sich nun mal nicht. Das ist auszuhalten, denkt er.

Ganz besonders genießt er die Zärtlichkeit mit ihr im Alltag. Immer wieder denken Fremde, sie seien frisch verliebt, weil sie auffällig innig und liebevoll miteinander umgehen. Verliebt wie am ersten Tag.

Andreas sehnt sich danach, dass Heike ihn in den Arm nimmt und ihm nach den traurigen Erlebnissen der letzten Tage neue Zuversicht einhaucht. Er erwischt sich dabei, wie er seine kranke Mutter für einen Moment einfach hinter sich lassen und sich unbeschwert mit Heike schönen Dingen widmen möchte. Doch es gibt keine Zeit zum Träumen. Absolut keine Zeit.

Er fährt die A1, die er, seitdem er im Rheinland wohnt, noch kein einziges Mal baustellenfrei erlebt hat. Dann über den Kölner Ring weiter Richtung Bonn. Nach Hause. Seit 1989 lebt er in Bonn, erst in der Nordstadt mit ihren alternativen Kneipen und den türkischen Obsthändlern, später in der Südstadt mit den Jugendstilvillen, die es in dieser Dichte in Münster und Frankfurt nicht gibt. Die Bonner Wohngebiete haben den Krieg relativ unzerstört überstanden, wohl auch deshalb konnte die Stadt 1949 Hauptstadt der Bundesrepublik Deutschland werden. Die Infrastruktur funktionierte. Von der Südbrücke über den Rhein aus sieht er den Post-Tower, die Zentrale des Dax-Konzerns. Daneben der Lange Eugen, ehemals Abgeordnetenhochhaus, heute Sitz mehrerer UN-Organisationen. Symbole für den Wandel der Stadt. Vor Jahren hat die Bundespolitik Bonn weitgehend verlassen, doch die Stadt hat die Veränderungen gemeistert. Als er 1989 nach Bonn zog, stand die Berliner Mauer noch. Er arbeitete im Regierungsviertel. Den Umzug nach Berlin zehn Jahre später hat er nicht mitgemacht, seine Familie wollte nicht an die Spree, und er hat sich beruflich verändert.

Er erreicht ein unscheinbares Wohnviertel im Stadtteil Friesdorf, holt seine Tasche aus dem Kofferraum und schließt die Tür seines Hauses auf. Er freut sich auf seine Familie.

Als erstes begrüßt ihn Laura, sie kommt die Treppe heruntergelaufen, als sie den Schlüssel hört. Andreas spürt ihre Freude, dass er nach Hause gekommen ist. Seine Tochter erinnert ihn mit ihren 1,60 Meter Größe an seine Mutter Elise, die noch etwas kleiner ist und auch an seine Großmutter Marta, die sogar noch kleiner war.

Er umarmt Laura, fasst durch ihr blondes Haar, das sich so schön von ihren dunkelbraunen Augen abhebt, die alle in der Familie haben. Sie blickt ihm tief in die Augen.

„Es ist schön, wieder bei euch zu sein“, sagt er.

„Ja, ich freue mich auch", erwidert Laura. „Aber wie geht es Oma?"

„Nicht besonders gut." Andreas zögert und schaut sich im Hausflur um. „Ich muss überlegen, wo sie in den nächsten Wochen am besten leben kann. In ihrem Haus wird es vermutlich nicht mehr gehen. Du weißt ja, dass sie krank ist."

„Und hast du schon eine Idee? Zieht sie zu uns?"

„Mal sehen, ich weiß es noch nicht. Könntest du dir das vorstellen?"

„Aber sicher. Es ist doch Oma, und Weihnachten ist sie auch immer hier. Ich kümmere mich auch um sie. Wenn ich Zeit habe."

Während sie spricht, tippt sie eine Nachricht in ihr Handy. Sie kann das alles gleichzeitig. Nur Ausschalten kann sie es nicht. Sie braucht das Telefon und die Erreichbarkeit zu jeder Zeit anscheinend als Existenzbeweis.

Heike kommt aus dem Wohnzimmer. Als sie ihn begrüßt, atmet er tief den Duft ihres Körpers ein. Andreas verspürt Geborgenheit, aber gleichzeitig auch Unsicherheit, wenn er an die Zukunft denkt.

Bei einem Tee informiert er Heike und Laura über Elises Krebsdiagnose und die Besichtigung von Heimen und Hospiz. Als er seinen Bericht beendet, ist es erst einmal ruhig. Sehr ruhig. Die beiden haben aufmerksam zugehört, Jonas ist nicht da, er guckt mit seinen Freunden irgendwo Tatort. Wie jeden Sonntag.

„Wenn Elise nicht mehr bei sich zu Hause leben kann, sollten wir sie zu uns holen", sagt Heike schließlich. „Diese Heime sind doch schrecklich. Auch wenn sich die Pflegekräfte bestimmt Mühe geben, können sie doch keine Familie ersetzen. Wenn man alt und krank ist, zählt nur noch die Familie. Auf alles andere kann man sich doch nicht verlassen."

„Meint ihr, wir bekämen das hin? Meine Mutter ist alt und krank. Sie schafft immer weniger alleine und wird immer mehr Zeit für sich beanspruchen. Wie soll das gehen? Wir arbeiten schließlich beide."

Heike nimmt einen Schluck Tee und zieht die Hand ihres Mannes zu sich: „Irgendwie schaffen wir das schon“, sagt sie. „Auch wenn deine Schwester ruhig auch mal etwas übernehmen könnte. Sie zieht sich ganz schön raus aus der Sache. Immer musst du alles regeln. Und dann meckert sie auch noch.“

„Du kennst sie doch.“ Andreas ist überrascht vom kurzen Ausbruch seiner Frau. Auch wenn sie zweifellos recht hat und er nicht weiß, wie er darauf reagieren soll.

„Ja, ich kenne sie, aber was heißt das? In so einer Situation erwarte ich eigentlich, dass alle zusammenstehen. Du wirst schließlich auch hier gebraucht. Denk mal an Jonas.“

„Was ist mit Jonas?“, fragt er besorgt.

„Ach, nichts Besonderes. Aber manchmal kann er ganz schön nerven. Du bekommst das ja gar nicht immer mit.“

Andreas rückt näher zu Heike. „Was soll ich machen?“, flüstert er ihr zu. Jonas hat sich ziemlich zurückgezogen, die Familie als Gemeinschaft interessiert ihn nicht. Zur Oma hat er keine besonders intensive Beziehung, ganz anders als Laura. Seine Partnerinnen wechselt er häufiger, immer mal wieder sitzt eine neue Freundin am Frühstückstisch, die in der kommenden Woche schon längst nicht mehr angesagt ist, wie er das nennt. Gern hätte Andreas mit seinem Sohn mal über ihr Selbstverständnis als Männer gesprochen, aber Jonas weicht ihm aus, gibt ihm bei jedem Gesprächsversuch zu verstehen, dass er von der heutigen Zeit einfach keine Ahnung habe. Andreas bedauert das: In Jonas’ Alter hätte er sich ein Gespräch mit seinem Vater gewünscht, und es hat nicht funktioniert; jetzt, wo er selbst Vater ist, entzieht sich der Sohn dem Gespräch.

„Was soll ich machen?“, fragt er noch einmal seine Frau.

„Nichts, es ist schon gut“, meint Heike. „Ich wollte einfach nur mal sagen, dass es alles sehr viel ist. Aber jetzt geht es erst einmal um deine Mutter. Wie geht sie denn mit der Situation um?“

Andreas setzt sich nachdenklich wieder hin. Heike ist gestresst, sie muss viel arbeiten, dann trägt sie auch noch die Hauptlast in der Familie. Und jetzt soll noch seine kranke Mutter zu ihnen ziehen? Geht das wirklich? Im Grunde nicht, denkt er frustriert.

„Ihr Gesundheitszustand schwankt sehr", sagt er schließlich. „Bei zwei Besuchen in den letzten Tagen war sie sehr klar und konnte sich gut mit mir unterhalten. Manchmal wirkt sie aber sehr schwach und sieht viel schlechter aus. Heute früh hatte sie ihr Gebiss nicht im Mund, und ihre Serviette war vollgekleckert. Es war ein trauriges Bild, weil sie doch ihr Leben lang so viel Wert auf ihr Äußeres gelegt hat. Eine Pflegerin hat mir erzählt, dass sie auf dem Weg zur Toilette gestürzt ist. Man kann sie also praktisch nicht mehr allein lassen. Außerdem ist sie todkrank, und wenn man dem Arzt glaubt, wird es ihr bald noch viel schlechter gehen. Darüber habe ich auch mit ihr gesprochen, aber sie tut so, als könne sie bald wieder in ihr Haus zurück. Heute früh hatte ich aber das erste Mal den Eindruck, dass sie langsam merkt, dass sie nicht mehr ohne Hilfe Dritter leben kann. Daraufhin verweigert sie sich. Vorhin hat sie ihr Mittagsessen einfach nicht angerührt."

„Was passiert denn jetzt, wo du weg bist, Papa? Ist denn jemand bei ihr in den nächsten Tagen?" Laura klingt besorgt, schaut dabei aber unbeeindruckt weiter auf den Bildschirm ihres Smartphones.

„Marianne wird sie besuchen. Und ich habe auch mit ihren Freundinnen Christa und Elfi telefoniert; sie wollen sich ebenfalls kümmern. Den Krankenschwestern habe ich auch gesagt, sie sollten nach Möglichkeit darauf achten, dass Elise nicht nur Essen hingestellt bekommt, sondern tatsächlich etwas isst. Am Mittwoch wird dann Eva für eine Weile nach Münster fahren. In den nächsten Tagen ist also für sie gesorgt. Aber danach wird es problematisch. Im Krankenhaus wird sie nicht mehr lange bleiben können."

Wieder dieses schlechte Gewissen gepaart mit Ratlosigkeit. Andreas würde gern mit den Fingern schnippen, und dann soll das Problem gelöst sein. Leider eine völlig realitätsferne Träumerei.

Er holt seine Tasche, weil er Heike und Laura Bilder aus Elises Kindheit zeigen möchte. Zusammen betrachten sie Fotos aus dem Garten in Jauer, die Elise mit ihren langen, geflochtenen Zöpfen, ihren Bruder Friedrich und auch Andreas' Großeltern zeigen. Sein Opa Erich mit der strengen Brille, dem weißen Hemd, der Krawatte und dem Anzug wirkt etwas deplatziert in dem Hof hinterm Haus. Er sah auch in der Freizeit so aus, als müsse er jeden Augenblick ins Gericht, denkt Andreas. Neben Erich steht Marta im Kittel. In der einen Hand hält sie ein Küchenmesser, in der anderen zeigt sie stolz einen frisch geernteten Salatkopf.

Auf einem anderen Bild ist Elise als junge Frau zu sehen. Mit ihren dunklen Augen schaut sie den Betrachter direkt an. Am Hals trägt sie eine Kette mit einem Medaillon. Auf dem Kopf hat sie eine Mütze, darauf ist das Abzeichen der Luftwaffenhelfer zu sehen.

Heute hat der Küchenchef der Bahnpolizei angekündigt, daß er sich selbständig machen wird. Er eröffnet ein Speiselokal und hat schon seine Familie aus Posen nach Jauer geholt. Mich will Herr Nowak mitnehmen. Ich soll überall helfen: im Lokal, im Haushalt, bei der Kinderbetreuung. In der Nacht habe ich kaum geschlafen, aber jetzt steht mein Entschluß: Ich gehe mit. Neben Herrn Nowak gibt es noch seine Frau und zwei Kinder, ein Mädchen, acht Jahre, und einen Jungen, drei Jahre alt. Die Eltern wollen das Lokal führen, die Kinder brauchen ein Kindermädchen. Ich glaube, das wird klappen! Mutti traut es mir auch zu und bestärkt mich in dem Entschluß, die Stelle anzutreten. So langsam habe ich das Gefühl, wir fassen hier weder Fuß. Es gibt zwar Vorbehalte gegen uns Deutsche, aber wenn wir hart arbeiten, wird das auch anerkannt. Vielleicht können wir ja beizeiten in unser Haus zurück. Wir stehen doch als Besitzer im Grundbuch. Das Dokument bewahrt Mutti in einem Versteck auf. (4. März 1946)

Das Radfahren hat er seit seiner Kindheit in Münster verinnerlicht. Auch in Bonn fährt er fast alle innerstädtischen Strecken auf zwei Rädern. Natürlich auch zur Arbeit, sein Büro erreicht er in wenigen Minuten. Vor dem Hauptgebäude des Deutschen Akademischen Austauschdienstes in der Kennedyallee schließt er sein Rad ab, geht nickend an der Pforte vorbei und zieht dabei seine Karte durch ein Zeiterfassungsgerät, das unbestechlich seine Überstunden dokumentiert.

Im ersten Stock betritt Andreas sein Büro – „Pressestelle DAAD" steht auf dem Schild neben der Tür. Seine Kollegin ist noch nicht da. Er schaltet den Computer an und registriert, dass er 28 ungeöffnete E-Mails hat. Er atmet laut aus. Erst einmal Kaffee kochen. Ein Kollege geht den Flur entland, er zieht gerade seine Kopfhörer aus dem iPod und verstaut sie in seiner Tasche, wortlos winken sie sich zu. Dabei füllt Andreas Wasser und Pulver in die Maschine. Während der Kaffee durchläuft, schaut er sich sein Postfach genauer an. Viele Mails sind Routine-Nachrichten, hausinterne Rundbriefe, Mitteilungen des Betriebsrates. Einige eher private Mails sind auch darunter – und zwei Nachrichten, die sich mit einem schwierigen aktuellen Projekt des DAAD beschäftigen, der Gründung der Türkisch-Deutschen Universität in Istanbul. Die eine Mail kommt von seiner Chefin Rita Schneider, die andere von Dilek Kardoglu, der Koordinatorin des Projekts. Frau Schneider bittet um ein Gespräch am Vormittag wegen einer Presseerklärung, die mit dem Bundesbildungsministerium abgestimmt werden muss. Und Dilek hat gleich die erforderlichen Informationen mit dem neuesten Stand geschickt.

Andreas schüttet sich einen Kaffee ein und schlägt seiner Chefin per Mail einen Termin um 10 Uhr vor. Er ist froh, dass sie von sich aus Gesprächsbedarf hat, dann kann er dabei gleich das Schicksal seiner Mutter ansprechen. Danach vertieft er sich in die Unterlagen zu dem Istanbuler Hochschulprojekt, das ihm zwar vertraut ist, das sich aber immer wieder verzögert und auch verändert, weil es sowohl auf türkischer als auch auf deutscher Seite manchmal schwer durchschaubare politische Interessen und Eitelkeiten gibt. Wie Dilek ihm mitteilt, gibt es aber einen Durchbruch: Im September werden 120 junge Männer und Frauen ihr Studium in zunächst drei Fächern – Jura, Wirtschaftswissenschaften und Mechatronik – aufnehmen. Das ist zwar eine schöne Information für die Presse, doch erfordert das Absprachen mit diversen Stellen. In Erwartung der ihm bevorstehenden zahllosen Telefonate stöhnt er laut auf, als gerade seine Kollegin Susanne zur Tür hereinkommt.

„Läuft mal wieder alles gegen uns, oder was ächzt du so?“, fragt sie und schleudert ihre Tasche auf den Schreibtisch. Sie nimmt sich einen Kaffee, wirft zwei Stücke Zucker in die Tasse und rührt laut um. „Wie war dein Wochenende?“

„Nicht besonders“, sagt Andreas. „Meine Mutter ist sehr krank, damit werde ich in den kommenden Wochen beschäftigt sein.“ Er berichtet kurz von seinem Krankenhausbesuch in Münster. Die Türkisch-Deutsche Universität erscheint ihm währenddessen sehr unwichtig.

Susanne sagt erst einmal nichts. Ungewöhnlich. Als typische Rheinländerin äußert sie eigentlich zu allem schnell eine Meinung. Und sei es nur irgendetwas Oberflächliches. Schließlich versucht sie ihm aber Mut zu machen, indem sie betont, dass sich bestimmt eine zufriedenstellende Lösung finden werde. Andreas berichtet, dass er in einer Stunde mit der Chefin über das Thema reden will: „Aber vorher müssen wir uns mal wieder mit der Türkisch-Deutschen Universität herumschlagen. Da steht eine Pressemitteilung an.“

Susanne verdreht die Augen. Auch sie ahnt wohl, was auf sie zukommen wird. Andreas nutzt die nächsten Minuten, um sich von Dilek, die ihr Büro einige Zimmer weiter hat, noch weiter briefen zu lassen. Als in Deutschland geborene Türkin hat sie pausenlos zwischen den Behörden der beiden Länder vermittelt, bis schließlich eine Einigung erzielt werden konnte. Trotzdem wirkt sie nicht besonders stolz über den Durchbruch: „Am Schluss haben sich die Türken inhaltlich weitgehend durchgesetzt. Die deutsche Seite hat alles nur noch abgenickt, den Politikern geht es nur noch darum, positiv mit dem Projekt in Verbindung gebracht zu werden. Was inhaltlich an der Hochschule passiert, ist ihnen leider ziemlich egal. Dabei wird da leider zunehmend Wissenschaft mit Religion vermischt, so wie inzwischen überall in der Türkei."

Andreas kennt ihre Klagen, er hat schon mehrmals mit seiner Kollegin darüber gesprochen. „Kommst du mit zu dem Termin bei der Chefin?", fragt er sie. Dilek verneint.

Andreas verlässt ihr Büro, als sein Handy vibriert. Eine SMS von Heike: „Lieb dich! Viel Glück heute." Danach folgt ein rotes Herz. Andreas antwortet kurz und verspricht, sich in der Mittagspause zu melden. Dann betritt er das Vorzimmer der DAAD-Präsidentin, wo ihre Sekretärin nur kurz anmerkt: „Frau Schneider wartet schon auf Sie." In ihrem großen Büro am Ende des Flures thront seine etwas mollige Chefin hinter einem überdimensionierten Schreibtisch. Ihre Frisur lässt sie unnötig älter erscheinen als sie ist, sie trägt eine zu große Brille mit viel zu breitem Rand und eine Bluse, die über dem Faltenrock ziemlich altmodisch aussieht. Sie ist vollkommen uneitel, was ihm wiederum ganz sympathisch ist.

„Guten Morgen, Herr Appelhoff. Gut, dass Sie da sind. Sie haben ja von Frau Kardoglu" – sie spricht den Namen immer noch falsch aus, weil sie trotz eines Ministerpräsidenten Erdogan nicht weiß, dass das g mit dem Häkchen im Türkischen nicht gesprochen wird – „erfahren, dass es in Istanbul ernst wird. Das Bundesministerium für Bildung und Forschung will die Information über die Studienanfänger morgen an die Presse geben. Es hat eine gemeinsame Erklärung von BMBF und DAAD angeregt, die wir erstellen sollen. Auch das Auswärtige Amt muss informiert werden und natürlich die türkischen Stellen. Sehen Sie zu, dass der Anteil des DAAD bei der Umsetzung der Türkisch-Deutschen Universität nicht zu kurz kommt. Auch wenn zu Beginn der Mitteilung die Ministerin zitiert wird, möchte ich natürlich auch erwähnt werden. Teilen Sie mir bitte bis heute Mittag mit, welche Sätze Sie für mich vorgesehen haben."

Sie besprechen noch eine Weile, welche Zielrichtung die Erklärung haben sollte, als Frau Schneider auf die Uhr schaut.

„Ich muss noch etwas anderes mit Ihnen besprechen, Frau Schneider.“ Sie sieht ihn überrascht an.

„Meine Mutter, die in Münster lebt, ist schwerkrank und braucht meine Hilfe. Ich muss für sie die notwendige Pflege organisieren oder sie nach Bonn holen. Ich wollte fragen, ob es möglich ist, dass ich in den nächsten Tagen und Wochen kürzer treten kann, um diese Dinge zu regeln.“

Rita Schneider fragt nach, mit welchen unaufschiebbaren Projekten die Pressestelle gerade befasst sei. Andreas verweist darauf, dass das Treffen der Auslandsschulen noch ausgewertet werden müsse. Auch solle die Studie über die afrikanischen Absolventen des Erasmus-Programms vorgestellt werden. Ansonsten sei zur Eröffnung der Türkisch-Deutschen Universität in den kommenden Wochen bestimmt eine Presseveranstaltung in Istanbul zu organisieren.

Seine Vorgesetzte überlegt. „Der Zeitpunkt ist natürlich ziemlich unpassend“, sagt sie. Begeisterung sieht anders aus, denkt Andreas. Frau Schneider versucht auch gar nicht erst, sich zu verstellen und fährt fort: „Natürlich sollen Sie Ihre privaten Dinge regeln können und sich dafür die erforderliche Zeit nehmen. Aber genauso wichtig ist, dass die Arbeit des DAAD nicht darunter leidet. Also überlegen Sie sich bitte recht bald, was Sie genau möchten: Wollen Sie für kurze Zeit ganz aussetzen oder lieber für ein paar Wochen oder Monate Ihre Stundenzahl reduzieren? Einen langen Schwebezustand können wir uns nicht erlauben. Wir müssen gegebenenfalls versuchen, für die Zeit einen Ersatz zu finden. Und wenn, dann müssen wir rechtzeitig mit der Personalabteilung sprechen, also möglichst bald.“

Andreas denkt, dass seine Chefin auch einfühlsamere Worte hätte finden können, aber er weiß damit umzugehen: „Das ist schon klar. Wie ich es genau regeln werde, kläre ich hoffentlich in den nächsten Tagen. Aber wir bekommen bald einen neuen Praktikanten; der macht auf mich einen sehr guten Eindruck. Ich denke, er kann zusammen mit Susanne das Alltagsgeschäft erledigen. Und mich kann man jederzeit anrufen, ich bin ja nicht aus der Welt."

„Gut. Das ist schon mal ein Ansatz. Besprechen Sie das recht bald mit den beiden. Aber kümmern Sie sich bitte zuerst um die Pressemitteilung, die Ministerin will heute schon etwas sehen."

„Ja, natürlich. Ich mache einen Entwurf und stimme ihn mit den anderen Stellen ab."

„Und vergessen Sie Herrn Mierscheidt nicht. Als Präsident des Konsortiums möchte er nicht aus der Presse von den Fortschritten erfahren."

„Na, klar. Ich weiß, wie das Geschäft läuft", lächelt Andreas etwas gequält und verlässt das Büro der Präsidentin. Rita Schneider telefoniert schon wieder.

Eine Stunde später hat Andreas einen groben Entwurf für die Pressemitteilung fertig und greift zum Telefon. Die Absprache mit der Pressestelle des Bildungsministeriums ist unkompliziert, denn Andreas stimmt mit seinem dortigen Kollegen, mit dem er ohnehin gut klar kommt, überein, dass Ministerin Johanna Wanka zuerst zitiert werden sollte. Inhaltlich gibt es auch keine Bedenken. Die kulturübergreifende Zusammenarbeit am Bosporus soll besonders hervorgehoben werden und das Ziel, in Istanbul die größte deutsche Auslandsuniversität aufzubauen. Auch mit Frau Schneider verständigt sich Andreas zügig über eine prägnante Aussage für die Presseerklärung.

Anschließend nimmt er Kontakt zum Auswärtigen Amt auf und berichtet einer Mitarbeiterin von Norbert Mierscheidt, einem ehemaligen Landesbildungsminister, dass für morgen eine Mitteilung an die Presse vorgesehen ist, die er dem Konsortiumspräsidenten natürlich vorab zukommen lassen werde. Dilek Kardoglu informiert das türkische Bildungsministerium in Ankara und den Rektor der Universität in Istanbul.

Während der kurzen Mittagspause ruft Andreas von seinem Mobiltelefon aus zu Hause an und berichtet Heike, dass seine Chefin halbwegs Verständnis für seine Situation gezeigt habe, Konkretes aber offen geblieben ist. Gerade will er ihr das Gespräch schildern, als sein Telefon klingelt und das Display als Anrufer Norbert Mierscheidt ausweist. Er unterbricht das Gespräch mit seiner Frau und nimmt den Anruf des SPD-Politikers entgegen. Mierscheidt legt Wert darauf, dass er in der Presseerklärung zitiert wird – „und zwar direkt nach der Bildungsministerin, schließlich habe ich die ganze Koordination mit den beteiligten deutschen Universitäten übernommen". Andreas weiß, dass das nicht stimmt, verspricht aber, den Wunsch umzusetzen.

Auch das Auswärtige Amt lässt nicht lange auf sich warten, es schickt eine Stellungnahme von Minister Guido Westerwelle, die in die Erklärung eingebaut werden soll. Andreas schüttelt genervt den Kopf, doch damit war zu rechnen. Die türkische Regierung will ebenfalls eine Pressemitteilung herausgeben, berichtet Dilek, sieht aber keine Notwendigkeit, Inhalte mit der deutschen Seite abzusprechen. Und der türkische Rektor der Universität möchte natürlich seine Vorfreude auf die ersten Studenten ebenfalls berücksichtigt wissen, und das auch in der deutschen Fassung.

Nach langwierigen Verhandlungen steht gegen 18 Uhr ein Text, mit dem alle Beteiligten leben können. Nach Ministerin Wanka von der CDU kommen auch noch ihr FDP-Kollege Westerwelle, Rektor Özkara, Konsortiumspräsident Mierscheidt und DAAD-Präsidentin Schneider zu Wort. Der Text ist zwar durch die vielen Aussagen völlig überfrachtet, aber Andreas hat sich damit abgefunden, dass es hier nicht mehr um die beste Informationsvermittlung geht, sondern vor allem darum, alle Beteiligten und ihre Eitelkeiten abzubilden.

Er setzt sich hin und reibt sich die Augen. Es ist schon verrückt. Er staunt über sich selbst. Darüber, mit welcher Disziplin und Professionalität er trotz der schwierigen Situation mit seiner Mutter im Job funktioniert. Das Arbeitsethos. Er hat es verinnerlicht und könnte es wahrscheinlich nicht einmal ablegen, wenn er es wollte. Heike sagt immer, er habe viel Preußisches von Elise geerbt, die schließlich auch in allen erdenklichen Lebenslagen immer weitergemacht und ihre negativen Gefühle und Gedanken verdrängt habe. Ihre zahlreichen Schicksalsschläge im Leben hat sie alle irgendwie überstanden, nie ist sie – zumindest nach außen – in ein Loch gefallen oder zusammengebrochen. Sie hat einfach immer weitergemacht.

Und er kann das auch, da hat Heike recht. Ihm wäre es nicht möglich, seine Arbeit einfach liegenzulassen, nur weil gerade eine Krise über ihn hereinbricht. Er selbst fühlt sich allerdings eher an seinen Großvater Erich erinnert, der für seine Arbeitsdisziplin bekannt war und dessen Leitspruch lautete: „Wenn man sich anstrengt, kann man alles schaffen – auch an schlechten Tagen." Bei dem Gedanken an die Ähnlichkeit erschrickt Andreas etwas. Genauso, wenn er manchmal im Spiegel in seinen Gesichtszügen einen jüngeren Erich zu erkennen glaubt. Sein dunkles Haar wird an den Schläfen langsam grauer. Es gibt ein Foto von seinem Großvater als 50-Jährigem, da sieht dessen Haaransatz fast genauso aus wie seiner heute. Allerdings hatte Erich die Haare immer ordentlich gekämmt, während er selbst seine kurzen Haare mit etwas Gel aufrichtet. Einen Kamm haben sie schon seit Jahren nicht mehr gesehen.

Während er in Gedanken bei seinem Großvater ist, speichert er den fertigen Text der Pressemitteilung endgültig ab. Seine Kollegin Susanne ist schon vor einer Stunde gegangen, sie wird die Erklärung morgen früh verschicken und auch die Facebook- und Twitter-Accounts des DAAD bedienen. Als Andreas seinen Rechner herunterfährt, vibriert sein Handy. Auf dem Display erkennt er die Nummer der Petrusklinik in Münster. Sofort holt ihn das Schicksal seiner Mutter wieder ein.

„Appelhoff", meldet er sich.

„Guten Abend, Herr Appelhoff. Hier ist Professor Michels. Ich wollte mit Ihnen noch einmal über Ihre Mutter sprechen."

Der Chefarzt. Andreas spürt, wie ihm der Schweiß ausbricht. Er lässt sich auf seinen Bürostuhl fallen und merkt, als er zufällig aus dem Fenster schaut, zum ersten Mal, wie schön das Wetter ist, dass die Abendsonne scheint und der Himmel tiefblau ist.

„Keine Sorge, es gibt keine schlechten Nachrichten. Der Zustand Ihrer Mutter ist unverändert, auch wenn sie mal klarer und mal schwächer ist. Genau das ist es, worüber ich mit Ihnen sprechen möchte. Wir können hier medizinisch nichts mehr für sie tun. Haben Sie schon überlegt, wo Ihre Mutter in den nächsten Wochen wohnen soll?"

„Ich denke an fast nichts anderes mehr, das können Sie mir glauben. Ich habe mir alle möglichen Heime angesehen, aber das möchte ich meiner Mutter nicht zumuten. Meine Frau und ich haben deshalb überlegt, sie nach Bonn zu holen." Während er das sagt, überkommen ihn sofort die Zweifel, ob er das seiner Familie wirklich zumuten kann.

Für kurze Zeit ist Stille auf der anderen Seite der Leitung. Dann sagt Michels zögerlich: „Ihr Engagement in allen Ehren, Herr Appelhoff, aber ich halte das für unrealistisch. In ihrer gegenwärtigen Verfassung ist Ihre Mutter nicht über eine so lange Strecke transportfähig, nicht einmal im Krankenwagen. Und so krank wie Ihre Mutter ist, sage ich ganz offen: Es ist keine Besserung in Sicht."

„Sie meinen also, ich werde sie nicht nach Bonn holen können?"

„Nein, weder morgen noch nächste Woche noch nächsten Monat. Ganz bestimmt nicht. Ihre Mutter kann nicht mehr in eine andere Stadt umziehen. Sie ist viel zu schwach. Sie hat Krebs im fortgeschrittenen Stadium und isst kaum noch etwas. Ich habe fast das Gefühl, als wolle sie nicht mehr. Sie müssen eine Lösung in Münster suchen, einen Platz im Heim oder im Hospiz. Es tut mir leid, aber wir sollten es realistisch betrachten."

„Ich habe sie in einem Heim und auch im Hospiz Sonnenhaus angemeldet. Aber es gibt überall lange Wartelisten. Und ehrlich gesagt habe ich das Gefühl, sie gehört noch nicht in ein Hospiz."

„Ich verstehe, dass Sie das so sehen wollen. Aber als Mediziner sage ich Ihnen: Wenn Ihre Mutter weiter so wenig isst, wird sie nicht mehr lange durchhalten. Sie ist schon jetzt sehr kraftlos und viel zu dünn."

Michels' Worte treffen ihn schon die ganze Zeit wie Schläge mitten ins Gesicht.

„Aber ich kann nicht von heute auf morgen einen Platz finden, der ihr und mir passend erscheint."

„Das müssen Sie auch nicht", sagt Michels. „Wir entlassen Ihre Mutter ja nicht einfach so, sondern nur, wenn Sie eine Lösung gefunden haben, wo sie anschließend untergebracht ist. Aber sie sollten mit ihrer Mutter klären, wie diese Lösung aussieht."

Nachdenklich legt Andreas den Hörer auf die Gabel. Eine Entscheidung steht an. Möglichst umgehend.

Kapitel 23

1944

Jetzt also Ungarn. Wieder mal so ein Schnelltransport, weil sein Bataillon jetzt an mehreren Orten dringend gebraucht wird. Seine Panzerjäger-Einheit soll helfen, die Ungarn wieder auf Linie zu bringen. Kameraden von ihm bleiben an der Ostfront, andere sind schon länger in Italien.

Denn als gebe es nicht genug Probleme an der Front, fangen jetzt auch noch die Verbündeten an, Schwierigkeiten zu machen. Italien zum Beispiel mit seinem Waffenstillstand mit dem Feind im letzten Herbst. Und jetzt droht Ungarn dasselbe zu tun. Da müssen die Deutschen eingreifen. Davon ist Friedrich überzeugt, genauso wie seine Vorgesetzten.

Ein SS-Gruppenführer und Generalleutnant hat sie mit einer längeren Ansprache auf ihre Aufgabe vorbereitet. Ziel sei es, Budapest wieder fest an die Seite des Deutschen Reiches zu bringen, notfalls mit einer neuen politischen Führung, die wieder ohne jeden Zweifel an der Seite Berlins steht. Für die Mutlosigkeit im Land sei in erster Linie das ungarische Judentum verantwortlich. „Das Deutsche Reich hat die zwingende Aufgabe, das Problem der Juden anzupacken und einer Bereinigung zuzuführen", erklärte der Generalleutnant. Wenig später war er mit seinem Wagen wieder verschwunden.

Es ist Mitte März, und Friedrich ist froh, dass es in Ungarn nicht so kalt ist wie in der Ukraine, wo er zuletzt gekämpft hat. Nicht nur das: Auch der Frontverlauf im Osten ist nicht besonders erfreulich. Seine Einheit musste sich in den letzten Wochen immer weiter zurückziehen, wenn auch aus taktischen Gründen, wie seine Vorgesetzten erklärten. Nicht alle seiner Kameraden glaubten das, erstmals hatte er Risse bemerkt, die quer durch das ganze Bataillon gingen. Deutliche Risse. Bis hin zu Bemerkungen nach einigen Gläsern Bier, dass man den Krieg schon verloren habe. Da war er eingeschritten und hatte seinen Kameraden Feigheit vorgeworfen. Ob sie denn den alten Offiziersspruch vergessen hätten: ‚Ein Soldat harrt dort aus, wohin ihn die Pflicht stellt.' Gerade jetzt werde ihr voller Einsatz gebraucht, um die bevorstehende Offensive zur Rückgewinnung verlorener Gebiete erfolgreich zu gestalten. Als SS-Männer hätten sie schließlich einen Eid auf Adolf Hitler geschworen und dem Führer unbedingten Gehorsam versprochen. Einige hatten ihn nur verächtlich angesehen.

Auch Friedrich hätte jeden Grund zu zweifeln: Er hat bei den Kämpfen zuletzt viele Kameraden verloren und beerdigt, er kann die Zahl derjenigen, die verwundet oder nach Nervenzusammenbrüchen in Lazarette kamen oder in die Heimat gebracht wurden, nicht mehr nennen. Ebenso die vielen Kameraden, die gefangen genommen wurden und vermutlich längst irgendwo in Russland gelandet sind. Auch er selbst hat dem Tod mehrfach in die Augen gesehen. Wie viele Russen er getötet hat, weiß er nicht. Befehle hat er ausgeführt, er hat als Richtschütze Feindesstellungen ins Visier genommen und gefeuert, wenn es ihm aufgetragen wurde.

Die Stimmung wird seit Monaten schlechter. Mit vielen seiner Kameraden wechselt er kaum noch ein Wort. Nichts ist mehr zu spüren von der engen Verbindung zwischen ihnen. Inzwischen geht es nur noch um das eigene Überleben. Und der Rückzug ist schwierig: Panzer und Lastwagen bleiben tagsüber im aufgeweichten Boden stecken, nachts frieren sie in der Erde fest. Die russischen Panzer kommen auf dem Gelände besser zurecht. Der Optimismus ist bei vielen verflogen.

Wie anders war die Stimmung noch in seinen ersten Einsatztagen. Der Zusammenhalt mit Kartenspiel und Bier. Die Gespräche über die Mädchen, die zu Hause warten. Zerknitterte Fotos von kleinen Kindern, die ihre Väter seit Monaten nicht mehr gesehen haben. Das Überbrücken der oft langen Wartezeiten bis zu einem Einsatz. Das tagelange Warten war oft das Schlimmste. Dazu die Ausbreitung von Schmutz und Ungeziefer, lange Märsche, der unendlich trostlose Wachdienst. Und trotzdem haben sie immer zusammengehalten, sind kameradschaftlich für den anderen eingestanden.

Das alles hat sich verändert. Nur mit Günther ist es die ganze Zeit gleich geblieben. In ihm hat er einen echten Freund gefunden.

Verschmutzt wie er ist, blickt Friedrich seine Uniform an. Die Hose könnte vor Dreck stehen. Der Schriftzug „Gott mit uns" auf der Gürtelschnalle, der früher so schön glänzte, ist kaum noch zu lesen.

Doch mögliche Zweifel schüttelt er ab. Vielleicht wird es in Ungarn ja wieder besser, denkt er.

Drei Tage nach seiner Verlegung beginnt der Einmarsch zusammen mit Einheiten der Wehrmacht. Operation Margarethe. Es gibt kaum Gegenwehr der Ungarn, vielerorts werden die Deutschen als Verbündete mit Blumen begrüßt. So auch in Budapest. Es scheint ein entspannter Einsatz zu werden. Die Befehlshaber haben wohl auch mit mehr Widerstand gerechnet. Doch im letzten Moment hat sich die ungarische Führung eines Besseren besonnen.

In den nächsten Tagen gelingt es den deutschen Sicherheitsbehörden, mehrere tausend feindliche Elemente zu ergreifen. Alle sind eben doch nicht von der jüngsten Entwicklung überzeugt. Widerstand und Sabotage drohen.

Das zeigt schon ein Blick ins Budapester Telefonbuch. Ein SS-Oberführer hat schnell 200 besonders gefährliche Juden ausgemacht, die umgehend verhaftet werden. In den nächsten Tagen kommen nach Razzien immer mehr dazu. Es sind so viele, dass auch Friedrich und seine Kameraden helfen, die Juden von den übrigen Ungarn zu trennen. Die Juden sollen schon bald in Lager weiter im Osten gebracht werden. Das ist schon richtig so, man muss sie von den anderen Ungarn trennen, damit sie nicht den ganzen Volkskörper verseuchen, denkt Friedrich. Immer wieder haben die Vorgesetzten ihnen eindringlich vor Augen geführt, wie wichtig das ist.

Dann ein schlimmer Zwischenfall. Vier SS-Kameraden – Friedrich kennt sie alle persönlich – werden bei einer Kundschaftsfahrt in der Nähe von Budapest mit Gegenständen beworfen. Als die Männer aussteigen, werden sie beschimpft und bespuckt. Plötzlich Schüsse. Ein SS-Sturmmann sackt tot zusammen, ein anderer wird verletzt. Die beiden anderen Deutschen können noch so gerade mit dem Verwundeten entkommen.

Wenige Stunden später ist deutsches Militär unterwegs in das Dorf. Friedrich ist auch eingeteilt worden. Die Stimmung ist aufgeheizt. Etwas Angst und Schrecken verbreiten, damit es nicht noch mehr solche Vorfälle gibt, hat der Einsatzleiter gesagt.

Mit Panzern und Kettenfahrzeugen, einigen Lastwagen und zahlreichen Motorrädern erreichen sie das Dorf. Gespenstische Ruhe. Verdächtig. Es riecht nach Hinterhalt. Umringt von mehreren schwer bewaffneten Soldaten springt der Kommandant auf die Straße und befiehlt die Durchsuchung aller Häuser. Etwa 30 dürften es sein.

Die Soldaten teilen sich auf. Zusammen mit drei Kameraden geht Friedrich auf ein Haus zu. Hochkonzentriert und wachsam. Bloß keinen Leichtsinn jetzt. Die Feinde haben bewiesen, dass ihnen alles zuzutrauen ist.

„Passt auf, die Schweine können sofort schießen", sagt Günther neben ihm. Sie kennen sich seit ihrem ersten gemeinsamen Einsatz in der Ukraine. Doch das Haus ist leer. Viele Dorfbewohner sind wohl aus Angst geflüchtet.

Weiter zum nächsten Haus. Dort finden sie eine alte Frau in einer ärmlichen Jacke auf dem Boden sitzend. Ein Kleinkind auf dem Arm. Günther schreit: „Wo sind die Männer?" Die Frau schüttelt den Kopf. „Los, sag schon!" Günther stößt der Frau rabiat das Gewehr in die Seite. Sie stöhnt auf, sagt aber nichts, sondern macht lediglich eine abwehrende Bewegung. Aus dem Hinterzimmer kommen drei weitere Personen mit erhobenen

Händen, zwei alte Männer und eine weitere Frau, wohl die Mutter des Kindes. Sie zittert und sagt etwas auf Ungarisch, was sie nicht verstehen.

„Wer hat heute früh gesehen, wie hier im Dorf unser Kamerad erschossen wurde?“ Günther führt das Wort. Keine Antwort. Friedrich spürt, wie immer mehr Wut in ihm hochsteigt.

Günther schickt die beiden anderen Soldaten in das Hinterzimmer, um sicherzustellen, dass keine weiteren Personen im Haus sind. Nebenan geht ein Haus in Flammen auf. Aus den Augenwinkeln erkennt Friedrich, dass einige Bewohner auf dem Dorfplatz zusammengetrieben werden.

Günther und Friedrich sehen sich an. „Können wir das durchgehen lassen, dass sie unseren Kameraden Kurt ermordet haben?“

Friedrich kann kaum noch sprechen vor Anspannung. Kurt wurde einfach so abgeknallt ohne jeden Grund. Was bilden sich die Ungarn ein? Die sind ja genauso schlimm wie die Russen. Strafe muss sein. Empörung und Erregung kochen in seinem Körper.

Sein Blick trifft auf Günther. Sie nicken sich kurz zu. Das gleiche Vorgehen wie in der Ukraine also.

Günther erschießt die beiden Männer ohne jede Vorwarnung. Friedrich richtet seine Waffe auf die Frauen und drückt ab. Erst die jüngere, dann die Alte. Sie haben schließlich die Schweine unterstützt, die Kurt erschossen haben. Sie verstehen nur diese Sprache. Und für jeden getöteten SS-Mann sollen mindestens fünf Feinde sterben. Eine Art Ehrenkodex. Fünf. Friedrich setzt die Waffe an den Kopf des wie am Spieß brüllenden Kleinkindes und drückt ein weiteres Mal ab.

Es geht blitzschnell. Als die Kameraden mit erhobener Waffe aus dem Hinterzimmer hervorstürzen, um nachzuschauen, was los ist, sind die fünf Ungarn schon tot.

„Sie haben uns bedroht“, sagt Günther. „Uns blieb nichts anderes übrig. Außerdem haben sie Kurt auf dem Gewissen.“

Kapitel 24

1982

Der Blick auf die kleine Pflanze im Garten, die mal ein großer Baum werden soll, lässt Elise etwas sentimental werden, obwohl sie sonst stets um Selbstkontrolle bemüht ist. Sie ist vor dem Beet stehengeblieben, auf dem ein Ahornbäumchen sprießt. Der Stamm ist noch winzig, die Blätter sind zart, gerade einmal seit vier Jahren wächst die Pflanze hier.

In Gedanken sieht sie sich auf dem Park neben der Friedenskirche in Jauer, wo sie spontan die Idee hatte. In ein kleines Tütchen packte sie damals zwei vorsichtig ausgegrabene etwa 20 Zentimeter große Ableger und mehrere Früchte eines Ahornbaums mit den typischen Flügeln, um später in ihrem Garten in Münster einen echten Ahorn aus Jauer großzuziehen. Der Ahorn, polnisch Jawor, hat der Stadt Jauer schließlich ihren Namen gegeben. Elise weiß, dass die Piasten, eine polnische Herrscherdynastie, seinerzeit der Siedlung ihren Namen gaben. Ein Schloss der Piasten aus dem 13. Jahrhundert zeugt bis heute von der slawischen Geschichte der Stadt, der bis in die Gegenwart eine böhmische, habsburgische, preußische, deutsche und polnische folgte.

Sie betrachtet die kleinen Blätter, die bereits die zackige Form des Ahorns haben, und ist zufrieden. Aus dem kräftigeren der beiden Ableger, die sie vor vier Jahren aus Schlesien mitgenommen hat, ist ein Baum gesprossen, nur er überstand die lange Fahrt von Polen nach Münster schadlos. Immer wieder befeuchtete Elise unterwegs das Taschentuch, das sie schützend um die Wurzeln gelegt hatte. Voller Glück beobachtete sie genau, wie das kleine Stöckchen im ersten Frühjahr nach der Rückkehr aus Jauer ausschlug und neues Grün entstand. Jetzt hat sie also einen Ahornbaum im Garten, so wie früher in ihrem Elternhaus in der

Humboldtstraße. Mit der Gießkanne macht sie die Erde rund um das Bäumchen feucht.

Zurück im Haus schaut sie auf die Uhr und stellt fest, dass sie noch etwas Zeit hat. Die Einkäufe sind erledigt, und mit dem Kochen kann sie noch etwas warten, denn Theo und Andreas erwartet sie nicht vor halb zwei aus der Schule zurück. Sie schüttet etwas Rhabarbersirup ins Glas, füllt es mit Wasser auf und setzt sich an den Küchentisch, auf dem die aktuelle „Zeit" liegt, die Theo neuerdings abonniert hat. Eher gelangweilt blättert sie die Seiten durch, bis sie auf einen Artikel stößt, der mit „Diagnose Lungenentzündung" überschrieben ist. Die alten Fotos lassen sie eine Weile auf der Seite ausharren, schließlich beginnt sie zu lesen und kann schon bald nicht mehr aufhören.

In dem Text geht um die sogenannte Kindereuthanasie im Nationalsozialismus, die Fotos zeigen einige der Einrichtungen, in denen die Nazis behinderte Kinder töteten – in Bayern, in Hessen, in Sachsen und in Schlesien. Elise liest aufmerksam über das ausführlich nachgezeichnete Schicksal eines achtjährigen Jungen, der über mehrere Umwege nach Hadamar bei Limburg gebracht wurde und dort vergiftet und später mit Injektionen ermordet wurde. Mindestens 5.000 Minderjährige sind dem Bericht zufolge in solchen Kinderfachabteilungen getötet worden, die meist an Heilanstalten, Kinderkrankenhäusern oder Universitätskliniken angesiedelt waren. Den Angehörigen wurde mitgeteilt, dass ihre Kinder an Lungenentzündung gestorben seien.

Elises Herz schlägt laut. Unglaubliche Gedanken füllen ihren Kopf. Vor ihrem Auge tauchen Bilder aus der Jugend auf. Karl. Sie sieht ihren kleinen Bruder vor sich, wie er hilflos in seinem Bettchen im Wohnzimmer des Hauses in Jauer liegt. Lungenentzündung. Auch Karl ist der offiziellen Diagnose zufolge an „Lungenentzündung" gestorben, daran kann sie sich erinnern. Sie stützt den Kopf auf ihre Hände. Sollte also auch Karl Opfer des nationalsozialistischen Euthanasie-Programms geworden sein? Hieß es damals nicht, ihm sollte in der Heilanstalt besondere Pflege zuteil werden? Das hatten ihre Eltern damals doch als Erklärung angeführt, als Karl plötzlich aus der Familie verlegt wurde. Sie kann sich auch nicht erinnern, dass die Eltern nach dem Krieg jemals Zweifel an dieser Version geäußert hätten.

Sie liest weiter und erfährt, dass viele der früheren Verantwortlichen aus Regierung und Verwaltung sowie die allermeisten Euthanasieärzte nie für ihre Verbrechen zur Rechenschaft gezogen wurden. Im Gegenteil: So mancher konnte mit Hilfe seiner Menschenversuche aus der Nazi-Zeit und mit Hilfe von Forschungen an Gehirnen, die Menschen mit Behinderung um 1940 entnommen wurden, in der Bundesrepublik Karriere an Universitäten oder wissenschaftlichen Forschungseinrichtungen machen. Das ganze Thema sei in der Bundesrepublik bislang tabuisiert und unter den Teppich gekehrt worden. Elise schlägt erschüttert die Zeitung zu. Sie ist blass geworden.

Ein neuerlicher Blick auf die Uhr bringt sie umgehend dazu, in die Küche zu gehen. Zeit zu kochen. Theo wird in etwa 40 Minuten mit dem Fahrrad aus der Schule kommen, kurz danach ist auch Andreas zu erwarten, der in wenigen Wochen seine Abiturprüfungen ablegen wird. Elise schält Kartoffeln und stellt sie auf den Herd, dann holt sie den Rotbarsch aus dem Kühlschrank, beträufelt die Filets mit etwas Zitrone, zieht sie durch Eigelb und wälzt sie dann auf beiden Seiten durch das auf einen Teller geschüttete Paniermehl. Bevor sie mit dem Braten des Fisches beginnt, bereitet sie noch etwas Salat zu und deckt den Tisch. Das Tischtuch ist frisch gebügelt, neben die Teller kommen Stoffservietten, die mit farbigen Ringen für die jeweiligen Benutzer markiert sind.

Als sie hört, wie jemand das Gartentor öffnet, hebt sie die Rotbarschfilets in die Pfanne mit der erhitzten Margarine – Butter wäre zu kostbar gewesen. Aus dem Küchenfenster sieht sie, wie Theo sein Rad in den Schuppen schiebt.

„Das Essen ist in fünf Minuten fertig“, sagt sie zu ihrem Mann, der sie zur Begrüßung flüchtig küsst.

„Es riecht schon sehr gut“, antwortet Theo, doch es klingt eher nach Gewohnheit als dass er wirklich auf den Essensduft geachtet hätte. Dann verschwindet er im Arbeitszimmer hinter dem Wohnzimmer, um seine Aktentasche abzustellen. Kurz darauf taucht auch Andreas auf, er fährt mit dem Rad bis in den Schuppen hinein und steht wenig später in der Küche.

„Wasch dir schnell die Hände, dann können wir gleich essen“, fordert Elise ihn auf.

„Schon wieder Rotbarsch“, nörgelt er. „Ja, ja, ich weiß, es ist Freitag, da gibt es Fisch“. Die Augen verdrehend fährt er sich mit beiden Händen durch die schulterlangen dunkelbraunen Haare, geht zur Garderobe und hängt seinen Anorak auf. Danach begibt er sich ins Badezimmer. Wenig später sitzen sie zu dritt am Tisch. Während des Essens wird nicht viel gesprochen. Elise kennt das so aus ihrem Elternhaus, Theo ist offenbar – wie er sagen würde – noch „geschlaucht“ von der Schule, und Andreas wirkt so, als wisse er nicht, was er mit seinen Eltern bereden sollte. Der Junge ist schweigsam geworden, denkt sie.

Es läßt sich alles ganz gut an, aber es ist viel anstrengender als ich gedacht habe. Morgens stehe ich als erste auf, abends gehe ich als letzte ins Bett. Aber es bereitet mir Freude, denn ich lerne viel über das Kochen und über Haushaltsführung. Wenn ich nicht weiter weiß, hilft Mutti mir. Wie dumm ich manchmal bin! Aber geduldig beantwortet mir Mutti jede Frage zu Rezepten oder Tricks beim Bügeln.

Die Nowaks sind wirklich nett. Es ist rührend, wie die Eltern mich in alle Arbeiten einführen. Und die Kinder lieben mich. Der kleine Lech klammert sich an mir fest und will von morgens bis abends schmusen. Er versteht gar nicht, daß ich manchmal auch einkaufen oder in der Gaststätte helfen muß. Ich kann inzwischen schon fast fließend polnisch. Wenn ich zurückblicke auf die letzten drei Jahre, mag ich kaum glauben, was alles passiert ist. Doch wie gern würde ich wieder studieren! Ich könnte schon im siebten Semester sein, wenn die Zeiten normal wären. Doch die Universität in Breslau ist heute eine polnische Hochschule. Ein Drama! (10. März 1946)

Seine Schwester ist vor vier Jahren aus der Enge ausgebrochen, die sie nicht mehr ausgehalten hat, wie sie ihm erklärte. Mit der Zeit hat er begriffen, was Eva damit gemeint haben dürfte. Dieses verklinkerte Einfamilienhaus verspricht keine Spannung, keine Überraschungen, versprüht kein bisschen Erotik. Das Leben seiner Eltern ist vollkommen festgelegt, es geht fast immer nur um Sicherheit und Bewahrung des Erreichten, es gibt keinen Platz für Spontanes. Sie leben nach starren und völlig überholten Regeln, wie der täglichen Mittagsruhe von ein bis drei Uhr. Sie erwarten – vergeblich natürlich – Tischmanieren, die ihn ans 19. Jahrhundert erinnern und hielten am liebsten am Tischgebet fest, haben es erst aufgegeben, als die Kinder schon lange nicht mehr mitmachten. Sie glauben, dass Kinder ihre Eltern nicht belügen dürfen und mussten bei Eva schmerzlich erfahren, dass sich die Zeiten verändert haben und ihre alten Werte unwichtig geworden sind. Trotzdem halten sie zwanghaft daran fest. Politisch sind sie ihm ohnehin viel zu konservativ. Konflikte lösen sie nicht über Gespräche, sondern lassen einfach Gras über jeden Streit wachsen. Andreas findet diese Verlogenheit erstickend. Die Eltern sind keine Gesprächspartner für ihn, die hat er sich in den vergangenen Jahren woanders gesucht und zum Glück auch gefunden. Erleichtert denkt er an seine Freunde, mit denen er lange und offen diskutieren kann, auch über Dinge, die er bei seinen Eltern niemals ansprechen könnte: Politik natürlich, aber auch unsichere Gefühle, Liebe zum Beispiel. Oder die Frage, was es heißt, frei zu sein.

Während für ihn die fehlende Kommunikation im Elternhaus so sichtbar wie nie zuvor wird, isst er stumm den Nachtisch – grünen Wackelpudding mit Vanillesauce – und geht danach wortlos nach oben in sein Zimmer. Als erstes wirft er dort wie immer den Plattenspieler an. Talking Heads. Ein Poster seiner Lieblingsband hängt über der Anlage.

Als er die Platte umdrehen will, hört er unten seine Eltern aufgeregt miteinander sprechen. Neugierig öffnet er die Tür und lauscht. Seine Mutter erzählt seinem Vater etwas von einem Zeitungsartikel über die von den Nazis getöteten Behinderten. Andreas wundert sich, denn sonst ist die NS-Zeit nie Thema zu Hause. Er meint zu verstehen, dass seine Mutter von ihrem Bruder erzählt, der nur fünf Jahre alt wurde. Theo erwidert, dass man heute die genauen Abläufe der damaligen Ereignisse wohl nicht mehr genau rekonstruieren könne. Dann erwähnt er den „Löwen von Münster", wie der damalige Bischof von Münster, Graf Kardinal von Galen, heute genannt wird, weil er von der Kanzel aus die Tötung von behinderten Menschen durch die Nazis angegangen war. Andreas ist neugierig geworden und geht runter.

„Wovon sprecht ihr?", fragt er, als er unten ankommt. „Was ist mit deinem Bruder?" Andreas weiß nicht viel über den behinderten Bruder der Mutter, außer, dass er Karl hieß und sehr früh gestorben ist.

„Nichts, nur ein Zeitungsartikel hat mich wieder an alles erinnert." Sie erzählt.

Andreas nimmt die „Zeit" und vertieft sich in den Text. Die geschilderten Schicksale der Kinder schockieren ihn. „Diese Schweine", murmelt er.

„Wir können froh sein, dass diese Zeit hinter uns liegt", sagt sein Vater.

„Damit hast du wohl Recht. Und genau weil ich Faschismus und Krieg nicht erleben will, verweigere ich ja auch den Kriegsdienst."

Andreas sieht, dass seine Mutter kurz und fast unmerklich zusammenzuckt, denn er spricht einen konfliktträchtigen Punkt an. Seine Entscheidung, lieber Zivildienst zu leisten als zur Bundeswehr zu gehen, stößt beim Vater auf Missfallen, und jede Diskussion darüber droht zu einer Eskalation zu führen. Während sie wahrscheinlich noch fieberhaft überlegt, wie sie ablenken kann, um den Familienfrieden zu retten, steigt sein Vater bereits in das Thema ein: „Überleg dir das noch mal. Wir haben hier und heute weder Krieg noch Faschismus, das ist doch etwas ganz anderes. Die Bundeswehr dient ausschließlich der Selbstverteidigung und sie wird gebraucht, denn wenige hundert Kilometer von hier stehen die ersten russischen Panzer.“

„Ich werde da nicht mitmachen.“ Andreas ist aufgeregt, erinnert sich an seine schriftliche Begründung für die Kriegsdienstverweigerung und erklärt sachlich: „Ich will nicht Teil einer Konfrontation mitten in Europa sein, die zu einem Atomkrieg führen kann. Und ich kann mir überhaupt nicht vorstellen, mit einer Waffe auf Menschen zu zielen. Das musst du doch verstehen, du warst in meinem Alter schon an der Front. Das kann doch wohl kaum eine gute Erfahrung gewesen sein.“

Sein Vater war wie alle jungen Männer seiner Generation in den letzten Kriegsjahren als Jugendlicher eingezogen worden, in den letzten Tagen vor der Kapitulation ist er desertiert, wie er mal erzählte, und einfach nach Hause gegangen. Zwei seiner Brüder sind nicht lebend aus dem Krieg zurückgekommen. Andreas kann sich nicht erinnern, dass sein Vater jemals länger darüber gesprochen hat. Der Krieg hat ihm die Jugend versaut, Thema war das nie. Doch zur Bundeswehr hat Theo eine ausgesprochen positive Einstellung. Für Andreas völlig unverständlich.

„Es geht ja genau darum, dass du mit deinem Militärdienst die Abschreckung stärkst und so die Konfrontation verhinderst“, erwidert sein Vater und wirkt etwas ungehalten. „Das ist Friedenspolitik.“

„Ich sehe das nun mal anders. Diese Hochrüstung auf beiden Seiten führt doch logischerweise irgendwann zum Krieg. Außerdem ist für mich die Arbeit in einer sozialen Einrichtung tausendmal sinnvoller als unter lauten Befehlen im Schlamm herumzurobben.“

„Das ist doch jetzt völlig unsachlich. Es hat keinen Zweck, mit dir darüber zu diskutieren.“ Sein Vater steht auf und begibt sich ins Arbeitszimmer, kommt aber kurz darauf wieder heraus und sagt: „Die Bundeswehr hat übrigens viele Vorteile, die du gar nicht kennst. Wenn du dich für längere Zeit verpflichtest, kannst du dort sogar Geld verdienen und gleichzeitig an einer Bundeswehrhochschule studieren."

Andreas verdreht genervt die Augen: „Ich studiere nach dem Zivildienst an einer ganz normalen Universität, das steht mal fest." Seine Stimme wird etwas bestimmter, als er hinzufügt: „Von Generälen will ich nun wirklich nichts lernen. Und bevor du wieder damit anfängst: Nein, ich glaube nicht, dass mir der Zivildienst im Lebenslauf berufliche Nachteile bringen wird. Und selbst wenn es so wäre, kann das überhaupt kein Argument sein, gegen das eigene Gewissen doch zur Bundeswehr zu gehen."

Sein Vater dreht sich um und verlässt endgültig den Raum. Er schließt die Tür zum Arbeitszimmer etwas lauter als gewohnt. Andreas ist trotzdem erleichtert, dass er sich klar positioniert und nicht um des lieben Friedens willen den Rückzug angetreten hat. Und es ging ja sogar ohne Geschrei. Oft hat er in den vergangenen Jahren geschwiegen, wenn schwierige Themen zur Sprache kamen. Das Gesprächsklima ist in der Familie schnell vergiftet, und bei Diskussionen kommt außer unsachlichem Streit nicht viel herum. Das hat er, als er jünger war, bei seiner Schwester Eva oft genug beobachtet.

Seine Mutter wirkt erleichtert, dass die Unterredung ohne Gebrüll endete, und so scheint ihm ein geeigneter Augenblick zu sein, um sie an einen Gefallen zu erinnern: „Ich hatte dir ja schon mal davon erzählt, dass es für die Anerkennung als Kriegsdienstverweigerer ganz nützlich sein kann, wenn du als Mutter, die selbst den Krieg erlebt hat, eine Stellungnahme abgibst, die meine Entscheidung unterstützt. In zwei Wochen habe ich meine Verhandlung vor dem Ausschuss, der meine Verweigerung prüft. Schreibst du mir bis dahin etwas?"

Die Bitte ist durchaus heikel, und er sieht, wie seine Mutter überlegt. Er weiß, dass sie hin und her gerissen ist, was seine Kriegsdienstverweigerung betrifft. Einerseits hält sie genauso wie sein Vater die Landesverteidigung für richtig und notwendig – schließlich haben die Russen mit Ostpreußen, Schlesien und der heutigen DDR indirekt schon einige Teile Deutschlands unter ihre Kontrolle gebracht. Das hat sie ihm schon mal so erklärt, und ihr Argument, dass die Bundesrepublik für sie der beste Staat sei, in dem sie je gelebt hat, kann er verstehen, auch wenn er viele Ideen hat, wie diese Bundesrepublik noch viel besser werden könnte. Sie möchte jedenfalls nicht, dass dieser Staat schutzlos ist, in ihrer Logik bedeutet das ein Ja zur Bundeswehr. Auf persönlicher Ebene, das ist ihm genauso klar, kann sie ihn andererseits gut verstehen. Da ist sie offener als sein Vater, und hat wohl auch andere eigene Erfahrungen. Schließlich hat sie das ganze Leid während des Krieges und nach dem Krieg hautnah miterlebt. Soll er als ihr Sohn zum Militär? Ihr Bruder Friedrich hat den Krieg schließlich nicht überlebt.

Dazu kommt, dass seine Mutter ihre Kinder nicht verlieren möchte. Eva lebt seit fast vier Jahren bei diesem Guru in Indien und meldet sich nur sporadisch. Er weiß, wie sehr Mutter darunter leidet. Er selbst verlässt bald die Schule, und dann wird das Haus plötzlich leer sein. Auf keinen Fall möchte sie mit ihm im Streit liegen. Auch wenn ihr seine neuen Freunde nicht gefallen. Einmal hat sie ihn am Lambertibrunnen mit Leuten gesehen, die ihr, so formulierte sie es mal, schon wegen ihrer langen Haare Angst einflößten. Mehr kam als Begründung allerdings nicht.

Schließlich stimmt sie zu: „Also gut, ich werde dir ein paar Sätze aufschreiben. Aber was ich schreibe, entscheide ich. Wenn du es gebrauchen kannst, verwende es, wenn nicht, wirf es weg."

„Danke. Ich wusste, dass du mir helfen würdest." Andreas geht zu seiner Mutter und drückt ihr einen Kuss auf die Wange.

Dabei fällt ihm auf, dass er sie schon lange nicht mehr geküsst hat. Als Kind hingegen saß er ganz oft auf ihrem Schoß und hat die Küsse laut wie ein Stadionsprecher gezählt: „Jetzt steht es 50 zu 6 für Mama gegen Papa", hat er dann gerufen. Spätestens mit Beginn der Pubertät ist er dann merklich auf Abstand gegangen – nicht nur körperlich. Auch ihr Leben im engen Münsteraner Eigenheim – diese Fernsehabende mit Erdnussflips bei Robert

Lemke oder Detektiv Rockford, die HörZu mit dem Kreuzworträtsel und Original und Fälschung auf der drittletzten Seite – hält er seit Jahren nicht mehr aus. Für ihn sind andere Dinge wichtig geworden: das Wettrüsten zwischen den Großmächten, der Hunger in der 3. Welt, die Zerstörung der Umwelt, die Gefahren der Atomenergie, die politischen Zustände in Diktaturen. Alles Dinge, in denen die Eltern seine Haltung nicht verstehen.

Gern hätte er mit ihnen auch über ihre persönlichen Erfahrungen und Erlebnisse während des Krieges gesprochen, aber er bekommt aus ihnen nichts heraus außer technische Erläuterungen und Aufzählungen ihrer Einsätze bei der Flak. Oder bei Elise noch irgendwelche Schlesien-Geschichten, die manchmal schrecklich ewig-gestrig herüberkommen. Kein Wunder jedenfalls, dass alle Diskussionsversuche über seine Kriegsdienstverweigerung bisher so unergiebig waren, die emotionale Ebene des Gewissenskonfliktes wehren seine Eltern trotz ihrer eigenen Erfahrungen immer ab.

Dabei wäre gerade genau die richtige Zeit für ein Gespräch über Gefühle. Andreas ist nämlich ziemlich durcheinander, denn Marina, die er in seiner neuen Clique kennengelernt hat, geht ihm gar nicht mehr aus dem Kopf. Darüber hätte er gern mal mit jemandem gesprochen, der etwas älter ist. Das hat erst ein einziges Mal geklappt, im letzten Jahr, als er seine Tante Barbara in Berlin besucht hat. Die versteht seine Gefühlslage meist und ist deutlich näher an seiner Welt und an seinen Gefühlen als seine Eltern. Vielleicht sollte er nach dem Zivildienst in Berlin studieren.

Heute bekam Mutti einen Brief: Sie muß Schlesien übermorgen früh verlassen! Ohne Begründung! Mit höchstens 20 Kilogramm Gepäck hat sie sich an einem Sammelpunkt am Bahnhof einzufinden. Das gibt es doch gar nicht! Sie kann sich gar nicht groß auf den Abschied von Jauer vorbereiten. Widerspruch einlegen geht nicht. Ihr bleibt nichts, als sich dem Bescheid willenlos zu fügen.

Jetzt bin ich also bald ganz allein in Jauer. Was wohl aus mir wird? Mal sehen, wie lange die Polen die Anwesenheit meiner Wenigkeit hier noch ertragen. Kaum hat man ein bißchen Hoffnung, daß es besser wird, kommen die Rückschläge. Von wegen: Unsere harte Arbeit wird anerkannt! Die Polen dulden uns Deutsche nicht mehr länger. Mutti muß unterschreiben, daß sie freiwillig ausreist, daß sie keine Ansprüche auf früheres Eigentum stellen und daß sie nicht nach Polen zurückkehren wird.

Der Krieg mag vorbei sein, aber für mich hat er noch nicht aufgehört. (29. Juni 1946)

Als der Wecker gegen fünf Uhr geklingelt hat, war er kaum in der Lage, ihn auszuschalten, so müde war er noch. Gerade mal vier Stunden Schlaf hatte er hinter sich, und der Gedanke an die bevorstehende Arbeit machte ihn wahrlich nicht wacher. Frühschicht im Kinderkrankenhaus: Als Zivildienstleistender ist Andreas seit August im Prinzip als volle Arbeitskraft eingeplant, so dass Ausruhen oder Schonen auch bei Müdigkeit nicht geht. Die Kinder brauchen ihn, das spürt er, und sie mögen ihn auch. Grundsätzlich macht er seinen Dienst gern, doch die Erschöpfung bremste heute früh das Engagement deutlich.

Als er mittags mit dem Dienst fertig war, wäre er liebend gern noch für die ein oder andere Stunde ins Bett gegangen. Mal wieder so richtig ausschlafen. Doch das ging nicht, denn gemeinsam mit Marina brach er umgehend ins Wendland auf. Erst per Anhalter bis Hannover, dort nahm sie dann ein Freund mit, den er auf einer Schulung für Zivis kennengelernt hat. Bevor sie nach Gorleben fuhren, sahen sie sich noch ein paar Rundlinge an, diese typischen Dörfer im Wendland, in denen die Häuser kreisförmig um einen großen Platz herum gebaut sind. Im Erdkunde-Unterricht hatten sie das mal durchgenommen.

Inzwischen ist es Abend, und sie haben ihr Zelt bereits auf einer Wiese bei Gorleben aufgebaut. Morgen ist der „Tanz auf dem Vulkan“, eine Demonstration gegen den Bau des atomaren Zwischenlagers im Wendland. Die ganze Region scheint auf den

Beinen und zum Widerstand entschlossen zu sein, Dorfbewohner bringen selbstgebackenen Kuchen vorbei, Bauern mit ihren Traktoren werben für die Kundgebung am nächsten Tag. Die „Küchenbrigade“ hat für die etwa zweihundert Zeltenden vegetarische Gemüsepfannen zubereitet. Der schöne Frühherbsttag hebt die Stimmung zusätzlich. Eine ganz besondere Atmosphäre. Neben einheimischen Helfern gibt es hier christlich motivierte Atomkraftgegner, langhaarige Hippies in bunten Klamotten und schwarz gekleidete Autonome. Überall wehen die gelb-roten Fahnen des Anti-Atom-Protests, Lagerfeuer brennen, es wird gegessen und getrunken. Aus Lautsprechern ertönt Musik, Andreas erkennt „17 Seconds“ von The Cure, einer Band, die er erst vor einigen Wochen noch auf einem Festival live gesehen hat. Er füllt seiner Freundin Marina und sich noch einen Schluck Rotwein in ihre Gläser und prostet ihr zu. Glücklich unterdrückt er ein Gähnen. Die Müdigkeit steckt ihm in den Knochen, und mit einem frühen Schlafengehen wird es auch heute nichts werden, aber das stört ihn nicht. Dazugehören und mittendrin sein.

Neben Andreas und Marina packen einige Leute Gitarren aus, andere trommeln. Sven aus Berlin, der schon beim Essen neben ihnen saß, spielt spontan Trompete dazu. Er hat bis vor zwei Jahren in Bremen gewohnt, ist jetzt nach Berlin gezogen, weil dort viel mehr los sei. In Berlin könne man an jeder Ecke etwas Unvorhergesehenes erleben und überall einfach so Musik machen. Er ziehe eigentlich immer mit seiner Trompete durch die Stadt, erzählt er. Sven möchte Musiker werden, gerade hat er eine Band mitbegründet. Sein Trompetenspiel ist kein bisschen traditionell, und Andreas kann ihn sich sehr gut als Frontmann auf der Bühne vorstellen.

Einige der zum Teil von weiter entfernt angereisten Demonstranten plädieren dafür, auf der Kundgebung am nächsten Tag auf Provokationen der Polizei mit Militanz zu reagieren. Die Gewalt, die von Atomkraftwerken ausgehe, sei doch unvergleichlich schlimmer. Und die Bullen seien Teil des Gewaltapparats, der die Menschheit gefährde. Leidenschaftliche Diskussionen beginnen. Anders als in der Friedensbewegung gibt es in der Anti-Atomkraft-Szene eine ganze Reihe von Gruppen, die offen gewaltsame Aktionen befürworten. Die meisten Einheimischen plädieren allerdings für gewaltlosen Widerstand, der ihnen im Wendland den breiten Zuspruch und die Unterstützung aus allen Bevölkerungsschichten sichere.

Andreas hört interessiert zu, kann vielen Argumenten etwas abgewinnen, weiß nicht genau, wie er sich positionieren soll. Wie gern würde er einen solchen Meinungsaustausch auch einmal zu Hause erleben, aber das ist wohl in diesem Leben nicht mehr zu erwarten.

Am nächsten Morgen – die Nacht war erwartungsgemäß kurz – macht sich die Gruppe nach einem schnellen Kaffee und einem einfachen Frühstück auf den Weg zur Kundgebung an der Baustelle des atomaren Zwischenlagers. Immer wieder begegnen sie ganzen Hundertschaften von Polizisten, doch die Stimmung unter den Demonstranten ist gut. Marina hakt sich bei Andreas unter und lacht ihn an. Verliebt lacht er zurück. Morgens hätte er sich sehr gut vorstellen können, noch etwas länger mit ihr im Schlafsack liegenzubleiben. Als sie ihn nach dem Wachwerden umarmte, hatte er ein besonders großes Bedürfnis nach Geborgenheit, bat sie mehrmals, ihn nicht loszulassen, bis sie irritiert fragte, ob etwas nicht stimme. Er fühlte eine seltsame Unsicherheit, eine Enge in der Brust und verspürte eine unerklärliche Angst, dass sie ihn verlassen könnte. In Worte formulieren konnte er das nicht, und er hatte das Gefühl, Marina versteht nicht, was in ihm vorgeht. Er selbst ja auch nicht so richtig.

Jetzt allerdings ist die Unsicherheit überwunden. Er lässt sich von dem Gefühl tragen, Teil einer so großen Menschenmenge zu sein. Denn auf dem Kundgebungsplatz versammeln sich mehrere tausend Personen. Die Stimmung ist ausgelassen. Auf der Bühne kritisiert eine Rednerin die Atomenergie als unbeherrschbar und betont, niemand unter den Befürwortern der Technologie habe eine Idee, was wirklich mit dem noch Jahrtausende strahlenden Müll gemacht werden soll. Man werde aber nicht zulassen, dass dieser einfach ins Wendland komme. Dass die Bevölkerung sich jemals damit abfinden werde, sei eine Fehleinschätzung. Alle klatschen begeistert.

Andreas schaut interessiert nach vorn. Die Rednerin – sie heißt Marianne Fritzen und ist die Vorsitzende der Bürgerinitiative Umweltschutz Lüchow-Dannenberg – dürfte genauso alt sein wie seine Mutter. Sie würdigt den jahrelangen Widerstand in Gorleben und erinnert an das Hüttendorf und die Gründung der „Freien Republik Wendland" zwei Jahre zuvor. Schon gestern am Lagerfeuer hatten viele Einheimische stolz von der wochenlangen Blockade mit mehr als 100 Holzhütten auf der geplanten Baustelle für das Zwischenlager erzählt. Gebaut wurden seinerzeit sogar Gemeinschaftseinrichtungen wie eine Krankenstation, ein Veranstaltungsraum, eine Mülldeponie oder eine Sauna. „Das Wasser", so schwärmten die Blockierer von damals, „wurde aus einem Windrad-betriebenen Tiefbrunnen geholt und mit Solarenergie erwärmt." Die „Freie Republik Wendland" stellte sogar einen „Wendenpass" aus, der mit einem Einreisestempel versehen werden konnte. Politik und Polizei hatten dem Treiben allerdings nicht unbegrenzt zugesehen. Schließlich wurde das Hüttendorf geräumt und abgerissen. Kurz danach begann der Bau des Zwischenlagers, und auch die weitere Erforschung des Salzstocks in Gorleben als mögliches atomares Endlager wurde fortgesetzt. Der Widerstand in der Region war dadurch aber nicht gebrochen. Überhaupt nicht, wie Andreas feststellt. Sehr beeindruckt feststellt.

Gern wäre Andreas im Hüttendorf dabei gewesen, aber für ihn als 16-jährigen Schüler war das damals noch zu weit weg. Jetzt, nach dem Abitur, ist er aber hier und klatscht laut, als Marianne Fritzen die Bühne verlässt. Andreas wünschte sich, dass seine Mutter auch so politisch aktiv durchs Leben ginge. Sie hat schließlich Nazi-Diktatur und Zweiten Weltkrieg hautnah miterlebt, da müsste sie doch wach und aufmerksam für neue Gefahren sein, denkt er. Doch sie hat sich in der Biederkeit der Bundesrepublik bequem eingerichtet. Immerhin hat sie ihm vor sechs Monaten ein kleines Gutachten geschrieben, in dem sie Verständnis für seine Kriegsdienstverweigerung äußerte und seine Entscheidung dazu ausdrücklich unterstützte. Damit hatte Andreas nicht unbedingt gerechnet. In der Verhandlung vor dem Bundeswehroffizier und den beiden Beisitzern dürfte das geholfen haben, denn das Gremium hat seinem Antrag auf Kriegsdienstverweigerung aus Gewissensgründen schließlich zugestimmt, auch wenn sie ihm die üblichen Fragen nach seinem Verhalten in persönlichen Notwehrsituationen nicht erspart haben: „Ihre Freundin wird von einem Russen vergewaltigt, und Sie haben gerade ein Messer dabei. Was machen Sie?" Als ob er jemals mit einem Messer in der Tasche herumlaufen und damit auf Menschen losgehen würde.

Inzwischen ist ein junger Mann mit langen blonden Locken auf die Bühne getreten, er ruft dazu auf, die Zufahrt zum Zwischenlager zu blockieren. Hunderte machen sich auf den Weg zum Tor und setzen sich auf die Straße. Andreas und Marina gehen mit, die Stimmung ist weiterhin gelöst. Einzelne Protestierer rütteln am Zaun und versuchen trotz Natodraht, auf das Gelände zu gelangen. Die Polizei zeigt Präsenz und versucht, die Eindringlinge abzuwehren. Wasserwerfer fahren auf. Per Megafon ruft ein Einsatzleiter dazu auf, den Zaun und die Straße freizumachen. Die Menge antwortet mit Parolen gegen die Atomenergie.

Wenig später wird die Aufforderung wiederholt. Fast im gleichen Augenblick setzt sich plötzlich eine Hundertschaft mit Schilden und Schlagstöcken in Bewegung, Sicherheitskräfte klopfen mit ihren Stöcken gegen den Zaun, um die Kletterer zurückzudrängen. Schon spritzt auch der Wasserwerfer mit großem Druck Wasser auf die Sitzenden. Viele sind davon völlig überrascht und werden von dem Strahl weggeschleudert, andere halten sich aneinander fest, um dem Wasser zu trotzen. Andreas sitzt mit Marina in der dritten Reihe. Als der nächste Schub auf ihn zukommt, spürt er – von oben bis unten durchnässt – wie Wut und Hilflosigkeit in ihm aufsteigen: „Wir lassen uns hier nicht vertreiben“, ruft er.

Mehrere Umsitzende stimmen ein, darunter viele aus dem Wendland, die hier viel länger wohnen als es die Pläne für ein atomares Lager gibt. Doch der vermeintlichen Entschlossenheit zum Trotz ist der Platz einige Minuten später geräumt. Die Blockierer können den Wasserwerfern nicht standhalten, werden teilweise wie Papierkügelchen weggefegt. Andreas verspürt Ohnmacht. Er sieht, wie Sven von Sanitätern weggetragen werden muss. Jetzt verspürt er Wut. Adrenalin steigt in seinen Kopf. Der gewaltsame Einsatz der Wasserwerfer ist völlig überflüssig; schließlich wird am Samstag auf der Baustelle gar nicht gearbeitet, so dass der Eingang nicht hätte freigespritzt und freigeprügelt werden müssen. Später werden zahlreiche Verletzungen wie Rippenbrüche, Rückenprellungen und Nierenverletzungen diagnostiziert.

„Eine reine Machtdemonstration der Bullen“, regt sich eine junge Frau auf. Sie hat die Haare rot gefärbt und ist völlig aufgebracht.

Aus dem Wald kommen etwa hundert Vermummte mit Helmen und Steinen und suchen die Konfrontation mit der Polizei. Ein Stein bleibt unmittelbar neben Andreas liegen. Er bückt sich. Und wirft. Gut zwanzig Meter vor ihm geht ein Beamter zu Boden.

Kapitel 25

1944/1945

Mitten im Krieg zu studieren, ist ihr bisher nicht allzu ungewöhnlich erschienen. Tatsächlich ist es möglich, dem Studium der lateinischen Sprache nachzukommen, auch wenn viele Dozenten zur Wehrmacht eingezogen werden und die Assessoren aus dem gleichen Grund sehr häufig wechseln. Und es gelingt Elise, die meiste Zeit unbeschwert das auch zu Beginn des vierten Semesters immer noch aufregende Leben an der Universität zu genießen. Glück in Zeiten des Unglücks sozusagen.

Manchmal wundert sie sich schon, wie wenig der Krieg in ihrem Alltag eine Rolle spielt. Gut, man kann mit den Lebensmittelkarten nur sehr knappe Rationen zu essen kaufen, aber es reicht. Die Soldaten brauchen Fleisch und Butter schließlich dringender. Doch Breslau wirkt friedlich wie eh und je. Da sieht es in anderen deutschen Städten, vor allem weiter im Westen, ganz anders aus. Schon seit Jahren ist von Bombardierungen zu hören. Gerade in den vergangenen Monaten hat die Zahl der Angriffe aus der Luft deutlich zugenommen. Wenn es stimmt, was die Wochenschau so meldet, wurden einige feindliche Bomber abgeschossen, doch gibt es viele Tote. Der Sprecher nannte die Angriffe eine Terrorisierung der Städte und der Bevölkerung und kündigte Vergeltung an. Es muss schrecklich sein. Ganze Innenstädte wurden verwüstet, wie auf den Bildern im Kino zu sehen ist.

Nachrichten von der Front bekommt sie selten; dass sie den optimistischen offiziellen Meldungen glauben kann, bezweifelt sie. Sorgen macht sie sich vor allem um ihren Bruder, der irgendwo im Nordosten kämpft. Was er vor einem Monat während eines kurzen Urlaubs vom Militär erzählte, hat nicht gerade hoffnungsvoll geklungen, auch wenn er selbst versuchte, den Kriegsverlauf positiv darzustellen. Doch die Russen haben die Deutschen allem Anschein nach mit einer Offensive überrascht und sind bis an die Grenze nach Ostpreußen vorgestoßen. Friedrich selbst hatte mit der Heeresgruppe Mitte in Weißrussland und der Ukraine gekämpft und befand sich monatelang fast ausschließlich auf dem Rückzug. Zwischendurch war er sogar mal in Ungarn, hat er erzählt. Nach dem Fronturlaub musste er sich wieder in Ostpreußen einfinden, seitdem hat sie nichts mehr von ihm gehört.

Elise war überrascht, wie zuversichtlich ihr Bruder bei seinem Besuch war, dass Deutschland sich neu aufstellt und dann auch wieder militärische Erfolge über die Rote Armee erzielen wird. Früher war er richtig begeistert, Teil der Kriegsoperation zu sein. Jetzt klang das nur ein ganz kleines bisschen reservierter. Sie fand das etwas befremdlich, auch wenn sie verstand, dass er seiner Pflicht gewissenhaft nachkommen will. Für ihren Geschmack allerdings etwas zu gewissenhaft.

Auch viele Studenten sind mittlerweile an der Front, im Osten und neuerdings auch wieder im Westen, seitdem die Amerikaner in der Normandie an Land gegangen sind. Die Zahl ihrer männlichen Kommilitonen ist im letzten Semester spürbar zurückgegangen. Die meisten sind freiwillig den immer aufdringlicheren Aufrufen der Partei gefolgt. Hätte sie das auch getan? Elise ist froh, dass sich ihr diese Frage nicht stellt. Sie hat jetzt drei Semester hinter sich gebracht, und so langsam hat sie ihre Zwischenprüfung vor Augen, die sie in einem halben Jahr abzulegen gedenkt. Mit ihren Noten ist sie bisher ganz zufrieden, vor allem im Lateinischen war sie überdurchschnittlich gut. Doch das in wenigen Tagen beginnende neue Semester dürfte anstrengend werden, und sie ist bereit, das Vergnügen etwas hinten anzustellen und dafür das Lernen auszudehnen. Da ohnehin der Winter bevorsteht, sollte ihr das auch gelingen – in der Bibliothek ist es ohnehin besser geheizt als in ihrer kleinen Studentenbude.

Noch ist das Wetter recht freundlich, es ist mit 14 Grad für Ende September nicht gerade warm, aber immerhin ist es trocken.

Elise sitzt beim Frühstück, trinkt einen letzten Schluck Tee. Anschließend will sie noch etwas durch Breslau laufen, ein paar Einkäufe erledigen, sich an der Universität einen Überblick verschaffen, aber vor allem wieder die Luft der Großstadt einatmen; die vergangenen Wochen hat sie bei ihren Eltern in Jauer verbracht. Elise packt einen Apfel in ihre Tasche, geht noch einmal ins Bad, um ihr Haar zu richten und bricht kurze Zeit später auf.

An der Universität tritt sie an die Glaskästen neben dem Sekretariat ihres Fachbereichs heran und erstarrt: Viele Aushänge haben den gleichen Wortlaut: „Die Veranstaltung muss leider ausfallen, weil kein Dozent gefunden werden konnte." Unter den gestrichenen Vorlesungen sind auch Pflichtveranstaltungen, die sie belegen muss, um ihre Zwischenprüfung machen zu können. Sie zögert kurz, klopft dann an die Tür des Sekretariats. Dort schildert sie einer Dame ihr Problem, erhält aber nur eine unbefriedigende Antwort: „Dann müssen Sie mal mit einem Professor besprechen, was Sie am besten machen können. Aber glauben Sie mir, Sie sind wahrlich nicht die Einzige, für die es jetzt schwierig wird. Vergessen Sie nicht, es ist Krieg! Wir wissen alle nicht genau, wie es hier weitergehen wird."

Elise bedankt sich höflich und geht die Treppe hinauf. Doch der Professor, bei dem sie ihre Prüfung ablegen möchte, ist nicht im Haus. Seine Vorzimmerdame will keine Termine für ihn vereinbaren – „Was meinen Sie, wie viele Anfragen für eine Sprechstunde ich gerade bekomme?" –, und so nimmt Elise sich vor, es in der kommenden Woche noch einmal versuchen, wenn der Professor wieder da sein soll. Ein heftiges Gefühl von Ungewissheit überkommt sie. Hat ihr Studium überhaupt eine Zukunft?

Langsam geht sie zur Straßenbahnhaltestelle. Als die Tram kommt, schwingt sie sich auf den zweiten Wagen und fährt zurück. In ihrem Zimmer will sie für das Studium lesen und etwas aus dem Lateinischen übersetzen. In die Bibliothek möchte sie nicht, denn ihre Freundinnen, die sie dort gern trifft, sind ihres Wissens alle noch nicht wieder in Breslau. Nach wenigen Zeilen merkt Elise, dass sie sich nicht gut konzentrieren kann. Die Unsicherheit geht ihr nicht aus dem Kopf.

Ihre Wirtin klopft an: „Fräulein Plackwitz, Sie haben Post bekommen. Es ist ein Einschreiben dabei, den Erhalt müssen Sie quittieren." Elise geht zur Wohnungstür und nimmt vom Postboten – er hinkt, wohl deshalb ist er nicht an der Front – zwei Briefe entgegen. Die Schrift auf dem einen Umschlag erkennt sie sofort als die ihrer Mutter. Der andere Brief – es ist das Einschreiben – sieht amtlich aus, und Absender ist der Polizeipräsident der Stadt Breslau. Elise unterschreibt die Quittung, und obwohl sie sich keines Vergehens bewusst ist, hat sie sofort ein flaues Gefühl in der Magengegend. Sie schaut ihre Wirtin an, die neugierig auf den Umschlag starrt, und geht in ihr Zimmer. Elise möchte den Brief am liebsten sofort aufreißen, doch dann nimmt sie sich zusammen, sucht doch lieber ihren Brieföffner und schlitzt den Umschlag vorsichtig auf.

„Heranziehungsbescheid", steht mit großen Buchstaben über dem folgenden Text:

Eilt! Einschreiben!

Sehr geehrtes Fräulein Plackwitz!

Auf Grund der neuesten Notdienstverordnung sind gemäß Befehl des Herrn Reichsmarschalls die Studentinnen der ersten bis vierten Semester zum Kriegshilfediensteinsatz in der Luftwaffe als L u f t w a f f e n h e l f e r i n n e n heranzuziehen. Ihr Einstellungstag in die Luftwaffe ist der 2.10.1944. Über Ihre Tauglich- bzw. Untauglichkeit entscheidet eine ärztliche Untersuchung am Einstellungstag im Sammellager. Bitte finden Sie sich am Montag, 2.10., um 8 Uhr in der Hindenburg-Kaserne in der Schlieffenstraße in Breslau ein.

Es wird ausdrücklich darauf hingewiesen, dass dem Heranziehungsbescheid unter Strafandrohung unbedingt Folge zu leisten ist. Heil Hitler!

Schreiner, Polizeipräsident Breslau

Elise spürt, wie ihr Blut den Kopf verlässt, und sie setzt sich auf ihr frisch gemachtes Bett. Jetzt hat es mich also auch erwischt, denkt sie. Sie soll als Helferin zur Luftwaffe. Sie schaut noch einmal auf den Text. 2. Oktober, liest sie, das ist Montag in einer Woche. Ihre Zukunftspläne, die Zwischenprüfung, wahrscheinlich das ganze Studium kann sie also erst einmal vergessen. Den geplanten Termin beim Professor, den sie nächste Woche wahrnehmen wollte, braucht sie wohl überhaupt nicht mehr. Ihre Universitätskarriere ist zu Ende, zumindest vorerst, das scheint für sie festzustehen. Wie ein einziger Brief das Leben verändern kann. Ob es wohl eine Möglichkeit für sie geben wird, ihr Studium nach dem Krieg wieder aufzunehmen? Sie hat keine Idee, wann das sein könnte: nach dem Krieg.

Sie ist bestürzt, traurig, ja wütend, möchte ihr Studium so gern fortsetzen. Das Lernen ist ihr keine Last, sondern ein Vergnügen. Und jetzt: einfach Schluss. Kurz und schmerzlos. Nein, schmerzlos nicht. Ein paar Tränen laufen ihr die Wangen hinunter.

Reiß dich zusammen, sagt sie zu sich selbst.

Wenn sie das Schreiben des Polizeipräsidenten richtig versteht, ist sie ein Semester zu jung: Hätte sie schon vier Semester absolviert, könnte sie ihr Studium fortsetzen und müsste nicht zur Flak. Nie im Leben hat sie sich so sehr gewünscht, ein Jahr älter zu sein.

„Was für ein Mist“, ruft sie laut vor sich hin. Im Stillen flucht sie sogar ein bisschen mehr, auch wenn sie sich dafür tadelt.

Noch einmal liest sie das Schreiben. Luftwaffenhelferin. Sie weiß, dass viele Mitschüler aus Jauer nach Schule oder Ausbildung zur Flak müssen oder mussten. Einige von ihnen sind gerade einmal 16 Jahre alt. Viele fühlen sich geschmeichelt, weil sie jetzt nicht mehr Schüler, sondern eher Soldaten sind und damit eine wichtige Aufgabe in der Gesellschaft haben. Elise ist aber eher deprimiert, denn die Lage der Wehrmacht dürfte in Wahrheit nicht so gut sein, wie es die Wochenschauen die Deutschen glauben lassen wollen. Sonst müssten ja wohl nicht auch schon die ganz Jungen und die Frauen ran.

Andererseits überkommt sie auch ein bisschen Stolz, denn sie kann ihrem Land dienen. Als Flakhelferin wird sie versuchen, die Städte mit den Frauen und Kindern vor Luftangriffen der Feinde zu schützen. In Gedanken hebt sie für sich den Sinn der Aufgabe hervor, redet sich ein, dass es womöglich das Beste für sie und für Deutschland ist. Doch die Trauer bleibt, ist stärker als der Stolz.

Viele ungeordnete Gedanken schwirren ihr durch den Kopf. Sie muss der Wirtin Bescheid sagen, dass sie ab sofort nicht mehr zur Universität gehen wird und deshalb ihr Zimmer aufgeben muss. Und sie muss ihren Eltern schreiben.

Ach ja, der Brief von Mutti.

Sie öffnet den zweiten Umschlag, und nach der Lektüre des Briefes sitzt sie wieder schluchzend auf dem Bett. Die Nachrichten aus Jauer sind schlimm. Ihr Vater zieht mit fast 60 Jahren tatsächlich auch noch in den Kriegseinsatz. Bevor er gezwungen werde, habe er sich freiwillig zum Schanzdienst gemeldet, schreibt Mutter. Am Gericht habe er es kaum noch ausgehalten zuletzt, der Druck sei immer größer geworden. Elise wisse ja, wie stur Erich sein könne.

Ihr Vater ist demnach gedrängt worden, als Jurist in den Dienst der HJ zu treten, und da hat er sich lieber freiwillig zum Militär gemeldet. Schon in den nächsten Tagen soll er angelernt werden, damit er schon bald Schützengräben ausheben und Panzersperren aufstellen kann. Ob das sein Rücken mit fast 60 Jahren noch aushält? Was für ein Wahnsinn, denkt Elise. Wo Vater genau eingesetzt wird, ist noch unklar. Doch, so schreibt die Mutter weiter, rücke die Front allem Anschein immer schneller nach Westen, und schon bald dürften die Kämpfe Schlesien erreichen. Das habe auch ein Brief von Friedrich indirekt bestätigt, der darin gar nicht mehr so zuversichtlich geklungen habe wie noch vor einem Monat und fast nur von Verlusten und Rückzugsgefechten berichtete. Seine Division werde zunehmend aufgerieben, schrieb er. Immerhin funktioniert die Feldpost noch, so dass es regelmäßig Lebenszeichen von ihm gibt.

Mutti packt. Morgen geht's für sie los. Sie wirkt seltsam gefaßt, aber ich weiß, sie könnte genauso heulen wie ich. Aber nach außen ist sie stark. Eine bewundernswerte Frau. Wie gern wäre ich einmal auch so.

Immerhin hat sie Hoffnung, nach ihrer Ankunft die Adresse von Vati ausfindig machen zu können, so daß sie sich vielleicht schon bald treffen können. Er hat seit Monaten nicht mehr geschrieben, wahrscheinlich lassen die Polen die Post einfach nicht durch! Der Zug soll Mutti morgen in die britische Zone bringen. Von da aus wird sie sich auf die Suche machen. Das Rote Kreuz wird ihr helfen, die führen riesige Listen mit den Ostvertriebenen, die überall verstreut leben. Bestimmt kommen Mutti und Vati bald wieder zusammen. Ich hoffe es so für sie. Und ich bin gespannt, wann ich Neuigkeiten erfahre. (30. Juni 1946)

Zusammen mit ihren zwölf Mädchen sitzt Scheinwerferführerin Elise Plackwitz in einem unterirdischen Bunker und wartet darauf, dass irgendetwas passiert. Neben ihr steht ein Telefon, der einzige Kontakt zur Umwelt. Es klingelt nicht. Nie.

Die jungen Frauen versuchen sich mit Geschichten aus der Schulzeit abzulenken und die Zeit zu überwinden, es klappt mehr schlecht als recht. Sie zeigen sich sehnsuchtsvoll Bilder von Freunden – allesamt in Uniform. Hin und wieder ist ein Kichern zu hören, doch nur sehr gedämpft, die Stimmung ist eher gedrückt. Die Mädchen sind alle deutlich jünger als Elise, die mit ihren 20 Jahren im Rang eines Unteroffiziers die Gruppe leitet. Einen Einsatz hatten sie bisher nicht, denn niemand fliegt Angriffe auf Oberschlesien. Klein Rauden in der Nähe von Ratibor. Niemals vorher hat sie von dieser Ortschaft gehört, jetzt sitzt sie hier fest. Es ist eiskalt, und bei dem Fußmarsch zum Bunker sind Elises Füße erfroren. Sie hat Tage gebraucht, bis sie ihre Zehen wieder spüren konnte, und der Schmerz ist sofort wieder da, wenn sie der Kälte ausgesetzt sind. So wie jetzt. Es ist Mitte Januar, und auch im Bunker ist es kalt. Draußen liegt tiefer Schnee, doch davon bekommen die Flakhelferinnen fast nichts mit, sie leben ja fast ausschließlich unter der Erde. Es ist viel zu kalt für einen längeren

Ausflug an die frische Luft. Die Stimmung ist schlecht. Viele der Mädchen klagen, auch weil die Schlafplätze sehr einfach und die Mahlzeiten allzu bescheiden sind. Brotsuppe. Am nächsten Tag Gemüsesuppe. Dann wieder Brotsuppe.

Gut sechs Wochen hocken sie jetzt schon hier, nicht einmal haben sie mit ihren Scheinwerfern Flugzeuge am Himmel gesucht. Ein einziges Mal gab es Alarmbereitschaft, aber es passierte nichts. Manche sind erleichtert, denn so begeben sie sich nicht in Gefahr. Andere bedauern das lange Warten als nutzlos, sie wollen ihre Kenntnisse endlich einbringen, Flugzeuge blenden und erleuchten, damit sie abgeschossen werden können. Schließlich ist es ihr Auftrag, die Städte vor Angriffen aus der Luft zu verteidigen. Bisher konnten sie den nicht erfüllen.

Zwei Monate lang sind sie zuvor in Gleiwitz als Flakhelferinnen ausgebildet worden, haben am Scheinwerfer geübt. Sie wissen, wie man die riesigen Parabolspiegel mit ihrem Durchmesser von 1,50 Metern aufklappt und zur Wartung auseinanderbaut, sie wissen, wie man die Kohlestäbe erneuert, die die Lichtquelle liefern. Auch dazu ist es bisher nicht gekommen.

Elise denkt mit Grauen an die Zeit in Gleiwitz zurück. In der Gemeinschaftsunterkunft in der Kaserne gab es Ungeziefer, Wanzen, die nachts zu Tausenden zu Blutsaugertouren ausschwärmten. Sie waren ihnen ausgeliefert. Hoffnungslos. Übersät von roten Bisswunden wachten sie morgens auf, und sie selbst hatte noch Glück, weil es andere in ihrer Gruppe gab, deren Blut offenbar schmackhafter war. Somit blieb sie noch halbwegs verschont von den Bissen. Als sie gemeinsam mit den anderen jungen Frauen versuchte, die Wanzen zu jagen, stellten sie schnell fest, dass es sinnlos war. Die Mistviecher waren extrem zäh, und vor allem waren es viel zu viele.

Ansonsten war die Ausbildung gar nicht so uninteressant gewesen. Sie kann inzwischen Militärflugzeuge am Himmel erkennen und unterscheiden, sie hat gelernt, verschiedene Geräte zu bedienen, vor allem natürlich die Scheinwerfer. Sie hat

Waffen und Geschosse gepflegt sowie Wach- und Telefondienste geleistet.

Und jetzt ist sie hier in Klein Rauden und macht – nichts. Irgendwie die Zeit vertreiben. Zuviel Grübeln verhindern. Doch immer wieder denkt sie, dass sie genauso gut ihr Studium fortsetzen könnte. Für die Luftwaffe machte das keinen Unterschied, so sinnlos, wie sie hier herumsitzt. Wenn sie an das Leben in Breslau denkt, dass sie aufgeben musste, ist ihr zum Heulen zumute. Wieder hat sie ein völlig neues Umfeld mit neuen Bekannten. Die meisten Mädchen sind nett, aber sie vermisst ihre Freundin Lieselotte schmerzlich. Wo mag sie stecken? Auch sie musste ihr Studium an den Nagel hängen. Sie weiß nicht einmal, wo die Freundin gelandet ist, alles ging so schnell. Nach dem Heranziehungsbescheid und der Musterung folgte direkt der Einsatzbefehl. Und was macht wohl Bruno, der zur Wehrmacht eingezogen wurde?

Natürlich vermisst sie auch die Eltern. Von denen hat sie schon länger nichts gehört. Vater ist, soweit sie weiß, irgendwo bei Glogau und hebt Schützengräben aus. Mutter lebt inzwischen ganz allein in der großen Wohnung in Jauer, außer ihr ist nur noch Großmutti im Haus. Hoffentlich geht das gut, denkt Elise nicht zum ersten Mal. Von ihrem Bruder hat sie schon seit Monaten nichts mehr gehört.

Die Russen rücken immer weiter vor nach Westen. Am Abend hört Elise zufällig, wie zwei Kommandanten darüber sprechen, wie lange die Stellung um Ratibor wohl zu halten sein wird. Zuversicht klingt anders, allem Anschein nach wird der Rückzug vorbereitet. Hin und wieder ist Kanonendonner zu hören. Es wird ernst.

Am nächsten Morgen fühlt sich Elise wie gerädert. Sie hat schlecht geschlafen, eine der jungen Frauen aus ihrer Gruppe ist durchgedreht. Sie fing plötzlich an zu schreien und war nicht mehr zu beruhigen. Es hörte nicht auf. Was für eine Situation, Elise wusste nicht, was sie als Scheinwerferführerin der Gruppe machen sollte. Irgendwann kam endlich ein Sanitäter und gab dem Mädchen eine Spritze. Dann wurde sie auf einer Trage wegtransportiert, wahrscheinlich ins Lazarett. Alle waren in hellem Aufruhr, ans Schlafen war nicht zu denken.

Elise zieht ihre Uniform an, der steife Kragen des Hemdes kratzt wie immer unangenehm am Hals, sie ist weichere Blusen gewohnt. In hellblauer Stickerei auf schwarzem Grund prangt auf der rechten Brustseite ein Stoffabzeichen mit den Buchstaben „LH". Was eigentlich Luftwaffenhelfer heißen soll, wird von ihnen hinter vorgehaltener Hand spöttisch als „Letzte Hoffnung" interpretiert. Auf Elises Kappe, die im Spind liegt, ist das Luftwaffenabzeichen aufgenäht. Sie wird sie erst zum offiziellen Einsatz aufziehen. Immerhin hilft die Kappe dabei, ihre herausgewachsene Dauerwelle zu verdecken. Ihre dunklen Haare hängen dünn und ohne jede Kraft bis zu den Schultern. Sie hat schon lange das Bedürfnis, zum Friseur zu gehen. Wie schön waren die Friedenszeiten, als das jederzeit möglich war.

Das Frühstück ist verhältnismäßig sättigend; an den Getreidekaffee hat sie sich gewöhnt, auch wenn die Sehnsucht nach echtem Bohnenkaffee mit jedem Tag zunimmt. Das Brot immerhin ist frisch und schmeckt. Am Tisch ist es ruhiger als sonst. Die Mädchen sind müde, gähnen versteckt.

Dann klingelt das Telefon doch einmal. Der Kommandant erteilt hektisch den Befehl zum Rückzug. Die Russen kämen immer näher und mit ihnen der Waffeneinschlag, berichtet er. Jetzt werde Artillerie benötigt, aber keine Luftabwehr. Alles müsse umgehend zum Aufbruch Richtung Kieferstädtel vorbereitet werden, die Wehrmachts-Lastwagen sollten in wenigen Stunden vorfahren und alles aufladen. Einige Frauen werden von der Gruppe getrennt. Sie sollen sich in einem Lazarett in der Nähe um verwundete Soldaten kümmern.

Es wird unruhig, denn auch die Feldküche muss umgehend alles zusammenpacken. Elise weiß um ihre Verantwortung als Scheinwerferführerin. Sie bleibt ganz ruhig und weist die Mädchen ihrer Gruppe an, zuerst ihre Spinde leerzuräumen und die Betten abzubauen und dann zu schauen, wo man noch helfen könne. Auch sie selbst packt schnell ihre Sachen zusammen. In ihrer Tasche entdeckt sie ein blaues Notizbuch, das sie völlig vergessen hat. Sie weiß, dass die kommenden Monate den Krieg entscheiden und Deutschland verändern werden. Mal sehen, wohin es sie noch verschlägt. In diesen Zeiten ist ja nichts mehr planbar. Zum ersten Mal in ihrem Leben beschließt sie ein Tagebuch zu führen.

Kapitel 26

1996

So langsam kann sie wieder durchatmen, der Stress der vergangenen Wochen war immens, erst allmählich fällt er von ihr ab. Jeden Tag etwas mehr. Inzwischen gilt es, neue Projekte ins Auge zu fassen. Elise sitzt in ihrem Nähzimmer am Tisch – früher war es mal Evas Zimmer –, sie nimmt den blauen Stoff, zieht einige Nadeln heraus und schiebt die zugeschnittenen Stoffteile vorsichtig unter die Nähnadel ihrer Maschine.

Ihre Mutter ist vor acht Wochen gestorben. Marta Plackwitz, so hat Elise es in der Todesanzeige formuliert, schied mit 94 Jahren aus einem insgesamt erfüllten Leben. Die letzten drei Jahre hat sie in Detmold in einem Altenheim verbracht. Letztlich auf eigenen Wunsch, denn in Münster wohnen wollte sie auf keinen Fall, auch wenn Elise in den vergangenen Jahren mehrfach versucht hat, ihre Mutter zu einem Umzug in ihre Nähe zu bewegen.

„Noch einmal umsiedeln kommt nicht in Frage“, lautete Martas Credo. Und daran konnte auch sie als Tochter nicht rütteln. Also blieb Mutter in ihrer kleinen Wohnung, in der sie seit den 50er Jahren wohnte, erst mit Erich und seit dessen Tod allein. Im Alter von 91 konnte sie dann nicht mehr: Das Gehen fiel immer schwerer, das Einkaufen ging fast gar nicht mehr, und auch das Gedächtnis spielte ihr immer öfter einen Streich. Die einst so schlagfertige Frau konnte nur noch mühsam klare Gedanken fassen, warf gelegentlich Vergangenheit und Gegenwart durcheinander und hielt ihre Tochter mitunter für ihre Mutter. Schwierige Veränderungen. Elise musste handeln.

Sie weiß noch genau, wie sie damals ein letztes Mal versuchte, ihre Mutter nach Münster zu locken, doch vergebens. Also suchte sie mit gemischten Gefühlen in Detmold einen Platz in einem

Alten- und Pflegeheim, den Marta nur unter Protest einnahm. Es dauerte ein paar Monate, bis sie sich daran gewöhnte, den halben Tag mit anderen alten Menschen auf dem Flur zu sitzen und mehr oder weniger sinnlose Gespräche zu führen.

Elise seufzt laut, als sie sich daran erinnert, dabei nimmt sie das Kleid und zieht es einige Zentimeter weiter, um die Naht zu vollenden. Wie sie selbst wohl im Alter leben wird? Immerhin ist ihr Mann drei Jahre jünger als sie und nicht 17 Jahre älter. Also, die Voraussetzungen sind andere.

Alle 14 Tage ist Elise in den vergangenen Jahren mit Theo nach Detmold gefahren, um die Mutter zu besuchen. Gut 100 Kilometer Entfernung, nur eine kurze Strecke davon Autobahn, fast zwei Stunden hin, fast zwei Stunden zurück. Aber immer noch besser als mit der Bahn: Die Zugverbindung vom Münsterland ins Lippische Land ist bis heute katastrophal, daran hat auch die Maueröffnung nichts geändert, von der sich manche Optimisten auch bessere West-Ost-Verbindungen erhofft hatten. Also mit dem Wagen, immer wieder, meist am Samstag, gelegentlich auch sonntags.

In Detmold selbst gab es wenig Abwechselung: Im Heim saßen sie bei ihrer Mutter im Zimmer, brachten immer etwas Obst und Schokolade oder Pralinen mit, die sie zusammen naschten. In den ersten Monaten konnten sie noch ein paar kleine Ausflüge machen, zum Hermannsdenkmal im Teutoburger Wald, ins Eggegebirge oder zum Grab von Erich auf dem Friedhof in der Blomberger Straße. Ihre Mutter ging dann in der Mitte und hakte sich bei jedem von ihnen ein, so gingen sie ganz langsam vorwärts. In einen Rollstuhl ließ sich Marta nie setzen, das ließ ihr Stolz nicht zu. Deshalb konnte sie in den letzten Monaten ihres Lebens das Zimmer kaum noch verlassen.

Mittags aßen Elise und Theo immer beim Italiener in der Fußgängerzone – einmal Nudeln mit Schinken und Sahnesauce für Theo, einmal einen Salat mit Thunfisch und Ei für sie. Andere Speisen oder andere Lokale probierten sie nie aus. Zwei Stunden später ging es dann den bekannten Weg durch Ortschaften wie Stukenbrock und Rheda-Wiedenbrück wieder nach Münster, das im Hellen erreicht werden wollte. Abends waren sie erschöpft, aber froh, gefahren zu sein.

Zuletzt wurde ihre Mutter jede Woche etwas schwächer. Elise, selbst schon über 70, war immer öfter bei ihr. Als das Heim eines Tages anrief und andeutete, dass Martas Leben zu Ende gehe, fuhr sie umgehend nach Detmold, schlief bei ihrer Mutter im Zimmer auf einem schmalen Zustellbett – neben einem gerahmten Foto vom Haus in der Humboldtstraße in Jauer. Vieles erinnerte sie an den Tod ihres Vaters. Wieder mischte sich in das Gefühl der Trauer, dass ein geliebter Mensch sie verlassen wird, auch die Freude, dass ihnen nach dem Krieg noch so ein langes Leben beschieden war.

Nach vier Nächten in Martas Zimmer tat Ihre Mutter den letzten Atemzug. Es sah friedlich aus, wie sie aus dem Leben schied.

Sie registrierte kaum, dass die Schwestern ihr kondolierten, stattdessen stürzte sie sich in die Arbeit, um die Gedanken an den Tod loszuwerden. Zusammen mit der Pflegerin wusch sie die Mutter ein letztes Mal, zog sie schön an und begann, die Sachen von Marta zusammenzupacken. Als es hell wurde, rief sie Theo an, der darauf vorbereitet war, sich ein Auto lieh und ebenfalls kam.

Noch am selben Tag regelten sie in Detmold die wichtigsten Dinge, nahmen Kontakt mit einem Bestattungsunternehmer auf, sprachen mit dem Pfarrer über die Beerdigung, räumten das Zimmer im Heim frei. Abends fuhren sie vollbepackt mit zwei Autos zurück nach Münster. Die Beerdigung vier Tage später war eine übersichtliche Veranstaltung: Der Pfarrer begrüßte Elise und Theo mit Eva und Andreas sowie eine Krankenschwester aus dem Altenheim, eine frühere Nachbarin und die Tochter von Martas bester Freundin. Mehr Trauergäste gab es nicht, denn ihre Freundinnen und Bekannte und erst recht die von Erich hatte Marta ausnahmslos alle überlebt.

„Seid ihr denn auch ein bisschen traurig?", fragte Elise ihre beiden Kinder. Die nickten zwar, vermittelten ihr aber dabei durchaus das Gefühl, dass in Martas Alter der Tod eher eine Erlösung gewesen sein dürfte.

„Natürlich fehlt sie. Aber zuletzt hatte sie auch nicht mehr so viel Spaß am Leben, glaube ich", sagte Andreas, der Marta das letzte Mal vor einem halben Jahr mit seiner schwangeren Frau und Sohn Jonas besucht hatte. Marta hatte ihn Theo genannt und nicht richtig verstanden, dass der Junge ihr Urenkel war. Zur Beerdigung ist Andreas' Familie zu Hause geblieben. Heike habe mit der kleinen Laura keine so lange Autofahrt in Kauf nehmen wollen, und Jonas habe allein mit Papa auch keine Lust gehabt, hatte Andreas erklärt.

Eva hatte Marta zum letzten Mal an ihrem 90. Geburtstag gesehen: „Ich werde sie so in Erinnerung behalten, wie ich sie als Kind kannte", erklärte sie und lachte dabei. Elise fand das als Reaktion auf den Tod der Großmutter etwas seltsam.

In den Wochen nach der Beerdigung regelte sie mit Theo alle Dinge im Rekordtempo. Kühlen Kopf bewahren. Die Abrechnungen mit der Krankenkasse, die Erbschaftsangelegenheiten, die Verlagerung der Bankkonten nach Münster, die letzte Steuererklärung der Verstorbenen. All das übernahm Theo, der bereits in den vergangenen Jahren – im Grunde seit Erichs Tod – den gesamten Schriftkram für Marta erledigt hat und sich deshalb nicht groß einarbeiten musste.

Elise ordnete die Dinge, die ihre Mutter ins Altenheim mitgenommen hatte, schenkte Eva und Andreas ein paar persönliche Gegenstände Martas, wie einen Brieföffner aus Elfenbein, den Eva bekam, und einige Weingläser aus den 50er Jahren, an denen Andreas und seine Frau Gefallen fanden. Andere Dinge, vor allem die Fotoalben, sortierte Elise in ihren Haushalt ein. Das Bild vom Haus in Jauer hängt jetzt in ihrem Nähzimmer.

Endlich sind all diese Arbeiten erledigt. Doch Elise fühlt eine gewisse Leere in sich. Sie gehört jetzt zur ältesten Generation ihrer Familie, nein, sie ist die älteste Generation ihrer Familie, Geschwister hat sie ja keine mehr. Der eigene Tod rückt näher. Unwiderruflich.

Gestern Abend waren sie bei ihren Freunden Hans und Christa eingeladen, und Elise hat gemerkt, dass sie erstmals seit ein paar Wochen wieder andere Gedanken fassen konnte. Ein paar Mal hat sie sogar herzhaft lachen können, als Hans wieder so unnachahmlich komische Geschichten aus dem letzten Urlaub von sich gab.

Heute Mittag hat sie gekocht, es gab Kartoffelpüree mit Zwiebeln und Leber, dazu Erbsen und Möhren. Zum Nachtisch aßen sie Quark mit Johannesbeeren, die sie jeden Sommer im eigenen Garten ernten und portionsweise einfrieren. Danach kaufte sich Theo in der Stadt einen neuen Tennisschläger; seit seiner Pensionierung vor neun Jahren hat er das Spiel wieder für sich entdeckt und fährt mit dem Rad drei- bis viermal pro Woche zum Platz. Gern erzählt er anschließend, wie er seine oft viel jüngeren Spielpartner zur Verzweiflung bringt.

Sie haben noch ihre Käse- und Schinkenbrote zu Abend gegessen, und Theo hat sich danach mit einer Flasche Bier – so wie er es fast jeden Abend macht – auf die Couch und vor den Fernseher gesetzt, um Nachrichten zu schauen. Sie ist nach oben in ihr Nähzimmer gegangen, wo sie in diesen Tagen unbedingt noch das Kleid zu Ende bringen will, das sie in einigen Wochen zur Silberhochzeit von Freunden aus dem Tennisverein anziehen möchte und das sie selbst entworfen und genäht hat. Ein paar Feinheiten sind aber noch zu vollenden, unter anderem muss sie eine Naht wieder öffnen, weil sie nicht exakt genug verläuft.

Im Hintergrund hört sie Radio. Der Deutschlandfunk-Kommentator erinnert an den ersten Jahrestag des Massakers von Srebrenica in Bosnien-Herzegowina und wirft der internationalen Gemeinschaft Versagen vor. Massenmord und die Vertreibung von Minderheiten seien 50 Jahre nach dem Ende des Zweiten Weltkriegs unter der zynischen Bezeichnung „ethnische Säuberung“ mitten in Europa zugelassen und geduldet worden. Für einen Moment hört sie auf zu nähen und muss an ihre eigene Geschichte denken, an ihre Zeit als Flakhelferin 1945, an die vielen Toten des Krieges und an ihr Leben danach im polnisch besetzten Schlesien, bis sie schließlich zur Ausreise gezwungen wurde. Sie denkt auch an Andreas, der sich seit Jahren bei Amnesty International engagiert und gegen die brutalen Vertreibungen auf dem Balkan protestiert. Für ihr eigenes Schicksal als Vertriebene hat er sich aber nie so richtig interessiert, denkt sie mit Bedauern.

Sie braucht eine Weile, um sich wieder auf ihre Arbeit an der Nähmaschine konzentrieren zu können. Schließlich ist sie mit der neuen Naht zufrieden und zieht vorsichtig das Kleid an. Dabei passt sie auf, dass die Stecknadeln, die an einigen Stellen den Stoff noch zusammenhalten, sie nicht pieksen. Sie dreht sich vor dem Spiegel hin und her. Das Kleid sitzt gut, und das dunkle Blau steht ihr, denkt sie, es hat sich gelohnt, damals nach dem Krieg die Schneiderlehre zu machen. In den vergangenen Jahrzehnten hat sie dadurch viel Geld gespart. Und die selbst genähten Sachen sehen oft besser aus als die Ware von der Stange im Kaufhaus. Nicht so alltäglich. Sie zieht das Kleid vorsichtig wieder aus und hängt es über die Schneiderpuppe, der es auch gut steht, wie sie freudig feststellt. Vielleicht schon morgen dürften die letzten Feinarbeiten beendet sein.

Sie macht das Radio aus, schließt die Tür hinter sich und geht die Treppe hinunter. Unten läuft das Fernsehgerät. Mit Theo möchte sie noch den Freitags-Krimi im ZDF sehen. So läuten sie immer gemeinsam das Wochenende ein.

Sie öffnet die Tür zum Wohnzimmer – und ein kurzer Blick in den Raum zeigt ihr, was los ist.

Theo sitzt kerzengerade auf dem Sofa, vor ihm das leere Glas neben der Bierflasche. Seine Augen blicken ins Nichts. Starr ins Nichts. Er ist tot, denkt sie. Sie stürzt auf ihn zu und schüttelt ihn: „Was hast du?“ Sie schlägt ihm mehrfach auf die Wange, um ihn zu wecken, doch er regt sich nicht. „Wach doch auf, bitte!“, ruft sie. Doch Theo bleibt unverändert sitzen. Verzweifelt sieht sie ihn an. Weiß nicht, was sie machen soll. Kann auch nichts fühlen. Schließlich der Griff zum Telefon.

Der Notarzt kommt wenige Minuten später. Vergebens versucht er, Theo wiederzubeleben. „Es tut mir leid, Frau Appelhoff", sagt er. „Ihr Mann ist tot. Ich kann nichts mehr für ihn tun. Es war ein Sekundenherztod, und er hatte ganz bestimmt keine Schmerzen. Ich bin sicher, dass er gar nicht mitbekommen hat, was passiert ist."

Theo, denkt sie. Noch nicht einmal 70 Jahre alt. Sie möchte schreien, doch bringt sie keinen Ton heraus. Sie setzt sich auf einen Wohnzimmerstuhl, wo sie stumm in sich zusammensackt.

„Haben Sie jemanden, der zu Ihnen kommen kann?", fragt der Notarzt.

„Ja, meine Kinder", stammelt sie. „Aber die wohnen nicht in Münster. Ich rufe sie an."

„Und fragen Sie Freunde oder Nachbarn, ob sie nicht vorbeikommen können, bis Ihre Kinder da sind. Sie sollten jetzt nicht allein sein."

„Ich komme schon zurecht", sagt sie.

Es ist zum Verzweifeln: Da geben die Polen einen Sammelpunkt für die ausreisenden Deutschen an, und was passiert? Alle werden kontrolliert und ausgeraubt. Das Zugpersonal steht daneben und schaut zu. Dafür bekommt es von den Plünderern einen Teil der Beute zugesteckt. Mutti haben sie eine Kette, einen alten Familienring und Geld weggenommen. Auch eine Samtbluse steckt einer der uniformierten Kontrolleure ein, wohl als Geschenk für seine Frau. Zum Glück hatte Mutti ihre Wertsachen im Gepäck und am Körper verteilt, sodaß nicht alle kostbaren Gegenstände weg sind. Und dann der Zug: Es sind Viehwaggons, mit denen man die Deutschen abtransportiert! Stand nicht in der Zeitung, die Aussiedlung sollte in geordneter und humaner Weise erfolgen? Das haben die Siegermächte doch mal so vereinbart, aber was gilt das heute noch? Ich verspüre Wut und Verbitterung, aber ich werde hier bleiben, solange es geht. Es ist und bleibt doch meine Heimat! (1. Juli 1946)

Als Andreas und Eva drei Stunden später eintreffen, sitzt Elise mit Hans und Christa im Wohnzimmer. Andreas geht auf seine Mutter zu und nimmt sie in den Arm.

Als sie anrief, um ihm das Unfassbare mitzuteilen, verschlug es ihm die Sprache. Mit allem hätte er gerechnet, aber nicht damit, dass sein Tennis spielender und deshalb so jung und sportlich wirkender Vater so plötzlich stirbt. Er blieb eine Weile reglos neben dem Telefon auf dem Sofa sitzen, bis Heike hereinkam und ihn fragte, was denn los sei. Sie versuchte ihn zu trösten, gab sich wirklich Mühe, suchte seine Nähe, sagte liebevolle und vernünftige Sachen. In seinem Schock reagierte er kaum, weinen konnte er auch nicht. Später bewegte er sich völlig mechanisch, als er sich fertig machte, um zu seiner Mutter zu fahren. Er bekam kaum mit, wie er einen Fuß vor den anderen setzte, als er zum Auto ging, um Eva abzuholen. Schwirrten nach dem Telefonat die Gedanken wild durch seinen Kopf, so fühlte er inzwischen eine seltsame Leere. Verwirrt trank er eine ganze Flasche Mineralwasser. Wie sie ins Auto kam, weiß er nicht mehr. Auf der Fahrt musste er sich mit aller Macht zur Konzentration zwingen. Auch seine Schwester bekam unterwegs kaum einen Ton heraus.

Elise und er verharren lange in ihrer Umarmung, er lässt sie nicht los und drückt sie fest, sie soll spüren, dass er jetzt voll und ganz für sie da ist. Sonst sind ihre Berührungen eher flüchtig, jetzt sind sie intensiv. Als sie sich voneinander lösen, hat er Tränen in den Augen. Sie hingegen sieht ihn mit traurigem, aber festem Blick an: „Weine nicht, Junge, wir schaffen das schon."

Auch Eva nimmt ihre Mutter in den Arm, während Andreas Christa und Hans begrüßt, die sich bereits vom Sofa erhoben haben und aufbrechen wollen. Andreas bittet sie, noch eine Weile zu bleiben, und tatsächlich setzen sie sich wieder.

Andreas schaut sich irritiert um. Schon während der Fahrt hat er sich gefragt, ob sich Theos Leichnam wohl noch im Haus befindet, wenn er ankommt. Elise ahnt, was er denkt und sagt: „Der Bestatter war schon vor zwei Stunden da und hat ihn mitgenommen. Er kommt morgen wieder vorbei, dann können wir alles mit ihm besprechen."

Andreas weiß nicht so recht, ob er erleichtert sein soll, denn er hatte etwas Angst vor dem Anblick des toten Vaters. Zugleich hätte er sich schon gern von seinem Vater verabschiedet.

Elise schildert inzwischen, wie sie Theo gefunden hat und reißt ihn aus seinen Gedanken. Gut, dass der Notarzt darauf bestanden hat, dass sie Freunde anruft. Sie neigt ja sonst dazu, alles nur mit sich selbst auszumachen. Dass der Arzt sagte, sein Vater habe keine Schmerzen gehabt, tröstet Andreas etwas.

„Eigentlich ein schöner Tod," sagt Hans. „Aber viel zu früh. Theo hätte der Rentenkasse ruhig noch das eine oder andere Jahr zur Last fallen dürfen."

Andreas verzieht den Mund leicht, er findet den Scherz etwas unglücklich, lieber fragt er Hans, wann genau er Theo kennengelernt habe. Kurz schildert der ihre erste Begegnung während der gemeinsamen Ausbildung zum Gewerbelehrer und erwähnt natürlich auch den unvergesslichen Urlaub 1954 mit der Vespa nach Italien. Seit mehr als 45 Jahren kennen sie sich, und haben sich bis zuletzt mindestens einmal pro Woche im Café Schucan auf dem Prinzipalmarkt getroffen. Hans berichtet noch von einigen gemeinsamen Unternehmungen der letzten Jahre, als sie beide pensioniert waren, dann verabschiedet er sich mit seiner Frau.

„Danke, dass ihr gekommen seid", sagt Andreas.

„Das ist doch selbstverständlich. Wir verstehen noch gar nicht, was passiert ist." Christa hat feuchte Augen.

Als sie zur Tür hinaus sind, kann Eva nicht mehr. Sie bricht in Tränen aus und hört gar nicht mehr auf zu weinen. Andreas weiß, wie alle in der Familie, dass ihr Verhältnis zum Vater nicht immer das beste war. Vor allem ihr mehrjähriger Trip nach Poona und das anschließende Leben in einer Bhagwan-Kommune in Bremen stießen bei ihrem Vater auf völliges Unverständnis. Bis zuletzt hat er ihr deshalb immer wieder jede Zuverlässigkeit abgesprochen, und das, obwohl Eva schon seit Jahren keine Sannyasin mehr und längst in ein bürgerliches Leben zurückgekehrt ist. Andreas fand die Haltung seines Vaters etwas ungerecht, auch wenn er selbst Evas Handlungen auch nicht immer besonders klug fand.

Aber Theo sollte sich bestätigt fühlen. Evas Ehe mit Rainer hielt sein Vater von Anfang an für einen Fehler, er sollte sehr zu Evas Leidwesen Recht behalten, denn nach fünf Jahren waren die beiden schon wieder geschieden. Kinder hat sie keine, und der Versuch, sich einen Hund als Begleiter zuzulegen, endete in einem Tierheim. Dass Eva seit einigen Jahren mit ihrer Arbeit bei einem Optiker in Leverkusen Fuß gefasst hat und bequem ihren Lebensunterhalt bestreiten kann, hat den Vater kaum besänftigt, obwohl er ihr immer vorausgesagt hat, sie werde ihm bis ans Lebensende auf der Tasche liegen.

„Ich hatte noch so viel mit Papa zu besprechen", schluchzt sie laut, und nur mühsam gelingt es Andreas und Elise, sie zu beruhigen. Reden möchte sie nicht mehr, und so nimmt sie eine Schlaftablette und geht ins Bett. Andreas schaut ihr hilflos hinterher. An einen wirklichen Gesprächsversuch Evas mit dem Vater kann er sich nicht erinnern. Umgekehrt auch nicht. In der Familie Appelhoff bleibt halt vieles unausgesprochen.

Er kocht für seine Mutter und sich einen Tee, sie merkt erst jetzt, dass sie den ganzen Abend nichts getrunken hat. Noch einmal berichtet sie von dem Tag und von dem Schock, als sie die Treppe hinunterkam und Theo leblos vor ihr saß. Plötzlich stockt sie: „Ich muss den Tennisschläger umtauschen, den er heute Nachmittag gekauft hat."

Andreas beschwichtigt seine Mutter so gut es geht: „Das können wir doch immer noch machen. Jetzt sind erst einmal andere Dinge wichtig."

Er sucht alte Fotos aus dem Schrank und setzt sich zu seiner Mutter aufs Sofa. Gemeinsam gehen sie noch einmal die Zeit durch, als Theo und Elise sich kennenlernten und erste Ausflüge mit der Isetta machten. Theo hat auf vielen Bildern eine Zigarette in der Hand, das Rauchen hat er sich schon vor 20 Jahren abgewöhnt. Und er war mit seinem gewinnenden Lachen ein attraktiver Mann, bemerken sie übereinstimmend. Langsam wird Elise etwas weicher und berichtet von der schönen Zeit der vergangenen 40 Jahre: „Theo war mein Leben. Ich hatte mir immer eine Familie und Kinder gewünscht. Im Krieg sind so viele junge Männer gestorben, ich dachte schon, das wird nichts mehr. Aber dann haben wir uns getroffen und sind glücklich geworden." Sie stockt kurz. „Und jetzt konnte ich mich nicht einmal von ihm verabschieden."

Aus Verlegenheit schaut Andreas erst an die Decke, dann auf den Boden. Dann ergreift er ihre Hand, und so sitzen sie eine Weile stumm nebeneinander.

„Ich mochte seine Art, Verantwortung zu übernehmen, ohne viel darüber zu reden", sagt er schließlich. „So wie er mir mit dir zusammen mein Studium finanziert hat. Ich glaube, er hat nicht alles verstanden, was ich in meinem Leben gemacht habe. Aber ich denke, insgesamt akzeptierte er zuletzt meinen Weg, oder?"

„Natürlich, er war sehr zufrieden mit dir. Er mochte deine Familie und war sehr stolz auf seine Enkel. Als Opa war er viel milder als zu seiner Zeit als Vater. An euch als Kinder hat er sehr hohe Erwartungen gehabt, bei den Enkeln war er viel entspannter und hat die Entwicklung einfach genossen."

Andreas erinnert sich an schwierige Diskussionen mit seinem Vater. Selten war es ein richtiger Austausch von Meinungen, eher versuchte Theo ihn wie einen Schüler zu belehren, selbst als er schon fast 30 Jahre alt war. Nur selten duldete sein Vater Widerspruch. Wenn er wütend wurde, und das ging recht schnell, beendete man die Diskussionen besser. Nach seiner Pensionierung änderte sich das. Der Super-GAU in Tschernobyl brachte ihn sogar dazu, kritischer über die Sicherheit von Atomkraftwerken nachzudenken. Nach dem Mauerfall versuchte Andreas ihn von dem Konzept der Menschenrechte zu überzeugen. Theo war allerdings zu sehr vom Kalten Krieg geprägt, er ließ sich nie so richtig auf ihn ein. Seine Mutter hingegen kann eher nachvollziehen, wenn er Ungerechtigkeiten in der Welt anklagt. Gelegentlich überweist sie sogar eine kleine Spende an Amnesty International, weiß Andreas.

Bestimmt noch zwei Stunden reden sie über Theo. Andreas merkt, dass es ihm gut tut, und Elise scheint es genauso zu gehen. Sie erzählt. Viel mehr als sonst. Geschichten aus dem gemeinsamen Leben mit ihrem Mann. Dabei sehen sie sich weiter Fotos an. „Kennst du noch die Wohnung in Detmold? Hier streicht er gerade bei meinen Eltern die Küche." Theo hat einen Hut aus Zeitungspapier auf dem Kopf und lacht mit einem Pinsel in der Hand in die Kamera. Erich steht im Anzug und mit strengem Blick daneben: „Für Theo war es schwierig, dass meine Eltern ihn erst nicht akzeptierten. Stell dir vor: Meine Mutter hat ihn zehn Jahre lang gesiezt, erst dann hat sie ihn richtig ins Herz geschlossen."

Andreas fällt auf, dass seine Mutter nur Positives über ihre Ehe berichtet. Angesichts der Umstände beschönigt sie ihre Liebe etwas, sie spricht nicht offen über die Konflikte, die sie auch mit Theo hatte, wie er sehr wohl weiß. Sein Vater konnte auch bei Kleinigkeiten laut werden. Dann verstummte sie meist, um seine Wut zu ersticken – mit meist mäßigem Erfolg. Nach so einem Streit zum Beispiel über die Kinder konnte er sehr nachtragend sein, dann strafte er seine Frau mitunter tagelang mit Schweigen. Doch das ist heute nicht das Thema. Und seine Eltern haben sich schließlich immer wieder zusammengerauft. Das schafft auch nicht jeder.

Sie blättern weiter im Fotoalbum, betrachten Bilder von den Kartenspielabenden mit Theos Kollegen, an denen er auch schon mal ganz gern getrunken hat. Theos Augen sehen etwas glasig aus, neben ihm ein Glas Bier und ein Haufen Kleingeld. Er sieht glücklich aus.

Weitere Fotos von Theo. Lachend und ernst, argumentierend, mit der Rosenschere im Garten arbeitend. Gemeinsame Tanzkurse. Urlaube. Sein Vater mit Eva und ihm in den Wellen der Nordsee und in einem eiskalten Gebirgsbach in den Alpen. Später die Reisen zu zweit: Seine Eltern auf Kreuzfahrt, sie schütteln dem Kapitän die Hand. Flugreisen ins europäische Ausland, obwohl Theo eigentlich von Flugangst geplagt wurde. Aber er hat sie überwunden, um mit seiner Frau auch Italien, Griechenland, die Türkei und Spanien zu erkunden. Und plötzlich soll er nicht mehr da sein?

„Ich vermisse ihn jetzt schon unendlich." Seine Mutter verliert sichtlich die zwischenzeitlich zurückgewonnene Festigkeit. Fast kann Andreas sehen, dass sie sich vornimmt, stark zu sein. Wie sie sich zusammenreißt. Mit aller Macht das Weinen unterdrückt. Sie holt einen Block und notiert Dinge, die in den nächsten Tagen zu erledigen sind. Wer ruft Theos Geschwister an, wer trifft die Absprachen mit dem Bestatter, wer nimmt mit dem Pfarrer der Gemeinde Kontakt auf, wer kümmert sich um die Todesanzeige in der Zeitung, wer verschickt die Anzeigen mit der Post und an wen? Sie beginnen, auf einer Liste Namen aufzuschreiben: Verwandte, gemeinsame Freunde, frühere Kollegen von Theo, Nachbarn. Schnell kommen fast hundert Namen zusammen.

„Wir müssen Briefmarken kaufen", sagt seine Mutter.

Sie trinken noch einen Tee, und kurze Zeit später gehen sie schlafen. Andreas ahnt, dass seine Mutter wach im Bett liegt, sie wird Trauer und Leere in sich spüren, der Tag wird immer wieder vor ihren Augen ablaufen. Er liegt in seinem alten Kinderzimmer und kann auch nicht einschlafen. Er denkt an seinen Vater, der ihn in der Schule anspornte und gute Noten verlangte. Der ihn sonntags in unbequemer Kleidung mit in die Kirche nahm, ohne zu fragen, ob er überhaupt wollte. Und der mit ihm im Garten Fußball spielte und zusammen mit ihm ins Preußenstadion ging.

Andreas sieht Theo in kurzer Hose auf der anderen Seite des Tennisfeldes beim Aufschlag. Sein Vater war ein technisch besserer Spieler als er selbst, weil er immer nur Fußball spielte und nicht eine Tennisstunde hatte. Wenn seine Kondition dazu geführt hätte, dass Andreas mit Laufarbeit das Spiel vielleicht noch zu drehen drohte, brach sein Vater die Partie gern ab, weil angeblich andere den Platz nutzen wollten. Vor wenigen Wochen hatten sie das letzte Mal zusammen gespielt. Theo ließ ihm keine Chance.

Kapitel 27

2013

Natürlich ahnt er, was kommen wird, er arbeitet ja nicht erst seit heute mit Medien und auch nicht erst seit heute beim Deutschen Akademischen Austauschdienst. Die Abteilungsleitersitzung im DAAD beginnt in wenigen Minuten, und als Pressesprecher soll Andreas unbedingt anwesend sein. Die deutsche Politik und auch die Spitze des Hauses sind nicht zufrieden mit der Medienresonanz auf die jüngsten Entwicklungen zur Türkisch-Deutschen Universität, so dass in zwei Tagen eine Pressekonferenz in Istanbul angesetzt worden ist, mit Bildungsministerin Wanka, mit Außenminister Westerwelle und den entsprechenden türkischen Amtsträgern.

Rita Schneider, die Präsidentin des DAAD, kommt schnell zum Punkt. Sie hat zwei Flüge buchen lassen. Präsenz zeigen. Die Bedeutung des DAAD für das Projekt hervorheben. Zwei Flüge. Für sich und für ihn. Ihre Argumentation lässt keinen Widerspruch zu: „Sie sprechen Türkisch, Herr Appelhoff. Und Sie kennen sich mit dem Thema und mit Medien aus. Es gibt niemanden sonst bei uns, der es machen könnte. Es ist eines der wichtigsten Projekte des DAAD dieses Jahres."

Er nickt. Angespannt. Ein denkbar ungünstiger Zeitpunkt. Aber er lässt sich nichts anmerken. Professionell klärt er in der Runde die Ziele des Termins ab, sagt zu, ein paar Korrespondenten in Istanbul anzurufen, um ihnen das Thema schmackhaft zu machen und möglichst ein paar Interviewtermine für Frau Schneider zu vereinbaren.

„Ich werde tun, was ich kann", sagt er nach der Sitzung zu seiner Chefin. „Aber Sie wissen selbst, dass die Politiker bei solchen Anlässen immer mehr Beachtung in der Öffentlichkeit finden als wir, selbst wenn es unser Projekt ist und wir die ganze Arbeit leisten."

Sie bejaht, wirft aber ein: „Sie haben es schon oft geschafft, uns dennoch gut in der Öffentlichkeit zu platzieren. Wenn es nur ein bisschen gelingt, wird klar werden, dass diese Universität unsere Idee ist. Und ich verspreche ihnen: Wenn wir zurück sind, können Sie Ihre privaten Dinge regeln." Gut, dass Eva gerade in Münster ist. Seine Mutter ist nicht allein.

Andreas nuschelt so etwas wie „Alles klar, danke", geht in sein Büro und bittet seine Kollegin Susanne, aus der Datenbank alle in Istanbul arbeitenden deutschen Korrespondenten herauszusuchen.

Eine Stunde später hat er ein recht gutes Gefühl, dass die Reise zum Bosporus erfolgreich wird. Die Kollegin der Süddeutschen Zeitung in Istanbul will Rita Schneider für die Seite 3 interviewen und hat schon ein Vorgespräch am Telefon geführt. Auch der ARD-Hörfunkkorrespondent zeigt Interesse. Mehrere andere Medienvertreter, darunter ein Mitarbeiter der Deutschen-Presse-Agentur und ein Fernsehkollege, den Andreas von einem früheren Istanbul-Besuch kennt, haben zugesagt, zur Pressekonferenz zu kommen. Per Mail schickt er den Korrespondenten die Kontaktdaten, unter denen man ihn ab morgen Nachmittag in Istanbul erreichen kann.

Istanbul. Unter normalen Umständen würde er sich freuen, diese Stadt mal wieder zu besuchen, hätte er seinen Aufenthalt privat um ein paar Tage verlängert. Aber nun ist es ein rein beruflicher Termin. Schnell und effizient zu erledigen. Am Atatürk-Flughafen geht er zielstrebig auf die Schlange der gelben Taxen zu. Nachdem er sich versichert hat, dass der Fahrer einen Taxameter benutzt, steigt er mit seiner Chefin ein und nennt als Ziel ein kleines Hotel im Stadtteil Beyoglu. Er hat darauf bestanden, im Istanbuler Zentrum zu wohnen und nicht in Beykoz im Nordosten der Metropole, wo die Türkisch-Deutsche Universität ihren Sitz hat. Auch wenn er diesmal nur kurz in Istanbul sein wird, will er doch im Zentrum die besondere Atmosphäre der Stadt atmen.

Das Taxi fährt am Marmara-Meer entlang. Die Prinzeninseln. Der Fahrer verwickelt ihn in ein Gespräch. Andreas merkt, dass er etwas aus der Übung ist, häufiger nach Vokabeln suchen muss und Mühe mit den für Westeuropäer ungewöhnlichen grammatikalischen Konstruktionen der türkischen Sprache hat. Der Taxifahrer lobt ihn aber überschwänglich, nur wenige Touristen könnten sich so gut verständigen. Andreas weiß allerdings, dass die Türken das schon sagen, wenn man gerade mal zwei Standardsätze radebrechen kann.

Im Zentrum angekommen, fahren sie auf dem Atatürk Bulvari durch das alte römische Valens-Aquädukt und überqueren wenig später das Goldene Horn. Der Fahrer biegt kurz danach rechts ab, es geht etwas bergauf. Die Straßen werden enger, er hupt mehrmals ungeduldig, als jemand etwas auslädt und die Weiterfahrt der anderen Autos für kurze Zeit blockiert. Fast im Schritttempo erreichen sie ihr Hotel. Der Fahrer holt die Taschen aus dem Kofferraum, während hinter ihm die Autos ungeduldig hupen. Andreas steckt ihm ein Trinkgeld zu, der Wagen braust davon.

Beyoglu. Früher war es das griechische Viertel der Stadt, damals hieß es noch Pera. Auch Armenier wohnten hier. In und nach dem Ersten Weltkrieg wurden die beiden Minderheiten fast vollständig aus der Türkei vertrieben. Die Armenier sehr brutal. Hunderttausende Tote. Mit den Griechen verständigte sich der türkische Staatsgründer Kemal Atatürk schließlich auf einen Bevölkerungsaustausch.

Das Thema Vertreibung holt mich immer wieder ein, denkt Andreas. Sogar hier.

Aus den Fenstern ihrer Zimmer können er und Rita Schneider den Galata-Turm sehen, das Wahrzeichen des europäischen Zentrums von Istanbul. Auch die Einkaufsmeile Istiklal Caddesi ist nicht weit entfernt. Andreas hat versprochen, seiner Chefin, die noch nie in Istanbul war, etwas von der Stadt zu zeigen. Es ist früher Nachmittag, und für einen kurzen Rundgang wird die Zeit noch reichen. Frau Schneider hat eine riesige Sonnenbrille aufgesetzt und mal wieder einen hellbraunen, unglaublich unmodischen Faltenrock an. Andreas schaut lieber nicht genau hin.

Von Beyoglu aus gehen sie einen Hügel hinab zur Galatabrücke. Sie bietet eines der Bilder, die er an Istanbul ganz besonders schätzt: Männer, die dicht an dicht stehend ihre Angeln ins Goldene Horn werfen, das wenig später im Bosporus aufgeht. Daneben Schuhputzer, Trickbetrüger, Geldwechsler und Händler aller Art. Wer heute Sonnenbrillen verkauft, hat morgen, wenn sich das Wetter ändern sollte, Regenschirme im Angebot. Nur mühsam gelingt es Andreas, einen aufdringlichen Händler abzuschütteln, schon lauert der Nächste. Er zeigt seiner Chefin den Blick zurück auf Beyoglu, und deutet schräg gegenüber auf den islamisch geprägten Stadtteil Fatih, der so ganz uneuropäisch daherkommt. Jenseits des Bosporus sehen sie den langgestreckten asiatischen Teil Istanbuls. „Hier ist das Meer mitten in der Stadt", stellt Rita Schneider fest. Er kennt dieses Staunen.

Die Brücke überquerend kommen sie in das alte Zentrum der Stadt. Hier war früher Byzanz, später Konstantinopel. Einige Spuren gibt es noch. Andreas zeigt seiner Chefin den alten Sultanspalast, eine uralte Zisterne, die Hagia Sophia und natürlich auch die Blaue Moschee, die beide auf einem Hügel über dem Bosporus thronen. Mit wenigen türkischen Sätzen gelingt es ihm, die selbsternannten Touristenführer abzuwehren, doch immer nur für kurze Zeit. Auf dem Großen Bazar deckt sich Frau Schneider mit verzierten Döschen und anderen Souvenirs für ihre Familie ein, dann fahren sie mit dem Taxi zurück nach Beyoglu. Ein erster Journalist ruft Andreas auf seinem Handy an, und sie vereinbaren für morgen ein Gespräch am Rande der Pressekonferenz.

„Wir könnten auch in Paris oder Berlin sein", stellt Schneider fest, als sie die Kaufhäuser in der Istiklal Caddesi sieht, aus denen laute Musik dröhnt und die grelle, westliche Mode anbieten. Christliche Kirchen stehen nicht weit entfernt von den Moscheen. Die Menschen auf der Straße – und es sind mehrere tausend, die hier flanieren – sind modern gekleidet. Nur wenige Frauen tragen Kopftuch, vor ein paar Jahren gab es allerdings so gut wie gar keine. Ohnehin fällt Andreas auf, dass sich die Stimmung in der Stadt verändert hat. Schleichend ist Istanbul, wie die ganze Türkei, unter Ministerpräsident Recep Tayyip Erdogan immer islamischer geworden, er bemerkt es an der Kleidung der Frauen, aber auch daran, dass der Alkoholverkauf selbst hier im europäischen Beyoglu immer versteckter stattfindet. Er denkt an die Proteste um die Bebauung des Gezi-Parks, die sich in den vergangenen Monaten zu Massenprotesten der Opposition gegen Erdogan entwickelten. Die Türkei ist zunehmend ein gespaltenes Land, denn trotz des zuletzt sichtbaren Widerstands gegen die politische Führung hält eine Mehrheit der Türken weiter fest zum Regierungschef und seiner AKP.

Nach dem Essen in einem Restaurant mit den typischen Vorspeisen – meze – und etwas Reis mit Lammfleisch und Gemüse will Andreas seiner Chefin noch ein besonderes Lokal zeigen. Sie verschwinden in einer dunklen Seitenstraße, und nach hundert Metern erkennt er ein unscheinbares Haus wieder. Die Tür steht offen. Er nimmt im Treppenhaus ein paar Stufen und zeigt auf einen Aufzug. Sie fahren nach ganz oben, müssen noch einmal ein paar Stufen hoch, und betreten dann ein Dachlokal mit kompletter Glasfassade und weitem Blick auf Altstadt und Bosporus. Das Bier kostet umgerechnet fünf Euro, aber sie genießen den Ausblick auf die Lichter der Metropole. Funkeln überall. Atemberaubend.

„Ich kann verstehen, dass diese Stadt Sie so fasziniert, Herr Appelhoff", sagt Frau Schneider und streicht über die breiten Falten auf ihrem Rock. „Es ist an ganz vielen Orten zu spüren, dass Istanbul West und Ost verbindet. Und unsere Universität ist auch so ein Brückenschlag. Wir sind hier genau richtig."

Andreas, der den Satz ‚Orient trifft Okzident' vor Jahren selbst nicht oft genug betonen konnte, ist nicht mehr so sicher, ob sie

Recht hat. Schließlich hat sich Erdogan gerade in letzter Zeit nicht als Brückenbauer, sondern eher als Abrissunternehmer erwiesen, für den die Annäherung an Europa nicht mehr wichtig erscheint und der stattdessen auf die Türkei als Regionalmacht im islamischen Raum setzt. Andererseits weiß Andreas, dass Erdogan flexibel ist und jederzeit seine Politik ändern wird, wenn er das Gefühl hat, das könne ihm nutzen.

Unbeeindruckt von einer kurzen Diskussion darüber erklärt Rita Schneider am nächsten Tag am Rande der Pressekonferenz auf dem Gelände der neuen Hochschule mit ebendieser Brückenfunktion den deutschen Korrespondenten die Ziele der neuen Einrichtung, die in vier Wochen ihren Lehrbetrieb für die ersten 120 Studierenden aufnehmen wird. Das Bild ist einfach zu verlockend. Sie erläutert den Entstehungsprozess, die Rolle des DAAD als Koordinator und die Finanzierung aus Mitteln des Bundesbildungsministeriums. Andreas erklärt zur gleichen Zeit Journalisten der türkischen Agentur Anadolu und der Zeitung Hürriyet die deutsche Sicht auf das Gemeinschaftsprojekt. Bildungsministerin Wanka und Außenminister Westerwelle sowie die türkischen Politiker, die mit ihren Stellungnahmen die Pressekonferenz bestückt haben, sind schon längst verschwunden.

Zurück im Hotel – das Taxi braucht fast eine Stunde, weil die Bosporus-Brücke mal wieder völlig verstopft ist –, schaffen sie es noch, die Tagesschau um 15 Uhr zu schauen, in der es einen Bericht zu sehen gibt, in dem Ministerin Wanka kurz zu Wort kommt. Zufrieden packen sie ihre Taschen und fahren zum Flughafen. Andreas hat den Eindruck, seine Chefin wäre gern noch etwas länger geblieben, aber der Rückflug ist für den frühen Abend gebucht. Im Taxi klingelt Andreas' Telefon, es ist eine Nummer aus Deutschland. Er drückt auf das grüne Hörer-Symbol: „Appelhoff."

„Hier ist Hartmann vom Hospiz Sonnenhaus in Münster-Wolbeck. Guten Tag, Herr Appelhoff. Sie haben vor etwa zwei Wochen Ihre Mutter bei uns angemeldet. Ich kann Ihnen sagen, dass morgen ein Zimmer frei wird. Und Sie stehen in der Warteliste ganz oben."

Jetzt ist ein Brief durchgekommen, endlich! Und dann noch mit guten Nachrichten! Mutti hat im Auffanglager Friedland für Flüchtlinge aus dem Osten die Adresse von Vati bekommen, und sie haben sich erst geschrieben und dann sogar getroffen! Wie glücklich müssen sie gewesen sein, als sie sich wieder in die Arme schließen konnten! Mir kommen vor Freude die Tränen, wenn ich daran denke, und ich verspüre eine tiefe Sehnsucht nach den beiden. Von Friedrich gibt es leider kein Lebenszeichen. In keiner Kartei vom Roten Kreuz findet sich irgendein Hinweis auf sein Schicksal.

Vati arbeitet wieder als Richter und verdient regelmäßiges Geld. Er will sich möglichst schnell in die britische Besatzungszone versetzen lassen, um bald eine gemeinsame Wohnung mit Mutti zu beziehen. Sie selbst ist von Friedland aus zunächst in ein Flüchtlingslager nach Detmold verlegt worden. Inzwischen wohnt sie nicht mehr im Behelfsheim, sondern hat in einer Familie in Detmold ein Zimmer zugewiesen bekommen. Sie hat ein schlechtes Gewissen, weil der Raum für sie als Flüchtling wohl beschlagnahmt worden ist. Die Menschen müssen jetzt richtig zusammenrücken. Aber Hauptsache, Mutti muß nicht länger in irgendeinem schrecklichen Lager oder Heim wohnen. Die Familie ist sehr freundlich, schreibt sie. Ein Glück! Sie ist auch auf der Suche nach Großmutti, sie ist ja wohl irgendwo bei Leipzig gestrandet. Das hört sich doch fast schon nach normalem Leben an! Auch wenn sie schreibt, daß alles so ungewohnt ist und sie schrecklich starke Sehnsucht nach dem Leben von früher hat. Das kann ich mir lebhaft vorstellen.

Ich schreibe sofort zurück und berichte von der trostlosen Lage hier in Jauer. Es leben immer mehr Polen und immer weniger Deutsche hier. Fast täglich gehen volle Züge Richtung Westen. Viele sagen, sie gehen lieber, bevor die Polen sie rauswerfen. Hoffnung klingt anders. (3. August 1946)

Am nächsten Morgen steht Andreas früh auf, bereitet das Frühstück für die Familie vor, kocht Kaffee und backt Brötchen auf. Er blättert in der Süddeutschen Zeitung, und sofort sieht er die Überschrift „Brückenschlag in die Türkei". Darunter steht das

Interview mit Rita Schneider, die ausführlich das Projekt und die Rolle des DAAD für seine Realisierung schildert. Auch das Lokalblatt „General-Anzeiger" berichtet im Nachrichtenteil. Der Text der „Deutschen Presse-Agentur" erwähnt ebenfalls die Koordination durch den Deutschen Akademischen Austauschdienst.

Noch auf dem Weg vom Flughafen Köln/Bonn nach Hause hat Andreas gestern über sein Smartphone die Berichterstattung auf den wichtigsten Nachrichtenseiten im Internet nachvollzogen. Die türkischen Medien haben vor allem auf seine Aussage abgehoben, dass die Türkei als wirtschaftlich aufstrebender Staat und als Bindeglied zwischen Europa und dem arabischen Raum besondere Bedeutung verdient.

Vom Frühstückstisch aus schreibt er eine Mail an Rita Schneider, in der er eine Kurzauswertung der Presseresonanz vornimmt, und beschließt dann, wie mit seiner Chefin vereinbart, die beruflichen Dinge erst einmal für ein paar Tage ruhen zu lassen. Das Frühstück mit Heike, Jonas und Laura verläuft nach dem Bericht über den freien Hospizplatz sehr still.

Eva war die ganzen letzten Tage bei Mutter. Gestern Abend hat er sie noch angerufen. Was sie berichtete, hörte sich nicht gut an. Seine Mutter verweigert das Essen und hat wohl den Wunsch geäußert, zu sterben. Eva hörte sich kraftlos an und kündigte an, noch am Abend nach Hause zu fahren. Jetzt könne er sich ja mal wieder kümmern. Den Vorwurf in ihrem Tonfall hat er geflissentlich überhört.

„Ist es nicht doch noch möglich, Elise nach Bonn zu holen?", fragt Heike in seine Gedanken hinein. „Sie wünscht sich doch bestimmt eine familiäre Umgebung. Vielleicht fängt sie bei uns sogar wieder an zu essen, das ist doch möglich."

„Das könnte ich mir auch vorstellen", antwortet Andreas. „Aber ich habe jetzt schon dreimal mit dem Arzt über das Thema gesprochen. Er schließt einen Transport von fast 200 Kilometern aus, sagt sogar, sie würde das wahrscheinlich nicht überleben. Ich werde heute noch einmal mit ihm darüber beraten. Aber ich glaube, wir haben in den letzten Monaten den Termin leider verpasst, an dem wir Mutter noch nach Bonn holen konnten. Es geht aber auch alles so schnell." Seine Stimme verliert an Festigkeit. „So traurig das auch ist: Vermutlich werde ich sie heute Nachmittag oder morgen ins Hospiz begleiten."

„Schade, wirklich schade. Und wie ist das für dich?"

Andreas blickt seine Frau an. Seine Stimme ist brüchig, als er sagt: „Nicht gut. Ich fühle mich schlecht, mache mir Vorwürfe, weil ich das alles nicht viel früher und besser geregelt habe. Aber ich konnte auch nicht ahnen, dass es so wahnsinnig schnell geht."

Die Kinder starren auf den Tisch. Andreas ist wieder gefestigter und ermutigt sie, über das zu sprechen, was sie bewegt: „Es ist traurig, aber ihr braucht deshalb nicht zu verstummen. Sprecht über eure Gefühle, das ist immer besser als alles hinunterzuschlucken."

Er schaut Laura an, die ihn manchmal sehr an seine Mutter erinnert. Schon optisch wegen ihrer wachen Augen und der Größe, aber auch so manche Charaktereigenschaft Elises scheint sich in ihr zu spiegeln. Sie dreht ähnlich wie ihre Oma jeden Cent zweimal um, bis sie ihn ausgibt. Jonas hingegen ist da ganz anders: Wenn er Geld hat, gibt er es gern und schnell aus, manchmal auch etwas unvernünftig. Er erinnert Andreas an diesem Punkt eher an seine Patentante Barbara, als dass er etwas von seiner Mutter in ihm erkennen könnte. Darüber, dass Barbara so ganz anders ist als seine Mutter, obwohl sie doch auch aus der schlesischen Familie Plackwitz entstammt, hat er sich schon immer gewundert. Ob sie selbst als Psychologin wohl eine Erklärung dafür hat?

Andreas schüttelt den Gedanken weg, es gibt jetzt wichtigere Dinge. Er weiß, dass sich seine Kinder wegen ihrer Oma Sorgen machen. Das Thema Sterben kam in ihrem Leben bisher kaum vor. Andreas möchte nicht, dass sie ihre Trauer verdrängen oder meinen, sie nicht zeigen zu dürfen. Aufmunternd nickt er ihnen zu.

Jonas sagt nichts. Er ist wahrscheinlich genervt von seinem Vater. Laura wischt sich mit dem Ärmel eine Träne aus dem

Gesicht und sagt schließlich: „Wir möchten mit zur Oma fahren. Wir wollen sie schließlich noch mal sehen. Geht das?"

„Natürlich. Wenn ihr möchtet, könnt ihr morgen mit der Mama nach Münster kommen. Heute ist es vielleicht nicht so gut, weil einfach schrecklich viel zu regeln ist, aber morgen können wir sie alle zusammen besuchen."

„Wir kommen auf jeden Fall", sagt Heike und umfasst von hinten seine Schultern. „Klär du erst einmal ab, wie es weitergeht. Und du weißt, dass wir bei dir sind."

Andreas lächelt sie an. Ein Blick auf die Uhr zeigt, dass es noch zu früh ist, um im Hospiz anzurufen. Jonas verschwindet schon bald zur Arbeit, Laura hat noch Ferien, bevor Ende August ihr letztes Schuljahr beginnt. Andreas geht zum CD-Player, um sich abzulenken legt er eine Element-of-Crime-CD auf und hört eine Weile unkonzentriert dem Gesang von Sven Regener zu. Sven, denkt er kurz. Er hat es geschafft.

Danach ruft er zunächst in der Petrusklinik an. Dr. Michels ist noch nicht im Haus, aber ein Stationsarzt sagt ihm unmissverständlich, dass seine Mutter sehr schwach ist. In den vergangenen Tagen habe sie deutlich abgebaut, sie spreche kaum noch und habe inzwischen fast keine Kraftreserven mehr. Ein Transport nach Bonn sei völlig unrealistisch. Kurz vor neun wählt Andreas dann die Nummer des Sonnenhauses und lässt sich mit Direktor Hartmann verbinden, mit dem er sich gestern auf einen Rückruf verständigt hat.

„Schön, dass Sie sich so früh melden. Sind Sie gut aus Istanbul zurückgekehrt?"

Andreas bejaht und erzählt Hartmann kurz, was er dort gemacht hat.

„Ach, von dieser Universität habe ich im Radio gehört. Ein interessantes Projekt, an dem Sie da mitarbeiten."

Dann berichtet Hartmann noch einmal von dem frei gewordenen Zimmer, das ab Mittag neu belegt werden könne: „Sie haben ja unser Haus vor einiger Zeit besichtigt. Wie ich aus unserem

Telefonat neulich noch weiß, sind Sie ja noch nicht sicher, ob unser Hospiz der richtige Ort für Ihre Mutter ist. Sehen Sie das heute klarer?"

Andreas zögert. „Ja, schon. Ich habe heute früh noch einmal mit den Ärzten der Petrusklinik telefoniert, und Sie können nach eigener Aussage für meine Mutter nichts mehr tun. Ich würde sie lieber nach Bonn holen, doch das schafft sie wohl nicht mehr. Meine Mutter will nicht mehr essen und wird immer schwächer. Bis wann müssen Sie denn Bescheid wissen?"

„Leider recht bald. Wenn Sie das Zimmer jetzt nicht nehmen, können wir es anderen von der Warteliste anbieten."

„Das verstehe ich. Dann sage ich Ihnen jetzt zu, dass wir das Zimmer nehmen. Ich fahre gleich nach Münster, spreche mit meiner Mutter und den Ärzten, und danach melde ich mich wieder. Sollten wir das Zimmer dann doch nicht haben wollen, komme ich für die Kosten auf, falls Sie durch uns Leerstand haben sollten."

„Darüber machen Sie sich mal keine Sorgen, Herr Appelhoff. Fahren Sie und klären Sie alles Erforderliche. Wir bereiten hier schon einmal alles vor."

„Danke. Und bis später, auf Wiederhören."

Gut drei Stunden später, nach einer Bahnfahrt in einem ICE, der quer durch das Ruhrgebiet fährt und alle paar Kilometer hält, klopft Andreas an das Zimmer seiner Mutter. Er tritt sofort ein, ohne auf eine Reaktion zu warten. Bei ihrem Anblick zuckt er zusammen: Die ohnehin schon sehr magere Frau ist noch schmaler im Gesicht geworden. Das wird dadurch verstärkt, dass ihr Mund im Schlaf offen steht. Ihr Haar ist ungekämmt und klebt fettig am Kopf.

Als sie aufwacht, schaut sie Andreas traurig an. Ihre Augen, die früher eine enorme Strahlkraft hatten, wirken blass und haben einen verlorenen Ausdruck. Er gibt ihr einen Kuss und versucht zu lächeln. Es dauert eine Weile, bis sie den Mund öffnet, Andreas merkt, dass ihr das Sprechen schwerfällt: „Hallo, mein Lieber." Elise spricht undeutlich.

„Hallo, Mutti. Bist du zu müde für einen Besuch? Soll ich später wiederkommen?"

„Ich bin immer müde, mein Junge. Ich kann nicht mehr, und ich will auch nicht mehr."

Andreas muss sich zu ihr beugen, um sie zu verstehen, er nimmt die Hand seiner Mutter und erschrickt, wie zerbrechlich ihre Finger wirken. Vorsichtig drückt er ihre Hand. Er geht ins Badezimmer, befeuchtet einen Waschlappen und fährt ihr damit erst durch das Gesicht und dann über die verschwitzten Hände. Dabei sieht er, dass auf dem kleinen Tisch neben dem Bett ein Kreuz liegt. Seine Mutter war nie besonders religiös, aber Eva hat ihm erzählt, dass der Pfarrer ihrer Gemeinde da war. Eine Freundin aus dem Tanzkreis hat wohl die Kirchengemeinde informiert, dass es Elise nicht gut geht.

Sie versucht, sich im Bett zu drehen, schafft es aber nicht. Die Frage nach Schmerzen verneint sie, obwohl Andreas sieht, dass die Antwort nicht stimmen kann. Aber gejammert hat seine Mutter in ihrem ganzen Leben nie. Seine Mutter wirkt auf ihn sehr erschöpft, obwohl sie gerade geschlafen hat und theoretisch ausgeruht sein könnte. Er nimmt einen Fruchtjoghurt, der neben dem Kreuz auf dem Tisch steht, und fragt: „Willst du etwas essen?"

Sie schüttelt den Kopf. „Ich kann nichts essen", sagt sie langsam.

Er möchte aber, dass sie zu Kräften kommt, reißt den Joghurt deshalb trotzdem auf, nimmt etwas auf den Löffel und füttert sie. Er muss an seinen Zivildienst in der Kinderklinik denken, wo manche Kinder so krank waren, dass sie nicht mehr allein essen konnten. Tatsächlich isst seine Mutter vier oder fünf Löffel, aber dann faucht sie ihn fast an: „Ich möchte nicht mehr!" Sie presst die Lippen fest aufeinander, so dass Andreas aufgibt. Immerhin trinkt sie einen Schluck Wasser, und wirkt danach etwas wacher.

„Geht es dir denn jetzt etwas besser?", will Andreas wissen und ärgert sich gleichzeitig über die dumme Frage. Wieder antwortet seine Mutter, dass sie nicht mehr weiterleben will. Anders als vor zwei Wochen, als sie noch allein in ihr Haus zurückkehren wollte, gibt sie nicht vor, stark und auf dem Weg der Besserung zu sein. Sie sei gar nicht mehr aufgestanden, hat ihm auch seine Cousine Marianne erzählt, die Elise in den letzten Tagen immer wieder besucht hat. Die Berichte der Ärzte am Telefon klangen genauso. Dennoch ist Andreas überrascht, dass seine Mutter so sichtlich abgebaut hat, seitdem er sie vor sechs Tagen das letzte Mal gesehen hat. Gern würde er ihr wieder mehr Lebenskraft einhauchen.

„Willst du mit mir ein paar Schritte laufen?", fragt er.

„Nein, das strengt mich viel zu sehr an", antwortet sie. „Glaub mir, ich bin alt. Ich will auch nicht mehr umziehen, nach Hause kann ich nicht mehr. Lasst mich einfach hier sterben. Gestern war schon der Pfarrer bei mir. Die Elfi hat ihm wohl Bescheid gesagt. Er hat mir erklärt, dass ich auf die letzte Reise gehe. Das wusste ich aber schon."

Andreas findet es verwunderlich, dass seine Mutter plötzlich vom Tod spricht, was sie ihm gegenüber vorher nie getan hat. Wenn er sie so vor sich sieht, körperlich schwach und wissend, dass sie Krebs hat, kann er sich vorstellen, dass sie das Kämpfen einfach leid ist. Dieses ständige Kämpfen ums Überleben. Seit Tagen und Wochen schon. Eine Last, die endlich von ihr abfallen soll. Sie möchte wohl nur noch friedlich einschlafen.

Aber was ist mit ihm?

Er schaut sie an, und in ihm wehrt sich etwas ganz heftig bei dem Gedanken. Er hätte seine Mutter gern noch länger um sich, am besten natürlich gesund. Traurig bedauert er erneut, dass er es vor Monaten versäumt hat, seine Mutter zu sich nach Hause zu holen. Dann müsste sie jetzt nicht im Krankenhaus liegen und einsam auf ihren Tod warten.

Auch würde er sie gern aufmuntern. Aber für sein „Ach Mutti, sag doch so etwas nicht. Das Leben kann doch auch schön sein" hatte sie nur einen stummen Blick übrig. Welcher Satz wäre jetzt wohl der Richtige? Er weiß es nicht.

Ein kurzes Stöhnen reißt ihn aus diesen Gedanken. Mit schmerzverzerrtem Gesicht versucht seine Mutter, sich etwas aufzurichten, doch fehlt ihr ganz offensichtlich die Kraft dazu. Fast keinen Millimeter hat sie sich bewegt, und als Andreas ihr helfen will, lehnt sie entschieden ab. Er lässt es dann auch, weil er Angst hat, ihr wehzutun, wenn er sie hochzieht. Es wäre schön, wenn sie wenigstens nicht allein in ihrem Zimmer läge, sondern Hilfe und etwas Gesellschaft um sich hätte.

Ihm ist mulmig zumute, sein Herz rast, aber er nimmt seinen Mut zusammen und berichtet von dem Anruf aus dem Hospiz, dass dort ein Zimmer frei sei. Sie hört ruhig zu, erstaunlicherweise widerspricht sie nicht, sondern sagt: „Das ist eine gute Idee. Das Sonnenhaus gefällt mir." Nach einer kurzen Pause fügt sie hinzu: „Ich habe dort vor Jahren mal eine Freundin aus dem Tanzkreis besucht. In Ordnung, dahin kannst du mich bringen." Ihre Stimme klingt plötzlich sogar etwas fester als vorhin. In diesem Augenblick ist Andreas froh, dass seine Mutter geistig immer klar geblieben ist, bis in die Gegenwart. Was hat er für schreckliche Geschichten gehört von dementen Menschen, die manchmal jahrelang nicht mitbekamen, was mit ihnen gemacht wurde. Wenigstens das bleibt Elise erspart, sie weiß bis zum Schluss, was vorgeht, wo sie ist und mit wem sie spricht.

Trotzdem tut es weh. Andreas hält weiter ihre Hand. Panik steigt in ihm hoch. Angst vor dem, was in den nächsten Stunden auf ihn einbrechen wird. Und auch danach. Eine ganz massive Angst vor der Zukunft. Er hat das Gefühl, sein bisheriges Leben bricht wie in Zeitlupe zusammen.

Er muss sich jetzt disziplinieren, denkt er. Bloß keine Schwäche vor der Mutter zeigen. Das würde sie womöglich noch mehr belasten. Als er das stumm vor sich hin denkt, kommt er sich vor wie sein Großvater.

Halbwegs erfolgreich schafft er es, ein Weinen zu unterdrücken. Sie soll nicht sehen, wie schmerzhaft die Entwicklung für ihn ist. Lieber kündigt er den Besuch seiner Frau und der

Enkel für morgen an. Sie sagt nichts dazu. Was hat sie sich früher gefreut, wenn Jonas und Laura kamen! Welche Veränderung.

Kurz darauf kommt eine Krankenschwester, die das Bett machen will und ihn bittet, kurz den Raum zu verlassen. Er hat eh einen Termin bei Dr. Michels.

„Bis nachher, Mutti." Er hat Tränen in den Augen.

„Du brauchst nicht zu weinen, mein Junge. Das Leben geht zu Ende, das ist ganz normal."

Er hält diesen kühlen Umgang seiner Mutter mit ihrer Krankheit kaum aus und verschwindet erst einmal auf der Toilette, wo er um Fassung ringt und sich die Hände und das Gesicht wäscht, um nicht total verheult beim Chefarzt anzukommen. Dann geht er zu Michels, der gleich auf den Punkt kommt: „Das Sonnenhaus ist das Beste für Ihre Mutter in ihrem Zustand. Der Krebs bei ihr ist noch weiter fortgeschritten als ich bisher dachte. Sie hat starke Schmerzen, und wir haben begonnen, ihr Morphium zu geben. Es geht eher um Tage als um Wochen jetzt, vor allem, wenn sie nichts isst. Ein Transport zu Ihnen nach Bonn ist völlig undenkbar. Aber eins ist klar: Im Hospiz wird ihre Mutter viel intensiver betreut als hier." Michels schaut Andreas an, sucht offenbar nach ein paar einfühlsamen Worten: „Der Schritt ins Hospiz ist schwer, für Sie als Angehörigen vielleicht noch schwerer als für Ihre Mutter, aber er ist richtig. Die restliche Lebenszeit Ihrer Mutter ist sehr begrenzt, und im Hospiz wird sie am meisten davon haben. Unser Sozialdienst wird den Termin mit dem Sonnenhaus und die Frage des Transports regeln."

Andreas spürt eine Beklemmung in seinem Herzen, die ihm die Luft raubt. Aber er nickt, steht auf und bedankt sich bei Michels für die medizinische Betreuung in den letzten Wochen. Dann geht er zu seiner Mutter zurück. Während er versucht, ihr etwas von dem auf dem Tisch stehenden Mittagessen einzuflößen – mit mäßigem Erfolg –, kommt eine Krankenschwester herein und berichtet, der Krankenwagen werde Elise gegen 16 Uhr ins Sonnenhaus bringen.

„Danke, ich fahre dann natürlich mit." Andreas bemerkt, wie unwohl ihm bei dem Gedanken an das wird, was ihm und seiner Mutter bevorsteht. Verlegen kaut er auf seinem Zeigefinger herum. „Iss noch ein bisschen, damit du bei der Fahrt genug Kraft hast", sagt er dann, und tatsächlich nimmt seine Mutter noch einen Bissen und ein paar Schlucke Saft zu sich. Anschließend will sie schlafen.

Die fast vier Stunden bis zur Abfahrt nutzt Andreas, um in Mutters Haus zu fahren. Auf dem Tisch hat Eva die Post hinterlassen, die er erst einmal öffnet. Das meiste sind Rechnungen und Zahlungserinnerungen, ein paar Kündigungsbestätigungen sind auch dabei. Andreas sortiert die Unterlagen, heftet sie ab, erledigt die wichtigsten Bankangelegenheiten. Den Online-Zugang für Elises Konto hat er immer noch nicht erhalten, so dass er nachher die handgeschriebenen Überweisungen bei der Sparkasse einwerfen muss.

Als er aus dem Sekretär der Mutter einen Briefumschlag nimmt, stößt er auf eine Kiste mit der Aufschrift „Steuer". Sehr akkurat hat sie Rechnungen und andere Quittungen gesammelt, die sie ihrem Steuerberater zum Ende des Jahres überreichen wollte. Mit der Steuererklärung werde ich mich wohl dieses Jahr befassen müssen, denkt er. Dann stößt er auf einige zusammengeheftete Spendenquittungen. Neben Bescheinigungen der Kriegsgräberfürsorge, von Amnesty International und Brot für die Welt stößt er auch auf einen Brief des Sonnenhauses, in dem ein Herr Hartmann für eine Zuwendung von 100 Euro dankt. Wie absurd, dass ich das ausgerechnet heute finde, denkt Andreas.

Er schaut auf die Uhr, so langsam muss er wieder zurück ins Krankenhaus, und ihm graut ziemlich vor der Fahrt ins Hospiz. Wie wird es seine Mutter aufnehmen, wenn sie dort ankommt? Weiß sie überhaupt noch, dass sie dahin fahren? Wird sie vielleicht plötzlich doch wieder nach Hause wollen, so wie vor ein paar Tagen noch? Wird sie ihm Vorwürfe machen, weil er sie zwingt, endgültig ihr Haus zu verlassen, das sie niemals freiwillig verlassen wollte? Wird sie womöglich das Essen ganz einstellen?

Bevor er aufbricht, sucht er im Haus nach ein paar Dingen, die seiner Mutter in ihrem neuen Zimmer gefallen könnten. Als erstes entscheidet er sich für die Lithografie von Marc Chagall, die seine Eltern zusammen gekauft haben und an der Elise sehr hängt. Bei nahezu jedem Besuch von ihm in Münster hat sie ihn darauf aufmerksam gemacht. Dann nimmt er Fotos von Eva und sich, als sie klein waren, von der Wand, sucht noch ein Bild von seinem Vater sowie zwei Bilder, auf denen seine Großeltern in Detmold zu sehen sind. Auch das gerahmte Schwarz-Weiß-Bild mit dem Geburtshaus der Mutter in Jauer steckt er ein. In Bonn hat Andreas bereits aktuelle Fotos seiner Kinder eingepackt.

Im Krankenzimmer findet er seine Mutter schlafend vor. Er holt ihre Sachen aus dem Schrank und dem Badezimmer und räumt sie in zwei Taschen. Aus dem Tisch neben dem Krankenbett nimmt er ein Buch, eine Zeitschrift, die Brille, zwei Tafeln Schokolade, Taschentücher sowie ihr Portemonnaie und legt sie zu den Sachen, die er vorher zu Hause eingepackt hat. Auch das Kreuz, das der Pfarrer hinterlassen hat, kommt in die Tasche. In diesem Augenblick wacht seine Mutter auf. Die Schwestern haben sie nicht angezogen, denn sie wird auf einer Liege mit dem Krankenwagen ins Sonnenhaus gefahren. Andreas begrüßt sie, setzt sich neben sie auf das Bett und ergreift ihren Arm.

„Gleich kommt der Krankenwagen, der dich ins Sonnenhaus bringt, Mutti", sagt er.

„Ja, ich weiß." Elise spricht sehr leise, wirkt aber völlig gefasst. Andreas kennt das aus Erfahrung, dass seine Mutter immer extrem kontrolliert ist, trotzdem ist er sprachlos. Er spürt Tränen aufsteigen.

Abgelenkt wird er von einem jungen Mann mit roter Weste. Der Fahrer vom Johanniter Hilfsdienst betritt das Krankenzimmer, grüßt und bespricht kurz das Vorgehen. Seine Handgriffe sind professionell, und mit Andreas' Hilfe legt er Elise zügig vom Krankenhausbett auf die Liege. Sie stöhnt kurz auf, versichert aber, dass alles gut sei. Andreas nimmt noch den Rollator mit, den sich seine Mutter schon vor ihrem Sturz zugelegt, aber kaum benutzt hat, dann schließt er die Tür hinter sich und folgt dem Fahrer, der die Liege zum Aufzug schiebt.

Im Krankenwagen nimmt Andreas auf einem Sitz neben der Liege Platz. Während der Fahrt hält er die Hand der Mutter, sie hat die Augen geschlossen und spricht fast kein Wort. Als sie über ein Schlagloch fahren, stöhnt Elise erneut auf; offenbar hat sie Schmerzen. Jedes Anfahren scheint ihr weh zu tun, und er muss an die Worte von Dr. Michels denken, dass der Krebs schon viel weiter fortgeschritten sei als er dachte.

Vor wenigen Wochen war Andreas noch unsicher gewesen, ob ihr Sturz nicht nur ein stiller Schrei nach Aufmerksamkeit gewesen ist, nach dem Motto: Seht her, kümmert euch um mich! Es hat eine Weile gedauert, bis Andreas gemerkt hat, dass es überhaupt kein bisschen so war. Ich habe ihre gesundheitliche Situation ziemlich falsch eingeschätzt, denkt er. Und jetzt begleitet er seine Mutter auf ihrer letzten Fahrt.

Über die Wolbecker Straße verlassen sie die Innenstadt. Den Berufsverkehr lassen sie hinter sich, es gibt kaum noch Ampeln und das ständige Anfahren fällt weg. Elise wirkt etwas entspannter, Andreas hat das Gefühl, dass sie fast einschläft. Nach etwa 20 Minuten erreichen sie das Sonnenhaus. Der Fahrer steigt aus, öffnet die hintere Tür des Wagens und bugsiert die Liege mit seiner Mutter auf den Bürgersteig.

Zwei Mitarbeiterinnen des Hospizes kommen herbei, darunter auch Jana Weskamp, die Andreas vor etwa zwei Wochen das Haus gezeigt hat. Sie begrüßen zunächst Elise, die jedoch kaum reagiert. Freundlich und ruhig sprechen sie mit ihr, erklären ihr, wo sie ist und was als nächstes passiert. Dann nicken sie dem Fahrer zu und zeigen ihm den Weg. Gleichzeitig helfen sie Andreas, die Sachen ins Haus zu bringen. Das Sonnenhaus ist fast noch freundlicher, als er es in Erinnerung hat. Die Räume sind hell, an den Wänden hängen farbenfrohe, lebensbejahende Bilder. Und Jana Weskamp sieht wieder sehr attraktiv aus. Die süßen Locken. Er ertappt sich dabei, wie er heimlich auf ihre Brüste schaut. Sie wirken klein und fest. Jana lächelt ihn an. Er hätte sie gern umarmt.

Er schämt sich für seine Gedanken und schaut sich verlegen um. Das Zimmer seiner Mutter ist im Haupthaus und geht nach hinten raus, es hat eine Sonnenterrasse, die zum Garten führt. Ein Baum wirft etwas Schatten. Jana macht mit Elise aus, dass sie sich auf der Terrasse liegend etwas ausruhen kann. Mit geübten Griffen legt die Pflegerin sie von der Krankenwagenliege auf ein Bett, das sich ebenfalls rollen lässt und fährt sie zur Terrassentür hinaus. Der Fahrer vom Johanniter Hilfsdienst verabschiedet sich. Andreas blickt auf seine Mutter, die kurz die Augen öffnet. Auf seine Frage, ob sie die Fahrt gut überstanden hat, nickt sie und flüstert ihm zu: „Hier bin ich richtig."

Sie wirkt entspannt, fast so, als wäre sie in völligem Einklang mit sich. Erleichtert, endlich am Ziel zu sein. Andreas ist ratlos. Ist nur er so unsicher, was die Entscheidung für das Hospiz betrifft?

Jana Weskamp richtet die Bettdecke seiner Mutter und fragt: „Möchten Sie eine Tasse Kaffee, Frau Appelhoff?" Erstaunlicherweise nickt sie erneut.

„Gern, ich bringe Ihnen gleich eine Tasse. Mit Milch oder Zucker?"

„Schwarz bitte. Und nicht so stark, wenn es geht", antwortet sie leise, aber verständlich.

„In Ordnung. Ich bin gleich wieder bei Ihnen."

Andreas nimmt die Hand seiner Mutter und merkt, dass sie versucht, etwas zuzudrücken.

„Ich habe dich sehr lieb", sagt er. Es klingt etwas hilflos, aber er findet, seine Mutter sollte das wissen und auch noch einmal hören.

„Das ist schön", flüstert sie. „Ich dich auch."

Andreas schießen die Tränen in die Augen, er ist nah am Wasser gebaut. Eine Weile schauen sie sich einfach nur an und reden nicht.

Wenig später fallen ihr die Augen zu, das Kinn sackt nach unten. Die Fahrt hat sie angestrengt.

Er geht hinein. Er schätzt, dass der Raum knapp 20 Quadratmeter groß sein dürfte. Die Seite zur Terrasse ist fast nur Glas, dadurch ist es sehr hell. Neben dem Zimmer ist ein Bad. An den Wänden sieht er ein paar Naturbilder, die zwar nicht kitschig, aber auch nicht gerade schön sind.

„Sie können hier gern Ihre eigenen Bilder und Fotos aufhängen, das haben wir ja besprochen“, sagt Jana, die gerade mit dem Kaffee hereinkommt und den skeptischen Blick von Andreas verfolgt hat. „Ihre Mutter soll sich bei uns ja wohlfühlen.“ Ihr Lächeln lässt seine Stimmung sofort steigen.

Andreas verweist auf den Chagall und die Fotos, die in seiner Tasche sind.

„Wenn Sie mir einen Hammer und ein paar Nägel bringen, hänge ich die Bilder schnell auf“, sagt er. Jana reicht auch ihm eine Tasse Kaffee. Dann geht sie zu Elise, richtet den Kopfteil des Bettes etwas auf und hilft ihr beim Trinken. Wie von Andreas befürchtet, rührt sie das kleine Stück Kuchen jedoch nicht an.

In den kommenden zwei Stunden erledigt Andreas bei Direktor Hartmann im Büro noch die Aufnahmeformalitäten und führt mit den Pflegerinnen und Pflegern ein langes Gespräch über seine Mutter. Sie wollen alles über ihre Krankheit, aber auch vieles über ihr Leben wissen, damit sie eventuelle Äußerungen von ihr verstehen und einordnen können. Zurück in ihrem Zimmer hängt er noch die mitgebrachten Bilder und Fotos auf. Es sieht halbwegs wohnlich aus.

Zusammen mit Jana schiebt er Elise zurück in ihr Zimmer, sie hat die ganze Zeit auf der Terrasse gelegen. Was für ein Unterschied zum Krankenhaus, wo sie gar nicht nach draußen konnte! Andreas zeigt seiner Mutter die neu gestaltete Wand und die Fotos auf dem Tisch neben dem Bett. Für einen Moment glaubt er ein Lächeln in ihrem Gesicht zu erkennen, als sie das Bild an der Wand – „Oh, der Chagall“ – und die Fotos ihres Mannes, ihrer Eltern, ihrer Kinder und Enkel entdeckt. Für längere Zeit bleiben ihre Augen auf dem Bild des Hauses in Jauer haften.

„Wie schön die Bilder alle sind. Danke, dass du mich hierhin gebracht hast."

Kurze Zeit später ist sie wieder eingeschlafen und auch Andreas wird von Müdigkeit übermannt.

Als er eine Weile später geht, begegnet ihm Jana mit einem Tablett. Es gibt Abendbrot. Er sieht sie dankbar an. Was er nicht ahnt und erst am nächsten Morgen erfährt: Elise wird fast alles aufessen.

Kapitel 28

1945

Die Kampfhandlungen in der Nähe der Stadt sind schon seit Tagen zu hören, sie kommen immer näher. Die Menschen in Jauer sind in Sorge, denn nichts deutet darauf hin, dass eine Evakuierung der Stadt geplant ist. Viele packen trotzdem ihre Sachen, darunter auch der Landwirt Gottlieb Plackwitz, der ein Pferdefuhrwerk auf seinem kleinen Gutshof am Stadtrand vollpackt und Frau, Kinder und Enkel anweist, jederzeit abreisebereit zu sein. Hektische Betriebsamkeit. Spätestens am nächsten Tag will er aufbrechen.

Gottlieb hat gegenüber seinem Vetter Erich ein Versprechen abgelegt, er hat zugesagt, dass er Erichs Frau Marta und seiner Schwiegermutter Katharina hilft, aus der Stadt zu kommen, wenn es nötig werden sollte. Und jetzt ist es nötig. Er ist fest davon überzeugt, dass die Rote Armee Jauer in wenigen Tagen, ganz bestimmt noch im Februar, einnehmen wird, er ist wütend auf den NSDAP-Kreisleiter, der noch vor wenigen Stunden verkünden ließ, die militärische Lage sei nicht besorgniserregend. Der träumt wohl Anfang Februar 1945 immer noch vom Endsieg und versäumt es dadurch, die Zivilbevölkerung zu schützen, denkt Gottlieb wütend.

Er geht zur Villa in der Humboldtstraße und klingelt an der Haustür. Als Marta ihn hereinbittet, sticht ihm sofort das Chaos ins Auge. Die Wohnung im ersten Stock sieht schlimm aus. Zwei Flüchtlingsfamilien aus Oberschlesien sind in mehreren Räumen untergebracht worden – auf wessen Anordnung wohl? – und leben jetzt mit Marta unter einem Dach. Sie selbst ist mit ihren gesamten Möbeln in zwei Zimmer zusammengerückt. Gottlieb hat die Wohnung seines Vetters sehr großzügig in Erinnerung, plötzlich wirkt sie beengt.

Er berichtet Marta, was er vorhat und bittet sie, ihre Sachen zu packen. Er habe mit Erich besprochen, dass er sie sicher aus der Stadt geleitet. Überrascht hört er ihre bestimmte Antwort: „Nein, ich werde bleiben, solange es irgendwie geht. Das ist unser Haus, und ich werde es nicht aufgeben."

Sie erklärt, dass sie da sein wolle, wenn sich ein Familienmitglied meldet: Erich, der weiter nördlich in Niederschlesien Schützengräben aushebt, ihre Tochter Elise, die nach ein paar Tagen zu Hause wieder als Flakhelferin unterwegs ist, oder ihr Sohn Friedrich, der irgendwo als Soldat an der Front kämpft. Daran, ihre Sachen zu packen und zu flüchten, habe sie nie ernsthaft einen Gedanken verschwendet. Das müsse er doch verstehen, sagt sie.

Gottlieb kann es nicht glauben, verweist auf das Gefechtsfeuer wenige Kilometer vor Jauer und appelliert an ihre Vernunft. Aber sein Versuch, sie umzustimmen, scheint zwecklos zu sein. Er weiß, dass Marta sehr stur sein kann. Also gibt er erst einmal auf, fragt sie aber: „Kann ich denn wenigstens deine Mutter mitnehmen?"

Sie überlegt kurz, dann stimmt sie zu. „Wahrscheinlich ist das besser, du hast Recht. Aber ob Muttel bereit ist, das Haus zu verlassen, weiß ich nicht. Es ist doch das Haus ihrer Familie, vergiss das nicht. Aber fragen wir sie selbst, sie ist in ihrer Wohnung."

Sie gehen zusammen die Treppen hoch und klingeln. Es werde Zeit, Jauer zu verlassen, sagt Gottlieb. Er werde auf dem Weg in Richtung Westen auf sie aufpassen, verspricht er Katharina. Er ist froh, dass Marta ihn unterstützt, dass sie ihrer Mutter auch sagt, es sei wohl besser, wenn sie sich in Sicherheit bringe. Um gleich zu betonen, dass sie selbst aber die Stellung halten werde. Unverbesserlich. Nach mehrmaligem Hin und Her stimmt Katharina in Tränen aufgelöst schließlich zu, mit Gottlieb zu gehen. Es leuchtet ihr also doch ein, dass es besser wäre, weg zu sein, wenn die Rote Armee die Stadt erreicht. Was er aus anderen Gebieten weiter östlich hört, die schon in die Hände der Sowjets gefallen sind, klingt wahrhaftig nicht gut: Plünderungen, mutwillige Zerstörungen, Vergewaltigungen, Erschießungen.

Marta hilft ihrer Mutter beim Heraussuchen der nötigsten Dinge zum Mitnehmen. Doch was sie hinlegt, passt niemals in die zwei Koffer und die große Tasche, die Katharina mitzunehmen gedenkt und für die er noch Platz auf dem Pferdefuhrwerk hat. Katharina muss deshalb schließlich viele Habseligkeiten zurücklassen: Kleider, Fotos, Dokumente. Das Silberbesteck ihrer Familie will sie aber auf keinen Fall aufgeben. Auch das Federbett, sagt Gottlieb, werde wohl noch auf den Wagen passen. Während sie versuchen, ein paar letzte Kleidungsstücke zu verstauen, ertönt plötzlich eine laute Durchsage von der Straße:

> *„Achtung, Achtung, eine wichtige Bekanntmachung der Kreisleitung: Die Stadt Jauer soll geräumt werden. An den zu bildenden Fußtrecks dürfen nur Frauen mit Kindern und Männer über 60 Jahre, soweit sie nicht in Betrieben tätig sind, teilnehmen. Abmarsch morgen früh 6 Uhr, Sammelplatz Neumarkt. Lebensmittel für einige Tage sind mitzunehmen, Gepäck nur für das Notwendigste. Frauen mit nicht marschfähigen Kindern sollen auf Wagen befördert werden. Es handelt sich nur um eine vorsorgliche Evakuierung: Wenn sich die Lage an der Front in einigen Tagen wieder ändern sollte, wovon auszugehen ist, können alle nach Jauer zurückkehren."*

Die Durchsage der NSDAP-Kreisleitung wird mehrmals wiederholt, dann fährt der Wagen weiter, und die Stimme wird leiser. Gottlieb schaut Marta noch einmal fragend an, die aber nur kurz anmerkt. „Nein, ich bleibe. Versuch nicht, mich zu überreden, dass ich mitkomme." Widerspruch erscheint zwecklos. Die Sturheit siegt.

„Pass auf dich auf", sagt er schließlich und nimmt sie in den Arm. „Such dir ein Versteck, wenn die Russen kommen, bitte! Oder sieh zu, dass du doch noch aus Jauer herauskommst."

Marta sieht ihn ernst an, sagt aber nichts. Gottlieb nimmt Katharinas Koffer, während Marta die große Tasche ihrer Mutter und einen Korb mit Lebensmitteln trägt. Darin sind Brot, ein paar gekochte Eier, Dauerwurst, Kartoffeln sowie eingewecktes Obst und Gemüse. Das Packen hat gerade einmal drei Stunden gedauert, jetzt verlässt Katharina ihr Haus, in dem sie Jahrzehnte verbracht hat. Gottlieb nimmt sie erst einmal mit zu sich, am nächsten Tag wollen sie ganz früh mit dem Treck aufbrechen. Als Marta ihre Mutter verabschiedet, weinen beide. Gottlieb schaut Marta noch einmal verzweifelt an, aber sie hat schnell ihre Fassung wiedergefunden und blickt beim Abschied starr durch ihn hindurch.

Arme Frau Stiller! Diese herzensgute Frau, die uns in den vergangenen Wochen stets begleitet hat. Vor lauter Hunger hat sie auf einem fremden Feld Steckrüben eingesammelt, als sie wohl auf eine Mine getreten ist. Wie es genau passiert ist, weiß ich nicht, aber ihr wurden beide Unterschenkel abgerissen. Ihr Mann ist ganz aufgelöst, niemand kann ihn trösten. Auch ich könnte weinen. Frau Stiller liegt im Krankenhaus, aber die medizinische Versorgung ist bescheiden. Sie war immer so optimistisch und lebenslustig! Wie gern und neugierig sie immer herumspaziert ist. Doch jetzt steht ihr ein armseliges Leben voller Einschränkungen bevor! Hoffentlich bekommt sie wenigstens Krücken, damit sie wieder etwas laufen kann.

Natürlich drohen die Behörden ihr damit, daß sie das Land sofort verlassen muß, sobald sie kann. Mit ihrem Diebstahl habe sie sich schließlich an polnischem Eigentum vergriffen. Da müsse man ein Zeichen setzen. Bald sind alle weg, die ich noch von früher her kenne. (28. Oktober 1946)

So richtig weiß sie nicht, was mit ihr geschieht. Katharina trägt mehrere Strickjacken übereinander, darüber noch zwei dicke Wintermäntel, um Hals und Kopf hat sie Schals gewickelt. Hunderte, nein tausende Menschen stehen um sie herum, alle wollen Jauer im letzten Moment verlassen. Die Nacht war kurz, Gottlieb hat sie ganz früh angetrieben, so schnell wie möglich bereit zum Aufbruch zu sein. Er wirkt entschlossen, so als wüsste er, was zu tun ist. Was bleibt ihr anderes übrig, als ihm zu vertrauen?

Es ist noch dunkel. Und eiskalt. Nachdem sie auf Gottliebs Wagen gestiegen ist, nimmt sie sich gleich drei Decken, um sich vor dem Frost zu schützen. Sie schaut Gottliebs Frau, die Kinder und Enkel an, auch sie sind bis zum Kopf eingemummelt.

Nur mühsam findet sie auf dem Fuhrwerk einen Platz für ihren Korb mit den Lebensmitteln. Gottlieb hat am Vortag noch ein Schwein geschlachtet, das Fleisch friert in einer Essenstasche ganz oben auf dem Wagen. So kann es nicht schlecht werden. Wenigstens hat die eisige Kälte, die seit Tagen herrscht, hier mal etwas Gutes.

Der Treck setzt sich früh, aber nur langsam in Bewegung. Die letzten Einheiten der Wehrmacht und des Volkssturms sind schon vor ihnen abgezogen, die NSDAP-Kreisleitung hat sich mit Autos abgesetzt. Feige davon gemacht haben sie sich, flucht Gottlieb vor sich hin. Erst planen sie keine geordnete Evakuierung, dann brechen sie als erste auf.

Inzwischen ist fast die ganze verbliebene Kleinstadt auf den Beinen, nur wenige wollen bleiben. Katharina beobachtet, wie einige polnische und russische Kriegsgefangene, die unter anderem in den Fleisch- und Zuckerfabriken in Jauer arbeiten, dem Treck nachschauen.

Die beiden Pferde hat Gottlieb rechts und links der Deichsel eingespannt. Sie müssen den schweren Wagen ziehen und kommen im Schnee nur langsam voran. Gottlieb hält die Zügel, er hat auf seinem Schoß gegen die Kälte eine Pelzdecke ausgebreitet. Eins der Mädchen fährt mit dem Fahrrad neben dem Wagen her. Doch das ist im Schnee anstrengend und geht nur eine Weile gut. Dann kommt auch sie auf den Wagen geklettert. Das Fahrrad bleibt am Wegesrand liegen. Tränen. Aber was soll man machen? Es wird nicht der letzte Gegenstand sein, den sie unterwegs zurücklassen müssen.

Der Schnee wird immer dichter, und die Kälte zieht noch an. Bei diesem Wetter schickt man doch keinen Hund vor die Tür, hat Katharinas Vater immer gesagt. Doch neben Katharina mit ihren bald 70 Jahren ziehen tausende schlesische Flüchtlinge nach Westen. Irgendwie den Russen entkommen. Das Wetter hält niemanden ab. Unterwegs schließen sich in jedem Dorf weitere Menschen an.

Mittlerweile sind es mindestens zweihundert Pferdewagen an der Spitze des Trecks, dahinter kommen zahllose Menschen mit Handkarren und Leiterwagen, in denen sie ihr wichtigstes Hab und Gut verstaut haben. Dann folgen die übrigen Fußgänger, die ihre Koffer in der Hand und meist noch Rucksäcke und Taschen auf dem Rücken tragen. Und die Mütter mit den Kinderwagen. Manche ziehen einen Schlitten, auf denen Kinder sitzen oder mit denen sie Koffer transportieren. Andere tragen Kleinkinder im Tuch auf dem Rücken.

Die wenigen Männer organisieren den Marsch. Sie sind, so wie Gottlieb, über 60 Jahre alt oder aber krank oder behindert. Denn jeder, der halbwegs laufen kann, ist in den letzten Monaten im Rahmen des Volkssturms noch zur Wehrmacht eingezogen worden, schließlich galt es, den Heimatboden mit allen Mitteln und Waffen zu verteidigen. Es sind deshalb fast ausschließlich Alte sowie Frauen jeder Altersgruppe und Kinder im Treck. Mit ihren dicken Mänteln und den Mützen auf dem Kopf sehen die Kleinen aus, als wüssten sie nicht, was mit ihnen geschieht.

Katharina beobachtet die Männer, die sich schließlich entscheiden, die Straße nach Hirschberg zu nehmen, weil es von dort aus mehrere Möglichkeiten gibt, den Weg fortzusetzen. Der Marsch ist sehr anstrengend, aber sie schaffen es, am Abend Schönau an der Katzbach zu erreichen. Der Ort ist größtenteils verlassen, und die Flüchtlinge nehmen über Nacht die verlassenen Häuser und Scheunen in Beschlag. Dort können sie schlafen, und es gibt Essen genug für alle. Die Menschen hier sind, wie sie selbst, überhastet aufgebrochen und haben viele Vorräte zurückgelassen. Tiere irren herrenlos umher; ihre Besitzer haben die Höfe aufgegeben. Katharina findet in einem Stall zwei Kühe und melkt sie. Die Leere in Schönau ist gespenstisch, und von den wenigen im Ort verbliebenen Menschen wollen sich die meisten am nächsten Morgen dem Treck anschließen. Katharina hört Gefechtsfeuer. Es kommt nicht von weit her. Die Rote Armee kommt viel schneller näher als sie bisher glaubte. Ob die Russen Jauer schon eingenommen haben? Und wie mag es wohl ihrer Tochter ergehen? Dass sie aber auch partout nicht mitkommen wollte. Kopfschütteln.

Als sie am nächsten Morgen aufwacht, weiß sie nicht, wo sie ist. Sie fühlt sich wie gerädert. Ihr Kopf tut weh, die Lippen sind vor Kälte aufgeplatzt. Erst langsam versteht sie, was um sie herum passiert. Die Männer spannen Ochsen aus dem Dorf vor einen verwaisten Karren, den Gottlieb notdürftig repariert hat. Eine junge Frau namens Paula findet dort mit ihrer kleinen Tochter Platz, denn ihr Kinderwagen ist unterwegs kaputtgegangen, er blieb am Straßenrand liegen. Paula war in Kindertagen eine enge Freundin von Elise, weiß Katharina. Verschwommene Erinnerungen an einen in der Wütenden Neiße gefangenen Stichling kommen hoch, doch das scheint ewig her zu sein. Katharina, die sich die meiste Zeit der Nacht unruhig hin- und hergewälzt hat, ist zu müde, um Paula danach zu fragen.

Die Treckführer beraten den weiteren Weg. Ein Teil von ihnen schlägt vor, über Hirschberg und das Riesengebirge nach Böhmen zu fliehen. Andere wollen versuchen, nach Bunzlau zu kommen, um dort am Bahnhof eventuell einen Zug nach Westen zu ergattern. Sie setzen sich schließlich durch, denn der Marsch über das Gebirge erscheint mit den vielen Alten und Kindern allzu beschwerlich.

Die nächsten beiden Tage schneit es nicht mehr, die Temperaturen fallen noch weiter und liegen jetzt weit unter null Grad. Weiterhin schließen sich unterwegs Menschen dem Treck an, der inzwischen mehrere Kilometer lang ist. Toiletten gibt es nicht, alle erleichtern sich im Freien oder über Eimern. Katharina blickt besorgt auf einige, vor allem ältere Flüchtlinge, die völlig erschöpft sind. Immer wieder beschließen einzelne von ihnen, umzudrehen und in ihre Häuser zurückzukehren. Andere bleiben nur kurz stehen und werden nie wieder gesehen, vielleicht sind auch sie zurück nach Jauer gelaufen oder haben schlicht den Treck nicht mehr einholen können. Zum Diskutieren bleibt keine Zeit. Zwei kranke Kinder sterben, es gibt im ganzen Treck kaum Medikamente. Säuglinge erfrieren. Die Trauer wird verdrängt und muss schneller Geschäftigkeit weichen. Für eine Beerdigung ist der Boden unter dem Schnee zu hart gefroren. Es fehlt die Kraft, ein tiefes Loch zu graben. Notdürftig verscharren die Männer die Kinder im Schnee, bedecken den Haufen mit Reisig. Dann zieht die Gruppe weiter, Bunzlau ist nicht mehr weit.

Doch auch dort findet die Gruppe Stunden später keine Ruhe. Es ist nicht zu überhören, dass die Russen im Anmarsch sind. Am Bahnhof stehen keine Züge, so dass die Hoffnung auf eine schnelle Abreise erlischt. Der letzte Zug habe nur Soldaten transportiert, erfahren sie von wartenden Flüchtlingen aus anderen Städten. Manche stehen hier schon seit Tagen. Einige saßen schon in einem Zug, der dann geräumt wurde, um Verwundete zu transportieren. Nur wenige haben es geschafft, von hier Richtung Westen zu fahren. Organisiert sei das alles nicht gewesen, berichten die Zurückgebliebenen frustriert.

Katharina blickt auf deutsche Panzer, die allesamt in hohem Tempo Richtung Westen fahren. Hier glaubt niemand mehr an den Endsieg. Auch die Wehrmachtslastwagen sind auf dem Rückzug. Die Soldaten nehmen keine Zivilisten mit, nicht einmal, wenn ihnen Geld oder Schmuck angeboten werden. Immerhin können sich die zurückbleibenden Flüchtlinge in einer geheizten Kirche aufwärmen. Und es gibt frisches Brot, denn mehrere Bäcker in Bunzlau arbeiten noch.

Die Treckführer beschließen, die Nacht durchzulaufen, Richtung Görlitz – nur weg von den Russen. Jeder soll mal laufen und mal auf einem der Wagen sitzen und möglichst etwas schlafen können, so müsste es zu schaffen sein, erklärt Gottlieb. Katharina sinkt zusammen, Gottlieb muss sie auf den Wagen heben.

Ihr knurrt der Magen, sie friert. Ihm wird es nicht anders gehen, aber er klagt nicht. Gottlieb hat sich die Füße wund gelaufen, er ist heiser, und seine Stimme versagt immer öfter. Er nimmt die Zügel wieder in die Hand, hinter ihm lenkt ein 13-jähriger Junge ein Fuhrwerk, vor das zwei Pferde gespannt sind. Einmal sieht Katharina, wie der Junge einschläft, da knallt Gottlieb mit der Peitsche, der Bub schreckt auf und ergreift wieder die Zügel. In der Ferne sind Panzergeräusche zu hören. Über den Flüchtlingen kreisen eine Weile russische Flugzeuge, die dann wieder abdrehen.

Die Rote Armee überrollt den Treck am nächsten Tag. Mit Panzern schießen und fahren sie einfach in die Gruppe herein. Alle bleiben erstarrt stehen und heben die Hände als Zeichen der Aufgabe hoch. Verletzte schreien, wie durch ein Wunder scheint es aber keine Toten zu geben. Die Flüchtlinge bieten den Soldaten Zigaretten an, die sie gerne nehmen. Ein Kommandant, der etwas Deutsch spricht, begutachtet das Gepäck. „Auspacken", befiehlt er und zeigt auf einen Koffer. Er nimmt sich eine Taschenuhr, durchsucht ein paar Männer nach Geld und Wertsachen. Katharina hat sich ihren Schmuck auf den Körper geschnürt und versucht, sich hinter den Koffern auf dem Wagen zu verstecken. Immer mehr Soldaten kommen und beginnen, Gepäckstücke zu öffnen und sich herauszunehmen, was ihnen gefällt. Als ein Soldat Fotos in der Landschaft verstreut, protestiert eine Frau lautstark. Der Soldat hält seine Waffe an ihren Kopf und drückt ab. Die Frau ist sofort tot. Hämisch sagt der Soldat irgendetwas auf Russisch. Alle schweigen.

Katharina schlägt die Hände über dem Kopf zusammen. Sie sieht, wie der Kommandant versucht, seine Truppe zu beschwichtigen. Tatsächlich bleibt weitere Gewalt aus. Nachdem sie sich viele Wertsachen angeeignet und sich satt gegessen haben, steigen die Soldaten wieder in ihre Panzer und fahren weiter. Die Flüchtlinge versuchen, ihre Erstarrung zu überwinden, versorgen notdürftig die Verletzten, packen ihre Sachen zusammen, beraten kurz und beschließen, ihren Weg möglichst auf Nebenstraßen fortzusetzen. Sieben defekte Pferdewagen mit gebrochenen Deichseln oder Achsen müssen sie am Straßenrand zurücklassen. Weil sie nicht alles tragen können, lassen viele Frauen ihre Koffer ebenfalls liegen. Sie sind noch lange nicht in Görlitz angekommen, aber dort soll es einen funktionsfähigen Bahnhof geben, ihre letzte Hoffnung.

Wenig später kommt der Tross ins Stocken. Russische Panzer blockieren die Straße, heißt es, und vor ihnen wartet schon ein anderer Treck, der mindestens dreimal so lang ist wie der eigene. Stundenlang harren sie tatenlos aus, sitzen auf ihren Wagen oder den Koffern. Nachdem die Männer versucht haben, die Lage an der Spitze des Zuges auszukundschaften, beschließen sie, auf einen Feldweg auszuweichen. Doch dort kommen sie im tiefen Schneematsch nur sehr langsam vorwärts. Katharina hat Hunger, sie isst etwas Apfelmus, mehr hat sie nicht mehr.

An einer Lichtung wenige Kilometer weiter stehen erneut mehrere Panzer, sowjetische, wie sie an der Beschriftung erkennen. Die Flüchtlinge können nicht umkehren, also versuchen sie vorbeizukommen. Plötzlich stürmen bewaffnete Soldaten aus dem Wald und halten die Gruppe an. Diesmal lassen sie sich nicht mit Zigaretten oder kleineren Geschenken beruhigen. Einige von ihnen beginnen, Wagen umzustoßen und Koffer zu öffnen. Ein Mann aus Jauer, der gegen die Kälte eine Wehrmachts-Uniform trägt, wird sofort erschossen. Ein anderer Mann, der in einem Wagen neben Katharina und Gottlieb mitgefahren ist, wird gezwungen, sich in der Eiseskälte bis auf die Unterhose auszuziehen. Ein Soldat nimmt ihm alle Wertgegenstände ab, ruft dann „Nazi“ und erschießt ihn. Katharina schreit auf, hält sich aber umgehend die Hand vor den Mund, um nicht aufzufallen. Soldaten zerren an einer Frau, ziehen ihr an den Haaren, ihre Kinder schreien laut. Die Russen lassen von der Frau ab und gehen auf die nächste zu; es ist Paula. All das Flehen und Betteln hilft nicht: Drei Männer verschwinden mit ihr im Wald, danach hört man minutenlang Schreie und schließlich drei Schüsse. Katharina zuckt zusammen und denkt mit Grauen an ihre Enkelin Elise. Sie ist genauso alt wie Paula und hätte an ihrer Stelle sein können. Zusammengekauert sitzt Katharina zitternd auf dem Wagen. Alle Kraft und Hoffnung haben ihren Körper verlassen. Sie fühlt sich zehn Jahre älter als sie ist. Mindestens.

Doch zum Grübeln ist keine Zeit. Sie muss auf ihre Sachen achten und versuchen, den Russen zu entkommen. Irgendwie überleben. Der Treck wird systematisch ausgeraubt, zahlreiche Fuhrwerke werden mutwillig zerstört, Taschen zerrissen, Menschen herumgeschubst. Aus mehreren Büschen ertönt das Schreien von Frauen, die vergewaltigt werden. Als die Russen nach Stunden endlich mit ihren Panzern abziehen, müssen die Flüchtlinge eine grausame Bilanz ziehen: 45 Tote, darunter zwei erschossene Kleinkinder, zahllose vergewaltigte Frauen und Mädchen, mehr als 30 völlig zerstörte Pferdewagen, ein paar getötete Tiere.

Katharina und Gottlieb haben Glück, wurden wie durch ein Wunder körperlich verschont. Das Silberbesteck aus Katharinas Familienbesitz hat ein Soldat eingesteckt, sie nimmt es fast gleichgültig hin. Gottliebs Mäntel sind allesamt weg, seine übrigen Sachen liegen auf dem Boden verstreut herum. Seine Frau, die Kinder und Enkel haben sich versteckt, ohne dass die Russen sie entdeckten. Stoßgebete zum Himmel.

Zusammen mit den anderen verbliebenen Männern versucht Gottlieb, die Toten halbwegs würdig zu bestatten. Katharina bittet ihn, für Paula ein ordentliches Grab zu schaufeln. Die zwei Jahre alte Tochter nehmen er und seine Familie an sich. Die Kleine schaut völlig verstört und versteht überhaupt nicht, was vor sich geht. Katharina versucht, sie zu trösten und zu wärmen.

Als sie nach Stunden aufbrechen, sieht die Lichtung, an der sie überfallen wurden, wie ein Schlachtfeld aus. Mit weniger Pferdekarren und deutlich mehr Fußgängern macht sich die Gruppe schließlich wieder auf den Weg. Auf kleinen Straßen und einen südlichen Bogen schlagend schaffen sie es, in den nächsten vier Tagen – verdreckt, hungrig und halb erfroren, wie sie sind – bis in die Ortschaft Lauterbach kurz vor Görlitz zu kommen. Sie haben unterwegs wieder mehrere Kinder und Verletzte, deren Fieber nicht gesenkt werden konnte, beerdigen müssen, aber sie sind nicht noch einmal von Soldaten angehalten worden.

Die Rote Armee haben sie mit Glück hinter sich gelassen. Auch von der Wehrmacht ist nichts zu sehen, eine Front war für sie nicht erkennbar. Die Ruhe ist gespenstisch, aber sie hält. Sie passieren die ersten Häuser von Görlitz, überqueren die Neiße und erreichen das Zentrum der Stadt. Die Gruppe gibt ein trostloses Bild ab: Die Ankömmlinge – jung wie alt – wirken verhärmt und verelendet. Zerrissene Kleider, Röcke und Hosen, die im Dreck stehen könnten. Immerhin gibt es in der Stadt eine Verpflegungsstation, an der die Flüchtlinge etwas zu essen bekommen. Die Kirchen haben ihre Tore geöffnet und geben den Menschen die Möglichkeit, sich zu waschen und sich aufzuwärmen. In riesigen Kübeln bieten sie warmes Wasser an. Sogar ihre Wäsche und Decken können die Flüchtlinge reinigen.

Katharina taut auf, spürt aber keine Kraft mehr in sich, sie will einfach nur noch sitzen bleiben. Doch Gottlieb fleht sie an, jetzt auf dem letzten Teil der Strecke nicht aufzugeben. Er bringt ihr einen heißen Tee. Dankbar nimmt sie das Getränk entgegen.

„War das jetzt ein Abschied für immer oder können wir bald in unsere Heimat zurück?“, fragt sie nach einer Weile.

Gottlieb zuckt die Schultern. „Wenn ich das wüsste! Doch eins ist sicher: Deutschland verliert diesen Krieg, und die Sieger werden uns diktieren, wie und wo wir künftig leben werden. Der Frieden kann fürchterlich werden, glaub mir! Doch erst einmal müssen wir uns in Sicherheit bringen. Alles andere werden wir später sehen.“

„Und was ist mit Marta?“ Katharina schaut Gottlieb fragend an.

Der schweigt und hantiert an seinem Koffer herum. Beide wissen sie, dass die Rote Armee Jauer längst eingenommen haben wird. Katharina schluchzt leise und hofft, dass es niemand mitbekommt.

Wenig später erreichen sie den Görlitzer Bahnhof. Als ein Zug vorfährt, der die Flüchtlinge weitertransportieren soll, bricht jede Ordnung zusammen. Auf die Treckführer hört niemand mehr, jetzt geht das Hauen und Stechen um die Plätze los. Katharina schafft es trotz des Gedränges und des Kampfes um die Plätze irgendwie, mit Paulas Tochter auf dem Arm und mit Gottlieb und dessen Familie in einen Waggon zu kommen. Die Scheiben sind zerbrochen, und überall steht Gepäck herum. Trotzdem sind sie froh, irgendwo mit ihrer bescheidenen verbliebenen Habe in der Enge stehen zu können. Warten. Erst 36 Stunden später fährt der Zug endlich los. Ziel ist Leipzig, wo die Flüchtlinge schließlich in ein Aufnahmelager kommen und in Sicherheit sind.

Das Lokal von Herrn Nowak läuft gut. Gerade jetzt vor Weihnachten gehen so einige Leute essen. Es ist anerkennenswert, was seine Frau und er aus den wenigen Zutaten, die man so bekommt, alles zaubern. Ich arbeite sehr viel, aber es macht auch Spaß. Die Kinder haben mich fest in ihr Herz geschlossen. Das ist ein Trost bei all der Ablehnung, die mir sonst so entgegenschlägt.

Auch Herr Nowak findet übrigens, daß wir Deutschen Schlesien verlassen müssen. Das sagt er mir mitten ins Gesicht. Natürlich habe das nichts mit mir persönlich zu tun. Wir diskutierten ungefähr so:

„Er: Die Zwangsumsiedlungen müssen einfach sein, denn Schlesien ist jetzt polnisch. Wir müssen aus dem Krieg lernen, daß es in Zukunft keine deutschen Minderheiten im Ausland mehr geben darf. Sonst kommt irgendwann ein neuer deutscher Führer wieder auf die Idee, Gebietsansprüche geltend zu machen und deshalb Krieg zu führen, so wie Hitler wegen der Sudeten oder der Deutschen in Westpreußen.

Ich: Aber mit den Schlesiern werden jetzt Menschen mit ihrer Ausweisung aus der Heimat für etwas bestraft, das sie nicht begangen haben.

Er: Die Deutschen haben Hitler an die Macht gewählt, jetzt müssen sie die Folgen tragen.

Ich: Aber das ist nicht gerecht. Es ist immer ungerecht, Unschuldige zu vertreiben.

Er: Wissen Sie eigentlich, daß die Deutschen schon 1939 viele Polen umgesiedelt haben? Meine Familie aus Posen hat da ihre Erfahrungen gemacht, als die Nazis im Westen Polens Deutsche ansiedelten. Eines Tages stand ein deutscher Offizier vor ihrer Tür und sagte uns, daß wir das Haus bis zum nächsten Tag räumen müssen. Wir durften auch nicht frei entscheiden, ob wir gehen oder bleiben, anders als Sie heute. Wir sind dann bei irgendwelchen Leuten in Warschau untergekommen, die wir kaum kannten. Das war alles andere als friedlich oder gerecht."

Also, ehrlich gesagt, ich weiß davon wenig, aber selbst, wenn es stimmt: Kann das heutiges Unrecht rechtfertigen? Müssen deshalb Millionen Schlesier ihre Heimat aufgeben? Das kann unmöglich richtig sein. Warum sieht er das nicht ein? Und wann bin ich eigentlich dran?

Bald ist Weihnachten. Ich fühle mich schrecklich einsam. (20. Dezember 1946)

Marta muss sich erst einmal hinsetzen. Es bricht gerade zu viel über ihr ein. Das ganze bisherige Leben fällt zusammen wie ein Kartenhaus. Die Rote Armee steht vor der Haustür. Die Tage in Schlesien scheinen gezählt. Für die meisten jedenfalls.

Aber nicht für sie. So schnell gibt sie nicht auf.

Ihre Mutter wird morgen mit Gottlieb Jauer verlassen, nun ist sie also als letzte ihrer Familie hier im Haus, alle anderen sind im Kriegseinsatz oder geflüchtet. Sie lebt mit wildfremden Menschen unter einem Dach. Sie haben sich, ohne sie oder Mutter als Besitzerin zu fragen, in dem Haus einquartiert oder sind einquartiert worden, wer weiß das schon genau? Eins steht jedenfalls fest: Es ist niemand mehr da, der in Jauer für Ordnung sorgen könnte. Die meisten Deutschen werden dem Ort am nächsten Tag erst einmal den Rücken kehren, die Behörden sind größtenteils verwaist, und von Osten kommen immer mehr Polen, die sich jetzt hier niederlassen sollen. Auf Anordnung der Russen, wie sie sagen. Was wird bloß aus Jauer?, fragt sich Marta und weiß keine Antwort.

Sie nimmt sich vor – egal, was noch kommen wird – kühlen Kopf zu bewahren. Trotzig appelliert sie an ihre innere Disziplin.

Das hat schließlich bisher immer funktioniert. Zum Beispiel, als sie jahrelang den kranken Karl pflegen musste, obwohl sie völlig erschöpft war. Oder als Elise Jauer verließ, um in Breslau zu studieren, und später, als sie zur Flak musste. Erst recht, als Friedrich in seinem naiven Optimismus loszog, um gegen die Russen zu kämpfen. Und schließlich, als ihr guter Ehemann auch noch in den Kriegseinsatz musste, um Schützengräben auszuheben. Jedes Mal war ihr für kurze Zeit danach, resigniert loszuheulen, doch jedes Mal hat sie ihre negativen Gefühle kontrolliert. Sie ist stolz, dass sie ihren Alltag immer gemeistert hat. Es gibt wahrlich keinen Grund, warum das dieses Mal anders sein sollte.

Nachher will sie die nötigsten Sachen vorsorglich zusammenpacken, Kleidung, aber auch die wichtigen Dokumente – das Stammbuch der Familie mit den Geburtsurkunden und das Grundbuch zum Beispiel –, damit alles griffbereit ist, falls sie doch einmal überhastet das Haus aufgeben muss. Erst einmal wird sie aber Vorräte einkaufen, solange es noch geöffnete Geschäfte gibt. Marta zieht ihre festen Schuhe, eine Mütze und einen dicken Mantel an, nimmt ihre verbliebenen Lebensmittelkarten und begibt sich aus dem Haus. Unter ihren Füßen knirscht das gefrorene Laub in der Humboldtstraße; für einen kurzen Moment wundert sie sich, was für unwichtige Dinge sie wahrnimmt.

Der Anblick der Innenstadt ist gespenstisch: Viele Geschäfte sind leer, die Besitzer haben sie aufgegeben und die Stadt verlassen, falls sie nicht schon längst an die Front geschickt wurden. Das Hotel Schwarzer Adler ist seit Wochen geschlossen, auch das Ring-Café hat alle Fenster verrammelt, beim Uhrmacher Wenzky sind die Auslagen leergeräumt. In den noch bewohnten Häusern herrscht rege Betriebsamkeit, fast die ganze Kleinstadt packt ihre Sachen. Ab morgen wird Jauer wie ausgestorben sein. Mit einem Mal spürt Marta so deutlich wie nie zuvor, dass die Menschen ihre Heimat aufgeben. Endgültig aufgeben. Von wegen vorsorgliche und vorübergehende Evakuierung! Die wenigsten rechnen wohl damit, bald wieder zurückzukommen. Und wie es dann im schönen Jauer und in den anderen schlesischen Städten aussehen wird, mag sich niemand vorstellen. In Breslau, so erfährt sie im Gespräch mit packenden Bewohnern, ist der Universitätsbetrieb schon vor einigen Wochen nach Dresden ausgelagert worden. Nun, Elise hat ihr Studium ja schon vorher abbrechen müssen und berichtete zuletzt, viele Veranstaltungen seien wegen fehlender Lehrkräfte ohnehin nicht mehr angeboten worden. Mit der Verlagerung ist es aber allzu offensichtlich, dass niemand mehr daran glaubt, die zur Festung erklärte Großstadt halten zu können. Die Zivilisten dürfen Breslau trotzdem nicht verlassen.

Bei Schuster Böhme kann sie tatsächlich noch passende braune Schnürsenkel für ihre Halbschuhe erwerben. Böhme versteht nicht, warum Marta noch in der Stadt bleiben will, die in wenigen Tagen, ja Stunden, von sowjetischen Soldaten eingenommen werden dürfte: „Frau Amtsgerichtsrat, überlegen Sie es sich noch einmal. Hier wartet wahrlich nur alles denkbar Schlechte auf Sie."

Marta zuckt die Schultern und erklärt dem Schuster, dass sie da sein will, wenn ihre Familie aus dem Krieg zurückkehrt. Eindringlich antwortet er: „Das ist lebensgefährlich, Frau Amtsgerichtsrat. Kommen Sie lieber mit uns, bitte!"

Marta dankt ihm für das Angebot, lehnt aber entschieden ab. Schneegestöber hat eingesetzt, und mit aufgespanntem Schirm läuft sie weiter durch die Stadt, verabschiedet sich von der ebenfalls packenden Familie des Friseurs Vogt. Bei Bäcker Hoppe kauft sie etwas Brot, er selbst ist im Kriegseinsatz, aber seine Frau hat heute noch frisch gebacken. Die Lebensmittelkarten will sie gar nicht mehr sehen, die staatlichen Zuteilungen spielen keine Rolle mehr. Ein paar Häuser weiter erfährt Marta von Metzger Ritter, dass er mit seiner Frau und den Kindern erst einmal in Jauer bleiben will. Zu verkaufen hat er nichts, Fleisch gibt es schon lange nicht mehr. Gegenseitig wünschen sie sich viel Glück für die nächsten Tage. Ritter gibt Marta ein paar Zigaretten, mit denen sie russische Soldaten beschenken soll, um beruhigend auf sie einzuwirken. Sie nimmt sie an, besteht aber darauf, dem Fleischer pfenniggenau die Kosten zu erstatten. Aber seine Idee überzeugt sie, und so kauft sie – in deren Familie niemals jemand geraucht hat – ihm sogar eine ganze Packung ab. Das Zigarrengeschäft wenige Meter weiter ist geschlossen.

Zurück zu Hause holt Marta erst einmal Kohlen aus dem Schuppen und füllt den Kachelofen nach, der sonst über Nacht erlöschen würde. Dann sucht sie die wichtigsten Dokumente, Pässe sowie Fotos zusammen und packt sie in eine Kiste, die sie unter dem Bett aufbewahrt. Den Schmuck und die Sparbücher will sie in der Kommode verstauen, in der Erich vor Jahren mal in einer Schublade einen doppelten Boden angelegt hat, um ein Versteck zu haben. Sie haben es bisher nie benutzt. Sie zieht kräftig, denn die Schublade klemmt, und entdeckt überraschenderweise einen NSDAP-Mitgliedsausweis. Ausgestellt auf Friedrich Plackwitz. Den Ausweis ihres Sohnes muss ihr Mann wohl dort hingelegt haben, damit ihn niemand findet. Nach kurzem Zögern wirft sie ihn ins Ofenfeuer, besser ist besser. Dafür legt sie ihr Kästchen in das Versteck und bedeckt das Fach wieder mit dem dünnen Holz, stapelt ihre Wäsche darauf und zieht die Schublade zu.

Im Schreibtisch stößt sie auf die jüngste Feldpostkarte von Friedrich. Dass bis vor einigen Tagen überhaupt noch Post gekommen ist, ist erstaunlich, und sie ist überglücklich über jedes Lebenszeichen. Noch einmal liest sie die wenigen Zeilen. Friedrich ist auf dem Weg nach Pommern, wo seine Einheit den Vormarsch der Russen auf Ostpreußen stoppen soll. Die Karte ist allerdings drei Wochen alt. Optimismus kann sie aus seinen Worten nicht herauslesen. Wie überschwänglich ihr Sohn früher immer war! Und jetzt diese trockene, fast krampfhaft um positive Sachlichkeit bemühte Nachricht. Immerhin schreibt er, dass er nichts Waghalsiges unternimmt. Auch wenn er sie wahrscheinlich nur beruhigen möchte, ist er inzwischen bestimmt froh, wenn der Krieg irgendwann endlich vorbei ist, sagt sie sich – und sehnt sich selbst auch nichts anderes herbei.

Sie packt die Karte ein und sucht dann die Kleidungsstücke heraus, an denen sie besonders hängt. Auch andere Gegenstände des alltäglichen Lebens verstaut sie in Taschen und Koffern. Danach geht sie nach oben in Katharinas Wohnung, wo sie völlig unerwartet zwei Polen gegenübersteht. Sie erkennt sie an dem lila P auf gelbem Grund, die Kennzeichnung für die Zwangsarbeiter. Sie haben die Wohnung in Beschlag genommen, als Marta in der Stadt war, und auf Martas energische Proteste reagieren sie nur mit Lachen.

„Bald gehört alles uns", sagt einer der Männer in gebrochenem Deutsch. „Du musst gehen."

Nach längeren Verhandlungen gelingt es Marta, zumindest ein paar Sachen ihrer Mutter mitzunehmen. Außer zu Akten und Bankunterlagen mit Sparbüchern greift sie auch zu einem uralten Mantel, ein paar Haushaltskitteln, billigen Kopftüchern, einigen altmodischen Haarspangen und einer abgetragenen Strickjacke.

Als sie wieder unten ihre zwei Zimmer erreicht, hört sie, wie von oben Kleidung und Gegenstände aus dem Fenster geworfen werden. Wenig später ist im Garten ein großer Haufen mit Sachen von Katharina zu sehen. Marta ist erschüttert, geht raus und verstaut ein paar Dinge, die noch brauchbar sind, so gut es geht im Keller, bis er vollgestellt ist. Sie findet auch den Gehstock ihres verstorbenen Vaters und nimmt ihn mit nach oben.

Abends isst sie noch ein wenig und begibt sich früh ins Badezimmer, wo sie sich gründlich wäscht und die Zähne putzt. Probeweise zieht sie die alten Sachen ihrer Mutter an, bindet sich ein braun-graues Kopftuch über die Haare und stellt im Spiegel zufrieden fest, dass sie viel älter aussieht als sie ist. Wenn man sie flüchtig anschaut, wird man sie für 60 oder 70 halten, dabei ist sie gerade erst 43 Jahre alt. Die Sachen legt sie anziehbereit neben das Bett. Als sie Schlafen geht, hört sie Kriegslärm. Er erscheint ihr deutlich näher als noch am Vormittag.

Am nächsten Morgen kann sie vom Balkon ihrer Wohnung aus auf der Gartenstraße den abziehenden Treck beobachten.

Eine Unruhe, wie Jauer sie noch nie erlebt hat. Die wenigen Autobesitzer rasen davon, ein Pferdewagen nach dem anderen zieht durch die Straße, Fußgänger schleppen Koffer. Irgendwo in der Menge dürften auch Gottlieb und seine Familie sein. Und Mutter. Wieder überkommt sie die Trauer. Stundenlang ziehen die Menschen aus der Stadt ab, dann wird es ruhig.

Die sowjetische Armee erreicht Jauer zwei Tage später und hinterlässt verbrannte Erde. Die Soldaten könnten als Befreier kommen, doch löst ihre Ankunft Angst und Schrecken aus. Bei Marta genauso wie bei allen anderen.

In der Innenstadt zünden marodierende Soldaten die Häuser am Ring an, es gibt keine Feuerwehr, die löschen würde. Was genau passiert ist, erfährt Marta nur bruchstückhaft und teilweise erst viel später. Uniformierte dringen ins Rathaus und in Wohnhäuser ein, suchen nach Nazis, die sie töten wollen, plündern und brandschatzen wahllos. Stellen sich Männer schützend vor ihre Frauen und Kinder, werden sie nicht selten ohne Vorwarnung erschossen. Metzger Otto Ritter muss zusehen, wie seine Frau und auch seine elfjährige Tochter vergewaltigt und anschließend getötet werden. Noch am Abend wird er sich aufhängen.

Auf den Straßen liegen an den nächsten Tagen immer neue Leichen: Männer, Frauen, Jugendliche und Kinder. Die Bürgersteige sind voll von zerstörten Möbeln, ausgekippten Koffern und weggeworfenen Essensresten. Der Qualm der angezündeten Häuser zieht über die ganze Stadt. Menschen schreien. Niemand wird ausgespart, auch nicht die Opfer der Nazis: ehemalige Sozialdemokraten und Kommunisten nicht, Ex-Häftlinge aus den Konzentrationslagern auch nicht. Der Rachefeldzug macht vor niemandem Halt. Sogar polnische Zwangsarbeiter werden ausgeraubt.

Marta hat den alten Kittel und die zerschlissene Strickjacke ihrer Mutter angezogen und schiebt das Kopftuch tief in die Stirn. So erwartet sie die russischen Soldaten, die irgendwann auch zu ihr kommen müssen. Sie hat einige Zigaretten bereitgelegt und auch Lebensmittel: eingemachtes Obst und Brot. Ihr Herz pocht schrecklich laut. Dieses Warten auf das Grauen. Ohne die Chance zu entkommen.

Irgendwann nähert sich der Lärm, sie hört fremde Stimmen und sieht dann Flammen lodern. Die Soldaten haben das Gymnasium neben ihrem Haus in Brand gesetzt und kommen wenig später in ihr Haus. Die polnischen Flüchtlinge, die inzwischen in fast allen Zimmern der drei Etagen wohnen, versuchen den Russen zu erklären, dass sie keine Deutschen sind. Trotzdem durchsuchen die Soldaten ihre Schränke, nehmen Wertsachen, Essen und alkoholische Getränke an sich.

Schließlich kommen drei Männer in Martas Räume. Sie schließt die Augen. Die Soldaten schreien irgendetwas, das sie nicht versteht, daraufhin öffnet sie die Augen etwas. Sie steht auf, stützt sich auf den Stock ihres Vaters und geht langsam und gebückt ein paar Schritte. Sie hält den Eindringlingen Zigaretten und eingemachte Pflaumen hin. Die Männer greifen nach den Zigaretten, und fast kann Marta so etwas wie ein Lächeln erkennen. Wieder fragen sie etwas auf Russisch. Marta zuckt die Schultern. Eine Frau von unten, die Russisch kann, wird gerufen. Sie soll sagen, wer hier alles wohnt.

„Nur die Dame", erklärt sie.

„Keine jüngeren Frauen oder Kinder, kein Mann?"

„Nein. Alle anderen sind weg", sagt sie nach Rückfrage bei Marta.

Die Soldaten schicken die Frau wieder nach unten und machen sich daran, die Schränke zu durchwühlen. Sie entdecken eine Taschenuhr, ein Erbstück von Martas Vater, das sie beim Wegräumen vergessen hat. Sie wird einkassiert. Auch Geld und Essen verschwinden in ihren Taschen. Den Schmuck finden sie nicht, die Dokumente unter dem Bett interessieren sie nicht, sie trampeln achtlos darauf herum, nachdem sie die Tasche ausgeleert haben.

Einer der Männer nähert sich Marta, hebt ihren Kittel an, unter dem sie eine gestopfte Strumpfhose trägt, und schaut ihr ins Gesicht. Die anderen Soldaten rufen ihm etwas zu und verschwinden nach oben. Er ruft zurück, schubst Marta aufs Bett und wirft ihr noch ein paar unfreundliche Worte zu, die sie nicht versteht. Dann ist auch er weg. Wenig später sieht Marta, wie die Soldaten ein paar Häuser weiterziehen. Der Druck entweicht aus ihrem Körper, und sie setzt sich erschöpft auf einen Stuhl. Zumindest die erste Durchsuchung hat sie schadlos überstanden.

Kurz darauf geht Wiecherts Haus schräg gegenüber in Flammen auf. Es stand leer. Mehrfach hört Marta in den kommenden Stunden Schüsse und verzweifelte Schreie von Frauen. Aus dem Haus geht sie selbstverständlich nicht. Schon der Weg zu den Kohlen im Schuppen erscheint ihr fast zu gefährlich.

In den nächsten Tagen wiederholen sich die Durchsuchungen. Immer wieder entdecken russische Soldaten Dinge, die sie einfach einstecken. Den Schmuck und die Wertsachen hat Marta inzwischen auf mehrere Verstecke, darunter im Bad, verteilt, damit im schlimmsten Fall nicht alles auf einmal verloren ist. Die Soldaten gehen inzwischen wohl davon aus, dass alle Wertgegenstände schon von anderen Russen mitgenommen wurden. Sie suchen nicht besonders sorgfältig, es sieht eher so aus, als gehe es darum, etwas zu zerstören. Sie werfen einen Tisch um und zerschlagen Gläser auf dem Küchenboden. Am dritten Tag suchen zwei alkoholisierte russische Soldaten nach Schnaps. Marta hat so etwas nicht im Haus. Aus Wut schlagen die Männer auf sie ein. Dann zerrt ihr einer die Strickjacke vom Leib und zerreißt ihr den Kittel. Der andere hält sie fest. Marta hat sich fest vorgenommen, nicht zu schreien, wenn es passiert.

Kapitel 29

2004

Er hätte schon früher mit ihr sprechen und mit den Planungen beginnen sollen. Viel früher. Oft schon hat Andreas daran gedacht, nicht täglich, aber immer wieder in den vergangenen Monaten. Die Initiative hat er dennoch nicht ergriffen. Ein Fehler. Es ist Neujahr und inzwischen ist die Zeit fast schon knapp. Und die Lust seiner Mutter auf ein großes Fest ist allem Anschein nach gering.

In sechs Wochen wird Elise 80 Jahre alt.

Sie selbst hat bisher gar nichts für den Tag überlegt. Niemanden eingeladen, keinen Ort für eine Feier gebucht, nichts. Dabei, denkt Andreas, ist es ein Freitag, da könnte sie den runden Geburtstag am Wochenende doch mal richtig feiern, mit Verwandten, Nachbarn, Freunden. Ihr Leben Revue passieren lassen. Angefangen mit früheren Schulfreunden aus Schlesien bis hin zu ihren Bekannten aus der neuen Tanzrunde. So schwebt ihm das vor. Eine richtig schöne große Feier. Wahrscheinlich die letzte ihrer Art im Leben seiner Mutter.

„Überleg doch mal", sagt er zu ihr, als er bei einem Besuch endlich das Thema anspricht. „Wen du nach vielen Jahren wiedersehen könntest! Freundinnen aus deiner Ausbildungszeit, frühere Kollegen aus Köln, oder Lieselotte und die anderen aus Jauer. Wer weiß, wie oft ihr euch noch treffen könnt."

„Ja, schon", antwortet seine Mutter zögerlich: „Aber ich habe keine Ahnung, ob die überhaupt noch reisen können. Die werden ja auch alle nicht jünger." Seine Mutter legt ihre Zurückhaltung nicht ab, sagt dann aber doch: „Ein bisschen Lust habe ich schon, das muss ich zugeben."

„Na also, dann rufst du die wichtigsten Gäste gleich mal an."

„Jetzt?“ Elise blickt auf die Uhr. 15 Uhr. Die Mittagszeit ist vorbei. Zum Glück.

„Ja, wann denn sonst? Ich hole dein Adressbuch. Wer ist denn am wichtigsten für dich gewesen? Wenn Du so zurückschaust auf die letzten 60 oder 70 Jahre.“

Sie überlegt kurz. „Erst einmal fallen mir die vielen Freunde in Münster ein, aber die sehe ich ja auch so regelmäßig. Aus Schlesien natürlich Lieselotte, deren Besuche seltener werden. Das Reisen wird halt beschwerlich. Dann aus Köln Agnes, die hat ja ein bisschen nachgeholfen, damit Theo und ich zusammenkommen.“

„Hast du denn noch Kontakt zu ihr?“

„Nur noch selten. Zuletzt hat es sich auf eine gegenseitige Karte zu Weihnachten beschränkt. Ich weiß gar nicht, wie es ihr geht, sie ist ja noch ein paar Jährchen älter als ich. Dann gibt es noch die Frauen, mit denen ich die Ausbildung zur Schneiderin und Gewerbelehrerin gemacht habe. Aber die habe ich alle aus den Augen verloren. Eine Weile hatte ich noch mit Gertrud aus meiner Zeit in Hannover Kontakt, die würde ich wirklich gern noch einmal treffen. Unsere Zeit damals war sehr schön, es war der Aufbruch nach den Entbehrungen des Krieges.“

„Das sind also die drei Wichtigsten?“

„Wenn du mich so fragst, ja. Lieselotte ist meine beste Freundin, die beiden anderen waren wichtig für mich, sind aber aus meinem Leben fast völlig abgetaucht.“

„Und das ändern wir jetzt sofort. Ruf sie einfach an.“

„Ich habe gar keine Telefonnummer von Gertrud. Und ob die von Agnes noch stimmt, weiß ich nicht.“

„Versuch es schon mal bei Lieselotte und Agnes, die Nummer von Gertrud suche ich dir heraus.“

Eine Stunde später die Ernüchterung.

Lieselotte sprühte nicht vor Optimismus wie sonst immer, denn ihr Mann ist vor ein paar Tagen gestürzt und droht zum Pflegefall zu werden, sie kann jedenfalls in den kommenden Wochen das Haus nicht verlassen. Elise und sie haben vereinbart, schon bald wieder zu telefonieren. Agnes hat an Elises Geburtstag keine Zeit, sie ist an dem Wochenende schon auf eine Goldene Hochzeit eingeladen. Sie hat sich sehr über den Anruf gefreut, und sie sprechen eine Weile über die gemeinsame Zeit in Köln. Gertrud hat sich kaum noch an Elise erinnern können. Sie ist krank, sitzt im Rollstuhl und wird von einer Nichte gepflegt. Von ihrer Lebensfreude aus alten Tagen in Hannover ist nichts mehr zu spüren. Als Elise sie darauf anspricht, dass sie beide aus Schlesien stammen, sagt sie, dass sie davon nichts wisse. Elise legt wenig später auf. Ratlos. Und enttäuscht.

Sofort trifft sie eine Entscheidung, unumstößlich, wie Andreas sofort bemerkt: „Ohne die drei feiere ich meinen Geburtstag nicht. Es ist aber auch nicht so schlimm: Es hätte sowieso viel zu viel gekostet."

Jetzt ist es so weit! Die polnischen Behörden stellen mich kaltblütig vor die Wahl: Entweder ich werde polnische Staatsbürgerin oder ich muß raus! Das hat sich abgezeichnet in den letzten Wochen, jetzt habe ich es schwarz auf weiß.

Herr Nowak ist freundlich und sagt mir, er würde sich freuen, wenn ich die polnische Staatsbürgerschaft annehmen und weiterhin für ihn arbeiten würde. In seinem Haus wäre immer Arbeit für mich. Auch die Kinder beknien mich zu bleiben. Herr Nowak stellt mir sogar einen Nachbarn vor, der ein Auge auf mich geworfen hat und mich vermutlich gern heiraten würde. Ich hatte schon mehrfach das Gefühl, dass er mich heimlich anstarrt, wenn ich die Straße entlanglaufe. Er ist zwar ganz nett, aber eine Hochzeit, nur um bleiben zu können, kommt für mich nicht in Frage. Ich begrüße ihn nur aus Höflichkeit und plaudere ein wenig mit ihm. Mehr nicht.

Ich muss mich wohl oder übel auf meine Abreise vorbereiten. (2. September 1947)

Als Elise die Augen öffnet, findet sie, dass es außergewöhnlich hell ist. Das Licht fällt irgendwie anders als sonst, oder lassen ihre Augen sie so langsam im Stich? Es ist Zeit aufzustehen, denkt sie, und schiebt die Bettdecke zurück. Sie streicht ihr Nachthemd glatt, steigt in die Pantoffeln vor dem Bett und geht zum Fenster. Im Garten ist alles weiß. Über Nacht sind fast 20 Zentimeter Schnee gefallen. Und das Mitte Februar, denkt sie, und in Münster! In ihrer Kindheit in Schlesien gehörte viel Schnee ja zum Winter dazu, in Münster ist Schnee eher eine Seltenheit. Ihr gefällt der Anblick. Ein schönes Geburtstagsgeschenk.

Als sie sich im Badezimmer fertig macht, hört sie die Nachrichten. In Dresden wird heute an den Jahrestag der Bombardierung erinnert, sagt der Moderator gerade. Auch etwa 2.000 Rechtsextremisten würden im Laufe des Tages durch die Stadt marschieren und versuchen, das traurige Ereignis von 1945 für ihre Ziele zu missbrauchen.

Elise sieht das zerstörte Dresden noch genau vor sich. Sie will nicht unbedingt jedes Jahr daran erinnert werden – erst recht nicht an ihrem Geburtstag – und macht das Radio aus. Da meint sie, von unten ein Geräusch zu hören. Sollten Andreas und seine Familie schon aufgestanden sein? Elise zögert einen Moment, denn als Frühaufsteher kennt sie ihren Sohn nicht. Sie blickt auf die Uhr, es ist halb acht und für sie höchste Zeit zum Aufstehen. Tatsächlich, der Duft nach Kaffee erfüllt den Flur. Sie schließt die Badezimmertür und macht sich fertig. Die Anziehsachen hat sie schon am Abend – ordentlich zusammengefaltet – auf einen Stuhl gelegt. Sie lässt heißes Wasser ins Waschbecken laufen, greift zum an der Wand hängenden Waschlappen und beginnt mit der morgendlichen Reinigung. Gut, dass sie die Dauerwelle rechtzeitig hat erneuern lassen, die Haare sitzen heute mal halbwegs. Noch ein kleiner Spritzer Parfum auf den Hals, nach gut 25 Minuten ist sie fertig. Ein letzter Blick in den Spiegel, dann geht sie nach unten.

Es ist tatsächlich jemand wach. Wieder hört Elise Geräusche. Die Holztreppe knarrt etwas, und sofort kommt Laura aus der Küche angelaufen und ruft: „Du darfst noch nicht hereinkommen, Oma. Erst in zwei Minuten, hat Papa gesagt." Fröhlich umarmt sie ihre Enkeltochter und denkt dabei an Andreas, der in diesem Alter auch so gern geschmust hat. Laura ist ungeduldig, öffnet die Küchentür und fragt ihren Vater, wann es denn endlich losgeht.

„Ihr dürft hereinkommen." Andreas lächelt.

„Du musst aber die Augen zumachen, Oma", sagt Laura und führt Elise langsam in die Küche. „Und nicht blinzeln!"

Elise muss lachen. Sie weiß nicht genau, was nun passieren wird, aber sie verspürt fast eine kindliche Vorfreude. So einen Geburtstag hat sie schon lange nicht mehr erlebt. Die letzten Geburtstagsfrühstücke hat sie meistens allein verbracht, bevor dann die Besucher kamen.

„Happy Birthday to you, Happy Birthday to you, Happy Birthday, liebe Elise, Happy Birthday to you." Andreas, Heike und Laura singen ihr Ständchen mehr oder weniger schief und in unterschiedlicher Lautstärke. Dabei führen sie Elise zum Frühstückstisch, der heute zugleich ein Geschenketisch ist. Jonas steht schlecht gelaunt im Hintergrund und singt nicht mit. Er wäre lieber in Bonn geblieben, weiß Elise. Er hat sich ein Skateboard schenken lassen und wollte lieber auf der Halfpipe in der Rheinaue ein paar Tricks trainieren als mit der Oma Geburtstag feiern. Andreas hatte wohl seine Mühe, ihn zum Mitkommen zu überreden. Es gab eine längere Diskussion, wenn sie ihren Sohn richtig verstanden hat.

Das Lied ist beendet, und sie öffnet ihre Augen und staunt. Vor ihr steht ein Käsekuchen mit acht Kerzen, daneben liegen mehrere bunt verpackte Geschenke. Neben ihrem Teller sieht sie ein Sektglas, es duftet nach frischen Brötchen. Der Tisch ist reichhaltig gedeckt. Elise ist gerührt, aber auch irritiert.

„Wer soll das denn alles essen?", fragt sie.

Jonas verzieht das Gesicht. „Sei doch nicht so geizig, Oma. Wir essen das schon. Und wenn was übrig bleibt, ist es auch nicht schlimm. Wir haben nicht einmal vorher gezählt, wie viele Tassen Kaffee wohl getrunken werden, sondern einfach eine riesige Kanne gekocht."

Zuletzt hat er schon ein paar Mal gespottet, sie würde die Kaffeemenge immer so knapp bemessen, dabei müsse sie doch gar nicht sparen. Dass es nur darum geht, nichts wegzuschütten, versteht seine Generation eben nicht. Auch Andreas neigt manchmal dazu, ihre Angewohnheiten – absichtlich, wie es ihr scheint – durcheinanderzubringen. Er bleibt, wenn er mal zu Besuch ist, morgens im Bett liegen, obwohl das Frühstück schon auf dem Tisch steht, er geht in die Küche, obwohl keine Essenszeit ist, oder öffnet Flaschen, obwohl es noch angefangene im Kühlschrank gibt. Jonas scheint Spaß daran zu haben, seinen Vater nachzumachen.

Heike versucht wohl, das von Jonas Gesagte zu überspielen, und reicht ihr das Sektglas, schenkt sich und Andreas auch etwas ein und prostet Elise zu. „Alles, alles Gute zum 80. Geburtstag! Auf einen wunderschönen Tag heute."

„Er fängt ja schon toll an". Elise hat sich vorgenommen, nicht darauf zu achten, wenn Jonas mal wieder dummes Zeug redet oder schlecht gelaunt sein sollte. Er kommt halt in die Pubertät. Andreas war auch manchmal schwierig in der Zeit, nicht zu vergleichen mit Eva natürlich mit ihren Eskapaden. Aber auch er hat sie oft geärgert – mit seinen schmutzigen Klamotten zum Beispiel oder der lauten Musik in der Mittagszeit. Wie oft hat er sie und Theo aufgezogen mit ihren Angewohnheiten, sie als spießig abgestempelt, ohne zu wissen, was das ist. Aber bei Andreas fing es nicht so früh an wie bei Jonas, erinnert sie sich. Und heute gibt es keinen Grund mehr, über den Sohn groß zu klagen.

Ihr Blick fällt auf den Tisch. Sie ist immer noch sprachlos. Normalerweise sieht ihr Frühstück sehr bescheiden aus. Zwei Scheiben Brot, etwas Butter und Marmelade, dazu eine Tasse Kaffee. Heute haben Andreas und Heike gleich vier Gläser Marmelade aufgemacht – was für eine Verschwendung, denkt sie –, dazu haben sie Honig, Zuckerrübensirup, Erdnussmus, drei Sorten Käse und etwas Wurst und Schinken gedeckt. Das meiste davon haben sie wohl aus Bonn mitgebracht, denkt sie. In ihrem

Schrank gab es das jedenfalls nicht. Bei den Getränken geht der Luxus weiter: Außer Kaffee gibt es noch Tee, Orangensaft und den Sekt.

Sie freut sich. Das schon. Aber was soll sie am Abend bloß mit den ganzen Resten machen? Da wird sie doch noch wochenlang von essen müssen. Das wird doch alles schlecht, wenn man nicht aufpasst.

Doch sie kommt gar nicht zum Nachdenken. Überwältigt nimmt sie die Glückwünsche ihres Sohnes, ihrer Schwiegertochter und der beiden Enkel entgegen. So ein Geburtstagsfrühstück hat sie noch nie erlebt, selbst als Kind bei ihren Eltern in Jauer ging es viel bescheidener zu, auch wenn die Aufregung immer sehr groß war. Damals gab es ein oder zwei Geschenke nach dem Frühstück, keine Zeremonie mit Auspacken oder besonderes Essen. Auch mit Theo hat sie den Geburtstag selten groß gefeiert.

„Heute lässt du es dir mal richtig gut gehen, Elise“, reißt Heike sie aus ihren Gedanken. Von hinten schiebt ihr die Schwiegertochter einen Stuhl unter die Beine.

„Als erstes packst du aber deine Geschenke aus, oder?“, ruft Laura.

Elise setzt sich und merkt, dass ihr die Prozedur zu gefallen beginnt. Heike schenkt ihr Kaffee ein, Laura reicht ihr ein erstes kleines Paket: „Das ist von mir.“

Elise nimmt es vorsichtig, nach dem Auspacken streicht sie das Geschenkpapier glatt und faltet es ordentlich zusammen, sie wird es wieder verwenden. Sie freut sich über ein selbst gemaltes Bild der Achtjährigen, die ihr umgehend erklärt: „Das ist eine Prinzessin, so wie du heute.“ Elise schaut sich das Bild an, kann aber so recht keine Ähnlichkeit mit sich feststellen.

„Das ist aber wirklich wunderschön“, sagt sie.

Von Jonas bekommt Elise ein Stück wohlriechende Seife und ein paar Badezusätze – all das wird wohl Heike besorgt haben –, außerdem gibt es gerahmte aktuelle Fotos von den Enkeln. Laura ist auf einen Baum geklettert, Jonas hat das Skateboard unter dem

Arm, seine Jeans hat ein riesiges Loch am Knie. Heike sollte das mal stopfen, denkt sie. Andreas scheint ihre Gedanken zu lesen, denn er sagt: „Das ist jetzt modern mit den zerrissenen Hosen, Mutti.“ Er lacht. Ihr ist eher zum Weinen zumute.

Heike und Andreas haben zwei Bücher für Elise ausgesucht – „Sommerhaus, später“ mit Erzählungen von Judith Hermann und den Roman „Der menschliche Makel“ von Philip Roth. Dazu eine Flasche Champagner, einen warmen Pullover und eine hellblaue Wärmflasche. „Du hast schließlich so oft kalte Füße“, sagt Heike: „Du musst sie aber auch benutzen.“ Elises alte Wärmflasche stammt noch aus den 60er Jahren und ist etwas undicht. Weil Elise sie nicht wegwerfen kann, liegt sie seit Jahren sinnlos im Schrank herum.

„Da ist noch das große Paket, Oma.“ Laura ist ungeduldig, will, dass sie endlich alles auspackt. Vorsichtig löst Elise die Klebestreifen vom Geschenkpapier und wickelt einen Karton aus, bis sie einen Laptop in der Hand hält. „Oh, ein tragbarer Computer.“

Sie versucht einen skeptischen Blick zu vermeiden. Einen, der ausdrückt, dass ein solches Geschenk doch viel zu teuer ist. Ihr Sohn soll doch nicht so viel Geld für sie ausgeben. Doch Andreas erklärt ihr, dass ihr alter Rechner kaum noch funktioniere und keinen Internet-Zugang habe, weil er schon mehr als zwölf Jahre alt sei. Theo hat ihn damals gekauft. „Keine Sorge, ich erkläre dir alles in Ruhe. Auch wie Internet und E-Mail funktionieren. Dann bist du bei deinen Freundinnen mit Abstand die modernste.“

„Das denkst du nur. Einige aus meinem Tanzkreis schreiben sich E-Mails. Ich kann da nicht mitreden.“

„Das wird sich jetzt ändern. Jetzt weißt du übrigens auch, warum vor ein paar Tagen der Techniker da war, der deinen Telefonanschluss verändert hat. Er hat einen Internetanschluss für dein Haus gelegt.“

Elise erinnert sich gut an den Dreck, den der junge Mann hinterlassen hat. Sie bleibt skeptisch, freut sich zugleich aber auch: „Ich danke euch sehr. Das ist ein viel zu großes Geschenk, das wisst ihr!" Sie drückt alle vier. „Und du musst mir auch wirklich alles zeigen. Ich verstehe doch nichts von E-Mails und möchte mir jeden Schritt, den ich machen muss, genau notieren. Und dieses Internet musst du mir auch erklären."

Sie nimmt sich ein Brot und signalisiert damit allen, dass nun gefrühstückt werden kann. Die anderen kauen aber schon längst.

In den nächsten Stunden klingelt das Telefon bestimmt zehn Mal, Elise bekommt Besuch von zwei Nachbarinnen, und auch der Pfarrer ihrer Gemeinde lässt es sich nicht nehmen, seinem Schäfchen zum runden Geburtstag zu gratulieren, auch wenn sich Elise fast nie in die Kirche verirrt. Zu einem Glas Sekt sagt er auch nicht Nein und bleibt etwas länger als eigentlich notwendig. Als er weg ist, bringt Laura ihrer Oma die Post. Viele Bekannte haben an sie gedacht: Alte Weggefährten aus Schlesien, Freundinnen, die nicht mehr gut laufen können und berichten, sie wären sonst gern vorbeigekommen. Auch Freunde und frühere Kollegen ihres verstorbenen Mannes, sogar sein alter Schulleiter gratulieren ihr zum 80. Geburtstag. Eine volle Stunde braucht Elise, um all die Briefe und Karten zu lesen und sie erzählt ihren Enkeln, wer genau die Absender sind und was sie mit ihnen verbindet.

Jonas scheint sich zu langweilen, er möchte wissen, ob auch Spiele auf dem Laptop sind. Andreas verneint: „Damit kann meine Mutter doch nichts anfangen. Es gibt aber Spiele in dem Schrank dort drüben, das weißt du doch." Mürrisch begibt sich Jonas mit Laura dorthin, wenig später spielen sie Malefiz. Jonas versucht, Laura mit möglichst vielen Barrieren zuzustellen. Elise spielt mit, denn weiteren Besuch erwartet sie erst am Abend, wenn Eva nach der Arbeit aus Leverkusen kommen will.

Als sie mittags gerade aufbrechen wollen, um essen zu gehen, klingelt es an der Tür. Elise öffnet und staunt, dass die verschneite Barbara vor ihr steht: „Oh, das ist aber eine Überraschung."

„Hallo, Tante Elise. Andreas hat mich eingeladen. Als Ehrengast sozusagen. Ich hoffe, es passt dir. Ganz herzlichen Glückwunsch zum Geburtstag!"

Barbara umarmt sie voller Überschwang in ihren nassen Sachen und überreicht ihr ein schweres Paket. Aufgedreht legt sie ihren Mantel ab und redet dabei ohne Unterlass weiter: von ihrer mühsamen Fahrt mit der Bahn und dem netten Taxifahrer, der sie vom Bahnhof hierher brachte. Anschließend verschwindet sie erst einmal im Bad, um ihre Fönfrisur zu richten.

Andreas kommt zu Elise und erklärt: „Ich finde es gut, dass sie gekommen ist. Ihr habt euch immer so gut verstanden, ich verstehe gar nicht, warum ihr zuletzt auf Abstand gegangen seid."

„Das kannst du auch nicht verstehen, mein Junge. Doch so schlimm wie du denkst ist unser Abstand auch gar nicht. Aber Barbara hat auf der Beerdigung ihres Vaters einige sehr unfreundliche Dinge gesagt. So spricht man einfach nicht über Tote. Außerdem war Onkel Herbert ein herzensguter Mensch und immer für mich da."

Elise erinnert sich ungern, aber sehr gut an die Situation. Beim Kaffeetrinken hatte Barbara bedauert, dass sich ihr Vater sein Leben lang nicht eindeutig genug vom Nationalsozialismus distanziert habe. Daraufhin standen mehrere Trauergäste auf und gingen. Elise selbst war damals auch peinlich berührt. Ihr Onkel Herbert stand ihr im Leben mehrfach unterstützend zur Seite, und das rechnete sie ihm hoch an. Er war ihr Trauzeuge. Wichtiger als seine politische Haltung war für sie, dass er einer der letzten direkten Verwandten ihrer Familie war, vor allem, weil sie ihre beiden Brüder so früh verloren hatte.

Sie hat sich geärgert, doch will sie nicht nachtragend sein. Sie hat auch schon überlegt, Barbara mal wieder einzuladen, schließlich ist sie inzwischen ihre letzte verbliebene Verwandte, die noch in Schlesien geboren ist. Da möchte sie nicht im Streit mit ihr bleiben. Eigentlich ist Barbara auch die Herzlichkeit in Person, etwas chaotisch zwar, so gar nicht typisch Plackwitz, aber gutmütig ist sie und großzügig. Sie ist halt nicht so stark von den Verlusten des Krieges geprägt worden. Barbara ist ja auch 18 Jahre jünger als sie selbst.

Das Haar neu gekämmt und aufgelockert sowie nach Parfüm duftend kommt ihre Nichte gut gelaunt aus dem Bad zurück.

„Toll siehst du aus, Tante Elise. Richtig gut. Ich bin froh, dass ich hier bin.“ Sie nimmt Elise noch einmal in den Arm. „Und ich bin glücklich, dass ich so liebe Verwandte habe. Du und Andreas, ihr seid ganz wichtig für mich, weißt du das, Tante Elise?“ Spätestens jetzt hat Elise ihren Ärger über die Beerdigungsszene von vor vier Jahren so gut wie vergessen. Barbaras gute Laune ist anstreckend.

Erst als sie aus dem Restaurant zurückkommen, packt sie Barbaras Paket aus. Neben einem langen Brief, den sie später lesen will, findet sie eine Schachtel edler Pralinen und eine Liegnitzer Bombe. Ihr läuft beim Anblick das Wasser im Munde zusammen, denn diese Spezialität aus Schlesien hat sie schon lange nicht mehr gegessen. Außerdem entdeckt sie zwei Bildbände, einen über Neuseeland, und der andere zeigt Breslau in alten Fotografien.

„Oh danke, das hat ja bestimmt ein Vermögen gekostet! Das war aber nicht nötig.“

„Doch, doch, Tante Elise. Andreas hat mir erzählst, dass du dein Leben lang gern nach Neuseeland gefahren wärst. Da dachte ich mir, so ein Bildband wird dir bestimmt gefallen. Und mit Breslau sind wir beide ja über unsere Familiengeschichte verbunden.“

Zusammen mit Barbara und Andreas blättert Elise das Buch durch. Schlesien. Jonas hat kein Verständnis dafür: „Wo ist das überhaupt, dieses Schlesien?“

Als Andreas es ihm erklärt, winkt Jonas einfach nur ab: „Es ist mir auch ganz egal. Was habe ich damit zu tun?“

Heike nimmt die Enkel mit in die Küche, um die Kaffeetafel vorzubereiten. Elise meint zu hören, wie Jonas sie fragt: „Nach dem Kaffee fahren wir aber, oder?“

Sie findet das ungehörig. Schlechte Manieren. Aber die Kinder sind wohl heute so. Das erzählen auch Freundinnen von ihren Enkeln. Frech, gelangweilt und unhöflich.

Sie konzentriert sich auf das Breslau-Buch. Beim Betrachten der alten Bilder werden viele Erinnerungen wach. Sentimentale Gefühle.

„Die Jahrhunderthalle. Ganz in der Nähe war der Zoo, dort sind wir mit meinem Vater ein paar Mal gewesen. Ich sehe das Gelände mit dem Elefantenhaus und den Schimpansenkäfigen genau vor mir, und das, obwohl es schon so lang her ist. Mehr als 60 Jahre. Und hier die Dominsel, der älteste Teil Breslaus. Und natürlich das Rathaus, das Wahrzeichen der Stadt. Das Bild kennt wohl fast jeder."

Sie schwelgt in Erinnerungen, mehr als sie es sonst zulässt. Die Gefühle sind schön und intensiv, fast überwältigend. Barbara fragt interessiert nach, sie hat keine eigenen Erinnerungen an Schlesien, musste ja schon als Kleinkind flüchten. Auch Andreas wirkt neugierig, Elise wundert sich darüber, bisher hat er ihre Heimatgefühle eher als ewig-gestrig abgetan, so dass sie sich kaum noch getraut hat, darüber zu sprechen.

„Ist eigentlich irgendjemand aus deiner Familie in Schlesien geblieben, eine Cousine von dir oder so?", fragt er.

„Nein, wie das denn? Wir mussten doch alle raus, ich als eine der letzten Deutschen, 1947."

„Es hätte ja sein können, dass jemand einen Polen geheiratet hat und dann geblieben ist."

„So etwas gab es wirklich, das stimmt. Aber in unserer Familie nicht. Wir sind alle raus und landeten irgendwo. Mein Vater zuerst in Bayern, später mit meiner Mutter in Detmold. Meine Großmutter strandete mit meinem Großonkel in Leipzig. Und Barbaras Eltern zogen in die Nähe von Köln. Viel mehr Verwandte gibt es nicht, ich kann mich noch an eine Cousine meiner Mutter erinnern, sie ist vor ein paar Jahren in Thüringen gestorben, in Plauen. Aber in Schlesien geblieben ist niemand, wir haben alles verloren, Besitz und Heimat. Nur unsere Erinnerungen sind uns geblieben."

Sie weiß beim besten Willen nicht mehr, wann sie mit ihrem Sohn das letzte Mal über das Thema gesprochen hat, sie freut sich, dass er mal eine Frage gestellt hat. Es scheint ihn wirklich zu interessieren, er hört aufmerksam zu, scheint ihr.

„Es ist tragisch, dass ihr das alles mit euch selbst ausmachen musstet", ergreift Barbara das Wort. „Ihr wart nach dem Krieg traumatisiert, aber es gab keinerlei psychologische Betreuung für euch. Ihr hattet ja auch andere Probleme, musstet irgendwie überleben, physisch überleben, meine ich, etwas zu essen und trinken finden und wieder einen neuen Alltag in der fremden Umgebung aufbauen. Das kenne ich alles aus meinem eigenen Leben. Meine Eltern haben mich nach dem Krieg gut versorgt, aber sie konnten keine Zuneigung zeigen. Meint ihr, meine Mutter oder mein Vater hätten einmal zu mir gesagt, dass sie mich lieben? Das gab es nicht. Ihr Leben damals war bestimmt sehr, sehr schwierig, die Zukunftsängste und all das. Dabei blieben die Gefühle auf der Strecke, alles war von der Vernunft gesteuert. Und die seelischen Wunden fanden natürlich keine Heilung."

Das ist typisch Barbara, denkt Elise und weiß nicht, was sie darauf antworten soll. Ihre Nichte ist Psychologin, natürlich interessieren sie die seelischen Wunden. Theoretisch zumindest. Aber hatte sie Verständnis für die Wunden ihres Vaters?

„Wir haben es irgendwie geschafft, zum Glück", sagt sie dann. „Wenn ich zurückblicke, hatte ich ein erfülltes Leben, trotz all der Schwierigkeiten mit Diktatur, Krieg und Vertreibung als Kind und junge Frau. Ich habe so viele nette Menschen kennengelernt und schöne Dinge erlebt." Das Klagen und Jammern über die Vergangenheit sind ohnehin nicht meine Sache, denkt sie noch, sagt es aber nicht laut.

„Hast du denn das Gefühl, unverheilte Wunden zu haben?", fragt Andreas.

„Nein, ich wüsste nicht." Elise wundert sich über die Frage. Er müsste doch wissen, dass sie in den vergangenen fast 60 Jahren ein glückliches Leben hatte.

„Nach dem Krieg hat man die Traumatisierungen durch Krieg und Vertreibung nicht wahrgenommen oder nicht für wichtig erachtet“, sagt Barbara. „Es gab andere Probleme und es gab natürlich viel weniger Psychologen als heute. Aber das heißt nicht, dass es die Wunden nicht noch gibt. Ich habe Patienten in Tante Elises Alter oder in meinem Alter, die haben immer noch Angstträume von der Zeit früher. Oder sie haben Angst, sich Dinge anzuschaffen, weil sie nicht noch einmal ihr Hab und Gut zurücklassen möchten. Oder sie horten im ganzen Keller Konserven, falls mal knappe Zeiten kommen sollten. Das erscheint heute alles völlig irrational, ist aber mit Blick auf ihre Lebensgeschichte zu erklären. Das hat meine Generation übrigens nicht verstanden.“

„Wie meinst du das?“, fragt Andreas. Elise bleibt stumm, hört aber aufmerksam zu.

„Wir haben als junge Menschen in unserer Studentenzeit von unseren Eltern wissen wollen, was sie in der Nazi-Zeit gemacht haben, weil niemand darüber gesprochen hat. Es war richtig, dass wir danach gefragt haben und dass wir das Schweigen brechen wollten. Sonst hätte diese Gesellschaft die Aufarbeitung der Diktatur niemals begonnen. Wir würden wahrscheinlich bis heute nicht zu unserer Verantwortung für Auschwitz und die Judenvernichtung stehen.“

Elise schaut Barbara etwas irritiert an. Andreas nickt.

„Versteh mich nicht falsch, Tante Elise. Ich meine nicht, dass ihr alle Nazis und Verbrecher wart. Das nicht, aber natürlich haben die Deutschen unbeschreibliche Verbrechen begangen. Und nicht nur fünf oder zehn Leute aus einem Zirkel um Hitler herum. Ohne die Auseinandersetzung ab Ende der 60er Jahre hätten die Deutschen das einfach verdrängt. Deshalb war die Konfrontation richtig, auch die harten Gespräche, die ich mit meinen Eltern geführt habe, die ja blind dem Hitler-Regime gefolgt sind. Was ich aber sagen will, ist, dass wir einen anderen Aspekt damals übersehen haben. Unsere Eltern-Generation war eben auch traumatisiert. Vom Krieg, von den Bombenangriffen und viele eben auch durch Flucht und Vertreibung. Ihnen wurde gesagt, sie sollten froh sein, dass sie überlebt haben. Dass ihre Verluste im Vergleich dazu nicht wichtig seien. Das war natürlich falsch. Aber das haben wir damals nicht beachtet oder nicht wahrgenommen. Für viele Schlesier oder Ostpreußen ist die Vergangenheit an die Stelle der Gegenwart getreten. Ihr Reden über die Heimat war für uns reaktionär, es war aber auch so etwas wie ein hilfloser Schrei, der durch die Traumatisierung ausgelöst worden ist. Die Ängste vieler Vertriebener sind nicht bearbeitet und teilweise auf die nächste Generation übertragen worden. Wissenschaftler haben da ein ganz neues Forschungsfeld erkannt."

„Die nächste Generation, das wärest du. Oder sogar ich", wirft Andreas ein.

„Genau. Es gibt Enkel von Vertriebenen, die sind voller Unruhe, die sie sich nicht erklären können. Oder sie haben diffuse Ängste. Zum Beispiel vor dem Verlassenwerden, obwohl es überhaupt keinen sichtbaren Grund dafür gibt. Psychologen brauchen viele Sitzungen, um herauszufinden, dass womöglich die unaufgearbeitete Geschichte der Eltern oder Großeltern dafür verantwortlich ist."

Andreas lehnt sich zurück. Er denkt an dieses beklemmende Gefühl der Enge in seinem Brustkorb, das er manchmal spürt. An das Schreckhafte, das auch er lange hatte, wenn das Telefon klingelte. An die so oft in ihm aufsteigende Sehnsucht nach Sicherheit und Geborgenheit, dieses absurde Gefühl der Wurzellosigkeit. An die Angst, seinen Kindern könne etwas zugestoßen sein, wenn sie abends nicht zu Hause sind. An die Furcht, allein leben zu müssen, weil seine Frau ihn von einem Tag auf den anderen verlassen könnte.

Mein Entschluß steht: Wenn die Polen mich als Deutsche hier nicht dulden, will ich zu meinen Eltern, zu meinen Freundinnen, die alle Schlesien längst verlassen haben. Dann fehlt nur noch Friedrich, dann ist die Familie wieder zusammen. Zumindest das ist eine schöne Aussicht.

Nun wird es also endgültig Zeit, Jauer adieu zu sagen. Es tut weh, und ich muß die Tränen unterdrücken, wenn ich durch die Straßen ziehe und leise Abschied nehme. Lange hatte ich die Hoffnung, daß sich noch etwas ändert, daß wir alle zurück in unsere Häuser können. Ich habe mich getäuscht. Hier ist fast nichts mehr deutsch, alle Schilder, alle Formulare sind polnisch. Ich werde immer mehr zur Fremden hier, und das will ich nicht. Polnische Staatsbürgerin zu werden kommt für mich nicht in Frage! Ich unterschreibe, daß ich bis zum 1. Oktober freiwillig ausreisen und keine Ansprüche gegen den polnischen Staat geltend machen werde. Also heißt es: In drei Wochen die Sachen packen. (10. September 1947)

Als Elise aufwacht, fühlt sie sich unwohl. Die bevorstehenden Termine. Ja, es ist ihr Wunsch gewesen, sich in Bonn mal ein paar Altenheime anzuschauen, so hat sie es vor einigen Wochen am Morgen nach ihrem Geburtstag mit Andreas besprochen. Aber bei der Vorstellung, in so ein Haus zu ziehen, graust es ihr. Andererseits kann sie ihren Kindern ja wirklich nicht zumuten, sie bei sich aufzunehmen, wenn sie irgendwann einmal nicht mehr kann. Sie sind ja alle berufstätig, wie sollen sie da noch eine alte und womöglich bald gebrechliche Mutter betreuen? Ob sie will oder nicht, dem Thema Heim muss sie sich irgendwann stellen. Je eher sie eine Entscheidung trifft, umso besser.

Lange hat sie mit ihrer Freundin Lieselotte darüber gesprochen, neulich am Telefon. Die möchte in absehbarer Zeit in die Nähe ihrer Tochter nach Süddeutschland ziehen, aber in eine Seniorenresidenz, weil sie der Tochter nicht zur Last fallen will. Lieselotte freut sich darauf, hat sie gesagt, sie findet diese Lösung gut für alle. Denn ihr gegenwärtiger Alltag wird zunehmend zur Belastung: Lieselottes Mann wird von Tag zu Tag schwächer, und die Pflege fällt ihr immer schwerer. Doch Hilfe von Dritten lässt Wilfried nicht zu.

Elises Situation ist zwar eine völlig andere, aber auch sie sieht, dass sie nicht ewig so weiterleben kann wie bisher. Im Moment kommt sie noch gut allein in ihrem Haus zurecht, aber wie lange noch?

Heute früh soll die Besichtigungstour in Bonn starten.

In Andreas' Familie fühlt sie sich wohl. Heike ist herzensgut und hilfsbereit, und neben der Familie führt sie als Selbstständige noch ihr eigenes Büro. Erfolgreich. Jonas und Laura hat sie ins Herz geschlossen, auch wenn Jonas sie nicht besonders beachtet, sondern andere Dinge im Kopf hat. Kürzlich hat sie für beide ein Sparbuch angelegt, mit jeweils 10.000 Euro, also fast 20.000 DM, damit sie etwas Sicherheit in der Zukunft haben. „Sorgt vor für schlechte Zeiten", rät sie ihnen immer. Auch wenn sie das nicht so recht zu verstehen scheinen, hofft Elise, dass ihre Enkel – anders als Eva – später nicht ständig ihr Konto überziehen. Was das unnötigerweise an Zinsen kostet und an Unsicherheit mit sich bringt! Elise hat deshalb Vorsorge getroffen: Wenn sie 18 sind, sollen Jonas und Laura an das Geld kommen, vorher nicht. Damit sie keinen Unsinn damit anstellen.

Gestern war sie mit ihnen Eis essen. Zwei Kugeln in der Waffel. Für jeden. Jonas hat gezahlt. Als Elise ihm die 1,20 Euro für ihre beiden Kugeln geben wollte, hat er nur gelacht: „Behalt mal dein Geld, Oma. Das Bezahlen ist schon erledigt." Peinlich war das. Sie kann doch ihr Eis selbst bezahlen, das muss doch nicht ein Schüler für sie übernehmen. Vielleicht hätte sie alle einladen sollen, doch der Gedanke kam ihr zu spät. Aber das Eis war köstlich. Nuss und Joghurt. Sie liebt Eis. Und die Eisdiele in Friesdorf soll die beste in Bonn sein, sagen ihre Enkel immer.

Frühstück mit der Familie. Es wird nicht viel gesprochen, die Kinder verschwinden schnell zur Schule. Heike muss dringend ins Büro. Viele Aufträge. So sitzt sie allein mit Andreas am Tisch und bemerkt, dass er keinerlei Anstalten macht, das Thema Heimbesichtigung von sich aus anzugehen. Demonstrativ kocht er sich noch einen Tee und liest Zeitung. Arbeiten muss er nicht, er hat sich für ihren Besuch zwei Tage Urlaub genommen. Schon das ist ihr unangenehm, seine Freizeit möchte er doch bestimmt lieber mit seiner eigenen Familie verbringen als mit seiner alten Mutter. Auch sie trinkt noch die Reste ihres Tees, dann fragt sie: „Wann gedenkst du denn mit mir aufzubrechen?"

„Wann immer du möchtest. Ich habe gestern Abend schon im Branchenbuch und im Internet nach geeigneten Adressen gesucht. Ich hole schnell den Stadtplan, dann zeige ich dir, wo sie sind.“

„Ich möchte auf jeden Fall das Augustinum sehen, meine Freundin Lieselotte schwärmt immer davon, was für tolle Einrichtungen das sind.“

„Dann fahren wir da auch hin. Es ist in der Römerstraße im Bonner Norden. Ein anderes Heim ist in Bad Godesberg im Zentrum, auch im Villenviertel in Godesberg gibt es zwei Einrichtungen, eine davon mit Blick auf den Rhein. Aber sieh selbst: Fast in allen Stadtteilen gibt es Möglichkeiten.“

Sie beraten eine Weile, dann einigen sie sich auf sechs Häuser, die sie besichtigen werden. Darunter sind fünf Altenheime oder Seniorenresidenzen, wie sie die Betreiber euphemistisch getauft haben, sowie ein Haus für Betreutes Wohnen.

„Sollen wir mit dem Augustinum anfangen?“, fragt Andreas.

„Ja, warum nicht?“ Ihr Unbehagen lässt nicht nach, aber sie lässt sich nichts anmerken.

Am Augustinum angekommen, fühlt sich Elise an ein Hochhaus im Münsteraner Stadtteil Kinderhaus, einem sozialen Brennpunkt, erinnert. Die Einrichtung wirbt mit einem schönen Blick ins Grüne, macht aber nicht so deutlich, dass es sich um einen riesigen Wohnkomplex mit 13 Stockwerken handelt. Nur widerwillig betritt sie hinter Andreas das Haus.

Ein junger Mann zeigt ihnen die großzügige Einrichtung. Elise hört zwar höflich zu, findet aber zunehmend, dass der Angestellte wie eine sprechende Werbebroschüre klingt. Ihre Beklemmung löst sich immer noch nicht, im Gegenteil. Andreas stellt noch ein paar Fragen. Der junge Mann betont, dass dem Augustinum die Individualität der Bewohner ganz besonders am Herzen liege. Abschließend drückt er ihnen einen Hausprospekt mit Preisliste zu den Standard- und Wahlleistungen sowie ein Anmeldeformular in die Hand. Und er verweist auf eine Warteliste, weswegen sich eine umgehende Anmeldung empfehle.

„Und?", fragt Andreas als sie das Haus verlassen.

Wenn das laut Lieselotte die beste Einrichtung von allen sein soll, möchte ich nicht wissen, wie die anderen aussehen, denkt Elise, sagt aber: „Die geben sich ja anscheinend wirklich viel Mühe."

Die nächsten Häuser sind tatsächlich schlimmer. In einem katholischen Heim in Bad Godesberg führt eine Nonne die beiden durch das Haus und bespricht sich mit den Besuchern vor einem riesigen Holzkreuz. Ob Elise denn katholisch sei, will sie wissen. Nein, evangelisch, antwortet sie und hält es für klüger, nicht zu verraten, dass sie jenseits aller Konfessionen eigentlich mehr zweifelt als glaubt. Die Nonne preist unterdessen die zahlreichen Gottesdienste und Andachten in der hauseigenen Kapelle an, an der sogar Protestanten teilnehmen dürfen.

Als sie das Heim verlassen, atmet Elise tief durch.

„Das ist wohl eher nichts für dich", meint Andreas. Das hat er also auch bemerkt. „Wie sieht es denn sonst aus?", fragt er. „Hat dir irgendetwas zugesagt, was wir heute gesehen haben? Oder möchtest du vielleicht noch in Leverkusen schauen, in Evas Nähe?"

Sie überlegt, was sie ihm sagen soll und erklärt dann, sie müsse sich die Kataloge noch einmal genau ansehen und werde dann entscheiden, welches Heim ihr am besten gefalle. Das hänge auch vom Geld ab. Und, nein, nach Leverkusen wolle sie auf keinen Fall ziehen, wenn, dann kommt nur Bonn in Frage. Die Stadt sei viel schöner.

„Geld ist doch da. Darüber musst du dir wohl keine ernsthaften Sorgen machen", sagt ihr Sohn noch.

Sie ist sich da nicht so sicher. Zwar hat Theo ihr mit seiner Pension und den Ersparnissen durchaus einiges an Sicherheit hinterlassen, doch hat sie das Gefühl, dass sehr schnell und plötzlich auf einmal alles weg sein kann. Das hat sie in ihrem Leben schließlich schon einmal erleben müssen. Mit Andreas will sie ihre Gefühlslage aber jetzt nicht besprechen, und der scheint mit ihrer Antwort, dass sie noch einmal in Ruhe alle Hausprospekte durchsehen möchte, zufrieden zu sein.

Zurück bei Andreas weiß Elise längst, wie sie sich entscheiden wird. Sie will nicht in ein Altenheim ziehen. Niemals. Alles sieht so nach letzter Station aus, so nach Warten auf den Tod. Nein, das wird sie nicht machen. Sie wird überhaupt nicht nach Bonn umziehen. Münster ist ihr Lebensmittelpunkt, dort wohnen ihre Freundinnen und Bekannten. Warum sollte sie das aufgeben? Die Nähe zu ihrem Sohn und dessen Familie wäre schön, aber dafür alle anderen sozialen Kontakte schon aus räumlichen Gründen beenden? Ganz bestimmt nicht.

Sie wird in ihrem Haus in Münster wohnen bleiben. Es ist ihre Heimat geworden, sie hat es zusammen mit ihrem Mann eingerichtet, und dort sind die schönsten Erinnerungen an Theo und die Kinder. Noch einmal will sie in ihrem Leben nicht ihr Zuhause aufgeben müssen. Das steht für sie unverrückbar fest. Wenn sie eines Tages nicht mehr so gut kann, wird sie ihren Kindern nichts davon sagen. Nicht dass die plötzlich gegen ihren Willen und hinter ihrem Rücken einen Umzug organisieren.

Elises Meinung steht. Andreas sagt sie davon erst einmal nichts.

Kapitel 30

2014

Der Bodennebel auf den Feldern zwischen den Bäumen und Hängen sieht auf den ersten Blick fast aus wie eine Schneelandschaft. Andreas braucht nicht viel Phantasie, um sich Bilder vom Katzbachgebirge im Winter vorzustellen. Seine Mutter hat gelegentlich den vielen Schnee in Schlesien erwähnt und vom Langlauf-Skifahren in der Umgebung von Jauer geschwärmt. Das hat ihr später in Münster gefehlt. So langsam kommen die ersten Sonnenstrahlen heraus und machen die Landschaft noch malerischer. Das helle Licht auf dem Nebel sieht aus wie auf einem impressionistischen Gemälde. Auf die recht kühle Nacht dürfte ein milder Herbsttag folgen.

Andreas hat einen Kongress in Dresden genutzt, um anschließend für drei Tage nach Polen zu fahren. Mit dem Mietwagen morgens ganz früh nach Görlitz, dort hat er die Autobahn verlassen, kurz die historische Innenstadt besichtigt und dann die Neiße überquert. Plötzlich war er in Polen, er hat es kaum mitbekommen. Wie anders war das noch im Kalten Krieg! Andreas erinnert sich noch recht gut an die Schlesien-Fahrt mit seinen Eltern in den 70er Jahren, als der Grenzübertritt von der DDR nach Polen ewig lange dauerte. Was hat er sich im Auto gelangweilt, bis es endlich weiterging. Und sein Vater war völlig genervt von den Grenzern, die ihre Formulare stundenlang unbearbeitet liegen ließen.

Heute früh hat er nicht einen Grenzbeamten gesehen. Ich bin mitten in Europa, dachte er, und der oft so abstrakte Begriff der Reisefreiheit war plötzlich sehr konkret erfahrbar.

Freiheit. Genau das ist es. Die Einreise nach Polen ist längst genauso einfach wie die nach Frankreich oder in die Niederlande. Wer an den Bürokraten der Europäischen Union und ihrem

Regulierungswahn verzweifelt, der sollte mal nach Sgorzelec, also in den polnischen Teil von Görlitz reisen, denkt er, dort kann jeder die Vorzüge des vereinten Europa nämlich ganz einfach erleben. Für die Schlesier könnte es eine Genugtuung sein, dass sie inzwischen völlig unkompliziert in ihre alte Heimat fahren können, auch wenn der Schmerz, alles hinter sich gelassen zu haben, bei vielen unauslöschbar bleiben dürfte. Doch wer als Nachfahre Spuren der eigenen Familie sucht, kann sich heute einfach und ohne bürokratischen Aufwand auf den Weg machen. So wie er heute.

Andreas spürt eine angenehme Leichtigkeit in sich, dreht die Musik lauter, klopft rhythmisch zur neuen CD von Bloc Party mit der flachen Hand auf seinen Oberschenkel und ist neugierig auf das, was vor ihm liegt. Nach nur zwei Stunden Fahrt durch Polen folgt er dem Straßenschild „Jawor“ und erreicht kurz darauf die Geburtsstadt seiner Mutter. Aus dem Internet hat er sich einen Stadtplan ausgedruckt, in einem alten Buch von Elise hat er zudem einen Plan aus Vorkriegszeiten gefunden, auf dem die alten deutschen Straßennamen stehen und die wichtigsten Gebäude eingezeichnet sind. Trotzdem findet er sich in der Kleinstadt zunächst nicht zurecht und fährt einmal im Kreis. Dann aber kommt er ins Zentrum und parkt das Auto in der Nähe des Piastenschlosses auf einem Parkplatz. Das riesige Gebäude, das auf historische polnische Spuren der Stadt verweist, ist erstaunlicherweise in keinem guten Zustand. Er hätte erwartet, dass die Polen das Gebäude zuerst saniert hätten. Weit gefehlt. Auch die Wohnhäuser drumherum sind dem Verfall ausgesetzt. Andreas geht nach kurzer Betrachtung weiter zum Ring. Die dortigen Häuser sind bunt gestrichen und teilweise frisch renoviert. Vor allem das Rathaus erstrahlt in frischem Glanz. Andere Straßen sehen vernachlässigt aus, aber man kann erahnen, dass es hier früher schön gewesen sein muss.

Im Café am Ratskeller trinkt er einen Kaffee und ein Wasser, die Verständigung in einem Gemisch aus Englisch, Deutsch und Zeichensprache klappt ganz gut. Den Polnisch-Kurs, den er besuchen wollte, hat er aus zeitlichen Gründen abgesagt, und der Sprachführer reicht wirklich nur für die nötigsten Floskeln. Auch die Aussprache ist gewöhnungsbedürftig. Während er seine Getränke zu sich nimmt, sucht Andreas anhand der Pläne den Weg zur Ulica Lukasinskiego, der früheren Humboldtstraße. Es ist nicht weit, und so beschließt er, sich zu Fuß auf den Weg zu Elises Geburtshaus zu machen.

Als er wenig später vor dem Haus steht, ist er etwas nervös, gleichzeitig erschrickt er. Das Haus sieht heruntergekommener aus als in seiner Erinnerung. Er sucht die alten Fotos von 1978 aus seiner Tasche, die er extra mitgenommen hat, und vergleicht sie mit dem Anblick von heute. Ja, seine Erinnerung hat ihn nicht getäuscht. Obwohl: In einigen Wohnungen des Hauses gibt es neue Fenster mit Isolierglas. Immerhin. Doch vom Glanz der Villa in den 1920er Jahren, der auf dem gerahmten Bild von Elise zu erahnen ist, ist gar nichts mehr zu sehen. Fast überall blättert der Putz, an einigen Ecken sind ganze Steine herausgebrochen. Renovierungsarbeiten wären überfällig. Er erinnert sich an seinen Vater, der bei dem gemeinsamen Besuch 1978 auf die Kommunisten schimpfte, die alles verkommen ließen. Die sind jetzt schon seit 25 Jahren nicht mehr an der Macht, doch der Verfall geht weiter. Wem das Haus wohl gehören mag? Der Stadt? Wahrscheinlich.

Die Hausnummer 2 jedenfalls ist deutlich zu erkennen. Langsam geht Andreas seitlich am Haus vorbei, denn der Eingang ist hinten. Er betritt den Hof, der Garten daneben sieht ziemlich verwahrlost aus, nur mühsam kann er so etwas wie ein Gemüsebeet erkennen. Der große Ahornbaum wirft Schatten in den Hof.

Andreas versucht sich vorzustellen, wie seine Mutter als Mädchen hier herumgelaufen ist. Es will ihm nicht so recht gelingen. Er sehnt sich nach einem intensiven Gefühl zur Mutter. Eigentlich hat er das auch, aber hier, in ihrer Heimat, jetzt, vor ihrem Geburtshaus stehend, hätte er es sich viel stärker vorgestellt.

Im Gegenteil, ihm fehlt jede innere Orientierung, die er als Sohn gerne hätte, er läuft unsicher hin und zurück, er sucht nach

Geschichten der Mutter, die ihm eine Nähe zu diesem Ort verschaffen. Vergeblich. Wie gern hätte er ins Innere seiner Mutter geschaut, wie gern Geschichten in Erfahrung gebracht, die sie ihm nie erzählt hat und für die er früher wahrscheinlich auch nicht offen genug war. Warum bloß interessiert er sich erst jetzt für ihre Lebensgeschichte, die hier schließlich ihren Anfang nahm und die vieles erklären dürfte, was später folgte und für das ihm oft das Verständnis fehlte. Das Zwanghafte. Der Geiz. Die Kälte, die keine Gefühle zuließ oder zumindest nicht nach außen sichtbar werden ließ.

In einem Schuppen hinter dem Haus arbeitet ein Mann mit Holz, er repariert Gartenstühle. Als Andreas um die Ecke biegt, blickt er kurz auf. Andreas spricht ihn an: „Dzien dobry", sagt er, dann hört es aber auch schon auf mit seinem Polnisch. Er fragt den Mann auf Englisch, ob er hier im Haus wohne und erntet nur ein Schulterzucken. Andreas wiederholt seine Frage auf Deutsch, der Mann wendet ihm demonstrativ den Rücken zu. Andreas gibt auf. Der Mann hält ihn womöglich für einen Eindringling aus Deutschland, der Ansprüche auf das Haus geltend machen will.

Von hinten sieht das Haus noch schlimmer aus als von der Straßenseite. Quadratmeterweise fehlt der Putz, die freiliegenden Ziegelsteine sind feucht. Aus den Dachfenstern hängen Kabel bis fast auf die Erde, an einem Fenster im Erdgeschoss ersetzt ein schiefer Plastikrolladen die Glasscheibe. Andreas ist froh, dass seiner Mutter und seinen Großeltern dieser Anblick erspart bleibt. Immerhin steht ein kleines Gerüst an der Wand, für ihn ein Hoffnungsschimmer, der ihn ehrlich erfreut. Vielleicht stehen doch mal ein paar Reparaturarbeiten bevor.

Er geht auf die Klingeln neben der Haustür zu und wirft einen Blick darauf. „Guzik" steht in der Mitte. Tatsächlich. Den Namen kennt er. „Mit Frau Guzik" steht in Elises Fotoalbum unter dem Bild, das sie 1978 mit der damaligen Bewohnerin im ersten Stock zeigt. Andreas drückt auf die Klingel. Da die Haustür offen steht, tastet er sich langsam vor ins Treppenhaus. Er geht an offenen

Leitungen vorbei, schwarze Stellen an der Wand zeigen Spuren eines Kabelbrandes.

Von oben ruft eine tiefe Frauenstimme etwas, das Andreas nicht versteht. Wenn er doch bloß ein paar Brocken Polnisch gelernt hätte! Schnell geht er die Treppe hoch und steht einer Frau in einem blauen Kittel gegenüber, die mindestens 70 Jahre alt sein dürfte. Mit seinen englischen Erläuterungen kommt er nicht weit, sein Gegenüber starrt ihn skeptisch an. Seine Versuche auf Deutsch fruchten auch nicht, also greift er zum Fotoalbum und zeigt auf das Bild mit Elise und Frau Guzik von vor 36 Jahren. „My mother, meine Mutter", sagt er und zeigt auf Elise. „Matka", erwidert die Polin freudig und zeigt auf Frau Guzik. Das Eis ist gebrochen, und wenig später sitzt Andreas bei Frau Guzik im Wohnzimmer, und sie trinken Kaffee. Neugierig blicken zwei Kinder um die Ecke. Andreas hat Schokolade und Pralinen mitgebracht und hält ihnen lächelnd die Schokolade hin. Langsam kommen sie näher und holen sie sich ab. „Dziekuje", sagen sie und laufen kichernd davon. „Meine Enkel", glaubt Andreas die Erläuterungen von Frau Guzik zu verstehen, und er reicht ihr die Pralinen. Sie ziert sich, nimmt das kleine Geschenk dann aber doch an.

Zusammen blättern sie durch das alte Fotoalbum, und auch ohne viele Worte versteht Frau Guzik, dass Andreas auf Spurensuche ist. Ihre Mutter ist schon vor 22 Jahren gestorben, die Tochter malt ein Kreuz und schreibt eine Jahreszahl auf. Auf gleiche Weise erklärt Andreas, dass seine Mutter im vergangenen Jahr gestorben ist.

Frau Guzik zeigt Andreas die Wohnung, sogar das Schlafzimmer, was ihm unangenehm ist. Sie entschuldigt sich gestenreich für die Unordnung. Im großen Wohnzimmer denkt Andreas an seinen Opa Erich und seine Oma Marta. Er kennt sie nur als alte Menschen, aber als sie noch hier wohnten, standen sie in der Blüte ihres Lebens, aus der sie durch Diktatur, Krieg und Vertreibung herausgerissen wurden. Hier lebte Elise mit ihrem Bruder Friedrich, den Andreas von Fotos kennt. Und irgendwo hier im Wohnzimmer muss Karl gelegen haben, der behinderte Bruder, der in Nazi-Deutschland nur wenige Jahre leben durfte. Elise hat wenig von ihm erzählt, aber in ihrem Nachlass hat er ein Foto gefunden.

Wenig später bricht Andreas auf, er will nicht länger als Eindringling in dieser Wohnung sein, zu der er weiterhin emotional keine rechte Bindung findet. Frau Guzik zeigt ihm noch den Garten, weil sie auf alten Fotos den Ahornbaum gesehen hat, der immer noch neben dem Haus in die Höhe ragt. Neben dem Baum steht eine verdreckte Holzbank, gesessen hat hier schon lange niemand mehr. Andreas entdeckt einen etwa drei Jahre alten Ableger des Ahorns. Er zeigt darauf und blickt Frau Guzik fragend an. Sie sagt etwas auf Polnisch und nickt. Andreas zieht den Trieb heraus, die Wurzel sieht stark genug aus für einen Transport nach Deutschland. Gestenreich bedankt er sich bei seiner Gastgeberin, gibt ihr zum Abschied die Hand, macht noch ein paar Fotos vom Haus und verlässt langsam den Hof. Hinter ihm hört er, wie Frau Guzik mit dem Mann aus dem Schuppen ein paar laute polnische Sätze wechselt, die er nicht versteht.

Er kehrt zum Auto zurück, verstaut den Ableger in einer kleinen Plastiktüte, in die er etwas Mineralwasser schüttet, damit er nicht vertrocknet. Dann fährt er zur Friedenskirche, von der er gelesen hat, dass sie frisch renoviert sein soll. Tatsächlich ist sie für Besichtigungen geöffnet, ein beeindruckendes Bauwerk mit ihren Holzverzierungen und Emporen, auch wenn sie von außen gar nicht wie eine Kirche aussieht. Nachdem Andreas seinen Eintritt bezahlt hat, lässt der Mitarbeiter ein deutschsprachiges Tonband laufen, das die Geschichte und die Einrichtung der Kirche beschreibt. Andreas weiß, dass seine Mutter hier konfirmiert wurde und dass sein Großvater als Richter einen Ehrenplatz neben dem Bürgermeister in der ersten Reihe hatte. Er sucht das Schild mit Erichs Namen, aber natürlich vergebens, es dürfte schon seit 59 Jahren abgeschraubt sein. Als er das Gebäude verlässt, sieht er eine Tafel, auf der zu lesen ist, dass die Friedenskirche seit 2001

Weltkulturerbe der Unesco ist. Die Europäische Union hat Mittel zur Verfügung gestellt, um die Renovierung zu ermöglichen.

In einem Café in der Nähe – es wirbt in großen Lettern mit FREE INERNET – erfragt Andreas den WLAN-Code und schickt eine SMS nach Hause. Sofort antwortet seine Frau und fragt, wie es ihm denn ergangen sei. Er ruft Heike an und beschreibt ihr den Zustand des Hauses, schildert seine Schwierigkeiten, in Jauer Bezüge zu seiner Mutter zu entdecken. Und er erzählt ihr, dass er froh ist, dass seine Mutter den Verfall ihres Geburtshauses nicht mehr ansehen muss. Und dass er Heike und die Kinder vermisst und froh ist, bald wieder in Bonn zu sein. Dann schickt er noch über sein Smartphone ein paar Fotos nach Hause.

Seine Mutter ist 1990 ein letztes Mal mit einer Reisegesellschaft in einem Bus nach Schlesien gefahren und war zusammen mit einem Taxifahrer auch noch einmal in dem Haus in der Humboldtstraße. Danach hat sie allen gesagt, dass sie nie wieder in ihre frühere Heimat fahren will. Sie habe die Erinnerungen gern aufgefrischt, jetzt aber genug gesehen. Dabei ist sie geblieben.

Andreas versinkt in Gedanken, sieht immer wieder das Haus in der Humboldtstraße vor sich. Er wäre gern mit seiner Mutter zusammen hier, würde sie viele Dinge fragen, weil das Gesehene ohne ihre Erläuterungen allzu abstrakt bleibt: die Zimmer im Haus, der Garten, die Innenstadt mit den Geschäften. Er sieht Elise vor sich, wie er sie kennt: als Mutter, die ihn als Jungen versorgt und großgezogen hat, als Ehefrau mit Theo in ihrem Eigenheim, dann als ältere Frau und schließlich kurz vor ihrem Tod drei Wochen nach dem Umzug ins Hospiz. Für eine Weile waren ihre Lebensgeister im Sonnenhaus noch einmal geweckt worden, sie hat fast zwei Wochen lang wieder gegessen und wirklich ein paar Mal in ihrem Bett auf der Terrasse in der Sonne gelegen. Danach hat die Krankheit wieder die Oberhand gewonnen, sie konnte und wollte nicht mehr weiterleben. Innerhalb weniger Tage baute sie ab, sie wog nur noch 40 Kilogramm, stellte auch das Trinken ein und starb zu einer Zeit, als gerade weder er noch seine Schwester Eva bei ihr waren. Auch wenn Jana ihm erzählte, dass viele alte Menschen lieber sterben, wenn keine Angehörigen ihre Hand halten, weil sie dann besser gehen können, hat Andreas länger gebraucht, um diesen Weg als den seiner Mutter zu akzeptieren und sich keine Vorwürfe zu machen, dass er nicht bei ihr war, als sie starb.

Ich hab's geschafft! Mit gemischten Gefühlen habe ich zusammen mit den letzten noch in Jauer lebenden Deutschen die Stadt verlassen und das Aufnahmelager Friedland erreicht. Hier habe ich erst einmal ein Bett zugewiesen bekommen, meine Haare gewaschen und geduscht. Herrlich! Die Fahrt war lang und unbequem, aber jetzt bin ich in der Nähe meiner Eltern, die schon darauf warten, daß ich mich melde. Ich soll so schnell wie möglich eine Zuzugsgenehmigung für die Wohnung in Detmold beantragen, dann kann ich das Lager schon bald wieder verlassen.

Die Nowaks haben mich herzlich verabschiedet. Sie haben mir Schuhe und ein hübsches Kleid geschenkt und mir eine riesige Tasche mit Lebensmitteln mitgegeben. Die ganze Familie hat mich zum Bahnsteig begleitet, sie haben mich genauso ins Herz geschlossen wie ich sie. Der kleine Lech hat herzzerreißend geweint, als mein Zug mit ohrenbetäubendem Lärm den Bahnhof verließ. Auch ich mußte weinen, aber das haben sie nicht gesehen. Sie fehlen mir, aber noch mehr fehlt mir meine Heimat.

Der Ablauf der Ausweisung war gut organisiert. Es gab sogar einen Rot-Kreuz-Wagen und einen Verpflegungswagen im Zug. Das war alles nicht zu vergleichen mit den Zuständen, die vorherrschten, als Mutti vor gut einem Jahr raus mußte und erst einmal ausgeraubt wurde.

Ich muß mich jetzt um meine Zukunft kümmern. Meine Haare sehen unmöglich aus, ich brauche dringend eine Dauerwelle. Außerdem ist mir kurz vor der Abreise ein Zahn abgebrochen. Jetzt sollte ich schnell einen Termin beim Zahnarzt machen. Und dann muß ich mal sehen, wie wir in Detmold leben und wo ich mein Studium fortsetzen kann, falls das unser Familienbudget zuläßt.

Es gibt schrecklich viel zu tun in nächster Zeit. Carpe diem! (4. Oktober 1947)

Etwas orientierungslos läuft Andreas weiter durch Jauer. So recht weiß er nicht, was er noch länger hier machen soll. Die Stadt ist ihm fremd geblieben, seine Vorstellungskraft reicht nur ganz selten aus, damit er alte Bilder vor Augen hat. Die wenigen Fotos von früher reichen nicht aus, um ein besonderes Gefühl in ihm auszulösen. Im Haus vorhin noch am ehesten.

Es muss ja kein langer Besuch werden, sagt er sich. Er sucht noch das Amtsgericht – es ist perfekt saniert und hebt sich schon dadurch von vielen Häusern in der Stadt ab. Hier hat sein Großvater Erich während der Hitler-Diktatur Urteile gesprochen. Gruselig. Als Andreas vor dem Backstein-Gebäude steht, fragt er sich, wie Erich sich wohl dabei gefühlt hat. Gern hätte Andreas ihm dazu einige Fragen gestellt, vor allem, weil er einigen Unterlagen und Briefen, die er in Elises Haus gefunden hat, entnehmen konnte, dass sein Opa kein Freund der Nazis war. Er würde zu gern wissen, ob sich Erich aus der Politik einfach nur herausgehalten hat oder ob er auch aktiv Nein zu den Nazis gesagt und seine Kinder entsprechend erzogen hat.

Langsam geht er zum Auto und beschließt, nach Breslau zu fahren. Zwischendurch will er noch in Schweidnitz die andere Friedenskirche besichtigen, die der in Jauer so ähnlich sein soll. Außerdem liegt nur wenige Kilometer östlich von Schweidnitz das Dorf Krzyzowa, das früher Kreisau hieß. Dort lebte Helmuth James von Moltke, ein Gegner des Nationalsozialismus und einer der führenden Köpfe der Widerstandsgruppe Kreisauer Kreis, die nach Moltkes Gut benannt wurde, weil sie in seinem Berghaus über dem Gutshof mehrere Treffen abhielt. Die Gruppe – Katholiken, Protestanten, Adlige und Sozialdemokraten – hatte sich trotz der bestehenden ideologischen Differenzen Gedanken über eine demokratische Ordnung nach einem Sturz Hitlers gemacht. Für den Volksgerichtshof reichte das, um Moltke und einige seiner Mitstreiter zum Tode zu verurteilen und Anfang 1945 hinrichten zu lassen. Andreas hat gelesen, dass es in Kreisau heute eine Internationale Jugendbegegnungsstätte und für Moltke einen Gedenkstein gibt. Wenn die Zeit reicht, möchte er sich das Gelände gern anschauen.

Als er aus Jauer hinausfährt, überquert er einen kleinen Fluss mit recht starker Strömung. Das muss die Wütende Neiße sein, die er von Fotos kennt. Er hält kurz an und starrt eine Weile gedankenversunken in die Strömung.

Wenige Kilometer später sieht er auf der Landstraße ein Schild, das auf eine Gedenkstätte hinweist. Groß-Rosen steht da. Das ehemalige Konzentrationslager. So nah bei Jauer. Spontan biegt Andreas ab und fährt hin. Auf dem großen Parkplatz vor dem Gelände stehen gerade einmal drei Autos, eines davon ist aus Deutschland. Gemeinsam mit einer älteren Dame und ihrer Tochter nimmt Andreas an einer kurzen Führung durch eine Ausstellung in der ehemaligen SS-Kantine teil. An einem Modell des Lagers zeigt ein etwa 60-jähriger Mann, der sich gut auf Deutsch verständigen kann, das System des Nazi-Terrors.

„Hier gab es keine Gaskammern, hier fand ‚Vernichtung durch Arbeit' statt", führt er aus und zeigt auf dem Modell des Lagers auf einen Steinbruch am Rande. Aus den Felsen wurden riesige Brocken geschlagen, die unter anderem für das Reichsparteitagsgelände in Nürnberg gebraucht wurden. „130.000 Menschen wurden zwischen 1940 und 1945 in Groß-Rosen inhaftiert. 40.000 von ihnen haben das Lager nicht überlebt, sollten die harte Arbeit auch nicht überleben. Zahlreiche Menschen haben auch den Freitod gesucht, weil sie die Qualen nicht mehr ausgehalten haben."

„Wir haben davon nichts gewusst", stammelt die alte Dame ständig, die allem Anschein nach gebürtig aus Schlesien stammt und ehrlich schockiert wirkt. Andreas schaut sie an. Sie kann 1945 höchstens acht oder zehn Jahre alt gewesen sein. Nein, sie trägt natürlich keine persönliche Schuld. Die Täter von damals dürften inzwischen fast ausnahmslos tot sein. Aber Andreas findet es richtig, dass der Begleiter durch die Ausstellung seinen Besuchern vor Augen führt, dass die Deutschen in Schlesien eben nicht nur Opfer waren, sondern zunächst einmal schlimme Verbrechen begangen haben. Beides sind nun einmal historische Wahrheiten, die zusammengehören.

„Kommen denn viele Deutsche hierher und besichtigen das Gelände?“, fragt er den Mann, als der seinen Vortrag beendet hat.

„Etwa ein Drittel der Besucher kommt aus Deutschland. Es sind mehr geworden in den letzten Jahren. Früher haben die Deutschen hier in der Gegend wohl nur ihre alte Heimat besucht, wollten sich mit dem Lager nicht auseinandersetzen. Das ändert sich langsam, so wie sich die deutschen Touristen in Polen insgesamt verändern. Die Wenigen, die schon früher hierhin gefunden haben, hatten nach eigenen Angaben kaum eigene Erinnerungen. Viele haben von dem Lager angeblich nie gehört, obwohl sie nicht weit entfernt von hier groß geworden sind. Andere konnten sich erinnern, dass es oft gestunken hat, weil Tag und Nacht die Krematorien liefen.“

Andreas versucht sich die Zahl von 40.000 Menschen vor Augen zu führen. Ein Fußballstadion voller Menschen oder eine ganze Kleinstadt. Einfach so ausgelöscht. Unvorstellbar. Er dankt dem Mann für die Ausführungen und besichtigt noch bedrückt das Gelände, auf dem von einigen Verwaltungsgebäuden und Wachstuben abgesehen fast nur Fundamente oder Umrisse von Baracken, Bekleidungskammern und der Küche sowie der Appellplatz und ein Galgen zu sehen sind – und das Eingangsgebäude mit dem zynischen Spruch „Arbeit macht frei“, den er von einer Besichtigung der Gedenkstätte im ehemaligen Konzentrationslager Auschwitz kennt. Überall findet man Spuren dieser Stätten des Grauens, wenn man sie sucht. Auschwitz-Birkenau und die übrigen Vernichtungslager. Die industriell organisierte Tötung von Millionen Menschen. Noch einmal eine ganz andere Dimension: Die Vernichtung der europäischen Juden – Hunderttausende allein aus Polen und Ungarn. Die Homosexuellen, die Sinti und Roma, die politisch Andersdenkenden, die Behinderten. Millionen Morde. Die schlimmsten Verbrechen der Menschheit. Verübt von Deutschen. Wir müssen uns dem stellen, denkt Andreas.

Seine Eltern haben das Thema gemieden, dabei hätte sich doch gerade ihre Generation damit auseinandersetzen müssen. Wussten sie etwas von den Vernichtungslagern? Sie haben es nie erwähnt, und er hat nie danach gefragt. Jetzt, wo sie nicht mehr leben, bedauert er das. Ärgert sich über die vielen Stunden, die er mit ihnen zusammensaß und über unwichtige Dinge redete. Ärgert sich darüber, dass seine eigenen kleinen Problemchen ihn daran hinderten, seinen Eltern wichtige Fragen zu stellen.

Er geht etwa hundert Meter nach Norden und blickt von oben in den Steinbruch, in dem die Häftlinge damals so unmenschlich geschunden wurden. Aus der Ferne ertönt Hundegebell, sofort sieht Andreas vor seinem geistigen Auge sadistische Wärter, die ihre Schäferhunde auf die Gefangenen hetzen. Dass es das gegeben hat, weiß er aus Berichten von Überlebenden.

Nachdenklich geht Andreas zum Auto zurück. Er beschließt, auf den Abstecher nach Schweidnitz und Kreisau zu verzichten, weil der Tag schon fortgeschritten ist und er das Hotel in Breslau vor dem Abend erreichen möchte.

Von Groß-Rosen nach Breslau sind es nur 60 Kilometer. Wieviele Breslauer wohl von der Existenz des Lagers wussten? Es gab so viele Menschen, die als Dienstleister mit dem KZ zu tun hatten: Baufirmen, Bäcker, Wäschereien, Lebensmittellieferanten. Angehörige der Opfer und Angehörige der Täter. Trotzdem haben die meisten Deutschen immer so getan, als seien die Lager praktisch ohne ihr Wissen entstanden und geführt worden.

Als Andreas die Landstraße Richtung Nordosten entlangfährt, sieht er vor seinem geistigen Auge die Gefangenentransporte von vor 70 Jahren. Bevor die Sowjets am 13. Februar 1945 – es war Elises Geburtstag, den sie während der Bombardierung in Dresden verbrachte – das Lager befreit hatten, wurden viele Häftlinge auf Todesmärsche Richtung Westen geschickt. Die Wenigsten haben das überlebt, sie starben an Hunger und Erschöpfung oder wurden von SS-Leuten erschossen – auch das mitten in Schlesien.

Erst als Andreas die Stadtgrenze von Breslau erreicht, kommt er auf andere Gedanken. Er muss sich konzentrieren, um den Weg zu seinem Hotel zu finden, das lenkt ihn ab. Wenig später parkt er das Auto, betritt ein schönes, historisches Gebäude an einer Hauptstraße in Fußnähe zum Bahnhof und fällt einige Minuten später müde auf sein Bett. Für den Abend nimmt er sich außer dem Abendessen nichts mehr vor, die heutigen Eindrücke reichen. Erst einmal verarbeiten. Breslau will er am nächsten Morgen besichtigen.

Nach dem Essen in einem kleinen Restaurant eine Straße weiter entscheidet sich Andreas noch zu einem Getränk in der Hotelbar. In dem recht kleinen Raum sitzen sechs Menschen, als er hineingeht: zwei ältere Paare an je einem Tisch und daneben an einem größeren Tisch ein junges Pärchen. Vermutlich polnische Studenten, denkt Andreas. Er bestellt ein Glas Bier und setzt sich, weil sonst nichts frei ist, an den Rand des Tisches mit den Jugendlichen.

Hoffentlich störe ich nicht, denkt Andreas noch, aber da sitzt er schon. Mit seinem Handy geht er ins Internet. FREE WLAN. Endlich das Ergebnis vom Spiel am Nachmittag. 3:2 gegen Wiesbaden. Ein wichtiger Sieg für Preußen Münster. So kann es weitergehen. Schnell noch ein paar Aktienkurse und das morgige Wetter checken sowie eine längere SMS an seine Frau und die Kinder senden, dann legt er das Telefon zur Seite.

Der junge Mann am Tisch lächelt ihn freundlich an, und als Andreas sein Glas hebt, prosten sie sich zu. Andreas muss lachen. Jetzt nimmt auch seine Begleiterin Notiz von ihm.

„Where do you come from?“, will sie wissen. Als Andreas sagt, dass er aus Deutschland kommt, rückten die beiden näher und beziehen ihn in ihr Gespräch mit ein. Es sind Studierende aus Krakau, die fließend Englisch und auch recht gut Deutsch sprechen. Sie sind sehr interessiert an der deutschen Geschichte Breslaus.

„Ganz viele Häuser hier wurden gebaut, als Breslau noch deutsch war. Und wir haben auf alten Fotos gesehen, dass die Stadt vor dem Krieg noch viel schöner war", sagt die junge Frau, die sich als Jola und Studentin der Architektur vorstellt und Deutsch mit leichtem polnischem Akzent spricht. „Wir wollen unbedingt mehr erfahren über die Geschichte Breslaus. Sonst verstehen wir auch die Veränderungen und die Zukunft der Stadt nicht. Wir sind schon das fünfte Mal hier, mir gefällt Breslau jedes Mal besser."

Ihr Freund, er stellt sich als Piotr vor, nickt: „Breslau ist toll, die vielen Geschäfte, die Kneipen und auch die Universität. Ich studiere Geschichte, und an der Hochschule ist die deutsche Vergangenheit Schlesiens inzwischen ein großes Thema. Viele Jahre hat man versucht, die deutsche Geschichte einfach zu ignorieren. Man hat immer nur nach den Spuren der Piasten geforscht, um die polnischen Ursprünge hier in der Region hervorzuheben. Seit einigen Jahren findet endlich eine offenere Aufarbeitung der Geschichte statt. Das ist auch in den Zeitungen zu entdecken, die gelegentlich historische Bilder veröffentlichen. Oder man sieht es auf dem alten jüdischen Friedhof. Viele Grabsteine mit deutschen Inschriften sind restauriert worden."

„Kommen denn viele Touristen aus Deutschland hierher?", fragt Andreas.

„Ja, sehr viele", meint Jola. „Man hört viele deutsche Stimmen hier, in den Kirchen, den Museen, den Cafés."

„Vor allem kommen auch viele junge Leute, die Breslau einfach cool finden", stimmt Piotr zu. „Früher kamen wohl eher die alten Schlesier, die in erster Linie sentimentale Gründe für ihren Besuch hatten. Heute sind viele deutsche Touristen einfach neugierig auf diese Stadt. Und es gibt wirklich viel Sehenswertes hier, die Stadt hat viel Farbe und Leben. In Breslau gibt es mehr als 100.000 Studenten. Ich möchte hier später unbedingt leben, keine andere Stadt in Polen ist so spannend. Die Stadt ist im Aufbruch, das spürt man an jeder Ecke, und das gefällt mir. Breslau hat eine tolle Zukunft vor sich, glaube ich. Wenn eine Stadt in Polen eine europäische Metropole ist, dann ist es Breslau. Wir sind von hier aus in drei Stunden in Berlin."

„Oh, da brauche ich aus Bonn viel länger “, lacht Andreas. Dann berichtet er von seinem Grenzübertritt bei Görlitz ohne jede Kontrolle und von seinem anschließenden Besuch im Geburtshaus der Mutter: „Aber ich bin nicht nur aus sentimentalen Gründen hier. Sicher, ich schaue mir auch die Universität an, an der meine Mutter studiert hat. Aber ich bin insgesamt sehr neugierig auf Breslau und wie es hier aussieht.“

Als er sich am nächsten Morgen unmittelbar nach dem Frühstück aufmacht, bleibt er schon nach wenigen Metern vor dem Breslauer Bahnhof stehen. Ein beeindruckendes Gebäude. Imposant mit dem großen Vorplatz. Alles frisch saniert. Der neugotische Empfangsbereich leuchtet in frischen ockergelben Farben, die Fenster erinnern fast an eine Kathedrale. Daneben stehen zwei Türme, die dem Gebäude etwas Burgenhaftes verleihen. Andreas betritt den Bahnhof neugierig, der auch innen einiges zu bieten hat, beispielsweise Säulen und Bahnsteighallen im Jugendstil. Die Verkaufsstände und Bäckereien sind verlockend, aber er hat gerade erst im Hotel ausgiebig gegessen. So geht er langsam weiter und erreicht schließlich den Hinterausgang des Bahnhofs. Er geht ein Stück nach links bis zu einer Unterführung für Fußgänger. Gerade überlegt er, dort zurückzugehen, da entdeckt er auf dem Portalbogen das alte Breslauer Wappen und einen gut lesbaren Schriftzug „Durchgang zur Flurstraße, a.D. 1903“.

Spuren der deutschen Geschichte. Sichtbare Spuren. Später liest er nach, dass der deutsche Schriftzug zwar nach dem Krieg entfernt wurde, bei der Sanierung vor zwei Jahren aber wieder hervorgeholt worden ist.

Auf der anderen Seite angekommen, entdeckt Andreas eine kleine Zwergenskulptur aus Bronze. Der Zwerg zieht einen Koffer hinter sich her, sehr passend zum Bahnhof. Andreas geht über die Ulica Marszalka Pilsudskiego nach links – es war mal die Gartenstraße, wie ein alter deutscher Stadtplan von 1932 ausweist, den sich Andreas als Neuauflage schon in Deutschland im

Buchhandel besorgt hat. Er sieht rechts das alte „Hotel Polonia", das früher, wie ein Schild in der Eingangshalle verrät, „Hotel Vier Jahreszeiten" hieß. Das Haus sieht etwas heruntergekommen aus, aber man kann erkennen, dass es früher Charme gehabt haben muss. Andreas geht davon aus, dass es womöglich schon bald frisch renoviert glänzen wird. Denn in der Umgebung wird an vielen Häusern gebaut, und die meisten alten Fassaden sind schon wieder schön hergerichtet.

An der nächsten Straßenecke überrascht ihn eine Skulptur. Lebensgroße graue Bronzefiguren versinken im Pflaster und kommen jenseits der Querstraße wieder heraus. Sie haben Aktentaschen oder Koffer unterm Arm oder führen Kinderwagen mit. Andreas fühlt sich an Bilder der Vertreibung erinnert, aber ein Schild erklärt, das Kunstwerk symbolisiere den Untergang des Kommunismus und den Aufstieg in die Demokratie. Auch passend.

Andreas hat die Ulica Swidnicka erreicht, die ehemalige Schweidnitzer Straße. Heute wie früher ist sie die Pracht- und Einkaufsstraße Breslaus. Er überquert den Plac Tadeusza Kosciuszki, der früher einmal Tauentzienplatz hieß. Hier stehen Kaufhäuser aus den 20er Jahren des vergangenen Jahrhunderts. Das Eckhaus am nördlichen Ende des Platzes muss früher Wertheim gewesen sein, weiß Andreas aus seinem Reiseführer. Die jüdischen Besitzer wurden von den Nazis enteignet.

Sich dem Zentrum nähernd, fallen Andreas immer neue Zwergskulpturen auf, die offenbar die ganze Stadt schmücken. In einem Café liest er in seinem Reiseführer nach und erfährt: Sie erinnern an Protestaktionen der polnischen Opposition gegen die kommunistische Führung, bei denen die Demonstranten teilweise als Zwerge verkleidet waren. Etwa 250 Skulpturen gibt es in der ganzen Stadt, alle in verschiedenen Motiven.

Als Andreas auf die Geschäfte in Breslau schaut, bemerkt er, dass sie sich von denen in deutschen Innenstädten kaum unterscheiden. Internationale Ketten und Andenkenläden bestimmen das Straßenbild. Shopping Malls und Internet-Points. Nur in den Nebenstraßen findet man noch einige typische polnische Geschäfte und ein paar heruntergekommene Häuser, die noch nicht saniert sind. Breslau ist Jauer um einiges voraus, denkt Andreas, kann sich aber vorstellen, dass Jauer in einigen Jahren auch wieder etwas mehr herausgeputzt ist. Man merkt jedenfalls sofort, dass in Polen, anders als in der ehemaligen DDR, nicht sofort nach dem Mauerfall Milliarden in die Städte geflossen sind. Erst nach der Aufnahme des Landes in die Europäische Union hat die Sanierung vielerorts begonnen, immer wieder machen kleine Schilder an besonders aufwändig sanierten Gebäuden auf die finanzielle Unterstützung aus Brüssel aufmerksam.

Am Ring ist Andreas sofort vom gotischen Rathaus mit seiner astronomischen Uhr überwältigt, das er noch von seinem letzten Besuch in den 70er Jahren in Erinnerung hat. Das damals vorherrschende Grau ist verschwunden, ebenso der Autoverkehr in der unmittelbaren Nähe. Das Rathaus strahlt in erdigen gelben und roten Tönen. Überhaupt hat Breslau spürbar an Attraktivität gewonnen: Die Patrizierhäuser um das Rathaus leuchten in den buntesten Farben, und überall sind Lokale mit Außengastronomie, die zum Einkehren einladen. An den Tischen sitzen junge Leute, essen, trinken und lachen. Die Stimmung in der Stadt ist heiter. Weil es ihm selbst etwas zu kühl ist, um draußen zu sitzen, entscheidet sich Andreas für den Schweidnitzer Keller im Keller des Rathauses. Ohnehin ein Muss, wie sein Reiseführer meint. „Restaurant Schweidnitzer Keller – Guten Appetit“ steht in verschnörkelter, auf alt getrimmter Schrift an der hölzernen Eingangstür. Es fällt auf, dass sich die Menschen hier auf deutsche Gäste freuen. Die Bedienung spricht deutsch, die Küche ist deftig. Manchmal ist das ja verlockend. Andreas trinkt ein Bier dazu, er fühlt sich wohl.

Nach dem Essen sucht er ein Hochhaus am Ring, das vom Architekten Heinrich Rump 1932 als Stadtsparkasse erbaut wurde. Es fügt sich für den flüchtigen Beobachter nicht so recht in die Straßenzeile, doch galt Breslau in der Zeit vor dem Krieg durchaus als Mekka der modernen Architektur, was auch die Jahrhunderthalle im Osten der Stadt beweist, die sich Andreas am nächsten Tag ansehen möchte. Dunkel erinnert sich Andreas daran, dass er schon 1978 mit seinen Eltern vor diesem Haus gestanden hat und sein Vater laut über sozialistische Bausünden schimpfte. Da lag Theo leider falsch.

Andreas läuft weiter durch die Stadt und stößt schließlich auf ein längliches Gebäude am Plac Polski. Die Staatliche Akademie für Kunst war hier zu Hause, einer seiner Lieblingsmaler, Otto Mueller, war hier Professor. Schlanke Mädchen und die berühmte Zigeunermappe. Sein Versuch, sich von jedweden gesellschaftlichen Konventionen zu lösen. Nichts deutet hier mehr auf Mueller hin. Der Expressionist starb 1930, so dass ihm Nazi-Deutschland erspart blieb. Seine Bilder wurden sieben Jahre nach seinem Tod aus den deutschen Museen beschlagnahmt, sie galten als entartet und wurden entsprechend öffentlich diffamiert.

Bis zur Universität sind es an der Oder entlang nur noch wenige hundert Meter. Schon bald steht Andreas vor dem beeindruckenden Gebäude am Fluss-Ufer. Er irrt durch die Gänge, stellt sich dabei seine Mutter als junge Studentin vor. Ob sie wohl fleißiger war als er an der Hochschule? Wie sah ihre Freizeit in den 40er Jahren aus?

Er atmet laut aus, die Antworten kennt er nicht. Die Aushänge kann er nicht lesen, und so tritt er langsam aus dem Gebäude hinaus. Schließlich sucht er den Brunnen, den sie ihm bei seinem ersten Besuch in der Stadt gezeigt hat, findet den nackten bronzenen Jüngling, der mit seinem Florett auf einer Marmorschüssel steht. Er erinnert sich noch genau an die vielen Fotos, die er damals mit der Mutter gemacht hat.

Auf dem weiteren Weg begegnen ihm immer wieder kleine Elektroautos, in denen man Stadtrundfahrten machen kann. Er selbst geht lieber zu Fuß, will die Stadt auf eigene Faust erkunden und nach deutschen Spuren und Spuren seiner Familie suchen.

Er stößt recht bald auf ein riesiges Backsteingebäude, das ihn mit seinem Eingangsportal und den spätgotischen Fenstern sowie dem Turm an jeder Seite etwas an den Hauptbahnhof der Stadt erinnert. Er bleibt kurz stehen. Das Landgericht. Hier hat sein Großvater Erich, der selbst auch in Breslau studiert hat, einen Teil seiner Ausbildung absolviert. Noch weit vor der Nazi-Zeit.

Andreas nimmt seinen alten Stadtplan von 1932 aus dem Rucksack, orientiert sich kurz und biegt nach links und dann wieder nach rechts in die Straße Lakowa, die früher Anger hieß. Hier fanden im November 1938 dramatische Szenen statt. Andreas blickt sich um, dann sieht er auf der linken Seite einen unbebauten, ziemlich zugewachsenen Platz. Etwas versetzt von der Straße findet er einen grauen Gedenkstein, auf dem zu lesen ist:

> *„Sie legten an dein Heiligtum Feuer, entweihten die Wohnung deines Namens bis auf den Grund." (Ps 74,7)*

Zu sehen ist eine Zeichnung der riesigen Neuen Synagoge, die genau hier stand und die in seinem alten Stadtpan eingezeichnet ist. Es war das zweitgrößte jüdische Gotteshaus im Deutschen Reich. Außerdem stehen die Jahreszahlen der Eröffnung 1872 und der Zerstörung 1938 auf dem Gedenkstein. In drei Sprachen – polnisch, hebräisch und deutsch – folgt dann eine Erläuterung:

> *An dieser Stelle stand bis zum 9. November 1938 die größte Synagoge der jüdischen Gemeinde der Stadt Breslau. In dieser Nacht wurde sie vom nationalsozialistischen Regime niedergebrannt. Mit diesem Akt der Zerstörung begann der Mord der jüdischen Kinder, Frauen und Männer Breslaus. Ehret Ihr Andenken!*

Es war die erste Vertreibung deutscher Bürger aus Breslau. Mehr als 23.000 Juden lebten hier 1923. Zehn Jahre später begannen die Schikanen. Nochmal zwölf Jahre später waren sie alle weg.

Geflüchtet, deportiert, ermordet. Andreas hat gelesen, dass nach dem Krieg die von den Nazis niedergebrannte und gesprengte Synagoge in Breslau völlig in Vergessenheit geraten war. Erst mit dem 2010 enthüllten Gedenkstein erinnern die Polen an die Schandtaten der Deutschen. So wie sie in der ganzen Stadt und in den Archiven inzwischen nach deutschen Spuren forschen – nach guten ebenso wie nach schlechten.

Andreas verspürt eine innere Zufriedenheit. Er bleibt noch eine Weile vor dem grauen Gedenkstein stehen und geht dann langsam weiter.

Danksagung

Ich danke den vielen Menschen, die mich beim Schreiben unterstützt und als Erstleser wertvolle kritische Anmerkungen gemacht haben. Vor allem zu nennen sind hier: Irmgard, Antonia, Stefan E., Irene, Stefan L. und Uwe.

Ich danke Irmgard außerdem für die Gestaltung des Buchcovers und den professionellen Aufbau der Seiten. Und natürlich dafür, dass sie es geduldig ertragen hat, wenn ich mal wieder für Stunden zum Schreiben in meinem Arbeitszimmer verschwunden bin.

Bonn, im Juni 2016
Harald Gesterkamp